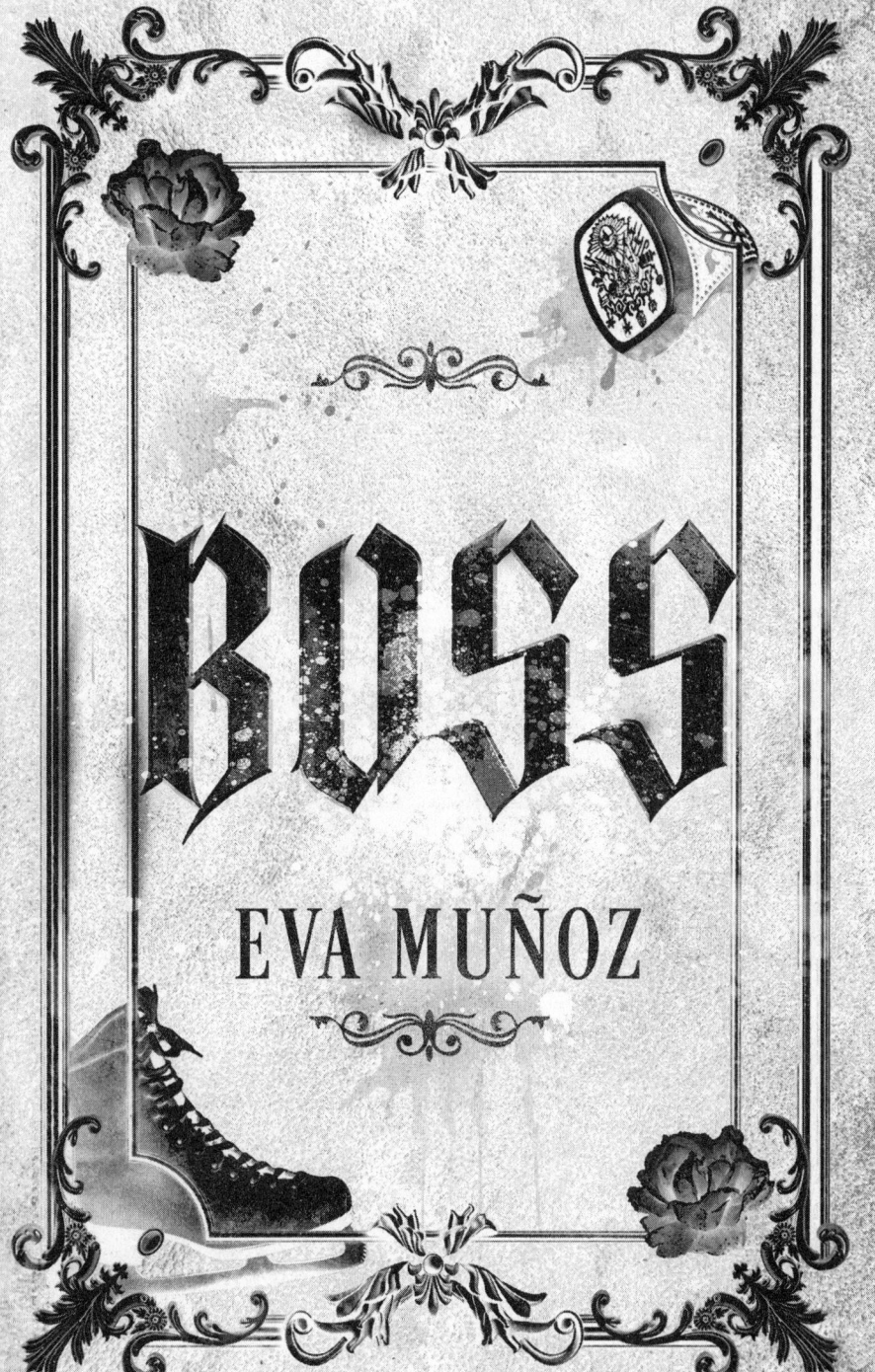

Papel certificado por el Forest Stewardship Council®

Primera edición: octubre de 2025

© 2025, Eva Muñoz
Todos los derechos reservados
© 2025, Penguin Random House Grupo Editorial, S. A. S., por la edición colombiana
© 2025, Penguin Random House Grupo Editorial, S. A. U.
Travessera de Gràcia, 47-49. 08021 Barcelona
© Mazo, por las ilustraciones de las páginas 4 y 928
© Jimena Perez, por la ilustración de la página 926
Resto de imágenes de interior: © Getty Images y Freepik

Penguin Random House Grupo Editorial apoya la protección de la propiedad intelectual. La propiedad intelectual estimula la creatividad, defiende la diversidad en el ámbito de las ideas y el conocimiento, promueve la libre expresión y favorece una cultura viva. Gracias por comprar una edición autorizada de este libro y por respetar las leyes de propiedad intelectual al no reproducir ni distribuir ninguna parte de esta obra por ningún medio sin permiso. Al hacerlo está respaldando a los autores y permitiendo que PRHGE continúe publicando libros para todos los lectores. Ninguna parte de este libro puede ser utilizada o reproducida con el propósito de entrenar tecnologías o sistemas de inteligencia artificial. PRHGE se reserva expresamente la reproducción, la extracción y el uso de esta obra y de cualquiera de sus elementos para fines de minería de textos y datos y el uso a medios de lectura mecánica u otros medios que resulten adecuados (art. 67.3 del Real Decreto Ley 24/2021). Diríjase a CEDRO (Centro Español de Derechos Reprográficos, http://www.cedro.org) si necesita reproducir algún fragmento de esta obra.
En caso de necesidad, contacte con: seguridadproductos@penguinrandomhouse.com

Printed in Spain – Impreso en España

ISBN: 978-84-19848-30-7
Depósito legal: B-16.288-2025

Compuesto en Comptex & Ass., S. L.
Impreso en Liberdúplex
Sant Llorenç d'Hortons (Barcelona)

GT 48307

ADVERTENCIA

Esta obra pertenece al género *dark romance*, un tipo de narrativa que explora relaciones, temas y situaciones moralmente complejas, intensas y, a menudo, perturbadoras.

Los personajes de este género suelen habitar en mundos oscuros y violentos donde las normas del amor y la justicia no se aplican de la misma manera que en una novela de romance tradicional. Si bien este género no es para todos, quienes lo conocen y disfrutan entienden que es un espacio literario que no busca incentivar, justificar u ofender, sino narrar historias ficticias.

Boss aborda elementos relacionados con la mafia rusa, un entorno donde la violencia, el control y los dilemas éticos son parte de la vida cotidiana de los personajes principales; por lo tanto, la historia está recomendada para lectores mayores de veintiún años. Esta no es una etiqueta para justificar su contenido, sino una advertencia seria sobre la naturaleza descarnada de los temas que aborda, tales como violencia gráfica, escenas sexuales explícitas, torturas físicas y psicológicas detalladas, trastornos mentales, traumas severos, entre otros.

Es fundamental comprender que una clasificación +21 abarca múltiples aspectos sensibles más allá de los mencionados anteriormente. Si alguno de estos temas te resulta incómodo, te invitamos a reflexionar sobre si esta obra es adecuada para ti.

Nota: Para esta obra, la autora ha construido su propio mundo donde algunas ciudades, los concursos de patinaje artístico sobre hielo, las estructuras militares y las organizaciones mafiosas, son elementos diseñados exclusivamente para este universo ficticio.

El mundo nunca entenderá que el cielo está lleno de seres hermosos, pero en el infierno abundan los seres irresistibles.

PRELUDIO

El arrastre del hacha se ahoga entre truenos inclementes. Gotas de lluvia descienden por mi espalda mientras mis dedos se cierran sobre los cabellos empapados de las cabezas que sostengo. Aprieto e inhalo hondo antes de detener el paso en la puerta del comando militar improvisado de Múnich.

—Según la radio, tendremos tormenta toda la noche —dice el soldado frente a las pantallas. Teclea sin mirarme—. ¿Conseguiste café?

—No había —contesto, y se vuelve hacia mí. Esperaba a uno de sus colegas y estoy lejos de ser eso.

Su mirada se congela en las cabezas que dejo caer a mis pies. Pálido, mueve la vista hacia el arma que reposa sobre una de las mesas. Sabe que no llegará a tiempo. La navaja que desenvaina en un intento de defensa le será tan útil como un rezo.

Avanzo hacia él, esquivo por la izquierda, lo agarro del pelo y estrello la cabeza contra el acero de la mesa más cercana. El impacto del golpe le revienta la cara. Lo arrojo al suelo. Arranco una pata de la mesa, el metal se tuerce, cruje en mis manos y, antes de que él logre recobrar el aliento, se la hundo en el pecho, directo al corazón. Sus ojos se abren, la vida se extingue en su mirada con la sangre inundando la boca. La tormenta ruge afuera, engulle sus últimos jadeos.

Camino al panel donde apoyo su tarjeta de acceso al sistema. Tecleo el nombre de mi hermana: Sasha Romanova. Mi tiempo es limitado. Las fotos se despliegan en la pantalla. No tiene que haber nada de ella aquí. Murió baleada por una agente y la muy perra ahora se jacta. Se burla del acontecimiento. Vamos a ver qué tanto le dura la sonrisa.

En el mundo existe una guerra de poder entre la mafia y la milicia. Las bajas son por parte y parte; sin embargo, este caso no es uno más. Se han violado los códigos y estoy ansioso por cobrar. No estoy donde estoy por dejarme ver la cara por otros.

En mi organización, todo tiene un precio; y la mirada de la Bratva es una maldición que pesa sobre los hombros de aquellos que osan desafiar su poder.

Conecto el pendrive que elimina todo rastro de información relevante sobre Sasha. Una vez limpio el campo, se inicia la partida.

Recojo las cabezas y abandono el lugar consciente de que este juego... apenas empieza.

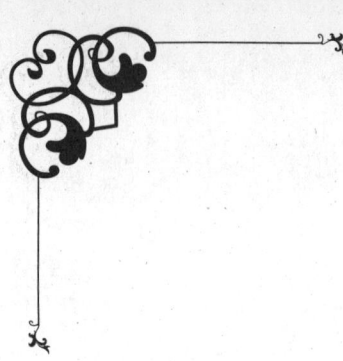

**AQUÍ, TU DOLOR
ES NUESTRA MONEDA
Y TU MIEDO,
NUESTRO ALIMENTO.**

PARTE UNO
SANGRE

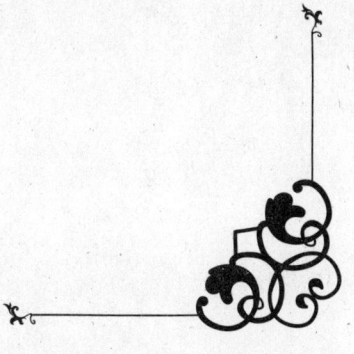

1
ROMANOV
BOSS

El ansia reverbera por dentro como lava caliente, crece y se anida en mi tórax. No se disipa, no mengua, solo crece con cada maldita flor blanca sobre la mesa. No están ahí por gusto, están para presenciar una sentencia: la mía.

«La afamada teniente Rachel James elimina a Sasha Romanova» ha sido el gran titular de los periódicos durante semanas. ¿Quién es la ejecutora? Una maldita perra que lleva años creyéndose intocable. Y es buena, no he de negarlo. La conozco bien, es uno de los mejores soldados de la milicia.

Su jugada habría sido digna de respeto, pero la *tupáya* cometió un error: en lugar de dejar las cosas quietas y saborear su triunfo en silencio, me ha llamado a restregarme la victoria en la cara. Envió flores a modo de burla, convirtiendo la muerte de mi hermana en su espectáculo personal.

Ahora vamos a ver quién ríe más.

Desabrocho los tres primeros botones de la camisa blanca. Quise quedarme quieto, mantenerme en las sombras y observar cómo se desplomaba en su propio ego. Mas a ella se le antojó jugar, y quien provoca a la Bratva nunca sale invicto.

Inhalo el denso olor del incienso. Echo los hombros hacia atrás y empuño el arma que descansa en el altar de roble.

—Hora de conocer al nuevo juguete de la *mafiya*. —Inserto las balas.

Miro al hijo que engendré siendo un crío: Vladímir Romanov. A sus veinte años, se erige como uno de los mejores cazadores de la Bratva. Lo entrené para ser mi sucesor y, hoy en día, su nombre es tan temido como el mío.

—No quiero equivocaciones en esto. —Desactivo el seguro—. No estaré en paz hasta no ver a esa hija de perra lamentándose.

—Tú solo ordena y yo obedeceré.

Muevo la cabeza. Gira la ruleta y las dos fotos clavadas se desdibujan en el movimiento.

¿Qué duele más? La familia, y por ese sendero va encaminada mi venganza. Si toman como juego lo mío, yo tomo lo suyo, y así vemos quién se divierte más. La gran diferencia es que no voy a ofender con trucos idiotas: yo haré que esa zorra se acuerde de mí, siempre.

Apunto hacia la madera. La ruleta da vueltas en un murmullo siniestro. Se tambalea como si el diablo estuviera atrás, ansioso por saber quién será la víctima. Tiro del gatillo, la bala vuela y el juego se detiene con un tiro certero que elige y marca a mi próxima presa.

—Emma James. —Vladímir arranca la foto.

No escondo la mueca de hastío. La *suka* de Rachel James tiene dos hermanas y me ha tocado la peor: una maldita niñata de dieciocho años sin relevancia, peso, ni buen futuro.

Le arrebato la imagen impresa a Vladímir. Emma James reposa con los pies sumergidos en un lago. El cabello negro le cae suelto por los hombros. Le sonríe al sol mientras sostiene los lentes oscuros sobre su cara.

—Es la nueva presa y el león tiene ganas de comer. —Se deleita el *Underboss*.

Quiero a toda esa familia destruida. El destino ya eligió y la rata menor ya está condenada a la hoguera.

—Ve por ella.

—Como demandes, padre. —Vladímir se retira, erguido. La trenza rubia se mece en su espalda.

Un disparo sería una salida demasiado fácil. La Bratva no se conforma con lo simple, se asegura de dejar huellas. Emma James va a morir, pero primero será sometida a horrores que harán que la muerte le parezca el mejor de los regalos.

El Ejército le lame el culo a la valiente teniente, mientras que la mafia le teme por sus asombrosas hazañas. Veamos qué tan poderosa se seguirá sintiendo cuando le devuelva a su hermanita en un cajón.

Con la ley del talión, así es como se cobrará esta deuda. Yo perdí a mi hermana, ella perderá a la suya. Ojo por ojo, diente por diente. El calvario terminará con un tiro en la frente.

—La cacería ha empezado, señor —anuncia uno de mis *byki*.

Tomo asiento en la silla de roble negro. Las tallas de las estrellas de ocho puntas resplandecen bajo la luz del fuego.

El olor a pólvora persiste, mezclándose con el incienso que arde en un candelabro de hierro en forma de cruz. Las cenizas flotan en el aire, son el recordatorio de que aquí todo se transforma en polvo, salvo la jauría.

Contemplo el fuego. En la mafia rusa soy Dios, el gran Pakhan, el más alto cabecilla, el ser que lidera a toda la hermandad. No tengo grupos, secciones o partes de la *mafiya*, Bratva, mafia roja o como la quieran llamar.

Desde lo alto, manejo todo con un puesto, un apodo, un título, que todos veneran: el *Boss*.

Soy rey, amo y ejecutor. Peste, plaga y revolución.

Romanov es el apellido que cargo, y no soy el único con historia en la sangre: también la tiene mi adversaria.

Rachel James, aparte de ser una teniente condecorada, es la hija de Luciana Mitchels. Un motivo más para despreciarla.

Las Mitchels portan en las venas una maldición que embelesa. Hombres poderosos han caído por ellas, cegados por su belleza. Dicen que su apellido hace postrar a los grandes. Me consta. He visto a gigantes desplomarse y a líderes perder la cabeza.

Conmigo no funciona. Lo sé, porque las he tenido enfrente. No me inclino, no babeo, no me arrastro. Solo observo desde lo alto cómo otros lo hacen. Por eso soy quien soy en mi mafia.

Saboreo lo que está por venir. La venganza es un juego peligroso donde pagan justos por pecadores, y Emma James será un ejemplo más del afamado dicho: la mafia rusa no cede, no perdona, no olvida.

2
¿NO SABES QUIÉN SOY?

EMMA

Bien, aquí estamos. Hay que hacerlo. Parece difícil, pero mi madre no crio a una débil. Yo puedo.

Hace calor y mi teléfono suena en alguna parte con la alarma de los mensajes que ahora no puedo atender.

—¿Nerviosa? —pregunta el soldado frente a mí—. Te veo pálida.

—¿Yo? —suelto a reír con frescura—. No seas crédulo, soy así.

—¿Segura?

—Sí, así que continúa.

Se saca la camisa y me mentalizo; me va a desflorar. Sí, por estúpido que se oiga, quiero saber qué se siente tener un pene en mi vagina. Estoy harta de ser la única de mi grupo que no ha follado. Mi compañero del comando se acerca despacio y apoya las manos sobre mis muslos. Sonrío, coqueta. Sus labios tocan los míos al momento de abrirse paso dentro de mi boca. Lo hace despacio, calmado. Me está teniendo paciencia, porque le he dicho varias veces que sí y luego me arrepentí.

Recorre mi cuello al momento de bajar. Respiro hondo y dejo que se aleje para desapuntarse el vaquero. ¿Estoy húmeda ya? No. Veámosle el pito a ver qué pasa. Procede y su ropa interior amarilla aparece; es un color poco sexy para un calzoncillo, ¿no se le ocurrió considerarlo antes de comprarlo? Da igual, lo importante es lo que guarda adentro. Mete la mano en la tela, saca su pene y... La chispa se desvanece. No era lo que esperaba. Suspiro. De todas formas, sirve. Se acerca a besarme y esta vez me repugna. Parece que este soldado no me gusta mucho. Las paredes negras me acorralan, su saliva me asquea y su lengua se convierte en un tentáculo baboso.

—Tu turno. Demuestra lo mucho que me deseas y báilame un poco.

—Va.

Cambia de lugar conmigo. Se sienta en la orilla de la cama para observar mis movimientos. Juego con el borde de mi camiseta y balanceo las caderas. El gesto lo enloquece. Ansioso, se toca y... Agarro la mochila del sofá y corro a la salida lo más rápido que puedo. Los patines que cuelgan de la correa chocan en mis muslos mientras me apresuro a la puerta como alma que lleva el diablo.

—¡Emma! —me grita Martin en la escalera—. ¡No seas calientapelotas!

Cruzo el umbral hacia el porche delantero. El idiota prende las alarmas y las rejas empiezan a cerrarse.

—¡No seas imbécil, Martin!

—¡Emma! —Sale a medio vestir.

—¡Ya no quiero! —le grito sin detener el paso—. ¡Así que déjame ir!

La reja se cierra a pocos metros y se sacude cuando la trepo al ver que Martin trata de alcanzarme.

—Siempre haces lo mismo.

—¿Para qué me crees?

—No sé ni para qué pierdo el tiempo contigo, maldita tonta.

—Patea el gnomo del jardín.

Le saco el dedo medio y se devuelve a su casa.

—¡Te estaba usando! —le grito antes de que desaparezca—. ¡Y tu pito es raro!

—¡Ve a llorarle a tu papi, fracasada!

No contengo la carcajada en lo alto de la reja. Estrella la puerta a la hora de encerrarse y la risa me saca lágrimas. Lo divertido se acaba con la llegada de la patrulla que da vueltas en el vecindario.

—Señorita, ¿qué hace? —Baja un oficial del patrullero—. Está invadiendo propiedad privada.

—No —lo corrijo mientras me bajo—, estoy saliendo de una propiedad privada.

Mis zapatillas de deporte levantan un rastro de polvo al aterrizar. Acomodo la mochila y me recojo la melena negra en una coleta improvisada.

—El dueño activó la alarma —indica el policía.

Le hago un gesto con el índice para que se acerque. Es un hombre mayor. Viene hacia mí con las manos en la cintura.

—Lo dejé frustrado y está respirando por la herida, pero ya me voy.

Me abro paso, pero el intento queda a medias cuando el otro oficial se me atraviesa.

—Tendrá que acompañarnos a la estación.

Rick James es lo primero que se me viene a la mente. Le sonrío al hombre. Este permanece serio y a la cabeza se me viene algo peor: Luciana Mitchels.

—Calma, todo en la vida tiene solución y este malentendido no es la excepción.

—A la patrulla.

Me llevan contra el capó, donde sacan las esposas. Varios transeúntes se detienen a mirar. El pulso se me dispara al oír el clic de las manillas de metal en mis muñecas. ¡Mi padre me va a matar si sabe que salí a perder la flor!

—¡No lo vuelvo a hacer! —Peleo con las esposas—. Oficial, míreme, ¿parezco una criminal? Soy un angelito.

Me vuelvo hacia los policías.

—¡El maldito de Martin solo está enojado porque me asqueó su pito!

El hombre arruga la cara. Suplico en vano, porque me meten al auto a las malas y encienden la sirena. ¿Qué le voy a decir a mi papá? Pataleo, desesperada.

—Oficial, usted no sabe quién es mi familia, lo mejor es dejarme ir —trato de conciliar a través de las rejillas—. Si no me libera, mi hermana vendrá a patearle el trasero y pueden despedirlo por esto.

No miento. Desquiciada, o como sea que acabo de mostrarme, mi nombre es Emma James y soy la hija menor de Rick James y Luciana Mitchels. Mis padres no son personas normales que trabajan ocho horas al día y se quejan del dolor de espalda por estar demasiado tiempo en una oficina. ¡No tengo esa suerte!

Toda mi familia paterna pertenece al Ejército, y no a cualquier división: a la FEMF, la unidad de operaciones encubiertas más poderosa e importante de la justicia. Para el civil común, es una entidad inexistente; para los criminales de alto nivel y los servicios de inteligencia, es quien rige toda la milicia.

Mi padre es un general retirado y mi hermana mayor, una teniente de renombre. Gente intachable, héroes de guerra, símbolos de disciplina y honor.

Si el comando se entera de que fui arrestada, no querrá sacarme de su lista negra el día que deba regresar. Se supone que los miembros del Ejército deben dar el ejemplo… y yo no lo estoy dando.

Me bajan del vehículo y ruego que se desate el apocalipsis, que lleguen los siete jinetes a quemar la iglesia. Se supone que no puedo salir de mi casa y, heme aquí, siendo arrastrada a la estación de policía.

—Le di una oportunidad y no me creyó —le advierto al oficial—. Ahora se atiene a las consecuencias. Soy una persona importante.

—¿Me está amenazando?
—Estoy siendo benevolente, advirtiendo con justa causa.

Un grupo de personas discute por multas de tránsito en la pequeña comisaria. Deslizan las rejas, me quitan las esposas y, en cuanto el oficial se pega al teléfono con mi licencia en la mano, cierro los dedos alrededor de los barrotes.

—¡Oficial, por favor! —Sacudo las rejas—. No sabía que dejar un pito parado se consideraba delito.

Voy a matar a Martin por esto; es un inmaduro.

—Señor, dispáreme —le pido al oficial que circula por los pasillos—, eche mi cuerpo en un depósito de basura, pero no deje que mi padre me vea aquí.

Sacudo los barrotes, exasperando a todo el mundo. Esta ciudad es un nido de gente cotilla y los chismes vuelan. Mi madre me va a comer viva apenas se entere de esto. Ya me han castigado tres veces este mes. Debí haberme ido a desayunar con Death al club de los peleadores. Ahora estaría tranquila en alguna mesa bajo el sol y no aquí.

Ya me imagino el discurso de mamá. Dirá que Sam nunca le da estos dolores de cabeza. También dirá que hago quedar mal a Rachel en su campaña política. Crecer tiene ese problema: la gente se vuelve más exigente y menos indulgente con nuestras fallas. Mamá es así, Sam también; excepto Rachel: ella sería la única capaz de regañar al oficial por detenerme en lugar de llevarme directo a casa.

—Oficial, por favor...

Callo cuando Rick James, más conocido como mi padre, aparece, furioso, después de cuarenta minutos de lloriqueos. Papá es el progenitor con el que todos sueñan; sin embargo, cuando se enoja, lo mejor es comprarse un ticket a P. Sherman, Calle Wallaby 42, Sídney. Sí, no existe. Pues, ¡la piedad en los castigos de mi papá tampoco!

El oficial le extiende la mano a modo de saludo. Ya ha debido mirar mi historial y descubrir quién es y quién soy, así que ha podido deducir que mi lápida dirá:

«Murió al ser enterrada viva por su propio padre».
—General James, esta jovencita dice que es su hija y fue hallada colgada en una reja. El dueño de la casa llamó a denunciarla por invasión a propiedad privada.

Mi padre me mira y sonrío, mostrándole los dientes como si fuera lo más gracioso del mundo.

—Nos ha estado amenazando con su familia y hermana...
—¡No la conozco! —Se devuelve—. Póngale un overol y llévenla a trabajar al desierto.
—¡Papá! —Me aferro a los barrotes—. No me quieres, ¿cierto?

Regresa y le sonrío otra vez. Me ama, no tengo dudas, pero cuando se enoja es un monstruo que ahuyenta hasta el más valiente coyote.

—¿Por qué estabas colgada en una reja? ¿Y por qué amenazas con el nombre de tu hermana? No puedes hacer eso.
—No amenacé a nadie, solo estaba bromeando. —Frunzo los labios a través de los barrotes en busca de un beso y su mano agarra mi boca sin la más mínima ternura.
—¿Qué hacías en esa propiedad?
—Estaba con un amigo. Es un idiota.
—¿Follando? Si estabas follando, Emma...
—¡Claro que no! —si le digo que sí, se infarta—. Es un hombre que no tiene pito.
—Hace un momento dijo otra cosa —interviene el oficial.
—Pruébelo. —Lo miro—. Tenga cuidado a la hora de acusarme.

El hombre niega con la cabeza antes de irse.

—Moriré un día de estos por tu culpa —sigue mi papá—, y en tu conciencia quedará mi muerte. Todo el tiempo es un lío diferente.
—No lo vuelvo a hacer.
—Siempre me dices lo mismo.
—Estas son tonterías que se me ocurren cuando estoy ovulando —le resto importancia—. No volverá a pasar. Sácame y llévame a casa, ¿sí? El calor me está matando.

Se pasa las manos por la cara.

—Abra la puerta de la celda, oficial. Lamento las molestias causadas. —Se acerca al escritorio—. A esta niña me la obsequiaron al nacer, tuvo varias caídas en la infancia y no tiene idea de lo que hace.

Abren la reja y el policía me devuelve mis pertenencias. Camino hacia el vehículo de mi padre, mientras los escoltas del Ejército se alistan para seguirlo.

Me acomodo en el asiento delantero y papá se pone al volante.

—No puedes salir sola, desprotegida y sin previo aviso. —Azota la puerta—. ¿En qué demonios estabas pensando?

—Llevaba días encerrada. Necesitaba salir y respirar aire fresco.

—No es momento para salidas, ya te lo he dicho.

—Si espero el momento adecuado, será cuando me haga vieja y esté en un geriátrico. —Le muestro los patines—. No practico hace semanas; paso el día encerrada en cuatro paredes.

—Ya hemos discutido este asunto y no entraré en debate otra vez. —Arranca—. No te quiero volver a ver afuera. Llamaré a los padres de ese tal Martin y les diré que mantengan lejos a su hijo o no responderé por mis actos.

Se extiende en la reprimenda. Empieza a recordar quienes somos, el porqué de las medidas estrictas.

Rachel llama y el general contesta sin desviar la mirada del volante.

—Hola, cariño —la saluda—. Dime que están bien mis nietos y tú.

Mi hermana mayor es el gran orgullo de mi padre. Es teniente de la FEMF y pertenece al comando de Londres. La adoro, y si alguien encarna a una Wonder Woman real de carne y hueso, esa es ella. En el Ejército, la consideran una de las mejores en su rango. Sobrevivió a la mafia italiana, a la droga que la tuvo fuera de combate por dos años y a la recaída que vino después. No ha permitido que nada la venza. Es hermosa, inteligente y una estratega entrenada para operar en las misiones más exigentes.

Ha sumado grandeza al apellido James, demostrando por qué somos una de las familias más respetadas de la milicia. Muchos la consideran una leyenda, y me incluyo entre las personas que lo hacen.

La historia de mi hermana es un ejemplo de vida. Hace poco contrajo nupcias con uno de los coroneles más importantes de la FEMF y esperan dos bebés. Desde que se enteró, es la mujer más feliz del mundo.

El deseo de la mayoría es que algún día yo sea tan asombrosa como ella, pero no he tenido mucha suerte.

—¿Estás descansando como se te pidió? —indaga papá con el teléfono en altavoz—. Leí que los embarazos de alto riesgo requieren estar muy atentos a todo. Si notas cualquier señal de alarma, llámame de inmediato. Si tienes demasiado trabajo, envíamelo. Puedo ayudarte en lo que necesites.

—¿Está Em ahí? —inquiere ella—. ¡Hola, cariño!

Le pregunto por los bebés. No me gusta presumir, pero soy su hermana favorita.

Papá me interrumpe para hablar sobre lo importante: las últimas noticias. El Ejército sigue la pista de las grandes cabezas de la mafia. Rachel y su marido, como soldados de élite, están en la primera línea. Viven en una contienda constante con grupos criminales. Ambos aspiran a ser los próximos jerarcas de la rama y la suma de todo nos ha convertido en una de las familias más resguardadas de la FEMF.

—Todo está bien, papá. Los llamaré en la noche —responde mi hermana—. Cuídense, ¡los amo!

Entramos al vecindario de casas con aire campestre. Cuando muestran algún barrio estadounidense en las películas, es igual a la imagen que veo justo ahora, con todo y su atardecer. Por supuesto, en esas películas abundan las amas de casa felices, los camiones de helado correteados por los niños, los *pies* de manzana en las ventanas. En este vecindario es poco lo que se hornea, pues solo viven espías retirados.

Mi papá se estaciona frente a la casa James.

—¡Em! —me llaman desde el otro lado de la acera.
—¡Death!
El chaleco de cuero deja a la vista los brazos musculosos cubiertos de tatuajes. Tiene un par de golpes en la cara; marcas frescas de alguna pelea reciente. Cruza la calle corriendo para saludarme.
—Está castigada, lo siento. —Papá me aleja—. Ahora no puede atender visitas.
—Solo hablaré con ella un minuto, señor James.
—Ahora no, Death. —El general me arrastra a su lado sin darme opción—. Mejor ve a que te revisen esos golpes. No se ven nada bien.
Mi amigo se queda a un par de pasos. Con señas, le indico que textearé después. Pelea en las jaulas mortales; a mis padres no les hace gracia que nos vean juntos.
—Tiene que alinear las llantas de su auto, señor James —dice—. ¿Quiere que lo ayude?
—No, Death. Puedo hacerlo yo, gracias.
Le lanzo un beso y él sonríe antes de irse con las manos en los bolsillos. Camino a la puerta con papá atrás, quien actúa como si fuera alguna criminal.
—¡Emma está castigada! —grita en la sala—. ¡Lavará la cocina esta noche y aseará a los caballos durante lo que queda del año! ¡No saldrá y tampoco tendrá visita! ¡Cero prácticas de patinaje!
Sujeto el asa de mi mochila.
—Vuelves a salir y te cambio la cama por un ataúd. —Revisa la hora—. Y no cualquier ataúd, uno al que le pueda poner candado para que no te escabullas.
Se acerca a bajarme la blusa. La prenda llega más arriba del ombligo.
—No más con esta ropa. Hay demasiados soldados rondando y no me deja estar tranquilo.
Me dirijo a la escalera.
—Cámbiate. Está muy corto ese short.
Mi casa es una prisión y mi vida es un desastre. Con los patines colgando, subo las escaleras en busca de mi alcoba. A mis

dieciocho años no tengo los títulos, la inteligencia, la audacia y mucho menos los honores que tienen los integrantes de mi familia. A mi edad, mi madre formaba parte de un importante proyecto en la NASA, cuando recién cursaba el primer año de la universidad y ya prometía ser una de las más inteligentes científicas de su generación. Con dieciocho años, mi hermana mayor era una cadete prometedora. Sam, la segunda hija de mis padres, era una de las mejores estudiantes de la universidad de medicina donde asiste. En cambio, yo... lo único de lo que puedo presumir es del sartén que me gané el año pasado en el supermercado.

Guardo el uniforme que tengo sobre la cama. Por seguridad, debo estar un año fuera de la milicia. No se me permitió protestar la decisión y tampoco era que pudiera; para muchos, no le estaba haciendo justicia a la reputación de mi apellido. Mi padre fue uno de los mejores, igual que mi abuelo, mis tíos y primos. Al parecer, la inteligencia es un gen dominante en esta familia... Excepto en mí, dicen algunos. No he podido destacarme en la ciencia como mi madre, ni en las filas como mi padre.

Suelto los patines para guardarlos. Practico patinaje artístico sobre hielo desde que tengo tres años. Es más que un deporte, más que una afición: es una parte de mí. Ocupa mis días, lo respiro, lo siento en cada músculo. Absorbe gran parte de mi tiempo y de mis pensamientos. Aunque aún no le he visto frutos, nunca lo he podido dejar. Es difícil explicar la manera en que me eleva. Siempre he pensado que es mi don especial de nacimiento.

Recojo el desorden que hay en mi habitación y acomodo el retrato familiar sobre la encimera. Resguarda la fotografía de nuestra última visita a la playa. Estamos los cinco: mamá, papá, Rachel, Sam y yo: los James Mitchels.

—Saliste sin escoltas y sin permiso. —Mi madre se cruza de brazos bajo el umbral de la puerta.

—Llevaba tres días encerrada. Salí por aire fresco.

—Dejamos claro que, por este año, no habría salidas. —Entra—. Tenemos cientos de problemas encima, ¿se te olvidó?

—No se me hace justo tener que estar encerrada tanto tiempo. Tengo la vida social de una anciana.

—Quejas y quejas. ¿Empiezo yo con las mías? Porque puedo ponerme a hablar de las últimas notas o de cómo te has estancado en la academia.

—No estoy estancada, es solo una mala racha. —He pedido cambios para probar suerte en otro lado y se niegan a moverme—. Y no estaba haciendo nada malo cuando salí. Fue el idiota de Martin quien...

Su mano alzada me obliga a callar.

Si la belleza se midiera en joyas, mi madre sería un diamante, igual que mis hermanas y todas las mujeres de su familia.

—Tengo jaqueca. —Me tumbo en la cama—. Ya sé que estoy castigada, no gastes energía regañándome.

—No quiero volver a ver a ese peleador afuera. —Abandona el dormitorio.

Como es, seguro no me hablará en días. Su mejor arma contra mí es la indiferencia.

El atardecer incendia el cielo en tonos naranjas. La brisa fresca se cuela entre las cortinas púrpuras y me dedico a mirar el tapiz de mi techo. Hace unos años alguien me dijo que había nacido para cosas grandes. Creo que la adivina me robó veinte dólares.

—¡Nos vamos a Tucson! —exclama papá desde la escalera—. Regreso mañana en la tarde. Emma, no olvides alimentar al potro nuevo.

Cuando un soldado cae, los de honor van a despedirlo.

El tictac del reloj marca el ritmo de mis latidos. Los párpados me pesan, el sueño me sume. Duermo hasta que la vibración del teléfono me saca del sopor.

Somnolienta, estiro la mano y tanteo el móvil en la mesita de noche.

—Prisionera 333 —contesto.

—¡Emma! —exclaman en la línea—. Tienes diez minutos para estar aquí.

—Estoy encarcelada, Ashley —le recuerdo a mi compañera del comando.

—¡Al diablo eso! —exclama, emocionada—. Hay una fiesta en Sonora, ¡¿y adivina qué?! El primo de un tío de un amigo tiene una avioneta. Nos llevará y nos dará un pase directo.

—¿Quién? —Saco los pies de la cama.

—No importa quién es. Trae tu culo y un disfraz al aeródromo. —El rugido de la motoneta suena al otro lado del teléfono—. Estarán todos los cadetes de la tropa allí. Fiesta privada, licor gratis y DJ en vivo. ¿Necesitas más razones?

Suelta los detalles mientras camino a la ventana que da a la calle. Mantengo el teléfono en la oreja. Anocheció y el viento ligero mece las ramas de los mezquites de la casa de enfrente.

—¿Qué vas a hacer en casa? Nada. —Ashley insiste, impaciente—. La juventud es oro, ¿quieres desperdiciarla en la cama o en una fiesta? Debemos ir. Da igual si te castigan. Siempre lo hacen.

Muevo la cabeza cuando veo la sombra que se oculta detrás de los árboles. El viento levanta las hojas de la calle, un susurro frío recorre mi nuca y cierro las cortinas de golpe.

—¿Emma?

—Voy para allá. —Cuelgo.

En una mochila, guardo rímel, sombras, *gloss*, delineador y perfume. Con la misma prisa, abro el armario y saco uno de mis vestidos de patinaje. Busco zapatos que combinen y me enfundo en una sudadera. No tengo rastreador. Mi cuerpo rechazó el último implante y el nuevo aún no llega, así que papá no tiene forma de localizarme. Bajo a cenar y me dejo ver por la empleada. Sam aún no llega de la universidad.

Regreso a mi dormitorio, revuelvo la cama, escondo las almohadas bajo la frazada, enciendo el televisor y subo el volumen. Todos saben que puedo pasar horas frente a una pantalla. Volveré antes que mis padres. Ni se enterarán de que salí. Cierro con llave y cuelgo el letrero de «No molestar» en la perilla. Me escabullo por la ventana y aterrizo en la calle. Desde la acera, echo a correr hacia el aeródromo en donde espera la avioneta.

3
EL OLFATO DEL LEÓN

VLADÍMIR

¿Hay algo más asqueroso que la especie humana? Lo dudo. La mayoría son aves de carroña, sanguijuelas chupasangre, y ante mí tengo a un grupo bastante grande.

Coloco dos líneas de coca sobre la baranda. Tapo un orificio y aspiro en plena discoteca. El sabor amargo se abre paso, rasga mi garganta y elevo el mentón tras carraspear. Nada cambia. Nada mejora. Solo duermo lo que me pudre por dentro.

En la monarquía de la mafia roja, se nace siendo malo; te forjan para ello. Tu sonajero es el puñal que manda a fabricar el *Pakhan*. El hecho tiene más peso cuando tu padre es dicho sujeto. Las palabras lástima o compasión no existen en mi entorno, menos cuando se es el heredero de la Bratva. Con veinte años ya tengo una promesa, un sello y un juramento: soy el *Underboss*, el cachorro del león.

—Esta cultura norteamericana es bastante interesante —murmura Salamaro.

Apoyado en el tubo de acero, el *sovetnik* de la organización escudriña a la multitud. No está aquí por casualidad, su trabajo es estar cerca del poder, guiar a quienes lo sostienen hoy y a quienes lo heredarán mañana.

—Pensé que solo Sodom era tan liberal. —Bebe de su whisky.

La fiesta está en su punto álgido. La plebe se retuerce entre luces intermitentes, disfrazados de hadas, demonios, animales. El dueño ha convertido esto en un burdel árabe mal iluminado con toldos dispersos, cojines desperdigados, rincones donde la gente entra a follar cada vez que le apetece. Limpio la punta de mi nariz. Apesta a pólvora, cerveza y sudor rancio. La gente disfruta como si el mundo fuera el lugar más asombroso del planeta. Para Emma James dejará de serlo en un par de minutos. Viajé desde Rusia a América, llegué a Sonora hace tres horas y mi presa está en el área. Los amigos la sacaron de Phoenix. Le estoy siguiendo la pista hace días e intervine el teléfono de aquellos que forman parte de su entorno. He estado al tanto de todos sus movimientos y ahora quiero que mis hombres la torturen antes de llevarla a mis tierras.

Uno de mis hombres mueve la cabeza para indicarme su sitio. La observo desde el balcón del pub. La vibración de la música se extiende, golpea las paredes en un pulso acelerado que atrapa a la gente en su frenesí. Emma James sacude la cabeza mientras mueve los brazos al aire. No es ritmo: es puro desenfreno dentro de un vestido que escupe destellos en cada salto.

Da vueltas con una botella de tequila en la mano y grita enloquecida.

—Su energía me llega hasta acá —dice Salamaro.

—Esperen aquí.

Saco el pasamontañas, oculto bien el cabello rubio bajo la tela, dejando solo expuestos los ojos y la boca. En la manga de la chaqueta, escondo el *haladie* de doble filo. Voy a hundirlo en su abdomen, a sentir la resistencia de la carne antes de que ceda. Podría matarla de inmediato, pero no, la muerte es un favor y yo no estoy aquí para concederle nada.

Los patéticos que me rodean se pasean con máscaras y tubos fluorescentes en el cuello. Camino con cautela; no quiero levantar sospechas. Tampoco quiero que las mujeres me unten su sudor de putas. Varias me miran con segundas intenciones, pero no les devuelvo la cortesía. He venido a herir en nombre de mi tía. Esquivo, solo me limito a abrirme paso hacia mi objetivo. Comparto el pensamiento del *Boss*, habría preferido llevarme a la otra y no a esta, la que menos vale. Al tomarla, más bien le estoy haciendo un favor a la familia.

La discoteca se estremece en furor. Plebe. Fracasados con vidas mediocres sin nada mejor que hacer. Emma James baila de espaldas con un traje de bailarina o cirquera. No tengo claro qué clase de vestido basura carga. Se ajusta a su cuerpo. El *haladie* frío reposa en mi palma y, sin prisa, me deslizo entre la muchedumbre. El humo brota del suelo, elevándose en un velo artificial. Un ebrio se estrella en mi espalda cuando tropieza, empuja mi cuerpo hacia delante y Emma James se vuelve hacia mí. Su rostro queda a centímetros del mío y retrocedo un paso.

La luz la enmarca en *flashes* intermitentes. Su piel resplandece entre sombras danzantes. El aroma que me alcanza no pertenece a este sitio. No es sudor, ni licor barato, ni perfume empalagoso. Es algo más vivo, más puro.

Me mira sonriendo. El rugido de la multitud se hunde en el fondo, las sombras pierden su forma. Salta agitando el cabello azabache. Sus manos caen en mi cuello y la carcajada que brota de sus labios lo congela todo. Se lanza hacia mí sin aviso y captura mis labios en un beso al que no me da tiempo de reaccionar. Su lengua suave se desliza dentro y su sabor estalla en mi paladar. El roce es una descarga, un pulso vivo que me suspende y entra a mi sistema como una dosis de nicotina después de días sin fumar. Las luces parpadean. Todo el mundo grita. Las larvas en mi cerebro se retuercen. Miles de susurros irrumpen en mi oído y empujo a la mujer. No sé cómo puede ser tan insolente.

—¡Qué disfraz más original! —grita ebria.

¿Disfraz? Baila sin dejar de reír, mientras yo sigo anclado en el mismo sitio. No debí meterme esa coca barata, que me ha nublado el juicio en lugar de aclararlo. Su boca entreabierta me da sed y me abalanzo hacia ella en busca de otro beso. Ella corresponde. Sujeta mis manos cuando me aferro a su cara, el calor agobia y su pelvis se contonea contra mí. Siento que beso a cuatro mujeres al mismo tiempo. Mi mirada encuentra la suya y la beso dos, tres veces más. No sé. La droga ha tomado control total. Estorbamos en la pista y ni con eso separo mis labios de los suyos. Un tirón se aloja en mi entrepierna y, confundido, paso la mano por la erección que no había visto desde los catorce años. Su espíritu vivo me atrapa en un estado de suspensión que no desaparece. Me ata a su boca, anulando el ruido en mi cabeza. Solo me deja con un impulso nítido: desnudarla.

Aprieto su mano y la traigo conmigo. Ella me sigue, mareada, sin oponer resistencia. Nos meto en uno de los toldos colgantes y cierro los velos tras nosotros. Debería sacar el cuchillo y hundírselo en el abdomen, pero su aliento sigue en mi boca, su sabor en mi lengua. Cuando me doy cuenta, ya estoy besándola de nuevo. El vestido se desliza sobre sus piernas al caer sobre los cojines de terciopelo. Sus caricias suben por mis costillas y cada ondulación de su cuerpo me enreda en un estado complicado de manejar. No sé qué estoy haciendo; tampoco entiendo por qué no la he apuñalado y por qué mi pene se ha puesto tan duro.

Me acaricia el torso y la detengo al sentir sus dedos deslizarse hacia donde no deben. El intenso azul de sus ojos me arruga el entrecejo. Me besa y mi pecho resuena en un galope sonoro que golpea mis oídos al ritmo de recuerdos que nunca dejan de acechar.

Tormenta, granizo, relámpagos. Jadeos, sombras, espectros que no duermen.

Sacudo la cabeza. No quiero pensar. Desabrocho el pantalón, bajo el bóxer y saco mi erección. Deslizo las bragas con una sola mano y me acomodo entre sus piernas. Paseo la cabeza de mi pene entre los pliegues húmedos de su sexo. Ella rasga con la boca el preservativo escondido entre sus pechos, me lo entrega y me lo pongo, urgido. Sus nervios se mezclan con los míos mientras lidio con las voces de mi cabeza: *Noch Prizrak*.

Un escozor me quema la nariz, las lágrimas nublan el entorno: *Noch Prizrak*. Esa noche, ese instante, ese momento...

Aprieto los párpados. Sujeto el pene enfundado en látex y lo coloco en su entrada. Es un animal pequeño que se mueve bajo mi pecho. Está inquieta y yo también. Ambos compartimos el mismo brío. Empujo la pelvis hacia delante y sus dedos se cierran en mi camisa cuando percibo su barrera. El ligero quejido, cargado de dolor, es un sonido extraño en medio del calvario de mi cabeza.

No deseo oír su llanto ni sus quejas de primera vez. Poseo su boca y mi lengua danza con la suya, en tanto mi capullo se esfuerza por entrar, por romper y quebrantar lo que no me da vía libre. Duele, arde, mi paciencia se agota y con un fuerte empellón me hundo en ella, disfrutando de su angosta vulva. Su expresión se deforma en una mueca de dolor. No me detiene. Ajusta su postura, ella quiere esforzarse sin entender que no tiene que hacerlo. Llegar hasta aquí ya es demasiado, ya es un premio, una garantía para quien ha venido a apuñalarla y... tal vez lo haga mientras la folla. El dolor y la incomodidad persisten; sin embargo, la sigo besando como si eso pudiera disfrazar el desastre que es todo esto.

Esto no es lo que se me ordenó. Estas no son las creencias que me inculcaron. «El león nunca folla con la presa». Me sonríe y aprieto mi *haladie*. «Tengo que hacerlo». Separa los labios, acaricia mi cuello con ternura, se comporta como si fuera especial. No lo es. Ella es una puta barata. Intenta quitarme el pasamontañas y no la dejo. Ya fue suficiente. Acabo en el preservativo, saco mi pene de su entrepierna y le bajo la mano. Se inclina hacia mis labios y atrapo su cuello.

Se retuerce, patalea, forcejea con la desesperación de quien acaba de notar que los monstruos sí existen y tiene a uno encima. Mi agarre la aprisiona, le roba el aire hasta que su cuerpo cede y la inconsciencia la deja quieta. La suelto. Una mariposa reposa dibujada sobre su mejilla izquierda. Cuesta apartar la vista. Parece que tuviera un reflector escondido en algún lado. Nadie resplandece así. Parpadeo; he olvidado que sigo bajo los efectos de la maldita droga.

Me limpio la punta de la nariz, retiro el preservativo manchado de sangre y me reacomodo el pantalón. La maniobra no tomará mucho. Sin perder tiempo, cubro sus partes, la levanto y paso su brazo izquierdo sobre mi cuello. La saco de los toldos. Las miradas se desvían rápido. Para ellos, soy solo otro cabrón sacando a una ebria del lugar. Con o sin mí, iba a terminar así. A nadie le resulta raro.

El pulso no se me normaliza. Salimos de la discoteca. Las calles arden en la negrura de la noche. El calor atrapado en el asfalto sube en oleadas pesadas, mezclándose con el polvo que cubre cada puta superficie. No hay viento. Los faros de los coches proyectan una luz sucia y amarillenta que me calcina los ojos. Alargan sombras deformes en el pavimento agrietado. Mi gente ya espera adelante. Le entrego a la puta. Salamaro informa que el punto de encuentro está listo y pongo todo en marcha. Me muevo a mi siguiente parada: un edificio de concreto en mitad de la nada, vacío y viejo. Las puertas abiertas dejan escapar el aire rancio. Mis hombres arrastran a la presa adentro y los dejo avanzar. Necesito un respiro. Un segundo a solas. Me quito el pasamontañas. El sudor se mezcla con el polvo y las hebras de cabello se me pegan al cuello. La chaqueta me asfixia, está impregnada con el olor de Emma James. Jadeo. Saco el sobre de coca, sacudo la mano temblorosa y amontono el polvo blanco en el dorso. Aspiro todo. Me calcina la garganta, me incendia las fosas nasales y pone a latir mi cabeza. Me jode, pero es lo único que me separa del vacío.

El desasosiego me envuelve en un abrazo oscuro. La droga se asienta en mi sistema y, en lugar de calmar la tormenta en mi mente, la agita, expande y empeora. El hueco alojado en mi pecho se abre entre inhalaciones.

Capturé a la presa. Debería sentirme bien, esto alegrará a mi padre. Lo que no le gustará es saber que la toqué, que me la follé como un puto imbécil sin cabeza. La satisfacción se ensucia con el error. No pensé, no medí, no me detuve. Ahora tendré que enfrentar su mirada.

Me agarro la cabeza. Las pesadillas me atacan despierto. Pateo la basura; necesito que mi mente se desconecte y no lo hace. Por el contrario, traen la cara de mi madre. Los recuerdos acechan en la penumbra con garras y dientes afilados. Sus súplicas rebotan en mi cráneo. Perforan. Escuecen. Su cadáver, iluminado por los rayos, quedó marcado a fuego en mi memoria. Siempre vuelve al compás de la melodía de la granizada.

Las paredes se tambalean a mi alrededor. El hedor a fango podrido asciende por mis entrañas, como si algo dentro de mí se estuviera descomponiendo. La última noche con mi madre se despliega en mi cabeza: muebles volcados, gritos; siento el acero frío del arma en mi mano y la veo caer de rodillas frente a mí después del disparo. Los espectros de la noche me atacan dormido y la culpa no me da tregua cuando estoy despierto. Nunca me voy a perdonar por lo que le hice.

Clavo la cabeza en la pared fría. El concreto absorbe la llamarada que me incinera. Mi madre era una mujer de la Bratva y me amaba como ninguna.

—Ya despertó, leoncillo —me avisa uno de mis hombres.

Me enderezo la chaqueta y sorbo lo que me queda en la nariz. Subo la rampa de la fábrica. Ignoro todo, incluso el hecho de que estuve dentro de ella.

La tienen en la segunda plataforma de la fábrica. El *byki* me indica el lugar.

—¡Hola! —Oigo desde el corredor gris—. Señor secuestrador, ¿puedo ir al baño? Tengo que orinar.

No me dejo ver. Paso entre las columnas de concreto en completo silencio. Llego hasta Salamaro, que espera detrás de un ventanal.

Emma James está esposada a un asiento con una lona negra en la cabeza.

—Oigan, en serio, no quiero una infección en la vejiga. —Se sacude en la silla—. ¡Es molesto!

—¿Crees que esto es un juego, niña? —pregunta el hombre frente a ella.

Le arranca la lona.

—Te vamos a sacar los intestinos.

—¿Y recién me entero? Haberme dicho que debía cagar en la discoteca —alega con las manos atrás—. Ahora se llevarán una mala imagen de mí cuando ensucie todo esto de mierda.

Aprieto el puño, conteniendo el impulso de acabar con esto de una vez. ¿Qué mierda cree? ¿Que esto es un circo? El mango del *haladie* ya está en mi mano y Salamaro, con un gesto, me pide calma.

—¿Sabes quiénes somos? —la confronta.

—¿Los Power Rangers? —Chasquea la lengua—. Algo me dice que tú eres el rosado. Oigan, después de medianoche, el DJ suele poner…

El puñetazo la calla a media oración.

—Ok, ya no es gracioso. —Escupe la sangre.

—Tenemos un mensaje para tu hermana —dice el hombre de la Bratva—. Lo grabaremos y se lo haremos llegar en alta definición. Será el primero de muchos.

La puta de la silla pone los ojos en blanco, aburrida, y él la sujeta del mentón.

—Le dirás que, por matar a Sasha, has sido encadenada a la ley de los nuestros y arrastrada a nuestro infierno. A partir de hoy, tu calvario comienza…

—Oh, espera un momento, el golpe no me deja retener tanto. Solo capté que, por matar a una tal Lupe… ¿Qué era lo otro?

Salamaro frunce el ceño y me froto la cara. Es una maldita cirquera.

—Dejaré que mi colega te muela a golpes —dice el asesino sin apuro—. Será él quien te refresque la memoria.

Sale del salón, dejándola sola. Los pasos del otro *byki* retumban en el pasillo, pesados y certeros.

Le dicen «la Máquina», porque su padre le reventó la cara a golpes hasta dejarlo irreconocible. Para muchos, es un monstruo; pero, para la Bratva, es la mejor de las herramientas. Las víctimas no olvidan su trabajo.

El frescor me recorre, apenas cruza el umbral. Ahora sí veré a esa puta mearse encima. El cabello le cuelga enmarañado sobre la cara, el vestido está hecho jirones a la altura del pecho, la boca le sangra y tiene el pómulo violáceo. Parece un despojo divino, una criatura alada estrellada contra el suelo, rota, sucia, sin gloria. Los pasos se aproximan cada vez más y la imagen debería complacerme, pero la satisfacción se disuelve cuando rompe en carcajadas, como una desquiciada.

Su carcajada me arranca el mareo de un zarpazo. El *sovetnik* frunce más el ceño; comparte mi misma confusión. La Máquina se queda a medio camino con la cámara en su mano.

No hay otra explicación. Está ante una loca.

—Perdón, perdón —dice ella entre risas—. Esperaba a alguien con un puto triciclo al estilo *Saw*. ¡Qué falta de originalidad! Ahora entiendo por qué el sujeto que me raptó fue disfrazado de secuestrador. La cabeza no le dio para nada más.

El asesino ajusta la cámara en la base, se planta frente a la puta y le cruza la cara con dos bofetones. La puta no para de reírse ni cuando la toman del cabello para obligarla a mirar de frente.

—Rachel —el *byki* extiende la mano para encender la cámara—, mira lo que tenemos aquí: a tu hermanita. Salúdala, preciosa.

—¡Hola, cielo! —suelta con desfachatez, lanzando un beso a la cámara—. Los Power Rangers me secuestraron...

El soldado de la Bratva le pone un cuchillo de trinchar en la garganta.

—Tenemos un mensaje para ti.

—Me trajeron aquí porque mataste a una tal Lupe —dice.

¡Me está tocando las pelotas! No puedo enviar un mensaje así.

—Emma —la máquina aprieta hasta que ella gime—, no sé qué mierda te metiste, pero sigue así y te haré rogar por un final rápido. Estás tentando a la muerte, zorra.

—Claro que no. Y, para que veas, terminaré con esto de una vez, porque de verdad tengo muchas ganas de mear.
    Mira a la cámara. El soldado de la organización da un paso atrás sin soltar el cuchillo.
    —Rachel, estos tipos me secuestraron porque mataste a no sé quién —dice frente al lente—. No te preocupes, ya solté las esposas y voy a patearles el culo.
    —¿Qué?
    Le muestra las esposas a la Máquina y él se abalanza sobre ella, quien hunde ambos pies en el abdomen del *byki*. Echa el cuerpo hacia atrás con un impulso sagaz, da la vuelta con la silla, agarra el respaldo y se lo estrella al guardaespaldas en la cara con un golpe demoledor. El asiento se desbarata. Mi mandíbula se descuelga. ¿Qué carajos? Salamaro desenfunda el arma y lo detengo. No hace falta desperdiciar balas en una idiota que acaba de firmar su sentencia a la tortura más dolorosa. El asesino la va a destrozar a golpes y no va a poder detenerlo. La Máquina se sacude la madera, blande el cuchillo y va por ella, que se lanza de frente, se para en dos manos y gira en el aire al realizar una voltereta. El *byki* se frena, desconcertado.
    —En el hielo se ve más bonita.
    El soldado ataca, pero la puta se agacha, esquiva y le muerde la muñeca. El cuchillo cae, ella lo atrapa en el aire y se lo clava en el muslo.
    —¡Zorra!
    Patea la arena, la nube de polvo le da en la cara y emprende la huida.
    —Cucaracha de porquería. —Saco mi arma.
    Se escabulle por una de las puertas mientras atravieso la otra con el pasamontañas. El segundo *byki* sale de las oficinas del fondo con los pantalones enredados en los tobillos, parpadeando como un idiota.
    —¡¿Qué diablos ha pasado?!
    Pongo los ojos en la zorra que corre pasillo arriba. Voltea, le apunto, disparo y se lanza al suelo. La bala impacta contra la

pared. Sigue corriendo. Voy tras ella. La Máquina me lleva por delante, enceguecido por alcanzarla primero. Agarra el arma y se la arrebato. No puede matarla. Lo rebaso, esa zorra es mía.

Es veloz. Se desvía por uno de los pasillos y desaparece entre las estructuras de metal y concreto. Llorará por esto. Los dos *byki* se me pegan a la espalda y frenamos en la entrada de la sala de costales de cemento. Ahí está, parada sobre un borde polvoriento, junto a una ventana rota. Le apunto y la muy zorra me mira, levanta las manos y me muestra los dedos del medio antes de arrojarse de espaldas al vacío.

Malnacida, infeliz.

—¡Vayan por ella! —Empujo a mis hombres—. ¡Tráiganla!

Se lanzan a través de la ventana. Desde arriba, los veo caer en la pila de arena donde aterrizó la puta. Ya está en movimiento, corriendo entre bloques y vigas caídas. No escapará. Hundo los dedos en mi melena, mi cabeza es un nudo. Su perfil me la mostraba de una forma y ahora me encuentro con esto. Doy media vuelta y salgo. Salamaro aguarda en el estacionamiento.

Los dos hombres llegan media hora después sin nada sobre su hombro.

—La perdimos.

Estrello los puños en el capó de la camioneta. ¡Se me ha ido como arena entre las manos!

—Calma, leoncillo —pide el *sovetnik*—. Este es solo un primer intento. La próxima vez trae más hombres y cierra todas las salidas.

No me entra en la cabeza el descaro de esa puta. Su burla, su osadía. La opresión en la garganta me estrangula. El pecho me sube y baja, descontrolado. Descargo los puños contra el capó. El golpe retumba en el metal y lo abolla bajo el peso de mi furia.

Juro por mi madre que voy a hacerla pedazos.

EMMA

Por novena vez en el día, reviso las ventanas. Ajusto bien todos los seguros y corro las cortinas. No dejo ni un resquicio. Cualquier ruido que oigo me pone en pie. No importa si es real o imaginario, si proviene de la casa o de mi cabeza; me levanto a revisar que todo esté bien.

Hace días intentaron secuestrarme en Sonora y aún no tengo claro cómo conseguí escapar de esa fábrica de bloques. De no ser un soldado, mi destino hubiese sido otro. Corrí hasta la pista con el miedo incrustado en los huesos. Mis compañeros estaban por despegar y no sé qué hubiese sido de mí de no llegar a tiempo. No dije nada. Aunque tuviera la cara llena de golpes, me limité a sentarme en la última silla y mantener la boca cerrada.

Si mis padres se enteran de que mi desobediencia me puso en peligro, me pondrán una cadena de perro en el cuello y me amarrarán a la cama. La empleada les contó que no estaba en casa y, al llegar, me estaban esperando en la pista de aterrizaje. Fui reprendida delante de todo el mundo y tuve que inventar una pelea para justificar las heridas. Desde entonces no me hablan.

Tomo asiento frente a mi *laptop*.

—¿Dices que era candente? —pregunta Ashley en la pantalla—. ¿Qué tanto?

—Bastante. —Me echo un puñado de golosinas a la boca. Me vieron besar a un extraño. No tenía sentido negar que le abrí las piernas. Lo que sí me avergüenza decir es que intentó secuestrarme después de follarme.

—¿Y ya lo llamaste?

—No estoy interesada. Obtuve lo que quería, ¿para qué más?

—¿No podías perder la flor como una persona normal? ¿Con el amor de tu vida, como lo hace casi todo el mundo?

—Un agente de la FEMF escaló cuatro pisos y rompió una ventana para follarse a mi hermana mayor, ¿qué esperas? —Arrugo la bolsa en mi mano—. Y esa misma hermana le vomitó encima al perro del sujeto, estando ebria. En mi familia nada es normal, así que no pidas imposibles.

—¿Qué han dicho tus padres sobre la salida?
—No me dirigen la palabra.
—Pronto se les pasará.
—En uno o dos milenios, tal vez.
—Debo irme. El comando programó una visita al cuerpo policial y no la puedo posponer. Si te aburres, pásate por mi casa después de las diez. Conseguí un par de botellas de Jim Beam. Están bajo mi cama, listas para ser destapadas.

Alza la mano en señal de despedida, y cierro la pantalla. Ashley Faxon es una soldado en el comando y experta en malas ideas. Se escondió cuando vio a mis padres para evitar que alertaran a los suyos.

Reviso el móvil: hay dos mensajes de Tyler. Lo conocí en Londres. Trabaja como escolta del coronel. Vino unos días a Phoenix y desde entonces hablamos a menudo. Tengo un chat donde lo incluí a él y a Death. Suelo enviarles música, fragmentos de película o lo que me encuentre en la red. Ambos están al servicio del marido de mi hermana y sé que no tienen días fáciles. Me envía una foto desde el comando londinense y le respondo con una mía antes de ir al armario. Sigue desordenado, igual que mi vida. Todos decían «los dieciocho son lo mejor del mundo». Mentira.

Saco los vestidos que ya no me quedan. Debo renovar. Tengo algunos ya en mente y los compraría si tuviera presupuesto. No sacar buenos resultados en el hielo ha hecho que mis padres se vuelvan más estrictos a la hora de invertir en mí. Las hermanas de mamá dicen que no deben consentir mis caprichos. Pagan una que otra pista privada cuando les ruego y me escudo en el clásico «no me entienden».

Limpio los patines y organizo las cintas de los concursos en los que he participado. No quiero pensar en Sonora. Por mi tranquilidad, he decidido arrinconar el hecho en lo más recóndito de mi memoria.

Termino de ordenar y llevo el cesto de ropa sucia a la habitación de Sam. Está leyendo sentada frente a su escritorio gris. El cabello liso, partido por un perfecto camino en el centro, cae sobre su blusa antes de recogerse en una coleta baja. Su cuarto no se parece en nada al mío. Donde yo tengo un tapizado floral, el suyo es azul marino. En mis paredes cuelgan pósters de ciudades icónicas; en las suyas, biografías de mujeres honorables.

—¡Limpieza! —canturreo bajo el umbral—. ¿Necesita que limpie su alcoba, *mademoiselle*?

—Estoy estudiando, sal y cierra la puerta.

Se sumó a la lista de los enojados, así que no insisto. Odia las interrupciones cuando está sumergida en los asuntos de su universidad. Si Rachel es el orgullo de mi padre, Sam es el de mi madre. Ocupa los primeros lugares; siempre es citada en los discursos sobre excelencia académica. Tiene como meta alcanzar el mismo nivel que mi madre y mis tías. Su biblioteca es prácticamente un archivo de la historia familiar: reportajes, columnas y notas dedicadas a las Mitchels.

Su activad favorita es ir de vacaciones con ellas.

Bajo a la primera planta, dejo el cesto de ropa sucia frente a la lavadora y reacomodo los muebles. Lo hago cada seis meses para que la casa se vea diferente. Reemplazo las flores de los jarrones. El jardinero me conoce y se asegura de dejarme los mejores ramos.

—¿Ya vieron estas calas? Las separaron para mí —le cuento a la empleada mientras aspira las cortinas—. Nadie, en este vecindario, tiene flores como las nuestras. Un privilegio que, por supuesto, solo yo consigo.

No me contesta; mamá le prohibió hablar conmigo. Luciana Mitchels no es una mujer fácil de contentar. Una vez pasó un mes enojada porque, sin querer, hice caer a una de mis tías y tuvo que ir al hospital.

Lleno todos los jarrones, incluso el que está en el estudio de papá. Organizo las carpetas sobre su mesa. Está retirado, pero su mente sigue en el Ejército, más ahora que el marido de Rachel aspira a ser ministro en la FEMF. Sacudo la placa que le otorgaron cuando aún no tenía ni una sola cana. El tiempo no lo ha vuelto menos apuesto: sigue siendo un hombre bien parecido, digno de la belleza de mi madre. La insignia de la NASA de mamá brilla en la vitrina junto a las condecoraciones de papá, los reconocimientos de Rachel y el primer diploma de Sam. El más reciente es el de servicio a la ciudadanía. Se lo otorgaron a mi madre por su labor en obras benéficas.

La vitrina también resguarda las medallas de Harry, el mejor amigo de Rachel, que creció con nosotros como un miembro más de la familia. Murió en combate hace algunos años. No han sido buenos tiempos para mi apellido.

Concluyo los quehaceres y salgo a trotar al terreno detrás de la casa. Son veinte hectáreas de área resguardada, parte de la propiedad de mis padres. Lo recorro desde niña. El ejercicio físico siempre ha sido una parte de mi vida, por el Ejército y mi deporte. Entrenar me despeja, me ordena las ideas. Corro todos los días y, cuando el tiempo lo permite, me pierdo durante horas explorando el terreno.

El sol cae de lleno sin una nube que lo filtre. Lo siento en la nuca, en los hombros, en la espalda, quemando a través de la tela de mi camiseta. Hasta la tierra parece exhalar calor. Phoenix se siente como un infierno, aun en invierno. Mi zancada remueve el polvo que flota, perezoso, antes de asentarse de nuevo.

La cara todavía me duele al tocarla, y también distintas áreas de mis brazos. Acelero el paso. Estaba tan ebria la noche de la fiesta que es poco lo que recuerdo, aunque tampoco me esfuerzo por hacerlo.

En mi adolescencia, imaginaba que mi primera vez sería diferente, algo que valiera la pena guardar. Un lugar bonito, una canción que, años después, al escucharla, me hiciera sonrojar. Conseguí todo lo contrario.

Quemo tiempo en las caballerizas por la tarde y, en la noche, me preparo un baño de pétalos. Tengo un minitelevisor en el baño y lo uso para ver programas de moda mientras me exfolio la piel, tallo mis hombros o me relajo en la bañera. Mi cuerpo trabaja duro entre las prácticas y el entrenamiento. A veces olvidamos lo mucho que hacen nuestros órganos y músculos para mantenernos en pie. Yo prefiero recordarlo y por eso lo consiento, para que no me falle.

Me aplico crema en los pómulos. Escojo mi pijama favorito y enciendo un par de velas aromáticas. Cambié las sábanas en la mañana; huelen a lavanda.

—Sus padres desean verla —dice la empleada en la puerta—. La esperan en el comedor.

Dejo las almohadas donde estaban y, descalza, cruzo el pasillo de madera.

Es raro el llamado. Todos están en modo «finjamos que Emma no existe».

Mis padres y Sam aguardan en el comedor. Un sobre blanco descansa en el centro de la mesa y solo espero que no hayan tomado mi orina sin avisar para hacerme una prueba de embarazo y que, para colmo, resultara positiva o algo así.

—¿Juicio familiar?

—Martin Beckett le ha dicho a todo Phoenix que folló contigo —empieza mi madre—. ¿Lo sabías?

—Es mentira. Está dolido porque no hice lo que él quería.

—¡Gente del vecindario te vio entrando a su casa!

—Pero es mentira, no estuve con él.

—La avioneta en la que viajaste a México era robada —suelta papá—. El supuesto piloto huyó. Sus permisos eran falsos. Encima, no era un profesional.

—No sabía eso...

—Todavía tienes la cara amoratada por los golpes que te dieron en esa maldita fiesta. Tenías prohibido salir de esta casa y no acataste la orden.

—No sabía lo de la avioneta. —La cabeza me duele—. En todo momento pensé que era del piloto. Todos creíamos lo mismo. Ashley dijo que el sujeto era conocido.

Mamá me pide callar. El silencio acusatorio se hace perpetuo a lo largo del comedor.

—Papá —ninguno me mira a la cara—, te juro que no lo sabía.

Me gusta sentirme libre, hacer lo que quiero, pero no me gusta verlos así porque amo a mi familia. Son lo mejor que tengo. Papá siempre ha velado por todos, ha trabajado duro para que nunca nos falte nada. Y mamá... mamá es la mujer que todas las jóvenes de Phoenix admiran y yo tengo la suerte de decir que es mi madre.

—Lo lamento. Sé que estuvo mal, lo reconozco. —Apoyo la mano en el respaldo de la silla y los miro uno a uno, buscando un poco de tregua—. No quiero seguir peleando, hagamos las paces. Prometo que no volverá a pasar.

Papá sacude la cabeza y, sin mirarme, desliza el sobre blanco hasta mi lugar.

—No fue una decisión sencilla de tomar, pero, por el bien de todos, pasarás tu año sabático fuera de la milicia en Alaska —dice, firme—. El coronel sugirió el lugar. Es seguro. Aquí te metes en un problema distinto cada semana y estoy a punto de volverme loco. Necesitas aprender a comportarte.

¿Alaska? Un ardor punzante quema mis ojos, obligándome a parpadear.

—Tus actos aquí terminarán en una tragedia —continúa papá—. Debo estar atento a Rachel y no me ayudas. No puedo estar en todas partes. En Alaska nadie te conoce. Conseguí una casa y un cupo en una academia de patinaje para que no digas que no te apoyamos.

Rompe el sobre y coloca la hoja sobre la mesa. «Dream on Ice» dice en el logo membretado.

—No serán vacaciones. Solo pagaré lo indispensable: las clases, la comida y el hospedaje. Darte más dinero es darte alas para que hagas lo que no debes.

En la parte superior de la carta, la dirección es clara: «North Pole, Alaska».

—Me vas a enviar a un basurero...

—¿A dónde quieres ir? ¿A Tailandia? —Se levanta, exasperado—. En North Pole tendrás la libertad que tanto quieres. Como bien dijiste, es un basurero, nadie te conoce y no necesitas escoltas que levanten sospechas. Estarás lejos, fuera del radar. Mantener un perfil bajo implica evitar riesgos y complicaciones. Es lo mejor para todos.

—No quiero ir, yo...

—La decisión está tomada. —Se me prohíbe hablar—. Partes en dos días.

Todos se levantan de sus sillas y siento las lágrimas arderme en el pecho. Alaska. Intento hablar con papá y no quiere.

—No me retractaré. Te irás y obedecerás.

Lo conozco tanto como para saber que esta decisión la tomó el mismo día que me vio bajar de esa avioneta. Apoya los labios en mi frente antes de subir.

—Créeme, esto me duele más a mí que a ti.

Un vacío se forja en mi estómago. Está de más alegar. Diga lo que diga, será un rotundo no. Subo las escaleras y los sollozos me acompañan en toda la escalera. Cierro la puerta de mi habitación y mamá la abre a los pocos segundos.

—No quiero más quejas de tu parte, Emma.

Entra a dejar el boleto de avión sobre la mesa.

—Quiero que aproveches este tiempo lejos y lo tomes como una oportunidad para reflexionar, centrarte y madurar. —Me hace mirarla—. Cuando demuestres que has aprendido, hablaremos de tu regreso.

Ni la falda ligera, ni la comodidad del hogar, logran restarle elegancia. Se ve impecable, igual que siempre. El descuido no existe en su mundo, lo que la convierte en la envidia de todas las amas de casa. Se acerca a besar mi mejilla. El ardor en la nariz se intensifica cuando acaricia mi cabello. A su lado, nadie dudaría que soy su hija. Heredé casi todo de ella, menos el carácter. Ahí es donde chocamos. Mis tías dicen que somos polos opuestos y por eso discute más conmigo que con mis hermanas.

—Prométeme que te comportarás y que estaré orgullosa de ti en unos meses.

Asiento. Me da una palmada en la cabeza antes de irse. La puerta se cierra y lo único que hago es mirar el boleto de avión.

4

NORTH POLE

EMMA

North Pole / Alaska

Una hora más y mi trasero habría quedado pegado al asiento del avión. No dormí nada. Como si no fuera suficiente con salir de mi casa, he tenido que viajar al lado de un anciano que no paraba de toser. No me atreví a cerrar los ojos; me daba miedo que se transformara en zombi, hombre lobo o algo parecido. ¿Estoy siendo exagerada? No. Solo dos tipos de personas elegirían como destino este rincón olvidado por Dios: alguien que huye de alguna maldición, o alguien con algún virus mortal que decidió fallecer en aislamiento total para no contagiar al resto de la nación.

Arrastro las ruedas de la maleta a través del aeropuerto. Acomodo mi gorro de lana y me trago el nudo en la garganta al encontrarme con el letrero de «Bienvenidos a North Pole». Salir de casa fue más difícil de lo que creí: lloré en el hombro de mis padres, en el auto, en el baño del avión... Por poco y lloro también sobre el anciano moribundo.

Camino a través de las tiendas de recuerdos vacías, paso el control de seguridad y cruzo la sala principal, que se parece más a una terminal de transporte terrestre que a un aeropuerto.

Subo el cierre de mi chaqueta, las indicaciones dadas fueron tan estrictas que viajar sola no era negociable. Por justas razones, mis padres advirtieron que mantenga un perfil bajo. Cero compañías, cero distracciones. Está prohibido llamar la atención, involucrarse en algún escándalo o cruzar los límites. Mi madre me dio tres discursos sobre la importancia de madurar. Papá me pidió seis veces que, por favor, me portara bien y Sam me recordó que a mi edad ya la felicitaron tres veces en la universidad.

Paso por el control migratorio. Con todo en mano, avanzo hacia la salida. El aire ártico me recibe con una bofetada helada y el bolso de mano se me resbala de los dedos al ver que el paisaje frente a mí no se parece en nada al de las postales de casas coloridas que suelen regalarse en Navidad. Lo que tengo delante es una carretera negra que se pierde en la niebla. No hay un alma a la vista, solo el bramido distante de lo que supongo son ovejas. Hay tanta bruma que ni eso puede distinguirse.

Encorvo la espalda envuelta en la ráfaga helada que me hace tiritar hasta los dientes. El frío me entume las manos y el rostro. Siento que agujas se entierran en mis muslos mientras arrastro el equipaje hasta la parada de taxis. Uno de los conductores me ayuda a subir las maletas y me dan ganas de frotarle la panza en agradecimiento. Si tardo un minuto más afuera, caeré tiesa.

—Lléveme a esta dirección, por favor. —Le entrego el trozo de papel que me dieron en Phoenix.

El taxi arranca y, cuanto más avanza, más se marchitan mis ánimos. Las calles, cubiertas de grafitis, parecen gritar el tedio de quienes viven aquí. ¿Acaso llovieron piedras? La mayoría de las tiendas exhiben vidrios rotos y cadenas de las que cuelgan candados oxidados.

El taxista me observa a través del espejo retrovisor, sus ojos rebotan entre la carretera y mi rostro, como si tuviera un mapa tatuado en la frente. No despega su atención de mí más de dos segundos y me pregunto si es una costumbre local conducir sin ver para no perder de vista al pasajero.

—¿Y ya fue al baño hoy? —pregunto para aligerar al ambiente.

Asiente con la frente arrugada y sonrío. Estiro los labios, pese a que quiero lanzarme del auto en movimiento, subirme a un unicornio y cabalgar a la velocidad de la luz de vuelta a mi ciudad.

—Genial —suspiro.

La basura vuela frente a las fachadas decrépitas de los edificios viejos. Me arde el cuello y palpo el nuevo rastreador que me colocaron ayer en la nuca. El dolor ha estado punzando toda la mañana. El conductor mantiene su incómodo escrutinio hasta que, veinte minutos después, entramos a un vecindario de casas escondidas tras verjas cubiertas de nieve.

—Es la casa gris —dice el sujeto antes de bajar a ayudarme con las maletas.

El viento me corta las mejillas y se cuela por la piel expuesta. Los dedos me arden, la nariz me gotea y siento los labios tan secos que temo que se me partan si vuelvo a hablar. En la acera, observo la casa de dos pisos con marcos descoloridos y plantas marchitas que parece mirarme en silencio.

—¿Se va a quedar aquí o está de paso? —pregunta el conductor.

—Viviré con mi novio exconvicto —digo para alejarlo—. Gracias por traerme, ha sido muy cordial.

Le pago, se va y me mentalizo que no ganaré nada si me dejo arrastrar por la amargura. Estoy en Alaska, ¡hay nieve! No estaré muerta de calor, el pescado ha de ser barato y, si tengo suerte, hasta podré adoptar a algún lindo oso polar. Avanzo hacia la casa y…

Mi culo impacta contra el suelo cuando resbalo en la acera congelada, ¡maldita sea!

—¿Emma James? —pregunta la anciana que aparece en la puerta.

—Sí, buen día. —Alzo la mano a modo de saludo mientras me levanto—. Me caí; me aporré un poco el culo, pero estoy bien.

—Ese tipo de calzado no se puede usar aquí, es muy resbaladizo. —Se acerca a ayudarme con el equipaje—. ¿Su padre no le dio mis sugerencias?

Sí, me las dio, pero insistí en traer mis botas felpudas porque combinan con mi gorro: son del mismo material suave y mullido que va acorde con mi estilo invernal. La mujer agarra mi mochila, la sigo a la casa de puertas abiertas y el resto de mis ánimos salen corriendo por la ventana al percatarme del interior.

Las paredes desnudas no tienen vida y los muebles tapizados parecen sacados de un documental de los años setenta. ¿Quién en su sano juicio coloca cortinas negras en un lugar donde la luz es un bien preciado?

Siento que no puedo vivir aquí; daña mi aura.

—Mi nombre es Constance.

—¿Tiene algún apodo o nombre cariñoso?

—Señora Constance —contesta, seria—. El desayuno lo servimos a las siete, el almuerzo a las doce, la cena a las seis y después de las ocho de la noche aseguramos la puerta.

—¿No cree usted que un poco de azul cielo y blanco les daría más vida a las paredes? —La sigo—. Esa pared de allá se vería muy bien con cuadros de ciudades icónicas.

Callo con la mala mirada que me dedica.

—No me haga caso, lo *vintage* también hace parte de la moda actual.

Me guía a la alcoba y una mujer de pelo corto, ropa ancha y zapatos de hombre, se vuelve hacia mí, apenas entro.

—Ella es Julia, tu compañera. Ya te abrió espacio en el clóset. La cama de la izquierda será la tuya.

—¿Qué tal? —Entro a darle la mano—. Soy Emma.

Me consuela saber que no estaré sola. Tengo una compañera y un televisor tan antiguo que probablemente transmitió la muerte de Jesucristo.

La dueña de la casa se retira y mi compañera se toma su tiempo para examinarme. Se fija en mis botas felpudas y mis guantes de lana mientras muevo mi maleta a la cama. Al parecer, estudiar a la gente sí es una costumbre en este lugar.

—¿Noruega? —pregunta.

—¿Disculpa?

—Piel de porcelana, cabello negro, ojos azules —comenta—. ¿De qué muñequería te escapaste?

—Mi madre es noruega y yo nací en Estados Unidos. ¿Tú?

—Aquí.

—¿Estudias, trabajas? —Abro la maleta—. Estaré varios meses en este lugar, me sería útil conseguir un trabajo o algo que hacer.

—Las mujeres como tú no pueden trabajar aquí —bufa—. ¿A qué viniste?

—A estudiar en la academia de patinaje. ¿Puedes encender el televisor? Estaría bien algo de sonido...

No me deja terminar, se encamina a la puerta sin contestar. Pongo mi aporreado culo en la cama y, en silencio, paseo la vista por el cuarto austero: una mesa de noche, un escritorio y paredes grises que podrían pertenecer a cualquier internado. Saco el móvil y un nudo se me forma en la garganta al ver los mensajes de Death. No tuve tiempo de despedirme y ahora el chat está lleno de sus palabras, frases como «vas a poder, concéntrate y lo lograrás». «Iremos a la playa a festejar tu regreso». Escribo respuestas que la falta de señal se niega a enviar. El pecho se me oprime. «Calma, Emma». «Ve el lado positivo, Emma». Me repito que esto es lo mejor; aunque ahora no lo parezca, es así, porque las peleas con mamá eran cada vez más frecuentes y a veces necesitamos distancia para extrañar lo que nos rodea. Como cuando creí odiar a Sam a los catorce: proclamaba no soportarla hasta que se fue a un retiro estudiantil. La eché tanto de menos que preparé una cena para su regreso. Al volver, pasamos tres semanas sin discutir, todo un récord entre ambas.

Para cuando vuelva a casa, una cena familiar no será suficiente: habrá mucho más que celebrar.

Desenvuelvo los patines. Afilé las cuchillas antes de venir, ya que el hielo será difícil de domar en este lugar.

La tarde transcurre como si pasaran dos siglos. La señora Constance apenas habla y mi compañera aún menos. La primera se limita a dar instrucciones sobre el horario de lavado, los cambios de sábanas y las horas en que debe reinar el silencio. La segunda no hace otra cosa que evaluarme durante el almuerzo insípido. De la cena, solo pruebo tres bocados y, pasadas las siete, meto los brazos en una chaqueta. Mi estómago gruñe por algo que no sea atún sin sabor.

—¿A dónde vas? —pregunta Julia al verme buscar las llaves.

—Voy por frituras. ¿Te traigo algo?

Sujeta mi brazo pasos antes del umbral y me sienta en la cama.

—Ya son más de las ocho. —Cierra las cortinas—. La puerta se asegura a las ocho por algo.

La casera informa que la entrada principal ya tiene candado. Al parecer, comer algo decente no será un privilegio que podré darme esta noche. Bajo la mirada atenta de mi compañera, me cambio la chaqueta por el pijama.

—¿No había una academia en otra ciudad? —pregunta mientras mueve las almohadas de su cama—. ¿Por qué eligieron esta?

—Condenas de la vida.

Me desenredo el cabello en la cama. En el comando, irse a dormir con nudos era un error imperdonable: perder tiempo deshaciéndolos por la mañana, solía terminar en regaños por llegar tarde a la formación. Mi compañera de cuarto observa lo que hago.

—Córtatelo, aquí las mujeres no llevamos melena. —Saca las tijeras de la cajonera—. Sé cortar, ¿te ayudo?

—Gracias, pero prefiero conservarlo como está.

Entro a las sábanas y ella no se acuesta, se queda de pie en medio de la habitación con las tijeras en la mano.

—Duerme bien y no me apuñales con eso, por favor. Tengo práctica mañana temprano.

El sueño me vence apenas toco la almohada.

A la mañana siguiente, abro los ojos esperando que todo haya sido un sueño. No lo es. Los golpes de la casera me dejan claro dónde estoy. Quedarme es inevitable y ponerle mi mejor energía a esto es el mejor regalo que me puedo dar.

Me doy una ducha y, envuelta en mi albornoz amarillo, comienzo a maquillarme mientras mi compañera se prepara para salir a trabajar. Su ropa es igual a la de ayer: pantalón ancho, camiseta larga y botas de leñador.

—¿Sucede algo? —pregunto al sentir su mirada en mi nuca.

—No. —Arregla su mochila—. De la escuela, ven para acá. En la cajonera hay películas y libros. Puedes usarlos si los necesitas.

—Gracias.

Mi pulso se mueve al trazar el delineado. Sacudo la mano y hago un nuevo intento. Vestida, echo los patines en la mochila, me pongo el gorro de lana y conecto los auriculares en mis oídos. Salgo sin hacer ruido; quiero saltarme el desayuno sin dar explicaciones. Abro la puerta de la sala y North Pole me dice «hola» una vez más.

Las casas del vecindario se suceden una tras otra. Todas con pintura descascarada y cortinas cerradas. Los únicos en la calle son los ancianos que caminan en las aceras congeladas.

Echo a andar. Mi aliento se materializa en largas nubes de vaho. Alzo el gorro de mi chaqueta y me obligo a moverme para aislar la hipotermia. Finjo ser una rapera y muevo las manos como una cantante afro que se rebela en contra de los estigmas de la sociedad. ¿Por qué no fui una rapera negra? Envidio su arte, su voz y su melanina.

Atravieso el parque desolado del pueblo y, a lo lejos, aparece la fachada blanca de la academia. Mis ánimos se encienden al ver gente de mi edad.

Corro hacia las escaleras dobles.

—¿Emma James? —Un hombre espera por mí en la entrada—. Peter Cavani, tu instructor.

Mira a todos lados antes de hacerme pasar. Las ventanas altas de arco iluminan el corredor. Las bombillas industriales cuelgan en cadena del techo. Los estudiantes caminan entre los pasillos de ladrillo rojo y tableros de corcho llenos de avisos semanales. El instructor barbado me estrecha la mano antes de recibir las formas diligenciadas por papá. Me da un recorrido por las instalaciones, no está mal. Es más grande que la academia de Phoenix. Cuatro niñas pequeñas calzan sus patines sobre una alfombra y sonrío cuando se regañan la una a la otra por no saber cómo amarrarlos.

El instructor se retira para que vaya a cambiarme. Con un leve gesto de cabeza, saludo a los estudiantes que se mueven en un desfile de abrigos negros y marrones. Soy la única mujer de cabello largo en los corredores: las que me rodean lo llevan al estilo *bixie*, corto y a la altura de la barbilla. Sus miradas caen sobre mi falda corta, las medias bucaneras y las botas de piel de oveja.

En el baño, me pongo el uniforme gris que encuentro en el casillero y dejo el gorro blanco sobre mi cabeza. No estoy segura de si los accesorios están prohibidos, pero me niego a quitármelo. No quiero verme como si estuviera en un instituto.

Estiro media hora junto a las gradas antes de reunirme con mis compañeros.

—Emma —me llama el instructor—. Muéstranos lo que sabes, por favor

Me deslizo dentro de la pista y el frío escala por mi cuerpo en una ráfaga de electricidad pura al dar la primera vuelta. Solía tener largos debates con Sam por esto; no me creía cuando le contaba que el hielo y yo tenemos algo especial. Según ella, son invenciones de mi cerebro, nervios disfrazados de «magia». Doy los primeros saltos una vez que entro en calor. Dicen que nuestra alma se ríe a carcajadas con nuestras aficiones. Lo sientes cuando el pecho se te hincha al tocar una guitarra, cuando suspiras al leer tu libro favorito, cuando agitas las caderas con el baile o cuando ejecutas un salto triple en una pista de hielo.

—Suaviza tus giros —me advierte el instructor—. Están un poco bruscos y, como en tu anterior academia, aquí preferimos la fluidez y la sutileza en todo movimiento.

Reduzco la velocidad. En la pista pública, suelo experimentar a mi manera, pero las academias tienen sus reglas, sea en Phoenix o Alaska, y no les gusta pasarlas por alto. Una patinadora se acerca a mostrarme la técnica estándar y paso las siguientes dos horas viéndola patinar.

En el receso, desvío la atención hacia las noticias sobre las ligas colosales. En el mundo del patinaje existen competiciones regionales, nacionales y los tradicionales circuitos internacionales. Por encima de todo, se encuentran las ligas colosales: un espacio donde solo los extraordinarios pisan su hielo. «Los escogidos por los dioses» solía decir el viejo Morris en su programa sobre deportistas extraordinarios. «Los nacidos para asombrar en el hielo». Las grandes ligas requieren esfuerzo; las colosales, solo son alcanzadas por los verdaderos prodigios.

Mi día se resume en ver a mis compañeros practicar. No comentan nada sobre concursos próximos o presentaciones locales.

—¡Es todo por hoy! —choca las manos el instructor—. Nos vemos mañana a la misma hora.

Después de cambiarme, encuentro el teléfono público en el pasillo e introduzco un par de monedas. Mi celular sigue sin cobertura y la espera de los mensajes me está volviendo loca. Marco el número de casa y le doy un resumen a mi madre de la casa, el clima polar y la señora Constance. Ella me pone al tanto de lo excelente que le está yendo a Sam en su proyecto de investigación y de lo último que han comentado los médicos sobre el embarazo de Rachel.

—No hay buena cobertura. Les escribiré cuando pueda —digo—. No olviden cambiar las flores de los jarrones.

Cuelgo y aprovecho para llamar a Death.

—Todos los días pienso en ti —me dice—. Te quiero mucho, pequeñuela.

—Yo te quiero más —suspiro.

—Todo esto va a pasar rápido, ya lo verás.

Carraspeo. Sé que está por entrar en una pelea, así que no quiero robarle mucho tiempo. Le envío dos besos al aire y termino rápido la llamada. Marco el número de Tyler para finalizar el reporte de «aún no me congelo». Al ser el escolta de mi hermana, suelo enterarme de todo lo que sucede a su alrededor. Tiene una forma única de contar anécdotas diarias.

—¿Quieres que te vaya a visitar un par de días? Tengo horas acumuladas, puedo pedirlas e ir a verte.

—Tengo prohibidas las visitas y este no es un buen lugar. —Aprieto la bocina del teléfono—. Mejor guárdalas para cuando esté de regreso.

El pitido me ensordece cuando se acaban los créditos, no tengo más monedas, así que no me queda más alternativa que devolver la bocina a su lugar. Me engancho la mochila en el hombro y conecto los audífonos mientras busco la puerta.

El viento me tambalea, apenas salgo. Sia inunda mis oídos al bajar las escaleras de la academia. Los estudiantes ya han abandonado las instalaciones. Tarareo *The greates*. Trotando, atravieso la calle, el coro de la canción me hace chasquear los dedos y...

Callo de golpe con el impacto del auto que me levanta en plena carretera. La mochila cae de mi hombro y mi mente queda en blanco al colisionar contra el pavimento.

VLADÍMIR

Sodom / Alaska

Si salto del risco, ¿cuánto tardará mi cráneo en reventar contra el suelo? De niño, me hacía esa pregunta a diario.

¿Sería instantáneo o tendría que arrastrarme con la cabeza abierta, sintiendo cómo la vida se escurre lentamente de mis manos? El pensamiento me hunde mientras contemplo el abismo. El viento gélido de las montañas me aprieta las costillas, succionando hasta el último rastro de calor. Entorno los ojos, el resplandor de la nieve me ciega. Subo la mirada hacia las colinas blancas que me vieron nacer.

El dominio de la Bratva se extiende por toda Rusia y hasta el corazón de este continente solitario. Fue vendido hace siglos y ni el tiempo ni la historia han podido librarlo de las cadenas de la mafia roja. Sodom es tierra de criminales. Tierra de los Romanov. Vivimos entre civiles, siendo el león blanco oculto tras las montañas; el monstruo cuyo nombre nadie se atreve a pronunciar y el mismo que cientos adoran.

Si te apetece entrar a una cantina y acabar con todo, puedes hacerlo porque eres un Romanov. Si se te antoja atrapar una mujer, desnudarla y penetrarla en plena calle, puedes hacerlo porque eres un Romanov. Puedo enterrarle un tiro a quien quiera y nadie dirá nada porque soy un Romanov.

Sodom no está en ningún mapa; ser un criminal de renombre te permite modificar hasta el maldito globo terráqueo, si te apetece.

Es irónico. De nada me sirve todo este poder si no puedo tener a Emma James en mis manos, agarrarla por ese cuello de avestruz, sentir su pulso vacilar bajo mis dedos, mirarla de frente y sumergirme en el océano de sus ojos. Una vez bajo mi control, su mirada pasará de azul a negro. Tendrá el mismo color de mi alma.

Se arraigó en mi mente como una plaga. Su risa no deja de sonar en mis oídos.

Salamaro se aproxima en silencio con las manos metidas en el gabán negro.

—¿Ya la tienes?

—Sabes que es un caso perdido intentar raptarla en Phoenix —dice—. Ese no es nuestro territorio y el coronel tiene ojos en cada esquina.

—Es inútil lo que hace, porque la teniente pagará su deuda de cualquier forma. —No aparto los ojos de las colinas—. Nadie escapa de las condenas de la Bratva.

—Sospecho que sacaron a Emma James de Phoenix. Nadie la ha visto.

—Envía a más hombres. Quiero a esa inútil aquí lo antes posible.

Regreso a la fortaleza. No tendré paz hasta que esto termine. Seré el próximo gran cabecilla y, como *Underboss*, debo cumplir y punto.

Atravieso las puertas de la propiedad donde crecí, subo las escaleras alfombradas y, en la esquina del corredor, diviso la puerta de mi habitación entreabierta.

Nadie entra sin mi permiso. Corro y la puerta cruje al estrellarse contra la pared. Sobre la cama, un vestido marrón yace arrugado. El televisor encendido esparce una melodía que reconozco al instante y, en la pantalla, mi madre aplaude entre vítores, vanagloriada por la hermandad.

—Si no fuera por ti, ella estaría aquí —dice desde el sofá de la esquina—. Si no la hubieras matado, me haría compañía.

De la penumbra emerge el rostro de mi único hermano: Maksim. Nunca pierde la oportunidad de echarme en cara lo que pasó hace años. Tira el mando del televisor y aterriza junto al vestido. No soporto ver esa prenda.

—Mataste a madre y no has sido capaz de cobrar la muerte de Sasha. —Se acerca con esa sonrisa de mierda que me crispa los nervios—. Ha de estar repudiándote en su tumba.

El nombre de Sasha me muerde por dentro. Los susurros de «no fue tu culpa» resurgen en mi memoria. Su ausencia es otro agujero que no ha dejado de sangrar.

—¡Sal de aquí!

La música del festejo desentierra las voces en mi cabeza, arrastrándome al pasado. Regreso al momento... al instante en que mi mundo dejó de tener sentido.

—¿Qué diría la Bratva si sabe de tu problema? —me confronta.

Con dieciocho años, ya me iguala en estatura.

—Me das lástima, Vladímir. Todos te ven como el próximo *Boss* despiadado. Dudo mucho que llegues a algo. No estás completo, esto no sirve para nada...

Me agarra los testículos. Lo empujo tres pasos atrás. Aprieta el puño, lanza el golpe, lo esquivo, lo aplasto contra el suelo y le reviento la cara a puñetazos. He estrangulado desde los doce años. Parece que olvidó cuántas vidas he apagado.

—¡Mataste a mi madre! —Me ruge—. ¡Me la arrebataste, me dejaste solo!

Las risas del video me arañan los oídos, flotan en la habitación a todo volumen. El sudor se desliza por mi espalda, pegándome la camisa a la piel. Maksim no se defiende, solo soporta los golpes como el bastardo que es. Ya cumplió su cometido: arruinarme el día. Sabe lo que hace. Conoce mi aversión a esa canción; sabe lo que me hiere todo lo relacionado con ella. La sangre brota con cada impacto. No es suficiente. Llevo la mano atrás, cierro los dedos en el *haladie* y lo empuño. Esta pelea hoy se acaba para siempre.

—¿Qué haces? —El *Boss* me aparta de un empujón.

Caigo junto a la cama. Las lágrimas me queman la cara y las escondo de mi padre.

—Aquí no quiero contiendas —sentencia, y el silencio se impone al instante.

Una sola mirada de mi padre basta para hacerlo retroceder lejos.

—¡Levántate! —le dice el *Boss*.

Maksim se pone de pie, frotándose el cuello y yo no levanto la vista del suelo.

La nuca me arde. Arreglo la ropa con manos torpes, sacudo el abrigo y limpio el sudor de mi cara. No puedo verme así. El aire se me escapa de entre los dientes. La culpa se enrosca en mis entrañas. No debí perder el control. Mi padre lo vio y no estoy siendo digno. No puedo respirar, pero finjo que sí. Tengo que ser como él, no lo opuesto.

Su mirada se clava en mí y mis piernas ceden. Caigo de rodillas, beso su mano y presiono la frente contra el dorso. Debe saberlo. Debe entender lo que significa para mí, lo mucho que esto me pesa.

—Dime cómo lo arreglo, padre. No quiero que te enojes.

Permanece erguido. Un leve gesto y Maksim se va sin rechistar. Yo sigo inmóvil, aferrado a la mano del máximo jefe de la Bratva. Soy su primogénito; y, para mí, él lo es todo. Desde niño he entrenado a su lado. Me instruyó, me endureció, me hizo lo que soy. Sin él, no sería nada. La barbilla me tiembla sin control cuando se acuclilla frente a mí.

—Todo lo de tu madre es tiempo pasado. No hay razón para que siga afectándote, Vladímir. Ya lo habíamos dejado claro.

Muevo la cabeza, dándole la razón. Es cierto lo que dice; sin embargo, a mí me duele y arde cada maldito día de mi vida.

—Sal de esa prisión. Tú eres amo, no esclavo.

—Sí, padre.

Se marcha. Odio que me vea así. Me pongo de pie, busco el sobre de coca y esparzo el polvo sobre la mesa. Tapo una fosa nasal y aspiro. La dosis le prende fuego a lo poco que queda de mí. El video sigue rodando. La imagen se distorsiona, los colores se saturan; la sonrisa de mi madre se estira deforme. Arranco el cable del televisor. El zumbido en mis oídos persiste atrapado en mi cabeza como un insecto que no deja de revolotear. Bajo las escaleras, subo a la camioneta y aprieto el volante hasta que mis nudillos palidecen. El motor se enciende, rodeo la fuente de piedra, cruzo las rejas de acero y la fortaleza desaparece en el espejo retrovisor.

Me interno en el tramo de bosque. El follaje denso oscurece los vidrios del auto, las llantas aplastan charcos estancados, musgo podrido, ramas quebradas. La droga me encierra en su jaula de cuatro paredes y atravieso Sodom. El camino solitario me recibe, acelero, dejo atrás North Pole y, cincuenta kilómetros después, desvío el vehículo hacia el camino sin pavimentar. Los árboles cubiertos de nieve me dan la bienvenida. Entre sus sombras, aparece la granja abandonada que me calcina la espalda.

Freno, bajo del auto y camino hacia el porche. Me dejo caer en los escalones, saco el sobre y aspiro más coca. Mi madre amaba este lugar, me traía aquí de pequeño.

Durante horas, miro a la nada. El viento ulula entre las grietas de la casa, arrastrándome hacia su interior cubierto de telarañas. Saco las pastillas del bolsillo, las trago en seco y me dejo caer en la vieja cama. Las pesadillas van y vienen. Los gritos, reclamos y el frío de un entierro. Me veo junto al *Boss* en el funeral, la multitud rodeaba el ataúd de mi madre.

Sasha estaba allí. Siempre estuvo. Su mano pesaba sobre mi hombro. No me soltó en ningún momento.

No debió irse tan pronto. Necesito su mano ahora. Los recuerdos se disuelven y las alucinaciones toman su lugar. Los minutos se convierten en horas y estas en nada. Las pesadillas dictan el ritmo y yo solo sigo la corriente. Los espectros me rodean. Sus garras perforan mi cráneo. Sus dientes buscan mi cordura. La oscuridad tiene peso esta noche. Tiene forma. Mi cuerpo se hunde en el colchón; no puedo mover los brazos ni flexionar los dedos. Las paredes se alargan. Un crujido. Luego otro.

Una presencia se desliza en la penumbra, intangible, pero real.

El rostro de Emma James parpadea entre las sombras, filtrándose en el delirio. Su sonrisa persiste clavada en mi memoria, igual que su mirada antes de desvanecerse en la noche. Los espectros se retuercen en mi cabeza, mientras ella se mueve entre sombras, como un intruso en mi infierno personal. Duermo.

Al mediodía, el mareo me empuja fuera de la cama. Tengo el cuerpo entumecido y la garganta reseca. Aspiro dos líneas más antes de salir. Las llaves resbalan de mis dedos. Maldigo. Las recojo y subo a la camioneta. Dejo el frasco de pastillas en el asiento del copiloto, enciendo el motor y arranco. North Pole se abre frente a mí, blanco y monótono. Es una mancha interminable de nieve y asfalto. El móvil que zumba en la guantera me vuelve consciente de mis tareas. En media hora debo reunirme con mi gente. El teléfono enloquece con una ráfaga de mensajes en la pantalla, reviso por encima y lo que veo me hunde el pie en el acelerador. No puede ser.

Aprieto el volante con la noticia. Las pastillas resbalan del asiento, ruedan en la alfombra y me inclino a recogerlas. Las agarro. El mundo se me oscurece por una fracción de segundo al regresar arriba y, de un momento a otro, siento el impacto del cuerpo que arrollo con la camioneta.

5
JAURÍA
EMMA

Un dolor punzante estalla en mi sien. No puedo abrir los ojos. La cabeza me late como si un martillo hubiera encontrado su blanco perfecto en mi cráneo. Siento los codos en carne viva, nunca había tenido la boca tan seca y mis costillas protestan cada vez que intento respirar.

Hago un esfuerzo por separar los párpados. La luz tenue de una lámpara me ciega y manchas negras bailan ante mis ojos. Enderezo la cabeza. El tapiz desconocido de un techo se balancea sobre mí, ¿dónde estoy? Estoy acostada sobre sábanas negras e intento hallar el porqué de estar rodeada de paredes que parecen de otro siglo. Dios. Apoyo las palmas en la cama; esto no se asemeja en nada a un hospital, tampoco una estación de policía. Un sofá de cuero reposa bajo ventanales adornados con cortinas pesadas.

—¿Hola? —Mareada, toco la gaza en mi frente —. ¿Hola?

No seas tonta, Emma. ¿Quién me va a contestar? ¿El monstruo del armario? Soy la única persona aquí.

Me duele la espalda al sacar los pies de la cama. Mi ropa está completa, pero mis zapatos han desaparecido. Paseo los ojos por la habitación. Una cajonera antigua y un escritorio masivo descansan contra los muros tapizados. Mis pies se hunden en la alfombra de piel de animal mientras camino a la puerta. La nieve azota las ventanas y el sonido del viento es lo único que rompe el silencio espeso. Poso la mano en la perilla dorada que cede sin problemas. El halo de luz amarilla del corredor cubre mis pies al momento de abrir la puerta, despacio.

—¿Hola? —Asomo la cabeza en el pasillo que se extiende a izquierda y derecha.

Un bombillo ilumina el corredor tapizado de rojo. Avanzo hacia la derecha, en medio del silencio absoluto. Candelabros antiguos proyectan sombras en la alfombra y cuadros victorianos cuelgan en los muros. ¿Dónde diablos desperté? ¿En la casa de Drácula?

Una escalera doble me frena. La misma desciende hacia la negrura total. No tengo idea de cuánto tiempo estuve inconsciente. Por el ardor en las heridas de mis codos, diría que horas y no días. No importa, quien me atropelló debe darme un televisor nuevo si no quiere una demanda.

—¡Buenas noches! —digo y nadie contesta—. ¿Hola?

Regreso por el pasillo bordeado de puertas cerradas. Al final, un nuevo corredor se extiende a la derecha. Dos puertas dobles dominan el fondo y la luz teñida de sombras se mueve bajo el umbral.

Me acerco. La madera maciza de las puertas se alza, imponente.

—¡Ho…! —Intento hablar, pero las palabras mueren en mi garganta al oír el gemido femenino que emiten al otro lado.

—¡*Suka*! —exclama una voz masculina. Profunda. Cruda—. ¡*Suka*!

El sonido retumba más oscuro. Más salvaje. Los jadeos se funden con el tono áspero y el pecho se me acelera ante la melodía obscena. Sujeto mis dedos, la madera de la puerta se yergue sobre mí como dos guardianes de una época pasada, cuyo único objetivo es separar la frontera de este mundo y el siguiente. Los jadeos se convierten en súplicas desesperadas.

Mi mente grita «aléjate», pero mis piernas avanzan por voluntad propia. Un paso. Otro.

—*Segodnya ya khochu krovi...*

Recuesto la mano en la madera. Los ojos me arden, ansiosos, por ver qué se esconde detrás. Solo un vistazo rápido, me prometo. La puerta pesada cede despacio bajo mi palma, una rendija se abre y la imagen de adentro me paraliza: una mujer voluptuosa cuelga desnuda, atada y amordazada sobre una X de madera en el centro de la habitación. El cuerpo moreno se exhibe en la cruz como un sacrificio. Un collar de hierro le envuelve el cuello y las puntas sobresalen en forma de picos de acero. Un par de aros metálicos aprisionan sus muñecas y tobillos. Un escalofrío me baja por la espalda al ver los grandes senos que se balancean, torturados por pinzas negras que le muerden los pezones, sujetos a cadenas que tiran sin piedad. El sudor le hace brillar la piel oscura. Sus muslos abiertos exponen el sexo cubierto de rizos negros y un péndulo cuelga entre sus labios vaginales. Sujeta su clítoris.

¡Corre, Emma!, me grito en silencio. Muevo un pie, pero el otro se resiste cuando una sombra nubla la rendija. Mi cuello se dobla hacia atrás en un intento de abarcar la altura del hombre que aparece descalzo y con un mero vaquero puesto. Su magnífica espalda acapara mi visión: hombros amplios, músculos que descienden bajo la piel dorada y culminan en hoyuelos perfectos.

Una larga trenza castaña cae sobre su columna. Mueve una mano enguantada y los omóplatos se le contraen al mover los hombros hacia atrás. Un nudo se forma en mi vientre cuando aprieta la fusta en su mano derecha. Se acerca a la mujer encadenada y el piso parece moverse con cada uno de sus pasos. ¿Cuánto mide?

—*Suka.* —La voz profunda pone mis vellos en punta. ¿Qué es *suka*?

Pasea el látigo por la cara de la mujer, lento. La estudia como quien evalúa un trozo de carne antes del corte. Ella aprieta los puños, pero no se mueve. El cuero desciende, roza la curva de sus senos antes de detenerse dos segundos. El primer azote rompe el silencio y un zas seco me hace brincar el pecho ante la violencia del impacto. La mujer grita y él no para. El latigazo siguiente es más tenaz y otros cinco lo acompañan con la misma furia. La sangre le brota de los poros, el cuero castiga su piel y, bajo la cadena que cuelga entre sus muslos, un hilo transparente emerge de su sexo y desciende por el péndulo metálico hasta caer en gotas húmedas sobre el suelo.

No consigo verle el rostro al hombre que castiga; aun así, la fuerza de su figura descalza se impone bajo la luz tenue. Sus pasos marcan un ritmo lento en el momento en que comienza a rodear la base de madera. Pego la cara en la rendija, ansiosa por saber qué rostro tiene el ser que habita tras esa espalda y esa voz.

Toma posición detrás de la mujer. Su rostro desaparece en la curva de su cuello y las manos, envueltas en cuero, arrancan las pinzas que cuelgan de sus pezones. No hay piedad en su toque; se apodera de sus pechos, los aprieta y hunde los dedos en su carne de una manera bruta y ordinaria. El cuero de los guantes baja por su abdomen en una lentitud cruel y los gemidos de la morena se convierten en gritos al sentir la proximidad en su parte más vulnerable. Él despega la nariz de su cuello y mi sexo se aprieta cuando levanta la cara y, por una fracción de segundo, me permite ver parte del hermoso rostro que se graba en mi cabeza.

Me alejo del umbral lo más rápido que puedo con el corazón martilleándome en los oídos. Corro hacia el final del pasillo. Giro la cabeza con miedo, convencida de que me persiguen. Las puertas permanecen cerradas. Doblo en la esquina del corredor y me estrello de frente contra el cuerpo sólido que me lanza al suelo.

Apoyada sobre los codos, alzo la vista y un hombre se yergue sobre mí. El cabello, largo y dorado, le cae sobre la chaqueta de cuero negro. Sus ojos vacíos me miran desde arriba, apagados, ausentes, como si su alma estuviera en cualquier parte menos en su cuerpo.

—Lo siento. —Un escalofrío recorre mis brazos—. Me desperté en la alcoba y no encontré a nadie...

La voz se me apaga. Aunque sea la atropellada, él está mucho peor que yo. Los ojos inyectados de sangre apenas parpadean; los nudillos lastimados y las grietas de sus labios blancos lo hacen ver como si acabara de salir de algún desierto helado.

Se agacha frente a mí. Es bello; pese a las medias lunas bajo sus ojos, posee el tipo de atractivo que los antiguos griegos inmortalizaban en sus lienzos. En cuclillas, estudia los ángulos de mi rostro, limpia la punta de su nariz y, despacio, deja escapar un suspiro melancólico que me comprime las entrañas.

—¿Estás bien? —Siento que le hablo a un cuerpo sin vida.

Mueve la cabeza de un lado al otro en un gesto negativo. No tengo idea de qué hago aquí, quién me trajo y por qué no me han dado una explicación. Lo peor es que, pese a todo, se me hace ilógico correr o empezar a gritar. El cuerpo del hombre sin alma se desploma contra la pared a mi izquierda, recuesta la espalda y comienza a estrellar la cabeza contra el tapiz. Un sobre de cocaína cae al suelo; la causa de su estado marchito brilla en la alfombra: es dependiente. Le tiemblan los labios, su rostro pierde toda dureza y las lágrimas emergen al sujetarse la cabeza. Los sollozos son truenos en mi pecho cuando la imagen del hombre bello es reemplazada por la de un ser hecho pedazos. El cuadro del corredor se mueve bajo los golpes.

—*Mne ochen' zhal', mama* —dice, y me incorporo a sujetarle los hombros cuando estrella la cabeza con más fuerza.

La lógica me grita que escape, pero el azote en mi pecho se opone, exclamando lo contrario. Una persona en su estado podría cometer una locura.

—Oye. —Atrapo su cara entre mis manos—. Calma...

El escalofrío regresa y viaja por mis muñecas. Toda persona transmite algo al tocarla y él... está helado. Sus manos se aferran a las mías como un náufrago, como un niño al que no quiere que lo suelten. Las lágrimas le devastan el rostro y trago saliva al sentir su melancolía envolviéndonos a los dos. ¿Qué le pasó? No le veo heridas físicas, solo el par de ojos que suplican por misericordia.

—Tranquilo, no voy a hacerte daño. —Lo tranquilizo.

Acaricio sus mejillas. No todos los días ves a un hombre de su porte en un estado tan susceptible. No pierde de vista mi rostro y el agarre en mis manos se suaviza poco a poco al limpiarle las lágrimas con el pulgar.

—Está bien. —Le sonrío—. El llanto no reprime, sino que libera.

Me pongo en pie y lo ayudo a levantarse. Se tambalea, mareado, y abrazo su espalda para darle estabilidad. En el Ejército, presté ayuda benéfica en albergues con pacientes sumidos en las drogas. Sé lo complicado de este estado: Rachel fue dependiente y entiendo lo que las adicciones pueden hacerle a una persona. No soportaría la idea de que a ella le hubieran negado ayuda en un momento como este.

Lo guio a la alcoba donde me desperté, lo siento sobre la cama y, con cuidado, le quito los zapatos antes de acostarlo. Me acerco a la puerta y asomo una vez más la cabeza en el pasillo, esperando encontrar a alguien: un sirviente, la madre, quien sea. El silencio reina y el lugar sigue desierto.

El sujeto hurga en sus bolsillos, lucha por ponerse de pie y lo obligo a recostarse de nuevo. No confío en lo que haría si lo dejo solo. Me tumbo a su lado y la figura esbelta se vuelve estatua. Su cabeza reposa en la almohada; los pómulos marcados destacan en su piel pálida que, lejos de restarle a su apariencia, le dan una rara belleza gris que parece hecha para ser observada en silencio. El cabello dorado, largo y liso, descansa sobre la tela como un río de oro apagado. Papá dice que los ojos son las ventanas del alma y los suyos son como la vista hacia un bosque marchito y desolado.

No es culpa de él, las dependencias menguan el brillo, la fuerza y las ganas de vivir.

—¿Quieres que te abrace para que te sientas mejor?

No responde y me pregunto si siquiera entiende lo que digo. No tengo certeza, pero algo me dice que necesita el abrazo. Corro el cuerpo hacia el suyo, pongo la cabeza sobre su pecho y rodeo su torso con mi brazo.

¿Dónde estoy? No tengo idea.

¿Es un día raro? Obviamente sí.

¿Desistí de mi tele? No, ahora quiero una más grande.

La imagen del hombre tras la puerta me atraviesa y cierro los dedos en el cuero de la chaqueta. Lo que presencié arde en mi memoria, ¿quién era? Nunca había visto a alguien tan... Cierro los ojos. Lo mejor es dormir e irme mañana a primera hora antes de que mis padres colapsen. El frío me encoge, el sueño pesa en mis párpados y me rindo sobre el torso del hombre. Espero que no me asfixie con la almohada mientras duermo.

El hielo acaricia mis cuchillas suaves como la seda. Me deslizo con los brazos abiertos y siento que vuelo, que dejo atrás cualquier peso. La brisa toca mi rostro y, por un instante, soy parte del viento. No importa cuánto duelan mis pies, cuánto ardan mis muslos; siempre vuelvo, siempre tengo tiempo para esto. Me impulso hacia arriba, el aire me sabe a libertad. El giro es perfecto hasta que caigo y el hielo se quiebra bajo mis pies. Una grieta atraviesa la superficie y, antes de que pueda reaccionar, todo se hunde.

Abro los ojos. El tapiz del techo que vi hace unas horas aparece una vez más en mi campo de visión. La necesidad de orinar punza en mi vejiga. Alzo la cabeza, el cabello enmarañado me cae sobre el rostro. Aturdida, localizo el baño y apresuro el paso hacia la puerta abierta. Los huesos me duelen peor que ayer. Mi espalda protesta al sentarme en el retrete. ¿Qué hora es? La luz gris se filtra a través de la rejilla del baño y doy por hecho que ya amaneció.

La casera debió avisar a mis padres que desaparecí. Seguro deben estar pensando mil maneras de castigarme.

Me alzo las bragas, arreglo la falda y me recojo el cabello. Uso el índice para lavarme los dientes.

En el dormitorio, busco mis zapatos mientras la nieve cae tras los ventanales. No están bajo la cama de cedro, ni en el clóset de roble que bien podría ser el armario de Narnia. ¡¿Dónde diablos están?! Si no aparezco pronto en North Pole, mis padres van a saturar las líneas telefónicas con su mensaje favorito: «¡¿Por qué nunca estás donde se te ordena?!». Papá debe estar en su noveno infarto y mamá en su quinto ataque de histeria.

Busco en la cajonera, al otro lado de la cama. Vacía. Me incorporo, giro y me llevo la mano al pecho cuando veo al hombre que ayudé ayer, parado como un espectro cerca de la puerta. Mantiene los labios sellados y las manos dentro de la chaqueta.

Se ve mejor que ayer, con la ropa limpia, el rostro sin lágrimas y el cabello más cuidado que el mío.

—Ayer, alguien me atropelló como un *fucking* venado —digo—. ¿Sabes quién fue? Quiero una remuneración.

El rostro, inexpresivo y severo, me evalúa a través de las pestañas rubias. ¿Se olvidó de que lloró frente a mí?

—Fue tu culpa —dice serio.

—¿Mi culpa? ¿Me estás diciendo que salté sobre el capó de un vehículo en plena avenida?

Entrecierro los ojos al notar que acaba de delatarse.

—¿Fuiste tú, maldito topo? —Doy un paso hacia él—. Aprende a conducir; tu imprudencia casi acaba con mi carrera artística.

—Emma James —dice y el estómago se me hunde al oír la manera en que pronuncia mi nombre completo—. Deberías agradecer estar aquí y no en el cementerio.

Sonríe, y no veo nada gracioso en su comentario. Sobrio, me da la sensación de haberlo visto en algún lado.

—¿Quién eres?

—Tu peor pesadilla.

Tuvo que haber visto mi identificación, por eso sabe mi nombre. Asiento en silencio y él me rodea mientras estudia los detalles de mi atuendo. Es el mismo hombre de ayer, pero diferente:

ya no hay lágrimas ni vulnerabilidad; solo un cascarón vacío que intensifica mis ganas de irme.

Diviso la sombra de mis zapatos y mochila tras las cortinas. Me acerco a buscarlos, consciente de la mirada que sigue mis movimientos. Meto los pies en mis zapatillas y sujeto mi mochila.

—¿Puedes llevarme a casa, peor pesadilla? —le digo.

Se endereza, impasible. Del hombre indefenso de ayer solo queda una máscara de antipatía.

—¿Cómo es tu nombre? —Mi cerebro insiste en haberlo visto en algún lado.

—*Underboss,* leoncillo, asesino —contesta—. ¿Qué frase quieres que ponga en tu lápida, Emma?

Intento forzar una risa, pero los nervios la sofocan. Me señala la puerta y el aire vuelve a mis pulmones. Me va a dejar ir. Podré comer el atún de la señora Constance.

—Espero que hayas descansado bien anoche —dice el hombre que sale conmigo, y abrazo mi bolso.

Muevo los pies lo más rápido que puedo, bajo las escaleras y la puerta principal brilla como un faro de libertad. La imagen me empuja hacia delante. Saldré a la calle. Abandonaré estos muros. Detengo los pies a cuatro pasos del umbral y nadie abre. Dos sombras se aproximan a mi espalda. Giro el cuerpo hacia ellas y la vista se me oscurece con el golpe que me arroja al suelo.

La nariz me sangra, el dolor de cabeza estalla y el sujeto de cabello largo me agarra del cuello, dejándome a su altura.

—Conóceme, Emma, soy Vladímir Romanov. —El nombre me hiela la sangre—. Primogénito de Ilenko Romanov, el *Boss* de la Bratva, y hermano de la mujer que la perra de tu hermana mató a sangre fría.

—¿Qué quieres?

—Venganza.

6

UNDERBOSS

EMMA

Los brazos me fallan al intentar sostener el peso de mi propio cuerpo. Las palmas me arden sobre el concreto helado y cada intento por respirar es un cuchillo entre mis costillas. He sido encerrada en un cuarto de animales salvajes que me han insultado, denigrado y escupido hasta cansarse. Reclaman por algo que no hice y, según ellos, debo pagar. Su furia ha caído sobre mi cara, sobre los ojos que no puedo abrir.

Aparto las lágrimas que se me escurren por las mejillas y trago la sangre espesa que inunda mi boca. No les voy a rogar, ni voy a bajar el mentón como quieren; voy a mostrar lo más bonito que tengo y es mi sonrisa. En algún momento se cansarán.

Consigo poner las rodillas en el suelo y una patada al estómago me devuelve la espalda al concreto.

—Vamos, muñeca. —Acercan una cámara—. Quiero escuchar una bonita súplica.

Sacudo la cabeza. Que me golpeen todo lo que quieran, no van a sacarme nada. Buscan humillarme, hacerme rogar, quieren que mi hermana me vea decir: «ven por mí». No va a pasar. Ella ya ha sufrido lo suficiente, ya ha atravesado sus propios calvarios. La amo y no pienso cargarla con más. Tampoco arrastraré el apellido de mi familia. Vengo de soldados honorables que nunca se dan por vencidos y yo no seré la primera. Resistiré y luego escaparé.

Una nueva patada en las costillas me arranca el aire y me arroja contra la pared. El carcelero se aparta y la sombra de Vladímir se cierne sobre mí con las manos ocultas en su chaqueta.

—¿Te molestaría subir la temperatura del calefactor? —digo entre jadeos—. ¿O al menos poner algo de música? Este lugar es deprimente.

No responde y me limpio la sangre de los labios. Me recuerda a mis antiguos instructores, serios y sin una pizca de sentido del humor.

—Queríamos a tu otra hermana, Sam James —dice—. Esa, al menos, tenía algo de valor. Podría presumirse como un trofeo; en cambio, tú... no vales ni un rublo.

—Las personas no se definen en precios, ¿sabes? —Me duele respirar—. Y de ser así, nadie en el mundo podría comprar lo que vale mi espíritu. De hecho, creo que son de esos espíritus que ya no se hacen... Si vas a la fábrica de espíritus y exiges «¡Deme uno como el de Emma!», te dirán: «No, joven, se nos acabaron hace dieciocho años».

Se agacha, cierra los puños en mi blusa y me levanta de un tirón. Las piernas me fallan, entumecidas. Mis extremidades se han adormecido. Lo único que siento es la presión de sus manos sobre mí y la furia de su mirada ámbar, que no se cansa de evaluarme.

—¿Follar conmigo era parte del plan en tu intento de rapto? —digo solo para los dos—. Algo me dice que no.

Golpea mi espalda en el concreto.

—Tu *haladie*. —Bajo los ojos a lo que porta en la mano—. Lo tenías esa noche.

Todo el mundo tenía cuchillos falsos y armas de utilería; en un primer momento pensé que la suya era una más.

—No pierdas tiempo en guardarte las súplicas; pronto saldrán solas de tu boca. —Ignora lo que acabo de decir—. Nadie sobrevive al calvario de la Bratva y menos cuando yo soy el verdugo.

Me pone el brazo en la garganta.

—Te mataré después de darme el gusto de decir que un Romanov humilló como se le antojó a una James —dice—. Entonces tu apellido ya no será tan grande, tu belleza no será inalcanzable y tu hermana, pese a tener el mundo besándole los pies, pagará por haberse metido con la Bratva. Perderá a su bella e inútil hermanita.

El aire que exhala choca en la punta de mi nariz.

—Eso no va a pasar —contesto, débil—. No voy a suplicar y te vas a equivocar, porque de aquí a que quieras matarme, ya te habrás enamorado de mí.

Se me ríe en la cara.

—Pero yo no me enamoraré de ti y ahí estará la falla en tu fabuloso plan.

—Eres más estúpida de lo que creí.

—Ayer estabas triste, ¿por qué?

—Cierra la puta boca. —Arroja mi cuerpo al rincón.

Sus hombres se agrupan a su espalda en el cuarto de paredes corroídas y símbolos grabados en piedra.

—Hoy, en el decimoséptimo día del calendario rojo, la Bratva dicta sentencia y la condena de Emma James comienza.

Las palmadas llueven sobre su espalda, acompañadas de adulaciones.

—Hoy honras a la Bratva, al *Boss* y a Sasha.

—¡Llévenla a los calabozos!

Me agarran del cabello y tiran de mí. Vladímir se limpia la nariz con el dorso de la mano antes de que me arrastren afuera como un animal.

—Quiero verla hecha mierda, tal como los soldados que han pasado por aquí.

Los guardias me levantan en el pasillo, abren una puerta de hierro metros más adelante y el corazón se me estrella en las costillas.

—Camina, puta. —Me empujan hacia delante como una prisionera.

Una hilera de escalones destartalados me conduce a un corredor donde los calabozos de piedra se alinean de lado a lado. La humedad gotea desde el techo y corre por las grietas del suelo. Bombillas sucias titilan y ojos rojos brillan adentro de las celdas. No son pocas, sino cientos de miradas cautivas que se agolpan tras las rejas de hierro oxidado.

Los hombres se acercan a los barrotes.

—Démosle la bienvenida a Emma James —anuncia el guardia—. ¡La nueva esclava de la Bratva!

Abren la celda y una patada en la espalda me lanza al interior. Caigo de bruces junto al colchón mugroso. A menos de un metro, un retrete de cemento con manchas oscuras completa el cuadro.

—Saluda a tu nuevo hogar.

—¿Podemos decorar nuestras celdas en Navidad? —Me levanto—. De poder, quiero que mis luces sean azules.

Me encesta un puño en la boca.

—Entiendo, no son de espíritu navideño.

Tengo celdas a la derecha, a la izquierda y al frente. Espacios reducidos, húmedos, llenos de cuerpos grandes agazapados en las sombras. Hombres de rostros curtidos y barbas espesas que parecen no haber visto el sol en años. Sus ojos se concentran en mí desde el silencio, tan quietos que dan miedo. No hay ni una sola mujer aquí.

—Como ya oyeron, mi nombre es Emma. —Alzo la mano a modo de saludo—. Cuando vaya a mear, les agradecería que se voltearan. Los modales hacen al hombre, caballeros.

Ninguno se mueve de su lugar.

—Cuando se sientan cómodos, pueden decirme cómo quieren que me dirija a ustedes, nobles convictos. —Me acerco a la reja—. ¿Alguno desea empezar ya? ¿Cómo es tu nombre?

Le pregunto al hombre sentado junto a la reja y no obtengo respuesta. Ni siquiera un movimiento que me indique que me ha escuchado.

Me siento en el colchón curtido, el dolor de la golpiza se ha quedado alojado en mis huesos. Siento la cara como si cargara una máscara de cemento encima. Las cámaras en el techo me apuntan. Ratas cruzan entre ríos de orina estancada y guardo las manos entre los muslos. El llanto empuja desde adentro, pero lo retengo. No voy a romperme, no aquí. Si lloro, me veré como una niña mimada, y en este sitio no puedo permitirme serlo.

—¿Y llevan mucho tiempo aquí? —pregunto—. ¿Semanas o meses?

El silencio es absoluto. Los guardias pasan con dos cadáveres y me convenzo de que todo estará bien porque no seré uno más. Solo tengo dieciocho años, aún no he hecho ni la mitad de las cosas que deseo hacer. No le he dado un motivo a mis padres para sentirse orgullosos, no he llevado a Death a conocer los Alpes como tanto quiere, no he tenido un beso de película y no he patinado lo suficiente.

—Emma. —Un mastodonte de cabeza tatuada desliza la reja—. ¿Lista para la primera sesión?

Se cruje los nudillos.

—Me han dicho que eres una zorra barata que abre las piernas por un trago.

Arroja la chaqueta de cuero a un lado.

—El animal defectuoso de los James. —Aprieta el puño contra la palma, probando su firmeza—. La mancha en el apellido.

Me levanto. Si me agarra en el suelo, le será más fácil matarme. El impacto del golpe en el pecho cae como un mazo de hierro, dejándome sin aire. Me estrella en la piedra y no me da tiempo de reaccionar; entierra el puño en mi nariz. El calor de la sangre se escurre por mis labios y se derrama sobre la blusa.

—¡La puta de Phoenix! La vergüenza de la familia honorable. ¿Te apetece chuparme la verga, ramera?

—No, gracias.

Los golpes me derriban y me encojo sobre la piedra por instinto. Cubro los órganos vitales y protejo las piernas. Si me llega a dañar de manera permanente, jamás volveré a pisar una pista.

Oídos sordos, mente en el hielo. Un golpe mal recibido y me quiebra. Un mal giro y nunca más patino.

Aprieto los dientes y contengo los sollozos. Las patadas cesan, pero el respiro no dura nada: me lleva contra la pared y me lanza una bofetada que me gira la cabeza a un lado. La palma abierta arde en mi piel, golpe tras golpe.

—Bienvenida al infierno, ramera, ¿lista para suplicar? ¿Para pedirle a tu hermanita que venga a sacarte de aquí?

Niego y enfurece más. Las mejillas se me adormecen, el labio me sangra a raudales y regreso al suelo cuando las piernas me fallan.

—Primera sesión: lista. —Me lanza la última patada al vientre—. Te veo mañana, perra.

—Ok.

Me ayudo con los barrotes al momento de levantarme.

—Estoy bien. —Escupo sangre—. Han de pensar que esto es doloroso. No se engañen. Duele más la crítica del jurado en las competencias. Esos malditos arrojan comentarios que te destrozan con unas cuantas palabras.

El silencio continúa. Me dejo caer sobre el colchón. Tengo los músculos vueltos puré y las lágrimas se me salen solas. No estoy acostumbrada a esto. El entrenamiento militar es duro, pero no llega a este nivel, ni a este tipo de maltrato.

Las luces de las linternas se filtran entre los barrotes. La sangre seca se adhiere a la piel y no tengo la energía que se requiere para quitarla. Los platos chocan con el suelo, la comida se reparte como si fuera desperdicio para animales. A todos les arrojan algo, menos a mí. El estómago me gruñe, los párpados me pesan. El entorno pierde nitidez y no consigo mantenerme consciente.

¿Cuánto tiempo pasa? ¿Minutos? ¿Horas? No tengo la manera de saberlo. Solo sé que nunca en la vida me había dolido tanto el cuerpo. La sombra de un hombre me tapa: alto, atlético, rubio. Es Vladímir Romanov. El frío de la celda empeora.

Atrapa un pedazo de pan y me lo arroja a la cara. El trozo me golpea la mejilla antes de rodar por el suelo.

—Lo agradezco, pero la levadura no es conveniente en mi deporte.

—Come.

—No. Ya lo besó el diablo.

Me clava la bota en el brazo y el dolor explota desde el hueso hasta los músculos. La presión es tanta que por un momento le temo al quiebre del hueso. Templo los dientes con los ojos llorosos.

—El orgullo es un mal aliado para un esclavo.

—Yo no soy una esclava.

Retira el pie y, antes de que pueda registrar el alivio, me levanta de la blusa. Mi visión se llena de manchas blancas, no sé si por el mareo o por la presión en el cuello. Parpadeo hasta recuperar el foco. Debo verme horrible, aunque él no luce mejor. Estoy llena de golpes, pero él es quien parece desangrarse por dentro. Carga una expresión inerte, una mirada que, lejos de ser filosa, es puro desgaste; el sufrimiento contenido en un cuerpo que parece doler cada vez que respira.

—¿Quién te lastimó? Tienes una herida bastante grande adentro, ¿lo sabes?

—La puta cree que puede leer almas. —El guardia que pasa suelta una carcajada—. Deja de decir idioteces y cierra la boca. Desde ahora, solo la abrirás para rogar.

El tenue rayo de luz que viene de afuera ilumina su rostro desencajado. Le tiemblan las manos y el sudor le perla la frente.

—No podías dormir. Por eso bajaste, ¿verdad? Quieres mi compañía.

—No. Eres mi mascota y necesitaba venir a divertirme contigo.

—¿Como en la discoteca?

—No recuerdo nada de la discoteca. Olvido a las zorras con las que me acuesto.

—Mientes y está bien, no soy nadie para obligarte a decir la verdad. —Estar de pie es un suplicio.

—No hay verdad. —Ríe con sorna.

—Sí la hay, y lo lamento. Lamento mucho que te hayan lastimado. No sé qué fue, pero debió doler bastante como para dejarte así, sin alma.

Manos heladas, ojos vacíos, rostro melancólico. No carga con una simple cortada; lo de él es algo grande. Una herida enconada, una quemadura de tercer grado que ha de arderle todos los días.

Cierra el puño, listo para estampármelo en la cara.

—No hará que te sientas mejor maltratándome —le digo—. No va a apagar lo que te mata desde adentro y golpear a alguien indefenso no te da poder, te lo quita.

Agarra mi cara. Los dedos largos se sienten más fríos que los barrotes de atrás.

—Las personas como tú son las que más me divierten: fingen ser fuertes y luego no son más que una burla. Mendigan cuando se les quiebra la voluntad.

Me lanza al colchón y me pone la rodilla en el estómago.

—Espero que una rata se coma la mitad de tu cara mientras duermes —dice—. Buenas noches, pequeña puta.

—Descansa.

Se larga. No puedo evitar los quejidos, ni acomodar el cuerpo sin que todo me duela por dentro. Si tuviera que definir la agonía de mis huesos en un color, diría rojo vivo. Un verdugo golpea las rejas con su porra; el cansancio me sume en la inconsciencia.

Al abrir los ojos, hallo un nuevo carcelero dando vueltas. ¿Es un nuevo día? Parece que sí.

Presiono las palmas en la superficie y me impulso temblorosa hasta sentarme. Me duele todo; aun así, lo soporto. Permanecer acostada es perjudicial para mi estado. Mis extremidades protestan al incorporarme porque tengo los músculos rígidos donde han encestado las patadas. Apoyo un pie, luego el otro. Me inclino hacia delante y consigo levantarme.

—Señores, buenos días. —Coloco las manos en mi cintura—. Les ruego que sean educados y no hagan comentarios entre ustedes sobre mi aspecto. Nadie se ve bien sin una ducha.

Lo único audible es el sonido de las goteras cayendo. Las personas a mi alrededor no contestan. Giro hacia la cámara de la esquina y alzo la mano.

—Buenos días, Vlad —le digo a la luz roja. De seguro me observa desde el otro lado.

Miro al frente, respiro hondo y enderezo el torso. Mis músculos son cables de acero frío y siento el peso del esfuerzo sobre mis costillas. No puedo permitir que el dolor me agarrote e inmovilice. He tenido caídas desde que empecé a entrenar y sé que, si no me muevo, me costará el triple reponerme. Aprieto los dientes, levanto los brazos para armar un arco y entrelazo los dedos por encima de la cabeza. Me paro en puntillas y cuento hasta veinte.

—Patino desde niña —les hablo a los prisioneros que me observan—. Mi sueño es ser una patinadora profesional. ¿Ustedes practican algún deporte?

Silencio. Ni un murmullo.

—¿O les gusta alguno? ¿Fútbol americano, basquetbol, lucha libre?

El silencio persiste.

Troto en mi sitio; el impacto de los saltos aviva el suplicio. El estómago me arde. Aprieto los puños mientras entro en calor. Impulso el cuerpo hacia delante, me paro sobre las manos, elevo las piernas hacia el techo y mantengo el equilibrio durante cinco segundos. Luego apoyo los pies en la piedra, lista para intentarlo otra vez, pero un guardia se detiene frente a mi celda.

—Deja de hacer eso y muévete al rincón.

Lo ignoro, culmino el salto y me sostengo en un solo pie.

—¡Al rincón! —Desliza la reja.

—Debo entrenar. Mi cuerpo no se puede oxidar porque...

—¡Al rincón!

La patada en el pecho me tumba en la piedra. El carcelero de ayer entra con un *taser*, me lo presiona en la espalda y la descarga me arquea el cuerpo. No contengo el grito. La corriente quema y se arrastra por mis nervios en un incendio bajo la piel que me deja temblando.

—¿Dónde quedó la sonrisa? El juego ya no es tan divertido, ¿eh?

La lluvia de golpes vuelve sin piedad y no sé cuántos aguanto antes de que todo se vuelva negro.

La celda está en penumbras cuando despierto. Me cuesta respirar. Algo tibio resbala por la mejilla, ¿sangre? ¿Lágrimas? No tengo idea. No puedo mover el cuerpo durante horas, el ardor en la espalda por la piedra se intensifica y, como puedo, me arrastro al colchón donde, una vez más, pierdo la conciencia.

La imagen de mi hermana me acompaña en el limbo; aquella tarde en que la vi caminar hacia el altar. Hermosa, como de costumbre. Ese día lloré porque sabía que iba rumbo a uno de sus sueños. Al fin, la vida la estaba recompensando después de tanto sufrimiento. Meses antes, había tenido una recaída que le quitó las ganas de vivir, y el coronel con el que se casaba se las devolvió.

—Emma James —la voz de Vladímir me trae de vuelta.

No hay forma de saber si es de día o de noche, la celda siempre luce igual.

—Déjame adivinar —le digo a Vladímir—. Ibas a despertarme con un beso, te intimidé a último momento y por eso me has despertado.

Saca mi móvil del bolsillo y se sienta a mi lado.

—La casera que contrataron tus padres ahora trabaja para mí. —Enciende la pantalla—. Conseguí a alguien con tu mismo perfil que seguirá tu rutina. También asistirá a tus clases. Le puse tu rastreador. Nadie de afuera sospechará de que estás aquí. Si alguien abre la boca, la lista de cadáveres será extensa. Empezaré con los de la academia.

Entra a mi buzón de voz.

—Respondo los mensajes tal como lo harías tú. No es muy difícil imitarte, pequeña puta.

Teclea.

—Jugaremos contigo. —Una mueca burlona se asoma en su rostro—. Tu familia creerá que todo va bien y, en el momento en que menos lo esperen, recibirán pedazos de ti junto a las cintas de tu calvario. Será un golpe directo, una bomba difícil de digerir, porque tendrán todo cuando ya no podrán hacer nada. Me imagino al titular: «La mafia rusa destroza el apellido James». «La hija menor fue ejecutada en honor a Sasha Romanova».

—No le he hecho nada a nadie. No conocía a tu tía, ni fui culpable de su muerte. Y mi hermana...

—Tu hermana es una perra que se metió con la persona equivocada. No importa si tuviste que ver en esto o no. La ruleta giró y cayó sobre ti. Eres la presa marcada, mi esclava y mi nuevo juguete.

—Hablemos de algo diferente. ¿Cómo estuvo tu día? ¿Hiciste algo interesante aparte de observarme?

—¿Por qué te observaría? Das asco y vergüenza.

—Un baño lo resolvería.

—Lo tuyo no lo borra el agua. Naciste en una familia «ilustre» y no eres nadie entre ellos. Lo único que sabes hacer es hablar idioteces y dar saltos de cirquera.

Se acuesta a mi lado sin perder de vista mi rostro. Está drogado, se le nota en la mirada vidriosa. Su mano fría me quita el cabello de la cara. No ha de tener más de veinte años y parece un hombre de mil.

Cierro los párpados. No he comido y necesito ahorrar energía.

Un suspiro apagado escapa de sus labios y me siento como una pieza de museo, un objeto que no se cansa de estudiar. Presiona la mano en mi pecho, no con fuerza, sino con la delicadeza de quien necesita asegurarse de que algo sigue latiendo. No hay deseo en el contacto, solo una especie de necesidad marchita. Apoya los labios sobre los míos. En silencio, toca mi cara y me llena de caricias apagadas, de besos tristes. Si la decadencia tiene un rostro, es el suyo.

—No quedará nada de ti —se ríe y el gesto se oye vacío—. Haré que te pese el haber nacido.

—¿Así como a ti te pesa existir? —Abro los ojos.

Las hebras doradas le cubren parte de la cara. Es bello, a pesar de estar muerto por dentro.

—Si fuera tú, me abstendría de hablar. No me conoces ni tampoco a esta mafia.

Se apoya en mis costillas al levantarse, hundiendo el talón de la mano sin el menor cuidado. El dolor me mantiene despierta y, horas después, tras el cambio de guardia, reúno fuerzas para incorporarme. Saludo a los reclusos y les pregunto si durmieron bien. El silencio sigue siendo mi única respuesta. Se limitan a mirarme mientras realizo elongaciones.

—Tengo una rutina de ejercicios que me ayuda a mantenerme en forma —les comento—. ¿Quieren que les explique para qué sirve cada ejercicio?

—A la pared, zorra. —advierte el carcelero—. No me hagas enseñarte los modales.

—Es difícil no aburrirse en este hueco apestoso a mierda. Debo entrenar o nunca voy a ganar una medalla...

—Lo único que vas a ganar es un ataúd. —Patea la reja—. ¡Al rincón, ahora!

Continúo con lo mío y el sujeto entra, exhibiendo los brazos cubiertos de tinta.

—Si uno de nosotros habla, tú te callas y obedeces —espeta—. ¿Está claro, esclava?

—No soy una esclava... —Mi respuesta se corta con el golpe que me hace trastabillar.

—Sí, lo eres. —Sus dedos se enredan en mi pelo y tira hasta que el cuero cabelludo arde—. Eres la esclava de la mafia rusa.

El *taser* me muerde las piernas. Cada intento por levantarme se apaga a puñetazos. Me niego a quedarme en el suelo; no puedo acostumbrarme a él.

El estómago, revuelto por la comida rancia, y el cuerpo ya no me responden como antes con el paso de los días. Cada vez me cuesta más moverme, respirar; sin embargo, hago un esfuerzo por ponerme en pie.

Veo cadáveres desfilar frente a mi celda: muñecas abiertas, cuerpos hinchados por los golpes. Escucho los gritos de los carceleros hasta en mis sueños y las descargas del *taser* se vuelven parte de mi día. Hoy no es la excepción: la sesión termina con mi cuerpo tendido sobre la piedra helada, entumecido y anestesiado por el dolor.

—Voy a intentar mover el pie —les comento a los presos—. ¿Lo estoy moviendo ahora? ¿Alguien puede decirme? —pregunto.

No hay respuesta. Mis extremidades no reaccionan y temo a que los choques eléctricos desencadenen daños graves. Dejan un plato de comida a mi lado y no lo puedo tocar porque sigo sin funcionar.

—¿Ahora, compañeros? —vuelvo a preguntar—. ¿Alguno de mis dedos tiene movimiento?

Me siento como un animal muerto en mitad de la carretera. Vladímir entra y me arrastra hasta el colchón. La sensibilidad regresa poco a poco. Por primera vez en días, agradezco algo.

—No más estiramientos ni piruetas de cirquera barata —dice—. Eres un fiasco en el patinaje y en la milicia. No pierdas el tiempo.

Trago con esfuerzo el pan que me mete en la boca.

—Tus padres te han escrito. Sigo contestando por ti —continúa—. Me limito a imitar tus mensajes llenos de purpurina y estupideces. La mujer de North Pole aún sigue con tu rastreador. Deben pensar que por fin maduraste, que dejaste de comportarte como una ramera. Toda la academia está bajo amenaza y palidecen siempre que aparezco.

—Gracias por contestar.

Me alivia saber que mis padres no están sufriendo. Cuando la mafia italiana secuestró a mi hermana mayor, quedaron destrozados. Fue un periodo triste para todos. Han pasado años y aún viven con miedo.

—Pregúntale a Sam cómo está. —Inhalo hondo—. Ella me hace sentir como una tonta a veces porque es muy inteligente, ¿sabes? Pero nos amamos y sé que debe extrañarme.

—No es que te haga sentir como una tonta, lo eres —bufa, con desprecio—. Eres basura sin mérito, sin medallas, sin nada que valga la pena. Me empuja el último trozo de pan en la boca y se va sin más.

El tiempo avanza y cada día es peor. No me dejan cerrar los ojos. Apenas intento descansar y algo impacta contra mi cuerpo: un vaso, un plato vacío, cualquier cosa al alcance de sus manos.

Hablo con los presos. Les doy los buenos días, lanzo preguntas al aire, pero solo recibo silencio. El *taser* drena la poca fuerza que me queda y los gases que arrojan a la celda me irritan la piel.

—Tu amigo Tyler nunca se calla —dice Vladímir, sentado a mi lado—. Te envía mensajes todos los días. Le he respondido. Espero que le duela saber que moriste después de una humillante tortura.

Los ojos me escuecen por el gas y no dejo de toser.

—Intentas fingir que todo esto te da igual y no es cierto. Te estás desmoronando. Ya no tienes la misma fuerza; lentamente adoptas la apariencia de una esclava.

Mi garganta se aprieta al verme: los días sin ducha me están cobrando el precio. Tengo la piel sebosa y el cabello lleno de grasa. Verme así no le hace bien a mi estado anímico.

—Tu hermana es una heroína en los diarios de la FEMF. Junto a su querido esposo, le hace frente a la mafia. ¿Sabrá que su marido es un criminal igual a los que sigue? Lo dudo. Vive su vida soñada mientras tú estás aquí.

La cabeza me pesa tanto que termino apoyándola en la piedra.

—Ellos hacen desastres y tú eres quien paga la cuenta. —Se levanta.

Me froto las muñecas contra los ojos, el escozor es insoportable. Vladímir suelta un grito en su lengua materna. Le pasan un balde de agua y me lo lanza directo a la cara.

—Duerme bien, pequeña puta. —Cierra la reja—. Si es que puedes.

Mi verdugo llega horas después. Los golpes en la cara me dejan el ojo izquierdo lagrimeando. No pierdo la conciencia esta vez y, pegada a la reja, les hablo a los prisioneros sobre los lugares que he visitado y de los restaurantes que sirven el mejor pastel de carne en Arizona. También cuento sobre los logros de mamá, de lo bien que le quedan las parrilladas a papá y de lo bien que la pasé en la boda de mi hermana.

—¿De dónde son ustedes? —pregunto—. ¿Alguno ha estado en Arizona?

No hay respuesta.

La falta de sueño repercute, la mugre se vuelve un lastre y los golpes me apagan más rápido. No quiero perder la esperanza. Si lo hago, muero y no puedo morir sin haber volado alto.

Tres veces al día me recuerdan que ya no soy una persona, que mi vida se terminó y ahora soy su esclava. Me sacan en cara lo que hizo mi hermana y entran a tratar de grabar las súplicas que no doy. Saludo desde la cama como si estuviera en un lugar cualquiera y no en una celda que apesta a orina.

—No quiero que mi familia tenga un mal recuerdo de mí —les comento a los reclusos.

Más cuerpos desfilan frente a mi celda. Los golpes de las siguientes sesiones me dejan tendida en el suelo, incapaz de volver al colchón. Mi abuelo decía que debemos agradecer hasta lo más mínimo. Ahora lo entiendo. Daría todo por mi cama, por un plato de comida decente.

Despierto después de estar un milenio en la inconsciencia y me quedo en el suelo hasta reunir la fuerza suficiente para ponerme en pie.

—Buenos días, caballeros —saludo como siempre, aunque no sé si es de día o de noche—. Soñé que ganaba una medalla de oro. ¿Será una señal? Lo tomaré como un «sí». No puedo dejar que se me mueran los ánimos, es lo único que me queda: ánimos y algunas monedas en mi cochinito en Phoenix.

Las lágrimas me empañan la vista cuando el silencio vuelve a ser mi única respuesta. Nunca contestan, pero hoy siento que me haría bien escuchar algo distinto a los insultos de siempre. No hay luz al final del túnel, ni siquiera una mísera chispa, y eso me preocupa. Trago el nudo que tengo en la garganta, cierro los ojos y me concentro en mi rutina de estiramientos.

Las piernas me tiemblan al momento de incorporarme. El número de barrotes frente a mí se duplica por el mareo. Intento hacer un giro y me estrello contra la piedra. No puedo quedarme en el suelo. Si dejo de moverme, seré uno de los cadáveres que arrastran por el pasillo.

Mis rodillas ceden en cada intento por levantarme y las obligo a estabilizarse.

—Deja eso, puta —advierte el carcelero al verme de pie—. Hoy no tengo paciencia.

—Solo serán cinco minutos.

Me preparo para el salto. Abre la celda y saca el *taser* de su chaqueta de cuero negro con cuello de lana.

—Solo cinco minutos. —Alzo las manos—. Los necesito.

—Cinco mil voltios es lo que vas a tener.

Retrocedo, pero la varilla de metal me alcanza y el chispazo me parte en dos. La corriente me sacude desde la columna hasta los dientes. Las piernas se me doblan y caigo. Lo conecta una segunda vez y la electricidad explota en mis nervios, arrancándome el grito que me desgarra las cuerdas vocales. No lo controlo. Mi cuerpo se convulsiona sin control.

—Esta carga te mata, o te mata, perra. Ya no te soporto.

Las luces naranjas cambian a rojo vivo y me deslizo lejos.

La piel de los codos se me abre mientras huyo. Las dos agujas de hierro chispean al momento de venirse sobre mí, entonces cierro los ojos, la adrenalina del miedo me envuelve las venas, me preparo para lo inminente y...

El impacto no llega.

—*Ona tolkó devushka, ostav' yey v pokoye!*

Abro los ojos. Un prisionero ha atrapado al guardia por el cuello y lo arrastra contra las rejas. El carcelero patalea, su rostro enrojece y golpea desesperado el brazo que lo asfixia, pero el reo no afloja. Aprieta. Tira. Sostiene hasta que el cuerpo pierde toda resistencia y cae como un saco.

Dos guardias irrumpen en la escena. Uno me agarra del cabello y la prisión estalla en gritos. Voces en distintos idiomas rugen al unísono. Las rejas tiemblan; los barrotes crujen bajo el peso de los presos que golpean con toda su furia. Los matones de la prisión intentan imponer control y sus voces quedan sepultadas bajo el rugido de la revuelta. Llaves tintinean. Pasos resuenan en los pasillos. Más rusos tatuados emergen de las sombras, desenfundan armas y disparan contra las celdas que se suman al motín. Los barrotes no dejan de sacudirse y los alaridos se multiplican. Las bombas de gas estallan a lo largo del corredor y el humo denso me quema la garganta. Desde lo alto, entre el estruendo y el caos, alguien patea puertas y grita mi nombre.

La FEMF. Mis esperanzas se encienden. Han venido por mí, debieron notar que no soy la de los mensajes.

—¡Papá! —Me pego a los barrotes y saco las manos—. ¡Papá!

Más gases caen, la cabeza me da vueltas y tanto ruido solo puede ser por parte de la fuerza especial.

—¡Estoy aquí! —Sacudo el brazo a través de las rejas—. ¡Papá!

El humo me asfixia, el mareo me deja las rodillas en el suelo, el sudor empieza a bajarme por el cuello y, segundos después, no veo más que oscuridad.

7
Monstruo

EMMA

La superficie bajo mi espalda se mueve. Pese al dolor en el pómulo, no siento la cara tan pesada. El olor a heces desapareció, la luz de arriba me inquieta los párpados y los abro despacio.

—¿Mamá? —digo al distinguir una sombra cerca de mí.

La carcajada varonil es el rayo que me devuelve a la realidad. El carcelero a mi izquierda arranca la aguja que tengo conectada al brazo. Entra la camilla a un cuarto de cuatro paredes mal pintadas.

—Arriba, lindura —dice y me quito de encima la mano sobre el pecho—. Tu mami está muy lejos de aquí.

¿Aluciné lo de la celda? La cantidad de golpes me ha dejado la cabeza hecha un desastre. Debí imaginarlo, porque no veo soldados por ningún lado; solo rusos de chaquetas de cuero y pantalones camuflados.

Un sujeto le grita a otro que ya desperté y vienen por mí. Me sacan de la camilla y, aunque el dolor ha menguado, cojeo de la pierna derecha. No tengo idea de cuánto tiempo dormí. Los intestinos se me retuercen, hambrientos. Sin explicaciones, me hacen caminar hasta los baños del fondo. Me dejan en ropa interior antes de arrojarme un jabón, un cepillo y crema dental. Me abalanzo sobre ellos como si fueran monedas lanzadas a un mendigo. Mi piel respira tan pronto conectan la manguera y me obliga a lavarme. El hedor se va, me cepillo los dientes, me enjabono el cabello dos veces e intento hacerlo una tercera vez, pero el agua cesa.

—¿Puede encenderla otra vez? No tallé mis codos.

—Esto no es un *spa*. —Arrojan una toalla.

Me envuelvo el cuerpo en un trapo áspero. Un carcelero me devuelve a los calabozos. Huele a sangre y a comida descompuesta. Los prisioneros yacen contra los barrotes, cubiertos de golpes y heridas que nadie se molesta en atender.

—Si abres la boca, todos reciben una descarga. —El matón calvo apunta con el *taser*.

Abre la celda donde las maletas traídas de Phoenix están tiradas en un rincón.

—Ponte esto. Es hora de trabajar. —Arroja un uniforme y zapatos sobre el colchón—. Muévete, que el *Underboss* te espera arriba, lindura.

Me deja sola y rápido busco lo que necesito. Si me van a sacar, quiere decir que tendré más posibilidades de escapar. El dolor en la espalda se intensifica al moverme; la falta de aire me aturde mientras saco las prendas. Estoy tan débil que me mareo con solo levantarme. «No importa, Emma —me digo—. Vamos a salir de este hueco».

Me enfundo en el uniforme de servidumbre negro y ajusto el delantal. La tela es corta, apenas cubre lo esencial. Tomo unas medias del equipaje, me cubro las piernas con ellas y fijo el elástico en los muslos. Rebusco entre mis cosas el neceser de maquillaje, me esparzo la base sobre los moretones y con la mano temblorosa aplico rímel, sombras y el último labial rosa que compré en Arizona.

Me recojo el cabello en una trenza, rocío perfume y dejo todo de lado cuando el guardia se acerca. Repara mi cara como si estuviera ante algún tipo de rareza.

—¿Qué? —Aliso la falda del vestido—. ¿El rosa no me queda?

No dice nada, me agarra del brazo y me saca de la misma forma que me trajo. Camino a rastras hacia una escalera de madera. Subimos por un pasillo oscuro y la puerta del fondo se ve como una línea de meta, un escalón a la victoria. Los cerrojos se deslizan y la brisa helada, impregnada de pino, entra con diminutas partículas de nieve. Voy a salir.

Me dejan cruzar el umbral y una imponente fortaleza rusa se cierne sobre mí como un gigante gótico de antaño. Las torres negras rasgan el cielo encapotado. Decenas de ventanas, cubiertas de nieve, miran desde la altura. Árboles gigantes bordean los alrededores, hombres armados vigilan desde puntos estratégicos, mientras nativos despejan los caminos. Me hacen avanzar y rodear la propiedad. Los vigías, dispersos entre los pinos, barren la zona con la mirada. Alzo los hombros, tullida por el frío. El aire gélido me pone la piel de gallina, endurece mi cabello húmedo y atraviesa los huesos. ¿Cómo vive la gente aquí? ¿Cargan alguna chimenea en el trasero? Cinco minutos afuera y ya quiero arrancarme la cabeza.

El patio trasero se muestra entre la bruma, amplio y desolado, rodeado por una hilera de estatuas de caballeros de piedra. La escarcha cubre sus armaduras y subo los escalones, encorvada.

El frío se dispersa al entrar en un corredor alfombrado. El olor a comida me despierta el hambre. En la cocina, mujeres uniformadas se mueven entre los fogones y los mesones. El carcelero patea un balde, el agua se derrama y la joven que limpiaba retrocede, refugiándose en una esquina

—¡Matriarca, esta esclava necesita disciplina! —exige el guardia.

Una mujer de pelo corto y liso, pegado al cráneo, se aparta de la estufa. El uniforme gris se estira sobre sus brazos rollizos. Recorre mi figura, me evalúa de tal manera como si midiera mi utilidad. Se vuelve hacia el guardia, comienzan a discutir en ruso y él me empuja contra ella.

—Patéala si se pone terca.

—No será necesario. Solo dígame qué quiere que haga y lo haré.

Se miran entre ellos como si estuvieran ante alguna desquiciada. ¿Qué quieren? ¿Que llore, me rehúse y patalee? Eso es lo que hace todo el mundo.

—Es una puta que está demente. No le tengan paciencia.

—Nunca la tengo —contesta la anciana—. ¡Celia!

La mujer que friega los platos se detiene al oír el llamado y se apresura a responder.

—Se nos ha integrado un fantoche. —La matriarca me rodea y frota su pulgar sobre mi párpado, queriendo borrar la sombra de ojos—. ¿Cómo te llamo? ¿Fantoche o esclava?

—Mi nombre es Emma y no soy una esclava. —Le quito la mano—. Puede llamarme Emma, Em o señorita James.

Me gano un bofetón.

—Abres la boca sin permiso otra vez y haré que te flagelen hasta que no puedas ni arrastrarte. ¡Ponla a trabajar, Celia! Y úsala como lo que es: una esclava.

—Dale de tragar para que rinda más —dice el carcelero antes de irse.

Tiran un plato de avena sobre la mesa y lo engullo en cinco cucharadas. No he terminado de tragar la última cuando la empleada ya me empuja hacia la puerta. Señala un balde cargado de utensilios de aseo. Jadeo en el vestíbulo como un perro sediento: llevo días recibiendo golpes y tengo el cuerpo estropeado.

—Nadie hace las tareas de otra —indica la empleada mientras subimos las escaleras dobles—. No importa que tan azotada o golpeada estés, cumples tu parte.

Llegamos al siguiente piso.

—Llevo tiempo aquí, ya he entrenado a varias. Escucha bien: no comemos hasta que la matriarca lo ordene. No husmeamos, no respondemos y siempre decimos que sí.

Se desvía por un pasillo y abre la primera puerta de la hilera de habitaciones. Dentro, un guardia embiste a una empleada contra la mesa, la folla con la cara aplastada en la madera y la boca sellada con un trapo. Celia cierra de inmediato y sigue como si solo hubiera visto a dos animales apareándose.

—La mirada siempre en el suelo, y las manos juntas y visibles cuando aparece el amo.

—¿Vladímir?

—No —se detiene—, el *Boss*. Y no es Vladímir, es «señor».

Abre otra puerta y me pregunto si esta fue alguna vez la casa de un zar. Todo apunta a que sí.

—Ayúdame a cambiar las sábanas. Lo que encuentres, déjalo en la mesa. Ni se te ocurra robar.

Se arregla el moño y los mechones lisos se le vuelven a escapar. Es de piel trigueña, ojos alargados y rasgados. Ha de ser de la región.

Los edredones pesan. Los levanto con los brazos entumecidos.

—¿De quién es este lugar?

—Del *Boss*. —Abre las cortinas.

—¿El *Boss*?

—El amo absoluto de la Bratva. Ni en Moscú, ni en San Petersburgo, ni en ningún rincón donde corra la sangre de la hermandad, existe otro como él. Dentro y fuera de la *mafiya*, es uno de los hombres más temidos; también, uno de los más despiadados. Tienes suerte de que no esté aquí.

—¿Es como Antoni Mascherano?

—No.

—¿Qué lo hace diferente?

—Que la Bratva no se parece a ninguna otra mafia. No lo olvides nunca.

Antoni Mascherano, es... era el líder de la mafia italiana antes de que la FEMF lo encerrara. Volvió un infierno la vida de mi hermana, la hundió en la adicción cuando se obsesionó con ella y la secuestró en pleno operativo.

Limpio la alcoba junto a la empleada, que exige rapidez a quien apenas puede caminar. La avena no me quitó el hambre.

Terminamos y pasamos a la siguiente puerta. Organiza los útiles, saca las bolsas de lona, se acomoda el uniforme y golpea la madera con el puño.

—No hables. Solo limpia.

—¡Adelante! —gritan adentro.

Abre y el olor a sexo me inunda la nariz. La música suena al máximo. En la cama, un hombre se toca desnudo y, en el centro de la habitación, una chica de piel canela y pelo moreno baila en un tubo, sin ropa. Mi atención se queda en ella hasta que Celia me hunde el codo para que me mueva.

—Al baño —murmura entre dientes—. A los amos, les gusta impecable.

La sigo. Limpia con una toalla mientras enjabono el inodoro. Se mueve rápido y, por más que lo intento, no puedo seguirle el ritmo. Me toma todo un minuto levantarme. Tener el cuerpo molido no es nuevo; lo he sentido después de entrenar; aun así, esto es otra cosa. Me ordenan recoger la ropa sucia.

Salgo del baño y apilo la ropa, la guardo en las bolsas de lona. No miro a nadie, solo me ocupo de lo que se me ordena. La música de cabaret se corta. De soslayo, veo al hombre de la cama acercarse, desnudo, y con un arma en la mano.

—Emma James, la hijita del gran general James —se burla—. Bonito labial.

—Gracias —contesto, y mi respuesta le desdibuja la sonrisa.

—¿Tienes idea de quién soy, puta estúpida?

Se yergue como un gallo de pelea y ciertos detalles de su cara se me hacen familiares. En la milicia, siempre recalcan el machismo y la prepotencia de los hombres en la mafia, que viven convencidos de que pueden tratar a cualquiera como se les da la gana y el resto debe callar. No es exclusivo de este mundo: también ocurre en el Ejército.

—¿Mini-*Underboss*? —respondo al captar el parecido con Vladímir. No se lo toma bien y me clava el cañón del arma en la cabeza.

—Maksim, estaba soltando mis mejores movimientos —le dice la mujer que estaba bailando en el tubo.

—¡Cállate! —brama con la cara encendida de furia—. ¡Esta esclava cree que puede venir aquí a desafiar a la Bratva! ¡Se cree con derecho de contestar, de faltar el respeto, como si no supiera quiénes son los que mandan!

Celia se queda quieta en el baño y mi pulso se desboca cuando el hombre frente a mí desactiva el seguro de la pistola nueve milímetros. La novia, o quien sea la mujer, se acerca a besarle el hombro.

—Déjala. —Trata de persuadirlo—. No dejemos que esto nos desconcentre. Volvamos a lo que estábamos haciendo.

—Hasta para someter le hacen falta cojones a mi hermano —responde él—. ¿Cierto, Vladímir?

Desvía la mirada hacia la puerta. Vladímir está recostado en el umbral. El gabán oscuro resalta su piel pálida. El cañón del arma me oprime el entrecejo y el *Underboss* se limpia la punta de la nariz antes de entrar.

—Debería matarte. Así me ahorro tus celos de una vez por todas, querido hermano —responde Vladímir.

El hermano baja el arma y le exhibe el pene semierecto, alardeando frente a todos.

—¿Celos? ¿De ti? —Se carcajea, burlón—. Por favor, Vladímir, hay cosas que los verdaderos hombres hacemos y otros ni siquiera pueden imaginarlas.

El *Underboss* lo hace a un lado, me entierra los dedos en el brazo y me saca a trompicones de la habitación.

—Mantén tus manos lejos de mi esclava. A mí me la encargaron —advierte Vladímir antes de estrellar la puerta.

Se aferra a mi brazo con tanta fuerza que parece que va a atravesarme la piel. Dando grandes zancadas, me arrastra por el pasillo, abre la puerta de su dormitorio y me lanza a la cama. Cierra de un portazo, cruza la habitación y se dirige a la mesa donde arma dos líneas de cocaína. Inhala. Se arranca la chaqueta y se desabrocha la camisa de un tirón. Me cuesta tragar lo que sube por mi garganta.

Bajo la tela se asoma la piel pálida, marcada con dos cruces en los hombros y, en el centro del pecho, una mujer con velo, sosteniendo una balanza en la mano.

Desabrocha el cinturón y el pantalón cae. No hay salida, ni nada a la vista que pueda usar para defenderme. Sé lo que viene y no voy a esperar a que lo haga por la fuerza. Me incorporo, respiro por la boca y, con las manos temblorosas, desabrocho los botones del vestido.

Regresa a la mesa a inhalar más cocaína, se inclina y la línea de cicatrices en su espalda quedan al descubierto. ¿Cortes? Se vuelve hacia mí. El cabello rubio cubre sus hombros. Sus ojos son dos pozos sin fondo; los labios, hielo contra mi piel. Se abalanza, atrapa mis caderas y caemos en las sábanas. Su cuerpo encaja entre mis piernas. Los besos titubean entre mi boca y la mejilla, sin saber dónde posarse.

—Eres mi puta y mi juguete.

Sus manos vacilan al deslizar la parte superior del vestido. No me chupa ni toca los pechos, solo muele sobre mí sin apartar los ojos de los míos. Le sujeto los hombros, baja a besarme y el gesto es torpe, incómodo. El roce de mi sostén en su piel desnuda lo tensa. Las caricias en las piernas las siento falsas, desesperadas y sin ganas.

Tiene la frente brillosa por el sudor. Traga en seco dos veces, presiona la mano en el centro de mi espalda y me pega más a él. Sus labios me rozan la clavícula mientras fuerza mis piernas a abrirse más.

Baja el bóxer y, resignada, me preparo para lo que se aproxima, para lo que sé que viene a continuación. Me visualizo en otro sitio, en otro cuerpo que no sea el mío. Acerca el miembro y... no hay nada. Ni dureza, ni erección; solo el frío de su miembro deslizándose entre mis pliegues. Baja la vista y sacude la cabeza. Exhala, vuelve a intentarlo. Nada.

Alzo la mano para tocarlo y la aparta de un manotazo.

—Esto es lo que provoca el asco que te tengo. —Frota el miembro frío sobre mi sexo—. Eres una ramera inútil. Ni siquiera sirves para calentar a un hombre.

Sus manos se cierran en mi garganta.

—Ni para follar sirves.

La presión me restringe el paso del oxígeno. Me va a matar. Agarro sus muñecas con todas mis fuerzas, tuerzo el cuerpo hacia la izquierda y le clavo el codo en la cara. Se tambalea. Lo empujo y, tosiendo, corro hacia la puerta con el vestido en la cintura. No he dado tres pasos cuando ya me tiene sujeta del cabello.

—Calma, Vlad. No siempre se puede. Es normal y está bien.

—¡Híncate! —Me empuja al suelo.

No me suelta el cabello.

—Chúpalo. —Pone su miembro frente a mí—. Saboréalo como la puta que eres y ponme duro.

Las lágrimas se asoman. Tranquila, Emma. Respiro. Eres una soldado y una soldado no pierde la calma. Un atleta tampoco.

Insiste. Me empuja la cabeza, quiere que me lo meta en la boca. Apoyo una mano en su muslo y con la otra lo estimulo. Mi toque no consigue nada, ni cuando lo lamo.

—¿Eso es lo mejor que puedes hacer?

—No eres menos hombre por no conseguirlo —intento hacerlo razonar—. La presión no nos ayuda a ninguno de los dos. A lo mejor, si nos calmamos...

El bofetón en mi mejilla me tumba. Son golpes de quien está frustrado consigo mismo y no sabe expresarse de otra manera.

—No sirves. —Se sube sobre mí—. No eres capaz ni de calentar una bragueta.

La inestabilidad en su voz me causa más pesar que rabia. Es un hombre de la mafia. Su problema puede convertirlo en el hazmerreír y por eso se pone así. Aprieta el puño, listo para atacar.

—Anda, hazlo, golpéame. —No muevo las manos—. Hazlo todo el día, si quieres, pero desde ya te digo que todo seguirá igual.

Los nudillos conectan en mi mejilla.

—¿Cuántos años tienes? —pregunto con su mano envuelta en mi garganta—. ¿Veinte? ¿Veintiuno?

—No te importa...

—Hombre joven, alma vieja. —Me río en su cara—. Crees que este poder que presumes es disfrutar y no es así. No sabes lo que es enamorarse, divertirse. ¿Alguna vez te has empinado una botella de licor a la orilla de la playa? ¿Has caminado descalzo por la arena viendo el atardecer? Seguro que no. Estás demasiado ocupado revolcándote en tu miseria como para siquiera considerarlo.

—No necesito más que esto.

La segunda cachetada me arde el doble.

—Que lo creas no lo hace verdad.

Sigue golpeando hasta agotarse. Los insultos van y vienen con palabras cargadas de ofensa. Para él, esto es respeto; para mí, solo es desesperación. Quiere verse superior a mí y nunca lo será.

—Arriba. —Me jala del brazo—. Si no sirves para calentarme, al menos sirve para trabajar.

Se viste deprisa y, en su afán, se pone la camiseta al revés.

—No te odio —le digo tan pronto me saca al pasillo—. Yo también me siento mal a veces y no actúo de buena manera.

—¡Cierra la boca!

Baja las escaleras conmigo. Una mujer de uniforme corre a abrirle la puerta trasera. El viento helado me quema los labios. El patio del castillo es una inmensa explanada de cemento, rodeada de cobertizos y almacenes de piedra por donde nativos y empleados van y vienen. Unos cargan leños, mientras otros arrastran árboles para cortar. Estar fuera de la prisión no me hace sentir más libre.

Vladímir me entrega al primer carcelero que se le atraviesa.

—Ponla a trabajar. Es una esclava. No le tengas consideraciones.

—Como mandes, leoncillo.

El hombre, con chaqueta de cuero y cuello de lana, me empuja para que avance. ¿Qué tan inmenso es este lugar? Me lleva a la parte delantera. Un área del bosque está cercada y, allí, unos reos cavan, mientras otros hacen bloques. La maquinaria pesada arrastra enormes piezas de metal. Me ordenan cargar piedras de un lado para el otro. Los prisioneros no son seres completos; a unos le falta un ojo, a otros una oreja. ¿Hay algún animal salvaje que les arranca sus pedazos?

Vladímir me vigila desde lejos sin moverse de su lugar.

Uno de los errores más arraigados en el ser humano es que, cuando alguien lo hiere, busca hundir la espina a otro sin importar si es culpable o no. No conozco a nadie en este entorno, nunca he estado en combate; aun así, heme aquí, lidiando con la ira ajena. El hambre me debilita con el transcurrir de las horas. La aguanieve agarrota mis piernas y congela mis pestañas.

—Gracias —le digo al preso que me entrega un bloque. Camino hasta el sitio donde está el que lo recibe.

—Amigo, ten. —Lo entrego.

Me empiezan a pesar las decisiones que tomé, como no quedarme en mi cuarto y no presentarme a los entrenamientos por no querer verle la cara a mis superiores. Más de una vez hice quedar en vergüenza a mis padres y Sam tenía razón: no tenía motivos para quejarme. El mundo cargaba con problemas peores que los míos, como los de Vladímir. Él sufre hasta cuando respira.

El trabajo cesa. Termino con las manos en carne viva. El *Underboss* me espera afuera. Los guardias vestidos de negro lo saludan, le hablan y lo molestan, mientras él se ríe. Tengo las amígdalas inflamadas y las medias hechas un desastre.

—¿Cansada, pequeña puta? —Sonríe—. La próxima vez esmérate más por servir.

Camina a mi lado. No tengo energía para discutir. El hambre me nubla la vista, siento los pies como dos bloques de hielo. Vladímir me arrastra de vuelta a la fortaleza. Entramos a la cocina vacía y me sienta sobre la mesa en el comedor.

—Me pregunto si alguien te extraña. —Aparta el cabello húmedo de mis hombros—. Lo dudo, pero haré que recuerden tu existencia. Es hora de la primera llamada.

El pecho me da un vuelco en cuanto saca mi teléfono del bolsillo. Hablar con alguien de mi casa es lo que más necesito ahora.

—Esta línea está conectada al pueblo, pensarán que los llamas desde North Pole a menos que digas lo contrario. Seré claro: de aquí a que digas algo útil, ya te habré abierto el estómago.

Busca en mi lista de contactos el número de casa y activa el altavoz. Me aliso el uniforme y escondo los mechones sueltos tras las orejas, como si fueran a verme. A mamá no le gusta que luzca desarreglada.

El teléfono suena al otro lado.

—Hola.

La voz de mi padre me traspasa. Los ojos me escuecen, el corazón se me agita. Aprieto los puños sobre los muslos y trago el nudo que amenaza con romperse en llanto.

—¿Hola? —repite.

—Hola, señor James. —La voz me sale firme y clara—. La próxima señora Claus lo saluda desde el Polo Norte con una canción que dice…

Su risa ronca enciende todo por dentro. «Lo amo demasiado».

—*Jingle bells, jingle bells, jingle all the way* —le canto—. *Oh, what fun it is to ride in a one-horse open sleigh.*

—Cariño, hasta que consigues una buena recepción —me dice—. ¿Cómo estás?

Vladímir saca su cuchillo de doble filo y me pasea la punta por la cara.

—Bien —le digo a papá—. La academia es genial, el hielo también. Todo el día he estado patinando.

Invento una rutina diaria donde le reitero lo feliz que estoy en el pueblo.

—Te adoro —dice al momento de colgar—. Pórtate bien y sé gentil con la casera. A esa pobre mujer se le nota que ya le pesan los años.

—Los quiero. Salúdame a mamá y dile a Sam que no monte a mi yegua. Les envío un beso del tamaño de Alaska.

—Cuídate, cariño.

Vladímir guarda el teléfono. Cuatro minutos en línea y me siento como si me hubieran enchufado a un cargador de vida. Mi familia está bien, a salvo y, mientras siga siendo así, esto siempre valdrá la pena.

—Bien hecho, pequeña puta.

El *Underboss* apoya el brazo en la mesa. Hace frío y mis intestinos no dejan de moverse.

—Arriba, me hiciste enojar. —Enreda las puntas de mi cabello entre sus dedos—. Eres una inútil; aun así, debo admitir que eres un juguete bonito. Uno que me gusta tocar.

Se acerca y me obligo a no reaccionar; no quiero golpes. Voltea mi cara hacia él y me pregunto si es bipolar.

—En la Bratva, desflorar a una mujer te da el derecho sobre ella, le guste o no. —Chupa mi labio inferior—. Yo lo hice, lo que me hace tu dueño. Eres mi esclava.

Me acaricia la cara y no me relajo. En cualquier momento, vendrá el golpe. Pierde la nariz en mi melena.

—Quiero sentirte otra vez. —Su voz es un murmullo en mi oído—. Provócame como aquella noche.

Guía mi mano hasta su pecho, y los ojos ámbar buscan los míos.

—¿Ya no te gusto? —Me besa—. ¿Solo coqueteas cuando estás ebria?

Desplaza las manos a mi garganta.

—Recordemos ese día.

Sus labios rozan los míos con un beso largo. Los dedos me recorren la nuca hasta enredarse en el pelo. Inclina mi cabeza a su antojo, mientras su boca exige más contacto, más cercanía. Busca intensidad y me asusta que pretenda llenar su vacío con algo que no puedo darle.

—No seas testaruda, quédate quieta.

Lo aparto, regresa y esta vez el toque es más suave. Su agarre cede, los dedos dejan de sujetar para simplemente estar. El movimiento de su lengua es mínimo...

Dejo de respirar y empujo al *Underboss* cuando el filo de un cuchillo se hunde de repente en el dorso de la mano que había puesto sobre la mesa. La sangre se despliega y el hermano de Vladímir saca el filo con la misma rapidez con que lo hundió.

—No nos enamoramos de la presa —asevera—. ¿Se te olvidó?

El rubio lo aparta de la mesa y lo estrella contra la barra. El hermano le responde. En un parpadeo, ya están rodando por el suelo a puñetazos e intento asimilar que el hijo de puta me ha apuñalado la mano. Envuelvo la palma en el delantal.

—¡Suficiente!

Un hombre de traje impecable atraviesa la estancia con paso seguro y aparta a Vladímir. El hermano se sacude el hombro, como si la pelea nunca hubiera ocurrido; sin embargo, Vladímir sigue lanzándole insultos mientras sangro.

—Escúdate detrás del *sovetnik*, como siempre. —Maksim le lanza una mirada de desprecio—. Y tú, negro, qué vergüenza, defendiendo al asesino de mi madre.

—¡Los dos, fuera de la casa! —Espeta el moreno.

Los empleados se amontonan en la cocina y no sé ni dónde meterme. Me miran como si fuera la culpable de la pelea.

—Ve a Sodom, leoncillo. —El hombre de traje saca a Vladímir y uno de los guardias entra por el hermano.

—Kira te espera en el auto —le dice el guardia.

Me dejan en la cocina. La matriarca no está y todos se preparan para irse.

—Necesito ayuda con mi mano —le pido a Celia—. Estoy sangrando demasiado.

—No puedo. —Me hace a un lado.

—Dame, aunque sea una venda. —Le bloqueo el paso—. Algo para detener la sangre. ¡Haré lo que quieras, pero no me dejes así!

La cocina queda vacía. Le insisto y Celia, sacudiendo la cabeza, rebusca en un cajón, saca un frasco de alcohol, lo destapa y lo vierte sobre mi mano en el lavaplatos. El ardor me arranca un grito. Rasga el delantal y envuelve la tela alrededor de la herida.

Me toma del brazo, me deja caer en el rincón más oscuro de la cocina y ordena la mesa del comedor.

—Apagaré las luces. Quédate ahí y no hagas ruido —murmura, asegurándose de que nadie la escuche—. Si los guardias te encuentran sola, te mandarán a los calabozos y allá la herida se te va a pudrir. Espera al *Underboss*. Si te ve callada, puede dejarte dormir al pie de su cama.

—Puedo ir con el resto de los trabajadores...

—No —baja la voz—. Si haces eso, nos castigarán a todos. No se te ocurra decir que te ayudé.

Se marcha y la oscuridad se apodera de la cocina. La casa entera se sume en silencio, los relámpagos entran por las ventanas y el sonido de las manecillas del reloj en la pared debilita mi nuca después de estar dos horas en la misma posición. Duermo recostada en un costal de harina. Un trueno me despierta. La mano me punza, el hambre es insoportable, la campanilla marca la medianoche y no aguanto un minuto más sin comer.

El refrigerador del fondo me llama. Las tripas se me retuercen, vacías, cargadas de telarañas y con fantasmas navegando por mis intestinos. Todo gira. Ya no sé qué es peor: si esto o el calabozo. No he probado bocado desde la avena, la sed me abrasa la garganta y así de débil no sé cuánto pueda permanecer en pie.

Me incorporo sin hacer ruido, y avanzo, cautelosa. Antes de precipitarme, escaneo la sala. Si soy rápida, puedo robar algo del refrigerador. Un relámpago destella afuera, iluminando la escalera y el vestíbulo vacío.

Corro hacia el refrigerador sin pensar. Agarro la primera manzana que veo y dos trozos de queso. Devoro a toda prisa, agachada en la penumbra, y trago agua hasta saciarme. Estiro la mano para tomar más queso, pero el sonido de la puerta principal me pega la espalda a la pared.

No cruzo a tiempo. Desde mi sitio, reconozco la figura de Vladímir. Entra con una mujer de vestido corto que está igual o más ebria que él. Se tambalean hacia las escaleras y, en cuanto desaparecen, me apresuro al rincón.

Las gotas de agua repican en las ventanas con la tormenta que se desata afuera. Me vuelvo un ovillo en el rincón. Cierro los ojos y a los pocos segundos se me abren los párpados de golpe con el grito que se oye desde arriba.

El alarido se repite. Es la mujer que entró junto a Vladímir: suplica ayuda. Los gritos suenan más altos y me levanto. Le están haciendo daño. El estruendo de los golpes me estremece y mi papá se me viene a la cabeza. Él fue uno de los mejores rescatistas del Ejército; él no se quedaría quieto ni se haría el sordo.

Las súplicas no cesan y me acerco al umbral de la cocina. ¿Me gustaría que me dejaran morir? El siguiente alarido es aún más desgarrador. Salgo al vestíbulo y agarro uno de los jarrones. De seguro, a Vladímir le ha pasado lo mismo de esta mañana y requiere que lo detengan.

Subo las escaleras. No hay un alma en los corredores y avanzo hacia la alcoba del *Underboss*. Ha dejado la puerta abierta. Los gritos cesan a un par de pasos. Aprieto el jarrón y mis pies dejan de moverse cuando Vladímir sale. Con una mano ensangrentada, sujeta el teléfono en su oreja y con la otra arrastra a la mujer de un brazo.

—¿Qué haces? —Mira el jarrón en mi mano mientras yo observo el *haladie* que ella tiene incrustado en el pecho y la marca en su frente.

La suelta y el jarrón se me resbala de las manos al dar un paso atrás.

—Presiento que habrá dos muertos esta noche.

Se abalanza sobre mí y emprendo la huida. Sus pasos retumban tras los míos. Me desvío hacia una de las alcobas, cierro la puerta de un golpe y pongo el pestillo. Patea la madera como un demente, y el estruendo de sus golpes me martillea en la cabeza, llenándome de pánico.

—¡Ven aquí, pequeña puta!

La puerta cruje y cede bajo sus patadas. No tengo tiempo que perder, si dejo que me ponga las manos encima, mi destino será el mismo que el de la otra mujer. Corro hacia la ventana. Él entra con el *haladie* en la mano y me arrojo al vacío.

La nieve amortigua el impacto. El corazón me estalla en el pecho, me incorporo y comienzo a correr. Ignoro los ladridos de los perros y las linternas que se mueven de un lado a otro. Mi única preocupación es el bosque que se extiende metros más adelante y entro sin mirar atrás.

Un disparo me zumba en el oído. No tengo idea de lo que hago ni hacia dónde corro, pero mi cerebro me grita que no me detenga porque me van a matar. Si me castigan por estirar una pierna, por esto me quebrarán los huesos a golpes. Una linterna me alumbra la cara, cambio de dirección y me lanzo hacia la derecha, corriendo a través de la espesa capa de nieve. Los truenos y las gotas pesadas de agua impactan sobre mi cabeza.

—¡Ven aquí, Emma! —gritan atrás—. ¡Solo me enojas más de lo que ya estoy!

Papá decía que, en situaciones de extremo peligro, nos volvemos superhéroes. Cuando las ganas de vivir son más grandes que todos tus miedos, la mente y el cuerpo logran cosas extraordinarias. Parece ser uno de esos momentos, ya que no sé de dónde saco las fuerzas para correr e irme al suelo cada vez que los proyectiles impactan cerca.

—¡Pequeña puta! —no deja de exclamar el *Underboss*.

La nieve enfría las balas que se estrellan en el suelo. Serpenteo entre árboles y un rayo de esperanza se enciende al divisar, adelante, en medio de la neblina, la lluvia y la espesura de la nieve, una carretera. La veo brillante, bella, como un ave miraría el cielo abierto después de estar días en una jaula.

La fuerza para llegar a ella se multiplica. Puedo hacerlo. Por mí, por mis ganas de vivir, puedo hacerlo. Las rodillas me duelen con el esfuerzo en la carrera. No siento a Vladímir cerca. La carretera se ilumina con los vehículos que vienen y me atravieso.

—¡Ayúdenme, por favor! —Siete camionetas frenan.

No me importa quiénes sean; no hay algo peor y más cruel que Vladímir Romanov. Alzo las manos frente a las luces para que noten que no soy un peligro.

—¡Ayúdenme, se los suplico!

Los guardias salen de los pinos, apuntando con firmeza y dejando mi súplica a medias. El llanto me quiebra, las rodillas se me doblan, los sollozos no me dejan hablar. Ni bajar los brazos puedo, pues el miedo me inmoviliza. Vladímir me va a matar, me van a destruir, él y su mafia.

Los autos no se mueven. Bajo la vista al asfalto y me quedo a la espera del disparo, de la puñalada.

La brisa del viento trae el olor a sangre del *Underboss* y escondo los labios. Alguien baja de uno de los vehículos, los latidos se me ralentizan y Vladímir, en vez de aniquilarme, da un paso al frente.

—*Boss* —dice. Fija la mirada en el piso y esconde las manos atrás en un acto de sumo respeto.

8

BosS

ILENKO ROMANOV

El humo escapa entre mis labios, serpentea en espirales hacia el techo hasta disolverse bajo la luz mortecina. La voz del *sovetnik* inunda el despacho con su informe. Vladímir capturó a Emma James.

No interrumpo. Su vacilación es suficiente para saber que está midiendo las palabras. Enumera los acontecimientos que pasaron en mi ausencia y nada está como debería.

—Estuvo varios días en la celda e incitó un motín —comenta, erguido—: los presos se opusieron a que la siguieran maltratando y el hombre del calabozo vecino impidió que le aplicaran un *taser*. La esclava nunca guarda silencio. El *Underboss* hace lo que puede, pero ella no es fácil de doblegar.

—¡Vladímir se está enamorando de esa puta maldita! —escupe Maksim—. ¡Incumplir las reglas se paga con la muerte y él no puede quedar impune! ¡Aquí le soportan todo porque es tu hijo predilecto!

—Siéntate y guarda silencio —le digo.

Se encoge en su asiento con la cabeza gacha. Para Maksim, su hermano es el culpable de la muerte de su madre. Vladímir permanece enfocado en sus responsabilidades, pero el hermano no. Él vive para alimentar la contienda y señalar al otro.

—Vladímir da asco —prosigue sin mirarme—. Es demasiado inestable para ser tu sucesor, y lo sabes. He oído rumores sobre...

Levanta la cabeza y mi mirada le devuelve los ojos al piso. Por muy hijo mío que sea, debe mantener la boca cerrada cuando lo ordeno. No tolero la insubordinación.

—Perdona, *Boss* —dice—. Me altero porque este tema me preocupa. Imagina si se enamora de esa zorra. No podría seguir siendo el *Underboss*, ni permanecer en esta organización.

—Aquí nadie se va a enamorar de nadie y menos del enemigo. Las reglas se respetan y los sentimientos no hacen parte de la Bratva.

Llevo el puro a mi boca, lo aprieto entre mis dientes y siento el sabor amargo. Tras dos caladas, escucho otra vez al *sovetnik*: los *byki* se encargaron de apresar a la esclava, mientras Vladímir sobrelleva los efectos de la droga en su habitación. Una orden mía que cumplió sin pestañear. Mi palabra es un peso inexpugnable sobre su espalda. Nunca se opone a ella. Es mi sangre, aun cuando es uno más de la Bratva, uno más debajo de mi voluntad.

Golpeo la punta del habano en el cenicero y recojo el juego de llaves en el cajón de mi escritorio.

—Quiero ver a esa maldita. —Me levanto, mentalizado a verla y no cortarle la garganta—. Se me hace poco creíble que haya tanto problema con una cría.

Los James, la inigualable familia militar, tan perfecta como sus medallas doradas. Héroes intachables para el mundo, pero aquí, en la Bratva, sus condecoraciones no sirven para nada. La muerte de Sasha trazó una línea que ningún honor militar puede borrar.

La cabeza del *sovetnik* se inclina a la hora de seguirme. El pasillo me recibe. Maksim se queda en el despacho. Permanece inmóvil en su silla.

Las puertas de la fortaleza quedan atrás al abandonar los muros. El viento de Alaska sacude los pinos. La nieve cruje bajo mis pasos en el camino hacia las cámaras de tortura. Ante las puertas de piedra, los *byki* aguardan mi llegada.

Mis asuntos en Rusia me han tenido fuera de Alaska: Rachel James y Christopher Morgan avanzan su cruzada contra las mafias, cazando criminales como trofeos para su campaña. La pareja perfecta aspira a ser primera dama y ministro del Ejército. Al coronel lo conozco bien, es todo menos un soldado ejemplar. Nuestros enfrentamientos han dejado sangre, tanto en mi época de *Underboss* como ahora, que dirijo la organización.

Las puertas de la cámara se abren y el olor a sangre seca mezclada con cemento tiñe mis sentidos. Los muros aún guardan la agonía de quienes imploraban piedad.

Los carceleros se alinean en silencio con la espalda pegada a la pared. El *sovetnik* extiende el brazo, recibe mi abrigo y suelto los puños de mi camisa. No perderé tanto tiempo. Las compuertas pesadas se deslizan para darme paso. Salamaro se queda afuera e ingreso.

Los *palachi* retroceden un paso. Echo la trenza hacia atrás mientras avanzo. El calor pesa en el aire, denso como un sudario. Cuarenta grados de temperatura bullen entre las paredes y la camisa blanca se arruga sobre los antebrazos al arremangarme. Quiero comodidad en el cara a cara. La penumbra se cierra alrededor y el único halo de luz recae sobre la mujer en el centro de la cámara.

Ojos brillan en las sombras como los de bestias al acecho, todos clavados en una misma dirección. El tintineo apurado de cinturones y braguetas rasgan el silencio. Mis hombres se retuercen en las penumbras, atrapados por un hambre que reconozco.

El paso se me enlentece y el aire, cargado de calor, se vuelve irrespirable, casi tangible. El eco de los zapatos resuena contra los muros, mezclándose con los sonidos de las respiraciones entrecortadas a mi alrededor.

Frente a mí, la figura desnuda pende, confusa, difusa.

Las cadenas tiemblan en un murmullo bajo. Algo resplandece, como un destello en la piel húmeda. Avanzo cuatro pasos más y la veo.

Emma James cuelga en el centro de la habitación, suspendida por las muñecas atadas a las cadenas que descienden del techo. Las piernas abiertas, forzadas por grilletes de acero que las mantienen separadas. La luz golpea su figura, mostrándola como Dios la escupió al mundo.

El sudor me resbala por la espalda mientras recorro la piel marfileña de las piernas largas y esbeltas. Mi vista asciende por los muslos hasta detenerse en el pequeño y atrevido sexo, oculto tras una fina capa de vello. La mandíbula se me tensa y muevo el cuello ante el hostigamiento repentino.

Es una cría. La palabra me quema como el filo de una daga.

La cintura estrecha fluye hacia las caderas firmes, dibujando una silueta peligrosa. Los pechos pequeños se alzan desafiantes, coronados por pezones rosados. El aire que expele delata su edad. Detalle que debería repeler.

Echa la cabeza hacia delante con los ojos cerrados. Despacio, alza el mentón hacia la luz y mi siguiente paso muere antes de nacer. Pensé que vería la cara de su hermana, pero su estructura ósea y labios son diferentes, más definidos, más rosados, más insidiosos. Es una maldita muñeca, no de las comunes, sino las que fueron hechas para encarnar la belleza de las criaturas mitológicas. Aquellas que era mejor no tocar, no mirar; ni siquiera acercarse.

Abre los ojos. Su mirada perfora la penumbra, se clava en mí con la rapidez de una flecha lanzada desde la oscuridad. La ira hierve en mis entrañas al recordar por qué está aquí. *Es el enemigo*. La sangre, la maldición de la mujer que detesto, corre por sus venas. La imagen de ella, de todo lo que odio, se propaga en mi cabeza tal veneno.

En tres zancadas, devoro la distancia que nos separa. La respiración me quema la garganta cuando cierro la mano enguantada sobre su cuello. Nuestros ojos se encuentran y el choque es peor que un tiro a quemaropa.

Bruja.

—¡Yo no soy mi hermana! —Su pulso acelerado golpea contra el cuero de mis guantes—. No le he hecho nada a nadie. Antes de hacer algo, tenga la sensatez de entenderlo y déjeme ir.

La voz suave se siente como un lametazo en el miembro.

—Solemos arrastrar cadenas llamadas apellidos. —No la libero—. Hay una ofensa que pagar y, como *Boss*, estoy en el derecho de cobrarla con creces.

El azul maldito de sus ojos recorre hasta la última línea de mi rostro. Su respiración rompe la calma cuando el aire escapa de su boca en ráfagas violentas.

—Este es mi territorio, lugar donde baja la cabeza todo aquel que no es amo. Aquí solo existe una ley, la mía, y está lejos de ser sensata, niñata.

—Entonces, si me van a torturar, háganlo ya. Sigan perdiendo su tiempo, porque seguiré en pie —dice—. El miedo me ha abandonado y ahora tengo la fuerza para resistir.

—Eso dices ahora.

—¡Es lo que diré siempre! —alza la voz—. Mi apellido es uno de los más respetados en la milicia, y no voy a arrastrarlo pidiendo piedad. Hagan lo que quieran, pero no esperen que me doblegue.

—¿Me desafías?

—Sobreviviré. Mi padre no engendró hijas débiles y mi hermana es la muestra de ello.

La suelto. Ahogo la carcajada que quiere emerger de mi garganta. Su discurso es el mismo de los «valientes» que entran aquí: «no me vencerán», «resistiré»… Palabras y mentiras que, en cuestión de tiempo, deben tragarse, convirtiéndose en los que más ruegan por perdón.

Rodeo el cuerpo artístico. Mi mirada cae en el carnoso, pronunciado y torneado culo. La piel inmaculada clama por disciplina e imagino el cuero negro marcando territorio, doblegando su cuerpo hasta someterlo.

La camisa húmeda se me pega a la piel. El miembro palpita contra el pantalón. Es carne tersa, piel cruda sin madurar. Enrollo su trenza en mi puño y su cuello queda a mi merced cuando tiro hacia atrás.

—Eres una ramera —susurro en su oído—. Dieciocho años siendo la niñita de papá, la vergüenza de mamá y la sombra de tus hermanas.

Su jadeo me atraviesa como un rayo, la tensión en el cuello aumenta y los músculos se me endurecen bajo la ropa.

—¿Qué se siente vivir para imitar?

—Dígame usted qué se siente tenerle miedo a una mujer.

—¿A qué mujer le temo? ¿A tu hermana? —Una sonrisa fría se me estampa en los labios—. Un hombre con miedo se arrodilla, pide clemencia. En cambio, yo estoy aquí, de pie, cobrando lo que me deben. No confundas el miedo con el repudio, *devochka*. El miedo paraliza; el repudio jamás te permite quedarte quieto.

Tiro aún más de su trenza y sus pezones se yerguen en puntas rosadas que me retan a atraparlos entre mis dientes.

—Esa lengua suelta se mueve de tal manera porque cree que lo peor ya pasó y te equivocas: lo peor vendrá cuando te conviertas en una sumisa programada para generar dinero. Te ofreceré. Tu cuerpo será abusado por tantos hombres que no podrás levantarte de la maldita cama.

Le sujeto el mentón, atraigo su mirada a la mía. El intenso tono de sus ojos es una marca de hechicera.

—Tendrás miles de vergas viejas, asquerosas, enfermas, en tu culo. Las crías como tú atraen. No son de mi gusto, pero sí el de otros.

Agarro su pequeño pecho y mi mano lo arropa sin problema alguno. No es nada comparado con las grandes proporciones que ya he magreado.

—¿Cuánto crees que me den por esto? —Pellizco el pezón duro—. ¿Mucho o poco?

Le estrello la mano sobre su trasero desnudo. La piel me arde al instante. El sonido de la palmada resuena en la habitación al golpearle el culo. Su cuerpo brinca, mas su mirada sigue clavada en mí, hirviendo. Sonrío y repito la acción una vez, dos, tres, hasta que su respiración se entrecorta.

Rezonga, rabiosa, cuando la manoseo cual mercancía.

—*Ved'ma rasstroyena?*

Aprieto su culo y el pulso en mi entrepierna comienza a quemar.

—Solo he estado con un hombre y lo hice una sola vez. —Inhala con fiereza—. Haré quedar mal al que me venda.

Un golpe de calor me sube por la columna. No le creo. El rostro, el culo y el sexo son demasiado… Me reservo la palabra. Los críos que andan por ahí de seguro han hecho fila para penetrarla. A su edad son perros en celo.

Poso la palma en su cadera y la deslizo hacia abajo en busca de sus orificios. La piel se le eriza ante la proximidad, separa los labios y, antes de que se atreva siquiera a protestar, hundo los dedos en ella.

—¡Oh, por favor! —El sonido de su voz traiciona lo que quiere demostrar.

—*Tishina…*

Muevo los dedos dentro de ella. Es virgen del culo y extremadamente estrecha del canal vaginal. Aprieta las cadenas con fuerza. Esconde los labios mientras tiembla y la entrepierna no deja de palpitar.

—Solo ha sido una vez, ¡ya lo dije!

Saco la mano cuando la punta del miembro gotea. Los dedos emergen cubiertos de su humedad; tiene la vagina limpia y pequeña también.

—Eres una cría. —Huelo el cuero de mis guantes—. Una cría hija de puta que a partir de hoy se va a empezar a calmar. Yo no soy Vladímir, soy el máximo cabecilla de esta organización.

La rabia le dilata las fosas nasales entre exhalaciones. Con un leve gesto, el *byki*, en la penumbra, suelta las cadenas sin aviso. Emma James se desploma desnuda a mis pies e intenta tapar lo que ya observé.

—Tu hermana es una hija de perra. Cree que puede manipular a todo el mundo y se equivoca. —Me acuclillo a agarrarle la barbilla—. Cierta vez le advertí que conmigo no se metiera, mas no escuchó. Quiso jugar a creerse intocable y ahora no queda más alternativa que darle una lección para que aprenda con quién meterse la próxima vez.

Repara mi boca y yo la suya.

—No soy mi hermana, no le he hecho nada a nadie.

—*Nyet*, no eres tu hermana —hago fuerza en su mentón—, sino un peón en este tablero, *Ved'ma*. Servirás hasta que yo lo decida. Si piensas en escapar, recuerda que tu familia es grande. Puedo ir por tu madre o tu padre. Puedo cazar a toda tu familia hasta que no quede un solo James vivo.

Por más que se aferre a la orilla, la corriente la va a arrastrar hasta donde yo quiera.

—Es momento de dejar atrás las ilusiones. —Me levanto—. No busques guerra donde no puedes ganar. Aquí manda la Bratva. Mando yo. Y las brujas no pueden contra los dioses.

Es demasiado pequeña para mi grandeza, demasiado insignificante para mi mafia. Permanece en el suelo, con un brazo sobre el pecho y la mano vendada contra el cemento. Ni siquiera merece mi ira. Me doy la vuelta y salgo sin mirar atrás. El eco seco de mis pasos rompe el silencio que dejo. La presión en mis sienes martillea mi cabeza.

Si antes las odiaba, ahora lo que siento es una repulsión aún más profunda. Todas son iguales, todas cortadas con el mismo maldito cuchillo. Rachel James, Luciana Mitchels y todo su linaje siempre han sido una distracción, incluso para los fuertes. Pero ninguna ha tenido el poder de moverme, ni de acercarse siquiera a lo que represento. Nunca me han afectado. No me han tocado. No han dejado ni una sola grieta en mi control, y así seguirá siendo.

El sudor se me aferra a la piel, pegajoso y sofocante. La mandíbula me duele de tanto apretarla. Acomodo lo que pesa en mi entrepierna y continúo a grandes zancadas. La cámara se abre y el túnel, frente a mí, parece alargarse hasta el infinito.

—Sabes que hacer —le digo al consejero, y asiente.

No me detengo ante los guardias, sigo mi camino a la salida. La brisa nocturna no me quita el hastío de encima. El fogaje del cuarto me persigue y aplasta, convertido en un manto que no consigo remover. El cuerpo colgado se impone en mi mente sin permiso. ¿Cuántos años tenía en la foto de la ruleta? ¿Quince? ¿Dieciocho? Da igual. Sigue siendo una cría.

Aprieto el puño y acelero el paso, dejando atrás la cámara de piedra. Mis botas se hunden en la nieve virgen. El viento ruge contra mi avance, la cabeza no deja de dolerme y mantengo la vista al frente.

Los *byki* empujan las puertas de la casa, dejándome pasar. Sigo derecho a las escaleras. Necesito quitarme esta maldita ropa, arrojar a un lado la tela que se ciñe a mí con cada paso. La mandíbula me cruje, y mis dientes aprietan. Tengo la garganta seca, ardiente, como si no probara agua hace mil años. Vladímir aguarda en lo alto de la escalera. Lo paso de largo, el martilleo en mis sienes exige soledad.

—Padre...

—Ahora no.

—Follé con ella, me cogí a Emma James —confiesa sin titubear—. Fui su primer hombre y sabes lo que significa eso.

Volteo para mirarlo. Retrocede un paso. Se frota la nariz con la mano manchada de sangre seca. Tantos motivos para enojarme y no sé cuál de todos es el que más me enciende la ira.

—¿Que hiciste qué? —La pregunta me sabe a ácido.

—Lo que oíste.

—¿Qué te dije antes de partir? —Un paso mío basta para que baje la cabeza—. ¿Se te olvidaron las malditas reglas de esta organización?

—No se me olvidaron y nunca se me olvidarán. No estoy enamorado de ella y el plan sigue: la mataré en su debido momento. Mientras tanto, es mi esclava y puedo hacer con ella lo que quiera.

Intento burlarme y la risa muere en mi garganta.

—Si la vendes, seré yo quien la compre. —Endereza los hombros—. Y si no me lo permites, dejaré que otro la adquiera y luego lo obligaré a que me la dé. Es mi juguete. Mi mascota. Puedo romperla como me plazca.

Niego, y él da un paso hacia mí. Sé de lo que es capaz de hacer; su reputación lo precede. Como cazador, nunca falla. Es letal, eficiente. Nadie mejor que él para el trabajo... pero esto es distinto. Las James son otro asunto y no importa cuán bueno sea. No tenía por qué meterla en su cama.

—Soy tu heredero. Me conoces. Quiero que me dejes actuar a mi manera, que confíes en mi forma de proceder.

—Cuánta insistencia. —Nunca ha presionado por nada.

—Disfruto humillarla y volver su vida un infierno. Tú fuiste y eres el mejor cazador que ha tenido la Bratva, padre. Nadie cuestionó tus métodos. Solo pido la misma libertad.

La convicción endurece su tono.

—A la Bratva le gustará ver cómo la destruyo. Es un paso más hacia mi ascenso. Por eso me diste esta tarea: soy quien debe acabar con ella.

Las palabras deberían bastar y no lo hacen. El «follé con ella» es lo único que se repite en mi cabeza. Pegó su boca a la suya.

—¿Estás seguro de esto? Según Salamaro, ella es una cría que no sabe respetar ni obedecer.

—Lo sé. Por eso la única intervención que aceptaré será la tuya. —Se limpia las manos en el pantalón—. Solo tú. No quiero que Maksim ni otros intervengan sin mi consentimiento.

Quiero prohibirlo, destrozar su petición... pero en parte tiene razón: es mi sucesor. El próximo *Boss* debe demostrar que sabe ejercer el poder y que puede imponer sus propios castigos, aunque el camino me revuelva las entrañas.

—Es mi esclava, *Boss*.

—Cuida lo que haces —lo confronto, firme—. Eres mi hijo y el próximo líder, mas no te equivoques, porque si fallas en esto, te odiaré y lo sabes. Más te vale que todo sea como dices, porque, si te atreves a mentirme, tendremos un problema.

—No los habrá, padre —contesta, seguro—. Ella va a sufrir bajo mi mano, te lo juro.

—Hasta no verlo, no te creeré nada.

Retomo el camino a mi dormitorio. Crecí entre muros de piedra que durante años han absorbido sangre y poder. Paredes que hoy siguen erigiéndose en un monumento al dominio y la brutalidad. Giro hacia el umbral del fondo y abro de golpe las puertas dobles de mi habitación. Las manijas retumban contra las paredes. Cierro de un portazo e incrusto el seguro con un chasquido seco.

Cruzo la estancia y me detengo frente a la barra de licores. Agarro la botella y vierto vodka hasta que el cristal rebosa. Lo bebo de un solo trago. Arde, pero no lo suficiente. La tensión se aferra a mis músculos como un yugo. Tengo el cuello duro y el miembro también.

El cuadro de la Bratva cuelga en la pared. La estrella dorada relumbra sobre el rojo oscuro hecho con sangre. Es el sello de los que han gobernado con puño de hierro; el premio de los que entendieron que el poder no se hereda, se obtiene.

La estrella se entrega solo a quien puede sostener el peso de un imperio sin doblarse; a aquellos que entienden que la lealtad se paga con obediencia y la traición con fuego. Ser el máximo líder no es solo mandar: es ver más allá de la batalla, saber cuándo actuar y cuándo esperar. Es tener el control absoluto.

Vladímir ha olvidado eso. No importa cuán buen cazador sea, no importa cuántos cuerpos haya dejado atrás. Se desvió de lo que tenía que hacer y no me gusta.

La imagen indeseada de Emma James se cuela en mi mente: su cuerpo colgado, vulnerable, como una pieza de carne expuesta para que la devoren. El puto aroma de su inexperiencia; el estrecho orificio de su vagina.

La entrepierna se me contrae. Sacudo la cabeza. Tiene dieciocho y yo treinta y seis. Enciendo un puro. Es un chiste que siquiera aparezca en mi cabeza. Es una cría, una niñita de papá y una maldita. Me quito los vaqueros. La erección no desaparece y suprimo la imagen. Aquí vino a sufrir y a ser humillada, no a endurecerme el miembro.

EMMA

La herida de la mano me arde y pica como si tuviera un alacrán adentro. No he querido quitarme la venda por miedo a que el frío eleve el malestar. Tengo los músculos resentidos y acalambrados por el esfuerzo de la carrera de anoche, y el estómago pegado a las costillas por el hambre.

—¿En qué piensas, muñeca? —gruñe el guarda que me empuja a los pasillos de la fortaleza—. Conociste al *Boss*, ¿eh? ¿Ya te dijo cuántos días te quedan? No creo que muchos. De todos, eres a quien más le repugnas.

Mi cordura se tambalea. En la madrugada, me arrastraron al calabozo. El frío y la incertidumbre no me dejaron dormir. Como si Vladímir y su hermano no fueran suficiente tormento, ahora ha llegado uno más. Uno que cuelga a las mujeres en cruces, les clava pezones metálicos y las azota hasta que sangran.

Las medias se me aferran a los muslos mientras aprieto el paso. Me hice una trenza y, como pude, me apliqué base, sombras, rímel y labial. No había mucha luz y no sé si me tapé todos los moretones. Espero que sí.

Me niego a verme mal. El aspecto dice más de lo que la gente cree, y si parezco una esclava, terminaré sintiéndome como una. No va a pasar.

—¿Cuántas veces al día maldices a la perra de tu hermanita? ¿Diez, veinte?

—Ninguna.

No tengo por qué maldecir porque voy a sobrevivir. Ellos se van a cansar primero que yo. Venceré, me iré de aquí y seré feliz al lado de los míos.

—¡A trabajar, esclava fugitiva! —La matriarca me tira el balde lleno de utensilios de aseo apenas entro a la cocina—. ¡Celia, llévala a lavar los pisos!

—¿Puedo comer un pan? —Me acerco a la canasta.

—¡No te atrevas a contaminar nada con tus asquerosas manos! —Me echa—. ¿Qué tiene esta cerda en la cabeza?

—Es idiota, así que no esperes mucho —se burla el guardia.

Recojo lo que me corresponde sin protestar. Quiero restarle violencia a la mañana. Mi cuerpo se resiente cada vez más: ayer casi muero congelada moviendo bloques. La carrera por el bosque me empeoró el dolor en la espalda, los muslos me arden y una de mis manos sangra. Si continúo a este ritmo, mi cuerpo se quebrará.

Ruego al cielo mantener lejos a Maksim y al *Underboss*. Con el estómago vacío, no sé cuánta fuerza me quedará para defenderme.

Celia me hace seguirla a la inmensa sala principal. Me arrodillo junto a ella frente a la alfombra y empiezo a refregar. Los empleados se mueven a nuestro alrededor: unos cambian cortinas, otros sacuden el polvo de las lámparas de araña, jarrones antiguos y figuras de mármol negro. El fuego cruje en la chimenea central mientras el cepillo raspa contra la tela bajo mis manos.

—Te dije que te mantuvieras quieta y esperaras en silencio —me recrimina entre dientes—. Ahora me matarán si saben que te ayudé con la herida.

—No diré nada.

—Ellos encontrarán la manera de saberlo. Nada escapa ante sus ojos.

Las manos se me congelan sobre el cepillo cuando Maksim aparece en las escaleras. Fija la vista en mí, mirándome como si fuera una cucaracha.

—Sigue —susurra Celia—. Sigue o será peor.

Se acerca con la sonrisa de quien ha encontrado su próximo juguete para romper. No puedo mantener la vista en la alfombra, mi cerebro se desespera por encontrar algo con que defenderse. Sé que el imbécil no me dejará en paz hasta patearme o golpearme. La última vez me apuñaló la mano. Me levanto. Él esconde la mano tras su espalda, da dos pasos hacia mí y...

Los empleados abandonan sus tareas para formar una línea perfecta. Las cabezas se inclinan de manera automática; hasta Maksim interrumpe su juego para mirar al hombre que aparece en lo alto de la escalera: el *Boss*.

Su cuerpo denota un gran poderío: músculos definidos bajo la tela negra. La trenza castaña reposa sobre su hombro mientras desciende, eclipsando todo. Convierte lo inhóspito de la fortaleza en un simple telón de fondo.

—*Boss* —murmura su hijo menor.

Retrocedo tan pronto alcanza el último escalón. Mi cuello se dobla hacia atrás para encontrar su rostro y el estómago me zumba. ¿Cuánto mide?

Una correa circular con hebilla pende de su mano enguantada. Mi corazón se encoge al sopesar que puede ser un objeto de tortura. Es el mismo hombre que vi tras la puerta.

—Baja la cara —susurra Celia.

—¿Qué?

—Que bajes la... —Su voz tiembla y se apaga cuando el *Boss* entra a la sala.

Se fija en mis zapatos. Sus ojos suben por mis piernas y se sienten peor que un par de garras abriéndome la piel. Se alza sobre mi metro sesenta y tres. Me mira como si mi mera existencia lo ofendiera.

—No quiero volver a ver eso. —El tono profundo y áspero de su voz me junta los muslos.

La sombra de la barba le cubre la mandíbula cuadrada, acentuando unos rasgos que parecen esculpidos en piedra, en la estatua de un Dios pagano. No hay dulzura en su simetría; no hay paz en su expresión. Es la belleza del animal que observa en la oscuridad, de la que deslumbra un segundo antes de destruir.

Alza una ceja y su mirada me atrapa en su profundidad inhumana. Iris verdes, pero no como la vida, sino como lo salvaje, lo mortífero. Verde que no promete esperanza, sino advertencia. Destellos dorados brillan similares a los ojos de un depredador al acecho, esperando el momento exacto para hundir los colmillos.

—He exigido algo y no he oído una respuesta. —El acento ruso hace su voz más profunda—. No quiero volver a ver esas medias en tus piernas. No te las volverás a poner —reitera—. ¿Está claro?

—Ok.

—«Sí, amo», así es como se responde. —Suelta la correa; es un collar—. «Como ordene, señor», es otra forma de contestar.

Las manos enfundadas en cuero negro me rodean el cuello con la correa. No me muevo. Me paralizo, incapaz de apartar la mirada de su rostro. En silencio, ajusta la hebilla detrás.

—Mirada al piso. —Engancha los dedos en la argolla que cuelga del collar—. Al *Boss* no se lo mira a la cara.

Me atrae hacia su pecho y su aroma me golpea de frente, intenso, masculino. Una fragancia que, por más que te frotes con fuerza, es casi imposible arrancarlo.

—Vamos a dar un paseo. —Me obliga a caminar.

Dos hombres nos siguen al salir de la fortaleza. Nos encaminamos hacia los calabozos. Las mangas dobladas exponen sus antebrazos marcados y una esclava de oro blanco centellea bajo el resplandor de la mañana blanca. Acelero el paso, decidida a evitar que me trate como si fuera un simple trofeo de caza.

Mantengo el paso sin tropezar, pero mis piernas pierden estabilidad tan pronto abren las puertas de la prisión. Me va a torturar.

Los carceleros se apartan de las paredes descoloridas, se enderezan y agachan la cabeza ante el hombre que sostiene mi collar.

Me guía por el pasillo y baja por las escaleras de las celdas. Los prisioneros se alejan de los barrotes apenas se toma el lugar.

—Mira a quién tengo aquí, 766. —Se detiene en la celda del preso que mató al guardia días atrás—. La niñita por la que te atreviste a iniciar tu inútil motín.

—Ya los golpearon a todos —intervengo—. El motín no fue por mí; todos estamos cansados de los guardias que...

—*Vyvesti!*

No me deja terminar. Se hace a un lado para darle paso a los carceleros. Uno abre la celda y saca al preso pálido a la fuerza.

—Robaste, vendiste y asesinaste a los hermanos de tu *Vor*. ¿Y ahora vienes a mi prisión a armar revueltas bajo mi techo por una cría?

—Puedo explicarlo, *Boss*. —El preso se derrumba a sus pies, temblando como un animal—. Lo que hice fue impulsivo, mi señor, pero...

—*Snaruzhi*. —Sentencia el ruso.

—¡Amo, por favor!

—Déjenlo, ya pidió perdón... —Mi boca se cierra cuando los ojos del mafioso prometen el mismo trato.

Los gritos de súplica no paran mientras lo arrastran por los corredores. El *Boss* me guía tras ellos. Abren una de las puertas que da a la salida, el frío penetra hasta los huesos y camina conmigo como si estuviéramos en la playa y no en Alaska.

—*Boss*, por favor. —Los guardias remolcan al prisionero por la nieve—. Hago lo que usted desee, mi señor.

Un carcelero se adelanta y abre los paneles de madera pasos más adelante, dejando al descubierto lo que se esconde debajo: aspas plateadas de cuchillas cubiertas de un rojo espeso. La máquina resplandece bajo la luz opaca del exterior.

El papá de Vladímir me sitúa frente a la máquina. El estómago se me revuelve y el terror me sacude con la visión del hombre en el suelo. El prisionero, de rodillas en la nieve, ya no puede sostener su aliento: gime, suplica entre los sollozos de su garganta desgarrada.

El *Boss* tira de la palanca.

—¡Por favor, no, por favor, la trituradora no...! —La voz rota se pierde en el ruido de los motores.

Gotas de sangre salpican el aire y las aspas se ponen en marcha. El hombre no para de suplicar, grita por su vida, pide perdón y nadie se mueve.

—¡Por favor! —digo—. No fue por mí, ni siquiera me habla...

Mi lengua deja de moverse al ver cómo levantan al prisionero y lo arrojan sin el más mínimo gramo de compasión a la máquina. Los gritos se desvanecen, mientras las cuchillas despedazan la humanidad del pobre hombre. La nieve se tiñe de rojo y la distancia me libra de la sangre, pero no del trauma. Los retazos de carne esparcidos... Me descompongo en cuestión de segundos.

El hombre a mi lado mira el reloj y apaga la máquina como si se tratara de cualquier cosa y no de una persona.

—¿Día de sacrificios? —hablan atrás—. El *Boss* siempre divirtiéndose con sus sanguinarios pasatiempos.

Giro con una mano en el abdomen. Un grupo se acerca. La mafia italiana camina al frente, todos vestidos de negro. Los reconozco al instante, son los dueños de las sustancias que han marcado a mi familia con cicatrices que aún duelen. Sus trajes impecables contrastan con la nieve. Los siguen hombres que se mueven con igual determinación. Entre todos, hay una mujer delgada, de pelo lacio recogido en dos moños altos. Sus ojos evalúan el terreno con un desdén mal disimulado.

El *Underboss* los acompaña y me pego al ruso en el momento en que me mira como si quisiera arrancarme la cabeza. El hermano se une a la reunión en medio de la intemperie.

—Emma James. —Se ríe la italiana. Se acerca con un arma en la mano y una sonrisa psicópata en los labios—. ¿Estás asustada, *piccola ragazza*?

—Mantente en tu lugar, Dalila —advierte el *Boss*.

—¿Esa es la forma de referirse a los líderes? —protesta.

—En mi territorio, hablo como quiero. —El padre de Vladímir no la mira, se concentra en el sujeto que encabeza el grupo—. No sé qué haces aquí, Philippe.

—Soy el líder. —Philippe Mascherano responde sin alzar la voz—. Puedo visitar los clanes cada vez que lo considere necesario.

Inmóvil, el italiano de traje fija su mirada en mí. Es una copia exacta de todo lo que suele verse en su familia: porte distinguido, esbelto, cabello oscuro, pómulos marcados, ojos negros.

—Supongo que has de estar satisfecho con tu venganza —le dice al *Boss*.

—Lo estaré cuando Antoni, Christopher y su mujer estén muertos. Pero ¿para qué te digo? Eso parece estar más allá de tus capacidades. Ni siquiera has logrado hacer sangrar a uno solo.

—¿Rusos contra italianos? ¿Es eso lo que quieres? Porque eso es exactamente lo que va a pasar si continúas con esta actitud.

Vladímir se acerca en medio de la discusión.

—Me llevo a mi mascota —declara—, a la mujer que desvirgué y ahora es mi esclava.

Extiende el brazo y atrapa el mío. Entierro los pies en la nieve e imprime violencia en el agarre. Los presentes se miran entre sí, atentos al espectáculo. Su padre no dice nada, pero aniquila con la mirada al hijo cuando me sujeta de la cara, entre risas. El hermano lo mira con un deje de desprecio y Vladímir sonríe con el brazo alrededor de mis hombros.

—¿Con el *Underboss*? —sonríe Philippe Mascherano, dirigiéndose a mí—. Me pregunto qué dirían el general y tu querida hermanita sobre esto.

—Nos quedaremos con la duda, porque no los volverá a ver —sentencia Vladímir, acariciándome la mejilla con los dedos helados—. Las cadenas Romanov no sueltan al enemigo.

Tira de mi brazo.

—Las esclavas no escuchan las conversaciones de sus amos. Me la llevo para que no estorbe.

Me obliga a caminar a su lado. La persecución de anoche aún está intacta en mi memoria. Lo empujo y no me libera; me vuelve a sujetar las tres veces que intento alejarme y se vuelve tosco. ¿Qué más se puede esperar de quién me persiguió con un cuchillo como si fuera un animal?

Cruzamos la entrada de la fortaleza. Intento zafarme y me encara en el vestíbulo. Aunque luzca sobrio, no confío en él. Su lucidez no lo convierte en un príncipe.

—Escúchame bien, pequeña puta. —Me entierra los dedos en la mandíbula—. Ya te reclamé, lo hice delante de todos. Eres mi esclava, te vas a comportar y no me harás quedar mal, porque te pesará.

—Me quiero ir. —Aparto la cara.

—Lo harás cuando yo lo ordene. —Agarra mi muñeca.

Alza mi mano herida sin la más mínima delicadeza; no sabe hacer otra cosa que lastimar. No tiene reparo en meter el dedo en la cortada ajena, pese a que uno no tenga la culpa de ninguno de sus golpes. Retira el improvisado vendaje de mi palma.

La herida va de mal en peor. El frío la vuelve más dolorosa. Los dedos no dejan de temblarme, están inflamados como la palma y tengo dos centímetros de carne abierta. El *Underboss* huele, mira y sonríe.

—El castigo por escapar te llegó por adelantado. —Me besa en la boca antes de empujarme a las escaleras.

Imagino los golpes que me dará si no lo complazco. El estómago se me empequeñece. Con lo cansada y hambrienta que estoy, no podré correr.

—Adentro. —Me empuja hacia su alcoba.

La novia de Maksim se levanta de la cama con un botiquín entre las manos.

—¿Trajiste la anestesia? —pregunta Vladímir—. Aunque pensándolo bien...

—Aquí está. —Ella le señala una jeringa sobre el cojín.

—No tardes —advierte el *Underboss* antes de irse.

Me quedo quieta en mi lugar. No sé si esto es una trampa, si va a clavarme la aguja en el corazón o algo peor. En este lugar, dudar de todo es lo único sensato. Después de lo del preso, cualquier cosa puede pasar.

—Ven, debo curar esa herida. —Viene por mí—. Me encargaré de que no duela.

Se sienta a mi lado en la cama, pone mi mano sobre su pierna. Viste con pantalones ajustados y una blusa de escote pronunciado, ambas prendas de cuero negro. La melena marrón le cae libre sobre la espalda.

—Sé de esto; he visto videos.

—Eso no me tranquiliza —contesto, y se ríe.

—Lamento que Maksim hiciera esto, suele ser un poco impulsivo a veces —dice en voz baja.

El aguijonazo de la aguja me cierra los ojos.

—Me hablas y curas, ¿no está prohibido?

—Vladímir me lo pidió. Si tengo su permiso, no está prohibido. —Usa alcohol para limpiarme la herida después de inyectar la anestesia.

La mano dormida amortigua el piquete de la aguja a la hora de coser. La sensación fría del metal apenas se percibe. Aunque haya aprendido viendo videos, lo hace bastante bien. Evoco al preso arrojado a la trituradora y los vellos de los brazos se me erizan.

—Acaban de matar a un hombre afuera. Lo lanzaron a una máquina industrial.

—La trituradora. —La novia de Maksim corta el hilo—. Suelo mantenerme lejos de esas zonas. No es mi sitio favorito.

El gesto impasible del dueño de la Bratva persiste en mi cabeza. Una cosa es matar a alguien con un tiro y otra acabar con alguien de esa manera. Me cubre la herida con una gasa y dos vendas que me dejan más tranquila. Hay menos posibilidades de que se me pudra la mano.

—¿Ya? —Regresa Vladímir.

—Sí. Aconsejo dejarla arriba y no en los calabozos. Se le puede infectar la herida.

—Eso lo decido yo, no pedí tu opinión. —Abre la puerta—. Vete.

—Puedo pedirle a la matriarca una habitación con los sirvientes.

—¡Retírate, Kira! —se enoja.

—Gracias —le digo a ella, y asiente.

El *Underboss* se planta frente a mí una vez cerrada la puerta.

—Por tu bien, no te vuelvas a escabullir. Vayas donde vayas, te volveré a cazar, ¿lo entiendes?

La mirada asesina se le suaviza al estar cara a cara. Ratifica mi teoría de bipolaridad.

Agarra mi trenza y la deja caer sobre mi hombro. Su presencia siempre trae consigo la sensación de estar parada en el borde de un precipicio. No tengo claro si es cosa de mi cabeza o si de verdad tiene uno en el centro del pecho. Hay quienes son montañas, icebergs, volcanes, océanos. Todo ser humano tiene rasgos de alguna maravilla de la naturaleza; juraría que el de él son los abismos.

Me pone una mano en el cuello, sus hombros pierden rigidez y mi mirada sostiene la suya al elevar el mentón.

—Te eché de menos anoche, pequeña puta. —El insulto sale suave de sus labios.

La mano, que minutos antes me apretaba la mandíbula, ahora se desliza por mi cintura. No hay fuerza en el agarre, solo el roce de los dedos que tantean, como si midieran un terreno desconocido. Su respiración pierde fuerza; ya no es entrecortada ni contenida, sino pausada, profunda. Un leve parpadeo y la mirada gélida desaparece.

Me empuja hacia él y sus labios tocan los míos con un beso tibio. Su lengua me explora despacio, mientras me recorre la espalda. El beso crece en intensidad, en necesidad.

—Enciéndeme. Sé que puedes hacerlo y quiero que lo hagas —dice sobre mi boca—. Haz que mi mente se apague y no piense más.

Me une a él y ciñe mi cuerpo al suyo con una fuerza que me asusta. Las rejas de esta familia me están acorralando cada vez más y no estoy viendo ningún tipo de salida.

—Vladímir —lo llaman en el pasillo, y separa mi boca de la suya.

Se acomoda la ropa y arregla el cabello.

—Compórtate frente al *Boss*. —Se encamina a la puerta—. Te odia y no podré hacer nada si decide acabar contigo de un disparo.

Lo veo irse. Mis ganas de salir corriendo de aquí son cada vez peores.

9
Esclava

BOSS

Hace dos décadas se conformó una asociación colosal llamada la pirámide de la mafia. A la fecha de hoy, cuarenta y dos clanes integran la organización delincuencial más grande del mundo. La mafia italiana, la Bratva, la Yakuza, las tríadas, la mafia búlgara... Todos bajo un mismo orden, una sola ley.

Aseguro el manojo de llaves en mi mano.

La voz de mando de la pirámide pertenece a los italianos, a una familia en específico: los Mascherano.

El antiguo *Boss* se unió y fue líder en su momento, pero el reinado le duró hasta que se debilitó y Braulio Mascherano lo destronó. Braulio murió, Antoni Mascherano heredó el puesto y yo me convertí en el segundo al mando en la jerarquía de poder.

—Respaldar tantos clanes debe ser agotador —dice Gregory Petrov—. La Bratva está cargando con la mayor parte del peso.

—Es lo que me corresponde. —No disimulo la sorna—. Debemos hacer lo que dispone el líder.

Desde que Antoni Mascherano se dejó encarcelar por la FEMF, he tenido que moverme de un lado a otro con el fin de respaldar a todos los clanes. El trabajo se duplicó porque los Mascherano están en un conflicto familiar donde no se sabe ni quién manda. El puesto le pertenece al apellido. Se lo están peleando entre ellos. Al tener la cúspide, nadie puede opinar sobre su mierdero. Philippe Mascherano se proclama como líder mientras su hermano, desde la cárcel, dice lo contrario.

Cruzo el umbral de la fortaleza, seguido por Gregory Petrov. Los Mascherano son escoltados hasta la sala. Los antonegras toman posición. Los sirvientes reparten licor y avivan el fuego de la chimenea.

Dalila Mascherano se pasea por el espacio. Parece un buitre en busca de carroña.

—El *Underboss* nunca decepciona —dice Gregory Petrov con un trago en la mano—. No solo secuestra, sino que también reclama y no a cualquier esclava.

—¿Dónde está Zulima? —Cambio de tema. No me hace gracia el comentario—. ¿No llegó contigo?

—Aquí estoy, mi amo.

La búlgara se adueña de la entrada, enfundada en látex. Se acerca sin prisa con un encendedor en la mano. Cinco años sirviéndome la elevaron por encima de las demás como una de mis sumisas favoritas.

Enciende el puro en mi boca. Los italianos aguardan impacientes. No me interesa si tienen afán. Esta es mi casa y en ningún momento les pedí que vinieran.

—¿Se ha portado bien Kira? —pregunta Gregory.

—Por supuesto que sí —contesta Zulima—. Está entrenada por mí.

—Dos mujeres para dos Romanov. Unamos las familias de una vez por todas, *Boss*. —Gregory pide más licor—. La Bratva y la mafia búlgara, un solo imperio. Sería un trato inquebrantable.

—Más poder unificado para la pirámide —comenta Philippe—. Apoyo la idea.

Habla como si le estuvieran preguntando.

—Romanov, apellido cabecilla de la Bratva; Petrov, apellido al mando de la mafia búlgara. El segundo y tercer eslabón de la pirámide, unidos. —Philippe gira su copa—. *Sarebbe fantastico*.

Exhalo el humo del habano y Zulima lo recibe; inhala las volutas como si fuera el elixir de la vida. Todo lo que sale de la boca de su amo lo recibe de la misma manera. La devoción no sorprende; los Petrov saben servir. Gregory la trajo a la Bratva hace años, confiando en que su prima complacería bien. No se equivocó, y tiempo después trajo a Kira Petrova, su sobrina.

—Quisiera abordar algunos temas importantes contigo —me dice Philippe.

—Después del almuerzo —interviene Gregory—. Hablé con Maksim y organizó uno en cuanto le avisé que estábamos en camino.

—La mesa está lista, señor —avisa la matriarca.

—Lo sigo, mi amo. —Zulima me señala el camino.

No soy partidario de encuentros innecesarios. Para mí, cada quien debe permanecer en su propio terreno sin molestar al otro. Mi sumisa se adelanta para correr la silla principal y tomo asiento. Los demás se ubican en el resto de los puestos.

El caudillo de los búlgaros trajo a varios de sus dirigentes, y los italianos, al cabecilla del clan alemán.

—Siéntate —le ordeno a Zulima. Y tira de la silla a mi izquierda.

El *Underboss* entra y se sienta a mi derecha. Maksim es el siguiente en unirse; se ubica al lado del hermano. Gregory Petrov comienza a hablar de los conflictos que aquejan a los clanes. Uno de los grandes problemas de la pirámide es la incapacidad del «líder» para asumir su responsabilidad. Es un hombre que vive pasándole la batuta a otros.

—No, no nos preocupemos —declara Philippe—. La Bratva puede apoyarnos con los carteles norteamericanos. Gregory, informa a los gánsteres que el *Boss* les dará su respaldo. Es solo cuestión de tiempo para que los carteles dejen de molestar.

—Que sea pronto, ruso —ordena Dalila Mascherano—. No queremos que el clan americano se preocupe.

—Cuando tengas tiempo —la corrige Gregory—. Entendemos que tu tiempo es limitado con tantas obligaciones.

Las novedades continúan. Dalila Mascherano piensa que mi organización es su escalón. Se equivoca. Por muy líder de la pirámide que sea la mafia italiana, nunca será superior a la Bratva. A ellos todo se lo heredan, mas aquí todo se gana.

Escucho el resto de las quejas hasta que Emma James irrumpe en el comedor con una charola en las manos. No se ha desprendido de las malditas medias que le mandé a quitar y exigí no volver a ver. El elástico se les ciñe a los muslos, dejando claro hasta dónde llegan. No hay nada casual en esa tela delgada que la hace ver más cría de lo que ya es. Le suman aire de niñata, de prohibida. Es el tipo de estupidez que solo se le ocurre ponerse a alguien que no tiene idea de lo que hace.

Vladímir la sigue con la mirada, mientras ella se mueve alrededor de la mesa con el uniforme puesto. Mantengo la vista al frente. No me agrada para nada esta maldita.

—¿Por qué nos sirve esa perra? —masculla Maksim—. No es del agrado del Pakhan.

—El *Boss* es consciente de que debe trabajar —alega el *Underboss*—. Para eso son los esclavos.

Distrae a todo el mundo, interrumpe conversaciones para preguntar si desean o no de lo que sirve y no tiene tacto a la hora de poner los platos. Los antonegras le reparan el culo, ya que el uniforme corto no pasa desapercibido frente a ninguno de los hombres en el comedor.

Hago caso omiso a su presencia. Se sirve la primera ronda de vino. El líder del clan alemán habla del último ataque de la FEMF y pondría atención si Emma James no comenzara a acercarse por mi derecha con un plato de sopa en las manos. Se aproxima con una lentitud exasperante. La cabeza no me deja de palpitar y me pregunto en qué momento comenzó a hacer tanto calor en esta casa.

Me mira de soslayo, pese a que le ordené en la mañana que mantuviera la mirada en el piso. El plato se desborda a la hora de ponerlo sobre la mesa. Alcanza una servilleta para limpiar y le aparto las manos.

—Déjalo —murmuro entre dientes para que se aleje de una vez por todas.

Se va al puesto de Vladímir, donde le entierra un codazo a Maksim en la cabeza al momento de servir el vino.

—Perdón, mi codo es un poco hiperactivo —dice—, y tu cabeza es un poco grande. ¿Sabes si es normal?

El hermano de Vladímir me mira para que diga algo. Con la mirada le advierto que se quede en su sitio. Aquí nadie puede perder la compostura.

Avanza hacia los otros puestos bajo la mirada curiosa de todos. Actúa como si estuviera ante gente común y no ante criminales.

El *Underboss* se concentra en su plato. Emma James acaba de servir y se queda junto al personal alineado cerca de la mesa. No sabe estar quieta: se alisa la falda del uniforme, mira su reflejo en el vidrio del ventanal y se ajusta el moño del cabello. Es la única que se mueve entre los empleados, que conservan la postura.

Zapatea, asoma la cabeza cada vez que oye ruidos en la sala, se come las uñas y pone los ojos en blanco cada vez que Maksim dice una palabra. No deja de mirarme, mis ojos le corresponden y el hambre desaparece. He comido con mujeres desnudas a menos de medio metro y con esta es imposible.

—Retírense —les ordeno a los esclavos.

Se marchan y ella tiene el descaro de voltear a verme como si no estuviera ya cansada de mirarme.

El almuerzo concluye. Philippe Mascherano vino por su paga y le digo que me espere en el despacho junto a los demás.

—Hazte cargo —le digo a Vladímir—. Voy en un momento.

Tomo el teléfono de la sala. Fumo un puro mientras me ponen al tanto de lo que debo saber. Es una llamada breve y concisa. El hombre del otro lado sabe cómo me gustan las cosas: rápido y sin titubeos. Desecho la colilla en el cenicero de la sala, busco la escalera después de colgar y la esclava se detiene en lo alto.

Las piernas enfundadas en esa tela blanca me aprietan la mandíbula. Subo y ella baja como si yo fuera un cualquiera; como si esto fuera una plaza pública y no mi casa.

—Créeme, no te gustará saber dónde terminarán esas medias si soy yo quien te las arranco —le digo al pasar por su lado—. Deshazte de ellas.

Se detiene a mitad de los escalones y continúo mi ascenso al despacho. Los italianos y búlgaros esperan sentados en los muebles del despacho.

—¿A los señores les apetece coñac? —Zulima pregunta apenas me siento.

Los presentes asienten y la sumisa se va a la licorera. La búlgara dirige los clubes nocturnos de la Bratva. Es una buena *rabyna* y sabe comportarse. Igual que las demás, conoce su lugar.

Sonya Lazareva, la madre de mis hijos, fue mi primera mujer, mi primer golpe, mi primera herida y me quebró tanto que con su muerte se fueron las ganas de querer y dar algo. Me quitó la piedad, la sutileza y la confianza.

Vladímir responde las preguntas de los cabecillas mientras mis dedos recorren la cola de caballo marrón de mi sumisa. El simple toque la encorva. Estaba tan dispuesta para mí cuando la conocí que no me llevó más de unos días adiestrarla. Ahora, su único propósito es estar a mis pies, al servicio de mi voluntad.

—Este toque es lo único que tendrás de mí hoy. —Dejo el moño en su lugar—. Tienes prohibido tocarte hasta que nos volvamos a ver.

—Sí, mi amo.

—Retírate —ordeno, y obedece sin refutar.

Los italianos esperan que pague por la droga que suministran. Me levanto y me dirijo al escritorio a sacar el dinero. Cada clan tiene su territorio y su especialidad: los búlgaros, la trata de personas; los italianos, la droga; los franceses, las joyas. Yo he establecido supremacía a raíz de las armas.

Lleno el portafolio que Dalila Mascherano sostiene y empieza a contar. Me acomodo en mi puesto.

—Necesito tu ayuda para rescatar a siete miembros de Green Blood. Fueron capturados por un grupo de terroristas en el este de Pakistán, todo por una disputa territorial —expone Philippe Mascherano, sentado frente a mi mesa—. En este momento estoy ocupado con la candidatura de la FEMF. Confío en que puedas respaldarme en este asunto y en los carteles.

—Debo poder si es lo que quiere el líder —digo, y niega ante mi sátira.

—No deseo que lo siguiente sea motivo de disputa —una línea de sudor recorre su frente—, pero la esclava de tu hijo me pertenece a partir de ahora y me la llevaré.

Miro a Vladímir, que está sentado en la silla aledaña. Una mirada basta para ordenarle que mantenga la boca cerrada. Las normas de la pirámide no permiten refutar a los líderes. Si habla, lo matarán; sin embargo, conmigo esa regla no es tan sencilla.

—¿Crees que la mafia rusa trabaja para ti? —le pregunto al italiano.

—No me lleves la contraria. No quiero tener que recordarte cuál es tu lugar. Las jerarquías tienen su razón de ser y deben respetarse.

—Para mí no eres más que un niño en un juego para grandes...

El arma de Dalila Mascherano se alza contra mí, arroja el maletín al suelo y rodea el escritorio, señalándome con una navaja. La presión del filo me quema el cuello cuando se abalanza sobre mi pecho.

—¿Qué dijiste? ¡Repítelo, ruso! —Despide saliva en el grito—. ¡Repítelo, ruso!

El despacho se petrifica.

—Cuando el líder habla, tú te...

Le tuerzo la muñeca con la misma rapidez que escupe sus palabras. Chilla, me levanto y estrello su cabeza contra el escritorio. Estampo la cara en la madera con el cañón de mi Makarov en el cráneo, listo para volarle los sesos.

—En mi casa mando yo y nadie va a venir a disponer —digo fuerte y claro—. La Bratva y la mafia italiana son dos cosas muy diferentes y yo a ti no te tengo miedo.

Philippe Mascherano pierde el color. No me retracto; sostengo las palabras bajo el cañón de los antonegras que me apuntan.

—¡Mátenlo! —grita Dalila.

—Tranquilos —interviene Gregory—. *Boss*, calma…

—¡Suéltala! —La vena de la frente de Philippe se hincha.

—No has tenido los cojones de matar a Antoni, ni la gallardía que se necesita para cobrar venganza por todo lo que ha pasado.

—Entierro aún más el cañón de mi arma en la cabeza de la italiana—. Rachel James puede burlarse de ti y de los Mascherano, mas no de mí. Por eso, su hermana se queda conmigo.

Resopla al ponerse de pie. Su traje a medida no impone nada; solo consigue verse como un predicador mojigato, no como el líder de la mafia.

—Quiero la cabeza de Antoni Mascherano y de Christopher Morgan. Con ellos vivos, será más difícil exterminar a los James —continúo—. En cuanto sepan que tengo a la hermana de su amada, querrán mi cabeza. Pero ya sabes cómo soy: antes de caer, arraso contigo.

Suelto a Dalila y corre a los brazos del «líder».

—Emma James es de la Bratva. Si tú no puedes labrar tus propios métodos de escarmiento, no es mi problema.

—¿Qué harás? ¿La vas a casar con tu hijo? —me reclama el italiano.

—Lo que hagamos no es asunto tuyo —espeta el *Underboss*—. La reunión ha terminado.

Gregory recoge el dinero, les pide ayuda a los antonegras y guía a Dalila Mascherano afuera. Las fosas nasales se la agitan antes de largarse. Es otra que no inspira nada. Es una escoria con ínfulas de mandamás que se cree con el derecho de venir a amenazarme en mi propia casa.

El despacho se vacía. Philippe Mascherano es el único que se queda de pie frente a mi escritorio.

—Está bien, conserva a la esclava —declara con frialdad—. No iniciaré una guerra entre nosotros porque la pirámide nos necesita a ambos. Solo recuerda una cosa.

Se acerca, cauto.

—Si me vuelves a desobedecer, lo sabrán todos los clanes —dice firme—. ¿Quieres una guerra con toda la pirámide? No lo creo. No me obligues a tomar medidas que preferiría evitar. Dalila es una Mascherano y debe ser respetada como merece.

—La reunión terminó.

—Eres un hombre inteligente. No dañes esto, *Boss*. —Se va.

El *byki* de la entrada lo escolta a la salida. La puerta se cierra y quedo a solas con Vladímir, quien se limpia las uñas con la punta de su *haladie*. Lo mandé a hacer para él y fue la primera arma que empuñó en su niñez.

—Gracias —dice— por tenerme como favorito.

—Dejará de ser así si te equivocas.

—No va a pasar. —Se levanta—. Tengo todo bajo control, ya te lo dije.

La cocaína lo tiene demacrado y ojeroso. Es el heredero que cualquier criminal desearía, cumple a la perfección su rol de asesino; pese a eso, no me trago la aversión a su adicción.

—Si me necesitas, estaré en Sodom. —Se retira.

La urna de Sasha parece mirarme desde la repisa colgada en la pared. Cierro el computador portátil, recojo las carpetas del cajón y subo a la segunda planta del despacho. Los estantes, llenos de textos de historia, mitología universal y carpetas con planos, se alzan sobre mí. Apoyo el computador en la mesa junto a la vidriera. El olor a libro viejo persiste las veinticuatro horas del día. Son libros plagados de códigos y de reglas que explican por qué en la mafia no existe mejor arma que la crueldad.

Clasifico los datos recientes y los fijo en el mapa colgado en la pared. La mafia italiana consiguió infiltrarse en la FEMF: hay gente de este lado compitiendo por el cargo de máximo jerarca en el Ejército. Es lo único destacable que Philippe Mascherano ha logrado y lo único que le puede presumir a su hermano.

Antoni Mascherano es un cuervo audaz, inteligente, calculador. Su nombre junto al mío yace en la lista de los nombres más temidos de la mafia. Yo fabrico armas y él, drogas. No soy el único hijo del diablo en este mundo: Christopher Morgan y Antoni Mascherano también lo son y cada uno comanda en su territorio: el segundo, en la mafia italiana, pese a que ahora está preso; y el coronel, en el Ejército.

El mundo está plagado de aves rapaces, alimañas, hombres dispuestos a destruirlo todo por más poder, más gloria, más sangre y soy uno de ellos.

Cuelgo la lista con los apellidos más ilustres de la FEMF: Morgan, Lewis, James, Muller, Lyons… Rostros que representan «la ley», «la moral», «el orden». Un Ejército creado para liberar al mundo del mal. O, al menos, eso dicen. Durante años, han tenido en la mira a una de sus mayores amenazas: la pirámide.

Dedico tres horas a lo externo y procedo durante otras tres a lo interno. La Bratva suele acaparar gran parte de mi tiempo. Los documentos se apilan en una maraña de informes, rutas y reportes de movimiento. El escritorio desaparece bajo montañas de carpetas que exigen atención. Entre ellos, un sobre con un reporte del perímetro de Arizona y un disco. Información que no sé si Vladímir ya la revisó. Inserto el disco en la bandeja de la computadora.

—¡Hola, soy Emma James! —saluda frente a una cámara—, audiciono para el Young Talents en la categoría de patinaje artístico sobre hielo…

El chirrido de la puerta de abajo me hace bajar la pantalla de golpe.

No golpearon. Cierro la mano alrededor del arma sobre la mesa y guardo mis llaves. Sin hacer ruido, me levanto a asomarme en el barandal. Entiendo el porqué del atrevimiento. Solo un imprudente se atreve a entrar a mi despacho sin pedir permiso. Una imprudente llamada Emma James.

Cierra la puerta con el pie, se aferra a la charola en sus manos y va directa a mi escritorio. La sangre me late en los oídos al observar desde lo alto. No se quitó las medias que dos veces le ordené desechar. El lazo del uniforme se ciñe a su cintura, marcando cada curva.

Apila los documentos sobre la mesa y se inclina sobre esta, dándome una imagen clara del triángulo de tela que le cubre el culo. La boca se me inunda de saliva; un par de palmadas y estaría rojo. El vestido no tapa tanto como debería, cualquiera podría levantarlo, hacerle las bragas a un lado y penetrarla hasta hacerla chillar. Apoyo la mano en la barandilla.

Acomoda los platos en mi escritorio. En vez de dejar las cosas tal como las trajo e irse, limpia el espacio, organiza los cubiertos en línea y se aleja con la bandeja en la mano. Camina de espaldas mientras se asegura de haber dejado todo en orden.

Sal ya, clamo en silencio. Aflojo el agarre del arma al verla sujetar el pomo y la maldita no lo gira, sino que se queda en la puerta, mirando la mesa.

Se aprieta la falda del uniforme y se mordisquea los labios rojos por segundos que me parecen horas. *Es una cría.* Juega con los dedos de su mano. *Tiene dieciocho*, me lo repito mientras la mirada se me queda enganchada en cada uno de sus gestos, en la insolencia con la que se mantiene ahí, sin hacer nada, pero perturbando todo.

Pone el pestillo. En vez de desaparecer, vuelve a entrar. Vacila antes de acercarse al escritorio, donde mira a todos lados, nerviosa.

Va a buscar información para el Ejército. Es lo primero que dispara mi cabeza. Mi teléfono lo dejé abajo. Está sola, es la oportunidad perfecta para llamar a la familia.

Extiende la mano hacia la mesa y quito el seguro, listo para enterrarle un tiro si se atreve a tocar el teléfono o las carpetas.

Ninguna de las dos cosas sucede.

La mano viaja a mi plato, pasa el dedo por el borde de la comida y se lo introduce en la boca como si llevara días de hambruna. Repite la acción y come de los bordes, en tanto acomoda los alimentos para no dejar rastro.

Se llena la boca. Guardo el arma en mi espalda y bajo sin perderla de vista. Está tan distraída que no escucha los pasos en la escalera, ni se percata del peligro silencioso que la acecha por detrás. Me siente a menos de un metro y se voltea con la mano vendada en el pecho. Abre los ojos como platos, la bandeja de la mesa cae y ella palidece sin saber a dónde correr.

—Lo siento, revisaba que... no estuviera... —Se pega a la madera—. Traeré otra bandeja.

Le bloqueo la retirada. Mi sombra la cubre como la de un león sobre un cordero. Da un paso atrás cuando doy un paso hacia delante. Se ve tan pequeña delante de mí que podría levantarla sin el más mínimo esfuerzo y quebrarla sin necesidad de usar las dos manos.

Otro paso atrás y la atrapo por el collar, para que deje de moverse. Sus pupilas se oscurecen ante la proximidad. El espacio entre nosotros se reduce a nada, su calor se extiende hasta mi piel y su pulso late tan fuerte que lo siento en todo su cuerpo.

—Lo lamento, en verdad. No debí tocar la comida —dice en un susurro—. No volverá a pasar.

Centra la mirada en la mía. Sus ojos son tan hipnóticos, hechiceros, que por segundos se me olvida la edad, su tamaño.

—Probaba que estuviera bien... Juro que no lo volveré a hacer.

—Probabas.

Tiro del collar y la arrastro conmigo hasta la silla de mi escritorio. Sus ojos no abandonan mi rostro y me inclino hacia su oído. El terror le acelera la respiración. Sus hombros suben y bajan como si fuera su último aliento. Debe estar viendo un cuchillo y sangre manchando el suelo en su futuro.

—De rodillas.

—Yo...

—De rodillas —repito—. No me hagas repetirlo una tercera vez.

Aflojo el agarre tan pronto sus piernas ceden. Se arrodilla, inmóvil, con los dedos crispados en la tela de su vestido. Posiciono mi cuerpo en el asiento que protesta bajo mi peso y, sin afán, me saco los guantes de cuero. Ninguno le quita los ojos al otro de encima.

—Manos abiertas sobre los muslos —digo—. Y deja de mirarme a la cara. Cuando un esclavo está frente a un *Boss*, la mirada debe ir en el piso, ¿está claro?

Asiente con los ojos en mi rostro. Su cabeza y cerebro van en direcciones contrarias.

Tomo el plato que trajo y comienzo a comer delante de ella, que permanece quieta en el suelo. La trenza negra descansa sobre su hombro, mechones sueltos le acarician el rostro y no los mueve. Solo mantiene su mirada en mí desde abajo.

—Está bien el plato —digo—. Eso es lo que querías saber, ¿no? ¿O hay algo más que te interese?

Apoyo los codos sobre las piernas y, al oler el aroma de la comida cerca, se humedece los labios, impaciente.

—¿Tienes hambre? —pregunto y no responde.

Sujeto su mentón. Los labios carnosos engordan la erección bajo la bragueta. Exuda inocencia pura. El destello de sus pupilas delata que no ha saboreado lo perverso, lo maligno, y eso la vuelve más inaccesible, más tabú para quien ya ha probado de todo.

—Contesta, *Ved'ma*. —Paseo el pulgar por su labio inferior —. ¿Tienes hambre?

Mueve la cabeza en un gesto afirmativo y le doy un trozo de filete en la boca. Cierra los párpados, gustosa; parece ser la mejor comida de su vida. La alimento mientras mastico y ella recibe bocado a bocado. No desvía los ojos de mi cara. Evade la regla que ni la más poderosa dominatrix se atrevería a incumplir.

Se frota los muslos y detengo la vista en los pezones erguidos que se le dibujan en la tela del uniforme. Tiene tetas pequeñas, de niñata. El grosor de la cabeza de mi miembro haría estragos en su vagina solo con la punta.

—Más, por favor —pide, y le doy.

Siento un leve chupetón en el pulgar en el último bocado, el ligero movimiento de la lengua rozando la punta de mi dedo.

Los músculos se me tensan al imaginarme esa misma lengua en otra parte.

No voy a decir en qué parte.

—¿Satisfecha? —Dejo el plato en la mesa.

—Bastante.

—He eliminado cualquier excusa para que no cumplas con tus deberes como esclava. —Acorto la mínima distancia entre los dos—. Ahora levántate y lárgate, que me das jaqueca. No soporto la presencia de crías en mi despacho.

La mirada se le transforma en un gesto de desprecio.

—Y quítate esas medias.

—No tienen nada de malo.

—En mi techo sí. No quiero ver esas medias, ni que entren a mis espacios sin permiso.

Se levanta a recoger los platos y golpeo la mesa con el puño.

—¿Qué parte de la orden no fue clara? Ordené que te largaras.

Se mueve a la salida y creo cantar victoria. En vano, porque se detiene a un par de pasos de la puerta.

—Gracias por la comida. —Se gira hacia mí—. Estaba a punto de desfallecer por el hambre y...

—Las mismas manos que te dieron de comer, quieren torcerte el cuello a ti, a tu hermana y a toda tu familia —dejo claro—. No es un favor. Necesito una esclava con la suficiente fuerza para trabajar. Ahora, fuera de mi vista.

—Buenas noches. —Se arregla el bajo del vestido antes de irse.

Desaparece y los ojos se me quedan clavados en la puerta. «Buenas noches». No tendré ninguna buena noche con ella entre estos muros.

EMMA

Los sirvientes salen de la cocina en fila y con la cabeza gacha. Su nivel de obediencia perturba, es superior al del Ejército. No protestan ni opinan, tampoco hacen gestos, solo se limitan a cumplir las exigencias de la matriarca.

Las personas se dirigen como peces a la salida de la cocina. Salgo en la dirección contraria. Celia me pidió que entregara los abrigos en la tarde; todos los saqué del ropero en el vestíbulo. Allí no hay cama, pero me puede servir para dormir y descansar, aunque sea un par de horas. Cualquier cosa es mejor que la celda con olor a estiércol donde se puede infectar mi herida.

Reviso que no haya nadie en el perímetro del vestíbulo, ubico la puerta y entro rápido.

Mi respiración encuentra su ritmo natural en el armario vacío. Recuesto la espalda en el tapiz de la pared. Un día más en el *rink* de hielo quebradizo, en el tablero congelado donde, en vez de fichas, existen hombres con cuchillos.

Deslizo el cuerpo hasta llegar al piso entapetado. Hubo un muerto, una reunión con la mafia y un susto que casi me envía a conocer a Amy Winehouse.

Limpio las manos sudadas en mi vestido y, sentada en el piso, me froto las piernas. Voy a salir de aquí, me repito. Solo tengo que aguantar.

Cierro los ojos y mis párpados se aprietan cuando mi mente se transforma en una secuencia veloz de sucesos: la llegada a North Pole, mi primer despertar aquí, el hombre tras la puerta, los calabozos helados, los muertos, Vladímir... el *Boss*.

Los pezones se me erizan y culpo al frío. *En el despacho no hacía frío*. Aparto el pensamiento incoherente de mi cabeza, ¿qué me pasa? Estoy secuestrada en el culo de Alaska, no tengo cabida para pensar en tonterías.

Apoyo la mano en el abdomen, siento los intestinos pesados. No debí comer tanto, sabiendo el estado de mi estómago. La pesadez se desplaza de un lado a otro, convertida en una esfera que no para de moverse. Dejo escapar un suspiro por la boca y espero a que el dolor pase. Es cuestión de minutos para que desaparezca.

Escucho mi nombre en la boca de la matriarca cuando estoy por quedarme dormida. Me llama junto con dos hombres. Recojo las piernas y las abrazo contra el pecho. Si me encuentran, no solo frustrarán los intentos de descansar, sino que me castigarán por no irme a los calabozos. Pelean afuera a la vez que gritan mi nombre. Los pasos se acercan al ropero y me pego al rincón; me van a sacar a la fuerza, arrastrada de los pies o del cabello. Abren y Vladímir se muestra con dos verdugos detrás de él.

No me muevo. Que me levanten, arrastren o carguen, ¿qué diferencia tiene?

—Yo me encargo —dice el *Underboss*.

Su cabello dorado se ve más claro sobre la camisa negra. Su mirada se concentra en mí, posicionado en el umbral. Las manos en puños pierden rigidez y entra. La puerta se cierra tras él y la oscuridad nos reclama, tan pronto se desliza a mi lado como una sombra que ha perdido su propósito.

Ha de estar muy aburrido o drogado como para venir a sentarse aquí, teniendo tanto que hacer allá afuera. Me inclino por lo segundo. El silencio solemne se extiende entre ambos.

—¿Qué se siente? —Lanza una pregunta de la nada.

—¿Qué?

—¿Beber una botella de licor en una playa a medianoche?

Tuerzo los labios con una sonrisa escueta. Aunque no lo diga, sí le hace falta ver otra cosa diferente a esto.

—Todo el mundo debería hacerlo, aunque sea una vez en la vida, ¿sabes? Lo que yo bebí no era una botella de licor. De hecho, fue un refresco con un 5 % de alcohol. —El recuerdo me expande al pecho y suspiro—. Lo inolvidable fue la brisa marina, el sonido de las olas, el cielo lleno de estrellas, la sensación de confort que te recorre al ser consciente de que estás vivo, eres joven y tienes todo un futuro por delante.

Debí aprovechar más ese momento. Recuesto la cabeza en la pared y él me gira la cara hacia la suya.

—Si fueras yo —le digo—, ¿qué harías para escapar de esto?

—Si fuera tú, cuidaría esa lengua antes de que tenga que arrancártela por preguntar idioteces.

Acerca mi boca a la suya y su aliento se entrelaza con el mío al momento de besarme; el toque fugaz de su lengua es suave, con ritmo. Sujeta mi cuello y posa la mano sobre mi corazón, presiona como si necesitara confirmar que mis latidos son de verdad. Los besos se vuelven húmedos; las caricias, íntimas. Hunde la nariz en el hueco de mi clavícula mientras me acaricia las caderas.

—Me gustas, pequeña puta —susurra—. Tu olor, tu luz. Me gusta matar y me gustas tú.

—Qué romántico —contesto, y sonríe sobre mi cuello.

Sus dedos memorizan las líneas de mi cara en la oscuridad. Sus labios apenas tocan los míos antes de recostarse en mi hombro y me aprieta contra él como si el mundo fuera a desaparecer si se aleja.

Es un poco maquiavélico estar encerrada en un armario con un criminal, pero es aún más maquiavélico que tus bragas se empapen al estar frente al dueño de la Bratva, aun sabiendo que todo en él grita una sola cosa: peligro.

10
Juego peligroso

VLADÍMIR

Quien dijo que los monstruos se esconden bajo la cama, mintió. Los verdaderos monstruos no acechan en la oscuridad de tu habitación, sino en los rincones más podridos de tu mente. No arañan la madera en mitad de la noche; susurran, gritan y ríen entre los pliegues de tus pesadillas.

Carraspeo. La garganta me arde, seca como la ceniza.

Inhalo. La cocaína se abre paso por mis venas, prende fuego a mi cabeza. Estoy hace cuatro horas aquí, o eso supongo... La droga me hace perder la noción de las horas, detiene el tiempo en mi cabeza. Me convierte en un murciélago cómodo en la penumbra.

Elevado es más fácil lidiar con las voces, culpas y cargas.

—¿Quieres? —le ofrezco a la esclava del rincón—. Es el pase que te saca del infierno por un par de horas.

Sacude la cabeza. No insisto. Inhalo otra línea, dejando que el fuego me atraviese. Mi esclava me observa con las piernas abrazadas en una esquina. Tiene razones para temer. En este estado se cometen locuras y ninguno de los dos guarda buenos recuerdos de las veces que me ha visto así.

Le rodeo sus hombros con el brazo. Emma James, incluso en la alcantarilla más putrefacta, seguiría siendo un bonito reno de Navidad. El tipo de criatura al que le pones luces y se ve bien en cualquier lugar. Yo, en cambio, soy una gárgola de iglesia, una de esas que generan escalofríos si la observas por un periodo prolongado. De las que temes a que cobren vida y puedan arrancarte los ojos.

—Hay mejores formas de pasarla bien —me dice—. ¿Eres consciente de que esa mierda te daña más de lo que te mejora?

—¿Importa? Soy un asesino. Muerto estaría mejor.

Las sombras que anidan en mi pecho se multiplican cual peste, envenenando lo que queda de mi alma marchita.

—Soy un asesino que no vale nada —digo solo para mí.

—Todos valemos algo —responde al escuchar mis palabras.

Niego. No me conoce y no tiene derecho a opinar.

—¿Has visto lo que vale un riñón en la *deep web*? —se ríe y el sonido se oye como música celestial—. De hecho, no tendrías que vender tu riñón. Yo daría todos mis ahorros por tu cabello. Lo compraría para hacerme una peluca.

El ataque de risa le sacude los hombros y mentiría si digo que no envidio a quienes pueden regodearse así. No sé qué se siente al hacerlo. La amargura y las pesadillas me han dejado sin espacio para eso.

Se limpia las lágrimas que caen, producto de las carcajadas. Recupera la compostura, pero yo no. Mi visión está nublada por el alucinógeno y coloco una mano en la mejilla de mi esclava. Los recuerdos me atraviesan, me desgarran al escuchar el rugido de los truenos y el retumbar de la tormenta de hace años. La que viví con mi madre. Ella lloraba con el cañón del arma en su cabeza. De forma constante, oigo sus gritos, sus súplicas.

—Odio este maldito mundo de porquería y al 99 % de las personas que lo habitan. —Las palabras salen de mi boca como un vómito sin control. No sé si las pienso o si simplemente me salen—. Toda la humanidad es basura.

—No conoces a mucha gente, ¿cierto?

—No hace falta conocer a mucha gente para saber que nadie vale la pena. —Paseo las yemas por sus mejillas—. Aunque, bueno, repudiar al mundo no quita que me sigas gustando, pequeña puta.

Me arrojo hacia su boca; me gusta besarla. Es un juguete entretenido, una distracción perfecta para la pesadilla que me muerde los talones. El contacto de su boca aleja a las sombras que me acechan, que me atenazan el pecho. Inspiro su aroma, me fundo en él como si pudiera resetear mi cerebro.

—¿Estás bien? —Su voz se oye lejana.

El vértigo me tambalea. Acaricio sus piernas. Deslizo los dedos por sus muslos. Me gusta sentir su piel, recorrerla, hundirme en su calor. Me gusta tenerla cerca, saber que está aquí y es mi mascota.

—Abre las piernas. —Meto la mano bajo su vestido—. Déjame.

—No estamos en el mejor lugar...

No la dejo hablar. Separo sus muslos, encuentro el borde de su ropa interior y deslizo los dedos por el elástico. Me tomo un momento para sentir la textura antes de ir más allá. Está tibia.

Se remueve inquieta, no sabe de qué manera sentarse mientras la acaricio. El malestar se instala en mi espalda, resentida por la posición forzada. La cocaína nubla mi coordinación. El espacio es demasiado estrecho para mi tamaño.

Debo hacerla mía. Procedería más rápido si no estuviéramos tan incómodos.

—Duele —se queja al sentir mis dedos adentro.

La toco más lento y le beso el cuello para que se relaje. Responde al revés. En lugar de rendirse al contacto, se tensa aún más.

—¿No me deseas?

—Sí, pero...

—Mójate —ordeno, mareado—. Así no estabas la noche que te cogí.

No me da lo que le pido, y no la culpo: solo hemos estado juntos una sola vez. He oído que es normal en las mujeres de su tipo. Todo es nuevo, torpe, forzado. La coca en mi sistema no ayuda. Tampoco estoy preparado. El bullicio matutino se cuela desde afuera. Apoyo las manos en la pared, me limpio los dedos en el vaquero, acomodo la ropa y salgo.

—A trabajar —le digo—. Gustarle a tu cazador no cambia lo que eres. Sigues siendo una esclava.

Aferro la mano a la manija de la puerta. El aire fresco me desestabiliza en el instante en que pongo un pie afuera. Mierda. El efecto de la coca se disipa cuando veo a mi padre junto a su sumisa en la entrada. Retrocedo por instinto, pero es tarde. Ya me ha visto.

Enderezo el cuerpo. Él aprieta el entrecejo al contemplar mi aspecto. No necesita decir nada, su mirada ya lo dice todo. Imploro en silencio para que mi esclava no salga del clóset y lo arruine aún más.

—¡Niña! —Zulima lanza una mirada al clóset, donde la puta sale—. Ve y trae fuego, que el amo quiere encender su puro.

La seriedad en el rostro de mi padre es absoluta. No disimula su mal humor. En silencio, subo las escaleras con el sabor de la puta en mi boca. Algo debo hacer para enmendar esto.

Me arranco la ropa en el dormitorio. Necesito que el agua me golpee hasta dejarme limpio y que me saque del letargo de la coca.

Meto la cabeza bajo el agua helada. El golpe es instantáneo, un shock que despeja la niebla. Las preguntas empiezan a amontonarse una tras otra, y siempre son las mismas. ¿Cómo sería mi vida si mi madre estuviera viva? ¿Si no tuviera tantas piezas rotas en la cabeza? Era una auténtica hembra de la Bratva y amaba a mi padre. Fue la primera mujer que tuvo, su primera compañera, y yo se la arrebaté.

El *Boss* no sabe querer y lo sé. Para él, esa palabra no existe; perdió relevancia en su vocabulario. Lo único en sus pensamientos es la organización, el control, el poder. Aun así, algo me dice que la quería, porque no fue el mismo después de su muerte. Se volvió más frío, más implacable. Es comprensible. Ella estuvo a su lado en la parte más crucial de su ascenso. Era la gran promesa de la Bratva.

Salgo del baño con los vaqueros puestos, agarro una camisa del armario y me giro hacia la puerta justo cuando mi padre entra sin avisar.

—Estaba por ir a buscarte. —Me adelanto al regaño. No me habla.

Se planta frente al televisor, lo enciende, sintoniza las noticias internacionales y estrella el mando en la cómoda. Mi rostro acapara la pantalla, acompañado de un titular que mueve el piso bajo mis pies.

«Orden de captura para un nuevo criminal: Vladímir Romanov, conocido como el monstruo de Rusia».

El parpadeo no disuelve la imagen frente a mí.

«Los expertos señalan que su comportamiento violento puede estar relacionado con el uso de estupefacientes. Se le atribuyen diversos asesinatos graves y las autoridades instan a los civiles a colaborar en su captura».

El cuero cabelludo me arde al cerrar los puños en mi pelo. Los medios comunes no deberían saber eso. Soy hijo de un *Boss* y las autoridades locales no se atreven a nombrarnos, porque siempre trae consecuencias.

—¿Por qué publican mi nombre? ¡Soy tu hijo!

—Lo ordenó la viceministra de la fuerza especial —contesta con sequedad—. Lo sabrías si dejaras de estar drogándote en un clóset con esa maldita esclava.

Camino con la cabeza a punto de explotar. Sobornados o no, ahora las autoridades tendrán que moverse. La orden viene de la FEMF.

—Si la orden la dio Olimpia Muller significa que me tiene en la mira. —La rabia me distorsiona todo—. Si me atrapan, no se conformarán con encerrarme: querrán entrar a mi cabeza, harán lo que sea para que hable de ti y capturarte. No puedo permitirlo. ¡No voy a ser tu caída!

Soy su escudo, su mano derecha. Si caigo, abrirán una brecha hasta él y eso no puede pasar. Vi a Maksim derrumbarse sobre la tumba de mi madre y no dejaré que mi padre termine igual. Él lo es todo. No puedo fallarle.

Mi mente se fragmenta; los pensamientos se disuelven en el caos. El pánico me traga y me golpeo la cabeza hasta que el agarre de mi padre aleja los puños de mi cráneo.

—Nunca te delataría, te lo juro. Moriría antes de revelar tu posición. —Me aferro a las manos que me sujetan la nuca—. He jurado protegerte a ti y a la Bratva… Yo soy incapaz de…

—Sé que no me vas a delatar, Vladímir. —Endereza mi postura—. Las distracciones te están cegando. Esta noticia debería haber llegado primero a ti y no a mí. ¿Por qué no pasó? Porque estás perdiendo el tiempo con la droga y esa cría.

—Es mi esclava.

—Es peligrosa —advierte—. Concéntrate en lo importante.

—Soy su cazador y ella es el animal que manejo como quiero.

—Me hago a un lado—. Por el respeto que te tengo, no voy a discutir esto otra vez. Querías venganza, y te la voy a dar.

—Presiento que terminarás lamentando esto.

—Los únicos que se lamentarán son los James. —Saco mi chaqueta—. Deja de preocuparte por quien no vale la pena. Acabaré con ella. Ya te lo dije.

Recojo mi arma.

—Deja en mis manos lo de la viceministra.

No me sirve de nada decirle detalles si puedo demostrarle con hechos. Parto a Sodom en mi Mustang. El pueblo vecino de North Pole, el antiguo hogar de los veteranos de guerra; ahora ya no queda ninguno. Para las autoridades, un rincón inofensivo y olvidado. ¡Pobres ilusos!

Los *vory* me revientan el buzón de mensajes. Desde el teléfono, convoco a las seis pandillas bajo mi mando. Asesinos, putas y sabandijas dispuestas a vender su alma por un buen puesto en la organización. Aparco frente a la cantina. Mi gente ya está dentro. Hay esclavos en harapos que recogen sobras del suelo. Pronto Emma James estará igual, arrastrándose, rogando por migajas, una vez la despoje de su dignidad.

—Olimpia Muller expuso mi nombre —espeto para todos—. ¿Qué me tienen?

—Información de primera. —Uno de mis subordinados alza un sobre.

Me informan de todo lo que necesito saber. Emito órdenes, discuto estrategias, afino cabos y pongo mi plan en marcha.

—Tienes a Emma James. —Un sabueso se acerca a mi mesa con una botella en la mano—. ¿Cuántas veces se ha cagado en los pantalones?

—Todavía ninguna, apenas estamos empezando, pero no tardará en pasar. —Ordeno que repartan más licor—. ¡Está con el monstruo de Rusia!

Los sabuesos se ponen en marcha después del brindis. Me ocupo del trabajo fino: recopilar, conectar hilos. A las cinco de la tarde tengo todo lo que necesito y verlo materializado en fotos me ensancha la sonrisa. Al *Boss* le gustará.

Les aviso a los *vory* y al resto de la hermandad que se preparen. Se viene algo grande y quiero a todos listos.

—Manténganme al tanto de todo —dispongo al partir.

Aprovecho el tiempo en el auto para revisar los mensajes de Emma James. La casera de North Pole sigue bajo mi control. La mujer a la que le puse el rastreador de mi esclava cumple con su papel: asiste a las supuestas lecciones en su lugar. El director de la academia envía reportes falsos con absoluta normalidad y Rick James se rasca las pelotas sin sospechar que su hija duerme bajo el techo de la Bratva.

Retorno a la fortaleza. Los *byki* armados vigilan desde los muros de piedra y se abren paso cuando mi Mustang se desliza a través de la reja de acero. Apago el motor a pocos metros de la entrada.

Emma James está quitando nieve con una pala en la base de las escaleras. Sus orejeras de lana se sacuden cada vez que hunde la pala en el suelo. Le dieron calzado de trabajo, pero, por supuesto, tenía que arruinarlo con las estúpidas medias que siempre usa. Parece una figura del mercado navideño. No importa cuánto intente aferrarse a su basura, sigue siendo lo que es: una prisionera en mi territorio.

Bajo del coche y mi entrecejo se arruga al distinguir los puntos brillantes en el algodón que envuelve sus piernas.

—Son bonitas, ¿verdad? —Apoya el brazo de la mano vendada en el cabo de la pala—. Puedo decirte dónde las venden, si quieres.

La ignoro. No me voy a degradar delante de los míos. Que aprenda su lugar. Subo los peldaños de piedra sin mirarla. La puerta está abierta; Maksim y mi padre aguardan en el inicio de la escalera principal.

—¿Ves cómo le habla? —le reprocha Maksim a mi padre—. Como si fuera su novia.

El *Boss* me clava la mirada afilada.

—¿Mi novia? —Entro—. Los cabecillas no tienen novias que yo sepa.

—Ella se dirige a ti como si lo fuera.

—¡Ella no sabe ni cuánto son dos más dos!

—¿Qué pasó con la viceministra? —interviene el *Boss*.

—Ya estoy en eso.

—¿Hay algo entre tú y la esclava? —Me hace frente—. Quiero la verdad, Vladímir.

—Me hablas como si fuera extraño convivir con esclavas y sumisas. Tú tienes cientos de mujeres que te sirven, ¿no puedo tener una?

La ira le brota de cada poro de su ser y tiene razones de sobra para estar así. Sasha no solo lo apoyaba a él, sino también a mí. Estaba de manera incondicional para ambos; sin presiones ni preguntas. Nuestra aversión por los James ya existía y tras la muerte de Sasha se transformó en algo peor.

—¿Qué te preocupa? —inquiero—. ¿Que me enamore de una prisionera? ¿En tan mal concepto me tienes?

—Espero equivocarme —dice antes de darme la espalda—, y que no se te ocurra incumplir una de las reglas más importantes de esta organización.

—No te enamores de la presa —recito sin vacilar—. La tengo muy clara, *Boss*.

Sube, seguido de mi hermano, y me quedo en medio del vestíbulo. Maksim gira a verme a mitad de camino.

—¿Y qué tal tu día? —pregunta mi esclava en la entrada—. Aquí cayó bastante nieve. ¿Dónde estabas, también?

Me giro hacia ella: sigue con la pala en la mano y un balde a sus pies. No entiende el significado de callarse; tampoco el de prudencia.

—Por tu cara, supongo que no tuviste un buen día y eso te tiene alterado. —Recoge el balde—. Espero que mañana sea mejor.

La matriarca la hace retirarse en medio de empujones. Hay esclavos que pierden la cordura en menos de tres días y esta parece que no tiene.

Zulima llega con Kira y Gregory Petrov. Los búlgaros han afianzado su relación con la Bratva; y el cabecilla, en especial, ha sido compañero de copas de mi padre durante años. No deja pasar la oportunidad de visitarlo ni de sentarse en su mesa.

—¿El *Boss* está en su despacho? —pregunta.

—Supongo. —digo antes de largarme.

—Oímos lo de la viceministra, ¿necesitan apoyo?

—No.

Dirige el tercer clan de la pirámide. Desde Budapest, manejan su red de trata a través de casas cruces, burdeles donde compran y venden gente por toda Europa. Decenas de clanes les compran, excepto la Bratva: tenemos nuestros propios métodos más efectivos e infalibles. Quien entra a nuestro infierno, lo hace por tres razones: deuda, venganza o elección. Los negocios compartidos son, en su mayoría, acuerdos heredados del antiguo *Boss*; pactos que mantienen la estabilidad dentro de la pirámide.

Armo dos líneas blancas en mi escritorio e inhalo cuando las voces en mi cabeza comienzan a agitarse. El ardor en las fosas nasales es pasajero. Mis hombres están en lo suyo y en las siguientes tres horas me aseguro de que todo marche como lo ordené.

La música trepa por las escaleras y atraviesa mi puerta.
—¿Qué se festeja? —interrogo a la servidumbre cuando me sube la comida.
—El *Boss* y el señor Gregory están acompañados por las sumisas. La señorita Zulima envió por ellas a Sodom.
—¿Y mi esclava?
—Sirviendo en la cocina, señor. El amo se la encontró dos veces y advirtió que no la quiere rondando por la casa.
—Que lave las estufas y perreras. Manténganla ocupada en todo lo que se necesite.
—Sí, señor.
La sumisión también se construye con trabajo y agotamiento. Exprimiré hasta la última gota de su energía; el cuerpo le pesará como plomo. El cansancio le nublará la mente y la voluntad se le astillará sin necesidad de cadenas. Grabaré la palabra obediencia en sus huesos, en su memoria y en su sangre.

Espero hasta que haya cumplido con cada obligación antes de verla. No hay prisa. Que aprenda. Que entienda y de paso sepa que no puede volver a hablarme sin mi permiso.

Bajo después de la medianoche. La reunión privada del *Boss* tiene lugar en el bar de la fortaleza. Busco a mi esclava en el mismo rincón de ayer: en el armario del vestíbulo.

—Si vuelves a saludarme como si fuéramos amigos —cierro la puerta—, te cortaré un pie y se lo enviaré a tu padre en un patín.

No se molesta en mirarme.

—Tu familia estaría eternamente agradecida porque dejarías de hacer piruetas de cirquera.

—No hago piruetas de cirquera, practico un deporte.

—Uno que solo te ha dado derrotas.

Saco su teléfono y me siento a su lado en el rincón.

—Tu padre sigue sin responder mi último mensaje, ¿será que ya se cansó de fingir que le importas?

—Es un hombre ocupado. Tiene casa, hijas, esposa y asuntos importantes que resolver. El embarazo de mi hermana es delicado —escupe rabiosa—. Mi padre debe estar al pendiente de todos. No es como el tuyo que se pavonea como si el mundo fuera indigno de él, mientras me mira como si tuviera la peste.

—Cierra la boca...

—¿Quién se cree? ¿Moctezuma? ¿Mufasa?

—Se cree lo que es: la máxima cabeza de la Bratva. Para él, eres una cucaracha, así que no esperes que te mire de otra forma. Te convertiste en una esclava y los esclavos no son gente.

No me deja tocarle la cara. Insisto, pero me esquiva. Su rechazo es terco, pero yo lo soy más. Se echa hacia atrás y la sujeto. Intenta levantarse, pero no la dejo. Cae, y termino encima de ella. Su respiración se entrecorta un segundo antes de pedirme que me aparte.

No me muevo, la mantengo debajo de mí y le despejo las mejillas del cabello. Siempre se ve como una bengala en la negrura. Desciendo hasta sus labios y me pierdo en su boca en las dos horas siguientes. Cada beso me da un vistazo a su mundo brillante, me acerca al resplandor que quiero atrapar y tener entre mis manos.

—No tengo que ser una esclava, y tú no tienes que ser el *Underboss* —susurra—. Vámonos de aquí. A nuestra edad deberíamos estar divirtiéndonos, no encerrados ni sujetos a reglas.

—Yo me divierto haciéndote sufrir. —Regreso a sus labios—. Serás la cabeza de alce que colgaré en mi sala. El trofeo que elevará mi prestigio por encima de todos.

—¿Tu padre sabe que estás enamorado de mí?

—No estoy enamorado de ti.

—Pronto lo estarás.

—Excitas y atraes como toda perra, es todo. —Le doy un último beso—. Nunca serás más que mi pequeña puta, mi prisionera y mi mascota.

Me aseguro de que nadie me vea salir. Cualquier padre se sentiría orgulloso de ver a su hijo con una mujer. El mío también, si no fuera Emma James.

Trago mi dosis nocturna de ketamina y cedo al sueño. La pesadez se instala primero, espesa y envolvente. El peso me hunde en un vacío sin forma. Todo se vuelve distante; los sonidos se apagan, la habitación se vuelve ajena y mi cuerpo cae en una inmovilidad absoluta.

Salamaro es quien me despierta a la mañana siguiente y espera a que me vista.

—¿Cómo está la prisionera?

—Controlada y humillada.

Tengo una reunión con el *Boss* en diez minutos. Me recojo el cabello en una trenza. No tolera verme descompuesto, así que disimulo la resaca lo mejor que puedo. No quiero darle motivos para otro enfrentamiento. Salgo con Salamaro y el *sovetnik* se adelanta a tocar la puerta del despacho. Corrijo la postura.

Zulima cuelga el abrigo del *Boss* y se retira bajo su orden. Tomo asiento acompañado del *sovetnik*. Una de mis preocupaciones es no llenar los zapatos del hombre delante de mí. Para la Bratva, nadie es mejor que él.

—Tengo una sorpresa para ti —le digo—. Compensará las molestias causadas por mi esclava.

—¿La sacarás de aquí?

—Es algo mucho mejor que eso.

Dan dos golpes en la puerta. Salamaro le da entrada a la servidumbre y Celia entra seguida de la puta de Emma James. Las asperezas que intento limar se desmoronan cuando el *Boss*, hastiado, se pellizca el puente de la nariz. La esclava lo nota, pero en lugar de irse o bajar la cabeza, sigue adelante.

Los *byki* apenas disimulan la forma en que deslizan la mirada por su cuerpo. Salamaro ajusta la postura en la silla.

La esclava no coopera: deja caer la taza con descuido, la loza resuena en la mesa y ella revuelve la bebida con brusquedad, como si estuviera en un café de camioneros. Golpea la cuchara en el borde antes de empujar la taza hacia el *Boss*, quien aparta su teléfono para que no lo salpique.

—Dije que no quería ver a esta cría —reprende a la sirvienta—. Sáquenla de aquí.

—Ya oíste, niña —secunda Salamaro—. Fuera.

—Estoy despierta desde la cinco de la mañana. —La perra tiene la osadía de refutarle al *Boss*—. No he dormido ni comido nada; aun así, estoy aquí haciendo mis labores y lo mínimo que espero es un «gracias», maldito cerdo malagradecido.

La mirada incrédula de Salamaro me quema. Mi padre barre la bebida de la mesa, la porcelana se despedaza en el suelo y me levanto. Solo a ella se le ocurre hablarle así a quien la puede mandar a cortar en pedazos.

—¡Trato de ser amable con todos para que lo sean conmigo!

—¡Cállate! —Le pongo el *haladie* en el cuello—. Se te dio una orden, ¡lárgate!

La empujo a la salida y la sirvienta la saca del cabello. El *sovetnik* mantiene la mirada gacha y mi padre me mira como si me le estuviera burlando en la cara.

—La voy a adiestrar. —Regreso a la mesa—. En unos días no la reconocerás. Te lo juro.

No contesta y se marcha, dejándome como un incompetente en el despacho.

—Dale espacio. Dirigirte a él en este estado, solo avivará el fuego —dice Salamaro—. Somete rápido a Emma James. No puede seguir actuando así; es una prisionera.

Me froto las manos en la cara. El *Boss* abandona la fortaleza y lo agradezco, porque esa puta irreverente puede salir con cualquier otra idiotez.

—Cuando la matriarca vuelva, encárgate de que no pase esto por alto —me pide al levantarse.

Lo sigo al almacén de artillería donde trabaja el *Boss*. La Bratva fabrica y diseña armas desde cero. Son las más asediadas del mercado negro. A diario se crean prototipos que exigen pruebas y evaluación constante.

El *Boss* no me dirige la palabra en toda la mañana. Y con razón. Si Emma James no me gustara, le arrancaría la lengua y se la cosería en la frente.

Maksim se pasea acompañado de su gente, a quienes, en broma, les apunta con las armas. La estrella de la Bratva domina la pared del fondo, proyectando su sombra sobre el *Boss*, quien prueba un soplete. Recorro las distintas áreas al lado de Salamaro. Los novatos se tatúan en las esquinas, aguantan el dolor del *Tatovshchik* sin quejarse, mientras el resto de la hermandad cargan cajas, despejan dianas y levantan nuevas paredes de tiro.

Escolto a mi padre desde lejos. Por la tarde, se dirige a las cloacas a inspeccionar a los infantes que empiezan su recorrido. La casta pura de la hermandad porta la sangre de los nacidos adentro, se forja desde la nada y crece entre los huesos de los que no sobreviven. Mi padre es uno de ellos. La Bratva no crio a un príncipe, forjó a un *bog voyny* en las entrañas de hierro y los dientes afilados de la *mafiya*. Creció en el concreto, apartado de todo lo que pudiera hacerlo débil, despojado de comodidades, de afecto, de cualquier resquicio de humanidad que no sirviera para la guerra.

—Los *kryshas* atraparon a un *donoschik* soviético husmeando por la fortaleza —avisa un *byki*—. El bastardo estaba tomando fotos del perímetro. Lo tienen atado a la espera de órdenes.

Mi padre deja lo que está haciendo, se ajusta los guantes y, mientras retoma el camino a casa, prepara el arma que me entrega. Maksim se nos une. En cuestión de minutos, estamos de vuelta en la propiedad, donde los miembros de la organización tienen a la sabandija de rodillas frente a la fuente.

Los soviéticos, carroñeros exiliados que nunca dejan de molestar, de husmear y meterse en lo que no les incumbe. Presiono el cañón del arma en su frente, listo para volarle la cabeza.

Engancho el dedo en el gatillo y... La música irrumpe desde la fortaleza. Todos giran hacia las ventanas y diviso a mi esclava ajustándose un vestido. No sé de dónde demonios lo sacó. Desfila como si estuviera en una maldita pasarela. Kira la ovaciona entre risas y los sirvientes la miran embobados.

El *Boss* suelta el tiro con silenciador y el soviético cae a mis pies.

—Parece que es muy difícil concentrarse. —Enfurecido, avanza hacia la casa.

Voy detrás. Cruza la puerta y el estruendo de su disparo ahoga la música. El estéreo estalla en pedazos. Los siervos se dispersan y Emma James se gira hacia nosotros.

Mi padre asciende por las escaleras sin hablarle a nadie y el peso de su silencio me aterra más que cualquier grito.

—¿Qué haces? —le pregunta Maksim a su prometida mientras recoge todo.

—Necesitaba arreglar un vestido y me ofrecí a ayudar —contesta la esclava.

—Perdón, no pensaba ocuparla mucho tiempo —explica Kira y Maksim la interrumpe con un golpe de mano abierta en la cara.

—¿Eres feliz al hacerme enojar? —La agarra del cabello y la sube arrastrándola por la escalera.

—Maksim, ella no tiene la culpa —intercede Salamaro.

—¡Cállate, negro! —exclama mi hermano en los escalones—. ¡Envía a esa esclava a los calabozos, Vladímir!

Salamaro se marcha al salón contiguo. Cierra los puños al oír los gritos de Kira. Los *byki* vienen por la cirquera, pero levanto la mano para que esperen. Voy a la caja de herramientas, tomo lo que necesito y regreso.

—De ahora en adelante, solo hablarás cuando te dé permiso. —Arranco la tapa del pegamento industrial, el aroma del químico se esparce por la sala, y atrapo la mandíbula de mi esclava.

Me empuja, mis hombros la inmovilizan y le esparzo el pegamento en la boca. Esta no es su casa ni su circo. Sello sus labios mientras patalea.

—Llévensela y encárguense de que no abra la boca en toda la noche.

Maksim destroza a golpes a Kira en el pasillo. No me detengo, sigo hasta mi dormitorio y azoto la puerta. Emma James es una puta que mañana me conocerá aún más.

Reviso el celular. Lo que ordené ya viene en camino. Es la única buena noticia del día. El hecho hará celebrar a la Bratva y le recordará por qué soy uno de los favoritos para ser el sucesor.

Me trago las pastillas para dormir. Las ganas de bajar a los calabozos están, pero no voy a sucumbir. Esa puta merece una buena dosis de soledad con olor a alcantarilla.

A primera hora del día, deslizo los brazos en una cazadora tras una ducha. Aprieto los cordones de las botas y confirmo todo lo que hay para hoy antes de bajar al comedor de la cocina.

Desayunar entre mesones se volvió una costumbre por Sasha. Le gustaba comer, rodeada del aroma a comida recién hecha mientras otros cocinaban.

—Leoncillo. —Uriel cierra el periódico en la mesa—. ¿Cómo estás?

—Excelente. Y más tarde estaré mejor.

De los numerosos primos del *Boss*, es quien más frecuenta la fortaleza. Entrena a varias de sus sumisas y pertenece a la cuadrilla de sus *vory* más cercanos.

Maksim sorbe su café acompañado de Kira. El maquillaje le oculta los moretones, pero no la hinchazón de sus labios. Arrastro una silla y me siento. Mi hermano tuerce la boca al ver a Zulima entrar con el inconfundible aire de haber pasado la noche aquí. A Maksim no le agrada ninguna de las mujeres del *Boss*. No tolera la idea de que alguna pueda llegar a ocupar el lugar de mi madre.

Los *byki* traen a Emma James a la cocina, bañada, con el uniforme limpio y los labios rojos por el pegamento. Seguro usaron agua hirviendo para quitárselo. La matriarca la empuja a las estufas y le ordena lavarlas.

Celia me sirve el desayuno, y Uriel saca el tema de conversación sobre los clubes. La tranquilidad dura hasta que una de las siervas deja caer una pila de platos de la gaveta. La matriarca apalea a la culpable y todos los empleados se alejan, excepto la esclava, que observa la escena sin espabilar.

Es masoquista. Todos siguen con sus quehaceres, fingiendo que no pasa nada. Entre súplicas, la sierva le pide a la matriarca que pare. No lo hará. Es una cincuentona de dientes amarillos y manos de estrangulador. Se le paga para imponer orden y lo disfruta. Su vida se reduce a esto.

Emma James no se mueve.

El ama de llaves no cede con los golpes, la mujer en el suelo suplica perdón y suelto los cubiertos cuando la puta de Phoenix sujeta el sartén caliente de la estufa y se lo estampa a la matriarca en la cabeza.

Los ingredientes salpican a Maksim y a Kira. Ambos se giran de inmediato. La matriarca se vuelve hacia la esclava, quien mantiene el sartén arriba como una desquiciada.

—¡Ya la golpeó, así que déjela en paz! —Aprieta el mango—. ¡Es una persona, no un maldito animal!

La matriarca levanta el palo hacia ella y la reprimenda se interrumpe con la voz autoritaria que se impone en ruso. El ama de llaves se aleja con la cabeza gacha al ver a mi padre en la entrada. Emma James permanece en su lugar. El *Boss* la reprende en su lengua materna y ella arruga la cara.

—No entiendo lo que dice.

—Dice que eres una cría a la que le falta disciplina. —Me levanto—. ¡Las esclavas no golpean a sus superiores!

—Yo no soy una cría —refuta observando al *Boss*—, y tampoco soy una esclava.

—Pon la mirada en el piso —le ordeno y no obedece. Por el contrario, alza el mentón, orgullosa.

Mi padre da un paso adelante e intervengo. Le hundo los dedos en la mandíbula, pero se niega a ceder. Fuerzo su rostro hacia abajo. No se doblega. Su mirada sigue clavada en el hombre que podría aniquilarla con un simple chasquido de dedos.

—¡La mirada en el piso! —La sujeto del moño.

—¡No!

—¡La mirada en el piso! —reitero, y ella me aparta el brazo de un manotón.

—¡Dije que no!

Se me zafa, busca la salida y el *Boss* la devuelve, tomándola del cuello. Todo el mundo se queda en silencio. La mirada oscura de mi padre me deja clavado en mi lugar y saca a la prisionera mientras esta no deja de retorcerse y patalear.

—Pobre mujer, no tiene idea de a quién acaba de desafiar —comenta Uriel, y tiene razón.

La insolencia de Emma James no es coraje, sino gasolina para su propia hoguera.

11

Impúdico

EMMA

El corazón me martillea contra las costillas como si fuera un ateo loco golpeando las puertas de su casa después de ver a un testigo de Jehová. Me revuelvo en el agarre del hombre que me carga. Pataleo en todas las direcciones. El agarre empeora. Mis golpes son inútiles, ni siquiera lo mueven.

Me sube por las escaleras y cierro los puños en la tela de mi uniforme: no tengo ropa interior. En la mañana, después del baño, me lanzaron el uniforme. Así, sin más. No me dejaron volver a mi celda por una maldita tanga.

—¡Déjame! —La garganta me arde entre gritos—. ¡Ayuda!

Entra conmigo en el despacho. El golpe de la puerta me empequeñece los ovarios en el momento en que la patea tras de sí para cerrarla. Mis pies tocan el suelo y, junto al escritorio, estrello una mano contra su rostro con una sonora bofetada.

¡Oh, por Dios! ¿Qué demonios hice? No cambia la expresión seria y arremeto con otro bofetón. ¿Qué demonios me pasa? Vuelvo a estrellar la mano contra su rostro por tercera vez.

La sensación de quemazón se extiende por mi palma y el infeliz no se toca el golpe siquiera.

Su mirada me atraviesa, primitiva, salvaje. El verde de sus iris arde, encendido por una furia que parece querer arrancarme la piel a tiras. Me quedo anclada al suelo.

—¿Sabes quién soy yo, hija de perra? —Se viene sobre mí con una mano alrededor de mi cuello.

Su respiración es un vendaval caliente sobre mi cara. El cuerpo duro me empuja y apresa contra su escritorio.

—Basta...

Le hundo las uñas en la muñeca cuando me alza como si no pesara nada. Me planta el culo sobre la madera. El roce áspero de los guantes me maltrata la garganta y aíslo los pensamientos que me contraen el vientre. No hay escape y está tan cerca que cada facción suya queda impresa en mi memoria, incluso la pequeña cicatriz que le divide una de las cejas.

El diablo le pone dedicación a la hora de crear a sus hijos, pero luego los escupe al mundo para confundir.

—Eres la hija de un general y no te sabes comportar, maldita cría —dice en un gruñido bajo—. Piensas que estás en Phoenix y te equivocas: aquí no está tu papi, y conmigo aprenderás a respetar.

Su aroma es un asalto directo a mis nervios. Dejo de respirar, de parpadear. Mis dedos han quedado estampados en su mejilla. Sé que me va a matar. Las ganas de llorar me arman un torbellino en el pecho. Entierro una vez más las uñas en su muñeca, me retuerzo, batallo, pero su agarre es de hierro y mis movimientos solo parecen alimentar su furia.

Se abre paso entre mis piernas y golpeo sus brazos.

—¡Quieta! —Me empuja, obligándome a clavar los codos en la madera atestada de papeles—. ¡Dije quieta!

Empuja una vez más, el uniforme se me levanta, mi sexo queda al descubierto y la mirada del criminal recae de inmediato sobre mi desnudez. Una ráfaga de calor sube del estómago a la cara al verme expuesta, húmeda y sin nada.

Los labios de mi sexo se abren cuando las piernas se separan solas. Empeoro mi propia vergüenza delante del enemigo de mi familia. La cresta rosada entre mis pliegues se endurece. ¡Dios, mátame! Me humillo a mí misma y le doy motivos de sobra para burlarse de mí en esta vida y la otra.

Las ganas de llorar hacen que me ardan los ojos y su fuerza descomunal me abre los muslos.

—¡Suéltame! —jadeo.

No lo hace. Sus ojos queman sobre mi sexo y un latigazo me azota el estómago cuando la tibieza de su saliva toca y se derrama sobre el clítoris. ¿Me escupió? El líquido tibio se siente como si descargara mil voltios en mi cuerpo. Con la yema del pulgar enguantado, lo esparce sobre mi centro. El roce áspero me eriza cada uno de los poros, el despacho se vuelve un infierno rojo y no contengo el gemido que se me escapa de los labios.

¡Dios! Lo empujo al caer en cuenta de lo que estoy haciendo. Acabo de gemir sobre su escritorio. Corro a la puerta, pero no logro llegar, porque Vladímir abre y entra con la búlgara vestida de cuero.

—Yo me encargo, *Boss*. —El *Underboss* me agarra de la cara.

—Señor, lo requieren en la entrada —avisa un carcelero desde la puerta, y el dueño de la Bratva me mira con el rabillo del ojo al pasar por mi lado.

Vladímir me estampa un beso en la boca antes de pedirle a la sumisa que cierre la puerta. Sus manos presionan mis hombros, me barre los pies y me reduce en el suelo.

—Prepárate, pequeña puta —dice en mi oído—, porque estarás muy caliente a partir de ahora.

Me sujeta las manos mientras la búlgara me abre las piernas. El hierro frío se desliza dentro de mí y abre las paredes. El *Underboss* me libera, se levanta e intento hacer lo mismo, pero una descarga me sacude desde adentro devolviéndome al piso.

—¿Qué me pusiste? —La espalda se me empapa de sudor bajo los espasmos—. ¡¿Qué me has hecho?!

No sé si el pecho me late por el objeto incrustado en mi entrepierna o por lo que acaba de pasar sobre el escritorio. Me incorporo. El *Underboss* oprime el control y el cuerpo se me contorsiona en el suelo con la siguiente descarga.

El pulso se me eleva, no puedo respirar, los sonidos se oyen lejos y un nuevo temblor sacude mi cuerpo antes de que todo se vuelva negro.

—Control de obediencia. —Es lo último que le oigo decir a Vladímir.

12

CACERÍA

EMMA

La niebla en mi cabeza no deja que nada tome forma. Voces dispersas flotan a mi alrededor; trozos de frases que no consigo atrapar. Unas manos extrañas me manipulan, me tiran de la ropa y me aprietan un lazo en la cintura. Quiero moverme, pero mi cuerpo no responde.

—¿Qué pasa? —La lengua se me arrastra.

—Va a empezar, corderito. —Una risa estridente llena el espacio—. La cacería...

El estómago se me hunde, un vacío frío se extiende por todo mi cuerpo, la debilidad me ancla y el temblor insistente entre las piernas me mantiene estática.

El olor a pino fresco les da vida a mis pulmones. Ráfagas de brisa helada me azotan las mejillas. Algo se fragmenta bajo mi espalda y abro los ojos como platos. Mis sentidos se agudizan; árboles frondosos se elevan sobre mí como centinelas.

El frío me quema los brazos, un disparo quiebra el silencio y ruedo sobre la espalda.

La luz diurna se cuela entre las ramas y la nieve se extiende a lo largo del bosque tupido. Las aves alzan vuelo a lo lejos y no sé si estoy en una película de Tarantino, en Jack Frost o si al fin se hartaron de mí y he recobrado mi libertad.

No me acompaña nadie. Paso la mano por la túnica *beige* que no sé quién me colocó y cuyos bordes me rozan las rodillas. Muevo los dedos dentro de los zapatos planos y miro a todos lados como una suricata recién salida de su madriguera. Un destello de esperanza surge cuando entreveo a un sujeto que corre hacia mí.

—Hola —digo—. No sé dónde estoy, ¿usted sabe? Desperté...

Su cuerpo impacta contra el mío. Me arrolla con la pujanza de un toro en plena embestida. Caigo bajo su peso, me quedo sin aire y el olor a sudor avinagrado me tapona la nariz.

—Qué lindo pastelito me encontré —se burla en mi cara—. Oh, amo este juego.

Le encesto un puñetazo que le hace girar la cara. Sus dedos de salchicha me agarran los brazos y forcejeo en vano porque pesa diez veces más que yo.

—Me voy a deleitar contigo, pastelito.

Me alza del cuello de la bata. Uso los dientes en defensa, golpeo su entrepierna con la rodilla, pero el agarre no se debilita. Me rasga la tela de la bata y su intento de desnudarme se trunca cuando un par de manos se aferran a su cabeza y, sin el menor esfuerzo, se la mueven a un lado. El cuello le cruje con el giro violento. Su cuerpo se desploma y una sombra ocupa su lugar: el *Boss,* quien se yergue sobre mí.

El bosque calla mientras me mira desde arriba como si ya estuviera muerta. Lo acontecido en su despacho me arrastra lejos. Lo quiero a metros. El desprecio hacia mi existencia parece agrandarse cada vez que estoy bajo sus pupilas. Su mirada me lo grita. Cae de rodillas sobre mí, sus piernas se cierran alrededor de mis caderas, negándome el escape. Desenfunda el puñal en su cintura y me atrapa la garganta con las manos envueltas en cuero. Es un bastardo infeliz.

—Maldita —susurra encima de mis labios.
—Hijo de perra.
Algo duro me maltrata la pelvis, ¿qué tiene entre los pantalones? ¿Un bate? Alza la daga en su mano y aprieto los párpados, lista para la puñalada mortal. La hoja se entierra a una pulgada de mi rostro. Su peso no desaparece, y mi mente comienza a irse a otro lado, a senderos con letras de advertencia en cada árbol.
—¿Qué? ¿Vas a tomarme?
—Ya quisieras, hija de puta. —Desentierra la daga, saca el arma que tiene en la espalda al oír que se aproximan y aprovecho para escabullirme.
Me atrapa uno de los brazos y deslizo las uñas por su cara. No soporto tenerlo cerca. Le abro una herida en su mejilla en el medio del forcejeo. Un gruñido grave le retumba en el pecho, se toca la herida y me libero lo más rápido que puedo. Doy un traspié en lo que me alejo corriendo.
Mis pasos se precipitan entre las hojas húmedas del suelo boscoso. Diez, veinte minutos... no tengo idea de por cuánto tiempo corro. Escucho mi propia respiración, el agua fría me moja los zapatos y, entre más avanzo, peor se va volviendo el terreno. Volteo, nadie me sigue y poco a poco reduzco la velocidad.
¿Dónde estoy? El bosque se cierra a mi alrededor, un laberinto de troncos gruesos y ramas enredadas. Los pies se me adormecen en el suelo lleno de piñas de pino.
Camino despacio hasta que el sonido de las balas estalla de repente y me lanzo hacia uno de los árboles. El aullido de los lobos me hiela la sangre. No sé qué es peor: que me coma un animal o tener a uno en la cabeza.
Recuesto el cráneo contra la corteza del pino. Quiero irme a mi casa, encerrarme en mi alcoba, meterme en mi cama y no volver a salir.
—Niña —dicen a mi izquierda, y veo a Zulima dos árboles más adelante—. Ven aquí, o los cazadores te verán.
Voces masculinas se aproximan. La sumisa me pide con la mano que vaya a su lugar y obedezco. «En cuna de depredadores,

entre hembras nos apoyamos». Me aferro al dicho que nadie dijo y acabo de inventar.

Me hace espacio a su lado. El barro se adhiere al vinilo de su atuendo ceñido.

—El juego ya está por acabar. —Una alta cola de caballo cae hasta la parte baja de su espalda y ni una sola hebra se ha movido de su cráneo.

—¿Juego?

—Cacería. Traen a los aspirantes a cazar y sueltan a los prisioneros junto con los esclavos en el bosque. Los aspirantes que más presas consigan se quedan, y el que no sirva será devorado por los reos.

—¿Qué tenemos que ver tú y yo aquí?

—Tú eres una presa que cedió el *Underboss*. —Arrugo las cejas con lo que dice—. Yo vigilo y observo para mi amo.

«Cacería». Tenía la esperanza de haberla soñado. Hijos de puta.

—Como salgo...

El cuerpo se me dobla en medio del espasmo repentino que me atraviesa el bajo del abdomen. El suelo húmedo recibe mi caída. Un Ejército invisible de hormigas camina sobre mi clítoris y pongo la mano entre las piernas para calmarlo.

—¿Qué me puso Vladímir? —Ondas violentas me sacuden por dentro.

—Es un implante estimulador. Lo activa un mando a distancia —contesta—. Puedo ayudarte.

Acuesta mi espalda en la nieve y sube mi bata. La vibración crece en oleadas insoportables, retorciéndome por dentro. Aprieto los muslos, inútil. Me quema. Necesito que pare, que lo arranquen, que me entierren en el hielo.

—Siente mi presencia. —Sus dedos recorren mi frente en un toque ligero—. Estoy aquí para ti.

Agarro la tela de mi bata, las hormigas se convierten en abejas y pierdo claridad.

—Páralo, por favor.

—Eso haré.

Agacha la cara delante de mi sexo desnudo y aflojo la mandíbula al sentir su lengua entre mis pliegues. Tardo en procesarlo. No, esto no es lo que pedí. No está buscando el dispositivo. Se bebe mi humedad mientras frota sus labios.

—¿Qué haces?

—Relájate, déjate llevar. —Me lame de extremo a extremo—. El *Underboss* te quiere dócil. Me encargó adiestrarte. Correrte aliviará la presión. Te acostumbrarás, niña.

—No me quiero acostumbrar. Quiero que me lo quiten. —La aparto.

—Entre sumisas nos damos placer, niña. —Se limpia la comisura de la boca e insiste en que me acueste.

—Es cosa de ustedes, no mía. —Me incorporo—. Y no vuelvas a decirme niña.

Busco mi camino sola. Echo a trotar sin rumbo, esquivando las ramas. Los disparos retumban cada tres segundos, mientras que los animales corren de un lado para el otro. Cuerpos inertes se desparraman entre la maleza. ¡¿Dónde está la maldita salida?! No hallo carretera, fortaleza o casas, y los pasos de los cazadores hacen que me esconda en cuanto veo un árbol.

—*Blagochestiye!* —Alaridos de pavor se alzan por mi derecha. Me tapo la boca—. *Blagochestiye!*

Los mercenarios disparan, el cuerpo se desploma y lo dejan tirado como si fuera un saco de desperdicio. Los pasos se alejan y sigo corriendo. La hierba alta me golpea las piernas, y las ramas me arañan los brazos. El aire me quema la garganta, el pecho se me contrae, los tobillos me laten con cada pisada. Tropiezo, me sostengo, sigo. El bosque se despliega a mi alrededor, sofocante, interminable. No consigo pensar.

Me escondo de árbol en árbol sin percatarme de que voy rumbo al ojo de la hoguera. Un círculo de hombres encabezados por Maksim patea la pila de cadáveres que yacen en el claro de bosque. Sus cuchillos gotean mientras ríen y escupen a los reos a sus pies.

Retrocedo en silencio.

«Tranquila, Emma —me digo sin abrir la boca—. Tranquila».

Un cervatillo brama atrás, diez cabezas se giran hacia mi puesto y no sé qué es peor: que me miren cómo lo hacen o la sonrisa del hermano de Vladímir.

—Viólenla —me señala— y luego mátenla.

Resbalo al dar la vuelta, me reincorporo deprisa y emprendo la huida entre hojas, raíces y barro. Los árboles se desdibujan en mi visión periférica. Miro atrás: una horda de asesinos me pisa los talones, cerrando el cerco por los flancos.

¡No quiero morir! ¡No quiero morir! Las risas, chiflidos e insultos transforman mi pecho en un motor que bombea sangre a toda velocidad.

Tengo que salir.

Por favor, Dios, déjame salir. Impulso las piernas con todas mis fuerzas, mi cerebro convierte la tierra en hielo e implemento el mismo ímpetu que arraigo en mis huesos al patinar. La adrenalina quema los tobillos y me trepa por las piernas. «Es hielo, Emma», me repito. Mis brazos encuentran el ritmo y me ayudan a impulsarme. No pares. No pienses. Los músculos se me encienden y avanzo como si el suelo ardiera. Los latidos truenan en mis oídos, pero mi cuerpo no me traiciona. No hoy.

La claridad surge a lo lejos. Reconozco la figura del *Underboss* en la salida del bosque. Su cabello dorado ondeando en el viento lo muestra como un ángel caído.

—¡Vlad! —grito y gira a mi dirección—. ¡Vlad!

Me arrojo contra él, aferro los brazos a su cuello con las pocas fuerzas que me quedan, los sollozos estallan en mi pecho y las lágrimas brotan sin tregua, empapándome la cara. Iban a violarme. Iban a matarme.

—Quiero irme a mi calabozo. —La voz no me deja de temblar—. Por favor, llévame a mi calabozo.

Había cuerpos allá dentro, vidas apagadas sin remedio. Pude haber sido uno de ellos.

—Eres tan débil e inútil. —Me acuna la cara en sus manos—. Y tan bonita a la vez.

Me limpia las lágrimas antes de abrazarme y apoyar los labios en mi sien.

—¿Qué pensabas? ¿Que la Bratva solo se limita a torturar en los calabozos? —Se ríe—. Va mucho más allá de eso, pequeña puta.

—Me quiero ir a mi calabozo.

Un cuerno retumba en la distancia. Los cazadores salen del bosque en grupos, entre ellos, Zulima, Maksim y asesinos con rostros manchados de sangre. Me pego al brazo de Vladímir, quien me estrecha contra él. Nada me garantiza que el juego haya acabado.

—Ve con la sumisa de mi padre, te llevará a la fortaleza —ordena.

El *Boss* sale del bosque, serio. La trenza de un castaño brillante reposa sobre uno de sus hombros. Tres líneas rojas atraviesan su mejilla; recordatorio del arañazo que le propiné.

—¿Qué te pasó en la cara? —le pregunta Maksim.

—Me topé con una gata a la cual le voy a pegar un tiro. —Se toca la herida y sus ojos destellan con una furia animal—. Le enterraré un tiro a ella y a toda su asquerosa descendencia.

La amenaza se infiltra bajo mi piel, drena la fuerza de mis músculos agotados. Zulima me toma del brazo, me insta a caminar, pero el dueño de la Bratva bloquea el paso. Se queda frente a ella y huele sus labios. De un tirón, la sujeta del collar y devora su boca con un beso profundo y obsceno que me hace apartar la cara por lo incómodo.

—Sabes bien, sumisa. —Palmea su cara.

—Gracias, mi amo.

Zulima avanza conmigo. No debí arañarle la mejilla a su novio; debí arrancarle la piel de la cara por criminal hijo de perra.

El regreso es una caminata que me llena más de barro. Los de la Bratva ríen y comparan el número de presas capturadas. Para ellos, solo es un juego; para mí, no. La carrera me dejó sin aliento, el miedo atenazó mis pulmones y por un momento di por hecho que me tenían, que iba a morir.

Limpio mi mentón untado de fango. En el Ejército se nos enseña a no quejarnos, a no protestar por lo que nos toca. Así la lluvia azote en todas las direcciones, se debe tener la boca cerrada y procuro hacerlo. Escondo los labios, pese a que lo único que quiero es volverme un ovillo bajo un árbol y no dar un paso más.

Los hombres se dispersan al llegar a la fortaleza. Me arrojan a una de las jaulas vacías de la perrera, el hedor a humedad y orina se mezcla con los ladridos ensordecedores. Dos esclavos más, barbudos y con mi misma ropa, me observan desde su rincón.

—*Skol'ko tebe let?* —pregunta el de mayor edad.

—No entiendo ruso.

—Pregunta qué edad tienes —aclara el que le hace falta un zapato.

—Dieciocho.

—Tan joven y con la marca de la muerte —dice. El comentario enciende las ganas de llorar—. ¿Qué hiciste?

—Sangre por sangre.

—Rájate el cuello y déjate desangrar. La Bratva es el infierno en la tierra, muchacha, y si no estás curtida, te va a despellejar.

—No —niego—. Yo voy a salir.

—Nadie sale de aquí.

—Yo sí.

Recuesto la cabeza en los barrotes oxidados. La herida de la mano ya no tiene vendas, los días la han secado. Un nudo de malestar se retuerce en mi estómago, una tortura más que se suma al frío y al hambre. Aprieto las rodillas contra el pecho y dejo caer la frente sobre ellas. Las piernas se me adormecen y, entre ladridos, me pierdo en un sueño breve. No es mucho lo que descanso. Despierto sobresaltada cuando Zulima regresa con un teléfono pegado a su oreja.

—¿Descansaste? —me pregunta, y no respondo. Lo único que quiero es irme a mi celda.

Abre la reja para sacarme y me conduce a la casa. Las puertas de cedro macizo se abren hacia el amplio vestíbulo recién encerado. Kira desciende por las escaleras dobles, envuelta en un elegante vestido gris claro. Me recuerda a Sam, que suele elegir atuendos similares para ocasiones importantes de su universidad.

El moreno, calvo y con barba candado, que siempre anda detrás del *Boss*, sale de la cocina. Los empleados lo llaman «*sovetnik*». Le ofrece la mano a Kira cuando está al pie de la escalera. Le dedico una sonrisa escueta. No era mi intención que la golpearan por mi culpa.

—Encárgate. Debo cambiarme —le dice la novia del *Boss*—. Báñala. El *Underboss* la quiere limpia.

Me entrega a la novia de Maksim, quien me retira el dispositivo incrustado en mi sexo.

—La primera vez es incómodo, luego te acostumbrarás —me dice—. Yo no lo soporté por más de dos horas.

—No me gusta.

En el baño de los empleados, me deja espacio para asearme. Celia trae una bata limpia y controlo el impulso de destrozarla. Si lo hago, son capaces de obligarme a salir desnuda.

—¿A qué hora me llevarán al calabozo? —pregunto mientras me peina en la cocina.

—No creo que vayas esta noche —contesta Kira.

El nudo en mi garganta se aprieta al respirar. Nunca imaginé llegar a extrañar los barrotes de una celda fétida. La novia de Maksim me quita los nudos del cabello y le agradezco.

—Extraño demasiado mi casa —musito.

—No luches más... Será más fácil si simplemente aceptas lo que te piden. El *Boss* está aquí, y si sigues resistiéndote, todo se pondrá peor para ti.

—Eso sería ceder a algo que no me merezco.

—Es lo mejor, ¿crees que Vladímir es cruel? Piensa en algo diez veces peor y apenas estarás rozando lo que es Ilenko Romanov.

Entrelaza mis hebras con una trenza y ata la punta con una liga. Me dan un plato de avena, lo como en cucharadas pequeñas para no empeorar el dolor en el estómago.

Kira espera hasta que el hombre de cabeza rapada viene por ambas. Guía mis pasos a la camioneta estacionada frente a la fortaleza. La sumisa del *Boss* sube al auto de atrás y la novia de Maksim aborda el mismo vehículo que yo y el *sovetnik*.

—¿Tienes todo? —le pregunta él a Kira desde el asiento delantero y ella inclina la cabeza en señal de asentimiento.

La camioneta se pone en marcha. Cruzamos un tramo de bosque antes de salir a carretera. Es la primera vez que salgo de aquí. Los nativos de abrigos polares se apartan a la orilla. La nieve reposa sobre las montañas como un velo, reflejando la luz con un resplandor cegador. Los árboles, desnudos y oscuros, estiran sus ramas retorcidas hacia el cielo despejado, como si intentaran alcanzarlo.

En Phoenix, correr parecía un juego de niños; un simple reto entre calles abiertas y llanuras dóciles. Aquí, todo es distinto. Las colinas no engañan. Basta con mirarlas para saber que incluso el más veterano las encuentra difíciles de escalar. Aun así, son hermosas.

El vehículo desciende colina abajo y, veinte minutos después, se divisan luces de distintos colores en el horizonte.

—El epicentro de la perversión humana —suspira Kira—. Sodom: el pueblo con el conglomerado de entretenimiento más grande de los Romanov.

Entramos a una calle de asfalto liso. Las torres negras proyectan luces parpadeantes con anuncios de boxeo, apuestas y espectáculos. Las mujeres cruzan la acera, envueltas en vestidos mínimos, otras llevan abrigos largos y abiertos. Algunas ni siquiera llevan tela, solo disfraces o *body painting* cubriéndoles la piel.

La gente celebra como si estuviera en algún carnaval local lleno de música y descaro. Se aglomeran en las aceras bebiendo licor, cada uno con trajes extravagantes de cuero, látex, sosteniendo máscaras, capas, látigos y correas.

Hombres y mujeres caminan en cuatro patas en los andenes impecables, rodeados de tiendas de lujo y letreros de neón. Reciben latigazos por parte de quienes los pasean como mascotas.

No hay limosneros ni vagabundos, pero sí mujeres ofreciendo las tetas y vaginas cubiertas de argollas. Algunas lucen caras desfiguradas que se asemejan a las de un animal doméstico.

Las normas sociales parecen no existir, porque follan contra los postes y exhiben gente de todos los sexos en vitrinas rojas, como si fueran pasteles de cualquier repostería. Hay hombres que se sacan el pene y otros se agachan a chupárselo por un par de billetes.

Quien denominó a Las Vegas «la ciudad del pecado» es porque nunca ha visto esto.

Los autos de lujo avanzan a paso lento entre la multitud bulliciosa. Pantallas gigantescas muestran escenas explícitas sin pudor, mientras las tiendas exhiben juguetes sexuales en vitrinas iluminadas. Figuras andróginas desfilan sobre zancos con el cuerpo desnudo y cubierto de pintura metálica.

La camioneta se estaciona frente a un edificio en forma de coliseo. El *sovetnik* me saca y me dirige a los portones monumentales que se abren ante nosotros. Me hace cruzar.

Sweet dreams suena alto en los altavoces. Camino entre pasillos abarrotados de individuos sin ropa, quienes beben vino acostados en los muebles y cojines de terciopelo. Los acróbatas bajan de los telares colgados en el techo y las parejas se besan entre ellas.

Las camareras, sin ropa, apartan un par de cortinas para que el *sovetnik* pase y, con cada puerta que cruzo, las cosas empeoran. Pensé que ver sexo *hardcore* por internet era lo más puerco que vería en mi vida. No lo es. Hay gente encadenada a distintos tipos de cama, los bozales les tapan las bocas, mientras orgías se llevan a cabo en sus narices.

Tienen mujeres y hombres desnudos suspendidos en el aire, a una altura cómoda para aquellos que se los quieran follar. Los sostienen cadenas aseguradas en el techo. Una fila espera para saciarse.

Continúo hacia el siguiente umbral. Todos visten de colores claros, como si fueran invitados de alguna fiesta griega. Las mujeres lucen vestidos similares al de Kira y no hay desnudos, pero sí hombres que se agrupan rodeados de bailarinas, exhibicionistas o lo que sea que llamen a las que hacen masajes y atienden al público.

El consejero camina conmigo en línea recta hacia la plataforma donde yace el hombre más poderoso de la Bratva. Está sentado en una silla que parece un maldito trono. Una de sus piernas descansa sobre el reposabrazos. Se bebe su licor, mientras las mujeres le bailan a un par de metros. Vladímir y Maksim aguardan a su lado. Los guardias vigilan su alrededor.

¿Cuántos años tiene? La pregunta surge en mi cabeza cada vez que lo veo. Cuesta creer que tiene hijos tan grandes. Parece el hermano mayor de Vladímir y no el papá.

El *Underboss* sonríe de medio lado al percatarse de mi llegada. Aunque sus facciones sean bellas, no se asemejan a las de su padre: el *Boss* es de cabello castaño y él, de un rubio dorado y de rasgos suaves, mientras que el papá tiene un aire de dios despiadado e inalcanzable, que acojona a todo el mundo.

Maksim pasa el peso de un pie a otro cuando Vladímir le habla a su papá al oído. Baja de la tarima y, a los pocos minutos, anuncian en los altavoces que está por comenzar el gran espectáculo de esta noche.

Vladímir viene por mí, le pide al *sovetnik* que vaya con el *Boss*. Me lleva con él a las últimas puertas del salón y se adentra conmigo a un pasillo desolado.

—¿Te apetece descansar? —Acaricio su brazo, muero por un «sí». Todavía no me recompongo del bosque y el sueño me tiene los párpados pesados.

—Sasha era una persona importante para todos —dice—. Ofenderla es lo mismo que ofendernos a todos nosotros.

Ya no sé cómo hacerle entender que no tengo nada que ver en esto.

Atravesamos el umbral de una puerta que nos deja en la oscuridad total. Se conoce el camino de memoria y me hace subir un par de escalones.

—Quiero irme al calabozo.

—¿Y perderte el espectáculo? Eso no. Eres la protagonista.
—Me besa el cuello.

—¿Qué?

Se aleja y las luces se encienden de manera simultánea. Voces en ruso se alzan desde los palcos repletos, y el estómago se me reduce al tamaño de un alfiler al verme en el centro de una tarima de pelea.

El *Boss* mira desde el palco más alto, acompañado de su séquito.

—¡Traigan a la invitada! —exige Vladímir.

Dos hombres arrastran a una mujer con una bata igual a la mía, le quitan la lona de la cabeza, la arrojan al ring y doy un paso atrás al reconocer el rostro que he visto miles de veces dando órdenes en la FEMF y hablando con mi papá.

La viceministra del Ejército.

Confundida, mira hacia todas las direcciones sin soltar el cuchillo en su mano amoratada. La sangre le corre por la sien y su cara ensangrentada. Cuatro rejas se elevan desde el suelo. Vladímir me tira su cuchillo de doble filo a los pies y retrocede con una sonrisa maliciosa estampada en los labios.

—Que gane la mejor —dice—. ¡Bienvenidos a The Mortal Cage, señores!

—No, por favor. —El corazón se me estrella contra el pecho—. ¡Vlad, por favor!

Las rejas se sellan y me dejan sin salida.

—Por favor. —Saco la mano—. ¡Quiero irme al calabozo!

—Mátala o ella te matará a ti —advierte—. ¡Anda, pequeña puta!

La música se eleva. La multitud levanta los puños y miradas hambrientas exigen no sé qué en ruso. El reloj inicia la cuenta regresiva. La viceministra mira el cuchillo en su mano y no me queda más alternativa que empuñar el que me acaban de arrojar.

—Suéltelo —le pido—, y yo lo suelto también.

Niega con la cabeza. Las lágrimas se mezclan con la sangre de su cara. Es una soldado condecorada. Mientras yo aprendía a armar un rifle, ella ya dirigía batallones. No es justa la pelea, así como tampoco es justo que ambas estemos en esta posición.

—Si no mueres tú —la voz se le quiebra al hablar—, moriré yo.

—No, porque si suelta el cuchillo, yo también lo haré. —Las lágrimas me empapan la cara—. Podemos soltar las armas al mismo tiempo, si quiere.

Nunca he matado a nadie y no quiero hacerlo ahora.

—Moriríamos las dos. Lo lamento, pero no seré yo, Emma.

—Blande la hoja contra mí y soy rápida a la hora de llevar las rodillas al piso.

Los pulmones me arden, los gritos me confunden y ella ataca de nuevo. Un puñetazo en la cara me devuelve atrás y evado la puñalada que me lanza al abdomen.

Las luces parpadean. La música me marea y el rugido de la multitud vibra en mis costillas. Retrocedo, esquivo; mi agarre sobre el cuchillo es torpe y todo se agolpa en mi cabeza: golpes, bloqueos, derribos. Trato de aferrarme a lo aprendido, pero mi mente se disuelve en el caos.

Me aparto, esquivo el siguiente golpe y retrocedo. La viceministra no me da respiro, me sigue, me acorrala. Su filo destella bajo las luces mientras lanza una puñalada que me obliga a girar y pegar la espalda contra la reja. Busco espacio, pero solo encuentro el acero frío.

¡Recuerda, Emma, recuerda!

«Papá». Mi mente se va a las veces que vi a mi padre entrenando con mi hermana.

«Sé veloz y toca el suelo antes de que el cuchillo te toque a ti». Traigo los días en los que él solía enseñarle en casa y acato la instrucción como si fuera para mí.

—¡Pare! —El grito me sale agudo y sostengo la última vocal hasta casi desgarrarme la garganta—. ¡Suelte el cuchillo, viceministra Muller!

No me escucha.

«Ataca desde abajo y envía al contrincante al piso».

Barro los pies de la viceministra. Evoco la carcajada de mi papá cada vez que Rachel lo tomaba por sorpresa con el movimiento. Olimpia Muller vuelve arriba y me levanto al mismo tiempo que ella. Blande otra vez el cuchillo y me lo lanza a la garganta.

«Mete el brazo y usa las piernas». La hoja me corta el antebrazo y entierro la rodilla contra su abdomen con un golpe que la dobla.

—¡Basta, por favor! —suplico, pero ella no entiende. Me ataca con todo lo que tiene—. ¡Basta!

—¡No moriré! —exclama—. ¡No moriré!

Me reduce en el suelo y ruedo de un lado para el otro, mientras el cuchillo entra y sale de la lona.

«Levántate rápido, no pierdas tiempo en el suelo». Continúo peleando con la voz de mi papá en la cabeza. «Da la espalda». El instinto de supervivencia me obliga a obedecer. Percibo el reflejo del cuchillo en mi espalda y…

«Cuando el oponente crea que estás desprevenida…». Me doy la vuelta y tomo la muñeca de mi contrincante. «Sujétalo con fuerza y lanza el puñal a la yugular». Le corto la garganta, la carne se abre y una ola roja comienza a brotar.

Cae en la lona con la herida abierta, el llanto estalla en mi pecho y me arrojo sobre ella. Presiono la herida en un intento de contener la sangre, pero se me filtra por los dedos.

—Resista —le suplico—. ¡Ayúdenme, por favor!

La blancura le tiñe el rostro, los ojos se le cierran y no sé cómo diablos despertarla.

—¡Ayuda!

La maté y… «Ella te iba a matar a ti». Me iba a matar, pese a que le supliqué que soltara el cuchillo. Pese a que me conoce desde niña y es amiga de mi padre, no quiso detenerse.

—Lo siento, en verdad lo siento —digo—. Perdóneme, viceministra Muller.

Vladímir me levanta, pero mi mirada no se aparta del cuerpo inerte. Me alza la mano, proclamando mi victoria ante la multitud enfebrecida. Niego con la cabeza.

—No quería hacerlo. —Las manos no me dejan de temblar—. Ella no tiró el cuchillo y...

—Está bien, pequeña puta. Celebra esto conmigo. —Vladímir envuelve su brazo alrededor de mis hombros—. Ahora no somos tan diferentes, la oscuridad nos ha tocado a los dos.

Vuelve a levantarme el brazo. El estruendo de la multitud crece, la euforia es un rugido que no cesa. La sangre en mis dedos se enfría, pegajosa. No es mi victoria, pero ellos la celebran igual.

—Ella quería capturar al monstruo de Rusia —declara mientras señala el cuerpo de la viceministra—, y mi esclava le demostró que con un Romanov nadie se mete.

Me planta un beso en la boca. El *Boss* se aleja del barandal con la novia y lo único que quiero es irme de aquí. El escándalo de las voces me tortura los oídos y los aplausos son un golpe en el cráneo. No quería matarla.

Vladímir me baja del ring.

—Le pedí varias veces que se detuviera —le digo—. ¿Lo escuchaste? Dime que sí, porque en verdad no quiero que los demás crean que quería matarla. No es así.

—Sí, lo escuché, pero a la hora de sobrevivir nadie es amigo de nadie. —Me conduce al baño—. Ahora eres una asesina y no puedes hacer nada para cambiarlo.

Me quita el cuchillo de doble filo y me mete las manos en el agua. La sangre se diluye en mis dedos, los mismos que llevé a la frente en señal de respeto con un saludo militar. No la mató un criminal, la maté yo, la soldado que tuvo hace unos meses frente a ella.

—Suficiente llanto. —Vladímir cierra la llave—. Debemos festejar.

—Me quiero ir a mi celda.

Me da el vaso de agua que recibo con las manos temblorosas y me saca del lavabo. El mundo se siente distante, el hijo del *Boss* no me suelta y da igual el camino que toma. Diga lo que diga, nadie parece escucharme.

Las luces de la discoteca me queman los ojos.

—Soldados matándose entre sí, bien hecho, leoncillo —La gente se acerca a saludarlo—. Excelente primera muerte, esclava. Bajo la cara, el Ejército no me va a perdonar esto.

Vladímir me conduce entre el gentío sin aflojar el agarre. Al fondo, el *Boss* ocupa una mesa, rodeado de su novia, Kira, Maksim, el *sovetnik* y un hombre de pantalones apretados.

El desconocido se incorpora con un cigarro entre los dedos.

—¡Leoncillo! —Abraza a Vladímir.

—¡El buen Boris! —contesta él—. ¿Ya viste a mi esclava? Me mira y escupe a un lado.

—Ten cuidado. —Alza la mano con el cigarro echando humo—. No me gusta su cara... Mi radar no falla. Es peligrosa, lo sé. Lo siento en los huesos.

—Es una idiota, tranquilo.

Vladímir le quita el trago que tiene en la mano y me lo da.

El *Boss* se levanta, serio, y con la cabeza le ordena a la sumisa que lo siga. Recoge sus pertenencias, lo sigue, pero regresa a recoger las llaves olvidadas sobre la mesa.

«Mazmorra». La palabra brilla en el llavero de metal

—Ya le arruinaste la noche a mi *Boss* —me reprende el tal Boris—. ¡Iré a ver si precisa algo para recomponerla!

Me atropella cuando pasa por mi lado. Todos aquí son unos dementes.

—Quiero irme al calabozo —le insisto a Vladímir.

Me ignora. Esparce cocaína sobre un plato e inhala bajo la mirada del hermano.

—¡Tú! Tráeme heroína —le pide a una de las camareras.

—No considero que sea buena idea —le dice el *sovetnik*.

—Voy a celebrar con la pequeña puta —insiste—. ¡Ve a buscarla!

La camarera obedece. Más gente se acerca a felicitarlo. Maksim levanta su copa a mi dirección en un brindis burlón.

—Por Emma James, la asesina de la viceministra. —La melena corta le roza los hombros delgados.

Los elogios al sucesor del *Boss* son un murmullo agotador después de escucharlos por más de dos horas seguidas. La camarera le suministra la heroína, la droga lo pone inquieto y visita las mesas a su alrededor. Recibe todo lo que le dan. Se embriaga e inhala otras dos líneas de cocaína.

—Ya fue suficiente, leoncillo —lo regaña el *sovetnik*—. Al *Boss* no le va a gustar esto.

—¡Al *Boss* ya no le gusta nada de lo que hago! —Se levanta—. Organizo la mejor pelea del mes y, en vez de felicitarme, su actitud empeora. ¡Caí de su gracia!

—Drogándote, no lo vas a contentar.

—No me agobies ni actúes de policía. —Retrocede—. ¡Por mí está muerta la viceministra! ¡Puedo meterme todo lo que me apetezca!

Se larga no sé a dónde y el *sovetnik* se dispone a seguirlo.

—Espera aquí, niña. Maksim, hazte cargo.

—Por supuesto —contesta.

Me entierro las uñas en las palmas. El hermano del *Underboss* se pone en pie y me alejo de la mesa. No puedo estar aquí sin Vladímir.

—¿A dónde vas? Estoy a cargo. —Maksim me sujeta el hombro—. ¿No oíste? ¿Necesitas que te lo repitan?

La punta de su puñal presiona en mis costillas.

—Veamos qué hay afuera.

—Maksim. —Se opone Kira—. Reservé un privado, lo tendrán listo en minutos. No perdamos tiempo.

—Regresa a la mesa.

—Te meterás en problemas si...

—¡Que te devuelvas a la mesa! —Gira a empujarla contra el asiento—. ¡No me desobedezcas!

Vuelve a sujetarme. Las orejas me arden. Sé que, si salgo de aquí, seré un cadáver en pocas horas.

—Si estuvieras a mi cargo, ya estarías comiendo del suelo. Debieron darme la tarea a mí. También merezco diversión —dice, y con sigilo agarro la primera botella que veo—. Pediré que te remolquen por todo...

Le entierro el codo en el abdomen. Se dobla con un gruñido y estrello la botella en la cabeza. El estruendo de la música se apaga de golpe. Se abalanza sobre mí y me lanzo hacia el arma que destella en una de las mesas.

Giro y disparo sin mirar a quién alcanzo. El estallido del disparo desata el caos. Los presentes se lanzan al suelo. Me abro paso entre el humo de las cámaras y las luces intermitentes.

El hermano de Vladímir viene detrás de mí. En la entrada principal van a atraparme. Me desvío hacia la escalera de metal y asciendo a toda velocidad.

Corro por el pasillo abarrotado de puertas. Jadeando, busco el nombre que dispara mi cabeza.

Maksim aparece con dos matones al pie de la escalera. Doy la vuelta en una de las esquinas, me pierdo entre un laberinto de corredores y no descanso hasta que hallo el umbral que tiene el nombre grabado en lo alto.

—¡Ayuda! —Estrello mis dos puños en la madera—. ¡Ayuda, por favor!

Abren y entro sin mirar. El mundo se reduce a la urgencia de desaparecer. Un armario aparece en mi campo de visión y me deslizo dentro, encorvándome en la penumbra mientras voces discuten afuera.

El rostro de Olimpia Muller se clava en mis párpados. La forma en que su rostro se puso blanco, el filo del cuchillo hundiéndose donde nunca debió hacerlo.

Ya pasó, me repito, pero mi cerebro sigue atascado en la lona ensangrentada. En las manos que presionaron una herida que no pude cerrar.

Pasos se acercan. Si es Maksim, va a matarme. Preparo el arma con las manos sudorosas. Abren el clóset, apunto y gatillo. El disparo me aturde.

El cañón suelta el hilo de humo, se esparce y la muñeca me tiembla al percatarme de que le acabo de disparar al *Boss* de la mafia rusa.

13
ZURRA

EMMA

Una ráfaga de frío me recorre los huesos. El arma se tambalea en mi mano temblorosa, el olor a pólvora me llena la nariz y el *Boss* se mira el brazo que rozó el proyectil.

Es mi oportunidad de huir. Mis piernas amenazan con dejar de sostenerme al salir del armario con la pistola arriba y el dedo en el gatillo. Las lágrimas bajan frenéticas por mi cara. Si no lo mato, él me matará.

—¡Quieto! —exijo con los dedos alrededor de la culata.

Mis ojos recorren la habitación buscando una salida. La puerta está cerrada. Látigos, grilletes y cadenas brillan en las paredes rojas. No hay ventanas, pero sí una cruz de madera, muebles que parecen sacados de un centro de castigo medieval y una cama que juraría que es un altar de sacrificio.

Miro al hombre que no se mueve. La sangre le brota de la herida y no le presta la más mínima atención; solo somos los dos y el hecho no me da ningún alivio.

Solo tiene un mero bóxer puesto y los ojos feroces no me pierden de vista. Me limpio las lágrimas.

—¿Me vas a matar, *Ved'ma*? —Se acerca—. ¿Tú?

—¡Quédate donde estás! —exclamo con el arma en alto.

Él ríe, lento, malicioso. Cada fibra de su cuerpo parece diseñada para imponerse. No lo soporto, porque no es solo su presencia lo que desestabiliza, también lo hace la manera en que su físico se amolda a su grandeza.

Intento mantener la vista en su rostro, pero mis ojos traicionan mi voluntad y caen por su torso cincelado. La piel dorada se tensa sobre su cuerpo criminal, las crestas y contornos de los músculos del abdomen y pecho parecen haber sido esculpidos a mano, moldeados con punta y martillo de piedra.

La tela negra del bóxer traza la silueta de algo tan desmesurado como el hombre que lo lleva.

—¿Dispararás? —me reta—. ¿O seguirás mirando lo que no tienes que ver?

—¡Cierra la maldita boca! —Tiro del gatillo, se aparta y la bala se entierra en la pared.

En un parpadeo se precipita hacia mí, le peleo y el agarre que ejerce en mi muñeca es tan fuerte que el arma se desliza de mis dedos. Me suelto para correr, pero el movimiento es inútil. Me agarra por la nuca, con un tirón abrupto me devuelve y me acorrala contra su pecho.

—¿Qué podrían hacerte por matar al dueño de la Bratva? —La voz profunda me encoge los dedos de los pies—. De seguro te arrancarían la piel pedazo a pedazo.

Me doy la vuelta entre sus brazos en un intento desesperado por soltarme, pero su mano se cierra firme en mi garganta y dejo de tocar al suelo cuando me levanta. La luz tenue resbala sobre nosotros, iluminando el recorrido de su mirada desde mi rostro hasta mis pies.

—No morirías rápido, eso puedo jurarlo. —Me acerca a su boca—. Mi gente te haría vivir la agonía de ser abierta. Luego te quemarían como la maldita bruja que eres.

—Suéltame.

—No es buena idea irrumpir en la mazmorra de un mafioso cuando está ocupado con su sumisa.

—Disculpa —finjo vergüenza—, no era mi intención dañar tu romántico momento. ¡Irrumpí porque el malnacido de tu hijo iba a matarme!

—¿Y te pareció buena idea huir del gato y meterte en la jaula del león?

—Déjame ir y podrás continuar.

—¿Dejarte ir sin pagar? Así no funciono, *Ved'ma*.

Me devuelve al suelo, hago un nuevo intento por correr, pero envuelve la mano en mi trenza. En cuestión de segundos, estoy de espaldas y atrapada de nuevo contra su pecho. Es un muro vivo, duro. Su brazo me cruza el torso, inmovilizándome. El calor que emana se filtra a través de la ropa, envolviéndome cual jaula. Pruebo moverme, su agarre no se afloja, solo se ajusta más, como si midiera cuánto puede apretar antes de romperme.

—He buscado durante días una palabra capaz de definir cuánto te odio, maldita. —Su aliento me quema el oído—. No existe.

—¿Me dices esto por qué?

Contengo la respiración para no inhalar su loción.

—¿Crees que me importa?

—Cría, inmadura, desobediente. —La fuerza del agarre en mi cabello crece—. ¿Qué otro defecto tienes?

Me arroja sobre una de las mesas. Antes de que pudiera enderezarme, me saca la bata por la cabeza de un tirón. La tela desaparece. La tira a un lado como si le diera asco y me pongo a la defensiva ante la desnudez. Cruzo los brazos sobre los pechos.

—¡No me toques, hijo de perra! —exclamo cuando me aparta las manos.

—Boca sucia —habla. El calor de sus piernas en mi culo me encoge por dentro—. ¿Qué más?

Me inmoviliza los brazos detrás de la espalda y me ata con el par de grilletes que están colgados en la pared. El metal frío aprieta mis muñecas. Miro a mi izquierda, la pared del fondo se ríe de mi preocupación por escapar. La puerta a mi derecha hace lo mismo.

—Me quiero ir, ¡suéltame! —Forcejeo.

Saca una navaja del cajón, el miedo me paraliza. No sé si va a cortarme el cabello o la garganta. La hoja desciende por la espalda hasta la tela de mis bragas y las rebana. Estas caen en jirones a mis pies. La humillación de esta mañana regresa con más peso al sentirme sin nada.

Un escalofrío recorre mi columna y contraigo el culo al percibir la hoja del cuchillo, paseándose por la línea de entre mis glúteos.

—Pudorosa para unas cosas y descarada para otras —dice. Su burla me sube la sangre a la cabeza.

—¿Y qué eres tú, aparte de imbécil?

Me estrella la mano en los glúteos y el ardor se instala en la carne desnuda.

—¿Qué dijiste?

—Que eres un maldito imbécil —contesto, y estrella la mano una vez más.

—¿Sabes qué más soy? —Su agarre es un yugo en mi piel—. Un asesino, y ahora vas a ver por qué las crías como tú deben permanecer a metros de los hombres como yo.

Se mueve conmigo y me estrella las rodillas frente a la chimenea. El calor me golpea la cara, la madera crepita y el resplandor anaranjado me baña por completo. El pecho se agita, el aire se vuelve insuficiente. ¡Me va a quemar! Pierdo el control de mi barbilla temblorosa.

Sobreviví a una cacería humana y a una pelea a muerte solo para terminar como un *pretzel* olvidado en el horno de un panadero.

—¡Vlad! —grito en el momento en que aviva las llamas—. ¡Vlad!

Me desgarro la garganta entre gritos.

—¡Vlad!

—Vlad... ¿Crees que ofrecerte al *Underboss* te librará de tu destino? —Da la vuelta a mi alrededor—. Porque eso es lo que haces, ¿cierto?

—¡Vlad!

Se detiene detrás de mí y clava las rodillas en el suelo. No le doy tregua a mis exclamaciones. Las llamas proyectan sombras deformes sobre mi piel, ansiosas por devorarme; aun así, no son ellas las que me hunden en el pánico. Es él. Su presencia es como un cuchillo de carnicero acercándose por mi espalda. Una hoguera que puede volverme cenizas.

Me tira de la trenza con una fuerza que me calla. El cuello se me dobla y la espalda se me curva hasta chocar con la dureza de su torso. No hay espacio, no hay aire, solo la opresión sofocante de su cercanía, devorándolo todo. Su aliento me roza la nuca y soy incapaz de moverme.

—*Ya vopros zadala.*

Su mano tatuada se desliza sobre mi piel desnuda. El anillo de su dedo anular roza mi costado y la frialdad del metal enciende una descarga en la espina dorsal. La palma grande abarca tanto espacio que hace que mi cuerpo parezca fabricado en miniatura.

—Contesta, *Ved'ma*. —La mano baja por mi vientre como un monstruo diabólico en busca de mi sexo—. ¿Le ofreciste esto?

Me agarra el sexo. No puedo respirar o respiro demasiado rápido. No lo sé. Lo único claro es que no lo hago bien. Su palma me aprieta entre los muslos con una fuerza que parece que quisiera arrancármela de raíz. El cuero cabelludo me arde bajo la presión de sus dedos, las venas de sus brazos sobresalen como cables de tensión y sospecho que lo son, porque disparan una corriente eléctrica que sacude hasta el último centímetro de mi ser.

—Suélta...

—¿Qué? —Aprieta más—. ¿Lo que te tiene viva?

—No —contesto, y golpea mi carne.

—No me mientas. —Resopla.

Presiona más fuerte y los muslos se separan en respuesta. El león macabro estampado en el dorso de su mano muestra los colmillos como si fuera a devorar carne, y juro por Dios que lo escucho rugir en algún lado de mi cabeza. Su erección me palpita en la espina dorsal; está tan dura que podría forjar acero en mi espalda.

Que tiene entre las piernas, ¿un bate de hierro?

—¿Qué diría tu papi de esto? —Toca la humedad que le impregna los dedos.

—No te he hecho nada. Es momento de entenderlo.

—*Tishina*...

—Mi nombre es Emma James, no Rachel James. Date cuenta.

—Me doy cuenta, no hace falta que lo pidas. —Sube la mano a mi cuello—. Tengo claro que no eres la *suka* que aborrezco.

—Entonces, suéltame.

—*Nyet*. —Resopla sobre mis labios—. Tienes su sangre y encima eres un *yagnenok* imprudente que necesita aprender por qué no se cruza la puerta de un mafioso ruso.

—Un mafioso de mierda, eso es lo que eres.

Afloja el agarre y el aire regresa a mis pulmones en bocanadas irregulares. Se pone en pie y mis ojos caen en la estrella de ocho puntas tatuada en su pantorrilla, reflejo de las dos más pequeñas a ambos lados de sus rodillas. Es curioso como siendo el dueño de esto no tiene la piel saturada de tinta como otros; aun así, las pocas marcas que lleva pesan más que cualquier cuerpo cubierto de símbolos.

Hago un esfuerzo por mantener mi mirada en sus piernas, pero mis ojos suben hacia la prominente protuberancia que se le marca. Paso saliva. Está exageradamente bien dotado. Demasiado. La tela negra apenas contiene el tronco grueso que se dibuja y estira la tela hacia abajo. No hay forma de que algo así encaje sin arrasar con todo a su paso. Debe montar como un semental salvaje y arrojar su semilla con la potencia de un cañón de infantería.

—¿Sabes lo que es una zurra? —Agarra una vara de la pared y huele la punta.

Arrodillada, procuro alcanzar la puerta. El dolor punzante me recorre las piernas, las rodillas me arden y me esfuerzo para nada, porque me impide la huida.

—*La malen'kaya devochka* de papá hace lo que quiere y luego les teme a los castigos. —Me pone la cara contra el piso.

El culo me queda en pompa y la mejilla en la madera fría.

—¡Vlad!

Grito al oír el zumbido de la vara que estrella en mis glúteos. El golpe resuena en mi carne y el ardor se esparce como fuego sobre la piel.

—¡Maldito hijo de perra! —grito a todo pulmón—. ¡Vlad!

La vara silba en el aire antes de estrellarse en un nuevo azote. La piel se me adormece con los cuatro impactos siguientes.

—¡Basta!

Mi carne no resiste un varazo más. Volteo con un gemido ahogado y la piel cubierta de sudor. El ardor no me deja apoyar el culo contra el suelo. Planto los pies en el piso y levanto las caderas. No puedo sacar las manos de los grilletes.

—Las reglas de la selva no han cambiado. —La vara roza el contorno de mis costillas—. El fuerte devora al débil, y los que pisan donde no deben terminan más pronto bajo tierra.

Los varazos caen sobre mi sexo. El ardor me entumece la piel y me arrastro de espaldas, arqueada en el suelo.

—¡Basta! —Las lágrimas se me resbalan por la sien—. ¡Por favor!

Me golpea el sexo y deja un rastro de ardor punzante que se concentra entre mis piernas. La hinchazón se vuelve insoportable, la carne me palpita, caliente, tensa. Se me abulta y enrojece de manera obscena. La vara se estrella una vez más, agrandando la presión insoportable.

—Arde —sollozo mientras me alejo—. Arde demasiado.

—¿Dónde? —Suelta la vara antes de caer frente a mí—. ¿Aquí?

Sin explicaciones ni preámbulos, se inclina y arrastra la lengua por mis labios sensibles. *Oh, Dios.* Mi cabeza se va hacia atrás con el órgano que separa los pliegues y acapara mi sexo. Me chupa la vagina de una forma tan voraz que siento que aprisiona mi alma en el proceso.

Empuño las manos atrás cuando su lengua da vueltas en círculos sobre el clítoris. Lo satura de su saliva hasta hacerlo chorrear, y el vacío de su boca tira de mi carne hinchada con la fuerza de un torbellino devorador que no conoce la pausa ni la piedad. Boqueo incapaz de controlar mis propias exhalaciones. Las llamas de la chimenea alcanzan su pico más alto y siento que muero, que, en vez de corazón, tengo un potro que se para en dos patas y estrella los cascos contra mis costillas.

Aprieto las piernas, las ganas de llorar me ahogan, las rodillas me fallan. No quiero jadear, gemir o llorar; aun así, es imposible. Los temblores me sacuden como una hoja en medio de una ventisca.

Se aferra a mis muslos y, mareada, miro al techo pidiéndole perdón a Dios, a mis padres y a mi familia, porque mancho el apellido con el grito que se me sale de la garganta.

Mi sexo es una llave abierta, un caramelo que se derrite y convierte mis pezones en puntas duras, rogando por su toque. Se está comiendo mi vagina y siento que el peso de una sombra cae sobre mi cuerpo, envolviéndolo todo. El día entero desaparece, el ring, la sangre, los azotes. Todo queda sepultado bajo el eco húmedo de su lengua y la fuerza con la que me atrapa. Mi cabeza lucha por recordar el dolor, la humillación, la ira que me han sostenido hasta ahora, pero todo se deshace en una bruma densa.

La vara me ha dejado tan sensible que los lengüetazos me traspasan como si no tuviera piel. Me recorren los glúteos. El suelo pierde solidez bajo la espalda y siento que no tengo huesos.

Una bola de calor se arma en el epicentro de mi sexo y sus labios se desprenden en un sonido obsceno, que deja mis pliegues abiertos. Tengo la entrepierna roja y el desespero arrasa conmigo, ansiosa de que se prenda otra vez.

Se yergue sobre mí, macabro e imponente. Hunde los dedos en el elástico del bóxer y libera el miembro que cae sobre su mano como un mazo grueso y colosal. Se limpia la boca con el dorso de su otra mano, apunta a mi entrepierna y suelta el chorro dorado que me baña… Me está… me está…

—Lo que querías ver. —Echa la cabeza hacia atrás—. El grueso miembro que puede fracturarte la mandíbula si te la atraviesa.

La última gota cae. Se sacude la erección antes de guardárselo y ninguna de mis neuronas es capaz de entender lo que acaba de pasar. Me agarra del collar y me pone de pie sin ningún tipo de esfuerzo. Estoy empapada, sudando, el culo me arde. Me siento como un cachorro en peligro de extinción y tengo un signo de interrogación en la frente, ¿qué hizo?

Voces se oyen afuera y él me suelta los grilletes.

—Tú me...

—Te castigué, denigré y humillé.

Sacudo la cabeza.

—Te acabas de prender de mi sexo...

—No me he prendido de nada. —Su agarre se endurece en mi mandíbula—. Te venderé. Revisé que estuvieras apta. No entrego mala mercancía.

La risa nerviosa se me escapa de los labios. Eso no fue lo que hizo, nadie verifica el estado de otra persona así.

—Mientes.

—¿Qué hice, según tú?

Me ridiculiza. Se alza ante mí como si fuera una mota de polvo en su imperio de poder absoluto.

—Una persona como yo no ofrece más que sufrimiento. Lo acabo de demostrar. Yo azoto y castigo. —Me sujeta—. Despabílate y borra de tu mente lo que sea que estés pensando. A mí no me gustan las crías.

Me hace parar en puntillas.

No me suelta y recorro la dureza de su mandíbula, la sombra de sus pestañas, la curva de su boca. Su maldita boca. No sé por qué le devuelvo la mirada, por qué mantengo los ojos en los suyos. Quizá porque con su belleza es imposible no hacerlo. El pecho me sube y baja en una lucha fallida por llenar mis pulmones. Humedezco mis labios, pero la sequedad persiste, como si mi lengua se hubiera convertido en papel de lija.

—Merecías un castigo...

Me lanzo sobre sus labios sin saber qué diablos hago, pero me aferro a su boca como si en ella estuviera la respuesta que me aturde el cerebro. ¿Enloquecí? Un extraño sabor explota cuando hago que su lengua toque la mía. Me cuesta mantener su altura y envuelvo los brazos en su cuello. ¿Qué me sucede?

A mi cerebro se le olvida que me quiere matar, que me supera en edad y que «mal» es una palabra demasiado simple para lo que estoy haciendo.

—¿Qué te pasa, maldita cría? —Me empuja y se limpia la boca con total repulsión—. ¿Crees que estás al nivel de las mujeres que pueden besarme?

Las ganas de llorar se me acumulan en el pecho. Me sujeta del brazo y tapo mis pechos. Me lleva a la ducha, abre el grifo y el agua cae sobre mí mientras me lava afanado.

—Le dices a alguien que me besaste y te corto esa lengua —me advierte cuando estamos afuera.

Me lanza la bata a la cara mientras se viste. Recoge las dos armas sobre la cómoda y teclea en el móvil. Dijo que comprobaba que estuviera apta. ¿Va a venderme ya?

Me agarra del brazo a la hora de salir. Los nervios se me disparan con lo que dijo y empiezo a buscar a Vladímir. No está por ningún lado; las únicas personas afuera son los hombres que escoltan al *Boss*.

—Muévete —exige.

—¡Padre! —Maksim aparece en el corredor de atrás—. Pensé que ya estaba muerta. ¿Viste lo que me hizo?

Le muestra la herida en la cabeza.

—Ahora no tengo tiempo para quejas. —El ruso avanza conmigo pasillo arriba mientras Maksim no deja de reclamar.

La herida no le deja de sangrar y ello me da una idea de lo que me harán. Vuelvo a estar en el epicentro de la tormenta. Me encadenarán en un barco rumbo a una isla infestada de bárbaros, arrojarán mi cuerpo a una jaula, pondrán un número en mi piel y me arrancarán los dientes con tenazas. Dejo de caminar. El *Boss* tira de mi brazo y clavo los pies en el suelo.

—Quiero ver a Vladímir. —Me suelto—. ¿Dónde está?

—¡Mátala ya! —exige Maksim—. ¡Me ha reventado una botella en la cabeza!

El papá lo ignora.

—¡La quiero muerta, padre!

Saca un puñal y mis reflejos responden ante la amenaza de peligro.

—¡Desaparece, Maksim! —ordena el *Boss*.

No acata el mandato y es ágil a la hora de lanzar la puñalada hacia mí. La hoja centellea. Lo esquivo rápido, me tropiezo y la pared detiene mi escape. Maksim lanza de nuevo el puñal. El filo del cuchillo se acerca a mi estómago, pero antes de que pueda alcanzarme, el cuerpo del *Boss* se interpone en mi camino y el hijo se lo entierra en el abdomen.

La sangre gotea en el piso. El rostro del hermano de Vladímir se vuelve azul.

—¡Mira lo que hiciste, ramera estúpida! —grita y los hombres del *Boss* lo empujan—. ¡Ella es la culpable! Yo solo quería herirla a ella, ¡no a ti, padre!

El *Boss* se tambalea hacia la pared con el puñal incrustado en su abdomen. Me lanzo a ayudarlo y una mano me aparta de un empujón. No me dejan tocarlo.

El pasillo se llena de voces, pasos apresurados, órdenes cortadas. Maksim se zafa del agarre que lo contenía y, fuera de sí, me derriba a puños. Un estallido de dolor me quema la nariz y el sabor a hierro se agolpa en mi boca.

Vladímir es quien me lo quita de encima y me arrastro hacia atrás con el rostro empapado de sangre.

—¡Es la culpable! —vocifera el hermano del *Underboss*—. ¡A ella era a la que quería herir!

El mundo pierde color, el techo se mueve sobre mí y no consigo levantarme.

—Aquí estoy —me dice Vladímir—. Voy a llevarte a casa, pequeña puta.

Asiento y su cara se oscurece frente a mí.

El informe de rendimiento semestral es un trago difícil de digerir. Los padres se presentan en el comando a escuchar elogios sobre sus hijos y reciben felicitaciones en aulas donde los maestros hablan de los futuros soldados ilustres.

Para los James, siempre ha sido un momento de gloria. Para todos, menos para mí.

—La cadete James no está rindiendo el nivel esperado en las filas —le informan a papá—. Su desempeño es una total decepción. Hasta el momento, ninguna central ha mostrado interés en reclutarla.

Acaricio la espalda del general para que no se enoje y él me sonríe. Recibe el informe mientras algunos de sus antiguos compañeros nos miran.

—Gracias —dice papá.

—General James —lo llaman—. Felicitaciones por la última condecoración de la teniente James. ¿Podría compartir algunos detalles al respecto? El periódico planea un reportaje.

Una sonrisa de orgullo ilumina su rostro. Ama que le pregunten sobre las condecoraciones que engrandecen el legado familiar. Se deja envolver por la conversación mientras yo escucho los comentarios que nunca han faltado desde que tengo memoria.

«Aprende, Emma». «¿Si oye, cadete?». «No comprendemos cómo no puede estar a la altura del linaje que carga».

El recuerdo se desintegra en mi conciencia. El mareo persiste. Caigo en un sueño profundo. No hay humedad, ni frío, ni el hedor agrio de las celdas. Solo una cama limpia.

Las sábanas tibias me rozan la mejilla y por un instante me aferro a la ilusión de calma, pero la quietud se quiebra cuando, en el umbral del sueño, emerge el rostro de Olimpia Muller. Su cuerpo desplomado en la lona, los ojos vidriosos, la garganta hendida.

El agotamiento me pesa en los huesos, siento el cuerpo en llamas. Parpadeo y, en la penumbra, la silueta del *Underboss* se dibuja inmóvil en la orilla del colchón. No hay movimiento en sus hombros, ni un solo indicio de vida en su mirada. Las sombras lo rodean, pero su cabello dorado brilla como siempre.

¿Murió el padre? No creo. De haber pasado, no estaría aquí.

—¿Estás bien? —le pregunto y no contesta.

Es un cascarón vacío que apenas respira. Se limpia el mentón con desgano. El simple acto parece pesarle. Hay momentos fugaces en los que la máscara se le resquebraja. En los que, por más que se esfuerce en parecer impenetrable, no puede. Es como si el cazador se apartara por un segundo, dejando al descubierto a un joven atrapado bajo el peso de su propia sombra.

Un joven melancólico, triste y de alma ajada. Entre todas las almas rotas de esta casa, la suya parece la más maltratada, la que carga la herida más profunda.

—Cuando era bebé, vi un concurso de patinaje en televisión. —Trato de sacarlo del estado inmerso en el que está—. Según papá, aún no caminaba, solo me levantaba y caía hasta que vi el salto de una patinadora al otro lado de la pantalla. Ese día me levanté y no me caí. Me sostuve y di mis primeros pasos en mi afán por llegar al televisor.

No aparta la vista de la pared.

—A los tres años me inscribieron a una escuela de patinaje. —Me río sin ganas—. La primera vez que me puse los patines, me fui de bruces contra el hielo y me partí un diente. Pero no me importó porque sabía que era lo que quería, aunque el deporte no me estuviera dando una buena bienvenida. Siempre he amado el hielo; puedo pasar horas en una pista saboreando la sensación de libertad.

Termino y él voltea a verme.

—Hace mucho tiempo existió un niño feliz —dice—. A sus seis años nada le hacía falta, lo tenía todo. Ese niño amaba a su madre. La amaba como no tienes idea.

Calla como si las palabras lo cortaran.

—Yo también amo mucho a mi madre —lo animo a continuar—. Oh, si la vieras, entenderías el porqué. Es hermosa, inteligente y siempre tiene una solución para todo. Es de las pocas mujeres que podría definir como perfecta, aunque pelee conmigo casi todo el tiempo.

Asiente sin más.

—¿Cómo era la tuya?

—Perfecta, también. —Mira al suelo—. Hasta el día de la tormenta. Ese instante donde el mundo se apagó.

Se queda en silencio. Entiendo que intenta contener las ganas de llorar. No lo juzgo. Papá dice que, en los hombres, llorar no es un acto de cobardía, sino de valentía. Cualquiera puede fingir ser fuerte, pero pocos tienen la capacidad de mostrar el animal herido que llevamos dentro.

—Sonya Lazareva. —Abre el frasco de píldoras que guarda en su chaqueta e introduce dos en su boca—. Aún tengo el olor de su sangre en mis manos.

No entiendo. Si amaba tanto a su madre, ¿por qué la mató? Se desviste y se acuesta a mi lado. Quedamos frente a frente y me apoya una mano en la mejilla.

—¿Te gusto?

La droga le arrastra la lengua. Su tipo de belleza encajaría mejor en una pasarela o en una exposición de museo que en este lugar.

—Contesta, ¿te gusto?

—Sí.

—Tú también me gustas, pequeña puta —dice con una sonrisa torva—, pero eso no cambia nada. Eres un reloj en cuenta regresiva y cuando el último segundo caiga, seré yo quien apague el tictac.

Trago el nudo que me cierra la garganta.

—Te mataré como lo dictan mis votos y mi hermandad, ¿lo tienes claro? No habrá para ti otro final.

—Sí. —Le doy la espalda—. Lo tengo claro, Vlad.

Su mano pesa sobre mi cadera. Dejo que las horas pasen. La respiración del *Underboss* inunda el silencio, profunda y pesada. No se mueve, ni siquiera cuando deslizo su brazo lejos de mi cuerpo.

Giro hacia él para revisarlo. Tiene las pupilas dilatadas y el pulso lento. La droga lo tiene cautivo. No se despertará por ahora.

Aparto las sábanas y deslizo los pies fuera de la cama sin hacer ruido. Los espasmos me castigan los músculos al caminar. El ardor en la carne de mis glúteos se siente como si lo hubiese tenido contra el fuego.

Compruebo que la puerta del dormitorio esté asegurada, cierro las cortinas y en puntillas busco el baño donde me encierro.

La nariz se me enrojece frente al espejo. Los puños de Maksim me dejaron un moretón en el pómulo y otro en la barbilla. Casi me apuñala y, estando sola, el miedo me transforma en un manojo de movimientos temblorosos.

La molestia en el estómago me apoya la mano en el mármol. Hago un esfuerzo por enderezarme y abro la boca en busca de lo que necesito. No lo veo, limpio mis ojos nublados e intento de nuevo. No aparece.

Me ayudo con el mango de un cepillo de dientes, lo introduzco y tanteo. Las arcadas me golpean la garganta, un espasmo me sacude e insisto hasta que, en lo más hondo, un pequeño punto metálico resplandece como un lucero en la oscuridad.

Los dedos me tiemblan al intentar alcanzarlo. Las náuseas me tensan los intestinos, la cara se me enrojece. Me inclino sobre el lavamanos y vomito la bilis.

Las ganas de desistir me dicen que lo deje. Sacudo la cabeza. Debo sacarlo, ya no lo tolero.

En el séptimo intento consigo tocarlo y lo desprendo. Tiro con cuidado, empiezo a sacar el hilo que lo sujeta y se arrastra fuera de mi cuerpo como una serpiente fina y pegajosa. El verdadero problema no es la hebra. Es lo que la sigue.

El bulto se aferra a mis entrañas como si tuviera vida propia, negándose a abandonar mi estómago. Cada tirón es un desgarro desde dentro. La asfixia me ahoga mientras mi cuerpo expulsa todo. Avena, sangre y baba espesa se mezclan en el lavabo.

Vomito por quinta vez y expulso la bola roja que sale teñida de sangre. Su presencia en mi estómago es una incomodidad con la que he tenido que lidiar durante semanas.

La abro con las uñas y organizo las diminutas piezas sobre el mármol. Las manos me tiemblan mientras fusiono las partes, encajándolas hasta formar el pequeño círculo metálico. Una vez listo, limpio todo y me asomo a la habitación.

Vladímir sigue inconsciente. No pierdo tiempo. Regreso al baño, tomo el dispositivo, me arrodillo en el suelo y apoyo la yema del dedo sobre la superficie fría. La lectura de mi huella activa el mecanismo.

La luz que proyecta se expande por todo el cuarto de mármol. El láser escanea el lugar en menos de cinco segundos.

Recuesto la espalda contra el retrete. *Rápido, por favor*, pienso. Quedo encerrada dentro de un dado de luces rojas que cambian a verde. El reloj en el círculo inicia su conteo regresivo.

Los rayos bloquean cualquier tipo de sonido y ruego para que esto funcione. Una nueva luz emerge y con ella la imagen del hombre al otro lado.

—Coronel Morgan —habla el marido de mi hermana, y comienzo a llorar.

Sacudo los hombros, presa del llanto. El pecho se me conmociona y no hago más que mirar las manos manchadas de la sangre de Olimpia Muller.

—Solo tienes tres minutos —dice cortante—. Dime si hay avances o si esta llamada es mi señal para anunciar tu muerte.

—Ven por mí, por favor. —Limpio las lágrimas—. Yo… ya no soporto, no resisto.

Sacude la cabeza.

—Acordamos este contacto con un fin. —Su frialdad corta igual al filo de una navaja—. Despedirte o darme noticias concretas. Decide qué vas a informar.

Los sollozos me estrangulan las palabras. El calabozo, las persecuciones, los golpes, los insultos… Todo se amontona, apilándose en mi pecho como una avalancha lista para sepultarme.

—Habla o corto la comunicación.

—Vladímir Romanov… el *Underboss*, ya cayó.

—Bien, ahora haz que asesine al *Boss* —contesta—. Y cuando Ilenko Romanov muera, mata a Vladímir.

—Pero yo no quiero matar a nadie...

—Entonces, sé tú el cadáver y no le des vueltas al asunto —espeta, seco y sin titubeos—. La única salida es esta. Si no matas al *Boss*, él te matará a ti.

No controlo el movimiento incesante de mi barbilla; la opresión en el pecho sofoca todo intento de respirar. No puedo discutir, su tono lo deja claro. Trago saliva y asiento.

—Me sigo ocupando de todo. Agiliza, que demasiada paciencia no tengo —advierte—. Rompo comunicación.

El dispositivo se apaga, los rayos se desvanecen y el círculo arde en llamas hasta consumirse en cenizas. Solo queda el eco del contacto roto y la certeza de que sigo atrapada en esta mierda sin escapatoria. Limpio los restos del dispositivo y lo arrojo a través de la rejilla del desagüe.

Los sollozos se niegan a detenerse. Lavo mis manos y deslizo la espalda en el rincón del cuarto de baño. No me siento como una soldado de dieciocho años, sino como una niña de siete que lo único que quiere es volver a su casa.

He llorado tanto por esto que en un momento creí que se me habían agotado las lágrimas. Desde hace meses, sabía lo que iba a pasar. La mafia rusa piensa que no estaba al tanto de sus planes y lo cierto es que se equivoca, porque lo supe mucho antes del primer intento de rapto en Sonora.

Sabía que había sido marcada en esa ruleta. Death fue el primero en enterarse; el rumor llegó a sus oídos. Se lo dijo al marido de mi hermana y ambos me lo dijeron a mí. El coronel no lo tomó bien y me exigió mantener la boca cerrada para no perturbar la paz de mi hermana y prohibió a Death advertirle a mi familia.

Me dejó en claro que no había nada que hacer. La mafia rusa no descansa hasta atrapar a sus víctimas.

¿Podían esconderme? Sí, aunque tarde o temprano me iban a encontrar. Una vez elegida, no hay vuelta atrás. Rehusarme era poner en riesgo a los que intentaran ayudarme. Solo se pospondría lo inevitable.

Me resigné, entendí que iba a morir y me concentré en disfrutar lo que me quedaba de vida, pese a que Death me insistía para que se lo dijera a mis padres y buscáramos una solución juntos. No quise.

Las escapadas constantes, las ganas de tener mi primera vez, las fiestas, todo fue con el fin de no irme sin nada. El tiempo se me estaba agotando.

Disfracé el miedo con disparates, soborné los nervios con alcohol, queriendo que todo fuera más llevadero, pero no fue así porque cada amanecer me enfrentaba al pavor de que ese día podría ser el último.

Vivía con el pánico de que en cualquier momento llegarían por mí, por eso no quería estar en casa. Huía todo el tiempo, porque si moría, deseaba hacerlo sola. Me rehusaba a que tocaran a mi familia.

Me resigné tanto como pude hasta el intento de rapto en Sonora. El episodio fue la bofetada que me hizo comprender que no estaba lista para morir. Ese día sentí que era demasiado joven, que no merecía irme sin cumplir, aunque sea, uno de mis sueños. Tuve miedo de partir y aún lo tengo.

Escapé cuando me secuestraron en la fábrica, hablé con el coronel y fue él quien le dijo de forma indirecta a papá que North Pole era la mejor opción.

El general James no me enviaría tan lejos sin razón. Fue el marido de mi hermana quien se encargó de mover todo para convencerlo. Ya la mafia estaba actuando y no le convenía que Rachel se enterara de todo esto.

Mi hermana se hubiese sacrificado por mí y él no estaba dispuesto a permitirlo. No quiere que sea la heroína de nadie. Yo tampoco me lo hubiese perdonado.

Rachel siempre ha sido mi hermana favorita, merece todo lo bueno del mundo. Ha salvado cientos de vidas, espera dos hijos y no era justo poner en riesgo a mis sobrinos.

Acepté venir a Alaska. Estando cerca de la Bratva, era cuestión de tiempo para que me encontraran.

Me tomó por sorpresa que fuese tan pronto; pensaba pasar más días en la academia, pero no se pudo. Al parecer, el universo me quería pronto aquí y me puso en el camino de Vladímir el día que conducía en North Pole.

Una vez dentro, tenía que poner el plan en marcha: enamorar al cazador, despertar su piedad por la presa, hacerlo perder la cabeza por mí y conseguir que mate al *Boss*.

¿Es difícil? Sí, ¿suena como algo imposible? Siempre he creído que lo es; sin embargo, ¿qué alternativa tengo? Esta es la única forma de que haya una esperanza para mí.

Conozco la regla de la Bratva, la de no enamorarse de su presa. Con todo, yo no estoy dispuesta a morir y la única forma de salvarme es entrar, irrumpir como el impacto de una bala en la piel, en sus códigos y patéticas normas.

Me incorporo.

El *Boss* me quiere matar a mí, sin saber que yo planeo acabarlo a él.

14

SIGILO

EMMA

Bañarme con agua tibia, después de tanto tiempo, se siente como ir a un *spa*. Amaneció y el *Underboss* aún no se despierta. Aprovecho el tiempo para usar el jabón, el enjuague bucal y la crema humectante. Me desenredo el cabello.

Nadie vendrá por mí hasta que se cumpla lo pactado. El coronel lo dejó claro antes de mi viaje a Alaska, y la llamada de anoche me lo reafirmó.

Para él, Rachel siempre será lo primero. Ha tenido que verla en sus peores momentos y sostenerla cuando nadie más pudo. No está dispuesto a verla en ruinas otra vez. Ninguno lo está.

Tengo el estómago más liviano sin el péndulo de carne adentro. No puedo decir lo mismo de los brazos, que me pesan como si hubiese cargado a un elefante, y ni qué decir de las piernas. Me envuelvo en una toalla y, en puntillas, salgo a buscar analgésicos en el dormitorio.

Abro cajones repletos de jeringas, documentos, cuchillos y algún que otro libro. Cuatro cómodas revisadas y ni rastro de algo para el dolor.

—*Noch prizark* —braman a mi espalda—. *Noch prizark.*

Vladímir estrella el puño en las sábanas con los ojos cerrados. Murmura palabras entrecortadas en su idioma natal. Tuerce el cuello con las manos aferradas al pecho y me apresuro a despertarlo.

—¡Vlad! —Le aparto las manos—. Estás soñando.

No despierta, sus gritos me estremecen. Aprieta los puños y la mandíbula. El terror le deforma el rostro atrapado en la pesadilla.

—¡Despierta! —Le sujeto los hombros—. Lo que sea, solo está en tu cabeza. ¡Es un sueño, Vlad!

Abre los ojos. La mirada de las mil yardas destella por un momento antes de recobrar la lucidez. Parpadea, las manos le tiemblan y el sudor le resbala por la frente.

—Un sueño. —Apoya los labios contra los míos—. Uno horrible.

Se va al baño con el pelo pegado a la nuca por el sudor. El agua de la ducha corre y continúo en la búsqueda de analgésicos.

Reviso la mesa de noche, hurgo en la mochila de Vladímir. Vacía. En el clóset aparto ropa, botas de combate, un equipo de esquí. Parece que nadie se enferma en esta casa; tampoco encuentro un botiquín.

Rebusco hasta encontrar una foto en el fondo de una gaveta: el *Boss* con una mujer de cabello cobrizo y ojos negros. Ambos jóvenes, aunque ella aparenta más edad que él. Sonríe a la cámara, intrépida, con un mural de fondo y el padre de Vladímir a su lado. Es hermosa.

La foto desaparece de mi mano, apenas el *Underboss* me la arrebata.

—¿Es tu madre? Era muy bella.

—Ocúpate de tus asuntos y deja de preguntar lo que no te importa. —Se viste y me saca del clóset.

Un carcelero entra con mis pertenencias y sonrío al ver mis patines. No estaban entre las cosas que arrojaron a mi celda. Los tiran al suelo como si no valieran nada. El hijo del *Boss* le ordena al guardia que se retire y me lanza el uniforme de servicio.

—Haz tus quehaceres y mantente lejos de Maksim. —Se pone la chaqueta—. Sé una buena esclava y no des problemas. Te advierto que hoy no toleraré tus insolencias.

Coloco los patines en un rincón para que no los pisen. La herida en la mano luce mejor y peinarme resulta más fácil. Meto las piernas en unas medias largas para el frío y abrocho los zapatos.

Vladímir se distrae en el teléfono. Aprovecho el tiempo para maquillarme, aplico rímel, rubor y sombras. Me rocío perfume y limpio la habitación mientras el *Underboss* sigue absorto en sus asuntos.

—Gracias por traerme ayer —digo—. ¿Cómo está tu papá?

—Herido, por tu culpa. La Bratva quiere comerte viva —responde—. No tenías que golpear a Maksim. Todo lo que te pasa es por testaruda.

Me muerdo la lengua para no refutar. No me conviene pelear con él; debo gustarle, no molestarlo. Recojo la ropa sucia. Celia viene por mí y Vladímir le pide que espere afuera.

—Ya te reclamé.

—Como los noviazgos de viejas épocas, qué romántico —bromeo—. Hay cosas que me gustaría saber: ¿tienes alguna ex loca, asesina de la que deba cuidarme? Aquí la gente no es muy cuerda y me es más cómodo lidiar solo con dos asesinos a la vez.

—Eres mi esclava, no mi novia.

—Bueno, ¿tienes alguna exesclava asesina de la que deba cuidarme?

—No, a todas las he matado de formas muy dolorosas. —Me besa—. Y también te mataré a ti.

—No, porque de mí te vas a enamorar. Te lo dije, no me escuchaste, y, sin comunicación, no vamos a llegar a ningún lado. Es la clave de toda buena relación.

—Vete antes de que te corte un dedo. —Señala la puerta.

Celia espera molesta en el pasillo y juntas nos vamos a la cocina.

Ignoro el ardor en mi culo y la rigidez en mis articulaciones. La imagen de Olimpia Muller comienza a rondarme y la aparto a la fuerza. Ya encontraré la forma de resolver esto cuando salga de aquí. El Ejército de seguro lo entenderá. No me juzgarán ni me echarán a patadas. O eso espero. No quiero decepcionar a papá. Aún cree que puedo mejorar y ser tan buen soldado como él.

—¡A trabajar! —La matriarca patea baldes como si fueran balones—. ¡Los baños no se lavarán solos, los animales tienen que comer, la leña se debe surtir y las bodegas están hechas un desastre!

—No vas a desaparecer como la vez que te mandé con la comida al despacho —reclama Celia—. ¡Hoy te tocan los baños!

La matriarca no me pierde de vista. A veces me pregunto si trabajó en un campo de concentración; explicaría su manera de actuar, incluso de vestir. Grita órdenes con la fusta en la mano.

Los empleados no paran de murmurar sobre el *Boss*. Se preocupan más que un recluta el día de inspección. Creo que si pudieran marcharían en su honor. Para mi suerte, Maksim no está en la casa. Es un martirio y agradezco tenerlo a metros.

Los baños me consumen las primeras horas de la mañana. Termino y me envían a surtir la leña de los dormitorios. Maldigo en silencio, es agotador subir y bajar cargando troncos; no le ayuda al dolor en mis brazos.

—¡Quiero todas las habitaciones surtidas! —exclama la matriarca—. ¡No deseo quejas por parte de los amos!

Recorro más de veinte alcobas, idénticas en tamaño y decoradas con el mismo lujo de antaño y colores profundos. Algunas mansiones rebosan luz. Esta no. Aquí, el aire gótico lo impregna todo, desde los dormitorios hasta los pasillos y salones, siempre envueltos en penumbra.

Los pasos me pesan. La estancia del dueño de la Bratva es la única que me hace falta. *Ojalá esté muerto*, murmuro para mis adentros, aunque sé que no tengo tanta suerte.

Abrazo los troncos y avanzo despacio. Las puertas dobles se ven aún más grandes que la última vez. Miro atrás y lo único que falta es una bola de heno en medio de los corredores desolados.

Me detengo frente al umbral y me tomo un par de segundos antes de dar el siguiente paso. La falta de seguro en el pomo me permite un acceso rápido y silencioso. Las cortinas de terciopelo rojo caen en las ventanas y la tela carmesí obstruye el paso de la luz natural. Entro. La atmósfera es distinta al resto de la casa, y no es el lugar; es el dueño.

Muebles robustos destacan en la estancia. Una alfombra de piel de oso cubre el suelo, extendiéndose bajo la imponente cama de dosel. En las paredes, grilletes, argollas y cadenas cuelgan como joyas de un castillo macabro.

Rápido, cruzo la habitación y me arrodillo junto a la chimenea para acomodar los troncos en la leñera. Las lámparas oscilan y alzo la vista. El techo abovedado se alza en un mar de rojo y negro. Las paredes, la alfombra, todo da la sensación de haber caído en un cuento retorcido. Las rejas de la jaula en la esquina me dan escalofríos y me sacudo las rodillas al incorporarme.

Un nudo me oprime el estómago. El *Boss* de la mafia rusa yace sobre sábanas borgoña. ¿Y si en verdad murió y nadie se ha dado cuenta? Me acerco despacio. Duerme acostado sobre su espalda con una pierna ligeramente doblada, como si estuviera en el Sahara y no en Alaska. La sábana delgada apenas cubre su pelvis, dejando el resto del cuerpo expuesto: piernas largas, pecho esculpido. Parece un hijo oscuro de Hércules, Aquiles, Hades o no sé quién diablos.

Hasta dormido se ve bien. La mano tatuada descansa a centímetros de la erección que marca la tela.

Miro hacia la puerta, no hay nadie y con los nudillos acaricio la tela que lo cubre. Se cree inalcanzable, el ser al que nadie puede mirar a la cara.

Aprieto la sábana que se desliza. La punta rosada asoma bajo la tela, seguido por el tronco grueso, surcado de venas que se enredan como raíces bajo la piel tensa. Debajo, el saco cuelga pesado, hinchado, conteniendo más de lo que parece capaz.

El calor me llega a los dedos antes de que siquiera lo toque.

—Así no eres tan intocable, ¿eh?

Una gota blanca resbala por su glande, la recojo con el pulgar y deslizo las uñas por su abdomen antes de inclinarme sobre él. Ni un gesto, ni un respiro alterado. Podría prenderlo fuego y no se daría cuenta de lo profundo que está.

—Mafioso de mierda. —Acaricio la cicatriz que le divide la ceja.

Debería asfixiarlo con la almohada, enterrarle un tiro con el arma sobre la mesa. Le haría un favor al mundo. Pero matarlo con mis propias manos hará que la Bratva me mate a mí y a toda mi familia. Además, no soy una asesina.

Le sujeto la cara y lo beso. Él castiga con el látigo; yo, con los labios que tanto desprecia, con la boca de la «supuesta» cría que no está a su nivel. Lo merece por imbécil.

Echo un último vistazo a la leña, me limpio el pulgar con la boca y salgo del dormitorio.

Bajo las escaleras y en la cocina reparten el almuerzo. Recojo mi plato con la estúpida ilusión de que me den carne, pero lo único que recibo es un cuenco de avena fría. Los *byki* se hartan de vino, cerdo y pollo; los sirvientes, de cereal.

Como en la mesa de los empleados, mientras la matriarca traga sobre la barra. Zulima llega a preguntar por la salud del *Boss*. La ropa de cuero se le ciñe a las piernas y el corsé de argollas le realza el busto grande. Le entrega una maleta a uno de los hombres rapados.

—La señorita Zulima, siempre tan pendiente del señor —comenta Celia—. Es atenta, amable. Me cae mejor que Minina.

—¿Quién es Minina?

—Una de las sumisas más importantes del *Boss*.

—¡A trabajar! —interrumpe la matriarca—. ¡Las bodegas no se limpiarán solas!

Todos dejan la comida sin protestar; a la matriarca no se le refuta.

Junto a Celia y dos sirvientas más, hago lo que me toca. Sería más llevadero si la gente hablara en lugar de temerle tanto a la matriarca; tampoco puedo culparlos, esa mujer aterra a cualquiera. Celia reparte las secciones y me asigna el lado este. Sacudo las cajas selladas, corro los barriles de combustible y amontono las llantas en un rincón. Barro la basura afuera y paso a la siguiente sala. Entre los estantes, una sombra se mueve: dos personas discuten adentro.

Por los tonos de voz, son un hombre y una mujer. No entiendo nada de lo que dicen, continúo y... Retrocedo al ver a Kira y el *sovetnik*. Hablan cerca. Ella está recostada en la pared y el moreno se inclina a besarla.

Abro los ojos como platos. El *sovetnik* retrocede cuando ella lo aparta, se apresura hacia la puerta y él la sigue. La atrapa antes del umbral, la encara, pero ella lo rechaza. Discuten otra vez. Me doy la vuelta sin hacer ruido.

No quiero problemas ni castigos. Salgo por la puerta que conecta a la bodega aledaña, agarro el balde y, con prisa, empiezo a barrer el pasillo. No debí ver eso.

Busco el recogedor y, al girarme, me topo de frente con Kira. Tiene los ojos hinchados como si hubiese llorado y la blusa marrón mal encajada.

—¿Qué haces aquí?

—Aseaba la bodega, como me lo ordenaron. Ya estoy por terminar.

—¿Qué bodega? —Frunce el ceño, preocupada.

—La de las llantas, ¿por qué?

Relaja los hombros mientras asiente.

—Perdí un pendiente hace unos días y vine a ver si estaba aquí. —Se aclara la garganta—. No tuve suerte.

—Si lo veo, lo guardo.

—Gracias. —Se apresura a irse.

Sigo barriendo y ella voltea a verme antes de llegar a la esquina. Finjo no notarlo y el *sovetnik* viene por mí a los pocos minutos.

—Suelta eso y ven. —Me quita la escoba—. El *Underboss* te necesita.

Lo sigo. Parece que entre más complicado es el sitio de trabajo, más enredada es la vida de todo el mundo. Me deja en la entrada de la puerta y se devuelve.

Vladímir aguarda por mí en la habitación. Hay ropa femenina en la cama y espero que me haya llamado para que le haga un té y no para someterme a uno de sus horrorosos juegos.

—Vístete. Vamos a ir a Sodom. —Señala la ropa sobre las sábanas—. Ponte eso.

Se mete al baño y alzo los vaqueros de látex. En Phoenix, solo me pondría algo así para una fiesta de disfraces.

—¿Te estás vistiendo? —pregunta desde el baño.

—Sí. —Me quito el vestido.

Siento que me meto en un condón. Consigo alzar el pantalón. Soy tan estúpida... esta cosa lleva un bodi por dentro. Debo quitarme el vaquero y volvérmelo a poner. El látex me cubre los brazos, el escote abierto deja entrever el sostén y el chaleco me empuja los pechos hacia arriba, aumentando casi tres tallas.

—El maquillaje también —sale— y los zapatos.

No hay tonos claros en la paleta, solo sombras cargadas que refuerzan un aire de puta de carretera. Celia entra con ropa limpia.

—El pelo va recogido —comenta en un susurro—, para eso es la laca.

—Ayúdala —ordena Vladímir, y acabo convertida en una versión más joven de Zulima con su mismo peinado.

—¿Así?

—Sí —contesta—. Ponle más labial.

Celia me esparce el labial ciruela de larga duración y me coloca un par de aretes grandes.

—No me siento cómoda con esto —le digo a Vladímir cuando la empleada se va —. Gene Simmons puede demandarme por robarle las botas.

Señalo los zapatos de plataforma.

—Así se visten las sumisas de aquí y tú eres la mía.

—No me gusta ese término.

—Ese y «esclava» son los que te corresponden. —Empieza con la altanería—. Vamos.

Se guarda el puñal de doble filo en la chaqueta. No soy yo, pero no puedo quejarme porque pelear no es mi objetivo. Vamos a pasar tiempo juntos y eso me conviene.

El látex rechina ante el más mínimo movimiento. Mi madre me arrancaría la cabeza si me viera así. Si mis faldas cortas la alteran, esto le daría un infarto.

El *Underboss* me adentra en el asiento del pasajero de un Mustang y se pone al volante.

—Si alguien te pregunta si follamos, dirás que sí, porque follamos.

—¿Para qué es el atuendo? ¿Tienes algún fetiche con las prostitutas?

—No eres una prostituta, eres una sumisa.

El látex se me ciñe demasiado, hace frío y me duele la cabeza.

—No parezco una sumisa... luzco como una prostituta a la que se le marca la pochola en el vaquero.

—¿Qué?

—Mi pochola, sexo, vagina o como le quieras decir. —Señalo para que lo note.

—Llama las cosas por su nombre y no hables como una retrasada.

—La gente creerá que se me bajó la papera —sigo, y me ignora—. «Pochola» no es una palabra de retrasada, mi abuela paterna le decía así. La gente suele ponerles apodos a sus genitales. Todos lo hacen, aunque digan que no. De seguro al tuyo lo llamas Simba o algo así.

Se adentra en el pueblo de mis más recientes pesadillas. El bullicio de la gente, invitando a espectáculos, se mezcla con las risas, los gestos de lujuria y los murmullos sugerentes de los que pasean por los andenes.

Vladímir entra en una calle adoquinada llena de bares con letreros de neón. El ambiente es más crudo y los transeúntes visten informal. Algunos hombres venden drogas en las esquinas, la gente duerme en corredores, hay grupos que apuestan en plena calle y las prostitutas parecen más necesitadas de dinero.

—Baja. —Vladímir se detiene frente a una taberna. Le agarro la mano y la aparta.

Las mujeres, en su mayoría, visten igual que yo. El látex me roza las piernas y me da comezón en la espalda. No me atrevo a caminar rápido, temo caerme de los zancos que tengo. Me gustan los zapatos altos, pero estos no son altos, sino exagerados.

—*L'venok*. —Se acerca una mujer con la mitad de la cabeza rapada.

Las hebras platinadas le caen a un lado del rostro y expansiones metálicas adornan sus orejas. Los pantalones holgados le cuelgan igual que el abrigo de cuero. Tiende una carpeta a Vladímir y suben calle arriba. Los sigo.

Durante dos horas voy de bar en bar, siendo presentada a los dueños como la esclava de Vladímir y la James que tiene a su disposición por lo de su tía Sasha. Algunos escupen al verme; otros no se guardan los insultos.

—Ya sé que no soy bienvenida aquí, pero ¿es necesario recordármelo siempre que pasan por mi lado?

—No son amables con las personas que no son de su gracia. Nadie va a fingir.

Entramos a un bar exhibicionista donde los hombres deambulan con el pito al aire, rodeados de mujeres desnudas. El olor a marihuana mezclado con alcohol me hostiga. El *Underboss* atraviesa el local con cara de pocos amigos.

—¿Tu sumisa, leoncillo? —pregunta el gordo de bata y calzoncillos que se levanta de la última mesa.

—Vengo por la deuda. —Revisa la carpeta—. Hay una cuenta de nueve mil rublos sin pagar.

—Mañana. El mercado estuvo muerto hoy.

—¿El mercado o tus ganas de pagar?

—Dos de mis putas están enfermas…

Vladímir mueve la mano y dos hombres avanzan para sujetar al gordo. Los pocos clientes se largan en cuanto lo estrellan contra una de las mesas bajas, como si fuera un cerdo.

—Pequeña puta, tápale la boca —exige el *Underboss*.

No me muevo. No me gusta este tipo de cosas.

—¡Tápale la boca! —grita Vladímir—. ¿O quieres hacerte cargo del soplete?

El gordo no deja de gritar. Rodeo la mesa y me arrodillo a taparle la boca. La mujer que acompaña a Vladímir le pasa el soplete y el *Underboss* se lo acerca a sus dedos del pie.

—Sodom no da esperas.

El tipo me muerde la mano y el olor a carne quemada me aparta la cara.

—¡Los tengo! ¡Te pago ahora! —chilla—. ¡Por favor!

Llama a una de las mujeres del rincón, que va y vuelve con un maletín.

—Mira qué fácil era pagar. —El *Underboss* cuenta los billetes—. Vuelve a retrasarte y el soplete te borrará la cara.

—No le digas nada a tu padre.

—Eso costará otro maletín.

—Leoncillo ... —La idea de que el *Boss* lo sepa, al parecer, le preocupa más que tener los dedos quemados.

Le entrega lo que pide y sale conmigo rumbo a la siguiente taberna. Cada sitio es peor que el anterior. Grafitis en cirílico cubren las paredes, algunos caóticos, otros con hombres saliendo de ríos de sangre, tatuados y sin ropa. «*Za Bratvu my rodilis', za Bratvu my umryom*» está plasmado al pie.

El tipo que saludó a Vladímir en la discoteca hace unos días, ocupa el centro de una plaza. Habla como un pregonero, con el cigarro entre los dedos y un *trench* que le llega hasta los tobillos. Decenas de personas lo rodean.

—¡El Boss fue herido! —vocifera—. ¡En un «accidente»! Si algo le pasa, la Bratva venga y masacra.

Pone los ojos en mí y los demás lo imitan como si yo fuera algún espíritu maligno caminando en plena calle. No me detengo, sigo detrás de Vladímir. Banderas rojas cuelgan en distintas esquinas.

Después de tres horas más de exhibicionismo, el *Underboss* se despide de la mujer que lo acompaña y se dirige al auto conmigo.

—Tengo un abuelo que no les pone nombre a sus genitales —dice mientras me separo el pantalón de la entrepierna—, pero está convencido de que el mundo criminal es un higo que te condena en cuanto lo pruebas.

Se detiene frente al Mustang. *Yo no he probado nada*, pienso. Solo estoy aquí por mi libertad.

—Ya mataste. —Me sujeta la cara con ambas manos—. La pelea con Olimpia Muller fue tu primera mordida al higo.

Me trago lo que quiero decir. Me obligó a matar, eso no cuenta. Sé que mi familia lo entenderá cuando se lo diga. Mamá de seguro me bañará con lejía para arrancarme el olor de la sangre.

Sé que no todo está perdido. Con la ayuda necesaria, olvidaré esto y seré la misma de siempre.

—Te portaste bien hoy. —Se acerca a mi boca—. Te daré una croqueta de perro.

—Gracias, benevolente capataz.

—Es «amo».

—«Capataz» se oye más original. ¿Por qué no somos originales e inventamos nuestras propias palabras?

—No más tonterías; me duele la cabeza.

Me sujeta por los hombros y toma mi boca con destreza, suavidad y un toque de audacia. Es de besos diestros, algo atrevidos. No es un sacrificio abrazarlo, tampoco sentirlo sobre mis labios.

Sube al auto conmigo y regresamos a la fortaleza.

—¿Ya puedo quitarme el traje de puti-sumisa? —pregunto en el dormitorio.

—Puedes.

—¿Y hace cuánto eres capataz? —Me saco las botas.

—Es «amo». —Me mira mal—. Desnúdate, aún no acabo contigo.

Suelto el corsé y, sin prisa, dejo caer las prendas. Aquí, la desnudez no es mi zona de confort. No tengo la figura de las mujeres que se pasean en su nido de perversión. Aun así, con él no me incomoda. No es de los que recorren demasiado.

No me quejo de lo que tengo. Amo mi cuerpo, sé que es bello, aunque a veces me pregunto cómo me vería con más pechos. Soy la que menos tiene en mi familia.

El *Underboss* se acerca semidesnudo, sostiene un frasco pequeño en la mano y no miro abajo para no incomodarlo. Posee buena contextura. Es esbelto con músculos acordes a su estatura. Me pregunto hace cuánto no toma sol; su piel es más blanca que la mía y considerablemente más que la de su padre.

—Voltéate —dice.

Obedezco. Vierte un líquido aceitoso sobre mi hombro; la tibieza resbala por mi pecho y espalda. No raciona, lo vacía todo sin pensar en la cantidad. Deja el frasco en la mesa y extiende el aceite a lo largo de mi cuerpo. Me recorre la clavícula, dibuja círculos lentos en los pechos y baja por el valle hasta el abdomen.

Da la vuelta sin dejar de esparcir el aceite. Me he dejado las bragas puestas y agradezco que no me las quite; no quiero que vea el estado de mi sexo, aún sigue hinchado por los varazos. Me pasea las manos por las caderas antes de bajar a las piernas. Sonrío ante el gesto. Valoro los pequeños detalles.

Me unta los muslos y las pantorrillas. Se levanta y quiero sentirme sexy, pero siento que parezco una salchicha bañada en aceite de cocina.

Coloca las manos en mis mejillas y comienza a besarme. Al principio es suave, pero pronto sus labios reclaman más. Me guía hacia la cama sin separarse de mi boca. Su brazo me envuelve la cintura y caemos juntos en las sábanas. No hay rastro de erección, y no lo apuro. El aceite ya es algo incómodo. Vladímir me mueve a un lado, apoyo el codo en la cama y dejo que sus nudillos se deslicen por mi cara.

Sonríe cuando arqueo las cejas con coquetería y esta vez soy yo quien lo besa. Se sube sobre mí. Ondulo las caderas debajo de él y nuestros movimientos no encajan.

Cambio los papeles, no se siente cómodo y de nuevo da la vuelta para ponerme en la cama. No mide el espacio que tenemos y me voy de bruces al piso.

De mala gana, sale de la cama a levantarme, pero estoy tan llena de aceite que me deslizo en sus brazos como una barra de mantequilla. No contengo la risa.

—Déjalo —le digo—. Me levanto sola.

Volvemos a la cama y él se queda mirando el techo con las manos sobre el vientre. Su miembro está como cuando empezamos. Debe ser frustrante para él no conseguirlo siendo tan joven en un entorno donde abunda el machismo.

—Mañana lo haremos bien, déjalo en mis manos. —Lo abrazo—. Algo se me va a ocurrir.

—A mí se me ocurrió algo ahora.

—¿Qué?

—Besarte. —Une nuestras bocas.

—Qué romántico —suspiro—. Dame otro.

Me lleva contra las sábanas y su boca no se despega de la mía en las horas siguientes.

—Me gustas mucho, Vlad. —Le acaricio el cabello y asiente, dejándose llevar.

15
PERVERSIÓN
BOSS

No todos los hombres desean igual. Existen quienes cargan las ganas como un cosquilleo inofensivo, una descarga pasajera que se apaga con el primer roce de piel. Otros las sienten como fuego, quemando desde dentro, impaciente, brutal. Luego están los que las cargan como un hambre, una fiera que muerde desde adentro y no entiende de límites.

El deseo de un niñato es blando, fácil de saciar. El de un hombre con traje común es controlado, una brisa que satisface y complace. Mas el deseo de un hombre que empuña un arma y saca vísceras no es el mismo; no es limpio, no es ligero, sino una boca que exige más, que nunca se llena del todo, que se alimenta del exceso.

Apoyo la espalda en la teca del asiento. El vapor espeso asciende por los muros del *caldarium* en una capa de niebla que se eleva como una sombra cubriéndolo todo. El agua me resbala por el tórax, lenta, tibia, y echo la cabeza hacia atrás. Este lugar debería darme claridad, paz, y no la estoy consiguiendo.

Envuelvo al bastardo entre mis piernas. Se yergue pesado, duro como hierro. Quiere rebosar como volcán en apogeo.

Podría vaciarme aquí mismo, rápido, sin pensar. Como un perro desesperado, como un niño que no sabe esperar.

Pero no soy un perro. No soy un niño.

Despego el culo de la madera. He perdido suficiente tiempo aquí.

Arranco la toalla del barandal, el *caldarium* queda atrás y cruzo el dormitorio. La herida en el abdomen molesta al moverme. Me seco, lanzo la toalla al mueble y cierro las cortinas.

El panel abierto deja entrar las risas de afuera. La menor de los James tira de una llanta, un perro la sujeta con los dientes, dejándose arrastrar. Lo suelta, el animal la persigue y ella se deja atrapar. Luego lo acaricia.

La boca se me inunda de saliva. Me aparto del marco, abro el cajón junto a la cama y saco el envase oculto. Lo destapo, lo huelo y meto los dedos. La crema de cacao se me desliza en la lengua e impregna en el paladar. Espero a que se derrita y trago. No debí hundir la lengua en la vagina de esa cría.

Meto los dedos hasta el fondo; raspo las esquinas, sacando lo último.

—¿*Boss*? —llaman a la puerta—. ¿Duermes, padre?

Arrojo el frasco en el cajón, cierro y limpio la evidencia antes de meterme bajo las sábanas.

—*Vpyeryód*

Maksim entra. El *Underboss* viste sin pretensiones, el hermano prefiere lo formal, usándolo siempre que puede.

—¿Cómo estás?

—¿Cómo me ves? Fui apuñalado por mi propio hijo.

—Ya te dije que lo lamento. Fue un accidente, no iba por ti; quería apuñalar a esa perra. Vladímir ya me encerró un día, en vez de dejarme terminar el trabajo. Déjame hacerlo, padre.

—Si vienes a hablar de esa maldita, lárgate. No tengo tiempo para esto.

—No. —Se arrodilla junto a la cama—. Estoy aquí por otra cosa: Zulima.

—Déjame adivinar, ¿te reclamó los golpes constantes a su sobrina?

—La golpeo porque me provoca. Y tampoco vine a hablar de Kira. —Me aprieta la mano—. Sé que Zulima es una de tus favoritas y he oído que probablemente la tomes como compañera. Es mentira, ¿no?

Sus ojos suplican.

—No la quiero. Temo a que te haga olvidar de madre y termine siendo lo que ella pudo ser. No será así. ¿Cierto? Tú jamás verás a otra mujer como la veías a ella.

—Nadie me hará olvidar a tu madre y menos Zulima. Tu madre tiene un sitio bastante especial en mi cabeza.

—Gracias, padre. —Me besa los dedos—. Me complace oír eso porque madre es irremplazable para mí y quiero que también lo sea para ti.

Sonya Lazareva no es el tipo de mujer que se pueda olvidar. Ella con veinte y yo con «dieciséis». Aún recuerdo la vez que el *Boss* la puso frente a mí.

Maksim y Vladímir la idolatraban... todos lo hacían.

—Buenos días. —El *Underboss* aparece y Maksim se levanta.

Entra acompañado de la menor de los James. La cabeza se me calienta. Trae una charola. No entiendo qué hace con esas malditas medias que me taladran la cabeza. Hoy son blancas y con lazos en los muslos. ¿De verdad no sabe lo que provoca?

—Vengo a revisar la herida —dice el *Underboss*.

—Te veo luego. —Maksim me besa la mano—. No quiero darte otro disgusto y prefiero irme.

Se marcha. El *Underboss* se sienta en la orilla de la cama. En los Romanov, no se pierde la antigua costumbre de curarnos las heridas entre nosotros mismos. Se presume que cuanto mayor es el lazo, más rápido sana la carne.

—La bandeja —le pide a la esclava, que se acerca.

Fijo la mirada en la pared.

—¿Has tenido fiebre? —inquiere Vladímir colocándose los guantes.

—No.

Baja la sábana. La herida se aloja en la *v* del abdomen. El *Underboss* palpa. Emma James observa, los ojos saltan de mis pectorales a mis caderas y da un paso adelante. ¿Quiere ver otra vez? ¿Tocarme y besarme como ayer?

Sonríe en cuanto Vladímir la mira. No decido qué me desagrada más, si su gesto o el de él. El *Underboss* limpia los puntos del corte. No es grave, mas Vladímir siempre se preocupa cuando se trata de mí.

—¿No te duele el roce de la bala en el brazo?

—Es una picadura de abeja. —Le palmeo el cuello en cuanto termina.

Desde los diez años me cuida la espalda. Más que el *Underboss*, actúa siempre como lo que es: mi hijo.

—Estaré fuera el resto del día —comenta—. La Yakuza y Philippe quieren discutir asuntos de la pirámide. Prefirieron no molestarte.

—¿Viajarás a Italia?

—No hace falta, nos veremos en Sodom. Vuelvo en la noche.

Deja la sábana en su lugar y le toma la cintura a Emma James, incitándola a caminar. La sangre me corre lenta, gruesa y ardiendo.

—Descansa —dice el *Underboss*—. Estaré al teléfono si me necesitas.

Cierra la puerta al salir y busco el frasco en el cajón. Trago más crema. El hastío me acompaña día y noche desde que llegó esa malnacida.

Desvío la cabeza a los asuntos importantes y reviso las últimas noticias. Marco al *vor v zakone* que me rinde informe. La FEMF planea intensificar las redadas.

Entro a inspeccionar las novedades en torno a la pirámide. La sociedad nunca se detiene, devora territorio enemigo en su búsqueda de control absoluto. Braulio Mascherano la creó con un propósito claro: convertirse en el terror del mundo criminal y de las autoridades.

«Los monstruos unidos son más letales», solía decir. Tengo mi propia opinión al respecto, y no les gustaría a muchos si la pongo sobre la mesa. El antiguo *Boss* perdió parte de mi respeto el día que decidió involucrarse. La Bratva no se arrodilla ante nadie. Al ceder a los planes de los Mascherano, indirectamente, lo hizo.

La mafia roja no necesitaba encadenarse a una estructura ajena. Se forjó con cuarenta infantes rescatados y criados por una anciana marcada a fuego con la estrella de cinco puntas, castigo de los bolcheviques cuando descubrieron que preparaba a los niños para rebelarse. Esos cuarenta marcaron un antes y un después en el mundo criminal.

La mafia roja ya era letal por sí sola.

Trabajo desde la fortaleza el resto de la tarde. La erección bajo las sábanas me tortura el miembro y siento que necesito airearme o voy a volverme loco.

Me alisto para salir a correr. Subo las mangas de la sudadera y ajusto los guantes de cuero. No le doy importancia a la herida, es una nimiedad comparada a las del gulag.

Guardo mis llaves, desciendo por la escalera y salgo por la puerta trasera. Alzo la capucha de la sudadera, el viento impacta de frente, e inicio el trote entre cedros rojos.

Perdí la cuenta de cuántos he matado aquí. Aún huelo su sangre. Cabezas reventadas, cuerpos desmembrados a hachazos. El bosque es el hábitat de los cazadores y de sus presas.

Aplasto las hojas húmedas. Las ramas de los abetos proyectan sombras torcidas bajo la escasa luz lunar. Detengo el trote en mitad del sendero, un grupo de sirvientes yace reunido a la orilla del lago negro.

Miran hacia un árbol mientras murmuran entre ellos.

—Ya casi lo tengo. —Reconozco la voz que habla—. Está algo asustado.

Es Emma James, que está trepada en una de las ramas. Lucha por alcanzar un gato mientras los sirvientes le indican cómo moverse. Lo atrapa, la madera cruje y las aves se dispersan cuando cae en las aguas negras.

—Lo tengo. —Saca la cabeza del agua—. Me mordió, pero está bien.

—Tráelo y sal. La matriarca necesita la leña —le dice uno de los siervos.

Nada sosteniendo el gato en lo alto. Las preguntas se encienden en mi cabeza, giran como buitres sobre carne muerta. Lo mejor es que me aleje, tal vez así dejo de pensar tonterías.

Retomo el trote y mantengo el ritmo por hora y media antes de ir a inspeccionar el gulag. No me demoro. Los *byki* de la Brigada de Hierro se encargan del orden las veinticuatro horas.

—¡Mi *Boss*! —me saluda el *kryshas* que me espera en la fuente de la fortaleza—. ¡He traído perdices para su mesa!

Abre el costal mostrándome las aves. Asiento y me sigue hacia la propiedad. Boris Korolev es uno de los más leales y letales miembros de la organización.

Entra conmigo a la sala con olor a cuero y encaramo la pierna sobre la mesa de centro mientras lo escucho.

—Quise venir yo mismo a darle el último parte de mi cuadrilla, mi *Boss*. —Se aferra al saco de las perdices—. Los hombres enviados a...

Se calla de golpe al ver a Emma James bajo el umbral. El pelo húmedo le desciende por los hombros, dándole un aire mítico. Los labios rosados resaltan en el rostro, como si fueran producto de algún escultor empecinado con las malas tentaciones.

—Perdón por interrumpir —dice—. Me han enviado a recoger algo aquí.

Se apura a tomar las velas de la estancia.

—¿Quiere que la mate? —me pregunta el *kryshas*—. No me gusta verlo incómodo, mi *Boss*.

—Continúa. —Me lleno de paciencia.

—Le decía, *Boss*, que la cuadrilla enviada por el hijo del libanés ya cumplió. —Habla rápido—. Tenía un par de policías cuidándolo, nada serio. Los nuestros se salieron con la suya sin problema. El mocoso ya está fuera, el dinero también. Agatha lo recogió.

Profundiza en los detalles. Agatha Romanova es la *obshchak* de la Bratva, cobra y lleva las riendas de las finanzas en la *mafiya* ya hace más de nueve años. Las altas esferas del gobierno recurren a nosotros con frecuencia. Encargan favores que van desde sabotajes discretos hasta los asesinatos más descarados.

Nada se acepta a la ligera. Antes de comprometerse, la organización investiga. El cliente debe valer la pena y la tarea, encajar en nuestros estándares.

El *kryshas* calla cada vez que Emma James aparece. Sube y baja las escaleras, entra y sale de la cocina con los brazos llenos.

—Fue un gusto verlo, mi *Boss* —se despide el mercenario—. Me retiro, a menos que desee encomendarme algo. ¿Más perdices? ¿Un venado? ¿Que lo escolte arriba? ¿Le duele la herida?

El *byki* de la puerta se acerca a guiarlo a la salida cuando se alarga a hablar otra vez.

—Buenas noches, señor.

—Su té, mi amo. —La matriarca me hace entrega de la taza humeante—. ¿Le sirvo algo más?

—*Nyet*.

Me bebo el té frente a la chimenea. Las llamas me ayudan a pensar, tarea que no me es posible porque Emma James no deja de entrar y salir. Llega un momento en el que al fin desaparece y le doy gracias al diablo por eso.

Los esclavos se largan y la fortaleza queda hundida en el silencio. No he visto a Maksim en toda la tarde… Ha de estar en Sodom peleándose con el hermano.

La falta de azúcar me da jaqueca. En la cocina, busco uno de los frascos de crema de cacao y no hay. Estrello las puertas de las gavetas.

Debo tener algo arriba.

Subo por las escaleras. La edificación se levantó hace dos siglos y el paso del tiempo ha dejado poca huella en ella. Los robustos muros de piedra la convierten en un recinto casi imposible de penetrar. Es difícil entrar y salir sin el debido permiso.

Recorro el corredor y una melodía me detiene a mitad de camino.

Volteo a ver de dónde proviene: la habitación de Vladímir.

¿Ya llegó y no me di cuenta? ¿Y desde cuándo escucha música?

El volumen sube y me devuelvo. Aferro la mano al pomo frío. No escucho voces al otro lado y, despacio, giro el manubrio.

El olor a chocolate me acapara el olfato, las velas pegadas a lo largo del piso lleno de pétalos me frunce el entrecejo. Las cortinas negras están cerradas, las lámparas apagadas y lo que era la morada de un asesino ahora parece el escenario de una película romántica barata.

Pongo los ojos en el cuerpo de la mujer que espera en la cama, sola, desnuda, con los ojos vendados y la piel untada de chocolate. Contemplo su desnudez, la manera descarada en la que se contonea con las pequeñas tetas expuestas.

Agarro el miembro que se inquieta bajo mis pantalones y le doy un apretón para que se aquiete.

—¿Soy un postre bonito, Vlad?

¿Postre? A Vladímir no le gusta el postre ni el dulce; y menos el chocolate. Incrusto el seguro en la puerta y desabrocho los guantes con los dientes mientras me acerco.

Mirarla es un acto sucio, enfermizo, impropio de un hombre como yo. No hay compatibilidad posible, ni física ni moral, porque su pequeño agujero está hecho para críos, para los que pueden entrar sin destrozarla. Conmigo no quedaría intacta. Ni pura. Ni limpia.

Hundo las rodillas en la cama. Percibe el peso, intenta descubrirse los ojos y le aprisionó las manos sobre la cabeza.

—Dices que no manipulas con esto. —Introduzco dos dedos en su minúsculo agujero—. Si no es así, ¿qué estabas por hacer?

Es tan apretada que siento que la daño con los meros dedos. Le arranco la venda con los dientes, el pelo negro le enmarca la cara y clavo la mirada en sus ojos hechiceros.

—¿Te comió la lengua el gato?

—No estaba haciendo nada malo, quítate.

—¿No? —me le burlo—. ¿Ofrecerte para que te follen no es hacer nada malo?

Separo los labios, las ganas de darle de comer mi hombría tiran de mi entrepierna y respiro fuerte, inhalando hasta el último vestigio de su aliento.

—¿Qué ibas a hacer? —Le beso la nariz—. ¿Te ibas a acostar con él?

Cierro los dedos en la melena negra. No le va a dar nada a Vladímir. Arrastro la lengua por la línea de su mandíbula y lamo su garganta.

Huele a pureza en su mejor estado.

—¿Quieres que te coman ese agujero? —Muevo los dedos en su interior—. ¿Es eso lo que estás buscando?

Desciendo, devorando el sendero de chocolate y se tensa bajo mi lengua conforme me acerco a su ombligo. Le abro los muslos y entierro la boca en su entrepierna húmeda. Dos lametazos bruscos y se convierte en un manantial.

—Maldita cría. —Azoto su clítoris cual perro lamiendo un plato de festín.

Me pego a ella. El vértigo me sacude, su aroma me intoxica y me arrastra a un trance animal. No hay pensamiento, no hay razón. Solo carne, solo lengua, solo la urgencia de hundirme en su sabor. El mundo se desmorona y me aferro con los dientes a su clítoris…

—Para. —Agita las caderas—. ¡Para!

Entierra las manos en las sábanas y se arrastra al cabezal, huyendo de mi boca. Tapa sus pechos con las mejillas teñidas de rojo y mi miembro me suplica sacarlo.

—No hay duda, estás lista para ser vendida. —Me paso los dedos por lo que me dejó en el mentón.

Sale de la cama envuelta en una sábana.

—¿Cuántas veces tienes que revisarme, según tú?

—Las que me plazcan. —Saco la correa del pantalón, se la engancho en el cuello y la pongo de rodillas.

—Ahora veamos qué tal está esa boca.

Me desabrocho el vaquero. La tengo tan dura que la cremallera se resiste. Me aseguro de que nadie venga antes de bajarme el bóxer. Aparto el elástico y la carne caliente salta fuera, tiesa, apuntando directo a su boca. Sus ojos se empapan de un azul hambriento. No tan pura la niñita, después de todo.

La agarro del pelo en la nuca, enredando los dedos en la raíz.

—*Sosí menya, Ved'ma* —gruño. No entiende—. Chúpame.

Separo sus labios con la punta de la cabeza húmeda. La lame y empujo dentro, llenándole la boca con la corona.

—Abre más —jadeo con la voz áspera como lija—. Baja la lengua...

Se la incrusto hasta el fondo. Por más que intento acomodársela, es demasiado gruesa para su boca y que no sepa manejarla tampoco ayuda. No es que importe, la cara que tiene basta para hacer correrse a cualquiera. Las piernas se me anclan al suelo con la urgencia de empujar y le sujeto la cabeza para que me pueda aguantar.

El chapoteo de mi miembro dentro de su boca rebota en las paredes. Se ahoga y no la dejo ir, la agarro con más brío, forzándola a tragarme entero. La sábana se le desliza del pecho y se transforma en un desastre baboso sobre mi falo. La saliva le resbala por la barbilla y gotea en su pecho, empapándole las tetas.

La muevo de adelante hacia atrás, follando su inocente boca. Siento el pulso en la cabeza del miembro cuando me pone la mano sobre los muslos, recibiendo los embates. El calor se distribuye a lo largo de mi espalda mientras sostengo la sudadera arriba con los dientes para que no estorbe. ¿Qué estás haciendo, Ilenko Romanov? ¿Te estás dejando chupar el miembro por una cría de dieciocho años? Tú, el hombre a quien nunca le han gustado las niñatas, el que prefiere sumisas con un par de años más y, por mucho, tres menos.

La garganta se le contrae y enhebro los dedos en su espeso pelo, dándole más. Su cara se le enrojece. Tengo que acabar con esto ya o le voy a arruinar la garganta de manera permanente. Hundo el capullo en lo más hondo. El cosquilleo, que emerge en mis testículos, me desespera y no lo restrinjo, me dejo hundir por la sensación a la deriva.

La mandíbula se le afloja, la lengua se le desliza hacia delante y sus dientes me maltratan en el vaivén. El roce dispara el escalofrío que me sube por la columna. Se aferra a la tela de mi vaquero y me hincho contra su paladar cuando me mira desde abajo.

—*Blyad'*... —La desprendo en el último segundo. Mi capullo palpita en el aire y me desbordo en la moqueta.

La sangre me pulsa en cada vena.

—Tienes que respirar antes de engullir. —Jadeo—. No respirar mientras engulles.

Se apura a levantarse y encorva los hombros, dándome la espalda.

—Pero no estuvo mal para ser la primera vez —termino lo que iba a decir.

Se quita la correa y me la tira a los pies antes de cubrirse con la sábana.

—Ahórrate las mentiras y lárgate.

—Cuida tu tono, *Ved'ma*. —Atrapo su mandíbula—. Aprende a hablarles a los que están sobre ti.

—Todavía no has estado sobre mí. —Me mira la boca.

—Ni lo estaré. —La obligo a ponerse de puntillas—. Y tampoco quiero que el *Underboss* lo esté. Cambia la estrategia de supervivencia y deja de meterlo en tus redes.

—No lo estoy metiendo en nada.

—¿No? ¿Y qué es esto, entonces? —Le muevo la cara hacia las velas—. ¿Es que lo amas?

—Ese no es tu problema...

—Sí, lo es, porque es mi hijo. —La suelto—. Y no lo quiero contigo.

Me acribilla con la mirada. No me interesa si se molesta o no. He dado una orden y quiero que se acate. Ajusto el pantalón y enfilo los pasos a la puerta.

—Si le llegas a decir a alguien que...

—¿Qué? Hablo de negocios, no de crías, y tampoco de los castigos a los que las someto. —Jalo el pomo de la puerta—. Recoge tus cosas y dile al *Underboss* que te devuelva a la celda. No te quiero ver aquí.

Estrello la puerta. No estoy jugando; una James no va a estar al lado del *Underboss* de la mafia rusa.

16

Vuelco

VLADÍMIR

El mundo de porquería en el que habitamos presume avances constantes. Progresos inútiles. Inventos que, fuera de las creaciones de mi padre, siempre me han parecido poco más que desperdicios disfrazados de genialidad.

Cirugías para transformar cuerpos. Medicinas que prolongan vidas miserables, viajes al espacio. Nada que importe. No han creado un bisturí capaz de abrir un cráneo y extirpar la enfermedad de la mente. No hay nada que apague las voces, que borre los espectros.

Aspiro lo que tengo en la nariz. Si no hay una herramienta para arrancar los parásitos, entonces hay que drogarlos, y es lo que hago.

Matar a un alto mandatario de la FEMF me ha abierto más el camino a la cima. La pirámide no ha dejado de elogiarme y la Bratva está satisfecha. Tengo a Emma James, saqué a Olimpia Muller del camino, soy el nombre en boca de todos, el leoncillo que pronto será el gran león.

Podría disfrutarlo si las pesadillas no me agarraran del cuello cada noche, si no me arrastraran a ese rincón donde todo apesta a muerte.

Las rejas de la fortaleza ceden en un chirrido metálico. Los faros barren la fuente central y rodeo el camino. Custodios silenciosos patrullan los muros de piedra maciza. Detengo el coche frente a la escalinata y dejo las llaves puestas.

Alzo los hombros, la helada me araña la cara y la brisa corta. El hielo de los escalones cruje bajo mis botas, empujo las puertas pesadas y el cuerpo se me destensa tan pronto cierro.

—Te hacía descansando. —Me detengo al ver al *Boss* salir de la puerta bajo la escalera.

Apaga la linterna y guarda el manojo de llaves en su sudadera negra.

—¿Qué hacías allá abajo?

—Caminando.

Su estatura me supera y no es en lo único. Todo lo que ha hecho para estar donde está le ha dado una presencia que ninguno de la organización ha podido igualar. Los nativos aseguraron hace tiempo que de él vendría la gran próxima cabeza, que solo de él vendría alguien capaz de superarlo.

—¿Necesitas algo? ¿Que llame a algún sirviente?

—¿Por qué Emma James está en tu dormitorio? ¿Así es como se trata ahora a las esclavas?

—La tengo conmigo porque Maksim busca la manera de matarla todo el tiempo.

—¿Y qué pasa si la mata? ¿Te preocupa?

—Aún no ha sido humillada lo suficiente, y lo sabes. No ha sufrido ni la mitad de lo que debe sufrir en su cautiverio.

Guarda silencio. Es frustrante su desconfianza en mis capacidades.

—La mafia no ha parado de elogiarme por la muerte de Olimpia Muller. —Cambio el tema—. Les ha fascinado la forma en la que la acabé. Ahora tengo en la mira un submarino militar que…

—Mientras sigas durmiendo con el enemigo, nada de lo que digas va a impresionarme —espeta—. Emma James te está usando y no te has dado cuenta porque es más importante estar besuqueándola.

—¿Emma James? —Me hace reír—. Hablas como si fuera una amenaza, alguien inteligente. ¿Has notado lo estúpida que es? Su mayor preocupación es no salir sin brillo labial.

—No seas terco y escucha lo que te digo: es peligrosa.

—Es una tonta...

—¡Solo sácala, Vladímir! —Increpa—. Hazme caso y sácala.

Pasa por mi lado, su seriedad pesa como mármol sobre mi espalda. Lo respeto, pero exagera con su paranoia. Aquí, ella no representa un peligro para nadie.

Subo a mi habitación. La pequeña puta está hecha un ovillo en mi deprimente cama. Me despojo de la chaqueta, las botas y los vaqueros. Falta un cuarto para las dos de la mañana, la nieve cae afuera, y estoy demasiado cansado para dar instrucciones.

Me acuesto al lado de mi esclava. No habrá una gran diferencia si la echo ahora o en un par de horas; puedo hacerlo mañana. El *Boss* probablemente se ocupará con su sumisa y nadie vendrá a molestarme.

La droga inhalada en el camino hace su trabajo en cuanto hundo la cabeza en la almohada. Para dormir de verdad, necesito heroína o una buena dosis de somníferos. Algo que me arranque de raíz las pesadillas de la granja, que cubra el hedor a sangre de mi madre y ahuyente a los espectros.

El letargo me arrastra poco a poco. Antes de quedarme inconsciente, mi mano encuentra la espalda de mi puta. Es una buena distracción, un cerillo encendido en un cuarto en penumbra.

La alarma suena en la mesilla a las siete en punto. La apago y me concedo unos minutos más. Emma James se mueve a mi lado, desprende calor y lo busco.

Deslizo el cuerpo hacia ella, que apoya la mano tibia en mi mejilla. Ella es todo calor, yo solo frío. Tengo la teoría de que la hicieron con un puñado de objetos resplandecientes, llamativos. Cierro la distancia y tomo su boca.

El frío se disuelve al subir sobre ella, solo lleva unas bragas. Su mano se resbala por el hombro, mueve los labios por el cuello y la beso despacio, mientras deslizo la tela fina entre mis dedos. Su cabello oscuro se derrama sobre la almohada, la sangre desciende hacia mi entrepierna al tocarme la espalda. El murmullo en mi cabeza se agita, crece, y lo aíslo al separarle las piernas. Abro el cajón, saco un preservativo y me lo coloco sin apartar la vista de su rostro.

Entrelazo los dedos con los suyos. Los pensamientos acechan, listos para arrastrarme al fondo del abismo, pero no les doy espacio. Ella se ladea, busca mi boca en su cuello y la complazco mientras sujeto la base de mi pene, lo acomodo en su entrada, limpio la punta de mi nariz y empujo hasta hundirme en su interior. Me aprieta los brazos, tensa, ante la invasión

—Debes mojarte más —le digo—. Dolerá menos si lo haces.

Está demasiado seca, no sé si es un problema suyo. En Sonora no fue así, quizá el alcohol ayudó… No lo sé, ni puedo hacer nada por ella. Bastante tengo con mis problemas.

Los recuerdos revientan en mi cabeza, la garganta me pica, cierro los ojos y entierro la cara en su cuello. Se siente bien estar dentro y la estrecho contra mí. No consigo coordinar los movimientos y tropiezo su boca un par de veces al besarla.

No la toco. Solo me importan sus labios, el olor que desprende, la calidez que me atrapa. Las pesadillas acechan, las paredes se cierran sobre mí. Acelero el ritmo. El latido de mi pecho se eleva. La beso una vez más y me dejo ir entre sus muslos.

Sudoroso, caigo de espaldas en la cama. Ella se queda a mi lado, desnuda, y con la cabeza apoyada en mi hombro.

—¿Nos decimos algo tierno?

—No me gusta hablar.

—Algo corto para romper el hielo… puede ser cualquier cosa.

—Me gusta tu cara de dolor —digo y pone los ojos en blanco.

Le beso la mejilla y ella me acaricia la cara. Nos miramos el uno al otro por un par de minutos. No sé si quiere volverlo a hacer.

—Tomaré una ducha. —Se levanta—. No vayas a entrar, requiero tiempo a solas conmigo misma.

—¿Para qué?

—Para hacer cosas de mujeres. No lo entenderías.

—Tienes diez minutos, pequeña puta.

—Deja de llamarme así. —Me arroja un cojín antes de desaparecer en el baño.

La habitación se queda en silencio; la erección desapareció. Podría quedarme un rato más, pero la advertencia del *Boss* me saca de la cama. Miro el reloj. ¡Mierda! Es tarde, me retiro el preservativo y busco los pantalones. Tengo que llevarla al calabozo antes de que mi padre se despierte.

No funciono sin la dosis matutina. Saco el sobre blanco, armo las dos líneas y no alcanzo a aspirar, ya que abren la puerta de golpe. Esparzo la cocaína en la madera cuando el *Boss*, hecho una furia, atraviesa el umbral. Lo primero que hace es mirar las sábanas revueltas.

La mirada asesina recae sobre mí y vira hacia la esclava que sale de la ducha secándose el pelo con una toalla.

—¿Qué son ahora? —sonríe, irónico—. ¿Novios? Haberme dicho que ya no te interesa ser el *Underboss* ni parte de esta organización.

Abro la boca para hablar y su mirada me silencia.

—Esperaba más de ti. Años instruyéndote para que termines como otro imbécil al que le agarran las pelotas.

—No es así. Es una puta con la que me revuelco. Te lo he dicho ya...

—¡Basta de mentiras! ¡Te gusta, admítelo de una vez!

—No, padre.

Hinco la rodilla ante él y, por primera vez, rechaza el gesto, dándome la espalda. La manera en que se aleja me hiere más que cualquier latigazo que nunca me haya dado, y el miedo me traga entero al sentir el muro que se levanta entre los dos. Lo construido en años se precipita hacia el suelo y me levanto, negándome a que se haga pedazos. Prefiero morir antes que caer de su gracia.

Voy directo hacia la esclava. La obligo a caer de rodillas. Pelea para que la libere. No le doy el gusto. La remolco a la encimera y empuño el *haladie* que presiono en su garganta.

Cree que no puedo matarla y está equivocada. Siempre podré hacerlo porque ella no es nadie.

—Decepcionarte jamás —le digo al *Boss*—. Mi fidelidad está contigo, padre. Ella nunca estará antes que tú, ni antes que la organización. Puedo jurártelo.

Las lágrimas resbalan en mi cara, ardientes, rabiosas. Sostengo el filo del arma en la carótida de mi esclava. Los nudillos se me blanquean alrededor del mango y ella esconde los labios temblorosos. El *Boss* se gira hacia mí y alzo el *haladie*, listo para apuñalar a la mujer en mis manos.

—No está antes que tú —repito—. Nadie lo está.

La esclava cierra los ojos ahogados en sollozos, apunto a su pecho y el *Boss* sujeta mi brazo a mitad de camino.

—¿Ves? —Le dice a Emma James mientras aleja el puñal—. En esta organización, los trucos baratos no funcionan. Soy quien manda, mis órdenes se respetan, se hace lo que yo digo y eso nunca va a cambiar.

Lo mira como si fuera la más vil cucaracha.

—Sácala de la casa. —Me arranca el *haladie* de las manos—. Compórtate como un *Underboss* y dale su lugar: es una esclava.

—Como ordenes, padre.

Las puertas se cierran y no entiendo qué clase de estupidez estoy cometiendo. ¿Por qué pospongo una orden? Nunca lo he hecho.

La arrojo al suelo y sin perder tiempo me visto.

—No he hecho nada malo —dice, y no le pongo atención—. Vlad...

—¡No me toques, ni te acerques!

—Estábamos bien hace un momento. No tienes por qué hacerle caso, siempre...

—¿Y qué debo hacer, según tú? ¿Desafiar a quien está cien escalones por encima de ti? —Agarro la chaqueta del perchero—. No eres más importante que él. No lo eres en Phoenix, no lo eres en el Ejército y mucho menos aquí.

Inhalo la cocaína.

—Muévete, no me hagas sacarte a rastras.

Se resigna a obedecer. La saco en cuanto se viste. En la sala, Zulima acompaña a Salamaro y le entrego a la esclava.

—Tuvimos sexo, aunque usé preservativo, no me voy a confiar —le ordeno a la sumisa—. Asegúrate de que pueda estar tranquilo. Cuando termines, llévala al club y ponla a trabajar.

—¿Trabajar en qué? —Emma James se me pega atrás—. No sé hacer nada de lo que hacen en esos lugares.

—Improvisa.

Zulima la toma y los *byki* la sacan. Que vaya a limpiar porquerías al club. Allá será humillada, igual o más que aquí. Puede ser mi esclava, puede ser mi presa, pero el *Boss* es el *Boss* y prefiero morir antes que decepcionarlo.

EMMA

El club donde desciendo me contrae la garganta. Olimpia Muller murió aquí y ahora mi cabeza siempre piensa lo peor. Conociendo a esa gente, han de querer que mate al papa o algo así.

—Andando, niña. —La sumisa no me suelta.

Lo poco que he logrado se desmorona por pedazos. No puedo estar lejos de Vladímir, así no se va a enamorar de mí.

—Bebe esto.

Entro por la puerta trasera. En el corredor, me obligan a tragar la píldora del día después y me giran contra la pared.

—Parche anticonceptivo. —Siento el aguijonazo detrás del hombro—. Los nuestros son cambiados cada treinta días.

Continúa la caminata a través de los pasillos. El enterizo de cuero sintético se le ajusta como si hubiese sido sellado sobre sus curvas.

—¿Cuánto tiempo llevas aquí? —le pregunto.

—Cinco años al lado de mi amo. —Se desvía al corredor de la izquierda—. ¿A qué se debe la pregunta? ¿Te gusto y te resulto curiosa?

—Todo es curioso aquí.

En el baño, me entregan una muda de ropa. Agradezco que sea una bata con delantal y no una tanga de colores. Últimamente, me conformo con poco, pero aferrarme a las migajas es mejor que perder las ganas de seguir.

Me ordenan fregar los pisos de mármol con un cepillo de madera. Intento animarme, imaginando lo orgullosos que estarán mamá y papá cuando salga de aquí. Después de esto, ya no seré la idiota de la familia. Tal vez el Ejército me dé una medalla por honor, audacia o valentía.

Mataste a la viceministra.

Aprieto el cepillo. La voz en mi cabeza quiebra la imagen en mil pedazos.

Seguro el Ejército me lo echará en cara. Me recordarán que mi hermana nunca lo habría hecho, y tendrán razón. Asegurarán que la teniente habría encontrado otra salida, que no se habría dejado arrastrar por el miedo.

Sam habría afrontado la muerte antes que dañar a un conocido. Eso sí hubiese sido un acto honorable. Olimpia Muller no era una extraña; era amiga de mi padre. Trabajaron juntos en múltiples operativos.

Me seco el sudor de la frente. «Mi medalla de honor está perdida». Sigo cepillando el piso como si pudiera borrar lo que hice.

«Está bien, Emma». No fue a propósito, yo no quería hacerlo. Si lo explico, lo entenderán. Se enojarán, pero al final lo entenderán.

Las imágenes de anoche se despliegan en mi cabeza. El *Boss* frente a mí, su miembro en mi boca, sus labios en... Arrincono todo en lo más hondo de la conciencia. Fue una confrontación como la última vez y ya está.

—Niña —me llaman—. Apura eso. Hay más tareas por hacer.

Si trabajar en la fortaleza era agotador, aquí lo es cinco veces más. El humo del cigarro y el olor a vodka están impregnados en todos los rincones. En la media luz se divisan rostros agrietados, los ojos de los asesinos con miradas de cazador y cuerpos esculpidos cubiertos de tatuaje.

Las banderas rojas cuelgan en todas las esquinas. Si alguien requiere a un sirviente, hay que acudir sin importar si están follando, flagelando o torturando. Hay que entrar a presenciar sexo sucio, porque aquí la gente fornica como si el mundo se acabara. Se hacen daño unos a otros y lo festeja tanto quien golpea como quien recibe.

Las habitaciones son mazmorras cargadas de varas y objetos de tortura. Tienen una fijación enfermiza por los espejos; cuelgan en pasillos, escaleras y clósets. Reflejan cada sombra, multiplican los rincones y amplifican la sensación de encierro y control.

Follan tres, cuatro, cinco a la vez en una misma habitación. Los ovarios se me encogen en más de una ocasión mientras cruzo entre las mesas. No hay sutileza en las miradas, se clavan en mí como si estuviera desnuda. Necesito largarme, esto no hace parte de mis planes.

Hago lo posible por mantener la mejor actitud y evitar más reprimendas, pero todo se derrumba en cuanto me dicen que estaré aquí por tiempo indefinido. No puedo. Este club no es un avance, sino un estancamiento. Mi lugar está al lado de Vladímir. Si me quedo, se olvidará de mí poco a poco y solo vendrá el día que tenga que matarme.

Limpio los muebles mientras las sumisas se pasean de un lado a otro en la sala abarrotada de cojines. Unas caminan en ropa interior, otras desnudas. Se tocan, curan y acicalan entre ellas. Se acarician las curvas exuberantes y los pechos generosos.

—Mi amo.

Las voces se elevan en un susurro reverencial y giro la cabeza hacia el maldito que entra.

Las sumisas se apresuran a quitarle el gabán caoba mientras él se ajusta los guantes de cuero, indiferente a la adoración que lo rodea. Las mujeres gatean a su alrededor, ofreciéndose sin pudor sobre las mesas, muebles y cojines de terciopelo, como si fuera el Dios de algún tipo de religión, un privilegio tenerlo entre ellas.

—Amo —ronronean—. Mi amo, aquí.

Clava la mirada afilada en mi lugar como si fuera la peste y agilizo la tarea. No me importa si lo hago bien o mal, abandono la sala. Lo último que quiero es verle la cara de arrogante, de inalcanzable.

No sé qué es peor, si él o el maldito club que parece una sede de Sodoma y Gomorra. Hombres lamen el suelo, atados a las correas de sus amos, gente apaga cigarros en la piel de sus sumisos y mujeres chillan de placer con la sangre escurriendo de su boca, mientras son embestidas por los machos de la Bratva.

Debo recoger todo lo que se cae y limpiar las asquerosidades de los baños. Me dan ganas de arrancarme el pelo; las luces rojas y la música me hacen doler la cabeza. Soy enviada a las mazmorras y lo que hallo es aún peor: pasillos flanqueados por personas congeladas como maniquíes que fácilmente podrían ser usados en una película de terror.

Entro a la primera cueva y, en una jaula de barrotes oxidados, una mujer permanece en cuatro patas, reducida a un animal. El látex negro le cubre la cara y apoya las manos dobladas como garras. ¿También está secuestrada? Una cola asoma desde su recto y araña los barrotes, maullando desesperada. Los agita, empuja la puerta con la cabeza y me acerco; trato de entender qué necesita.

No puede hablar, no para de empujar la puerta, parece que necesita salir y fuerzo la argolla del candado. Si sigue ahí en ese traje, se va a asfixiar.

—¡Ya! —Sale a cuatro patas y, en vez de levantarse, gatea hacia el *Boss,* quien se encuentra apostado en la puerta.

—¿Liberas a mi sumisa, *Ved'ma*? —Cruza los brazos a la altura del pecho—. ¿Quién te dio permiso?

Ella roza sus piernas, trepa de rodillas a su cinturón y él abre el cierre a la altura de su boca, le baja la mordaza y se deja que le abra el pantalón. Es un malnacido, hijo de perra, que espero que algún día alguien le entierre un tiro.

Aprieto el paso a la puerta y no se quita. Me sujeta del mentón, atenaza el agarre y en un tirón me pone de puntillas. Me siento como si no pesara nada.

—¿Follaste a mi hijo, cría de mierda? —Frota e introduce el pulgar en mi boca.

Me hunde el dedo en la lengua, mirándome como si midiera cuánto espacio hay en mi garganta. La sumisa de rodillas se aferra a su entrepierna y le entierro las uñas en la muñeca. Toso. No me quiere soltar y el pulgar me está asfixiando.

—Hasta con un dedo te ahogas. —Ríe, altanero—. Niñita de papi tenías que ser.

Suelta el agarre, me empuja y, de tener una escopeta, no dudaría en pegarle un tiro.

—¡Largo!
No espero a que lo diga dos veces, recojo mis cosas y desaparezco. Una hoguera me quema la cabeza, no miro por dónde voy y acabo tropezando a una de las mujeres del pasillo.
—Lo siento, lo siento. —La coloco de vuelta en su lugar.
Continúo limpiando. Insisto en que no tengo por qué estar aquí. Mi desespero va en aumento y, justo cuando estoy al borde de arrancarme el pelo, veo a Vladímir. Llega al club acompañado por sus hombres y de inmediato me arreglo el delantal, me recojo las hebras del pelo y bajo las escaleras.
—Ey, Vlad. —Corro hacia él—. Qué alegría verte.
—Vladímir —lo llama el *Boss* pasos antes de llegar a su lugar. El *Underboss* no me determina. Como un perro faldero, sigue a su padre a la sala.
Cuatro horas se suman a la jornada. Los pisos, los dormitorios y las mazmorras son interminables, pero eso no es lo que me agobia. Mi único salvavidas se está desinflando y si lo dejo ir, me ahogaré. Culmino las tareas lo más rápido posible y busco al *Underboss* que sale de una sala, seguido de una decena de hombres.
—Hola —le digo.
—Aquí está mi pequeña puta. —Las risas estallan a su alrededor—. Se ha vuelto dependiente de mí. Me sigue como una perra.
Omito el estúpido comentario.
«La paciencia no puede faltar en un soldado», me recuerdo. Mueve la cabeza pidiéndome que lo siga y, por denigrante que sea, no me queda más alternativa que hacerle caso.
—¿Podemos hablar a solas? —le pregunto apenas se sienta en la mesa de apuestas—. No te quitaré mucho tiempo.
—¡Zulima! —llama a la sumisa, que baja las escaleras siguiendo al *Boss*—. Pídeme una bandeja especial. Quiero que mi esclava sostenga mi licor y el de mis hermanos. Que todos vean para qué sirve.
El ruso se sienta dos mesas más adelante, justo frente a mí. No sé qué karma estoy pagando.

—¿A la muñeca se la puede tocar? —Se me acerca un ebrio por detrás—. Di que sí, *l'venok*.

—Le cortaré la mano a quien toque a esa *volshebnitsa*. —El *Boss* bebe su trago—. En mi presencia se la ignora como lo que es.

—Sí, mi *Boss*.

Siempre habla de mí como si cargara las siete plagas de Egipto. Permanezco en mi sitio. Si esto fuera un concurso de estupideces, todos empatarían. Vladímir me hace sostener una bandeja con botellas, drogas y cigarros. La gente habla a mi alrededor, frases sátiras hacia la familia de mi madre.

El *Underboss* se llena de licor mientras yo hago el papel de mesa humana. Sostengo la bandeja que me adormece los brazos. A las dos horas comienza a temblarme. El papá de Vladímir no se larga y, si no lo hace, no podré hablar con él.

—Vlad —le hablo en el tono más suave posible.

—Cállate.

No es el mismo que esta mañana. El trabajo de días ahora no es más que cenizas.

—Vlad, por favor.

—No hablo con objetos.

Dos mujeres más se suman al grupo del *Boss*. Una se mete bajo la mesa mientras las demás ríen. El malnacido se sale con la suya y los demás deben soportarlo sin rechistar. He tenido que cargar con su condena injusta, con la culpa de algo que no hice, y ahora también debo resignarme a que arruine la única oportunidad que tenía.

Las manos se me duermen, las risas no cesan, las indirectas no paran. El rostro me arde. No me gustan los malos comentarios en torno a mí: por años he tenido que lidiar con ellos en el Ejército, en casa por parte de mamá, en vacaciones por parte de mis tías...

—Vlad, necesito ir al baño —susurro—. Podría...

Me ignora y cambio el peso de un pie a otro.

—Por favor. Si quieres, acompáñame.

No contesta y siento las muñecas cada vez más débiles.

—Por favor...

—Cuando tu amo dice...
—¡No eres mi maldito amo! —Le vuelco la charola en la mesa—. ¡Y yo no soy tu esclava!
Las botellas ruedan y estallan en el suelo. El bar entero gira la cabeza hacia mí y, al ver el desastre, soy consciente de mi error. Entiendo por qué mis superiores decían que no tenía lo que se necesitaba para el Ejército, que carecía de los estribos que se requieren para pensar antes de actuar. Eso es una falla y me queda claro cuando los hombres de Vladímir me sacan con las manos amarradas atrás, como una renegada. El *Boss* saca su puro. Se ha salido con la suya una vez más. Ha desordenado las fichas que intentaba acomodar a mi favor.

Me meten al asiento trasero del auto de Vladímir, el *Underboss* se pone al volante y las lágrimas se me desbordan mientras conduce. Atraviesa los callejones del pueblo, dos plazas y pasa frente a una iglesia a la orilla de la carretera. Parejas salen celebrando en medio de algarabías, y niego sin dejar de llorar.

—Lo siento.

—Yo nací en la Bratva, me crie en la Bratva y moriré por la Brava —dice—. Quieres hablar para intentar cambiar eso y no va a funcionar, porque aquí nadie prioriza sus gustos sobre la hermandad. No estás en el entorno al que estás acostumbrada y pareces no querer entenderlo.

Conduce a través de la carretera desierta, se desvía y sigue por un camino angosto. Me saca amarrada del vehículo minutos después y tropiezo dos veces cuando me obliga a avanzar entre hierbajos y matorrales.

—Tu nuevo hogar. —Señala la granja rodeada de maleza, árboles deshojados y tejados caídos—. ¿Morirás de hambre? ¿De frío? Quién sabe. Te dejo con los animales, ya que con las personas no sabes convivir.

—Hablemos, por favor. —Me rehusó a entrar.

Entra conmigo. Las paredes apenas se sostienen, los muebles han sido devorados por las ratas, los árboles han traspasado las ventanas y al suelo no le cabe una fruta podrida más.

—No lo vuelvo a hacer, lo siento. —Las lágrimas me queman las mejillas—. Si me hubieses dado la oportunidad de hablar, te juro que...

Me encadena a una de las columnas. Esto ni siquiera es una prisión; me está dejando a la deriva, como un perro callejero que no merece ni resguardo del frío.

—Por favor, Vlad —le ruego entre sollozos—. ¡Es injusto!

—Es acogedor —me dice—. No seas malagradecida.

Se encamina a la puerta y las lágrimas me bañan toda la cara.

—Por favor, Vlad —lo llamo, y no me mira—. ¡Vlad!

Cierra la puerta, dejándome sumida en la oscuridad. Me somete a algo peor que la celda: a la soledad.

A lo lejos, los lobos aúllan al compás del rugido de mis intestinos y los sollozos que me hacen hipar.

Death lo dijo, fue sincero al recalcar que no podía esperar compasión por parte de quienes escriben sus códigos con la punta de un cuchillo bañado en sangre. Quiso mentalizarme, pero hacerlo no lo ha vuelto más llevadero ni me ha convertido en una soldado de acero.

«No permitas que el frío entre en tu cabeza». «Debes recordar siempre los motivos para no rendirte».

No quiero morir, no puedo morir... porque el otro lado puede ser más oscuro que este.

Si muero, ¿quién cambiará las flores de los jarrones de la casa cada cuatro días? La señora Deborah no está al pendiente de las flores a veces. Pone lilas en la habitación de mamá y a ella no le gustan las lilas. Ella prefiere los lirios.

La flor de la perfección.

Si muero, Death no tendrá quien lo acompañe a las tiendas departamentales. No se siente cómodo entrando solo y suele comprar lo primero que ve.

Si muero, no podré a apoyar a Rachel cuando nazcan mis sobrinos. Papá dijo que debemos cuidarla, estará vulnerable después de su embarazo y necesitará toda la ayuda posible.

Si muero, mis rutinas se pudrirán en mi viejo cuaderno de notas. Mamá lo tirará a la basura sin saber la importancia de esos apuntes de entrenamiento.

Arrastro una manzana podrida con los pies; el hambre me devora. La tanteo con los labios y busco partes comestibles. En la soledad, lo único audible es el chasquido de mis dientes masticando y de las ramas, que crujen en el tejado.

Duermo en periodos cortos y la cabeza me pesa al despertar.

No distingo si es de día o de noche, pero como más de la fruta que me hace doler el estómago.

«No puedo morir porque el otro lado puede ser más oscuro que este», me recuerdo.

Vladímir regresa tiempo después, y sus pasos suenan como la melodía más hermosa del universo. Entra con un farol eléctrico y se agacha frente a mí. El hedor a alcohol emana de su chaqueta de cuero; está drogado. El bosque desolado en su mirada luce más apagado que nunca.

—Una vez más, el *Boss* se ha molestado conmigo. —Toma aire por la boca—. A este punto, siento que la única forma de recomponer las cosas entre nosotros es matándote. Le demostraría que no significas nada para mí.

Acaricia mi cara.

—Lo siento, pequeña puta, pero ha llegado tu hora.

—Matarme no es la solución a tus problemas. Podemos irnos lejos, solo los dos.

Niega.

—Te mataré al amanecer. —Suelta las cadenas y se inclina hacia mí—. Pero antes me divertiré contigo por última vez.

Me acaricia el pelo y me olfatea el cuello.

—Beberemos una botella de licor bajo la luz de la luna. —Arrastra las palabras—. Necesito un buen recuerdo para enfrentar mis pesadillas... y en ese recuerdo no quiero verte dando asco.

Siento los ojos como bolas de billar. Abre la mochila colgada en su hombro y saca lo que trae. Me arroja agua embotellada a la cara, me limpia con paños húmedos y me lava la boca.

—Me satisface verte así —dice, apesadumbrado—. Que sufras como yo sufro día tras día.

Me viste con un vestido y me ajusta un par de zapatos. Luego, me rocía perfume y me cepilla el pelo. Mis manos cuelgan a ambos lados mientras él me pone de pie.

—Camina, pequeña puta.

Con la idolatría que le tiene a su padre, no dudo de la decisión que acaba de tomar. Haría cualquier cosa por complacerlo, y si matarme es una de ellas, lo hará sin titubear.

No puedo morir. El pánico me enciende las neuronas. No puedo morir.

El aire puro llena mis pulmones al salir. La nieve espesa cubre el camino desde la casa hasta el auto. ¿Qué hago? El viento arrastra copos helados. Me quedan, por mucho, un par de horas.

Vladímir resbala a pocos pasos del auto y lo sujeto antes de que caiga. El olor a alcohol es abrumador.

—Sube. —Abre la puerta de la camioneta.

Sale del bosque, vuelve a la carretera y conduce hasta las colinas, donde Sodom se extiende ante nosotros: edificios, casinos y una iglesia de colores neón. Las luces destacan mucho más al norte.

—¿Qué hay allá? —le pregunto a Vladímir.

—La aldea de los soviéticos, de los coyotes y los carroñeros. Para tu suerte, ya no tendrás tiempo de conocerla.

Saca una botella de licor.

—Por tu muerte —brinda.

Se inclina la botella antes de pasármela.

—Bebe, pequeña puta.

—Por mi muerte. —La recibo con las manos temblorosas.

Apoyado en el capó, aspira dos líneas de cocaína y le devuelvo la botella. Correr no es una opción, no llegaría lejos.

Tomo asiento en una de las rocas, concentro la mirada fija en el pueblo y Vladímir deja su chaqueta sobre mis hombros. No es estable, nunca lo ha sido. Ahora parece contento, aunque sé que no durará. Basta que su padre lo llame o aparezca para recordarle su lugar en esta organización.

—Todo lo que ves allá abajo será mío cuando me convierta en *Boss*. Tu muerte me dará grandeza. Seré el que vengó la muerte de mi tía Sasha.

El estómago se me contrae. Está decidido y, por más que le ruegue, sé que no va a cambiar de opinión.

—Era importante para ustedes, ¿cierto? Tu tía Sasha.

—Estuvo para mi padre y para mí en todo momento. Por supuesto que era importante. —Desbloquea el móvil y contesta los mensajes del *sovetnik*—. ¿Sabes qué pidió grabar en su urna? «Nuestra sangre es una. Si la mía ha dejado de fluir, que la suya corra con más fuerza por los tres hermanos». Nunca quiso ser una debilidad para el *Boss* ni para la familia, y por eso tenía el aprecio de todos.

Los labios se le tuercen en una sonrisa escueta.

—La conocerás en el infierno. Desde allí aplaudirá el haber hecho respetar su nombre.

Se inclina la botella.

—Embriágate. —Ordena—. Disfruta de las pocas horas que te quedan.

Asiento obediente. Dos sorbos de vodka bastan para marearme. Vladímir me arrebata la botella y sigue bebiendo. Su reloj marca las veinte horas y mis neuronas inician el conteo regresivo hacia las horas que hacen falta para que amanezca.

El *Underboss* habla sobre cómo me matará. Saca otra botella del auto y, dos horas después, apenas se sostiene de lo borracho que está.

—¿Te gusta bailar? —Me acerco.

—No.

—¿Por qué no? —Lo abrazo—. Bailar con la persona que amas es romántico.

—Yo no te amo.

—Sí lo haces, solo que no quieres admitirlo. —Lo beso—. Te asusta reconocer lo bien que nos vemos juntos. Podríamos ser felices, Vlad.

—Sube al auto. —Se aleja y le sujeto el brazo.

—Mira lo bella que está la luna. —Lo traigo contra mi pecho—. Bailemos debajo de ella.

—No seas estúpida…

—Una canción, ¿sí? Es mi última noche, déjame disfrutarla contigo. —Envuelvo los brazos alrededor de su torso.

—Mañana tendré tu cabeza. —Se mueve conmigo—. Me volverán a aplaudir.

—Brindemos por eso.

Busco licor. En el asiento trasero encuentro una caja de vodka. Lo distraigo hablando del baile. Bebe hasta terminarse tres botellas, lo arrastro a dar vueltas en lo alto de la colina y hago un par de volteretas para él, que se ríe a carcajadas.

Está tan ebrio que ni siquiera sabe dónde está. Lo llevo hacia la orilla del bosque y lo adentro en el follaje. Podría empujarlo desde la colina, pero su gente me encontraría.

Debo hallar otra salida y está en Sodom. Nos resbalamos juntos, rodamos metros abajo y se levanta con la botella en la mano.

—Nunca había conocido a una persona más idiota que tú. ¿Cómo demonios fuiste cadete por tanto tiempo?

—Vamos al pueblo. —Tiro de su muñeca—. Hagamos un festejo *premortem*.

—Resignada —se ríe—. Eso está bien, pequeña puta.

Camina conmigo y la música retumba cada vez más cerca. Salimos del bosque rumbo a una calle atestada de moteros. No es la zona elegante del pueblo; lo rústico y salvaje destaca en los muros grafiteados. Las motocicletas rugen sobre el asfalto.

Bajo los faroles verdes, hombres y mujeres se inyectan heroína. Las prostitutas se exhiben como carne en subasta. La calle es un mercado de drogas, armas y vicios. Las peleas estallan sin aviso, mientras algunos hacen malabares con antorchas, iluminando fugazmente el caos con fuego.

—¿Cuál es tu cantina favorita? Nos hemos quedado sin licor. —Le alzo la mano para que vea—. ¿Dónde puedo conseguirte otra?

—En donde sea que preguntes porque esta es la tierra del licor. —Camina y lo sigo con las tripas rugiendo de hambre.

Entra a la primera cantina que se le atraviesa y todo el mundo lo saluda. Lo instan a beber.

—Entrada al paraíso, leoncillo. —Le ponen una pastilla en la lengua—. Estarás en el cielo en un par de minutos.

Me presenta como su puta. No protesto. Recibo el licor y lo retengo hasta que puedo escupirlo sin que nadie lo note.

—*L'venok*. —Le esparcen cocaína en una mesa—. Lo mejor para nuestro asesino favorito.

La multitud que nos rodea se ahoga en droga y alcohol.

—Hoy me acompaña una cirquera —dice—. Muéstrales las tonterías que haces, pequeña puta.

—Después...

—¡Muéstrales! —Me empuja hacia delante y hago el primer giro que se me ocurre—. Anda, festeja con mis hermanos.

Su empujón me dejó el omóplato doliendo. El hambre me tambalea y me aferro a lo poco que puedo robar en las mesas de la cantina. Nadie nota cómo hurto sándwiches a medio comer, mentas y maníes de la barra.

—Salud, pequeña puta. —El *Underboss* se bebe un trago azul neón y el alcohol lo transforma por completo.

La música suena más a un ritual demoníaco que a una fiesta y se pierde entre la horda de desquiciados. Hablan de dinero, mujeres, dioses y credos. Lo sigo de mesa en mesa. Agotador, pero necesario. Debe embriagarse más. Pido botellas y no me opongo a la droga que le ofrecen.

—¡Por tu muerte! —brinda.

Como un loco, empieza a dar vueltas en la pista; nunca lo había visto tan drogado. Me da otro beso, se cuelga de mis labios y me abraza como si quisiera vivir mi duelo en vida. Este estado tiene las horas contadas, una vez acabe, será mi fin. El *Boss* ha quemado mis oportunidades y, al amanecer, Vladímir lo pondrá a él sobre mí.

Une nuestras bocas en un beso más largo. Me arrastra a la salida, le sujeto una mano y mi cuerpo se va a un lado al chocar con el sujeto que está entrando.

—¡Buen Boris! —le dice el *Underboss*—. Pide una botella adentro y ponla a mi cuenta.

Avanza conmigo. El tipo de chaqueta de cuero y tatuajes en el cuello frunce el ceño al notar cómo me sujeta de la muñeca. Vladímir se aparta a la acera para inhalar cocaína, mientras el hombre nos observa desde el andén. Retrocede sin apartar la mirada y, de repente, echa a correr. Tiro de Vladímir y lo muevo a otro callejón.

Ese tal Boris le va a decir al *Boss* que está conmigo. Vladímir se inclina y vomita en una esquina. Me agacho para fingir que lo ayudo mientras rebusco en su chaqueta. Encuentro el teléfono en el bolsillo izquierdo y lo pongo en silencio.

Si no encuentro una salida, seré un cadáver en horas. Media hora después, el teléfono se ilumina con una llamada del *Boss* y me lo escondo en la ropa interior. El tiempo se agota. Meto a Vladímir en el siguiente callejón y, como era de esperar, acepta todo lo que le ofrecen. Veinte minutos después, está en Júpiter y con la borrachera por las nubes.

Se tambalea contra los andenes y lo remolco conmigo. En mi ropa interior, el móvil se ilumina mientras nos alejamos de las cantinas.

—¿Dónde demonios estoy? —Se detiene de un momento a otro.

—Vamos para la fortaleza. —Salimos a la carretera.

El móvil vuelve a iluminarse. La música se apaga en la distancia mientras vigilo que nadie nos siga. El sudor le brilla en la frente, perdido en sus alucinaciones. Intenta retroceder, pero no lo dejo.

—Aquí puedes hacer lo que quieras, ¿cierto? —Le agarro la nuca—. Una vez lo dijiste.

—Soy el hijo del *Boss*, ¿qué te dice eso? —Le cuesta mover bien la lengua.

Se tambalea y lo sujeto antes de que caiga. En los refugios donde ayudaba con mamá aprendí que, bajo los efectos de la droga, la mente es maleable; si describes un escenario, lo creen sin dudar. Vladímir está al borde de una sobredosis.

—Te quiero —le digo—. Estos cinco años de relación son lo mejor que me ha pasado en la vida.
—¿Qué?
—Soy tu novia, Vlad. —Le beso la mejilla—. ¿No lo recuerdas? Te enamoraste de mí a los quince y hemos estado juntos desde entonces.
Lo hago andar a mi lado. Mira a todas partes mientras le invento toda una historia. Le hablo de cómo nos conocimos, nos volvimos novios y cómo nos hemos amado desde entonces. Lo distraigo hasta que estamos a un par de metros del establecimiento con la cruz neón en lo alto.
—Deseo pasar el resto de mi vida a tu lado, sé que tú quieres hacer lo mismo conmigo, por eso quiero hacerte una propuesta.
—Le sujeto la cara, asegurándome de que me mire—. ¿Quieres casarte conmigo?
—No.
—No quieres vivir sin mí, qué hermoso. —Lo beso y llevo a la capilla—. No perdamos tiempo, unámonos ya.
—Déjame en paz.
—Vlad. —Lo agarro del cuello—. No tengas miedo. Eres un hombre, nos amamos y esto lo planeamos hace tiempo, así que vamos a casarnos.
No le doy espacio para pensar y lo pongo contra una de las paredes. Vomita otra vez y aprovecho para sacarle la billetera del pantalón. Busco dentro y, como sospeché, tiene mi identificación.
—Vamos.
Confundido, se coloca las manos en la cabeza.
—Es la solución a todos tus problemas. —Lo obligo a mirarme—. Ya no estarás más solo, yo estaré contigo y los malos sueños se irán.
Por muy malnacida que me esté viendo ahora, no puedo dejar que me mate. Le saco el dinero, agarro su mano, desbloqueo el móvil con la huella dactilar y el patrón numérico que usó en la colina. Tiene diez llamadas perdidas del Boss y de dos números más.

Restrinjo el ingreso de llamadas.

—¡Ustedes! —llamo a la pareja de moteros que se drogan en los escalones de la entrada—. Vladímir y yo nos vamos a casar. ¿Quieren ser nuestros testigos?

Les muestro el dinero y enseguida vienen por él.

—Los anillos de tus dedos, dámelos. —Aparto los billetes.

—Son baratijas.

—¡Los necesito!

Se los saca y los invito a entrar con la promesa de darles más dinero una vez que acabe la ceremonia.

—Necesito a una persona que me case con mi amado —hablo, y el hombre frente al altar se vuelve hacia mí—. ¿Cuánto vale una boda?

—Para él, nada —contesta el motero con su aliento a licor barato—. ¿No es el *Underboss*?

—El mismo —contesto—. Encontró al amor de su vida. ¿Qué debemos hacer?

El sacerdote, juez, pupilo de Satán o quien sea el anciano del altar, repara a Vladímir, extrañado. Entrecierra los ojos, queriendo adivinar quién soy.

—Deje de mirar al *Underboss* como si fuera un drogadicto —digo, cizañera—. ¿No le enseñaron el significado de la palabra respeto?

—¿Me está mirando… cómo? —El *Underboss* se le va encima y lo alejo para que no lo mate.

—¿Quién es usted? —pregunta el sacerdote—. No reconozco su sombra.

Vladímir vuelve a ponerse las manos en la cabeza con los ojos desenfocados y los moteros no dejan de drogarse. El anciano no tiene idea de qué hacer y lo agarro del cuello.

—Al *Underboss* no le gusta esperar. Ya sabe cómo son los Romanov, así que empiece a bendecirnos o Vladímir lo va a matar. —Le clavo el dedo en el ojo—. Eso es una advertencia, apúrese.

Lo empujo para que obedezca y comienza a encender las velas. El tiempo corre en mi contra y le paso el teléfono a uno de los motoristas.

—Graben el momento —exijo—. Queremos tener un recuerdo.

Relleno las actas matrimoniales a la velocidad de la luz. Persuado a Vladímir para que firme, lo pongo frente al altar y se inicia la ceremonia. Me aferro a su brazo para que no se desplome.

—Me amas —le digo, y niega—. Sí lo haces, recuérdalo.

La demora del anciano me impacienta. Esto es puro negocio, no hay razón para tanta ceremonia. Aquí todo vale, hasta casarte con tu perro si quisieras. Deslizo el anillo en el dedo de Vladímir y hago lo mismo con el mío.

—Él te va a preguntar si quieres matarme —susurro en su oído— y tú le darás una respuesta.

—Vladímir Romanov, siendo el *Underboss* de la Bratva —empieza el hombre—, ¿aceptas a Emma James como tu hembra y compañera para protegerla, quererla y ampararla según las leyes de nuestra hermandad?

—Contesta, Vlad. —Lo sacudo.

—Sí —dice—. Sí, quiero hacerlo.

—Emma James, siendo... Siendo...

—Diga lo que sea, no me interesa —alego, y se queda en blanco—. ¡Apresúrese!

—Emma James... siendo Emma James —procede—, ¿aceptas a Vladímir Romanov como tu hombre y compañero para servirle, quererlo y serle fiel según las leyes de la hermandad?

—Acepto. —No suelto a Vladímir. El hombre nos pide una mano a ambos para el juramento de sangre.

Corta las palmas y la sangre se despliega sobre la hoja.

—Están unidos ante la gran hermandad —dice el hombre—. Se ha hecho el pacto. Le perteneces ahora y le pertenecerás siempre.

Capto las luces que se filtran por las puertas cerradas de la capilla. Vladímir se tambalea en el altar, mareado, y le arrebato el celular al motorista. Con el corazón latiéndome en la garganta, detengo el video. Le tomo fotos al acta y le envío todo al primer contacto que evoco. La información llega a los dos segundos.

Una algarabía estalla afuera. Reinicio el móvil con la configuración de fábrica para que elimine todo tipo de rastro y registro.

—¿Qué haces? —inquiere el *Underboss*—. ¿Ese es mi teléfono?

Se abalanza sobre mí, pero cae justo cuando patean las puertas dobles de la capilla. Me doy la vuelta. El *Boss* se toma el sitio, rabioso, y no bajo la cara. Vladímir no se puede levantar.

El padre fija la mirada en mí y alzo la mano donde tengo el anillo.

—Hola, papi —saludo al *Boss*—. Me presento, soy Emma Romanova, la esposa del *Underboss* de la Bratva. Nos acabamos de casar.

El *sovetnik* aparece atrás.

—¿*Boss*? —habla el sacerdote, pero lo desploman de un tiro en la cabeza.

—*Uberi eto otsyuda!* —le dice al *sovetnik* y este corre a hacerse cargo de su hijo.

El dueño de la Bratva les dispara a los motoristas. Observo como las cabezas de la pareja se echan hacia atrás con el impacto de las balas. Sus hombres irrumpen en la capilla. Dos me sujetan de los brazos y me sacan. Ilenko Romanov patea una antorcha. El fuego se dispersa, el caos reina a mi alrededor y por primera vez soy feliz de presenciarlo.

—¡Dañen lo que deseen! —les digo en lo que me alejan—. ¡Grabé todo! Si me hacen algo, ¡mi contacto hablará y le mostrará las pruebas a la mafia! ¡Se sabrá que un Romanov se casó con una James!

—Llévenla a la fortaleza y no dejen que hable con nadie —dispone el *sovetnik*.

El *Boss* levanta a Vladímir.

La iglesia está rodeada de gente. El *sovetnik* sale a ahuyentar a los curiosos. Me suben a un vehículo y, desde el interior, observo las llamas devorar el templo. La camioneta arranca, levantando una nube de polvo.

Necesitaba tiempo y lo acabo de conseguir.

Rozo el anillo en mi dedo anular. Si ellos juegan sucio, no me queda más opción que hacer lo mismo. Varios vehículos se alinean detrás. Llegamos a la fortaleza en minutos y, ni siendo la esposa del *Underboss*, consigo un trato mejor; me sacan del auto en medio de empujones.

Vladímir entra con el papá y el *sovetnik*. No voy a permitir más ultraje, así que me zafo del carcelero que me pretende arrastrar a no sé dónde.

—¿Maksim está aquí? —le pregunta el moreno a los hombres que resguardan la entrada.

—No, señor.

El *Boss* desocupa la casa como si hubiera llegado la peor plaga. Con cada orden destila furia y lo celebro en silencio. Me puso un collar, ahora yo le he puesto uno a su hijo.

—Padre, yo no sé qué pasó —le ruega su hijo—. La iba a matar al amanecer...

—Llévenlo arriba.

El *Underboss* intenta enfrentarme.

—¡Lo quiero arriba ya! —trona el padre.

Los guardias lo remolcan mientras forcejea y le suplica perdón. Me quedo en el vestíbulo, rodeada por el *sovetnik*, el Boss y sus hombres.

—Sabía que eras una hija de perra. —El *Boss* saca el arma—. Ya mismo me vas a decir a quién le enviaste el...

—¡Cierra el maldito hocico! —lo corto.

El *sovetnik* se afloja el nudo de la corbata.

—No me vengan con amenazas, porque los que están en riesgo son ustedes —hablo para todos—. Hay evidencia de lo que pasó, y si muero o me siguen moliendo a golpes, todo el mundo sabrá que el *Underboss* se casó conmigo. Será la burla de todos por dejarse agarrar las pelotas estando drogado... y eso no les conviene, ¿verdad? Así que trátame bien, papi.

Su sombra me engulle al dar un paso hacia mí y aprieto el culo. No me va a amedrentar.

—No seas idiota. —Achica el espacio entre ambos—. Soy el *Boss*. No me va a costar nada averiguarlo.

—Si es tan fácil, ¿por qué no me has matado y por qué estamos teniendo esta conversación? —contesto—. Puedo ser tonta como muchos aseguran, pero durante años he marchado en el Ejército. No hace falta ser un genio para saber que un criminal como Vladímir no deja rastro de lo que envía y elimina. Es lógica criminal, ¿no?

Endurece la mandíbula y me traga con los ojos. Es más imponente, más grande, pero no más fuerte que mis ganas de vivir.

—Tómalo con calma, papi.

—No soy tu papi. —Me atrapa la mandíbula—. Conmigo no te equivoques, hija de perra.

—¡No te equivoques tú conmigo! Los planes de tenerme lejos se han ido a la mierda y eso te ofende. ¡Qué pena! —Le quito la mano—. Y sí, eres mi papi, porque ahora soy la esposa de Vladímir. Aunque te duela, mi padre es el de él y tú eres el mío.

El *sovetnik* se limpia la frente con un pañuelo y me encamino a la escalera entapetada.

—Acostúmbrense a verme con Vladímir como *Underbossa* o como sea que se le diga a la esposa del sucesor. Estaré mucho por aquí. —La rabia pesa en la cara de todos—. Ocuparé una habitación para mí mientras mi esposo asume la noticia. Súbanme comida, alimentos de verdad, no esa avena de porquería que siempre me dan. Quiero cocoa y galletas para el desayuno.

—¿A quién le enviaste el maldito video? —insiste el *Boss*.

—Averígualo, y mientras lo haces, me aguantas —continúo—. Buenas noches a todos. Iré a dormir y a resignarme. Debo aceptar que ahora tengo un suegro de mierda.

Los dejo en el centro de la sala y volteo a ver al *Boss* a mitad de la escalera.

—Descansa, papi.

Nadie aceptará a Vladímir como su sucesor si se enteran de lo que hizo. Son conscientes de ello: la cara de los que saben me lo confirma. El escándalo será grande si se difunde y no tendrá el respeto de nadie en la Bratva.

Me encierro en la primera habitación que encuentro. Tengo demasiadas cosas que procesar, entre ellas, que me he casado con solo dieciocho años.

17

DOMA

BOSS

En la Antigüedad, la gente moría por cualquier cosa, y los castigos brutales abundaban en las calles. Era común encontrar montañas de cabezas de ladrones, mentirosos, asesinos, brujas... Si Emma James hubiera nacido en ese entonces, estaría amarrada en una hoguera por maldita.

Conozco bien las historias antiguas, no crecí con cuentos de hadas. En las cloacas se hablaba de ejecuciones, de titanes forjados a golpes, elegidos por dioses paganos para demostrar que el Dios de los cielos no es mejor que el diablo.

—¿Alguna novedad? —le pregunto al consejero cuando entra al despacho.

—Nada, *Boss*. Lo revisamos todo, no hay rastro. Lo que se borra del teléfono desaparece y usted lo sabe.

Estrello el puño contra el vidrio. Afuera, la nieve cae desaforada. He pasado la mañana entera buscando respuestas que no aparecen. No entiendo cómo Vladímir puede ser tan idiota. Jura tenerlo todo bajo control y solo escupe mentiras.

—Nadie debe enterarse de esto. —Me aparto de la ventana—. Si la organización descubre que Vladímir se dejó engatusar por esa malnacida, quedará como un payaso y con justa causa, porque lo fue.

—Me encargaré de que esto no pase a mayores, pero esa cría va a hablar; es imprudente, en cualquier momento suelta algo y levanta sospechas.

—Tráela. Conmigo sí va a soltar verdades.

—Enseguida, señor.

Los *byki* le abren la puerta. Ninguno de los hombres que me rodean hablará. Me han jurado silencio. Soltar la lengua les traería algo peor que las siete maldiciones de Egipto.

Me ajusto la correa de los guantes de cuero y el *sovetnik* no tarda en regresar acompañado de Emma James. Ella entra con la espalda recta y una minifalda que me pone a palpitar las sienes.

El silencio sepulcral se adueña del despacho cuando me mira a la cara. Bajo la mirada a las medias que le ordené no usar, mas le da igual, porque siempre hace lo que quiere. Asciendo y los ojos se me detienen en la camiseta que dice: «*Eat me*».

Una imagen me asalta, una donde la tengo en cuatro y con el pelo enredado en el puño mientras le hundo el miembro y la hago chillar.

—¿Tardaremos? Quisiera llevarle el desayuno a la cama a mi esposo en cuanto se despierte —dice—. Se lo daré pese a que a mí no me llevaron el mío como lo pedí anoche. De hecho, tampoco me llevaron la cena. Estamos empezando mal.

Las ganas de tomarla por el cuello y estamparla contra la pared me corroen la cordura. Vladímir no se va a despertar por ahora y ella no es su esposa.

Con la cabeza le ordeno a todo el mundo que se largue. Ella se lleva las manos atrás mientras me acerco. Me dan ganas de quitarle el maldito brillo labial con el... «Tiene dieciocho», recuerdo. Y ya casi le dañé la garganta.

—¿Tendremos una charla de padre a hija? —Respira hondo—. Antes de empezar, dime si quieres que te diga «papi» o «padre».

«Papi», no tiene idea de lo que se me pasa por la cabeza cada vez que dice eso.

—No vuelvas a usar esa palabra.

—¿Cuál palabra? ¿«Papi»? —sigue y reduzco el poco espacio que nos separa.

Alza la cara para mirarme. Quiere parecer segura, pero huelo su miedo.

—Hay una falla en tu plan.

—No, no la hay. Me he casado con tu hijo y el mundo lo sabrá si no empiezan a tratarme bien. —Me hunde el índice en el pecho y la agarro del moño.

La atraigo hacia mí, hago que su cuerpo colisione contra el mío, que sus pechos se presionen en la solidez de mis músculos. Las ansias embisten, pero refuerzo la jaula antes de que la revienten.

—Sí, hay una falla. —Saco la jeringa que le entierro en el brazo—. Los Romanov no tienen esposa, tienen sumisas, y ahora un amo debe someterte.

Mira lo que le acabo de hacer. El sedante surte efecto de inmediato y se desvanece en mis brazos. Cree que me va a tomar ventaja a mí, que no he llegado donde estoy por caer en juegos estúpidos.

El *byki* entra a sacarla. Guardo el arma en la espalda, agarro la chaqueta, las llaves y salgo directo al vehículo estacionado en la entrada. Dentro está todo lo necesario para el viaje.

—Me ausentaré por tiempo indeterminado. Hazte cargo mientras regreso —le digo al *sovetnik* que espera en la salida—. Dile al *Underboss* que se prepare para encararme tan pronto vuelva. Tenemos mucho de que hablar.

Las áreas comunes son campos de hielo bajo la nevada. Acomodan a la mocosa de Emma James en el asiento del copiloto y me apodero del volante.

—¿Viajará solo? —carraspea Salamaro mientras se desapunta la chaqueta del traje.

El que viaja solo conmigo normalmente no vuelve.

—No pierdas de vista a Vladímir.

Enciendo el motor y la 4x4 blindada ruge al arrancar. Las llantas arrasan con el hielo del empedrado. Nadie me sigue, no necesito compañía, este es mi terreno.

Las colinas blancas se elevan a ambos lados de la carretera. Emma James duerme en el asiento y mantengo la vista al frente en lo que me sumerjo en lo más inhóspito de Alaska.

Nadie la verá correr, nadie la escuchará gritar y nadie vendrá a su rescate. Solo seremos ella y yo.

Piso el acelerador. El cielo gris asoma entre la niebla. Los animales huyen al paso del motor mientras avanzo a través de la carretera desolada. Emma James despierta tres horas después. Mueve la cabeza en el asiento de cuero y parpadea tratando de identificar dónde está.

—Así de desorientado se habrá sentido el *Underboss* mientras se «casaban». —Freno frente a la cabaña.

Los pinos cercan la vivienda, erguidos como murallas en medio de la nada.

—¿Dónde estoy? —pregunta.

No contesto y comienza a mirar a todos lados.

Las aves alzan el vuelo al abrir la puerta y la bruja palidece en el momento en que la saco. Examina el entorno en busca de una salida, pero pierde el tiempo. En la Bratva no hay escapatoria y menos conmigo a cargo.

La fuerzo a caminar a la entrada. No deja de observar mientras avanza a paso lento. El olor a miedo se agiganta y no la culpo. No es alentador que un mafioso de dos metros te saque de la civilización; a eso hay que sumarle que es una cría que no puede darme ningún tipo de pelea.

Abro la puerta de la cabaña y el olor a madera me impacta de frente. A simple vista, el lugar parece modesto desde afuera, pero al cruzar la entrada, se despliega toda su magnitud. Postes esculpidos y muebles de cuero aportan la rudeza que exijo en este tipo de lugares.

Hago entrar a mi víctima y cierro la puerta con un golpe. Esto no es como el club: aquí no hay música, vía de escape o gente cerca.

—¿Qué harás? —Retrocede, asustada.

—Qué no haré, esa es la pregunta. —Aseguro las cerraduras. Ella agarra una de las esculturas de madera para defenderse.

—No me obligues a partirte la cabeza con esto.

No me preocupo, nada de aquí es un obstáculo para mí. Se aparta los mechones de la cara, la moqueta rechina bajo mis pasos y arrojo la chaqueta a un lado.

—¿Qué te dije respecto a Vladímir? —Avanzo hacia ella—. Que no te quería a su lado. ¿Y qué hiciste? Me desobedeciste como la malcriada que eres.

Corre hacia las escaleras y la atrapo justo a mitad de camino. El aroma que desprende me acelera el pulso y me endurece el miembro que se sacude bajo mis vaqueros. El odio se acumula siempre en el mismo lugar.

—De aquí no nos vamos hasta que no dejes ese carácter de malcriada por los suelos. —La arrastro al cuarto de la sala—. Saldrás de aquí siendo una sumisa.

Todo amo experimentado sabe que una buena doma somete hasta a la más rebelde. Ninguna mujer me ha quedado grande.

La arrastro a la habitación de castigo, donde las cadenas de suspensión cuelgan del techo como serpientes de metal. Contra la pared, en las estructuras de madera penden los dildos, esposas, fustas y mordazas... Lo indispensable para doblegar.

La arrojo al mesón de madera en el centro del cuarto. Estiro las cadenas ancladas en las esquinas, la giro de cara contra la superficie y le apreso las muñecas con las argollas de hierro pesado. La dejo con el torso apoyado en el mesón y los pies en el suelo.

—No quiero empezar desde cero, de ti depende el grado de tortura con el que comenzaré —digo a su espalda—. Dime, ¿a quién le enviaste el video?

—No me puedes azotar el culo sin un contrato de consentimiento de por medio. Un buen amo no haría eso.

—Yo no soy un buen amo. —Rompo la camiseta, la vuelvo jirones—. Nunca lo he sido.

La espalda de color marfil queda al descubierto, limpia y sin una sola cicatriz. Huele a jabón fresco. Deslizo la mano por las curvas sinuosas y su espalda se curva bajo el toque de mis dedos. Sonrío. De estar en una época pasada, no solo la quemarían por bruja: también la perseguirían.

La imagino con una jauría de bárbaros detrás, todos con el miembro en la mano, ansiosos por penetrarla. Retenidos no por voluntad, sino porque saben que no está hecha para soportarlos.

—No —dice cuando mis dedos se enganchan en la pretina de su falda.

—¿«No» qué? —Suelto el botón—. Aquí no eres tú la que manda.

La tela se desliza por sus muslos, cae arremolinada en sus tobillos y le presiono las caderas.

—¿Por qué tiemblas? ¿Solo eres valiente con la ropa puesta?

Las tiras finas de la ropa interior se pierden en el carnoso culo, los músculos se me aprietan y las cadenas suenan al voltear. El triángulo de las bragas se hunde en la hendidura de su sexo, marcándola. La humedad oscurece la tela y ella junta los muslos, queriendo taparla.

Lo último que necesito es distracción. Bajo las bragas hasta el piso y dejo al descubierto lo que pretende esconder.

—Bien, quieres empezar desde cero. —La encaramo a la plancha de olmo—. El primer paso es reconocer quién está a cargo, así que cuando te pregunte quién manda, dirás: «tú, mi amo».

—Suerte con eso.

—No tientes al diablo, *Ved'ma*. —Subo a la mesa—. Ya te he dicho que no soy Vladímir.

Clavo las rodillas a ambos lados de sus caderas. Un manchón oscuro tiñe su mentón, feo, fuera de lugar. Pongo la mano sobre uno de los pechos respingones y mi palma lo cubre por completo.

—¿Quién es el que manda?

—Yo. —Aprieto la carne bajo mis dedos, le retuerzo el pezón duro y el chillido fragmenta el silencio de toda la estancia.

—¿Quién manda?
—¡No me duele! —Las lágrimas se le asoman—. ¡Nada de lo que hagas me va a doler! —Me dice la malnacida—. ¡No soy una esclava y me reiré de ti apenas salga de esta mierda!
—¿Segura? —Le aprieto el cuello.
—Eres un hijo de perra.
Estrujo su garganta mientras le sostengo la mirada para que sepa quién manda.
—No se le habla así a quien puede arrancarte la cabeza.
La presión de mis palmas le afianza los dedos a las cadenas. Su carótida palpita frenética contra mi mano, los pulmones le trabajan como si estuviera corriendo por su vida y ni así me aparta los ojos desafiantes de la cara. Su resistencia persiste y no me ruega por más que aprieto.
No lo hace ni cuando le coloco la rodilla sobre la mandíbula.
—¿Quién manda, *Ved'ma*?
—Yo.
La libero, la bajo de la plancha y la planto a horcajadas en el banquillo de castigo. Le abofeteo el culo con la palma abierta de un lado a otro hasta que el rojo se esparce por su piel como una llama encendida. Mis palmadas resuenan, la carne le brinca y el estruendo de piel contra piel suena alto por más de media hora.
Se estremece, pero no baja la cabeza. No llora. Solo tensa los brazos y aprieta los puños, aferrada a la madera.
La maldita sigue desafiándome.
Reanudo, esta vez con más ímpetu. El sudor se me pega a la camisa y la paciencia se me deshilacha en el desgaste. Mi mano arde, mas su culo también.
—Ya deja de desquitarte la rabia con mi trasero y llévame con mi marido —jadea—. De seguro está preguntando por mí. Me ama, ¿ya te diste cuenta?
—No lo creo. Ha de estar detestándote más que yo. —Saco la tabla de penitencia.

Desprendo el tubo de hierro anclado a la pared, se lo coloco en la nuca y le ato las manos a ambos extremos. Ya que tiene buena tolerancia al dolor, hay que menguarle la energía. La empujo hasta la placa de acero agujereado, donde se pone de pie. La fuerzo para que quede de rodillas y tomo una de las fustas.

Es terca como las mulas.

—Gracias al cielo, no conocí a mi suegra —suspira sudorosa—. Contigo me sobra y me basta.

—Espalda erguida. —Le pego en las costillas con la fusta y me mira mal—. Acostúmbrate al látigo, todo amo azota a su sumisa. Otra cosa más que ignorabas, supongo,

Resopla, enojada, y vuelvo a estrellar el cuero para que me recuerde.

—Un día estás en una orgía con mujeres extravagantes —dejo caer la fusta y saco el soplete del cajón— y al otro estás sometiendo a una niñata que no sabe comportarse.

Caliento las pezoneras de metal hasta que estén tibias, lo justo para incomodar sin quemar. Me agacho, las ajusto sobre los picos endurecidos y el rostro se le arruga ante el apretón.

Paseo la mirada por su nariz pequeña, por los labios brillantes y rosados que se atreven a murmurar.

—¿Te gusta el papel de sumisa? —Me levanto—. Juraría que no pensaste en esto antes de hacer lo que hiciste.

—Sé resistir.

—Y yo sé someter. —Calibro la temperatura del calefactor.

Salgo y el aire limpio de la sala orilla el calor sofocante. Me apoyo en la puerta, bajo la cremallera y libero el falo húmedo que suplica porque lo acaricie, ruega que lo hunda y aprieto la cabeza. Lo devuelvo a su lugar. Nunca he perdido el control en una doma y no lo haré ahora.

Bebo cuatro tragos de vodka puro sin hielo. El licor me escalda la garganta. De la camioneta, saco lo necesario para la estadía. Enciendo la chimenea de mi dormitorio y en la cocina rebano la pierna del cordero que aso en la hoguera de la sala.

Estiro el cuello mientras devoro la pierna frente al fuego. Al terminar, reviso los mensajes pendientes y salgo con el rifle en mano. No hay peligro, mas siempre es mejor asegurarse. Habito en un mundo de fieras y no soy el único que tiene colmillos. El recorrido y el frío de las ráfagas me sirven para aplacar la erección.

La cabaña solitaria sobresale en el paisaje invernal, rodeada por un manto de nieve que cubre el suelo y se amontona en los aleros. El área no tiene rastro de amenaza. Espero una hora más y regreso al cuarto de castigo, donde, en vez de hallar a una mujer llorando, encuentro a Emma James en la misma posición de hace varias horas, erguida, como si hubiese pasado un minuto desde que me fui.

Hija de perra. Parece una veterana de *The Mortal Cage*. Tiene que ceder, si no se doblega, no podré domarla. Recojo la fusta, arrastro la silla y la coloco frente ella.

Tengo tiempo y paciencia de sobra.

Las gotas de sudor le resbalan por el cuello. Dos bajan entre los senos, tres serpentean por el abdomen. Todas cayendo hacia el leve triángulo de vello entre sus muslos.

—No me mires ahí —dice—. Soy tu nuera y es raro que lo hagas.

—No me tutees…

—¿Por qué no? Somos familia.

—No somos nada, *Ved'ma*.

—Sí somos. —Alza la cara—. Somos enemigos y también familia porque eres... mi suegro.

Estrello la fusta en sus costillas. Se endereza con el mordisco del cuero y le arranco las pezoneras. Los muslos le tiemblan, sé que está al borde, pero es tan condenadamente terca que se niega a darme el gusto.

La dejo tardar todo el tiempo que desee. Reclino la espalda en el asiento, el tictac del reloj repica en la pared y el sudor gotea en los pezones enrojecidos.

—¿En qué piensas? —dice—. ¿Le lanzas maldiciones a mi apellido mentalmente? Mejor no contestes. De seguro me dirás que querrías traer a Sam en vez de a mí porque es más inteligente y hermosa que yo y bla, bla, bla.

—No.

—¿«No» qué?

—No considero que sea más hermosa que tú.

El rubor le sube a la cara.

—¿Me dirás quién tiene el control? ¿O quieres que te vuelva a pegar con esto? —Le toco los pezones con la fusta. Se está quebrando el cascarón—. ¿Quién tiene el control?

—Vete a la mierda.

Drena mi paciencia. Un primer paso me ha tomado toda una maldita tarde. Le quito el hierro de la nuca, la levanto de la placa de tortura y la siento en la silla de madera. La inmovilizo contra el espaldar del asiento. Cada segundo de mi tiempo vale y ella no lo va a desperdiciar.

Con cinta adhesiva, le envuelvo las piernas en las patas del mueble.

—Llévame de vuelta, que quiero ver a mi esposo y... —Pelea—. Me piden que me resigne, en vez de resignarse ustedes...

Se traga las palabras cuando saco del cajón el electroestimulador de cuatro velocidades.

—¿Qué vas a hacer? —El miedo se extiende por todo su rostro.

Le cubro la punta con un preservativo.

—Voy a taladrar ese canal.

Consolador, estimulador, juguete sexual para muchos, y herramienta de tortura carnal para mí. La base de hierro le da paso a diecisiete centímetros de goma texturizada que imita un tolerable miembro humano. Nada comparado con lo que cargo entre las piernas.

Las piernas ya están abiertas para mí y la cría sacude la cabeza cuando hago zumbar lo que tengo en la mano. El terror le tiñe la mirada. Miedo de novata... porque solo vibrará dentro de ella.

Le agarro un puñado de pelo.

—¿Qué tan sensible es esto? —Acerco el vibrador a su sexo.

—Aléjate...

—¿Quién manda, *Ved'ma*?

Presiono la punta contra su entrada. Su cuerpo se crispa al contacto y froto el látex en sus labios hinchados. Los recorro lento, embadurnándolo en su humedad antes de hundirlo.

Los gemidos se le escapan sin permiso. Se retuerce, peleando contra su propio cuerpo.

—Así me gusta. —Giro el vibrador, buscando el punto que la haga temblar—. Empapada y vulnerable ante tu *Boss*.

El cuerpo la traiciona, se arquea a causa de los espasmos y dejo el vibrador hundido en su clítoris.

Gime entre sollozos y me inclino hacia ella. Mis dientes atrapan su labio inferior y tiro de él con un mordisco lento, con la paciencia de un verdugo disfrutando del sufrimiento ajeno.

Su pezón se endurece al contacto de mis dedos. Lo atrapo entre ellos, lo giro, lo castigo. La primera lágrima rueda por su mejilla y la cabeza de mi falo pulsa furiosa, hinchada, cargada, tensa hasta el dolor.

—*Kto kontroliruyet?*

No contesta, solo se retuerce en el asiento y la silla se empapa debajo de ella. Respiro contra su pezón. Mantengo el recorrido del vibrador en su entrepierna, lento, insistente, negándole lo que quiere.

No voy a parar hasta que sus jadeos se conviertan en súplicas ahogadas.

—No lo hagas más difícil, *Ved'ma*. —Acerco los labios a su boca—. Dime quién manda.

Arrastro los labios por los suyos, mi nariz sigue la línea de su mandíbula mientras su agujero se derrite sobre la punta del consolador. Cuando se acerca al clímax, lo saco y lo presiono contra el clítoris.

La entrepierna me pesa como si llevara plomo. Si esto sigue así, acabaré en los pantalones sin siquiera tener que tocar al desgraciado.

—Quítamelo —gime.
—¿Qué cosa? —Le beso las mejillas—. Sabes lo que quiero oír: ¿quién tiene el control?
Tuerce los dedos de los pies. Saco el vibrador justo cuando está por correrse y lo vuelvo a encender con más potencia. El cuello se le arquea, su cuerpo me suplica sin hablar.
—No voy a parar hasta que te sometas. —Subo el nivel—. *Kto kontroliruyet?*
El sudor se me adhiere a la espalda. Le pregunto por el video y sacude la cabeza. El pecho le sube y baja sin control. Parece a punto de ceder, de soltar la lengua, pero en el último segundo endurece la expresión y adopta la postura que me grita un «no». Con ella hay que ir un paso a la vez.
—Si sigo jugando y elevo la potencia tantas veces, se te puede parar el corazón —le digo—. La próxima descarga será intensa. Evítala y dime: ¿quién tiene el control?
La luz del consolador parpadea de verde a naranja. Su orgasmo forcejea por salir y lo detengo.
—¿Quién tiene el control? —Hago presión—. ¿Quién manda?
Pelea contra la oleada de placer que sacude su resistencia. Se aferra al orgullo, al último vestigio de control... pero no lo consigue.
—¡Tú! —gimotea—. Tú tienes el control.
—¿Qué fue lo que te dije? —No me detengo.
—Que dejara a Vladímir en paz —solloza—. Que me pesaría si seguía con el juego.
—¿Y está pesando ahora? —No le doy tregua a su clítoris.
Asiente con los ojos llorosos y consigo lo que no han hecho otros: derrotarla. Una vez que le bajas el ego, abres la puerta que te permite reducir al contrincante.
—Te adiestraré para ser una buena sumisa. Serás obediente con tu amo o volveré a castigarte, ¿está claro?
Aprieta los labios en un puchero y mueve la cabeza en señal de rendición. El gesto me azota el pecho.

—Buena chica. —Le beso el cuello—. Aquí está la recompensa.

Froto mis labios en su mejilla, en lo que elevo la velocidad. Las piernas son dos masas de gelatina que se agitan con desespero. No le doy pausa con el vibrador, la sujeto del pelo y la fuerzo a mirarme con el látex incrustado entre las piernas. Flaquea, boquea, su cuerpo se rinde… y, segundos después, se desploma.

Inhalo hondo, siento que tengo un yunque sobre los hombros y que acabo de pelear con el diablo.

Suelto el estimulador, arranco las cintas, la alzo en brazos y la dejo en la cama. Regulo el calefactor y le quito las medias. Las arrojo a la basura. No se atrevería a ponerse un próximo par si supiera lo que se me pasa por la cabeza cada vez que se las veo puestas.

Sumerjo los dedos en el ungüento y se los deslizo sobre las rodillas. Subo lento, siguiendo el trazo de los muslos hasta los glúteos. Los cubro antes de ocuparme de su entrepierna. Durante veinte minutos, froto la carne sensible; la yema de mis dedos se desliza en círculos hasta cubrirlo por completo.

Extiendo el ungüento sobre los moretones de su rostro. En un par de horas su piel estará más recuperada y libre de moretones. Saco una bolsa de suero de la gaveta, le tomo el brazo y le inserto la aguja en la vena. Debe estar de pie mañana.

Recojo lo que he usado, limpio los restos y apago las luces.

La sesión de hoy ha terminado.

La tensión se me enrosca bajo piel y la erección no le da pie al hambre. En el piso de arriba, estrello la puerta de la habitación principal y me saco la camisa por encima de la cabeza. Los músculos se me marcan, enervados, rígidos. Arrastro el pantalón lejos de mis piernas y lo arrojo al primer rincón que veo.

Hundo la espalda en la cama, pero no hay descanso, solo más presión.

Bajo el elástico y el bastardo en mi entrepierna salta afuera palpitante e hinchado hasta el dolor. Es un animal amarrado, un toro con las venas a reventar, resoplando por liberar la carga que se me acumula en la base. Sujeto la corona, no podría hundirme en ningún agujero sin destrozarlo, sin hacerlo trizas.

Lanzo el bóxer lejos y abro la mesa de noche. Saco el anillo de silicona y lo estiro lo suficientemente ancho para que no me estrangule. Deslizo la goma que me abraza el surco de la corona, se cierra como una trampa. La vibración se enciende. La descarga me baja por el eje y el falo se agita, supura, suelta los hilos, mas no me relajan lo suficiente. El instinto me empuja a embestir, a hundirme en algo caliente y blando.

Enciendo un puro. El humo me llena los pulmones, lo retengo un instante y exhalo lento. Amargo. Seco. La brasa se aviva mientras el anillo vibra en mi miembro.

Rodeo el falo, la goma zumba en máxima potencia. Traigo a Zulima a la cabeza, pero la maldita imagen de Emma James la echa fuera. Los dientes me rechinan, la punta se prepara lista para derramarse y retiro el aparato.

Me veo como un imbécil, corriéndome solo por una cría. No lo hice con las grandes hembras que he tenido, menos lo haré con esta.

Aplasto el cigarro en el cenicero. Dormir es lo que toca; aún me quedan bastantes horas por delante.

Ensombrezco la casa al correr las cortinas a la mañana siguiente. «Estoy aquí para someter», me digo a mí mismo.

Concilié el sueño solo por dos horas y no estoy descansado. Dormir no es fácil... es como pedirle a un león que cierre los ojos y se relaje, sabiendo que su presa está en la misma cueva.

La ventisca sacude los sauces. Me recojo el pelo, acomodo la erección y bajo la escalera a ver a mi prospecto de sumisa. Ayer cedió. Hoy aprenderá cómo se hace feliz a un amo.

Giro la manija y la encuentro sentada en la cama, envuelta en una sábana blanca. El pelo negro le cae sobre los hombros y los ojos azules se mueven a mi lugar. Sospecho que estoy con una bruja de verdad: una mujer común no se ve como ella, que está recién levantada, sin arreglar y, aun así, conserva el mismo aire de siempre.

Se quitó el suero y la luz encendida del baño me dice que ya se ocupó de sus necesidades. Me barre con la mirada. Hay cosas que no sabe disimular.

—¿No me saludas, *Ved'ma*? —Cierro la puerta—. ¿Qué clase de malcriada eres?

—Entraste tú, no yo.

Le lanzo una mirada severa.

—Buenos días. —Sonríe con falsa hipocresía—. ¿Dormiste bien?

—Excelente. —Con la mano, le pido que se levante—. Hoy aprenderás a hacer feliz a tu amo.

Le retiro el pelo de sus hombros y se aferra a la sábana.

—Rodillas al suelo —le digo.

Quiero tomarme esto como un trabajo más, mas ella no ayuda. Sus ojos bajan a mi entrepierna tan pronto desabrocho el vaquero y el hambre que proyecta vuelve mi agarre más fiero.

—Lame. Limpia lo que te doy.

Empiezo a estimularme bajo el azul de su mirada. Agito la mano; estoy listo desde que me levanté. La hago prenderse y se me pega sin medirse.

—Despacio —pido cuando me maltrata—. Solo quiero que me limpies.

Me cuesta no descargarle todo en la garganta, no vaciarme como un maldito géiser. No puedo. No soy un amo que vive dando todo a manos llenas. Eso es mal acostumbrar.

—Suficiente. —La levanto—. Un amo alimenta a su sumisa por distintas razones, entre ellas, premio, satisfacción o compasión. Algunos dominantes lo hacen por lazo.

Se limita a inclinar la cabeza en asentimiento y la hago caminar al baño.

—¿Qué sabes hacer?

—Soy muy buena patinando y también sé hacer tortita de harina, galletas, pastel de carne...

—Me refiero al ámbito sexual.

—Muchas cosas —dice, seria—, cosas que no voy a decir porque soy una dama y mi mamá se enojaría.
—Tu mamá no está aquí.
—Tampoco está la Bratva.
—¿Qué tiene que ver eso?
—Nada.

La despojo de la sábana y la coloco frente al espejo de cuerpo entero. Hago su pelo a un lado, dejando al descubierto el cuello. Mis dedos siguen la curva de su cintura al descender hacia los vellos que le cubren el sexo. Es lo único que le sobra.

Estiro la mano hacia la cuchilla.

—Puedo hacerlo—dice en un murmullo débil.

—Pero lo haré yo. —La volteo, hundo los dedos en sus caderas y la siento en el mesón de mármol.

La acomodo en el borde, le coloco las piernas en las esquinas y la acuesto. Se cubre los pechos con un brazo y con el otro se tapa los ojos al separarle los muslos.

—En verdad, puedo hacerlo.

No respondo. La abro a mi antojo y deslizo los nudillos por la piel donde pasará la cuchilla. Con dos gotas de aceite, queda lista. Apoyo una mano en su abdomen y comienzo a barrer el vello fino del monte de Venus, los labios hinchados y los bordes de los muslos. Su sexo se asoma, delicado, tentador. Me tomo mi tiempo, asegurándome de no malograrlo.

Debería guardarlo bajo llave. Un vistazo basta para querer hundirse hasta el fondo. Lo tiene impecable, suave, listo para ser tomado. Su olor me llena la cabeza, me aprieta las entrañas. El maldito animal dentro de mí se relame, ansioso por enterrarse hasta la raíz.

Cuatro minutos y queda limpia. Si antes era tentador, ahora es una maldita tortura carnal.

—Ya está. —Limpio la cuchilla—. A solas, puedes ir pensando qué preguntas quieres hacerle a tu amo. Conocerlo es clave para aprender a satisfacerlo.

Me seco las manos con una toalla.

—Aséate —le indico—. Cuando acabes, ponte lo que dejaré sobre la cama. Estaré esperando a que prepares y sirvas el desayuno. Comeremos los dos de la misma bandeja.

La dejo hacer lo suyo y me voy a preparar el espacio. Enciendo el fuego de la chimenea mientras la nevada arrecia afuera. Las llamas expanden su calor por toda la sala.

Arrojo los cojines a la alfombra. Emma James no tarda en entrar con una bandeja y el camisón puesto. No tiene botones y cortó la sábana para amarrársela como una bata de baño. Le indico que la deje en el suelo. Obedece y, en cuanto está de pie, le deshago el horrible nudo que se hizo en el abdomen

—Una sumisa no tiene vergüenza de su amo —le digo—. En ninguna circunstancia. ¿Queda claro?

Le quito el camisón, me desnudo frente a ella y señalo los cojines para que vaya. Insiste en taparse y le quito la servilleta de tela que pretende ponerse sobre sus partes. La lanzo al otro lado de la sala.

Recuesto la mitad del cuerpo encima del terciopelo. Pongo la bandeja del desayuno entre los dos. Esto es recíproco, así que le meto una ciruela a la boca e insto a que haga lo mismo conmigo.

Los labios rojos reciben la fruta; tiene hambre. Agarra una tostada y le echa medio frasco de mermelada antes de morderla. Se da cuenta de que la observo.

—Perdón. —Me acerca la mitad para que coma. La tostada gotea por todas partes y una gota de jalea me cae en el pectoral.

—No te muevas, lo limpiaré.

No encuentra la servilleta, deja la tostada en el plato y se inclina a recoger con la boca lo que dejó caer. No me queda claro si es que quiere limpiarme o marcarme, porque se me prende como si la mermelada me hubiese penetrado los poros.

—Ya está. —Termina de limpiarme con el dedo el moretón que dejó.

—La cara la tengo acá —le digo cuando desplaza los ojos hacia el miembro que sujeto—. ¿Te gusto o qué sucede? Todo el tiempo me miras el miembro y crees que no me doy cuenta.

—¿Gustarme? —se ríe—. No eres mi tipo, engreído de mierda. Y deja de creerte mucho, que he visto penes más grandes que el tuyo.

—¿Sí? ¿De quién?

—El del caballo de mi tío.

—El caballo de tu tío no está aquí y no te puede dislocar la mandíbula si te lo mete en la boca de un sentón. —Le sujeto la barbilla—. No quieres eso, así que compórtate. Te conviene tenerme tranquilo.

La obediencia es primordial en esto. Si alguien le dice que no mire algo, no puede mirarlo, aunque se lo pongan frente a la cara. Termina de comer, hago la bandeja a un lado y extiendo la mano para alcanzar el libro que le entrego.

—Léeme, que estoy aburrido. No me gusta que tartamudeen ni que pierdan el hilo.

—No soy una retrasada.

—Una sumisa no le contesta a su amo. —Ruego por paciencia—. Quiero una buena lectura.

Me acuesto sobre los cojines, pongo el brazo bajo la nuca, y estiro las piernas.

—«Camina despacio —lee—, «no hagas ruido. Sé cautelosa, muchacha, que la crueldad ronda en este bosque lleno de niebla. El león ruge, el lobo aúlla, el cuervo grazna y no son animales; son engendros del infierno, dueños del inframundo».

Se acuesta boca abajo sobre uno de los almohadones con el libro en la mano. Parece que no es consciente del puto culo redondo que tiene. Froto el pulgar por el surco de mi miembro mientras se lo miro. Se vuelve a sentar al percibir mi mirada sobre ella.

— «Son el Dios, la Bestia y el Demonio» —continúa—. «No comparten la presa, pero tu belleza los sume y se meten en tu cabeza. Aparecen frente a ti y hacen que te estorbe la ropa, que tus pezones sensibles duelan con el roce de la tela».

Enrosco los dedos alrededor de mi eje; tengo que acariciarlo para que deje de doler. La sangre acumulada lo tiene como la base de un martillo y en algún lado tengo que buscar alivio. La voz de Emma James comienza a apagarse mientras me toco.

—No te oigo, *Ved'ma*. ¿No te enseñaron a leer en la escuela?

—«Te miran… con tanta…» —tartamudea, viendo de soslayo lo que hago—. «Te miran… con tanta…».

—«Te miran con tanta hambre y tú emanas tanto fuego. Dejas acercar al Demonio que lame tu cuello» —recito lo que me sé de memoria—. «La Bestia te sujeta, abre tu blusa con hambre, muerde y chupa tus senos. Te separa las piernas y te ofrece al Dios que se prende de tu sexo».

—Es difícil concentrarse contigo así. —Cierra el libro—. ¿Te excita una James?

—No. —La miro, serio—. A unos, la rabia les tensa el cuello, pero a mí me tensa el miembro. Acumulo aquí el odio que te tengo. Aparte, soy un hombre y llevo más de veinticuatro horas sin follar.

—No es el fin del mundo.

—Para mí, es una eternidad. —Dejo de tocarme—. Hoy ya tienes dos castigos: uno por contestona y otro por no acatar órdenes y mirar lo que no debes.

Si fuera una bruja de verdad, su mirada ya me hubiese matado.

—Menos rabietas y más acción. Ve por aceite. Quiero que mi sumisa me masajee la espalda.

Va y vuelve. Me volteo para que se ocupe de lo que le pedí, mala decisión, porque a los pocos segundos siento su sexo caliente sobre mis glúteos. Se abre de piernas encima de mí. Está empapada. Me pone las manos en la espalda, se desliza hacia las piernas e inicia el masaje. Recorre las costillas en lo que procuro poner la mente en blanco.

Se frota contra las piernas. Juega con fuego con quien puede traumarla si le doy rienda suelta a lo que me carcome. Me volteo a verla cuando me entierra las uñas en los glúteos. Continúa como si no fuera con ella y recuesto la cabeza sobre mis brazos. Me pega los pechos a la espalda y me entierra los dientes en el hombro, mordiéndome.

—¿Qué diablos haces? —La quito.

—Actuar como tu perra. —Se encoge de hombros—. Es lo que pediste.

—No eres mi perra —la confronto—. Entre perra y sumisa hay una diferencia bastante grande. Ve a tu alcoba y prepárate para el doble castigo que te espera por atrevida.

Recoge el camisón del mueble, se lo pone de mala gana y se encierra. Miro el hombro donde me mordió. No dejo que las sumisas me toquen y esta viene y me clava los dientes. Me mantengo lejos el resto del día. En la tarde, la observo desde arriba mientras se ocupa de la cena.

Conozco a todas las Mitchels. Si los James destacan en el Ejército, las Mitchels lo hacen en la ciencia. Durante años, han trabajado para la NASA, organizaciones de desarrollo científico y social. Llevan años operando allí y en proyectos de desarrollo de alto nivel. No se conforman con menos que la excelencia, y la sociedad las aplaude por ello.

Ninguna de las que he visto actúa como Emma James, que se atiborra de la comida que se sirve. Sin darse cuenta de que la observo, finge ganar no sé qué premio y lleva la estatuilla de la sala de un lado para otro.

Tropieza con una de las mesas, el jarrón se cae, pero no toca el suelo, dado que es veloz a la hora de atraparlo al vuelo.

Bajo las escaleras. Como le pedí, hizo un banquete digno de un rey. Entro al cuarto de castigo, saco la cuerda y, cuando me acerco, ella retrocede a la defensiva.

—¿Para dónde vas? Haces parte del menú. —Le quito el camisón después de vendarle los ojos.

Le rodeo el torso con la cuerda y aprieto el primer nudo. La cruzo en los omóplatos, la paso entre los senos y la bajo hasta el vientre. Se ciñe con cada tirón, marcándole la piel. La soga serpentea firme, atrapándola en el patrón que moldea su cuerpo. El *ushiro* toma forma, dejando sus puntos vulnerables a mi disposición. Un simple nudo más y la dejo indefensa.

Con la cuerda alrededor del cuerpo, la inmovilizo sobre la mesa: queda con los brazos atados en la espalda y las rodillas dobladas y separadas a un par de centímetros de mi plato.

—¿Te gusta el castigo? Es incómodo para quien no está acostumbrado. —Ajusto los nudos alrededor de sus pechos.

Tomo asiento en la silla principal, le doy un sorbo al vino y ceno con la mejor vista del mundo: el sexo de Emma James a centímetros de mi comida.

—¿Sabías que en lo más oscuro de la mafia ha habido casos de canibalismo? —Le rozo el cuchillo de mesa entre los muslos—. ¿Qué pasaría si te como pedazo a pedazo?

Aprieta las piernas. Rebano la carne y la mastico lentamente. Me gusta despertar su miedo, no hay como el pavor ajeno.

—¿Lo imaginas, Emma? —Hago sonar el cuchillo contra el plato—. ¿Que mi crudeza dé para eso? Nadie va a detenerme, nadie te escucharía mientras trago tus pedazos. Te mordería como me mordiste a mí.

El pecho le sube y baja acelerado. Tardo hora y media en acabar con el plato principal. Mueve la cabeza de un lado para otro. Ya se quiere bajar, está tensa y estimulada, mas yo no tengo ningún afán.

Agarro la fresa que huelo antes de pasearla por los bordes de su sexo. Los labios rosados se entreabren, sensibles. ¿Para qué el postre si existe esto?

—Tienes buen néctar, *Ved'ma*. —Me como la fruta en dos bocados.

Repito el acto con la siguiente fresa y con la siguiente hasta que no queda nada en el plato. No puede cerrar las piernas, y tampoco puede ver cómo la miro mientras me pregunto qué no haría si fuéramos contemporáneos, si no tuviera ese maldito apellido.

Bebo lo poco que queda del vino, corro la silla hacia atrás y le doy un último vistazo antes de soltar las cuerdas con el cuchillo. No tengo la calma que se necesita para soltar nudo por nudo.

—Tres cosas para recordar: no contestar, tampoco morder ni mirar lo que no debes. —La llevo a su dormitorio—. Mi cara es una de esas cosas.

—¿A dónde tengo que mirar, entonces? ¿A la pared?

—En el piso. Ahí es donde mantienen la mirada los esclavos.

—Yo no soy una esclava, no tengo por qué bajar la cabeza cada vez que apareces.

—Las peleas, déjalas para el *Underboss*. Él es quien se deja manipular por ti. No sé cuánta paciencia voy a tener, así que acortemos esto y dime de una vez a quién le enviaste el vídeo.

—Es mi única garantía —dice—. No entregaré la única cosa con la que puedo pelear contra ustedes, que me sentenciaron sin haberles hecho nada. Son unos injustos. Mi hermana es un soldado ejemplar, de valores, ella...

—Ella, ¿qué? —Me le planto enfrente—. ¿Dirás que he sido injusto con ella también? No. Puede ser valiente, capaz o todo lo que quieras proclamar. Puede venir de la familia maravilla, pero santa no es y tendrá las manos manchadas de tu sangre igual que yo. Lo tienes claro e insistes en defenderla como si alguien te estuviera defendiendo a ti.

Intenta alegar y no se lo permito.

—¿Quién está moviendo cielo y tierra por encontrarte? ¿A quién le haces falta allá afuera? Si la secuestrada fuera la ilustre teniente James, ya tendría a todo el Ejército encima; pero como eres tú, a nadie le interesa. —Le sujeto la cara—. Mejor cierra la boca y no pretendas hablarme de buenos valores, que tu hermana no los tiene. Es una criatura maligna, al igual que muchas aquí.

Me aparta la mano.

—Eres una niñita que lucha por no ahogarse. Piensas que puedes evitar tu muerte y solo la pospones. Gastas energía, porque Vladímir te va a rebanar la garganta una vez que aparezca el video —sigo—. Nadie te quiere, a nadie le importas y hasta a mí me pesa tener que tolerarte aquí.

No dice nada y me da la espalda. Ya tiene su dosis de sufrimiento diario, puedo irme a dormir en paz.

En el dormitorio, lleno un vaso de coñac y lo bajo de un trago. Apago las luces. Al anillo de silicona no se le da la gana de encender y es el único que hay. Lo desecho. Me acuesto en la cama con el brazo bajo la nuca, la cabeza me comienza a martillear.

Con una llamada tendría a todas las sumisas que quisiera, aunque dudo que un grupo entero pudiera satisfacerme en este estado. Si a veces lloran en el modo acostumbrado, no me quiero imaginar ahora.

Obligo a mi cerebro a quedarse en blanco. Si pude soportar lo más hostil del gulag, puedo soportar esto.

Concilio el sueño y el momento me dura un suspiro. Capto el agudo crujido de la puerta, la que abren despacio. No tengo que abrir los ojos para saber quién es. Emma James se está buscando un tiro. Tengo el arma bajo la almohada y solo ella cree que un criminal tiene el sueño profundo.

Es la ley de la sombra: nadie con un pasado turbio sobre los hombros duerme al cien por cien. Escucho sus pasos ligeros sobre la alfombra, se acerca y el colchón se hunde cuando se arrodilla en la cama. No me muevo, finjo ser lo que ella supone: un hombre dormido.

Su aliento tibio toca mi rostro al acercarse, siento cómo me recorre cada centímetro de la cara. Con cautela, se mete bajo las sábanas.

—«No dormimos con el enemigo» —se mofa en un susurro que me calienta la boca—. Mal, porque vas a dormir conmigo, hijo de perra.

Me apoya los labios en la boca, no le basta con un beso y me clava otro, como si fuera su maldito novio. Abro la boca para ella y le doy la bienvenida a la lengua que deambula; se desliza sobre la mía, consiguiendo que el miembro duro se me transforme en una barra de titanio.

Le doy tiempo para acomodarse. El dormitorio arde, aunque afuera hace menos cuatro grados. Solo tiene el camisón puesto y saberlo comienza a transformarme de hombre a animal. Mis pensamientos reptan hasta el rincón más sucio de mi mente al moverme hacia ella. Se congela cuando mi brazo la atrapa. «Dormido». La acerco más, la hago encajar contra mí, mientras froto el miembro rígido contra su espalda con la nariz hundida en su pelo.

—Zulima —respiro—, siempre tan obediente con tu amo.

Se retuerce bajo los brazos. No la suelto. Forcejea, se escurre y termina en el suelo. «Dormido». Regreso a mi sitio. No le daré el placer de saber que sé exactamente quién es. Se larga echando humo.

Es un fastidio con dos patas. Las ganas no me dejan dormir. Cierro los ojos y me veo encima, hundiéndola en el colchón, mordiéndole la piel mientras la abro. La cama lo empeora todo.

Salgo de las sábanas con el primer atisbo del amanecer y ni mear bien puedo. Me enjuago la boca y salgo rumbo a la piscina climatizada del patio cubierto. La capa de humo se eleva desde la superficie del agua. La cúpula de cristal de arriba se baña en nieve y me zambullo en lo más profundo.

Nado de extremo a extremo siete veces antes de salir. En el borde, me paso la mano por el pelo y lo echo atrás. El agua escurre por las hebras castañas, resbala por la espalda, pecho y brazos.

¡Qué maldito suplicio!

Abro la boca, trago aire. Me estoy ahogando con mi propio desespero. Saco el tronco duro, lo masajeo, exhalo. El aire helado convierte mi aliento en vapor.

Necesito que esta erección baje o... Desde el borde de la piscina, veo a Emma James frente a la puerta corrediza. Me espía detrás de las cortinas. La maldita no disimula siquiera.

Vuelvo al agua, ella sigue en el mismo sitio y nado hasta la otra orilla.

Salgo del agua y ella huye. El mármol se moja cuando cruzo la puerta; con cuatro zancadas, la alcanzo en la sala. La piel de su brazo entra en contacto con mi palma y no la quiero detallar, pero la gasa de la bata se le amolda, dibujándole la punta de los pezones.

—¿No tendrías que estar durmiendo?

—No tengo sueño.

—¿Y te parece buena idea espiarme? ¿Qué buscas? —Le presiono el brazo en el cuello al estrellarla en la pared—. Acechar a un mafioso es peligroso, cría estúpida. En cualquier momento sacará un arma y te pegará un tiro.

—¡Basta de decirme «cría»! —Me empuja—. Te crees muy macho llamándome «niñata» a cada nada y no eres más que un pobre imbécil.

Cierro la mano en su garganta. Lo que tiene de provocadora lo tiene de irreverente. Siento el ansia sofocada que destila, la curiosidad malsana retándome a cruzar la línea.

—Aléjate. —Respiro sobre sus labios—. O vas a terminar con la cara contra el suelo y las piernas abiertas.

La empujo atrás y avanzo hacia la escalera.

—Olvidé recordarte que mi nombre es Emma, no Zulima —habla—. Es ofensivo confundir a una mujer con otra, pero está bien. No se puede esperar mucho de ti, papi.

La sangre me arde en las venas y, sin pensarlo, me giro para agarrarla de la garganta. El camisón se desliza, deja a la vista la pequeñez que tiene como pechos.

—Mírame —me desafía, aun sabiendo que puedo partirle el cuello—. ¿Me parezco a Zulima?

—Confiésalo ya. —La estrello en mi pecho—. Quieres que atraviese ese agujero.

—Como si tuvieras los cojones para hacerlo —dice, y la tiro a la alfombra.

La maldita abre las piernas para que la penetre y, ahora, un monstruo es lo único que me define. Se relame los labios y desenfundo el miembro, que cae duro en mi mano. He partido huesos con menos.

—¿La quieres? —Caigo sobre ella—. Entonces, siéntela.

Acerco la punta a su sexo mojado. Está lista, caliente, siento que me devora antes siquiera de hundirme. Se empapa aún más cuando le paseo la cabeza, su humedad me cubre y se derrite en mi piel. La sangre me golpea en las sienes, en la entrepierna.

La maldita necesidad me suplica que la reclame, que me ordeñe dentro de ella.

No me la puedo follar. Es una puta cría apenas salida del cascarón.

Envuelve los brazos alrededor de mi cuello y temblorosa se pega a mi torso.

Podría ser mi hija.

Jadea suave bajo mi pecho, se lanza hacia mi boca y no sé a dónde diablos se me va la cabeza cuando su lengua se desliza sin esperar invitación. Me aprieta contra su cuerpo, se aferra a mí como si el infierno la reclamara y yo fuera lo único que la mantiene en la tierra.

La tomo de la nuca y hundo la lengua en ella sin delicadeza, le marco el ritmo, le enseño que esto no es un juego, que meterse con un animal tiene consecuencias. La beso con la fiereza de quien es todo menos un príncipe. Someto su lengua, la castigo con la mía. El sabor es dulce, intenso, una mezcla embriagadora que me arrastra más hondo y reclamo cada rincón hasta que no le queda aliento.

Le sujeto las muñecas sobre la cabeza, atrapándola contra la alfombra. Se retuerce debajo, desesperada, y le araño la mandíbula con los dientes. Mi semen gotea en su entrepierna mientras se restriega en mi punta.

Podría ser mi hija, mas no es mi maldita hija.

La embisto y todo pensamiento coherente se disipan. No distingo entre amigo u enemigo. Su cuerpo cede, su estrechez me aprisiona. Maldita sea. Es tan apretada que me cuesta deslizarme y la abro a la fuerza, hundiendo pulgada a pulgada.

Se apoya en el suelo, separa más las piernas, quiere que la atraviese entera. La empujo hasta el fondo. Su labio queda atrapado entre sus dientes y los gestos que se le escapan me destrozan el poco juicio que me queda.

Bombeo, entro y salgo de su apretado agujero; la azoto contra la alfombra. No me guardo nada, no me contengo. Soy un maldito que, en vez de guardarse el pene, embiste hasta donde cabe.

Apoyo las manos sobre las piernas, curvando los dedos en la carne de sus muslos. Se siente bien que me empape, que me envuelva justo aquí, en mitad de la sala, con la escalera a menos de dos metros y la puerta a un par de pasos.

Quien abra se daría cuenta de que la tengo empalada, que he metido el miembro en un apellido de la ley.

—Oh, Dios... —murmura ante mi empuje.

—¿Quieres conocerlo? —Me levanto con ella encima—. Ven y te lo presento.

Sus piernas cuelgan en mis brazos, se sostiene de mi cuello, la agarro de los muslos y la encajo en mi miembro. Su humedad vuelve todo más fácil, más sencillo. Me aferro a sus glúteos. La llevo y traigo contra mi ingle; la follo como una muñeca que no es más que carne liviana en mis brazos.

—Más —me pide, y el ansia explota en mis nervios, se me sube a la cabeza y me saca de mi eje, ¿qué es esta maldita? La entrepierna me late hambrienta, sofocada. El frío sudor me serpentea entre los omóplatos y cada embestida es un latigazo que arranca los gruñidos que estuve conteniendo desde que entré.

No sé dónde acaba mi cuerpo y dónde empieza el suyo. La tengo atrapada, encajada, hundida donde la quiero y donde no debería estar. Mi ritmo se vuelve un castigo, un reclamo, un recordatorio de que se cruzó la línea y no hay vuelta atrás.

—¿Ya te diste cuenta?

—¿De qué?

—De que no soy una cría. —Desliza sus labios sobre los míos y empuño toda su melena.

—Sí, lo eres. —La llevo contra la columna de madera donde arremeto sin freno—. Y me estoy follando a esta cría.

Sumerjo la lengua en su boca, devorándola mientras su sexo se tensa alrededor del miembro. Sus fuerzas flaquean y la sostengo antes de llevarla a la alcoba.

¿Terminar? No, apenas estoy empezando.

18

PRIMITIVO

EMMA

«Conquista al *Underboss* y consigue que mate al *Boss*». La orden es un eco sutil perdido en mi mente. «Mantente lejos del Boss».

Mi cerebro hace cortocircuito; es incapaz de generar un solo pensamiento coherente. No razono. No puedo, porque todo colapsa en cuanto su boca choca con la mía. Me sostiene con fuerza y cruza la puerta del dormitorio sin soltarme. Su piel es una brasa; su aliento, fuego en mi garganta. Estoy exactamente donde no tengo que estar: sobre él.

No debería tocarlo, pero mis dedos se clavan en sus hombros. Su lengua es dura, invasiva, una amenaza húmeda que baja hasta mi clavícula y me encoge hasta el último músculo.

—La niñita quiere más. —Me lanza sobre las sábanas de satén carmesí.

Su sombra me cubre antes de que pueda incorporarme. Sus manos me enmarcan el rostro y su respiración pesa sobre la mía.

El pecho me golpea por dentro, como si mi propio cuerpo intentara advertirme que ya fue suficiente.

Los ojos animales me inmovilizan, encendidos en un fulgor salvaje, desalmado. No pestañea. No titubea. Me observa como si ya hubiera decidido qué hacer conmigo.

—*Ved'ma*. —Su lengua barre mis labios y no hay ternura en el contacto, solo posesión—. No sabes lo que acabas de hacer.

Se endereza y me eclipsa. La habitación se encoge a su alrededor, como si hasta el espacio le hiciera reverencia. Apoyo las manos en su pecho, para que se acueste y me deje subir sobre él, pero me devuelve a la cama sin darme derecho a nada.

—¿Qué? ¿Vas a montarme? —se me burla—. ¿Tú, una cría?

Me captura las muñecas y las apresa sobre el colchón. Su aliento caliente me envuelve la oreja mientras la punta de su miembro roza la piel sensible, buscando abrirse paso.

Su mano tatuada se cierra en mi garganta y el agarre me oscurece la visión. No pienso en que podría matarme; lo siento en el peso de su palma, en el temblor involuntario de mis piernas cuando me abre los muslos sin esfuerzo.

—Esto era lo que querías. —Su voz es un gruñido bajo mientras empuja, apenas lo justo para que la punta gruesa presione donde más arde—. Provocarme.

Empuja de golpe y el aire me abandona. Me abre sin darme tregua, sin dejarme contener el grito que muere contra los dientes. Su embestida me parte en dos y me hunde en el colchón. Me contraigo, lo siento en cada fibra tensa, en el ardor que se mezcla con el calor que trepa desde el vientre.

Todo se vuelve confuso, lejano. No siento la cama bajo la espalda, solo el peso de la fiera que me atrapa entre su cuerpo y las sábanas. Las cuerdas de sus brazos se tensan, marcando surcos bajo su piel con cada embestida. Se hunde sin permitir que mi cuerpo lo rechace, y la presión me abre hasta el límite.

Se apoya en las rodillas y me arrastra con él, deslizándome por las sábanas hasta que mi cabeza choca con el cabecero.

—Maldita sea —Su mirada baja entre mis muslos—. Estoy atrapado aquí.

Es una fuerza imposible de contener, un peso que no cede, que me mantiene atrapada en la única realidad que importa: él dentro de mí.

El dolor y el placer se entrelazan en una danza confusa que me catapulta al limbo. Me cala en los huesos, en los músculos que se tensan bajo su avance. Me invade como una corriente desbocada, me abre sin dejar espacio para nada más. Cada parte de mí se expande a su paso, la presión arde y mi cuerpo se moldea a la fuerza que me destroza y me llena a la vez. Los gemidos se me escapan entrecortados, atrapados entre el tormento y el éxtasis.

—Eres muy estrecha, niñata.

—Y tú eres muy grande, papi —contesto, y su mano se estrella en mi cara.

—No me digas «papi».

—No me digas «niña».

Las embestidas me golpean hasta el fondo en un dolor agudo que se estira con cada acometida. Algo dentro de mí se sacude, me grita que lo detenga, que escape, pero mi cuerpo lo calla; solo le importa esto. Jadea, y un escalofrío me sacude al darme cuenta de lo que soy en este momento: una chica de Phoenix con las piernas abiertas para un criminal ruso. El hecho me empapa más que cualquier otra cosa.

Intento tocarlo, pero su mano me cruza la cara con un bofetón que me deja la mejilla ardiendo. Las lágrimas me llenan los ojos y su boca reclama la mía con un hambre feroz. Es un beso que no conoce el significado de la palabra «calma». Abro la boca para recibir su lengua, que deambula y se desliza sobre la mía en un duelo por el dominio.

No hay decencia ni contemplaciones, solo un torbellino de roces ardientes, dientes chocando, saliva caliente y respiraciones jadeantes.

—¿Qué diablos has hecho que no puedo sacarla? —Su agarre se endurece y sus caderas no dejan de estrellarse contra las mías.

La cama cruje con cada embestida, y los resortes gimen bajo el aplomo de su cuerpo. Su agarre en los muslos carga tanto ímpetu que, por un momento, creo que me los arrancará. Me abre más, me hincha, me estira hasta que no hay nada más que su ritmo arrollador.

—Oh, cielos...

—¿No aguantas el miembro de un ruso? —se burla—. Pobre.

Su glande empuja con rudeza, deslizándose hasta lo más recóndito. Sus ojos se clavan en los míos al embestir y siento que arranca una parte de mí, que salpica gotas de pintura sobre mi lienzo blanco; que el hielo por donde patinaba deja de ser azul cielo y comienza a oscurecerse.

La trenza larga le cae a un lado de su hombro y las hebras me acarician la piel como un látigo de seda. El empuje me pone a brincar las tetas, así que lo agarro y tiro de su muñeca cuando arremete con más pujanza. Mi columna se arquea, intento alcanzar sus hombros, pero su agarre en mi cuello se cierra más. La cama se estrella contra la pared, siento que me van a fracturar y...

Un ardor agudo me desgarra por dentro cuando su embestida se hunde sin piedad. Algo tibio desciende por mis piernas mientras las lágrimas brotan instantáneamente.

—¡Maldita sea! —Se aparta con el miembro sucio de sangre y yo solo puedo mirar mis muslos abiertos, rojos, marcados.

—¿Qué... qué hiciste? —La habitación me da vueltas y lo único que puedo hacer es mirar la sangre que me mancha la piel.

Me ha roto. Cierro las piernas, agarro la sábana y salgo de la cama. Él toca la sangre en el edredón y corro a encerrarme en el baño. Las gotas rojas serpentean por mis pantorrillas.

Me ha roto.

Aseguro el pomo. Un espasmo me atraviesa el vientre y me doblo sobre el lavabo, jadeando cuando la punzada se hunde como un filo caliente en el abdomen.

—¡Abre la puerta, Emma! —El *Boss* estrella el puño contra la madera.

Dejo caer la sábana y entro a la bañera. Intuyo que entrará por las malas. Enciendo la regadera y sumerjo la cabeza en el chorro de agua. Necesito que la sangre se vaya, que deje de brotar. Las astillas de madera vuelan cuando patean la puerta y le doy la espalda a Ilenko Romanov.

—Me estoy bañando, lárgate.

Se fija en el agua teñida de rojo. No me dejo revisar y me jala del brazo para sacarme.

—*Snaruzhi!* —exige, rabioso.

—¡Déjame! —me opongo. En la pelea resbalo y caigo al piso con un charco de sangre a mi alrededor.

Insiste en revisarme y lo empujo para que se marche a fastidiar a otro lugar.

—Esto te pasa por meterte con quien no debes. —Me agarra la barbilla—. Espero que te sirva de lección.

Se levanta, me deja y sale dando un portazo. El dolor agudo es un puñal. Con esfuerzo consigo levantarme, pero la sangre sigue saliendo, se arrastra por las pantorrillas y el llanto me ahoga al darme cuenta de lo que he hecho.

¿En qué estaba pensando?

Sam tiene razón al creer que soy una tonta. Me he metido en la cama de un hombre que odia a mi familia, que desprecia a mi hermana y que quiere matarme. Me ha desgarrado por dentro y ahora seguro no sirvo para nada.

La sangre no cesa, el dolor se clava hondo, insoportable, y termino con la espalda recostada en los azulejos de la ducha. El mármol frío me quema y me abrazo las rodillas.

Me pidieron hacer algo y, en vez de enfocarme, he actuado como una ramera. Si mi familia lo supiera, me odiarían y tendrían todo el derecho. He vuelto a mancillar el apellido por ser de todo, menos lo que me han enseñado.

Las contracciones me agarran las piernas. Voy a morir desangrada en un baño en medio de la nada. Permanezco sobre la baldosa helada, ajena al paso del tiempo. Mi cuerpo se encoge en un ovillo sangrante que apenas encuentra aliento entre punzadas.

—Emma. —Me limpio los ojos cuando me llaman afuera—. Necesito que salgas.

Cierro la mampara de la ducha. Es el *sovetnik*. ¿Y si le dice a Vladímir que me acosté con el *Boss*? Hará que me cuelguen. A través del vidrio esmerilado, vislumbro la sombra del hombre de traje. Entra a colocar una mochila sobre el lavabo.

—Vístete y sal, por favor. No quiero recurrir a la fuerza, pero lo haré si es necesario. Prefiero que no lleguemos a eso.

Su sombra desaparece tras la puerta. Me acerco y miro lo que trajo: ropa de Phoenix. Una camiseta ancha, un short deportivo, bragas, un sostén, mis zapatillas... y un par de toallas sanitarias.

—Emma, sal —insiste desde afuera.

Me visto. Ya hice el ridículo en la cama; que me saquen desnuda y sangrando solo empeoraría la humillación. El dolor me frena cada cinco segundos, pero, con todo y punzadas, logro atarme los zapatos. Respiro hondo, apoyo la mano en el pomo y abro despacio.

Siento el cuerpo apaleado. Salgo con pasos lentos y encuentro al consejero esperando en el centro de la habitación. La cama, antes revuelta y sucia, ahora luce impecable. No queda ni un rastro de lo que pasó ahí.

El *Boss* aguarda recostado en el umbral de la puerta con los brazos cruzados sobre el pecho. Temo que saque un arma y me dispare. Con la seriedad de su mirada y su papel de hijo de perra, no dudo que lo haga.

—Siéntate. —El *sovetnik* señala la cama.

Hago caso. Parece que hubiese dado a luz, pero en vez de expulsar un bebé, es como si me hubiesen metido uno por la fuerza. El moreno de traje color acero sale y regresa acompañado de un hombre esbelto. Por el pelo revuelto, la cara pálida y la ropa estrujada, diría que ha llegado aquí a rastras.

Trae un maletín médico en la mano y un collar en el cuello más grueso que el mío. El *sovetnik* le pide que me examine y él se acerca a acostarme en la cama. Miro a los dos otros hombres de la alcoba y ninguno tiene la intención de irse. Hubiese preferido un poco de compañía femenina y no tener que ser revisada por el sexo opuesto.

—Indícame la ubicación exacta del dolor y describe su intensidad —pide el enfermero, médico, curandero o lo que sea que es el hombre del maletín.

Le hablo de la molestia y del sangrado. Se calza los guantes de látex y me baja el short. El *sovetnik* se gira, pero el *Boss* no. Permanece en la puerta, observando.

El médico introduce los dedos en mi interior, realiza una prueba de tacto. El dueño de la Bratva echa los hombros hacia atrás. Ruego que el hombre no encuentre nada, porque si lo hace, no creo que salga vivo de esta habitación.

—¿Qué clase de tortura empleó? —Mira al ruso.

—Una que no te interesa.

—Este tipo de situaciones requieren de un análisis más exhaustivo. Ella menciona una pérdida considerable de sangre.

—Habrá más sangre y no será la de ella si no te vales de lo que tienes. —El *Boss* desliza un dedo por el filo del puñal—. Haz lo que tengas que hacer aquí y ahora.

El desconocido me mira y finjo sentirme mejor. No me conviene que me lleven a otro lugar; si me examinan a fondo, se darán cuenta de que tuve sexo y no quiero que se sepa.

—Los síntomas apuntan a una lesión en el cérvix —dice el hombre—. Es lo más probable, pero sin el equipo adecuado, no puedo confirmarlo con certeza.

—¿Cómo se hace una lesión en el cérvix? —pregunta el *sovetnik*.

—Con objetos de tortura, ¿con qué más se lo va a hacer? —El ruso no deja terminar de hablar al médico—. Cúrala, que debo irme y he perdido demasiado tiempo.

—Ella puede morir...

—Esas no serían malas noticias —responde con sequedad—. Serían excelentes, de hecho. Ahora dime, ¿vas a servir para algo o no?

El sujeto del collar abre el maletín, extrae un portafolio metálico mediano y prepara un par de inyecciones mientras especifica que una es para el dolor y la otra para el sangrado. Despacio, me habla de los cuidados antes de entregarme una tableta de antibióticos y píldoras para tomar en un intervalo de ocho horas.

—Si tienes fiebre, avisa de inmediato. Es un síntoma de alerta que no debes ignorar.

Asiento, adolorida. El *sovetnik* me indica que me prepare para salir y se va junto al médico. Recojo mi mochila del baño. Pese a la ducha, huelo a loción de hombre. Tal vez solo lo perciba yo y ojalá así sea. Me refresco el cuello antes de salir con la mochila abrazada a mi pecho.

El *Boss* está en la sala, actúa como si yo fuera el ser más insignificante del mundo y adopto la misma actitud.

El consejero y su acompañante me siguen de cerca. El padre de Vladímir me sujeta del brazo sin la más mínima consideración y me arrastra hacia la camioneta negra. Con el ceño fruncido, me mete en el asiento del copiloto, da la vuelta y se sienta al volante.

—Vamos a dejar las cosas claras. —Enciende la camioneta—. Mantén la boca cerrada a menos que desees ser apedreada.

—¿Es el castigo para los infieles?

—Es el castigo para los que manchan el nombre del *Boss*. —Arranca.

—¿Piensas que voy a hacer eso? —rio, adolorida—. No me interesa hablar de ti y espero lo mismo de tu parte.

—No doy explicaciones sobre cómo castigo. Y ya dije que no hablo de crías.

Concentro la mirada en la ventana. Mi sentido común se nubló por un momento, pero ya estoy bien y quiero borrar todo lo que pasó. La camioneta se interna en la carretera helada, dejando un rastro de nieve removida a su paso. Podría perderme en el paisaje, en los árboles teñidos de rojo, si no fuera por los espasmos. Aprieto la mano contra mi abdomen y cierro los ojos un segundo.

—Presumes de dura y no aguantas nada —dice sin apartar la vista del camino—. Te convenía quedarte quieta.

La palabra «imbécil» se me atasca en la garganta. La vergüenza cargada de culpa se asemeja a las montañas que me rodean. No me siento bien y retengo las ganas de llorar. Se necesita tiempo para recuperarse y no lo tengo.

Vladímir ha de estar echando humo en la fortaleza y una buena bienvenida no me espera.

Recuesto la cabeza en el vidrio. Una bebida caliente sería perfecta en este momento, también una manta suave. Mataría por estar en una cama mullida con el televisor encendido. Por tener un sitio cómodo donde pueda abrazarme a mí misma hasta quedarme dormida.

El hombre que conduce a mi lado no dice una palabra; ha de estar ideando cien formas de matarme y creo que lo quiso hacer mientras estaba sobre mí. Siento que aún tengo sus dedos estampados en el cuello. Me abofeteó, me estranguló y me penetró como a una cualquiera.

Me limpio los labios que me arden todavía y juego con el cierre de la mochila en mi regazo. El medicamento surte efecto a lo largo del camino, pero se esfuma al ver a Vladímir en la entrada de la fortaleza. La cara dice todo y empiezo a idear maneras de defenderme.

El *sovetnik* se estaciona adelante y baja con el sujeto que lo acompaña. Lo hace seguir al castillo negro, mientras el *Underboss* se apresura a la camioneta de su papá, agarra una de las piedras de la fuente y tiemblo en el asiento. Me va a golpear y no quiero.

—Afuera —dice el *Boss*.

Vladímir saca su puñal.

—Está enojado...

—¡Baja! —insiste el dueño de la Bratva.

Desciendo del vehículo, pero no avanzo, me quedo pegada a la puerta con la mochila abrazada al pecho. Siento la furia de Vladímir y retrocedo cuando aprieta su puñal, lo alza y no alcanza a tocarme porque el *Boss* lo agarra por detrás, lo coge del cuello y le asesta el puñetazo que le rompe la nariz.

—Agradece tener mi sangre. Es lo único que te impide recibir veinte tiros en el pecho. —Le propina una patada en las costillas—. Tus dependencias han traído problemas. Por tu propio bien, resuélvelos pronto o te arrancaré la cabeza.

—¡No estaba consciente de lo que hacía! —se defiende el *Underboss* en el suelo—. ¿Quién en sus cinco sentidos se casaría con esa puta?

Lo levanta del pelo y lo pone contra el capó con el brazo doblado en la espalda.

—¡Lo lamento, padre! —Llora cuando está por partirle el brazo—. ¡No estaba consciente!

—Antes de padre, soy *Boss* y esta organización se respeta. —Le clava la cabeza en la chapa—. Si esto nos perjudica, pagarás con sangre.

Lo suelta y el *Underboss* intenta atacarme de nuevo.

—¡Revelaré todo! —Me aparto—. ¡Mátame, pero tu honor muere conmigo! ¡Hay pruebas de lo que sucedió y van a mostrarse!

—¿Pruebas? ¿Qué me perdí? —Maksim llega acompañado de un hombre apoyado en un bastón.

El hermano de Vladímir empuja una silla de ruedas. El hombre fornido que lo acompaña se deja caer en el asiento, y apoya los brazos tatuados en los laterales de metal.

—¿Esta es la moneda de cobro de Sasha? —Inquiere con desprecio.

Un gabán negro lo cubre. El pelo entrecano está recogido y una barba espesa le cubre el rostro.

—Emma James, te la presento, abuelo —contesta Maksim en un tono burlesco—. La ilustrísima hija del todopoderoso general y hermana de la intachable y heroica teniente.

El espacio se ensombrece de la nada con la presencia de las personas que se acercan. Hombres altos, de pelo rubio, largo, y similar al de Vladímir. Paso de estar sangrando en una cabaña a estar rodeada de seres que parecen venir del lado privilegiado del inframundo.

Un grupo de mujeres vestidas con ropa de cuero se une a la escena. Los arneses se ciñen a sus torsos y muslos, las botas altas se alzan hasta sus rodillas. Los tacones de aguja repiquetean en el suelo, y la mayoría trae máscaras de piel que ocultan sus rostros por completo.

—Veinte años y por primera vez veo al *Boss* golpear a su hijo favorito —habla uno de los rubios—. ¿Qué sucede?

—Vladímir ya no merece el lugar de favorito —responde Maksim—. Mientras yo me encargo de las necesidades del abuelo y le consigo un buen médico, él se queda aquí, drogado y ocultando secretos. ¿De qué pruebas habla la esclava? ¿La preñaste y ahora te chantajea?

Un coro de risas se alza a mi alrededor.

—Aquí no preñamos esclavas —dice Vladímir con hastío—. Habla de unas pruebas que piensa mostrarle a la FEMF. Todavía cree que puede salir de aquí.

—¿Cuántos años tiene esta niña? ¿Quince? ¿Por qué estaba contigo? —El hombre de la silla de ruedas mira al dueño de la Bratva—. ¿Andas con adolescentes, *Boss*?

—¿Qué es esa pregunta, Akim? —se burla otro de los sujetos—. Al *Boss* solo le gustan las verdaderas hembras.

El *Underboss* cierra la mano en mi brazo y me entierra las uñas en la carne como si ya supiera que me cuesta tener la boca cerrada.

—Deja de comer carroña, Vladímir —sigue el viejo—. No pareces mi nieto.

—Es mi puta y todavía no soy el *Boss*. —Tira de mí—. Debo hartarme de la carroña ahora, así no la tocaré cuando tenga el gran puesto.

Se limpia la nariz que no le deja de sangrar y cruzamos juntos el vestíbulo inmaculado de la fortaleza.

—No voy a dormir en los calabozos —digo—. Soy tu esposa, Vlad.

—Seré un viudo joven.

—Mientras pasa —me suelto—, ¿qué te parece si le digo «cuñado» a Maksim?

El brazo me arde con la brusquedad que me lo jala a la hora de subir. Pisamos el pasillo de arriba y me empuja dentro de su habitación.

—Los que viste afuera son mi abuelo y mi familia. —Me pone el puñal de doble filo en la garganta—. No me hagas quedar en ridículo. Tu coartada no estará oculta para siempre, y cuanto más tardes en decirme quién es, más va a doler.

—Trátame bien y me portaré bien. —Lo alejo—. El maltrato me afloja la lengua. Depende de ti que no empiece a decir verdades.

Se pellizca los labios hasta arrancarse la piel mientras camina de un lado a otro.

—Si intentas llevar las cosas bien conmigo, no diré nada. No soy tu enemiga —digo—. Te aprecio, aunque no lo creas. Hice esto porque no me dejaste otra opción.

—Eres una hipócrita mentirosa.

—Fue fácil porque estabas drogado y borracho. Me diste la oportunidad de aprovecharme. ¿Nunca has pensado en dejarlo? Te daña, Vlad. Esa noche estabas a nada de una sobredosis.

—¡No me hables como si fueras alguien en mi vida o te importaran mis problemas! —Se le engrosa la vena de la frente—. ¡Por tu culpa, mi padre no quiere ni verme!

Se mete al baño en busca de una toalla para detener la hemorragia de la nariz.

—Empaca y prepárate, que vamos a viajar. La pirámide pidió verte y te llevaré como trofeo —me espeta—. No quiero tus pantomimas. Si me haces quedar mal, meteré tu cabeza en el océano y dejaré que los tiburones la despedacen. No me importa si muestras el video y termino ardiendo en la hoguera contigo.

Me toco los labios, aún sensibles, y tomo otra bocanada de aire.

—Tienes una hora para alistar mi maleta. —Se larga.

¿A quién engaño? No tengo las riendas de nada. Solo he tomado un par de hebras del caballo. El poder de todos es superior al mío y en este juego sigo siendo la que más pierde.

Entro al clóset a sacar la maleta. La puerta chasquea afuera, me asomo a ver si es Vladímir, pero es Kira.

—¿Qué demonios te sucede? —Avanza hacia mí con furia—. ¿Cómo se te ocurre enviarme ese video? ¿Y qué es ese mensaje? Saca el teléfono y no le permito encenderlo.

—Te vi con el *sovetnik*, pero no te preocupes, que no se lo diré a nadie. Lo único que necesito es que guardes el video.

—Si se enteran de que te ayudo, me van a matar.

—No van a saber que eres tú. Saca el video y elimínalo del teléfono.

—Eso hice, pero no pienso quedármelo. Tengo que entregárselo al *Underboss*.

—¡No! —Me interpongo cuando intenta irse—. Es mi única garantía. Si lo entregas, no tendré forma de salir de aquí...

—Es que no lo harás.

—Déjame intentarlo. —Sujeto sus manos—. Por favor.

—Me mentiste en las bodegas.

—Porque no era mi intención hacerte sentir mal. —El pecho se me acelera al escuchar los pasos que se acercan—. No voy a abrir la boca, te lo prometo.

Me seco las lágrimas, le doy la espalda cuando la puerta se abre y finjo buscar los zapatos de Vladímir.

—¿Qué haces aquí? —pregunta el *Underboss*.

Aprieto los ojos frente al guardarropa. Si le entrega el video, en unas horas me estarán arrancando la piel a pedazos.

—Celia perdió una de las camisas de Maksim y vine a ver si está aquí —responde Kira—. Quería preguntarte si puedo revisar tu ropero, sabes que a veces se confunden.

—Puedes mirar, pero no interactúes con mi esclava; está castigada.

—No sabía, disculpa.

Vladímir agarra su chaqueta, volvió por ella, mientras la novia de Maksim simula mover las prendas del armario.

—Lo guardaré, pero al menor indicio de sospecha, diré que me obligaste —murmura entre dientes.

Se marcha. Tenía que enviar el video a alguien que no despertara sospechas. Se lo adjunté a ella con un mensaje: «Te vi en las bodegas.

Si no hablas, yo tampoco». No quería chantajearla, pero no tenía más alternativa y ahora solo espero que el miedo no la venza.

Encuentro una maleta en el armario. Vladímir no dijo a dónde vamos, así que elijo ropa al azar, que sirva para cualquier clima. Aprovecho el tiempo a solas para cambiarme. Deslizo las piernas en una falda, cubro mi torso con una blusa corta y encima añado un suéter de cachemira. Me arreglo el pelo y me maquillo lo mejor posible. Necesito hacer las paces con Vladímir; verme bien es esencial.

Captar su atención y gustarle fue fácil, enamorarlo se ha vuelto complicado. Es un hombre roto, vacío, que solo ve a través de los ojos de su padre y no parece tener espacio para nada más.

Me ato los cordones de las botas Clark. Trago dos analgésicos y en el baño reviso el sangrado; ha disminuido considerablemente. Eso me tranquiliza, no voy a morir desangrada como pensé.

Regreso a la habitación vacía y me siento en la orilla de la cama donde respiro hondo.

«Está bien, Emma, debes poner todo en orden y continuar con los planes. Mi familia no se va a enterar de lo que hice —me digo—. No va a saber que tuve sexo con el dueño de la Bratva».

Me toco los labios sensibles e inhalo otra bocanada de aire. Aunque el dolor sea menos intenso, aún me siento como si me hubiese arrollado un tren.

Me dejo caer sobre la cama. Los patines blancos siguen en el mismo rincón donde los dejé hace días. En el hielo, un mal giro puede partirte una pierna. Aquí es igual, con la diferencia de que cualquier paso en falso puede quebrarte el cuello.

«No puedo permitirme más errores».

Los guardias hablan en su lengua materna afuera y me apresuro a terminar de empacar, metiendo mis cosas en una mochila. No quiero que Vladímir vuelva a pelear. Sin que me lo pidan, bajo la maleta de la cama y la arrastro afuera.

Al pie de la escalera espera el hombre que me atendió en la cabaña. Se muerde las uñas. Me ve, echa un vistazo a su alrededor y sube a ayudarme con el equipaje.

—Deberías estar en cama —dice apenas estamos abajo—. ¿Disminuyó el dolor?

—Su majestad, ¿tiene algún pendiente con mi esclava? —Vladímir sale del comedor—. Ahora eres un esclavo, no un príncipe. Entendamos los papeles y dejemos la caballerosidad de lado, nadie la necesita.

¿Príncipe? Maksim lo llama arriba y el *Underboss* me hace seguirlo. El dolor leve persiste mientras camino. Me aqueja la cintura y los muslos.

—Me encanta viajar y hacerlo en pareja me parece mucho más divertido —le digo—. Lo tomaré como nuestra luna de miel.

—No hables. De hecho, ni respires. —Se guarda mi móvil en el bolsillo. Debe seguir en contacto con mis padres, mintiéndoles sobre mi paradero.

Caminamos desde la fortaleza de piedra hasta la pista privada, a un par de kilómetros de la propiedad. El trayecto nos lleva por un paisaje desolado y escarpado, donde los árboles se inclinan bajo el peso del hielo. El cielo gris se extiende sin fin.

Los Romanov abordan el avión, rodeados de mujeres con collares dorados. Zulima asciende con Kira y el *sovetnik*. El *Underboss* lo hace con una nevera portátil en la mano.

Avanzo hacia la cola del avión de lujo, con asientos de terciopelo negro. Deposito la maleta en una esquina y, desde mi lugar, observo a la familia acomodarse al frente. Impresionan sin siquiera pretenderlo: altos, de narices esculpidas, pómulos afilados y cabello que sin problema podrían protagonizar un anuncio publicitario.

Dejo de mirar en cuanto el *Boss* sube, acompañado de una rubia de abrigo *cashmere* y labios pintados de rojo. El dueño de la Bratva se apodera del pasillo y un nudo se asienta en mi estómago cuando habla en su idioma natal. No entiendo las palabras, pero las sílabas entran a mis oídos y sacuden la espina dorsal.

En su lengua materna, su voz adquiere una gravedad que parece emerger directamente de su pecho.

Viene hacia donde estoy. Evoco las advertencias de Death, las repito en silencio como si fueran un rezo indio en mi cabeza. Lo que aconteció en la cabaña fue un aviso de «aléjate e ignóralo».

Los escoltas organizan bolsas de lona en la parte delantera y cierran la puerta.

Del compartimiento situado sobre mi asiento, saca las partes de una ametralladora y la bragueta de sus vaqueros queda a centímetros de mi rostro. Trago saliva. El empalme se le marca en el vaquero, forma curvas pronunciadas en la tela.

En silencio, ensambla el arma. Siento las mejillas en carne viva al recordar la forma en que su palma se estrelló en una de ellas. La manera en que su... Escondo la palma entre mis muslos. Sabía que podría hacerme daño, pero no imaginé que tanto.

Maksim entra a ayudarle con el resto del arsenal y consigo respirar tranquila cuando se van juntos hacia delante.

El avión enciende motores y un carcelero ubica al príncipe en el asiento delante de mí.

—¿Hay más armas arriba? —susurra en cuanto los guardias se van y el avión gana altura—. El padre de Maksim sacó una. ¿Viste si había más?

Niego con la cabeza. Si cree que puede escapar de aquí solo con un arma, está completamente loco.

—Cedric Skagen, príncipe de Gehena —se presenta en voz baja—. ¿Tú?

—Emma James, soldado de... no importa.

En la FEMF no se me considera una buena recluta. Me siento ridícula al presentarme ante los demás, porque en el comando siempre había alguien listo para contradecirme.

El príncipe sacude una pierna mientras escanea hasta el último rincón de la aeronave.

Apoyo la cabeza en la silla, cierro los ojos e intento dormir.

La noche se adueña de las ventanillas mientras el avión avanza a un destino que nadie se molesta en decirme.

Despierto con la luz del sol ardiendo en mis mejillas. Sigo en el jet y Vladímir ni se molesta en mirarme. Visito el baño un par de veces, no hay sangre y el dolor es cada vez menos. Arrojo el apósito al cesto del sanitario; mi ropa interior permanece impecable en las horas siguientes.

La comida es un asco. Pensé que salir de la fortaleza me libraría de la avena insípida, pero no. Como a la fuerza, ya que no hay nada más. Trago y contengo la arcada justo cuando el *Boss* me observa desde su posición, metros adelante. Zulima recoge el trago de licor en su mesa, parece que vivir para él es su único propósito.

—¿Por qué estás aquí? —pregunta el príncipe—. Eres demasiado joven para tener problemas con la mafia. ¿Qué edad tienes?

—Cumplo diecinueve el 13 de octubre —suspiro. Recordar datos importantes sobre ti te ayuda a mantenerte cuerdo—. Soy el pago de una deuda de sangre por sangre, ¿tú?

—Perdí una apuesta billonaria con Maksim. No tenía ni idea de que estaba involucrado con la *mafiya* y ese juego era mío. Tenía todas las cartas a mi favor.

Se golpea los muslos con el puño.

—Tal vez sea una pregunta absurda, pero necesito que me digas cómo puedo salir de aquí.

—Tengo la misma duda.

Cierro la boca cuando el piloto pide ajustar cinturones. La aeronave inicia su descenso, el *Boss* se levanta cambiado y con los lentes de sol puestos.

—Pequeña puta. —Entra Vladímir—. ¿Lista para ver a todos los líderes de la pirámide juntos?

Un nudo se me arma en los intestinos. No me he bajado del avión y huelo ya el amargo olor del peligro.

19
EMPATE
EMMA

Después de semanas entre la nieve, hay sol y se siente como la mejor creación del universo. Sostengo el suéter en una mano y alzo el rostro. No hay nubes grises, solo cielo abierto y azul.

Estiro los brazos, desperezando los músculos como si pudiera sacudirme el frío de encima. El invierno me ha tenido atrapada demasiado tiempo.

Una hilera de árboles tropicales bordea la pista aérea, y a lo lejos, el mar resplandece a la distancia.

—Apártate, puta. —Maksim se abre paso por un lado, y me tropieza con el hombro.

—Harás todo lo que te pida como la buena puta que eres. —Vladímir me sujeta del brazo—. Las putas obedecen a su amo sin refutar.

—Entiendo que debas cuidar tu nombre y no ser afectuoso conmigo, pero sabes que soy tu esposa, ¿verdad? —Avanzo con él—. De hecho, si tienes tiempo, podríamos escaparnos un rato y hacer cosas de pareja como tomar el sol, nadar, caminar... Me encanta caminar, y hacerlo tomados de la mano...

Se adelanta y me deja hablando sola. Con él se debe tener paciencia infinita.

Agarro la maleta que me entregan y sigo al grupo de personas. Todos van en la misma dirección: la orilla de la pista, donde un catamarán de lujo los espera.

El equipaje pesa una tonelada y ninguno se toma la molestia de ayudarme. El *Underboss*, de un salto, queda en el vehículo fluvial y los Romanov lo siguen. No sé cómo bajar sin que se me vean las bragas. No puedo saltar con la maleta y ensayo distintas maneras, pero ninguna funciona, así que la lanzo.

Sonrío para mis adentros cuando aterriza en la espalda de Maksim.

—Lo siento —miento—. No te vi.

El *sovetnik* sacude la cabeza afeitada, la frente le brilla bajo el sol. Consigo bajar y dejo el equipaje junto al resto. Me envían a las barandas delanteras. No me quejo; la vista es hermosa y el espacio me sirve para pensar en cómo diablos contentar a Vladímir.

La amenaza del video puede venirse abajo en cualquier momento. Necesito tenerlo comiendo de mi mano o no podré usarlo contra su padre.

El viento arrastra un aroma viril que reconozco al instante. Ilenko Romanov es el último que salta a la cabina, empuñando una ametralladora. Sin previo aviso, la levanta y suelta una ráfaga contra una estructura metálica. Solo para asegurarse de que funciona.

—Tiene buen arranque —le dice uno de los rubios.

El catamarán se pone en marcha y los Romanov descorchan una botella de champán. Aunque me muera de sed, sé que no me ofrecerán.

Me apoyo en la baranda mientras ellos beben atrás. El viento salado me despeina, el sol penetra mis poros y la nariz del barco corta las olas al ganar velocidad.

Me tomé dos analgésicos antes de bajar y me siento mucho mejor. Un chorro se eleva en el aire y una silueta oscura surge del agua, arqueándose en un salto perfecto.

—¡Oh, por Dios, hay delfines! —Señalo y un segundo después me arrepiento de abrir la boca.

Los Romanov me miran serios y Vladímir no disimula su fastidio.

—Hacía años que no veía uno. —Les doy la espalda.

Recompongo la compostura. Con esto se emocionarían Death o mi hermana, no ellos. El catamarán avanza sobre aguas turquesas. A lo lejos, una isla empieza a tomar forma horas después y la velocidad disminuye poco a poco.

Altos edificios emergen entre palmeras verdes. El sol abrasa la playa, iluminando los yates de lujo, los botes y las embarcaciones de carga abarrotadas en la costa.

Estoy en algún rincón de Asia. Los rasgos y el dialecto de los hombres que descargan el equipaje confirman mi sospecha.

Los rusos descienden. El príncipe se ocupa del abuelo del *Underboss*. Aferrado a la silla, el médico escanea el entorno.

—Andando —pide Vladímir con la nevera portátil en la mano.

Me pongo en marcha, soy la única de pelo negro entre un mar de melenas rubias. El príncipe de Gehena lleva el cabello color miel corto. El *sovetnik* mantiene la cabeza afeitada, igual que algunos escoltas tatuados. El *Boss* es quien encabeza el grupo de personas.

El bochorno asfixia y el entorno capta mi atención durante la caminata. Varias lanchas llegan a la orilla. Hombres y mujeres esqueléticos desembarcan demacrados, cubiertos de mugre. Se tambalean, mientras arrastran los pies sobre la arena. Algunos corren hacia los árboles y los dardos tranquilizantes los derriban antes de que alcancen la maleza.

El sol ya no se me hace tan agradable. No aparto la vista de lo que sucede. La gente pide ayuda mientras llora. Sujeto el brazo del *Underboss* y de inmediato tiran de mí hacia atrás. No era el brazo de Vladímir, sino el del *Boss*, que sigue encabezando el grupo y se mira el lugar donde lo toqué.

—¿Despiertas o te despierto? —dice Vladímir entre dientes, y la familia me observa como si fuera un sacrilegio el error que acabo de cometer. No fueron ni tres segundos.

—¡La Bratva! —El líder de la mafia italiana aparece con los brazos abiertos—. Bienvenidos a esta humilde celebración.

Señala el sendero empedrado que conduce a mesas de lujo bajo toldos que ondean con la brisa marina. Grupos de distintas etnias ocupan el perímetro.

Mujeres de vestidos refinados reparten manjares, copas de licor y bandejas con drogas. Los hombres se levantan para estrechar la mano de Ilenko Romanov. Impasible, el ruso recibe el saludo sin inmutarse

—¡La Bratva! El clan más esperado de la reunión —dicen—. Akim, bienvenido de nuevo. Es un honor tener al antiguo jefe entre nosotros.

—¡Nuestro distinguido *Underboss*! —exclama un hombre de acento francés.

Le da dos besos a Vladímir.

—¡El ejecutor que nos ha traído la cabeza de la viceministra!

—¡Muéstrala, leoncillo! —pide un africano con cadenas de oro en el cuello.

Arman un círculo alrededor de la mafia rusa. Vladímir saca la cabeza congelada de Olimpia Muller y las manos se me enfrían. Pese al calor, el helaje se extiende por todo mi cuerpo.

El *Underboss* alza la cabeza como trofeo. Los ojos siguen abiertos, atrapados en el terror. Hielo cubre sus pestañas y las venas se han teñido de un tono nauseabundo.

Me mira. No puede, pero lo hace, porque fui yo quien la mató.

Vladímir arroja la cabeza al suelo y las carcajadas estallan mientras la patean como un balón. Aplausos, brindis, gritos eufóricos. Un espectáculo grotesco, descarado. Pero ¿de qué serviría mencionar que no me hace ninguna gracia? Hace unos meses, habría vomitado, me habría encerrado con la intención de no salir nunca más; sin embargo, ahora mi cerebro sabe que no tiene caso.

Las suelas de los zapatos se imprimen en la cara de la viceministra, hundiéndose en la piel congelada.

—Ahora, el segundo premio traído por el monstruo de Rusia: Emma James. —Uno de los hombres detiene el juego.

La piel, tostada por el sol, brilla con un matiz bronceado. Habla en portugués, con el calor del verano impregnado en los poros. El cabello oscuro y corto deja al descubierto un rostro anguloso y ajado.

—¡Excelente presa de caza, leoncillo! —ríen—. Queríamos verla con nuestros propios ojos. Emma, conócenos. De seguro será una de tus pocas hazañas.

—¿En la cama de quién va a dormir esta noche? —Un hombre delgado y ojos rasgados se aproxima.

Se asemeja a las estatuas de los combatientes chinos del comando. Los ojos marrones me observan con cautela bajo las pestañas cortas. Su piel clara tiene un tono cetrino que contrasta con las cicatrices que surcan su cuello y parecen haber sido trazadas con un bisturí.

—¿La reunión es para morbosear y sortear a una cría? Vaya tontería —espeta el *Boss* aburrido, lo ignoro—. Me han hecho viajar al culo del mundo para una idiotez.

—Comprendemos que tu tiempo es valioso, pero permítenos un momento siquiera para observar. —Las risas persisten—. Se te siente el odio a flor de piel, *Boss*, ¿cómo no le has partido el cuello?

—Tengo cosas más importantes en que pensar —responde, tomando la copa que Zulima le ofrece.

Philippe Mascherano lo llama aparte.

Vladímir no suelta mi brazo. Soy el alce cazado, la prisionera que todos codician y la atracción que todo el mundo se acerca a mirar por el apellido que llevo. Conversan, se llaman entre ellos y se jactan del sufrimiento ajeno mientras sus nombres se quedan grabados en mi mente sin que yo lo desee.

Soy detallada por hombres de rostros cincelados, mandíbulas apretadas y mentones puntiagudos. Por morenos, pelirrojos, individuos de pelo blanco y hombres de color.

Las telas caras y los trajes a medida no ocultan lo que son. La malicia se filtra entre las costuras impecables, en los gestos, en la forma en que se miran sin hablar. No hay misericordia en sus pupilas, solo una letalidad latente. Sus dedos exhiben anillos macizos y gemas brillantes adornan los cuellos de sus mujeres.

Me quedo al margen cuando Philippe Mascherano los llama y los congrega alrededor de una larga mesa cubierta con mapas y papeles.

—No te alejes, ovejita —dice el griego que pasa por mi lado.

Desde mi lugar, capto fragmentos de conversaciones. Hablan primero de una operación que ejecutó la Bratva y luego pasan a asuntos más amplios. El portugués con pelo blanco en el pecho describe una ruta a través de tierras africanas. Su mapa digital teje una red que abarca continentes enteros.

Hombres con trajes negros impecables custodian los alrededores, sus manos nunca lejos de las armas ocultas. Algunos capitanes en la FEMF se referían a los sujetos en las mesas como «los arquitectos del caos». Para los soldados del comando, recibir una misión relacionada con ellos es un privilegio. A mí, en lo personal, me gustaría tener algún superpoder, alzar el vuelo y salir volando de aquí.

Dalila Mascherano toma la palabra en las dos horas siguientes. Usa un vestido largo y aretes grandes que hacen ruido cuando mueve la cabeza. Expone una estrategia para afianzar el control de los mercados de alucinógenos en Europa del Este. Intenta sonar autoritaria, pero su tono chillón traiciona cualquier intento de imponerse.

El *Boss* no le pone la más mínima atención y ella lo mira cada dos por tres.

—¿Estás aburrido, ruso? —inquiere la italiana.

—Está exhausto por el viaje, al igual que todos nosotros. —El tío de Kira recibe su copa—. La travesía fue larga y hoy mereces buena diversión. Tenemos tiempo de sobra para hablar de negocios. ¡No desaprovechemos la alegría traída por el *Underboss*!

Dalila Mascherano culmina y los camareros le ofrecen una mesa a los Romanov. Las sumisas rodean al *Boss*. La búlgara le enciende un puro y yo espero de pie con Vladímir. Las felicitaciones por Olimpia Muller no cesan, mientras los demás discuten sobre las embarcaciones en camino y la campaña electoral de la FEMF.

—La ficha de Philippe ha cobrado fuerza y le está dando buena competencia al coronel. Esperamos que salga victorioso.

Han de creer que soy un cadáver andante, porque hablan sin preocuparse de mi presencia.

El sol anaranjado se hunde en el horizonte y la fiesta cobra fuerza con el paso de las horas. El *Underboss* sigue serio conmigo y su indiferencia empieza a preocuparme.

Me arreglo el *top* y me aliso la falda corta con las manos para que la note. Si las cosas están tensas, tendré que irme por lo sexual y hay un problema con eso: mi cuerpo no está lo suficientemente bien para follar. Además, él se fija poco en mi cuerpo. Siempre mira más mi rostro; ahora ni siquiera eso.

Le sirven un plato rebosante de pavo, aceitunas y puré. Come delante de mí y el hambre me sacude las tripas.

—¿Me das un poco?

—No.

No insisto. Saco el brillo labial de mi bolsillo y lo aplico despacio, queriendo animarlo para que me mire, pero no consigo nada. Un escalofrío me recorre la nuca. Miro a un costado y mis ojos chocan con los del *Boss*. Desde su mesa, me atraviesa con una mirada que parece querer quemarme viva.

No es solo rabia. Es el tipo de mirada que te congela en tu sitio y te recuerda exactamente ante quién estás. No le gusta verme al lado de su «cachorro» y no lo disimula.

La brisa no es suficiente para el calor que hace. Vladímir abandona su plato y se une a los miembros de la pirámide para embriagarse. Las horas pasan, el desprecio del *Boss* se hace cada vez más sofocante, el efecto del medicamento se desvanece y me cuesta estar de pie.

El *Underboss* desaparece de repente, dejándome sola. Los cólicos regresan y siento que podría estar sangrando otra vez. Antes de entrar en pánico, hago cálculos mentales: debe ser mi periodo, que suele llegarme para estas fechas.

Debo revisarme, así que me alejo despacio, procurando que nadie note mi intento de retirada.

—Distinguidos invitados, ha llegado el momento del tradicional juego de las impostoras —anuncia una voz desde la tarima—. Les extendemos la invitación a participar. Las mujeres de los líderes serán compartidas con su debido permiso y, por unos minutos, podrán ser tomadas según deseen. Recuerden las reglas: no habrá objeciones ni disputas. Las luces se apagarán. Como siempre, las damas llevarán pelucas idénticas para mantener el misterio del juego.

Comienzan a repartir las pelucas. Me pregunto si es que nadie les enseñó a jugar a damas o a ponerle la cola al burro y por eso tienen que recurrir a modos de entretenimientos tan raros. Retrocedo despacio hasta que choco con una pared humana detrás de mí.

—Aquí juegan todas las propiedades de los líderes, bonita. —El hombre de acento francés que besó a Vladímir me devuelve a mi sitio.

Ronda los cuarenta, canas plateadas se asoman en sus sienes y pequeñas arrugas enmarcan sus ojos de un gris azulado.

—Traigan una peluca.

Se queda frente a mí asegurándose de que me la coloque. Obedezco. Si soy inteligente, puedo sacarle ventaja al juego. Puedo correr a la mesa, robar algo de comida y luego alejarme a buscar algún lugar tranquilo.

—Toda la isla es de ustedes. —Las luces se apagan—. Disfruten de los sesenta minutos.

Solo la luna dibuja siluetas difusas en la oscuridad. Risas femeninas delatan escondites improvisados mientras me escabullo hasta la mesa de bocadillos y como cuanto puedo antes de llenar un plato. Pastel con crema, cócteles, galletas. Con mi festín asegurado, corro hacia las mesas más remotas, lejos de los ojos de los Romanov.

Un calambre en el abdomen me detiene y me agacha por un momento. Siento la ropa interior húmeda. Coloco el plato sobre una de las palmeras taladas y me reviso. Es mi periodo, estoy sangrando.

«Comer rápido, pensar después». Intento seguir corriendo, pero el plato resbala de mis manos en el instante en que alguien me atrapa por detrás.

Su brazo se aferra a mi cintura, y una mano me cubre la boca. El aroma del *Boss* me asfixia antes de que pueda soltar un ruido. Me empuja hacia la sombra.

—¿Para dónde vas? ¿A ver a quién más puedes provocar?

Sacudo la cabeza.

—No tuve un buen día ni una buena noche. —Su erección me lastima la espalda—. Todo por culpa de una maldita cría que me provocó y luego me dejó a medias. Llevo enojado desde entonces.

Me arranca la peluca.

—Podría desquitarme con mis sumisas, pero no. Lo haré con la culpable.

Su pecho fornido me aprisiona contra su torso. Un jadeo se me atora en la garganta cuando sus dedos recorren mi muslo. La esclava de su muñeca brilla al apartarme las bragas.

El roce en mi sexo me sobresalta. Intento hablar, pero la mano que me amordaza lo impide. Me arrastra hasta un árbol caído y me inmoviliza.

Separa la línea de mi sexo, moviendo los dedos entre los bordes.

Estoy sangrando y no puedo decirle. No puedo follar con él. No después de lo que pasó. Hará que me desangre.

Empieza a toquetearme y las gotas de sudor se multiplican. Engancha un dedo en el elástico de las bragas y me las baja hasta las rodillas. El estómago se me hunde al oír el sonido de la hebilla de la correa cuando la desabrocha y me la pone en la boca antes de separarme las piernas.

La fricción de su miembro me contrae los muslos. Va a empujarme, a encajarme en su cuerpo. Hará que mi cuerpo colisione con el suyo. Grito al sentir todas sus pulgadas dentro de mí. No tiene tacto, entra como un bruto sin importar si mi cuerpo lo acepta o no.

Obliga a mis pulmones a trabajar más rápido. Sus labios me recorren la piel de la espalda y las bragas se me deslizan hasta los tobillos. La sensación de llenura me pone al límite y se mezcla con el dolor que me saca las lágrimas.

—*Vkusnyy...*

Se hunde en lo más profundo. La correa se desliza de mis labios, pero no logro articular ni un maldito sonido. Mi garganta quema, mi cuerpo se sacude con cada embestida. Su respiración errática me golpea la nuca y mi sexo se aprieta sin querer. Me suelta las muñecas solo para agarrar la tela de mi falda. La empuña, mientras su otra mano se aferra a mi cadera para sujetarme, clavarme; asegurándose de que no me mueva ni un centímetro.

El miembro ancho me abre, se desliza dentro y fuera, en tanto mi cuerpo se mece. ¿Por qué no grito? El clítoris me palpita y la erección dura que se frota dentro de mí me hace distanciar más los pies. No tengo idea de qué me pasa. Mis uñas arañan la madera, buscando un ancla, algo que me ayude a resistir el asalto.

Las olas amortiguan sus gruñidos, pero no el peso de su cuerpo ni el sonido sucio de su piel chocando con la mía. No respiro. No pienso. Solo intento no partirme con cada embestida. Su pelvis golpea con fuerza, sus bolas se aplastan contra mi trasero y los muslos me arden al ser maltratados contra la corteza del árbol.

—*Chertova zadnitsa* —recita con los dientes apretados.

La garganta me quema, la lucidez se me resquebraja. Parpadeo y solo veo manchas difusas; luces blancas chispean bajo mis párpados. Mi cuerpo se encoge y su respiración se descontrola. Sus manos aprietan más fuerte. Un gruñido le brota desde el pecho y se entierra hasta el fondo. Se queda ahí, jadeante, mientras yo solo intento recuperar el aliento.

—Niñita de papá. —Me quita la correa.

Da un paso atrás. No necesito verlo para saber que se revisa el miembro, sucio con mi sangre.

—Acabo de entrar a mis días. —Me aparto las lágrimas antes de encararlo—. Si me hubieras dejado hablar, lo sabrías.

—Ah, deja de reclamar. —Se limpia con mi falda—. Estamos a mano. Te habías quedado con la ventaja.

Presiona sus dedos contra mi rostro, obligándome a levantar la cara.

—Emma uno, Ilenko uno. —Exhala sobre mis labios—. No sigamos con el juego, que soy un mal perdedor.

Se aparta. La mancha roja en su camisa parece no importarle. Simplemente se larga. La soledad de la playa me rodea, mi falda es un trapo arrugado y mi entrepierna un desastre pegajoso. Busco el plato de comida para ver si algo se puede rescatar. Nada.

Las luces se encienden, me limpio como puedo y ajusto la ropa para no levantar sospechas. Un grupo de hombres se acerca a lo lejos, riendo, y comienzo a buscar a Vladímir. Aquí no hay una sola mafia, sino más de cuarenta.

El *Underboss* no está por ningún lado. Los cólicos me aprietan mientras camino. Tenía una lesión. Follar era lo último que tenía que hacer.

—¡Tú! —Uno de los hombres de la Bratva se acerca—. Ordenaron que te llevara a dormir. Muévete.

En mi cabeza, agradezco la oferta. Mi cuerpo suplica por una cama.

El musculoso, con tatuajes en la cara y cazadora negra, me escolta hasta la entrada de un hotel de lujo. Las puertas de cristal se abren, saca una tarjeta de acceso y me hace pasar a una habitación en la séptima planta. Adentro, la maleta del *Underboss* descansa junto a mi mochila. Cierran la puerta con seguro desde afuera y lo primero que hago es meterme a la ducha.

Me lavo entre los muslos. «Calma, Emma», me digo mientras el agua corre. Como bien lo dijo, ya estamos a mano y ninguno le debe nada al otro.

Uso las pocas toallas sanitarias que me quedan. Envuelta en un albornoz, me trago dos analgésicos y me meto bajo las sábanas donde me tapo la cabeza. Necesito tranquilizarme. No puedo permitir que el pánico me acorrale.

Me encojo sobre el colchón. Los cólicos pulsan en mi vientre de manera intermitente. Cambio de posición una y otra vez, pero nada alivia la incomodidad.

Vladímir no aparece en toda la noche y no concilio el sueño hasta pasadas las seis de la mañana.

El chirrido de la puerta me despierta. Levanto la cabeza, esperando ver al *Underboss*. No es él. Es una mucama. Entra con una bandeja de leche y galletas.

—¿Para mí? —Apoyo los codos en la cama cuando me la ofrece—. ¿Lo envió Vladímir?

No dice nada. Solo deja la charola sobre las sábanas.

No sé si se ha equivocado de habitación o si es un servicio del hotel. Poco interesa, es para mí. Devoro las galletas en un santiamén y bebo la leche en tres sorbos largos. He de verme exagerada, pero juro por Dios que es el vaso de leche más delicioso que he tomado en mi vida... Dulce, cremoso y tibio.

La mujer me extiende una servilleta.

—Gracias —digo, aliviada—. Necesitaba esto.

—No es nada. —Recoge la bandeja—. Un amo siempre alimenta a su sumisa.

—¿Qué?

No hay respuesta de su parte, solamente se retira. ¿Y si es un truco del *Boss*? ¿Y si me ha envenenado la bebida?

Corro al baño, me inclino en el retrete a vomitar, pero no lo consigo. Sudo frío debido al esfuerzo. «¡Basta!». Me sujeto la cabeza. Me estoy autosaboteando, solo fue un desayuno que han de darle a todas las mujeres de aquí. Ilenko Romanov ni se ha de acordar de mí.

El sol entra por la ventanilla del baño. El reloj de pared marca las ocho de la mañana y me obligo a poner mis pensamientos en orden. Tengo que hacerlo o enloqueceré.

Me ducho y me visto con un conjunto deportivo. Al salir, por fin veo a Vladímir. Está al pie de la cama, tambaleándose mientras trata de desvestirse. Sus movimientos son torpes, lentos, como si no pudiera coordinar. Se refriega los ojos y deja caer la camisa; al parecer, se ha estado drogando toda la noche.

No puede soltar el botón de su pantalón y me acerco a ayudarlo. Está más pálido que de costumbre. La cocaína le come el cuerpo y no le importa. Inhala sin pensar, sin medir las consecuencias, aun así, no puedo juzgarlo porque parece ser su única vía de escape. Lo siento para sacarle las botas.

—¿Otra vez intentas enredarme?

—Atiendo a mi esposo. —Le froto las pantorrillas— .¿Quieres hacer algo hoy? Podríamos cabalgar por la orilla de la playa o enterrarnos en la arena.

—¿A quién le enviaste el video?

—Deja de preocuparte, ¿sí? Si no me pasa nada, tu reputación seguirá intacta. —Apoyo las manos en sus piernas—. Ya te lo dije, no quiero ser tu enemiga. Te aprecio, solo busco un mejor trato.

Me observa con los ojos inyectados de sangre. No parpadea. Bocanadas desiguales mueven sus hombros sudorosos. No sé si está aquí o si su cabeza ya lo arrastró a otro sitio.

Me acerco y dejo que mis labios toquen los suyos. No me detiene, así que lo beso. Le sujeto la cara. Es un beso lento, suave, de esos que siempre termina devolviéndome.

—Callas mis demonios… y también los despiertas. —Sonríe, pero no es una sonrisa. Es un gesto torcido, quebrado, desprovisto de cualquier alegría—. ¿Qué se siente besar a un hombre que mató a su propia madre?

—No hablemos de eso.

—Lo hice. Besas a un asesino. —Entra a su círculo vicioso—. Aléjate. Debo ir a quitarme el olor a su sangre.

Se encierra en el baño, donde tarda más de dos horas.

Me quedo sentada en la orilla de la cama, esperando. A esta edad me imaginaba en una mágica relación. En cambio, aquí estoy, mendigando migajas para no morir.

Cuando por fin sale, le ayudo a buscar la ropa.

—Y bien, ¿a dónde iremos? —Le masajeo los hombros—. ¿Ya diste un paseo por el hotel? Puedo acompañarte si quieres.

—Prefiero conservar mi imagen, gracias.

—Soy tu esposa y los esposos pasean tomados de la mano —bromeo mientras cierro su maleta—. Quiero que compremos pijamas idénticos para dormir, nos ayudará a compenetrarnos como pareja.

—Mejor compra ropa a juego para un funeral. —Se perfuma—. Tú en una caja de cristal con un vestido negro. Yo afuera, con un traje a medida. Ponme una cala negra en la solapa para el toque simbólico.

—Si quieres que sea simbólico, entonces tendría que ser un girasol y no una cala. Y en vez de un vestido negro, debe ser uno blanco. Ese color me representa más.

—No voy a salir contigo. Te quedarás aquí, encerrada, esperando a que vuelva tu amo, como una buena sumisa.

—No soy una sumisa. —Lo sigo hasta la puerta—. No me siento bien, quédate conmigo. Solo por hoy.

—No es mi problema cómo te sientas. Ya te dije lo que harás.

Se niega a conseguirme un par de analgésicos. Intento alivianar el ambiente y es inútil. Bromeo, él responde con insultos que en este punto ya me dan igual.

Me deja confinada y, al no tener nada más que hacer, enciendo el televisor.

En el canal de deportes, un especial de patinaje sincronizado llena la pantalla. Los competidores giran y saltan en perfecta armonía con la sonrisa impecable y la luz de los reflectores en sus rostros. Cambio de canal. La imagen, en vez de entretenerme, me deprime más. Mis patines llevan meses sin tocar el hielo.

Sigo avanzando. Noticias, galas, economía, música. Todo sigue su curso, la vida continúa, pero no para mí.

Un calambre me ataca el vientre. Aprieto los dientes y dejo el control a un lado. Al mediodía, el dolor se vuelve un tormento.

Salgo al balcón a distraerme con la vista, no lo consigo. El sonido de las gaviotas es molesto y el sol me quema los hombros.

En la playa, un bote descarga gente en condiciones deplorables. Los empujan como si fueran ganados. Los obligan a avanzar hacia el norte de la isla.

¿Planean algún apocalipsis zombi?

Regreso a la alcoba. He sufrido dolores menstruales desde la adolescencia, estoy habituada a los cólicos, pero estos son distintos; son tan insoportables que rozan a la tortura. Nunca habían sido tan agudos.

El día avanza en una bruma de malestar. No pruebo más que un par de cucharadas de la sopa del almuerzo. Vladímir sigue sin aparecer, y por la tarde empiezo a pensar que alguien tiene un muñeco vudú mío y me clava alfileres en los ovarios.

El sudor me resbala por las sienes, la vista se me nubla y tengo náuseas.

Para cuando el sol empieza a caer, temo a desmayarme. Me mareo cada vez que me pongo de pie. Enciendo la lámpara de noche, pero la luz amarilla apenas me ayuda a centrarme. Me recuesto de lado y cierro los ojos, esperando que el dolor pase.

Pasadas las ocho, no creo ser capaz de poder con la molestia. Las toallas sanitarias se me acaban y tengo que improvisar con papel de baño. El *Underboss* no da señales de vida. Me acerco al balcón y miro hacia la habitación de al lado, esperando ver alguna luz encendida, alguien ajeno a la Bratva que pueda socorrerme con una píldora.

No hay luces.

Me acerco a la puerta y giro el pomo, Vladímir no puso seguro.

Me asomo al pasillo y, a unos metros de distancia, veo a una mujer de vestido negro parada frente a una puerta.

La llamo para preguntarle si tiene algo que pueda ayudarme con el dolor, pero no entiende mi idioma y tampoco muestra interés en comprenderlo.

No soporto más, cada punzada en mi abdomen supera a la anterior y la sequedad en mi boca lo hace todo peor.

El pasillo está desierto. Si me muevo rápido, a lo mejor puedo encontrar a una mucama abajo. El *Underboss* ni siquiera sabrá que salí.

Tomo una bocanada completa de aire y sigo adelante.

—¡Emma! —exclaman a mi espalda.

Me giro. Es el príncipe de Gehena.

Corre hacia mí con los ojos desorbitados, el cuello de la camisa empapado y un arma en la mano. Sus dedos se aferran a la empuñadura. Miro en todas direcciones. No debería estar aquí. Es el esclavo de Maksim y dudo que le haya dado permiso para pasear.

—He sedado al anciano —dice, aún agitado—. Por ahora, ningún miembro de la Bratva vendrá. Antes de marcharse, Maksim mencionó algo sobre una cena.

Dejo de oír. El dolor en la parte baja de mi vientre es demasiado y apoyo la mano en la pared.

—Sigues mal. Necesitas un hospital cuanto antes. Si no es una lesión en el cérvix, podría ser algo peor, como una herida interna.

—Es mi periodo. —Me enderezo—. Estoy bien. Mejor vete a tu habitación antes de que te vean.

—Es nuestra oportunidad para escapar. —Me sujeta de la muñeca—. Sé cómo salir de aquí. Vi dónde guardan los botes. Robaremos uno. En mi país estaremos a salvo, no podrán encontrarnos.

Tira de mí sin esperar respuesta.

—¡No quiero problemas! —Lo freno con la poca fuerza que me queda—. No es tan fácil como crees.

—Sé lo que hago. —Insiste en arrastrarme con él—. Te dije que vi dónde guardan los botes.

Me cuesta lidiar con el dolor y forcejear al mismo tiempo. Ha perdido la cabeza. No pide, me arrastra con él. Bajamos por las escaleras a toda prisa, sujeta mi brazo con tanta fuerza que me lo maltrata. La sudadera me asfixia, el dolor me ciega. Me tambaleo y caigo.

El príncipe no me da la oportunidad de levantarme. Me carga sobre su hombro como si fuera un saco de papas.

—Uno conduce el bote y el otro lo cubre. —Trota conmigo encima—. Juntos.

La brisa nocturna me golpea la cara cuando abandonamos el hotel. En cuestión de minutos estamos en una calle desolada. ¿Por qué hemos salido tan fácil? Es demasiado bueno para ser verdad. Aquí nada es tan sencillo y estoy en una isla infestada de criminales.

—Hora de correr —insiste el príncipe—. Haz un esfuerzo mínimo, que valdrá la pena. Dos personas tienen más posibilidades de huir.

—Quiero devolverme. —No sabe lo que hace—. ¡Hazte a un lado!

—Podemos hacerlo. —Se me atraviesa—. ¡Deja el miedo!

Me volteo y el estómago se me va al suelo. Los hombres de la Bratva emergen del hotel con sonrisas burlonas. Nos siguieron todo el tiempo. De seguro fuimos su diversión mientras el príncipe me arrastraba en este intento absurdo de huida.

Sacan las armas.

No me van a escuchar. Estoy afuera sin Vladímir. Para ellos, esto es un intento de fuga y me van a matar. Empiezo a correr con el príncipe detrás. Al imbécil se le cae el arma en el camino. El miedo echa raíz en mis entrañas y no tengo idea de a dónde voy o qué diré.

—¡Por acá! —indica el príncipe.

Soy una idiota al hacerle caso, es un terco inexperto y por su culpa acabo en un callejón sin salida. La luz de la farola parpadea sobre nosotros.

—Tranquila —murmura—, el puerto de los botes ha de estar cerca.

Retrocede conmigo cuando una camioneta frena detrás de nosotros. El motor se apaga. Cinco hombres bloquean el callejón repleto de botes de basura. Uno le abre la puerta al *Boss*, que desciende del vehículo con una camiseta blanca de mangas cortas.

—¿Puedo saber a dónde van? —Se mete una mano en el bolsillo delantero del vaquero—. Si quieren, los acerco. No tengo problema.

Me aferro el borde de mi sudadera. El pantalón se me empapa y, por un momento, temo haberme orinado, pero no es eso: es sangre lo que me mancha el pantalón deportivo. El dueño de la organización avanza hacia nosotros. El vaquero negro se les ciñe a las piernas, lo que viste lo hace ver más relajado, pero no menos peligroso.

—Quería llevarla a un hospital —explica el príncipe—. Se siente mal y me rogó que la ayudara.

El ruso me mira.

—Salí al pasillo por un analgésico. —Me limpio las lágrimas con la manga—. No me sentía bien. Juro por Dios que solo quería algo para el dolor que no me ha dejado descansar.

Sé que me veo como una estúpida llorando. Nunca ha servido de nada en este lugar. Aun así, no dejo de hacerlo porque en verdad no quería problemas.

—Dile que querías ir al hospital —persiste el príncipe, y no digo nada—. Y que me pediste ayuda.

—¿Por qué estás aquí, Cedric? —El *Boss* recibe el cuchillo de carnicero que le entrega uno de sus hombres—. No me digas, ya lo recordé: estás aquí porque eres un ludópata que nunca ha sabido tomar buenas decisiones.

Acaricia el filo del cuchillo con el dedo y los ojos se le oscurecen al posarlos en el príncipe, quien se apresura a correr. Intenta abrirse paso por un costado. El ruso se interpone, con una patada en el estómago lo derriba al suelo y le entierra la bota en el pecho. Mueve la cabeza y uno de sus hombres se adelanta a estirar el brazo del médico sobre el concreto.

—Haré que te acuerdes de mí siempre. —Alza el cuchillo—. Cuando quieras apostar, al acostarte, al abrir los ojos, al querer volver a escapar...

La hoja baja en un tajo certero. Un solo corte y la muñeca del príncipe se separa del brazo. El crujido del hueso partiéndose es tan insoportable como su alarido desgarrador.

La mano yace en el suelo. La sangre brota en un chorro violento, que me aferra aún más al borde de mi sudadera. El padre de Vladímir suelta el cuchillo ensangrentado y extiende la mano. Le entregan un soplete. La llama azulada cobra vida con un silbido.

—¿Quién necesita un médico ahora? —Intensifica la llama. El olor a carne quemada se despliega mientras calcina el muñón—. Me recordarás cada vez que te mires la mano, y yo, como uno de los tantos mutilados en mi lista.

El príncipe se retuerce, grita hasta que no puede más y el dolor lo desmaya.

El *Boss* se levanta. Ordena que se lo lleven. Un escalofrío me atraviesa la espalda. El sudor me cala la nuca. Si a él le cortaron la mano, ¿qué me harán a mí?

El cuerpo de Cedric es arrastrado y desaparece en el interior de un vehículo. El mafioso frente a mí se limpia el cuchillo en su pantalón. El olor a sangre fresca persiste y el miedo me carcome. Mis manos suben hasta mi boca en un gesto instintivo y con los dedos temblorosos doy un paso atrás.

Sus ojos me miden.

—Sé que mi palabra no tiene valor aquí, pero digo la verdad. —Me trago el sollozo—. Lo único que deseaba era una píldora para el dolor.

El pecho me brinca con cada hipo. Me muerdo el labio intentando sofocar los espasmos y no puedo. No respiro bien; solo lo miro con los ojos anegados en lágrimas. La cabeza me zumba con las mil cosas que podría hacerme, con todo lo que vi hace un segundo

—Camina. —Se hace a un lado para que salga del callejón.

La idea de que pueda dispararme por la espalda bloquea mis movimientos.

—Camina —repite en un tono más autoritario.

Señala la calle y avanzo despacio. La mancha del pantalón es una humillación más que debo soportar durante doce calles desoladas. El *Boss* me sigue y habla solo para indicarme en qué dirección debo moverme.

El viento salado me azota el pelo al entrar al puerto abarrotado de yates y catamaranes. ¿Querrá arrastrarme mar adentro?

—Alto. —Me detiene y entra a una modesta tienda de enseres. La campana del local tintinea cuando cruza la puerta. Espero afuera con las manos hundidas en la sudadera. No tarda en regresar y me hace a caminar hacia el catamarán en el que llegamos.

Se adelanta a bajar la escalera. No lo he visto soltar el cuchillo y, quiera o no, debo subir. No sería inteligente pelear con alguien que tiene toda la ventaja.

Entro a la cabina. El seguro chasquea detrás de mí. Las persianas caen. Aprieto los labios, pero las lágrimas vuelven a escaparse. No sé si lloro por miedo, por el dolor, por mi periodo o por todo a la vez.

—Siéntate.

Hago caso sin mirarlo. Escondo las manos entre los muslos y él se sienta frente a mí en la mesa del centro. Tiene una bolsa de papel en la mano y la deja caer al pie de ambos.

—¿Dónde es la molestia? —La pregunta es terciopelo en mis oídos con el tono que emplea mientras me aparta las lágrimas con una mano—. Anda, dime.

Sostengo su mirada mientras me froto el bajo vientre. No rompe el contacto visual. Saca una tableta de analgésicos, desprende una pastilla, la pone en mi boca y destapa una botella que me acerca para darme de beber.

Me siento tan vulnerable que los ojos se me humedecen otra vez. Me da más agua y mi garganta agradece los sorbos frescos. El líquido se me resbala por la comisura de los labios y, perdido en mi boca, me limpia el mentón con el pulgar.

Recorro con la mirada su clavícula, las crestas y contornos de los músculos que se insinúan bajo la fina tela blanca.

—¿Puedo ir al baño? —digo cuando un extraño hormigueo me recorre las piernas—. Necesito lavarme.

No habla. Se limita a mover las piernas para que pase y lo rozo sin querer.

—Perdón.

Entro al primer camarote que encuentro, me encierro en el baño y coloco el pestillo.

Frente al espejo rectangular, inhalo todo el aire que puedo. Los cólicos se detienen a los pocos minutos y me doy un momento para apreciar lo que me rodea. Cuatro paredes me encierran; aun así, su presencia parece estar presente. Traspasa la madera.

El calor se me sube a la cara. Sacudo la cabeza. «No empieces, Emma». Acaba de mutilar al príncipe y sus manos aún han de tener rastros de sangre real.

Me saco los zapatos.

Estoy hecha un desastre. Me quito la ropa, entro a la ducha, lavo las prendas manchadas y me baño. Escurro el pantalón y lo tiendo cerca de uno de los motores para que se seque rápido. Me pongo la camiseta que llevaba bajo la sudadera y seco las bragas en el dispensador de aire caliente antes de ponérmelas.

Llevo demasiado tiempo aquí. Necesito toallas sanitarias y no hay nada para improvisar. Afuera debe haber algo. Me giro hacia la puerta y extiendo la mano, temblorosa, en busca del pomo.

Abro. La habitación no está vacía: el *Boss* espera sentado en el sillón de cuero. No sé si es su altivez, pero empequeñece el asiento. La lámpara de la mesa arroja luz naranja sobre él, que me devora entera.

Una caja de tampones reposa sobre la mesa de madera a su derecha.

—Doy por hecho que necesitas esto. —Toma la caja—. Ven por ellos.

Apoya una mano en su pierna y camino despacio hacia él. Lo que sostiene es una urgencia para mí. Me detengo frente a su asiento. Su mirada me recorre los muslos; se desliza por el abdomen como si pudiera ver a través de la tela.

Estiro la mano hacia la caja y sus dedos se envuelven en mi muñeca. Con un tirón, me jala hasta él y me sienta en las piernas. Mi espalda entra en contacto con su pecho firme. El aire no me entra bien a los pulmones al sentir la presión de su erección clavándose en mi trasero.

Rasga con los dientes la caja y el empaque de los tampones. Huele a hombre poderoso.

Volteo la cara cuando me respira en el cuello. No puedo sofocarme. Él lidera una organización de asesinos, comanda un culto de terror. Me remuevo sobre su regazo, intentando apartarme, pero solo consigo acomodarme mejor contra su dureza. Su mano avanza, explora el borde del muslo antes de hundirse en la tela húmeda que cubre mi sexo. Hace a un lado mi ropa interior y cierro los ojos en el instante que me toca con la punta del tampón. Lo desliza con descaro, acariciando mi punto más sensible antes de empujarlo lentamente.

—¿Duele? —pregunta y asiento con la cabeza.

Su toque se demora más de lo necesario. Mis fuerzas se esfuman y la cabeza se me va contra su hombro.

Estoy sentada sobre él, con los muslos separados y su mano en mi sexo.

—Tú llorando y yo con ganas de romperte otra vez. —Su voz es baja, áspera—. ¿Sientes lo furioso que me tienes?

Eleva las caderas y sujeto sus dedos.

—Estás demasiado tenso —susurro, inquieta por su erección—. ¿Tanto te enojo?

—Sí.

Me hace mirarlo y su aliento tibio me envuelve el mentón.

—Levántate. Voy a torturar esa garganta.

—¿Con qué? —pregunto, y sujeta su entrepierna—. ¿Con eso vas a castigarme?

—Sí, pero primero voy a lubricar esa boca.

Cierra la distancia. Sus labios apresan mi boca y su lengua caliente se lame contra la mía, exigente y voraz. Me aprieta contra él y la presión de su mano en la nuca me obliga a tomarlo entero. Me pierdo en la neblina de sensaciones y succiono sus labios mientras sujeto su cuello.

Desliza la pelvis hacia abajo para desapuntarse el vaquero. Recuesta la espalda en el mueble y me hace arrodillar ante él. Con

una sola mano, me recoge el pelo mientras con la otra saca su erección. Lo sostiene y lleva mi boca hasta su cabeza.
El sabor acapara mis papilas gustativas.
Me empiezo a preocupar, por el hecho de que me sepa a gloria en vez de repudiarlo.

20
Fuego y arena

BOSS

En el hampa ruso, la disciplina se arraiga en la sangre, se implanta en la cabeza y se plasma en códigos que tienen como ley el control. Sin control, no se sería más que una jauría rabiosa peleando por cualquier hueso.

Y yo nunca he sido uno de esos.

La camiseta blanca cuelga a la mitad de mi cintura, la tela me roza el abdomen cada vez que me hundo en la cría entre mis piernas. Cierro los dedos en su moño y tiro; la obligo a seguir mi ritmo. Se atraganta, jadea, mas no la dejo escapar. La deslizo por mi tronco, lento, asegurándome de que me sienta entero antes de volverla a empujar.

El que tiene poder, castiga como quiere; ya la tuve dos horas con la lengua en mis pelotas.

No rompe contacto visual. Sorbe. Debería llorar, mas está prendida como si su vida se fuera a acabar si me suelta.

Rick James es un general respetado, pero el papel de papá ejemplar lo pongo en tela de juicio con ella: parece no haberle dado ningún tipo de advertencia sobre cómo no se debe mirar a un hombre. Va por la vida con su maldito aire de *balovannaya* al descubierto y esos labios expuestos.

—Esto es lo que cuesta molestarme.

Aprieto el puño en su pelo. La obligo a tragar. No importa que sea demasiado; la fuerzo a engullir más de lo humanamente posible. La asfixia la sacude y tenso la mano, apuñalando su garganta angosta.

Embisto sin tregua hasta que mis pelotas se tensan y me descargo en su boca. Le hundo los dedos en la cara y le aprieto las mejillas para obligarla a tomarlo todo. Su garganta se contrae y no la suelto hasta que lo baja.

—Un castigo más a la lista.

Los latidos me martillean las costillas. Me subo el pantalón y ella se pone de pie solo con la blusa puesta. En segundos, me endurece de nuevo.

Me incorporo y voy por el arma en la encimera.

—¿Puedo hacer una pregunta?

—La harás, aunque me niegue.

—¿Qué pasó con la madre de Vladímir? —inquiere, y los nudillos se me blanquean sobre la Sig Sauer—. Te vi en una foto a su lado.

—Vístete…

—¿La amabas? —sigue—. Vlad dice que era…

Me doy la vuelta, y su boca se cierra al sentir el cañón de mi arma bajo su mentón. Sonya Lazareva es una espina en mi costado. Estuvo a mi lado durante años, y aún tengo su nombre grabado en lo más profundo.

—Este no es un tema agradable para mí ni para Vladímir. —Le elevo el mentón—. Abstente de mencionarla. Tu boca no es para su nombre.

—Entonces, sí la amabas. No hay nada de malo en hablar de las personas que queremos, ¿Sabes? —insiste—. ¿Cómo era?

—Intrépida, asesina, letal.

—La has de pensar mucho.

—Bastante. —Adentro el cañón en la boca—. No es una mujer que pueda olvidarse.

Tiene una parte mía, una parte que nunca va a regresar. Los hijos la amaban, los Romanov, la Bratva. Era la gran futura leyenda a la que le detuvieron el vuelo.

Introduzco y extraigo el cañón de la boca de Emma James. Ni con un arma entre los labios deja de detallarme, pese a saber que sin problema podría tirar del gatillo. Deslizo la mirada por su boca. Se muerde el labio inferior.

Algo cae afuera. Desvío la vista hacia la puerta.

—Vístete.

Libero el seguro del arma y salgo. El salón está vacío, salvo por el eco lejano de un crío llorando en la cubierta.

En la proa del catamarán, una mujer empapada de agua da vueltas con un bebé en brazos. No consigue callarlo. Se detiene al verme en la puerta.

Es más hueso que carne. El pelo ralo, los pómulos marcados, la piel azulada, los ojos hundidos: HACOC en estado más deplorable.

La droga estrella de Antoni Mascherano. La sustancia que convierte cuerpos en ruinas. Y delante tengo a una más.

—Déjeme entrar. —Señala el interior con la mano temblorosa—. Me están persiguiendo.

El niño no se calla. La intrusa extiende los brazos marcados por las cicatrices de la aguja.

—¿Qué le pasa al bebé? —pregunta Emma James en el umbral de la cabina—. ¿Está bien?

Tiene la capota de la sudadera arriba.

—¿Quieres... sujetarlo? —Lo deja en el suelo—. Álzalo. Te lo dejo, si... si me das algo a cambio. Recibo éxtasis, ketamina... lo que tengas, lo que sea.

Abre la sábana. La droga ha hecho su trabajo en el crío. Cráneo deformado, manos retorcidas, pies atrofiados.

Los Antonegra alumbran desde abajo y empujo a Emma James adentro. La mujer toma al crío en sus brazos.

—*Scusa, Boss*. —Un soldado italiano sube al bote, sacudiéndose el agua de la chaqueta—. Estos enfermos siempre huyen de los botes.

Se la llevan. Toda la escoria del HACOC termina en esta isla. Los traen para probar nuevos psicoactivos. Cuando ya no sirven, los incineran.

—Lamentamos el percance. —El hombre de negro inclina la cabeza—. Le diremos al líder que le haga llegar una botella de vino.

—Con que desaparezcas, basta.

—*Buona notte*. —Baja.

Permanezco afuera hasta que desaparecen al final del puerto. Falta una hora para el amanecer. Regreso al camarote.

Emma James aguarda sentada. Ya fue suficiente tiempo aquí. La levanto y le ato las manos a la espalda. No voy a arriesgarme a levantar sospechas.

De la cajonera, saco la máscara de castigo y se la coloco. Cierro los dos candados detrás de la máscara, dejo todo como estaba y la saco como si fuera una prisionera más.

Llamo a uno de mis hombres para que la reciba en el puerto.

—Da una vuelta con ella y luego escóltala a su dormitorio —ordeno—. Si alguien pregunta, diles que estaba recibiendo un escarmiento.

—Como ordene, señor.

El *byki* se aleja con ella, sujeta del brazo, y no la pierdo de vista.

Espero el amanecer antes de subir a la suite. Me ducho en el hotel y me cambio de ropa. No he visto a Vladímir desde anoche; fue quien representó a la Bratva en la cena con los demás clanes. Junto a los *vory*, me corresponde atender la reunión del mediodía. Se discutirán lo que desea ejecutar Philippe Mascherano.

Cierro los botones de la *rubashka* holgada y aseguro las armas. El móvil sobre la cama parpadea con dos nuevos avisos. Los revisaré en la noche.

Los sistemas notan todo. Detectan patrones, registran lo que miras más de la cuenta y empiezan a insistir. Llevo días con lo mismo en pantalla.

Bajo a desayunar al restaurante oriental que frecuento durante mis estancias aquí. Los *byki* toman posición en el pasillo y el *obshchak* de la Bratva me alcanza en el vestíbulo. Agatha Romanova es la última hija que engendró el padre de Akim. Con treinta y nueve años, maneja cada kopek y administra todas las cuentas de la organización.

—¿Tienes todos los pagos? —pregunto.

—Los tengo. Estoy evaluando un par de trabajos. —Me acompaña hasta la puerta.

El moño bajo le despeja el rostro. Rubia, como todos los Romanov. Facciones marcadas, ojos atentos, sonrisa que aparece cuando le conviene. No es de las que pierden el tiempo.

—Hubo apuestas anoche. Todos querían adivinar por qué no apareciste.

—¿Todos o tú?

—Estamos en tierras italianas, no me juzgues por preocuparme por mi sobrino. —Se detiene en la salida—. No te molesto más, desayuna tranquilo.

Toma su propio camino y yo salgo bajo el sol de la isla. Los políticos juegan a la democracia en sus cumbres de la Unión Europea. La pirámide es igual, excepto que las reuniones son otra cosa. Los líderes de los clanes se agrupan varias veces al año para celebrar victorias, planificar y cerrar negocios.

Los entes públicos discuten la paz mundial; el *kriminal'nyy mir* la otorga o la quita a su antojo con decisiones tomadas desde un asiento de cuero.

Camino hacia el establecimiento de paredes de cristal. Los *byki* se adelantan, asegurando el paso. Otros me rodean. Dentro, varios ya están posicionados. El resto toma sus lugares a lo largo del recinto.

El estridente tintineo de la vajilla me recibe al cruzar la entrada. Risas fingidas y conversaciones insustanciales se mezclan con el aroma de la comida. Los camareros van y vienen, esquivando mesas atestadas.

No miro a nadie. Camino directo a mi mesa y, de soslayo, capto una silueta en la mesa de adelante. Una mujer oculta tras un sombrero de ala ancha. Lee el menú. No sé por qué se me hace familiar.

—Mi amo. —Una de las mujeres bajo mi mando se acerca a rendirme informe—. El inventario de armas está en manos de Uriel, Pavel y Octavio.

Agacha la cabeza y mantiene las manos atrás.

—El señor Akim y el *sovetnik* están con el *consigliere* italiano —continúa—. El *Underboss* está con los búlgaros en el restaurante del hotel. Lo invitaron a desayunar.

—¿Algo más?

—No, mi amo. —Hace una pausa breve—. Zulima sugiere que podría necesitar... descanso. Ha preparado una alcoba.

—Supone bien. Únete al encuentro. Te quiero con ella en cuanto me desocupe.

—Ahí estaré, señor.

Philippe Mascherano entra al restaurante con la nevera portátil de Vladímir. El italiano viene a mi mesa. Despacho a la sumisa. Los Mascherano son la mafia líder y los anfitriones del encuentro. Mi relación con ellos sigue siendo más por tradición que por otra cosa. No tolero a Philippe Mascherano y el hermano, que está en prisión, me cae aún peor.

—*Buongiorno*.

Sin preguntar, se adueña del asiento a mi lado.

—Lo que pediste. —Coloca la nevera portátil en el suelo—. La traje personalmente, como solicitaste, para que evidencies mi interés en limar asperezas.

—¿Lo que pedí? ¿Cuándo te lo pedí?

—La mucama le ha pasado el mensaje a Dalila. —Desdobla una servilleta sobre la mesa—. Me mandaste a decir que trajera a Olimpia Muller al restaurante.

Recorro el restaurante con la mirada; el *byki* de la segunda entrada se pone alerta con la seña disimulada que le hago.

—¿Por qué enviaría a una mucama, Philippe? ¿No sirven los teléfonos de la isla?

No emite sonido alguno. Todo el ruido y movimiento del restaurante se disuelve en una bruma ligera. El tintineo de los cubiertos se aleja, los murmullos crecen, se deforman. El italiano mueve las manos, los labios, pero no lo escucho.

—Quédate quieto.

Un camarero avanza a mi sitio por la izquierda, esconde la mano tras la espalda y empuño la Makarov que tengo en la cintura. El sujeto es veloz cuando intenta atacarme, pero no más que yo, que me levanto, le envuelvo el cuello con el brazo y le clavo el cañón del arma en la sien.

Un arsenal de armas se alza contra mí. La FEMF.

Los *byki* y los antonegras de la mafia italiana alzan fusiles. El Ejército siempre aparece en el momento donde menos genio tengo.

—¡Manos a la cabeza, ruso! —exige una de las agentes—. ¡Están rodeados!

Risa es lo único que genera. Philippe se queda congelado. Fijo la vista en la mujer del sombrero. Todos los que me apuntan son soldados camuflados y ella es una.

—¿A qué debo el honor, Rachel James? —inquiero.

La hija de perra alza el rostro despacio, se quita el sombrero y en calma lo deja sobre la mesa. La mirada azul de la Mitchels se concentra en mí. Me asquea. Está preñada e, incluso así, viene a joder aquí.

—¿No es aquí la isla de los muertos? —Su voz rezuma falsa solemnidad—. Traje flores para Brandon Mascherano —desvía la mirada a Philippe— y para Sasha Romanova.

Vuelve a mirarme.

—No te equivocas. Ya les dejé flores a Harry Smith y a Reece Morgan.

Le saco en cara a sus muertos y el comentario la enfurece. Saca una ametralladora de debajo de la mesa.

—¿Dónde está la viceministra? —apunta—. ¡Ponte de rodillas, maldito hijo de puta, y dame lo que vine a buscar, o te lleno de balas!

Me río con más ganas. Llega con los humos por las nubes, demanda y dicta órdenes. Sus numerosas victorias la han convencido de que es un ser invencible que todo lo puede.

—Te voy a decir una sola cosa, puta. —Pongo el dedo en el gatillo—: prepárate, porque la puñalada que te voy a clavar te va a doler toda la vida.

De un tiro, le vuelo los sesos al soldado que tengo en los brazos. Afuera lanzan un explosivo, explotan los vidrios de las vitrinas y, por puro instinto, me arrojo hacia el suelo en busca de cobertura. El metálico absorbe la primera descarga de proyectiles arrojados en mi dirección. El cruce de disparos es inminente.

¿Quieren a la viceministra? Se las voy a dar; no tengo problema con ello.

La Bratva contraataca, recargo y voy contando las balas que suelta la puta de la teniente. Aprovecho la pausa de recarga de arsenal, me levanto, pateo la nevera portátil y se abre. La cabeza inerte de Olimpia Muller queda a la vista y la agarro del pelo.

—¡Lo que quieres! —La alzo—. ¡Aquí lo tienes!

Arrojo la cabeza al pecho de Rachel James y la cara se le descompone al reconocer lo que queda del superior apreciado. Muy lindo el operativo, pero vino a perder el tiempo. En mi mafia impera lo bruto y todos los miembros hablamos ese idioma a la perfección.

Descargo el arma en los hombros que la cubren, alza la ametralladora para atacar y me muevo a una de las mesas que uso como escudo.

El Ejército la respalda. Uriel le hace frente con tres *vory* y me abro paso a la salida, acabando con todo lo que se me atraviesa. La sangre salpica con cada tiro certero a los cráneos. Soldados desembarcan en la isla, saltan de las lanchas y sobrevuelan en helicópteros, disparando desde arriba.

Establezco mi posición en uno de los quioscos con mis hombres atrás. Rachel James sale a abordar uno de los helicópteros.

—¿Y Philippe? —Pavel me alcanza el paso—. Aunque es la última persona que me preocupa, no se lo puede abandonar.

—¡Despliéguense! —Recibo la AK-12.

—Han ordenado exterminio total. —Entra Uriel—. Han venido por la viceministra y a capturar al *Boss*.

—Ilusos. —Encajo el cargador en la ametralladora—. ¡Al barco militar! ¡Contraatacaremos desde ahí!

Alisto municiones y detecto en el radar el barco que me voy a tomar mientras corro hacia el puerto con mis hombres. Los *vory* me siguen el paso. Cuido los disparos para no desperdiciar municiones, despejo el camino para mi gente y, en menos de veinte minutos, tengo lo que me propuse.

El helicóptero de Rachel James no deja de atacar desde el aire. Asumo el control de la cabina del barco, introduzco las coordenadas y libero el proyectil que impacta en la cola de la aeronave. Se va al suelo y la malnacida, en vez de morir, sale como si nada. Parece que, aparte de puta, también es inmortal.

Emprende la huida lejos del helicóptero con varios soldados cubriéndola.

Más aviones se suman a la emboscada. Las balas levantan una tormenta de arena y polvo. Recargo armamento y me preparo para masacrar con su propio arsenal.

EMMA

Minutos antes

No puedo quitarme lo que me cubre la cara y la cabeza. Luzco como las sumisas mascotas que pasean por Sodom. El cuero me aplasta el pelo y me quema el rostro. No hay manera de que puedan soportar esto todo el día. Conseguí que me soltaran las manos y no puedo decir lo mismo de la máscara.

Vladímir abre la puerta del cuarto de hotel y se cruza de brazos bajo el umbral.

—Por favor, quítame esto. No respiro bien y parezco la pulga de *¡Mucha lucha!*

—Ibas a escapar con el esclavo. Cuánto me alegra que el *Boss* te haya castigado. Ya no te soporto. Tendrás eso puesto hasta que a mí me apetezca...

Corta la oración tan pronto como escucha las hélices del helicóptero que se aproxima a lo lejos. Los ojos se le agrandan, se apresura a agarrarme y jalarme a la puerta.

—La FEMF está aquí. Rachel James atacó al *Boss* —dice un carcelero en el pasillo—. ¡Afuera!

—La FEMF. —Un estremecimiento me sacude los órganos.

El Ejército está en la misma área que la mafia y el pensamiento de la confrontación inminente revienta un nudo de ansiedad en mi estómago.

—¡Espera!

Detengo a Vladímir.

—Es inútil que intentes llevarme, mi hermana no se va a ir sin mí.

—¡No seas ridícula!

Corre conmigo por los pasillos. Una horda de pasos sacude el piso de arriba. Las escaleras están cerradas, entonces entra conmigo al ascensor con los escoltas cuidándole la espalda. La recepción del hotel es un caos total: hay humo por todos lados, también sangre y vidrios rotos. El Ejército ha reducido a los empleados en el piso, el *Underboss* apunta al verse rodeado y sus hombres le despejan los pasillos para que salga por una de las ventanas.

Aferrado a mi mano, emprende la huida a una de las playas. Intento localizar a mi hermana. He hecho todo lo que pude para mantenerla al margen de esto, pero no puedo sostener más la mentira si ya sabe que estoy aquí. El viento sopla con la misma furia que los disparos lanzados a nuestro alrededor. El *Underboss* no se quiere detener y sigue con la huida hasta que uno de los proyectiles impacta en el suelo y nos separa. No logra sujetarme y una tropa se prepara para rodearlo.

—Soy Emma James. —Corro donde está un soldado mientras intento quitarme la máscara—. La hija de Rick James.

El uniformado se desploma en la arena. Dalila Mascherano está metros atrás y baja el arma con la que acaba de disparar. Me apunta, lista para darme de baja, pero desvía el cañón al darse cuenta de las luces rojas provenientes de los edificios y descarga su arma sobre ellos.

Me arrojo al suelo con las manos, cubriendo mi cabeza. Los destellos del contraataque levantan la arena. Levanto la mirada en el instante en que el fuego cesa. Un helicóptero se aproxima, bombardeando todo a su paso. Correr es mi única opción porque las balas vienen hacia mí.

He tenido que correr para que no me maten, para que no me cacen. He corrido porque me obligan y ahora debo correr para que uno de los helicópteros no me aniquile.

Dalila Mascherano manda a tres de sus custodios detrás de mí. ¿Qué diablos quiere? No hallo a mi hermana, no me puedo quitar la máscara, los soldados no me escuchan por más que grito y necesito quitarme a la italiana de encima. No hay mucho a donde correr en medio del fuego cruzado y acabo entre el mar de adictos que arrean hacia los edificios.

El río de gente es un muro imposible de cruzar. Necesito llegar al otro lado. Ellos no entienden, solo se lamentan. Tiran de mi sudadera en todas las direcciones, el cielo se oscurece y, por más que lucho por salir de la multitud, no puedo. El aire fresco desaparece. Un empujón y termino dentro de un recinto cerrado con los demás.

Las puertas dobles se sellan y los gritos del gentío ponen mi cordura al borde. Lloran, se pelean entre ellos, me hacen preguntas que no puedo responder. El techo no tiene vía de escape y adelante solo hay rejas. «Se van a ir, Rachel no me va a encontrar».

Nadie me escucha. Todos están absortos en su propio mundo. Debo salir. Mi hermana es inteligente, me va a ayudar a quitarme esta condena de encima. Si arriesgó su vida por mí, no puedo permitir que se vaya con las manos vacías.

Sería una estúpida si me rindo ahora.

Las puertas no se mueven al patearlas, son de acero reforzado. El olor a gas me atosiga, la máscara me tiene con la cara sudando. Las puertas no son una vía de escape. Desesperada, me muevo adelante y lanzo el cuerpo contra las rejas que se sacuden. Estampida. Si una sola persona puede sacudirlas, varias las debilitarán y decenas podrán derrumbarlas.

—Tenemos que hacerlo todos juntos —le hablo a gente al azar—. Si todos nos vamos contra las rejas, se van a caer.

Siguen perdidos en el llanto y los gritos, les doy un ejemplo de lo que quiero que hagan y el óxido del metal cae sobre mí, dándome luz verde para la idea. Adelante debe haber una salida.

—¡Todos! —continúo—. ¡Todos debemos hacerlo si queremos salir de aquí!

Les digo que puedo sacarlos. Insisto e insisto hasta que una de las personas se suma, luego dos, tres.

—¡Sí, así, por favor! ¡Más! —No me detengo—. ¡Necesitamos más!

Cuatro repiten la tarea y se unen ocho, luego diez, hasta que tengo a veinte personas empujando con toda su energía. Dejo de sentir el hombro, aun así, no tengo tiempo para el ahora. Quiero salir de aquí e ir a abrazar a Rachel, preguntarle por mis sobrinos, preparar la heroica historia que les contaré en cuanto nazcan. La reja se desprende, los que empujaban se caen y los ayudo a levantarse. Corro entre los pasadizos. Las personas de las otras celdas aledañas sacan las manos pidiendo ayuda y les grito cómo salir mientras continúo en busca de una escapatoria.

Con más de cien personas atrás, busco una salida en el laberinto lleno de pasillos.

—Ayúdame con mi bebé. —La mujer del catamarán se me atraviesa—. No para de llorar... por favor... tenlo.

No me deja avanzar ni leer los letreros.

—Solo un segundo. —Me lo pone en el pecho—. ¡No lo quiero oír!

No espera a que lo sostenga para soltarlo y lo agarro antes de que caiga al suelo.

—Tenlo y haz que deje de llorar.

La arrastro con el bebé y conmigo. Puedo ayudarla, pero deberá hacerse cargo de la criatura afuera. No hay indicio de salida y las paredes comienzan a desesperarme.

«Piensa, Emma, analiza». Corro a la sala que veo al fondo, debe haber un mapa de evacuación, una puerta o algo. La luz diurna entra a través de la rejilla de abajo y aprieto el paso con la esperanza de que se puedan derrumbar.

Paso el umbral con una multitud a mi espalda y el bebé dormido en brazos. Luces verdes se encienden y los paneles automáticos de la puerta se cierran. Frente a mí, una ventana de cristal cubre la mitad de la pared de extremo a extremo. Al otro lado, parpadea una sala técnica de máquinas alineadas, tableros de control cubiertos de luces y pantallas.

Las personas tocan el vidrio, intento indicarles la rejilla y... Una sonrisa se extiende en mis labios al reconocer a los uniformados que entran a la estancia de máquinas.

¡Rachel! Siento que veo un barco después de días a la deriva. Un destello entre el caos. Mi hermana camina entre los soldados, firme, segura, como una bengala iluminando esta tormenta.

—¡Raichil! —Estrello el puño contra el cristal—. ¡Rachel! Golpeo el vidrio y parece que no me ve.

Las tres llevamos la marca de mamá: piel marfil, pelo azabache, ojos azules. No importa dónde estemos, siempre nos reconocen como sus hijas. Rachel está preciosa. Su embarazo ya se nota; su vientre se curva con ligereza, como si la vida dentro de ella empujara con delicadeza.

—¡Raichil!

Los soldados revisan los tableros de control. A un costado, el umbral se sella con otra placa de acero, haciendo retumbar el suelo. «¿Por qué tantas puertas?». Miro a mi alrededor. Tubos en las esquinas. Letreros exigiendo máscaras. Paredes corroídas. Marcas de manos.

Es un horno.

—¡Rachel! —La llamo antes de que sigan oprimiendo las teclas.

Hablan entre ellos, y aunque puedo escucharlos por los altavoces, ellos a mí no.

—¡Rachel! —A donde se mueve, me muevo—. ¡Rachel!

—Bratt confirma que hay ciento cincuenta y ocho personas en la fosa —informan al otro lado.

Es un horno. Esto es un maldito horno quemador de dependientes. Golpeo el vidrio con todas mis fuerzas.

—¡Rachel! —Me lacero la garganta de tanto gritar—. ¡Hay un bebé aquí! ¡Abran la puerta!

—Procede —ordena mi hermana y se me paraliza el puño.

El sargento que la acompaña acciona la palanca de la pared, el gas emerge a través de los conductos, las luces cambian a naranja y las primeras llamas danzan a mi alrededor. Mi hermana me da la espalda y yo reanudo los golpes contra el vidrio sin importarme la sangre que brota de mi mano.

—¡Rachel! ¡Estoy aquí! —El bebé se despierta—. ¡Rachel!

—¡Andando! —vuelve a ordenar y desaparece al cruzar el umbral.

Los demás la siguen. Sigo golpeando con más ímpetu, pero no me escuchan. Persisto. Estamos a un par de pasos y no puede irse sin mí después de venir desde tan lejos. Un sargento saca la radio y mis golpes cesan al oír sus palabras.

—Fallamos en el rescate de la viceministra —dice mientras se dirige a la puerta—. Llegamos tarde y la teniente está enojada con justa causa. La FEMF ha perdido a uno de sus soldados más importantes.

«La viceministra», recuerdo, y siento como si me arrojaran a un pozo de agua fría. «La viceministra». El operativo es por ella. Me había olvidado de que también estaba aquí.

No hay un Ejército buscándome ni un plan para rescatarme. El fuego crece y las lágrimas dejan de ser gotas y se convierten en una cascada en mis mejillas. Me he quedado encerrada. La madre del bebé está inconsciente en el piso y las personas que me rodean son las siguientes. Caen como fichas de dominó.

La puerta no se abre. No consigo romper el vidrio y abrazo al bebé al no hallar escapatoria. El olor a gas me hace respirar por la boca, los pulmones comienzan a pesarme y la máscara arde en mi piel.

«El operativo era por la viceministra».

—¡Emma! —exclaman a lo lejos—. ¡Emma!

Es Vladímir y me arrastro hacia la rejilla donde grita. Desprende la verja con un tirón. Las llamas se extienden, el calor me sofoca. Empujo al bebé afuera y extiendo la mano hacia el *Underboss* para que me saque.

El niño llora en el suelo y lo alzo para calmarlo apenas salgo.

—Suelta esa porquería —dice, y me opongo a que me lo quite.

—Si se queda él, ¡me quedo también!

—¡Rápido! —exige un sujeto de pelo largo que conduce el jeep estacionado a pocos metros.

Subo detrás del *Underboss* y el auto arranca.

La isla arde. El hotel es una montaña de escombros humeantes. Las palmeras, envueltas en llamas, iluminan los cuerpos masacrados de soldados y civiles. Las detonaciones no cesan.

Un yate espera en la orilla con los Romanov y las sumisas a bordo. En cuanto Vladímir sube, el motor ruge y la embarcación se aleja de la costa.

La densa columna de humo se eleva en el horizonte, ensombrece el paisaje y de paso también a mí. Arrullo al bebé en mis brazos, necesita consuelo igual o más que yo.

—¿Un operativo por ti? —farfulla Vladímir—. Estás en cautiverio porque tu hermana es una perra hipócrita que adora lucirse. Lo hace, lo disfruta. ¿De verdad crees que tiene tiempo para pensar en ti y tu insignificante existencia?

Me empuja.

—Un minuto más y habrías muerto por su culpa.

—Atacar es su trabajo.

—¿Llamar a mi padre y echarle en cara la muerte de Sasha para provocarlo es parte de su trabajo en el Ejército? Ella sabía lo que hacía al meterse con la mafia rusa y no le importó, porque creyó que nos quedaríamos de manos quietas —sigue—. ¡Reconoce que te jodió la vida y de ti solo merece inquina!

Me encara.

—Es la única que importa en todo tu círculo. Siempre te han medido con la misma vara que a ella y, al no alcanzarla, te alejan. —Lanza cuchillos disfrazados de palabras—. No quieren que seas tú, solo desean que seas su réplica. Dices que tengo una vida miserable y la tuya es mil veces peor.

Me suelta la máscara y sin que me obliguen, me voy a la pared de la cabina.

La nariz me quema, los sollozos me obstruyen la tráquea y me digo que está bien, que no pasa nada. No importa que el operativo no haya sido por mí. Estoy viva y eso es lo único que interesa.

21

SOFOCO

EMMA

Los mejores momentos de mi infancia fueron en la playa. Papá nos llevaba cada verano y cuando entraba a las olas no quería salir. Pasaba horas bajo el agua salada y a veces mis tíos me decían que me iba a convertir en un pez.

Con el tiempo, el mar se convirtió en sinónimo de felicidad. Nunca había llorado frente al mar, hasta hoy.

El olor a gas del horno me cierra la garganta, las llamas devorando cuerpos, el helicóptero viniendo directo a mí. Las detonaciones sacudiendo la arena. Los uniformes manchados de rojo.

Aprieto los ojos, recostada en la cabina del yate. Dejo que la brisa marina me acaricie las mejillas, que me devuelva algo de aire.

Los recuerdos van y vienen: las ceremonias de premiación de mi papá. Las reuniones en la casa de mis tíos, las conferencias de mamá, papá colgando los títulos de Rachel y mamá, los de Sam; las conversaciones con el párroco de la capilla que siempre me preguntaba después de cada misa por qué me portaba mal...

Cobijo al bebé en mis brazos. Tiene un cromosoma de más. Sus ojos, pequeños y rasgados, carecen de pestañas. En su manita izquierda, solo el pulgar se formó por completo; el resto de los deditos son apenas visibles. En la derecha, no hay nada. Sus pies están torcidos y su pecho suena al respirar. El cuerpecito está lleno de malformaciones, pero su carita es preciosa. Y su sonrisa, aún más.

Por su contextura, diría que ha de tener cinco o seis meses.

Los Romanov no han salido de la cabina del yate. El príncipe de Gehena se niega a cubrirse del sol. Lleva horas recostado en la baranda, con la mano cortada sobre el pecho.

—Suficiente con eso. —Sale Vladímir—. Dame ese fenómeno. Lo tiraré por la borda.

Alzo el brazo para que no lo toque.

—Hazlo y estarías tirando tu cargo también, querido esposo —digo solo para los dos—. No lo soltaré hasta conseguirle un refugio. Su mamá murió y es lo mínimo que merece.

—Eres una terca.

Me hunde los dedos en el antebrazo y me arrastra hasta donde está Cedric. A la fuerza, me arranca al bebé y se lo entrega al príncipe.

—Escoge a una persona: mamá, papá, hermanita genio o hermanita heroína. —Me introduce en la sala de control del yate—. ¿Con quién te vas a reportar para decir que estás de maravilla?

El pecho me da dos saltos. Si llamo a papá, me pasará a mamá porque tengo días sin comunicarme.

—Rick —digo, temblorosa—. ¿Le has enviado mensajes en los últimos días?

—¿Qué clase de cazador sería si no? —Marca el número con el puñal de doble filo en la mano—. Ya sabes cuáles son las normas.

Las lágrimas se me salen, aunque no haya hablado con nadie todavía. Me arreglo el pelo y limpio la ropa sucia de arena. El *Underboss* se lleva el teléfono a la oreja y espero a que me pase el aparato. Tarda en contestar y, después de tres intentos, logro escuchar un «hola».

—¿Hola? —repiten cuando tengo el teléfono en la mano.

—¡Sam! —Mi barbilla me tiembla sin cesar—. Pásame a mamá o a papá, por favor.

—Em, llama más tarde o mañana, que ambos están ocupados.

—Se escucha una discusión al fondo—. Rachel acaba de atacar una isla controlada por la mafia. Estamos al borde de una crisis. No sabemos si ella o los bebés están heridos.

—Me es difícil conseguir recepción. Pásame a alguno, por favor. —El aire se vuelve escaso—. Solo será un segundo, no pienso demorarlos.

La línea se queda en silencio. Quiero hablar con ellos, todo mi ser lo necesita. La discusión, que antes sonaba distante, ahora se percibe más cerca. Las voces alteradas se distinguen con claridad a través del teléfono. Oigo a mamá reclamándole a mi papá.

—Emma, este no es un buen momento —dice Sam—. Les avisaré que llamaste.

—Pásame a mis padres. —Aprieto el puño libre hasta clavarme las uñas en la palma—. Necesito hablar con ellos.

—Les acaban de informar que la viceministra murió.

—Quiero hablar con ellos.

—Te estoy diciendo que…

—¡No me importa! —Colapso, y Vladímir me pone el puñal en la garganta—. ¡Quiero hablar con papá y mamá, así que dales el maldito teléfono!

—¡No me hables en ese tono! —me regaña mi hermana—. ¿Qué te sucedió esta vez? Déjame adivinar, ¿te expulsaron de la academia? ¿Te caíste de los patines? ¿Tus notas mensuales son un desastre otra vez? Acabo de decirte que estamos en medio de una crisis. No sabemos cómo está Rachel y, en lugar de entender, te comportas como una niña mimada que hace pataletas por teléfono.

Las lágrimas me humedecen la cara y las aparto. El agarre del *Underboss* me deja claro lo que pasará si no me controlo.

—¿Qué ocurrió? Dime en qué problema te has metido ahora.

—Tuve una discusión con el director de la academia y quería hablar con mamá o papá... —Me callo al oírla respirar hondo—. Olvídalo, no es importante. ¿Rachel está bien?

—Parece que sí, pero igual estamos preocupados. Por más experiencia que tenga, su estado la hace vulnerable —dice, pausada—. Cuando todo se calme, les avisaré que llamaste.

—Dile a papá que la recepción sigue siendo mala, pero le seguiré escribiendo cada vez que tenga tiempo. —Me limpio el mentón—. Los quiero.

Cuelgo el teléfono.

—¿Tenía o no razón? —Vladímir me arrebata el aparato—. Ella acapara toda la atención y a ti ni los pájaros te echan un vistazo.

No le doy la atención que quiere. No entiende que mis padres no están al tanto de esto y es normal que estén concentrados en lo que más les preocupa.

—¿Quieres hablar de tu hermana maravilla?

Paso por alto la burla y me limito a quitarle el bebé a Cedric.

Con el niño en brazos, me dejo caer bajo la sombra del primer parasol que encuentro. No me siento bien. Y es ridículo, porque no tengo motivos para molestarme. ¿Qué esperaba? ¿Un rescate épico? No he hecho nada relevante en mi vida. ¿Por qué vendrían por la cadete que no le ha dado nada al Ejército? Mi familia atraviesa un mal momento. El príncipe perdió una mano. Hubo muertes en el horno. Algunos se ahogaron con monóxido de carbono. Y aquí estoy yo, llorando por tonterías.

Me limpio la cara con la manga de la sudadera y finjo que no pasa nada cuando el *Boss* sale con un cinturón de armas en cada pierna y uno en el torso. Detrás de él, los hombres que abordaron el avión lo siguen, equipados de la misma manera.

—Envíanos novedades, padre —le dice Maksim—. Si necesitas algo, avísame sin dudarlo. Haré lo necesario para conseguírtelo.

—Vladímir, estás a cargo en lo que regreso.

El *Underboss* se acerca; conversa en su lengua materna. Paseo al bebé para que se duerma. Con el rabillo del ojo, percibo la mirada del *Boss* mientras me muevo y no es el único, los Romanov me observan desde su lugar. Ha de ser tentador querer lanzar al océano al único ser indeseado en su yate.

El dueño de la Bratva se despide y sube a la lancha que se aproxima, seguido por sus hombres. Su hijo mayor vuelve a la cabina.

Comparto mi comida con el niño. Sin biberón a la vista, no me queda otra que darle alimentos sólidos.

—¿De dónde sacaste a ese bebé? —Se acerca Kira en la tarde.

—La mamá me pidió que lo sostuviera y murió en el horno. —Le quito el pañal—. ¿Podrías conseguirnos algo de agua y una tela para taparlo?

Le muestro la piel enrojecida de sus nalguitas; necesita refrescarse.

—No puede irritarse más, le dolerá. —La novia de Maksim se asegura de que los Romanov sigan en la cabina y luego corre rápido a buscar lo que le pido. Regresa con una botella de agua y una sábana. Cortamos la manta por la mitad e improvisamos un pañal de tela.

—Es muy tierno.

—Convenceré a Vladímir de dejarlo en un refugio.

Reviso que esté bien cubierto.

—¿Cómo estás tú? —le pregunto a Kira—. Fue violenta la emboscada.

—Yo estoy bien. Los clanes no tanto. Mi tío sufrió bajas, las tríadas, los turcos, los checos; incluso la mafia italiana. Varios negocios quedaron sin cerrarse y el descontento se extiende por toda la pirámide. —Toca la cabecita del bebé—. Debo irme ya. Esperaré a que la familia se duerma para traerte más agua.

—Gracias.

Le doy más sopa al bebé y lo arrullo junto a la pared de la cabina hasta que su respiración se vuelve un susurro contra mi pecho. La luna flota sobre nosotros.

Cedric rompe en llanto en la madrugada, y a mí la barbilla me comienza a temblar.

El príncipe solloza por perder lo más preciado para un médico. Yo, por el peso creciente de esta deuda. Siento que me aplasta cada vez más.

Me quedo dormida con la cabeza apoyada en la pared. Al amanecer, nos obligan a levantarnos. Aquí, el barco nunca descansa. Llega la hora del baño. En ropa interior, me aseo en la popa del yate con el bebé en brazos.

—Desecha esa porquería —me exige el hombre de la manguera—. ¿Y tú, manco? —Se van contra Cedric—. ¿Puedes bañarte o quieres que alguien te restriegue el culo?

Me visto, seco al bebé y uso el resto de la sábana para ponérsela de pañal. Los Romanov salen de su cueva y, horas después, arribamos a tierra firme.

El yate se detiene en un concurrido puerto marroquí. Los colores vibrantes inundan el mercado, con telas desplegadas, especias apiladas y comida con olor a condimento. El sudor me empapa las axilas y la piel de la espalda me arde bajo el calor.

Una camioneta llega a recoger al abuelo de Maksim. Me dan ganas de ofrecerme como su asistente solo por un rato de aire acondicionado.

La familia se dispersa. Algunos se van en autos, otros cambian de barco. El antiguo *Boss* ni siquiera mira a Cedric, y Maksim lo deja con él para que le sirva.

—¿Podemos buscar un refugio para el bebé? —Sigo a Vladímir entre los puestos del mercado—. La ciudad o el pueblo deben de estar cerca, ¿no? Podríamos ir.

—¿Y arriesgarme a que el Ejército me vea? Mejor deshazte de esa cosa. Voy a estar un tiempo en la caravana y no es lugar para juguetes —responde sin detenerse—. Tampoco hay tiempo para buscar refugios o circos de acogida.

Nos adentramos a una callejuela rodeada de puestos ambulantes. El olor a marisco y los gritos de los mercaderes hacen todo más sofocante. Caminamos hasta llegar a una bodega portuaria e ingresamos con el resto de las personas que lo acompañan. De todos los Romanov, solo se quedó Maksim, quien trae a la novia y al príncipe con él.

En el interior del depósito, aguarda una pandilla de motociclistas con escorpiones rojos bordados en las chaquetas. Vladímir los pone al tanto de la situación del comando. Hablan de estrategias para manejar la situación de la isla y perder el rastro. Se ponen de acuerdo y se preparan para partir.

—Sube a la moto. —Me entrega un casco—. Rápido, no hay tiempo que perder.

Una motocicleta no es el medio de transporte más seguro para un bebé. ¿Hay más opciones? No. Lo único que puedo hacer es asegurarlo bien. Subo como me indican y el bebé se duerme a los pocos minutos.

El *Underboss* nos saca de las bodegas y me sumerjo en algo que es lo opuesto a Alaska. La carretera se extiende interminablemente bajo un cielo despejado y el calor me golpea en medio del desierto de tonos ocres. Más de cincuenta motociclistas viajan por las rutas zigzagueantes entre el mar de arena. Antes me gustaba conocer nuevos lugares, aquí no tanto, porque nunca sé qué me encontraré más adelante y la gente que me rodea no me da mucho ánimo.

Las motocicletas avanzan en la carretera, ignoran las señales de tránsito y se adueñan de las vías como si fueran los reyes del pavimento. Pequeñas aldeas aparecen esporádicamente, casas de adobe con cabras o camellos que pastan cerca, siempre acompañados de pastores vestidos con túnicas tradicionales. Ninguna propiedad me anima a dejar al bebé, es un niño que requiere de atención especial. Temo a que lo reciban y luego lo dejen por ahí.

El trayecto se extiende durante horas. Hacemos una parada en una transitada gasolinera rodeada de puestos de comida. Los motoristas imponen su presencia entre los turistas; la mayoría de ellos son familias acompañadas de guías locales. Vladímir almuerza con tres de sus colegas y, desde la moto, diviso una pañalera sobre la mesa del restaurante al aire libre.

El mapache no es mi animal espiritual, pero me convierto en uno a la hora de robarme el bolso de bebé.

«Bien, Emma —me aplaudo internamente—. Ahora tienes una preocupación menos».

Sé que esto es de algún otro niño, si bien, por el estilo de bolso, deduzco que los padres tienen para comprarle otro nuevo.

—¿Quién te dio eso? —pregunta Vladímir al volver.

—Lo tomé prestado porque tú eres un pésimo cristiano y no has sido capaz de preguntarme si el niño necesita algo.

Ignora mi alegato y vuelve a la carretera conmigo. Lo bueno de tener al bebé es que me obliga a centrarme en él y no en los recuerdos que podrían volverme loca. Tengo un expediente mental repleto de momentos dignos de un manicomio: la cabaña en Alaska, el encuentro nocturno en la isla, lo del catamarán, el operativo, Rachel, el horno.

Todos son hechos que debo tragarme y sobre los que debo fingir calma.

Siento que me quedo sin trasero de tanto estar sentada en la moto. El atardecer de fondo transforma el desierto en una paleta de rosas y púrpuras. Vladímir reduce la velocidad y, después de horas en la moto, llegamos a un campamento.

Maksim, Kira y el príncipe se unen al *Underboss*. El terreno se extiende lleno de hogueras, mesones de madera y tiendas que podrían pasar por casas, formando un pequeño pueblo temporal entre los troncos de pinos y cedros. Hay más de trescientas personas. Hombres y mujeres corpulentos, tatuados de pies a cabeza. Algunos con el rostro desfigurado por cicatrices, otros con la piel curtida por el sol.

A un costado descansa una fila de motocicletas. Los cromados brillan con el resplandor de las fogatas cercanas. «Nuestros motores rugen con el mismo salvajismo de nuestros corazones», dice en una bandera. Todos le dan la bienvenida a Maksim y a Vladímir. El *Underboss* se va a una tienda con un grupo, no sin antes exigir que me lleven a la suya.

Es mejor de lo que imaginaba. Acuesto al bebé en la cama inflable. El espacio, aunque rústico, es amplio. Hay dos sillas, una alfombra, una tina metálica para baño y sábanas limpias. En la mesa plegable, reviso la pañalera. Encuentro: ropa de bebé, un termo, pañales, dos biberones, leche, toallitas húmedas, crema humectante, un jabón casi gastado y, gracias al cielo, una caja de tampones.

Las prendas son para un niño de un año. No me desanimo; las puedo ajustar y vestir al bebé de un modo lindo para el refugio. Salgo en busca de agua para el biberón. Las malas miradas no tardan en aparecer. A donde sea que vaya, siempre seré la intrusa y sé que no me saludarán ni me ofrecerán carne de cabra asada.

Encuentro lo que necesito, preparo un biberón y le doy de comer al niño después de cambiarle el pañal. Le sonrío mientras me mira. Ningún bebé debería padecer necesidades y él debe extrañar a su madre.

Al terminar de tomarse el biberón, se atraganta y tengo que levantarlo mientras tose. La leche le sale por la nariz. Se asusta y lo paseo para calmarlo.

—No llora mucho. Es un bebé tranquilo —le digo a Vladímir apenas entra—. Está lleno porque se ha bebido todo el biberón.

—Es un fenómeno del HACOC, la madre debió abortarlo.

—No es un fenómeno, es un bebé con anomalías. Él no pidió nacer así.

—No hay noticias de tus padres. —Me muestra el teléfono—. Deben seguir ocupados con la perra «heroína» de tu hermana. ¿Ya te enteraste de todo el desastre que causó? Tienes suerte de que ningún líder haya muerto. Si eso hubiera pasado, toda la pirámide estaría aquí arrancándote el pellejo como desquite.

Se cambia de chaqueta antes de volver a salir. Desde la tienda, los oigo hablar de las revueltas que planean contra la FEMF. En la radio, transmiten las noticias internas del comando. Suben el volumen hasta que todo el campamento las escucha.

Olimpia Muller es noticia internacional. Mi hermana, también. Los reporteros hablan del golpe que sufrió la mafia tras la destrucción de uno de sus puntos de encuentro más afamados.

Duermo al bebé y me acuesto después de cenar.

El *Underboss* se marcha temprano, sin decir a dónde. Se lleva a todos los motociclistas con él. En el campamento solo quedan los guardias y un par de mujeres nativas, encargadas de la limpieza y la cocina. Me siento en un campamento vikingo.

Abro la entrada de la tienda para que le entre aire fresco al bebé. El príncipe de Gehena está ausente junto a una fogata. No se aparta el muñón ensangrentado y vendado del pecho.

Kira entra a ver al bebé.

—Podemos ir a mi tienda; Maksim se fue. —Alza al niño—. Partió con Vladímir.

La sigo a su toldo.

—¿El *Underboss* ha comentado algo? ¿Tiene alguna sospecha del video? —pregunta, y niego mientras me como mi avena—. Este asunto a veces no me deja dormir.

—No lo va a saber, no hay forma.

—Guarda mi nombre, no se te ocurra mencionarlo en ninguna circunstancia.

Le prometo que no la mencionaré y paso el día con ella, que habla sobre Bulgaria. Usamos recipientes para asear al bebé. La ropa le queda grande, es un problema menor porque luce adorable, bañado y peinado.

Kira lo cuida mientras yo me arreglo para Vladímir. Mi plan no puede ponerse en pausa, y él sigue tosco conmigo. Dos guardias lograron rescatar las pertenencias que empaqué en Alaska. Mi mochila llega dentro de una bolsa de lona negra, junto con su maleta.

Aprovecho para cambiarme y ponerme ropa limpia. Los hombres del campamento regresan por la tarde, en medio de una algarabía de festejos.

—Te estábamos esperando, ¿qué tal tu día? —En la tienda, me levanto a recibir al *Underboss*—. ¿Me extrañaste?

—No.

Se quita los zapatos.

—Hoy bañé al bebé y le puse un nombre: se llama Bendi.

—Le arreglo la ropa—. Pero no solo Bendi…

—¿Le pones nombre al desecho de una drogadicta?

—Su pasado no importa. Ahora es nuestro bebé temporal hasta que lo dejemos a salvo en algún lugar seguro. —Le peino la cabecita—. A menos que quieras que seamos como Brad Pitt y Angelina Jolie, que tienen varios hijos adoptados. ¿Qué dices? ¿Te gustaría adoptar a este conmigo?

—Debiste dejarlo en el horno. En cualquier momento dejará de respirar —dice malhumorado —. No hables, tengo jaqueca. Las pérdidas en la isla fueron enormes y todos están hasta el cuello de trabajo por eso.

Traen la comida: a él, un banquete; a mí, el mismo plato de siempre. El *Underboss* no es de compartir comida. El bebé se duerme y yo hago un nuevo intento por hacer las paces con Vladímir.

—No te he dado las gracias por sacarme del horno. —Lo beso en la boca.

—Nadie me va a quitar el privilegio de ser yo quien te mate. Ve pensando en qué colina vas a abandonar a ese fenómeno de circo.

—¿Por qué siempre eres tan esquivo? Este matrimonio no va a funcionar si no pones de tu parte.

—No tenemos ningún matrimonio.

Acomodo su lugar en la cama para que pueda recostarse.

—Ven y duerme, que has de estar cansado. Esta noche cuidaré del bebé y de ti. —Me ubico entre ambos—. Estaré para despertarte si tienes alguna pesadilla.

—No necesito eso.

—Sé que sí. —Abrazo su cuerpo frío.

Las luces se apagan afuera y, en el silencio, lo de la isla se convierte en un bucle interminable. Ilenko Romanov, el bombardeo, las llamas, los ojos aterrorizados de quienes me seguían. Mi mente no es capaz de organizar el caos y abrazo a Vladímir. No pensar es mejor. A veces, cubrir los recuerdos con una neblina blanca es la única forma de encontrar paz.

El bebé se despierta dos veces en la madrugada por su biberón. Se acaba el agua en la tienda y a la tercera vez tengo que salir a buscar una jarra más. Al volver, encuentro a Vladímir sentado con el niño en brazos. Llora e intenta callarlo. Contengo la risa que me genera su cara de enojo, parece que va a matar a alguien.

—Qué lindo te ves.

—Este fenómeno no puede estar aquí.

—No te autoeches. —Preparo el biberón—. Nos gusta tu compañía. Muévelo un poco para que se calme.

—Esta no es mi labor.

—Ya me encargo, no entres en pánico. —Se lo recibo—. ¿Por qué te enojas? ¿Soñabas conmigo y el bebé interrumpió ese sueño? ¿O soñabas que eras algún modelo de champú para melenas lindas y radiantes?

Hunde la cabeza en la almohada y me siento con el bebé a su lado.

—Tu pelo es lindo. Si fuera tú, audicionaría para el papel protagonista en algún cuento infantil. —Me lo imagino—. Podrías ser...

Chasqueo los dedos.

—Rapunzel.

Cree que no noto la leve sonrisa que se le dibuja y que intenta esconder.

—Ríete, nadie te va a juzgar por eso. Soy tu esposa. Es normal ser feliz a mi lado.

—No eres mi esposa. —Me da la espalda—. Basta con eso. Compórtate. Esta pandilla es de las más agresivas de la Bratva.

El amanecer tiñe el cielo de un rojo sangriento y el campamento se traslada a primera hora. Los hombres de ojos fríos salen de las tiendas, ajustándose las chaquetas de cuero de emblemas bordados. Tienen estrellas tatuadas en su piel. Se saludan con palmadas en la espalda. Sigo sin ser bienvenida. Tienen la costumbre de murmurar entre ellos y apartarse al pasar por su lado.

Hago caso omiso a todo y me concentro en el bebé, que es la única persona que me hace compañía. Nos instalamos en un nuevo lugar y, la mañana siguiente, desde una pequeña cumbre, observo a los hombres que trotan cerca de la colina. Entrenan con la disciplina de los soldados, pero de una manera más severa.

Corren y hacen sentadillas bajo el sol con bolsas de arena sobre los hombros, sin camisa ni zapatos.

Maksim se va a atender asuntos con Vladímir y palmeo la espalda de Bendi en la tienda de Kira mientras ella se maquilla.

—¿La mala relación entre los hijos del *Boss* es por la muerte de la madre o hay algo más?

—Por la madre en especial. Sonya lo era todo para Maksim. Desde su muerte, solo llegaron desgracias para la familia de ella y, por culpa del *Underboss,* el Pakhan perdió a su compañera. —Se inclina para atarse las botas—. Maksim no odia por odiar. Lo que le molesta es la atención que recibe Vladímir. Para él, debería estar pudriéndose en un gulag en lugar de ser el sucesor. Y, en cierto modo, lo entiendo. Le arrebató a su madre cuando aún era un niño.

—No me agrada. —Suspiro—. Tu tío es Gregory Petrov, ¿no? Deberías decirle cómo te trata.

—¿Crees que no lo sabe? Soy una sumisa. Me educaron para dar placer, no para cuestionar. —Sonríe sin entusiasmo—. Para eso nací y está bien. La familia siempre sabe lo que hace.

No siento que merezca tener ese tipo de pensar, es una chica hermosa. De estar afuera, seríamos el tipo de amigas que salen todos los fines de semana.

—¿Y el *sovetnik*?

—Él está comprometido con alguien en Porto-Novo y yo estoy comprometida con Maksim —contesta—. Ninguno de los dos dejará a su pareja. Aquí los intereses tienen más peso que los sentimientos.

Se fija en el reloj y sé que debo regresar a mi tienda.

Tres días se suman a la semana, las molestias de mi periodo se van y me siento mejor. El bebé comienza a reconocerme, me sonríe siempre que lo cambio y, aunque sea un pequeño, agradezco su compañía. Hace que las malas caras y las noticias sean más llevaderas. Es entretenido bañarlo, darle de comer, jugar.

Vladímir siempre está ocupado y apenas me presta atención. Lo llaman para todo y cuando no está con los motociclistas, está entrenando.

El campamento debe moverse por segunda vez y el traslado se realiza en la madrugada con un equipo especial para la tarea. Al mediodía, no queda nada en el lugar y por la tarde viajo al nuevo destino con el *Underboss*.

Deja que los demás se adelanten y se detiene en un viejo motel de paso para comprar droga. Retomamos la carretera, pero media hora después tenemos que parar, ya que la motocicleta se apaga.

Mantengo el bebé en brazos, se durmió y tiene la cabecita contra mi hombro. Recuesto el culo en una piedra llena de arena. El *Underboss* arroja su maletín a mis pies. Las joyas de adentro se salen. Las recojo y me mido un anillo mientras él arregla la motocicleta.

La joya se me ve hermosa en la mano.

—Se lo quité a un cadáver —dice Vladímir de espaldas, y dejo el anillo en su lugar.

—Ni por los difuntos hay respeto. —Miro qué más hay—. ¿Qué hacen con las personas que no tienen dinero? ¿Les roban la dignidad?

Termina y se acerca a beber agua. Carga todo tipo de alhajas: hay zafiros, jades, brazaletes de oro.

—No suelo tener cosas valiosas, aunque me encantan.

Acomodo al bebé en mis brazos.

—Mi mamá dice que no vale la pena comprármelas porque soy muy distraída y seguro las perdería, por eso no tengo. —Toco los pendientes en forma de corazón que me han acompañado todo este tiempo—. Les dije a mis amigas del comando que eran de oro blanco cuando me preguntaron por ellos. Mentí, son imitaciones.

—Serás un alma arruinada en el más allá. —Sella la botella de agua con calma—. En vida, uno debe asegurarse de tener al menos una joya preciada para el infierno. Las piedras preciosas, perlas, diamantes, rubíes... tienen valor en esta vida y en la otra.

Hago un análisis de mis pertenencias: no hay mucho que rescatar en mi cofre.

—¿Crees que los guardianes del infierno sepan la diferencia entre una esmeralda de verdad y una de imitación? —pregunto—. No contestes que, con mi suerte, seguro me encuentro con algún espectro experto en joyería.

Sonríe. Las chaquetas de cuero lo hacen ver apuesto. Me quita el maletín, rompe uno de los collares y extrae la perla que detalla antes de dejarla en mi palma.

—Guárdala. Con esto evitarás que te arranquen la piel en el infierno cuando llegue el momento de ajustar cuentas. —Me cierra la mano—. Podrás pagar para que te la dejen.

—Gracias. —La empuño—. Me gusta mi piel y es bueno saber que puedo conservarla.

—No está mal. —Se coloca el maletín—. Es una buena piel... varias veces te la he querido arrancar para hacerme unos zapatos.

—Ya veo por qué no tienes citas: los buenos comentarios no son lo tuyo.

Me hace reír y él me observa mientras lo hago.

—No sonrías —dice.

—¿Por qué no?

Retrocede hacia la motocicleta y sujeto su mano. No le doy tiempo a reaccionar, lo atraigo y, antes de que pueda decir algo, presiono mis labios contra los suyos.

—¿A quién le enviaste el video?

—Tenemos el escenario para un beso perfecto. No hablemos de eso. —Le acaricio la cara—. Hay que disfrutar del desierto, el atardecer.

Apoyo una mano en su nuca al momento de besarlo. Dejar de gustarle es mi fin. Es frío debido a ese lado herido que lo mantiene enojado con la vida todo el tiempo. Es difícil entrar en él; aun así, no puedo dejar de intentarlo.

El que me corresponda agranda mis esperanzas. Posa las manos en mis caderas y lo sostengo contra mi boca. Necesito que extrañe mis besos.

Por segundos, saboreamos la suavidad del otro. Acuna mi rostro y cuando estoy a punto de adentrarme en lo más profundo, Bendi se despierta llorando.

Vladímir se hace a un lado.

—Creo que está celoso.

—Sube a la moto, que me esperan en el campamento.

El terreno del nuevo campamento es más extenso. A menos de cinco kilómetros, un bosque rompe la monotonía del paisaje. Vladímir solo me habla en público para mandarme y no usa un buen tono, pero se deja abrazar y besar en la noche.

No dejo que me amargue, prefiero darle mi energía al bebé cuando intenta balbucear palabras.

Le gusta que lo paseen y en los días siguientes lo saco a tomar el sol de la mañana. No lo expongo demasiado, a Maksim le gusta molestarlo en los momentos que no le está haciendo la vida imposible a Cedric.

—La anormal y el fenómeno —farfulla—. Qué buena dupla.

Regresamos a la tienda y escuchamos música en el radio de Vladímir. Es tan risueño que se revienta en carcajadas con cualquier ruido extraño.

—Esta canción te va a gustar. —Subo el volumen—. Yo la amo. Es *Black in black*.

Pasa de reconocerme a extrañar mis brazos. Cada vez que Kira lo alza, se desespera por volver a mí. Lo arrullo. Lo voy a echar de menos cuando deba dejarlo en el refugio. Es la única persona en el mundo que parece no notar mis defectos ni se queja de lo que hago.

—Está engordando —le digo a la novia de Maksim—. Mira estas piernas. Ya la ropa no le va a quedar.

Le peino la cabecita antes de llevarlo a dormir. Se porta tan bien que se entretiene con todo lo que le doy, así sea una caja o la bolsa de los pañales. Lo acomodo en el lado de siempre para que no incomode al *Underboss*, quien llega en la madrugada.

A Vladímir no le gusta que invadan su espacio. Me levanto a ayudarlo con la chaqueta.

Dejo que se acueste y le doy un beso en los labios. No corresponde el primero, pero el segundo sí. Me abraza y me acaricia. No pasa a mayores, no sé si es que no le gusta el sexo o si insiste en poner una barrera entre nosotros.

—Descansa. —Le beso el cuello y me vuelvo hacia el lado del bebé.

El *Underboss* se levanta temprano y no tardo en hacer lo mismo. No se llevó el maletín, lo que quiere decir que estará aquí todo el día y me tendrá de un lado para otro llevando sus cosas.

Salgo de la cama a bañarme, lavarme la cara y la boca. Preparo el biberón del bebé, que suele despertarse con hambre. Si no está lleno, llora.

Aparto la sábana que lo cubre y frunzo las cejas al ver el color que tiene.

—Bendi. —Lo alzo, envuelto con la sábana, y no se mueve.

Está frío y tiene los labios morados, igual que las manos y los pies.

—Bendi. —Le pongo la mano en el pecho y no hay movimiento—. ¡Bendi!

No respira y corro afuera con él contra mi pecho. Esquivo las hogueras que están encendiendo.

—¡Vlad! —Lo busco con las piernas temblando—. ¡Vlad, el bebé no se despierta y tampoco respira!

Los motociclistas salen de las tiendas, los que están afuera dejan las tareas de lado. No encuentro al *Underboss*. El bebé sigue frío y, por más que le cierro la camisita, no adquiere calor. Le hablo, no me responde y me muevo entre el gentío mientras llamo a Vladímir.

—¿Alguien sabe por qué no respira? —Lo muestro—. Anoche estaba bien y ahora no me escucha.

Kira abre la boca para hablar, pero calla cuando Maksim la aleja. Me apresuro al sitio del príncipe para que lo atienda y el hermano de Vladímir no deja que me acerque.

—Por favor, deja que lo revise —le ruego—. Es un bebé. Anoche estaba bien.

Le sobo las manitas, lo aprieto sobre mi pecho y arrullo como le gusta, mientras lo llamo por su nombre. Nada funciona.

—¡Vlad! —Corro como una loca hacia él apenas aparece—. El bebé estaba bien anoche y ya no respira ni se mueve.

—Ve adentro. —Me aferra el brazo.

—Dile a Cedric que lo revise, que lo mire... por favor, Vlad.

—No me digas Vlad. Ve adentro. —Me lleva a empujones con él—. Rápido.

Forcejea conmigo para que le haga caso.

—¡No puedo ir adentro con el bebé así, necesito que Cedric lo revise! —Entierro los talones en la arena—. ¡Haz que lo revise!

Me agarra del pelo y me revuelca. No sé de dónde hallo la fuerza para soltarme. Quiero que el príncipe examine al bebé porque anoche estaba bien; me miró hasta que se quedó dormido y no puedo dejarlo así.

Vladímir me vuelve a agarrar, le doy pelea y me voltea la cara con una bofetada. El golpe me deja en el piso con la boca llena de sangre.

—¡Se murió! —vocifera a todo pulmón—. ¡No haces nada bien y lo mataste! ¡Ahora tienes que lidiar con eso por terca y estúpida!

Niego, no pudo haber muerto. Es un bebé que estaba bien. Las piernas no me funcionan. Vladímir me grita que me levante y no soy capaz. Envuelvo al bebé en mis brazos. Quiero que despierte para poderlo llevar al refugio.

—Él estaba bien hace unas horas...

—Esta puta es tan idiota. Debe botar eso o nos enfermará a todos con la peste. —Su hermano se acerca a quitarme el cuerpo.

—Maksim, déjala, por favor —interviene Kira.

—¡Suelta eso! —exige el *Underboss*.

Vladímir me sujeta de los brazos. Maksim me arranca al bebé del pecho y todas mis piezas se vienen abajo en el instante que arroja el cuerpo del niño a la primera hoguera que ve. Lo lanza como si fuera un animal. El campamento estalla en carcajadas.

—Fenómeno al carbón es el menú de hoy, señores —ríe.

El *Underboss* me pone en pie. Mis piernas no resisten y se doblan en la arena.

—¡Arriba!

—¡Los odio! —El llanto me rompe la garganta—. ¡Los odio a todos, malditos hijos de puta!

Vladímir me alza y corro a sacar al bebé de las llamas. No me permite sacarlo, me agarra del cuello y me encesta un puñetazo.

—¡Dije que adentro! —grita, y le devuelvo el golpe con la misma fuerza.

—¡No me toques! —Lo empujo antes de señalar a Maksim que no deja de reírse—. ¡Viva o muerta, esté donde esté, nunca dejaré de implorar por tu muerte, maldito canalla!

No me dejo sujetar.

—¡Ruego por que sea dolorosa y que el pánico te carcoma hasta el último segundo!

No controlo lo que hago ni lo que digo. El *Underboss* le ordena a uno de sus carceleros que me contenga y fracasa en el intento. Me resisto con todas mis fuerzas, retorciéndome en el suelo. Me niego a ser arrastrada. Vladímir se abalanza sobre mí y le araño el cuello. Nada me importa ya.

—¡Suficiente! —exige y no dejo de patear.

Siento que no puedo con esto, que no resisto un día más en este infierno.

El bebé ha muerto por mi culpa, ¡por mi maldita culpa! Una nube de polvo me cae encima en medio de la pelea. La cabeza me arde, sus golpes desatan más sangre y no dejo de luchar, de arañarlo y de devolverle los puños. Ya no me importa nada, que hagan lo que quieran conmigo.

La piel de mis codos y espalda se abre. Su gente me sujeta y él cierra el puño, listo para destrozarme la cara.

—Cuánto orden —dicen y el *Underboss* se levanta de inmediato.

—*Boss*. —Se arregla la ropa llena de tierra.

Me quedo llorando en el suelo. La sangre me sale del labio y no me molesto en limpiarme. El cuerpo de bebé arde en llamas y todos mis órganos internos también.

—La esclava ha armado un escándalo porque se murió el fenómeno —explica Vladímir—. La iba a llevar a la tienda y me agredió.

La sombra de Ilenko Romanov me cubre al mirarme desde arriba.

—De pie —ordena—. Ya.

A todos parece que se les desapareció la boca: no hay risas, insultos ni murmullos mientras me levanto con los pocos fragmentos que me quedan. Zulima Petrova, Kira, el *sovetnik* y todos en el campamento observan cómo me sacudo la ropa, recojo la sábana del bebé y echo a andar lejos.

—¿No tienes modales, *Ved'ma*? —habla el *Boss* a mi espalda.

—Buenos días —digo antes de perderme.

No era mentira lo que otros decían: los términos de idiota, tonta e inservible eran ciertos y todos me definen. Ese bebé estuvo meses bajo el cuidado de una madre drogadicta y no murió. Yo lo tuve por días y lo maté porque no sirvo para una maldita mierda. Lo maté y fallé, así como fallo como soldado, como les fallo a mis padres y como fallo en todo lo que hago.

Intento dar lo mejor de mí y nunca es suficiente, nunca basta para nada. Llegué aquí creyendo que de ilusiones se sobrevive y no soy más que una patética. Con dieciocho años, lo único que he cometido son errores.

Colapso detrás de la primera gran roca que veo. Dejé morir a un bebé inocente, a un niño que requería de toda mi concentración. ¿Cómo pude ser tan inepta? ¡Tan incapaz!

—Lo siento. —Abrazo la sábana—. Lo lamento, Bendi... Yo...

Solo tenía que hacer una cosa bien: mantenerlo vivo hasta llevarlo al refugio. No era complicado y, aun así, no pude. Me quedó grande la tarea y eso le costó la vida a un niño. Hubiese podido tener una familia y le quité esa oportunidad.

Me tapo los oídos por el tsunami que arrasa con todo en mi cabeza. Las equivocaciones en el Ejército, las querellas a mis padres, los problemas causados, el niño... Los sollozos me subyugan de tal forma que no puedo respirar. La sábana del bebé se impregna con mis lágrimas. Quería dejarlo en el refugio, hacer una puta cosa bien.

Mis hombros se sacuden y en las horas siguientes no dejo de pedirle perdón. La que debió salir del horno fue la mamá, no yo. De estar con ella, ahora estaría vivo.

«Es increíble que el general James haya engendrado a una soldado tan incapaz».

El mediodía da paso a la tarde. La sombra de la roca se alarga sobre la arena. Siento que el corazón me late más lento, que la sangre fluye más despacio y dejo de moverme. Con la espalda recostada sobre la piedra, me limito a contemplar el desierto vacío. No como ni me alejo del sol, solo lloro hasta que las lágrimas se me acaban y el rostro me arde por la sal seca.

El naranja del atardecer tiñe las rocas. La sed me araña la garganta, pero el yunque que siento por dentro pesa más, me presiona el pecho, me aplasta las costillas contra los pulmones. Cada respiro es un esfuerzo que apenas vale la pena.

La luna se asoma con el caer de la noche y me levanto después de horas. El campamento sigue en el mismo lugar y todos vuelven la vista hacia mí. Lo atravieso en completo silencio. Vladímir está en una mesa con el papá y el *sovetnik*. El resto de los motociclistas beben licor frente a las hogueras, unos tienen música alta mientras otros se cogen a sus mujeres.

Necesito un trago para apagar lo que me ahoga. No quiero este vacío, no lo soporto, y tampoco quiero pensar en nada. Camino hacia el último grupo de personas; están ebrios, perdidos en su propio mundo. Me siento junto a la fogata, al lado de un motociclista. Más tardo en acomodarme que él en ponerse de pie.

—¿Puedo beber un trago?

—Muévete de aquí. —El dueño de la botella chasquea los dedos frente a mis ojos—. No bebemos con la gente que nos persigue.

—¿Cuándo los he perseguido? ¿Alguna vez me han visto corriendo detrás de alguno con un fusil en la mano?

—A incomodar a otro lado. —Patea la arena.

Me desplazo a la otra fogata y sucede lo mismo: malas palabras y malos tratos. Me amenazan como si yo les hubiese hecho algo. Solo quiero un maldito trago y no me lo dan ni cuando ofrezco el cuerpo.

—Por favor —intento convencer al motociclista que bebe solo cerca de las motos—. Solo un trago y luego haces lo que quieras conmigo. Necesito el licor.

—Desaparece de aquí. —Se va.

Me sostengo la cabeza con ambas manos y me quiebro por décima vez en el día. Requiero el licor, no lo consigo, así que regreso donde el ebrio solitario y me empuja cuando lo harto. Muerdo el polvo otra vez con un rechazo más humillante que el otro.

—Te ofreces como una ramera sin el permiso de tu amo —dice—. Se lo diré al *Underboss* mañana temprano para que te marque por perra. Aparte de esclava, infanticida y puta.

—El bebé estaba bien anoche, yo le di de comer...

—Lo mataste —se carcajea, y me incorporo—. ¡Lo mataste!

No me escucha, se limita a irse y no sé cómo dejar de llorar. Agarro mechones de mi cabello y tiro hasta sentir el dolor pulsante en el cuero cabelludo. Cada bocanada de aire me quema, como si mis pulmones rechazaran el oxígeno.

«Emma no parece hija de Luciana», «Emma no va a llegar a nada».

Un coro de acusaciones explota en mi cabeza. Me golpeo el cráneo para que desaparezcan. El dolor físico no es nada comparado con lo que me carcome por dentro. Me hubiese gustado que Dios hiciera al mundo mudo para no tener que oír las palabras que ahora me desgarran y lastiman más que cualquier arma, más que cualquier puñal.

El desespero me hace dar vueltas sin ser consciente de lo que hago.

«¡Se murió!». La voz de Vladímir es un cuchillazo más. «¡No haces nada bien y lo mataste!».

Tropiezo con un amasijo de cuerda en el suelo y me apresuro a agarrarlo. Me retiro con el rollo en las manos.

«¡No haces nada bien y lo mataste!».

Corro hacia el árbol que se recorta en la distancia. Las fogatas, el campamento, el bullicio, la música, las motos… Todo queda atrás mientras corro.

La arena del desierto me tapa los pies y me detengo frente al árbol sin hojas. Lanzo la cuerda por encima de la rama, tiro de ella y compruebo que pueda soportar mi peso. Armo el nudo con los dedos temblorosos. Puedo vivir decepcionada del mundo, pero no decepcionada de mí porque soy la única persona que se tiene fe y eso se acabó. Se fue en el momento en que descuidé al niño, en el momento en que comprobé que me merezco todo lo que me pasa. Soy una buena para nada que ni un maldito rescate se merece.

Recojo las piedras que pongo bajo la rama. Mis lágrimas hacen que sienta la cara pegajosa. Pongo un pie en la piedra, me ajusto el nudo alrededor del cuello y, sin más, me dejo ir.

El tirón es inmediato. La cuerda se tensa, me corta la piel, aprieta hasta que percibo cómo la sangre se me agolpa en la cabeza. Mis pies patalean en el aire por puro instinto, buscando un suelo que ya no está.

La agonía me estrangula.

Un silbido agudo sustituye todos los sonidos.

Mis pulmones arden, mi pecho se retuerce en un grito que nunca sale.

La presión en el cuello se vuelve insoportable.

Parpadeo.

Las manchas negras crecen en el borde de mi visión.

Y entonces, nada.

22

RESPIRO

EMMA

El agua bajo el acantilado apenas se mueve, serena, inmutable, de un turquesa tan perfecto que parece un espejo. Refleja el cielo, las nubes, la nada.

Donde antes tenía el corazón, ahora hay una roca, una grieta abierta que se desmorona desde dentro.

Y me lanzo.

El descenso es suave, el viento me envuelve en la caída.

Abro los ojos y el agua turquesa se convierte en un abismo negro, un vacío sin fondo que se abre bajo mí como una garganta hambrienta. Me revuelvo en busca del agarre que no hallo.

La oscuridad me traga y el miedo se estrella contra mi pecho. Intento gritar, pero el agua me llena la boca, me hunde.

Mis brazos se agitan en la penumbra.

Algo me roza la pierna.

Algo vivo.

No.

Me agarra.

Algo me arropa y tira de mí hacia abajo. Pataleo. No hay luz, no hay salida. Mi mente se abarrota de imágenes grotescas, visiones de cuerpos deformes y almas atrapadas. Me veo en lo incierto siendo una de ellas y...

—El camino de los cobardes —dice una voz lejana y la oscuridad se desvanece.

Un zumbido me taladra los oídos como si tuviera un enjambre de abejas atrapadas en mi cabeza. Algo me oprime el pecho, una presión que va y viene con cada bocanada de aire.

Alguien me tapa la nariz y me obliga a respirar, colocando sus labios sobre los míos.

Me quejo y el contacto desaparece.

El mundo da vueltas como si tuviera agua en el cerebro. Miro a mi izquierda: la cuerda que até cuelga del árbol y las rocas sobre las que me paré se han dispersado en el suelo. No he muerto y las lágrimas me bajan por la sien hasta perderse en mi cabello.

No he muerto.

—¿Te crees con el derecho de decidir en qué momento morir? —El mentón del *Boss* se pasea por mi cara—. No funciona así, *Ved'ma*.

Me quiebro como una rama partida en dos al recobrar la lucidez absoluta. Todo vuelve de golpe: el cúmulo en mi garganta, la desesperación de hace unas horas, el yunque en mi pecho. Un sollozo me sube por el pecho, pero la rabia lo aplasta antes de salir.

—¡Déjame! —Estrello las manos contra sus hombros.

Lo golpeo con todas mis fuerzas, mis puños chocan también contra su pecho, contra cualquier parte de él que pueda alcanzar. Se inclina sobre mí y le clavo las uñas en la piel, arañándolo con la misma desesperación con la que me aferro a lo único que me queda: mi ira. Doy asco, estoy cubierta de tierra, polvo pegajoso adherido a mi piel húmeda. Me retuerzo y pataleo; aun así, él no se inmuta.

—La niñita se andaba ofreciendo. —Me sujeta—. ¿Tanto es el desespero que te ofreces como una prostituta?

La furia me estalla en el pecho. Ataco su cara y él maldice en ruso. Su agarre se vuelve más violento y la muñeca me cruje cuando me la tuerce contra la tierra.

—¡No me toques!

Intento liberarme. Me sacudo con todas mis fuerzas, mis piernas buscan espacio, mis manos lo golpean, arañan, buscan hacerle daño, porque lo odio. Lo odio tanto que quiero que me noquee, que me destroce hasta dejarme en la nada.

No quiero estar aquí. Prefiero el dolor físico a esta herida que no deja de arder dentro de mí.

—Quieta.

—¡Vete a la mierda!

Le escupo en la cara y enfurece. Me aprieta la mandíbula y me obliga a mirarlo. Sus ojos me calcinan, rabiosos. Me suelta de golpe y su mano desciende por mi muslo con la misma brutalidad con la que me retiene.

—Hay que darte lo que buscabas.

La furia contamina las palabras disparadas por su boca.

Se abre el pantalón y me empuja la falda hacia arriba, exponiéndome al frío de la noche.

Me penetra de una embestida.

Grito, no sé si de dolor o rabia. Vuelvo a golpearlo. Me atrapa las muñecas y me deja indefensa contra la tierra. Forcejeo debajo de él, intento sacármelo de encima, pero su cuerpo es una prisión.

—Vamos a ver si te aquietas —gruñe con su boca a un suspiro de la mía.

Le muerdo el hombro y le arranco un gruñido. No vacila en responder: me aplasta contra el suelo y arremete con más rabia. Me desgarra la blusa de un solo tirón y su boca captura mi cuello mientras entra y sale de mí como un animal.

Su agarre es de hierro. Me sostiene por las caderas, inmovilizándome con cada embate que sacude mi espalda contra la tierra.

Me contorsiono, le peleo; no hay clemencia, solo esa pujanza desenfrenada con la que me posee como si quisiera hacerme sangrar otra vez. El aire frío no existe entre nosotros, apenas puedo distinguir el desierto bajo mi espalda. Me estruja entre sus manos y su boca muerde mi clavícula. Me niego a ceder, a dejar de luchar, pero él solo me somete con más ahínco, reduciendo mi rabia a jadeos que escapan sin querer.

Sacudo la cabeza, intentando ahuyentar los estragos que deja el paso de su boca por mi garganta. Vladímir me castiga con golpes y palabras; el *Boss*, se desquita con sexo, y el sufrimiento al que me somete es el peor de todos, porque me flagela la consciencia.

—Tan estrecha y apretada. —Me presiona la carne de las piernas al atacar, severo y sin concesiones.

No hay una cama, una cabaña o una sábana para cubrir mi pudor, solo tierra y jadeos por parte de quien me ve como su saco de desquite.

Me impulsa el cuerpo hacia arriba con cada embestida. Estoy empapada, inundada por una excitación que se niega a escuchar mi cabeza. Su agarre se vuelve más violento y la presión en mi clítoris crece, se expande en descargas que me recorren sin control. El impacto de sus caderas desorienta mi sentido del tiempo y del lugar.

Mis suspiros se pierden entre el aullido del viento y la entrada y salida de la cabeza del miembro me sumerge en un agujero negro. La presión entre mis piernas aumenta hasta lo insoportable, desatándose un clímax que me desgarra desde el centro.

El hombre sobre mí continúa bombeando hasta que siento su calor desplegarse entre los muslos.

Saciado, se aparta y se pone de pie con la ropa sucia.

La sensación de malestar se extiende por todos mis huesos. El frío llega y siento que doy pena: estoy sudada, follada y sin poder apagar lo que me trajo aquí.

No me molesto ni en arreglarme la ropa. Me quedo sentada en mi lugar con la blusa abierta, la falda arrebujada en las caderas y el pelo lleno de arena.

—Ya te desquitaste; ahora déjame sola —sollozo mientras él se abrocha el vaquero—. Espero que algún día noten que esto nunca ha sido mi culpa y les pese.

Los labios se me encogen.

—¿Siempre eres así? —me dice—. ¿No se supone que los soldados son de plomo y deben actuar como tal?

—¡Desaparece! —Le arrojo un puñado de arena.

La crisis de llanto regresa, coloco la cara sobre mis rodillas y él no se va. Con los pies junta las ramas y los pocos palos que hay alrededor. Les prende fuego frente a mí.

No le veo intenciones de largarse, así que me levanto para irme y no me deja. Me devuelve a mi lugar y delante del fuego se sienta conmigo entre sus piernas.

—Hay muchas razones para querer morir. Quiero saber cuál te llevó a amarrar la cuerda.

Los sollozos se me atragantan. La opresión que tengo anidada en la caja torácica es como una granada a punto de reventar. Me tapo la cara con las manos para que no me vea llorando y me las quita.

—Habla, *Ved'ma*.

—¡Por mi culpa se murió el bebé! —Me ahogo en llanto—. Quería hacer esto bien y lo iba a dejar en un refugio, pero, como siempre, lo terminé arruinando todo.

—Iba a morir de todas formas —me dice—. La madre era adicta y los hijos de mujeres en su estado rara vez superan los cuatro o cinco meses. No lo mataste, le diste días decentes antes de irse.

Niego. Él estaba bien y, a pesar de sus malformaciones, se veía sano.

—Fuiste lo mejor que tuvo.

—Mientes.

—¿Por qué tendría que mentir? —Me aparta el cabello de la espalda—. Sé de lo que hablo porque llevo más tiempo aquí que tú.

Me abrazo las rodillas.

—Recibiendo drogas desde el vientre, alimentándose de porquerías, durmiendo a la intemperie, sin comer, con una mujer que ni siquiera era del todo consciente de que lo tenía. —Me mira—. ¿En verdad crees que tú lo mataste? No hay manera.

«Fuiste lo mejor que tuvo». El saco de cemento en mi espalda se aligera, aunque sigue doliendo. El viento corre frío, el hombre a mi espalda se quita la camiseta que me pone y mueve los nudillos a lo largo de mi cuello.

El calor del toque baja por mi espalda. Con los labios, recorre el sitio donde puse la cuerda y la caricia húmeda de su lengua es un ungüento para el dolor.

—Supongo que ya te enojé otra vez —murmuro cuando me ciñe contra su entrepierna.

—¿Lo dudas? —Su lengua sigue su recorrido, persistente.

Mis pulsaciones se disparan, desacompasadas. El fogaje de su cuerpo me atraviesa, ardiendo en mi piel como si me estuviera fundiendo con él. Intento respirar, aferrarme a la sensación de la tierra bajo mis rodillas, pero el mundo me da vueltas.

Lo miro y lo último que veo son sus ojos. Las motas doradas relucen con el fuego, brillando como brasas vivas que acentúan su ferocidad.

La debilidad me tambalea, trae la negrura. El *Boss* presiona mi cuello y pierdo conciencia del todo.

Para cuando reacciono, estoy de vuelta en el campamento.

—¿Qué le pasó? —reconozco la voz de Vladímir a lo lejos.

—No sé. —El *Boss* deja mi cuerpo sobre una cama—. La encontré inconsciente bajo un árbol.

Oigo antes de que su sombra desaparezca.

23

Duelo

EMMA

El linaje de mamá está compuesto por mujeres que a menudo reiteran lo importante que es aportar cosas útiles al mundo. Odian ser reducidas a su apariencia física. Las Mitchels son seres brillantes que a lo largo de su vida han tenido hombres capaces de bajar la luna por ellas.

Durante años, he sido testigo de cómo mi padre ha dado todo por mi madre, de cómo el coronel ha hecho lo mismo por mi hermana y de cómo hombres de todas partes se han quedado asombrados por la madurez e inteligencia de Sam.

Crecí entre mujeres destacadas y hoy me pregunto por qué no he conseguido ser una. ¿Por qué me ha quedado tan difícil seguirle el ritmo a mi apellido?

Quizá mi mayor defecto sea darme cuenta de las cosas cuando ya es tarde. Debería haber notado que no encajaba con las mujeres de mi familia en el momento en que los demás empezaron a señalar mi «inmadurez». En su mundo, la seriedad no es opcional, es una norma. Y yo... yo sigo abrazando al elefante gigante que reparte servilletas en el supermercado.

Me siento vacía, lánguida, como si acabara de librar una batalla que me ha dejado los músculos hechos polvo.

Las voces van y vienen a mi alrededor en discusiones lejanas. Un dolor punzante me ancla el cuello, impidiéndome girar con facilidad. La boca me sabe a polvo, y los brazos me arden.

El agotamiento no me permite moverme y, en la bruma del sueño, escenas dispersas se filtran en mi mente. La última cena de Año Nuevo, las risas en la mesa, la tradición de escribir deseos para el futuro.

El mío fue el más simple de todos: «no morir».

—Emma. —Una mano suave se pasea por mi cabeza—. ¿Cómo te sientes?

Parpadeo, intentando enfocar la figura frente a mí. La silueta del príncipe de Gehena toma forma.

—Hola, preciosa. —Sonríe. El color ha huido de su piel, y la barba crecida subraya las huellas de su cansancio.

—Vete —lo echa Vladímir—. Es mi asunto ahora.

—Debo revisar sus signos vitales.

—¡Dije que fuera! —Lo saca.

Observo la tienda donde estoy, y un diluvio de recuerdos me baña la cabeza. El bebé, la impotencia de no poder despertarlo, la burla cruel de Maksim, la pelea intensa con Vladímir, las horas bajo el sol, la cuerda áspera que me rasgó la piel en el árbol, el vacío que llenó mis pulmones, la negrura, el abrazo de la muerte, el estado de shock.

—¿En qué demonios estabas pensando? —me regaña—. Mi padre te encontró tirada bajo la rama de un árbol, ¿lo recuerdas?

Niego con la cabeza. Sé lo que pasó, lo recuerdo claramente; aun así, no quiero hablar de ello. Ni revivirlo. Estoy demasiado cansada para eso.

—Tuve que lavarte dos veces para quitarte el olor a hombre que cargabas —asevera—. Todos afuera hablan de cómo te ofreciste.

—No estaba en mis cabales.

—¡No te puedes suicidar! ¡Si se me muere la presa, buscaré otra para desquitarme! ¡No me voy a quedar sin nada! —Patea la silla plegable con un estruendo—. ¡No voy a dejar que te salgas con la tuya ni a quedar en ridículo después de todo lo que me has hecho pasar!

La idea de que se le ocurra lastimar a Sam o a mi madre me dispara los latidos.

—Báñate y arréglate. Serás castigada delante de todos; mis hermanos están a la espera.

—¿Qué?

—Te ofreciste a otro sin mi permiso y eso amerita una marca en la frente.

—Mi mente estaba en blanco. No era consciente de lo que hacía.

—Un miembro de la hermandad lo recuerda todo. —Me hace salir de la cama—. Se te marcará en la frente y, por hoy, harán con tu cuerpo lo que quieran.

—Soy tu esposa, Vladímir. No puedes permitirlo.

—Ser mi supuesta esposa no te importó a la hora de faltarme el respeto. —Me tira la ropa en la cara—. Báñate. Maksim estará a cargo. Fue a uno de sus hombres a quien te le ofreciste.

—Te juro que no recuerdo nada. —El llanto comienza otra vez—. Yo solo quería licor y...

—¡No importa lo que querías! —Me encara—. Has roto una norma. El video con el que me chantajeas no cambiará nada. Mi reputación está en juego y, lo publiques o no, mi imagen se irá a la mierda si no te doy un escarmiento.

Se va, y las náuseas me revuelven los intestinos mientras camino de un lado a otro. Las sombras de los hombres de afuera comienzan a rodear la carpa. Meto el cuerpo tembloroso en la tina de la carpa y empiezo a lavarme.

La agonía de ayer parece perseguirme. Lo único que deseaba era ponerle un alto y hoy tengo otro problema.

Me echo agua sobre los hombros, empapo la cabeza y me lavo la boca dos veces para perder más tiempo. Me amarro las agujetas de las zapatillas y más sombras se suman a mi alrededor. No tengo fuerzas para correr. Mucho menos para pelear.

—Buenos días. —Maksim entra con una sonrisa burlona en los labios—. Supongo que para ti no son tan buenos.

Trae el pelo semirecogido. Es el vivo ejemplo de la gente rastrera que se mete en todo y aprovecha cualquier oportunidad para hundir a los demás. Un hombre con la necesidad enfermiza de sobresalir.

—Las esclavas no pueden ofrecerse sin el permiso de su amo —dice—. Tú le faltaste el respeto a mi hermano.

—No me acuerdo de nada.

—El hombre al que te le ofreciste lo recuerda todo. No te preocupes. —Me saca de la tienda.

El motorista de la botella sonríe victorioso mientras Maksim me pisa los talones. Me guía hacia el *glamping* más grande del campamento. Los motociclistas están reunidos afuera.

Kira está entre los presentes, al lado de Zulima y el *sovetnik*. Odiaba la fortaleza y ahora la extraño.

Era mejor lidiar con la matriarca y no con estos animales de carretera. Se regodean en el sufrimiento ajeno; viven para contemplar el dolor de otros como un espectáculo. Los hombres que custodian la tienda blanca apartan el toldo para dejar pasar al hermano de Vlad.

—Padre, buenos días —saluda al *Boss* que está desayunando de pie—. Vengo a pedir una marca.

—¿Qué pasó ahora? —Se mete una fresa en la boca.

—A primera hora de la mañana, uno de mis hombres me informó que esta esclava se le ofreció sin el permiso de Vladímir.

El dueño de la Bratva sube el muslo sobre la esquina de la mesa del desayuno, dejando la pierna colgando con descuido. El cuello amplio de su camiseta negra deja entrever la piel bronceada de su pecho. Desvío la mirada a los costados: las siluetas de quienes esperan se proyectan contra la tela.

—Mis hermanos y yo...

—¿No saludas, *Ved'ma*? —El *Boss* interrumpe al hijo—. Otra vez con la falta de modales.

—Buenos días.

El sudor me resbala por la frente. No he comido nada, tengo el cuerpo estropeado y las voces de afuera me enfrían las palmas de las manos. Una marca en la cara hará que no me quiera volver a ver en el espejo.

—He traído lo necesario. —Maksim saca una cuchilla y un pañuelo de su chaqueta—. Arrodíllate, esclava.

—Puedes irte. No necesito testigos —ordena el *Boss*.

—Si requieres ayuda para sujetarla, llámame. —Deja la cuchilla en la mesa—. Estaré afuera esperando al lado de mis hermanos.

Sale y me quedo a solas con Ilenko Romanov. Termina de comer y se sacude las manos antes de agarrar la cuchilla. Limpia la hoja en su pantalón mientras los murmullos crecen afuera.

Me seco las lágrimas antes de que caigan. Correr sería inútil; me atraparían en segundos, me arrastrarían de vuelta y me obligarían a acatar sus malditas imposiciones. Y si me resisto, apenas me alcanzaría la energía para un par de patadas.

—No eres el primero. —Procuro que la voz no me tiemble—. No eres el primero que me hiere, así que no te sientas especial por hacerme esa marca.

Da un paso hacia mí y no le bajo la cara.

—Nacimos solos, nos defendemos solos y nos salvamos solos —contesta—. Quieres asumir esto con valentía, y en el fondo ruegas que alguien llegue y te salve. No pasará. Si tú no abogas por ti, nadie más lo hará.

Mira la cuchilla plateada.

—De rodillas.

El metal centellea frente a mí. El barrido de sus ojos por mi cuerpo me hace pasar el peso de un pie a otro. Su mirada quema como la hoja de un cuchillo caliente. Da un paso más y el pecho se me oprime. No estoy lista para una prueba más.

Las sombras de afuera se han multiplicado. No es solo la marca, es ser entregada por horas a todos los que aguardan afuera.

El *Boss* se acerca y apoyo las manos en su pecho rígido. Baja la mirada hacia mis palmas mientras las deslizo hacia abajo. Es un hombre que tiene una erección y yo soy una mujer con una necesidad.

Me arrodillo sin apartar los ojos de su cara y poso los dedos en la pretina de su pantalón.

—Quiero abogar. —Le abro el vaquero.

—¿Con eso? —se ríe—. Cuidado. Si lo haces mal, duplicaré el castigo por hacerme perder el tiempo.

El bóxer oscuro aparece ante a mis ojos. Es mejor a uno y no a todos. No quiero esa cicatriz en mi frente y tampoco a otros individuos en mi interior. Ya está empalmado y el tamaño siempre es un desafío.

La entrada cerrada del *glamping* bloquea las miradas de afuera, pero no el peligro. Rodeo la base de su erección. El miedo me eriza. Si alguien se acerca, nos oye o nos ve, estaré en problemas aún más grandes.

—Vigila que no venga nadie. —Abro los labios para introducirlo y está tibio.

Mi boca lo acepta sin resistencia, y aprovecho la ventaja.

Deslizo la boca sobre él con los labios alrededor de su circunferencia. Alzo la vista y su expresión no cambia. Me mira desde arriba, tranquilo, paciente, como si no tuviera su miembro enterrado en mi boca. El calor entre mis piernas hormiguea y lo paso por alto.

Siluetas caminan alrededor y, con los nervios a flor de piel, agilizo el movimiento. Los murmullos y susurros son el recordatorio de que estoy rodeada y afuera cientos esperan impacientes la oportunidad de destruirme.

Impregno la erección con mi saliva y la bombeo con la mano. Es complicado manejarla debido a su peso. ¿Hombre alto, miembro pequeño? Falacias, porque esa maldita cosa ha de pagar impuestos en algún lado.

—Debiste pensar antes de empezar. —Enciende un puro.

—Me cuesta un poco porque solo te lo he hecho a ti. —Trago saliva—. No sé...

—¿No sabes qué?

—Chuparla...

No hay palabra capaz de describir la mirada que me lanza. Mis labios se deslizan hasta la base, la presión me oprime la garganta. Cierro los ojos, controlo la arcada y, respiro con su hombría atorada en la boca. Su olor me llena la nariz, el sabor a piel salada me inunda la boca.

—Solo tú te crees capaz de manejar algo así. —Me agarra la parte trasera de la cabeza—. Mira cómo te sofoca.

El sexo me palpita bajo el agarre de su mano y me pego más a él, desesperada.

No me suelto, no paro. Necesito que termine.

Me sujeto del vaquero y me aferro a la punta con los labios, succionándola.

No me cabe entera. No hay forma. Así que me prendo de la cabeza, la envuelvo con la lengua, la beso y la chupo como si en ella estuviera el último aliento de oxígeno.

Su agarre se endurece en mi cabello. El sonido húmedo de mi lengua y los labios trabajando en él se pierde en el crepitar de la fogata afuera y los murmullos de los hombres al otro lado de la lona.

Chupo la punta una vez más y el *Boss* echa la cabeza atrás. El humo blanco emerge fuerte de su nariz cuando le da una áspera calada a su habano.

Creo que lo tengo. Me aferro más, succionando con ansia, con desesperación, con ganas de robarle todo. Su pecho se expande, el agarre en mi pelo se aprieta y puedo sentir el apocalipsis acercarse.

—¿*Boss*? —Maksim se acerca a la puerta y cierro la mano sobre el miembro.

Me prendo de su cabeza con las últimas fuerzas que me quedan. Me agarra del pelo con una brutalidad que me quema el cuero cabelludo, maldice y me llena la boca.

—¿Qué tal? —Me limpio los labios—. ¿Está bien así?

El corazón se me cae al piso cuando sacude la cabeza, molesto. Pensaba que lo estaba haciendo bien...
—¿Padre? —insiste.
El *Boss* se abrocha el vaquero antes de agarrar el arma sobre la mesa.
—Arriba —pide.
—Puedo hacerlo otra vez... si me das un par de minutos más.
—*Stoya*. —Me levanta.
Con la cuchilla en la mano, me saca y no ruego, aquí nunca tiene sentido hacerlo. Los motociclistas se agrupan en un círculo a mi alrededor.
—La marca no la haré yo —anuncia el *Boss*—. Que la haga el hombre al que se le ofreció.
—Kaban —lo llama Maksim.
El motociclista emerge de entre la multitud. Apesta a sudor mezclado con licor barato. Supongo que se me han agotado las lágrimas porque no salen y lo único que siento es un horrible dolor en los intestinos.
—Anda, márcala. —El ruso le entrega la cuchilla y me hace avanzar hacia su puesto.
El motociclista se planta frente a mí con la cuchilla en la mano, el resto del grupo lo observa, atento bajo el inclemente sol. Vladímir aguarda impávido a un lado y el sujeto de la chaqueta de cuero se prepara para comenzar.
Aprieto los dedos; no me dejan de temblar.
—Márcala —insiste—. Solo ten presente que, si me llego a enterar de que has mentido, lo lamentarás. No me gusta que jueguen con mi tiempo.
—No miento, señor. Ella se me ofreció. —Le cuenta detalles de lo que pasó. Como le supliqué por la botella.
—Entonces, adelante. Tu esófago estará a salvo porque eres un hombre sincero.
Me hundo las uñas en la piel de las palmas cuando alza la cuchilla. El *Boss* no le quita los ojos de encima al motociclista y el pandillero se abre la chaqueta, acalorado.

—Tu esófago estará a salvo —repite el ruso—, porque eres un hombre sincero.

—¿Duda de mí, señor?

—Ella dice que la violentaron, tú dices que se te ofreció y que la rechazaste por respeto a Vladímir, pero eres uno de los que está haciendo fila para meterle el miembro en la boca.

—Hago la fila porque no quiero penetrarla sin el permiso del *Underboss*.

—Entonces, sí, te la quieres follar.

—La mayoría quiere.

—¿La mayoría? ¿Quiénes? ¡Alcen la mano! —Eleva el tono—. ¿Quién quiere follársela? Digan de una vez y de paso confiesen quién se la cogió anoche e hizo que la encontrara tirada.

—No fui el que se la folló.

—Entonces ¿quién fue? ¿Yo?

Se hace un silencio sepulcral. El motociclista abre la boca para hablar, pero antes de que pueda articular palabra, le parten la cara con una piedra.

—¡No se te ocurra mancillar el nombre del *Boss*! —exclaman—. ¡Fuiste quien se la cogió! ¡Nadie más ha hecho la acusación!

La muchedumbre lo derriba con piedras y un caos de gritos y maldiciones se arma en medio de la pelea. Matan a golpes al hombre que pretendía hacerme la cicatriz. El *Boss* se devuelve a su tienda con otros cinco sujetos más y el *sovetnik* es quien se ocupa de mí.

—Ve adentro, niña. —Me lleva a mi tienda mientras la pelea empeora.

—¿A dónde la llevas? —Se atraviesa Maksim—. Ella debe ser marcada.

—La acusación era falsa. —Lo aparta—. Si tienes alguna queja, llévala ante tu *Boss*. Ya hemos tenido suficiente contienda por hoy y voy a ponerle un alto.

Me deja en mi toldo. El *Underboss* no tarda en llegar e intercambia un par de palabras con el *sovetnik* antes de que este último se retire.

—¿Es cierto? ¿Te folló y luego te abandonó? —pregunta Vladímir.

—Ya oíste todo, ¿qué más quieres?

—Debiste decírmelo porque eso cambiaba las cosas.

—¿En qué? ¿Te ibas a poner de mi lado? —Lo miro y no obtengo respuesta.

Se queda de pie junto a la cama y me acuesto. Se ve igual o más cansado que yo. El murmullo constante de voces afuera no cesa. Tengo la garganta lastimada.

Abrazo la almohada a mi derecha. Las pertenencias de Bendi reposan sobre una silla. Me he salvado de la cicatriz en la frente, pero no de la nostalgia amarga de saber que no lo pude dejar en el refugio.

El colchón se hunde cuando el *Underboss* se sienta en la orilla de la cama. Apoya los codos en las rodillas y se pasa la mano por la cara, como si intentara espantar el cansancio. Sé que la pelea de ayer nos ha dejado agotados a los dos.

Me mira la marca en el cuello y no me molesto en taparla.

—Sé que lo del bebé te dolió, pero no tenías por qué actuar de la manera en que lo hiciste. —Baja el tono de voz—. Tengo una imagen que mantener frente a mis hermanos y parece que no quieres entenderlo.

Guardo silencio.

—Dame los detalles de lo que pasó.

—No importa, Vladímir. Solo quiero dormir. —Le doy la espalda—. Déjame.

Cierro los ojos para evitar verlo y, al cabo de unos minutos largos, se levanta en silencio y se va.

Me vuelvo un ovillo en la cama; las sábanas huelen al bebé. No sé si es la conmoción o la falta de comida lo que me hace soñar lo mismo una y otra vez. Me veo a mí misma de niña, preguntándole a mi versión adulta el porqué de amarrar esa cuerda.

Me veo empujada a la negrura del abismo, suspendida en el aire, tragada por las aguas negras; siento las manos que tiraron de mí, el peso del manto que me arropó. Quise irme y ahora creo que le temo más a la muerte.

El *Underboss* regresa en la noche con un plato de avena. Pruebo un par de cucharadas para no pelear y vuelvo a taparme. Él se acuesta después de cenar. Finjo dormir y, pasada la medianoche, siento sus dedos helados recorriéndome el cuello.

Su toque nunca tiene vida; es como un carámbano. Si tuviera que crear una historia sobre él, lo pintaría como el ser al que le han robado el alma. Persiste con la caricia hasta quedarse dormido.

El campamento se hunde en el silencio con el transcurrir de las horas. No me apetece salir de la cama; aun así, es necesario. Debo ocuparme de las pertenencias del niño.

Meto los pies en las zapatillas y los brazos en una camiseta. En la pañalera robada está la ropa que usó el bebé, el biberón, los pañales y la sábana. Con cuidado, asomo la cabeza para revisar que no haya nadie afuera.

Las fogatas han sido apagadas y no hay hombres en el perímetro. Abandono la tienda con la sábana en la mano y la uso para recoger las cenizas de la hoguera donde arrojaron el cuerpo. Las piedras están frías. No tengo idea de qué tanto del bebé haya en la tierra; quiero creer que hay mucho.

Los vigilantes rondan lejos y han de creer que estoy maldita porque ninguno se acerca.

Llevo las cosas del bebé a la roca donde estuve ayer. Cavo un hoyo y adentro deposito todo.

Debo sepultarlo o no podré seguir.

—Lo siento —sollozo—. Espero que puedas tener una buena mamá en el cielo, Bendi.

Me limpio el mentón y echo arena encima mientras recito las oraciones que me han enseñado a lo largo de mi vida. La abuela decía que las personas, después de morir, se quedan siete noches con nosotros. En algunas culturas se reza en esos días para acompañar al difunto mientras los ángeles se lo llevan al cielo.

Acompaño a Bendi en su segunda noche. El cielo estrellado se amplía sobre mí e intento hacer las paces conmigo misma.

—No fue mi culpa —susurro—. Hice lo que estuvo a mi alcance.

Me repito lo mismo una y otra vez. El soplido del viento me junta los brazos. Dejo que la tristeza fluya, lloro todo lo que tengo que llorar. Negarme a sentir las cosas solo me lastimará más.

Me siento sola. Sé que mi familia tiene sus asuntos importantes, aun así... desearía interesarles un poco más.

Papá no ha devuelto mi llamada. Debe estar ocupado, lo entiendo. Pero me hubiese hecho bien escucharlo, o al menos saber algo de mamá.

Mis lágrimas se mezclan con el polvo del desierto y los sollozos se prolongan por horas, hasta que el pecho ya no me da para más.

—Ya —respiro—. Tengo que dejarlo pasar.

Debo regresar.

Me sacudo las manos en el camino de regreso. El campamento sigue en silencio y mis pasos pierden afán cuando reconozco la figura del *Boss* a un par de metros. Está afuera de su tienda con un puro entre los dedos y un mero vaquero puesto. Una mano descansa en el bolsillo delantero y al pelo recogido se le escapan varias hebras del moño.

—Buenas noches. —Paso por su lado.

—Buenas noches, *Ved'ma*.

El olor de su loción se me impregna en la nariz. El recuerdo de lo que hice hace unas horas me hace carraspear. «Maniobra de defensa», pienso. Eso es lo que fue.

Me lavo las manos y vuelvo al lado de Vladímir.

El *Underboss* parte con el primer atisbo del amanecer y no salgo de la tienda en todo el día, no tengo razón para hacerlo. La radio de afuera permanece encendida y una que otra vez consigo escuchar las noticias del comando.

Se habla de lo sucedido en la isla y sobre la importancia de la candidatura en curso. También de cómo ha contraatacado la mafia. Las personas de afuera no descansan, trotan y entrenan detrás de las tiendas.

Espero a que el *Underboss* se duerma en la noche y regreso a la roca para seguir con las oraciones. Lo acompaño un rato y, al volver, de nuevo veo al *Boss* fumando fuera de su *glamping*, sin camisa y con el pelo trenzado a un lado.

—Buenas noches.

—Buenas noches, *Ved'ma* —contesta.

¿Qué es *Ved'ma*? ¿Villana? ¿Zorra? ¿Zorra villana?

Su imagen se perpetúa en mis ojos al poner la cabeza en la almohada. A veces mi cerebro se hace preguntas sobre él. Cuestiones que reprimo siempre porque es un hijo de perra altivo.

Las noches siguientes siguen el mismo patrón. Me levanto a acompañar al bebé y siempre que regreso hallo a Ilenko Romanov en el mismo sitio.

El séptimo día me golpea fuerte: es el último y le dedico la última oración al bebé. Las emociones se me atoran. No vendré más después y recaigo en las crisis de llanto. He querido sentirme mejor y no ha sido fácil.

Lo único que quiero es estar recostada. Me obligo a levantarme y al campamento regreso con los ojos llorosos.

—Buenas noches —le digo al *Boss*, que se encuentra en el mismo lugar de siempre.

—Buenas noches, *Ved'ma*.

Busco mi espacio al lado del Vladímir; aunque mis ánimos estén por el suelo, debo volver a poner la mirada en mis objetivos y concentrarme en él.

Me despierto temprano y él también.

No hemos hablado en los últimos días. Suele estar con su padre o en reuniones con los motociclistas. Mi estado debe ser motivo de celebración para la hermandad. Hacerme añicos es su plan, y han de creer que van por buen camino.

El *Underboss* se pone los zapatos en la esquina de la cama.

—¿Quieres que te prepare el desayuno? —le pregunto, y no contesta—. Ya no quiero pelear más, Vladímir. Eres mi esposo y te quiero.

—¿Le tienes cariño a un drogadicto que quiere matarte?

—Quieres matarme porque es lo que te corresponde, no porque lo desees realmente.

Me arrastro a su sitio y no quiere mirarme.

—Ya me siento mejor —miento—. Seré una buena esposa.

Volteo su cara hacia mí para besarlo en la boca. Aunque no me hable, suele hundir la nariz en mi cabello durante la noche.

—Prometo no volver a discutir. —Le beso el cuello—. Todavía te gusto, ¿verdad?

—Quiero la bebida caliente sin azúcar. —Se termina de arreglar—. Ve rápido, que tengo una reunión en unos minutos.

—Sí. —Salgo de la cama.

Cuatro mujeres en el campamento son las encargadas de la comida. Visten túnicas tradicionales marroquíes. El título de maldita parece que es real, las mujeres evitan hablarme o sacarme. La avena de los esclavos ya está lista. Le sirvo un plato a Cedric, que está a la espera de su comida y nadie le pone atención.

—Gracias. —Me sonríe—. ¿Cómo te sientes?

—Un poco mejor.

Kira se acerca por un par de cubiertos.

—No fue tu culpa —murmura—. Y si vuelves a hacer lo mismo, le enviaré una carta a tu familia y les diré que eres una cobarde.

La atención de todos se va a los tráileres y camiones que los motociclistas detienen en la orilla de la carretera. El *Underboss* pide que revisen todo.

—¡Es un circo! —hablan desde la carretera.

—Asegúrate de que sea cierto y que no sean espías de la FEMF —contesta el hijo mayor del *Boss*—. Les encanta este tipo de trucos para camuflarse.

—El circo. —Maksim se levanta—. Se presentan cuando ya no tenemos al fenómeno para regalar.

Entiendo la indirecta. El pobre payaso intenta ser gracioso.

Traen a uno de los dueños de la caravana para interrogarlo y el *Boss* sale de su tienda de lujo con Zulima atrás. El papá de Vladímir actúa como si fuera un mercenario cualquiera y no el que comanda la Bratva.

Los del circo explican que van hacia otra ciudad.

—Señor, mire esta belleza. —Un motociclista trae un cachorro de león albino y corro a verlo de cerca.

Está dentro de una jaula y no deja de moverse inquieto entre los barrotes de metal. Nunca había estado ante un león chiquito y menos de ese color. Solo los he visto en televisión.

Se lo entregan al *Boss*.

—Lo acabamos de comprar —explica el dueño del animal—. Es un ejemplar costoso debido a su rareza.

—Una adquisición tuya que ahora es mía. —El ruso recibe la jaula—. Largo de aquí.

Tres motociclistas lo devuelven al camión y el resto se acerca a ver al león que el *Boss* trae al centro del campamento. Lo libera de la jaula y lo agarra del pelaje para acariciarlo bajo el mentón. El animal le pela los colmillos.

—Es hermoso, padre —lo adula Maksim.

—¿Dónde está la esclava? —pregunta el mafioso.

Las personas se hacen a un lado para que me vea.

—Mi león necesita que le sirvan.

Se viene a mi puesto con el animal en la mano y sonrío mientras extiendo los brazos para recibirlo. Es hermoso, peludo y blanco como una bola de nieve.

—Que su próximo alimento le sirva —dice. Todos se ríen y no me importa.

Sonriente, recojo la jaula y me llevo al cachorro a un lugar aparte. Agua es lo primero que le doy.

—¿Y el desayuno? —Llega el *Underboss*.

—Oh, sí. —No lo miro—. Dejé los huevos en un plato. Pon al fuego un sartén y fríelos.

Resopla con los brazos cruzados.

—Debo cuidar al león; tu papá lo ordenó. —Alzo al animal—. Si quieres contradecirlo, está bien. Cuida al león y yo hago el desayuno.

Se lo ofrezco y niega.

—Hazte cargo del animal y no me involucres en más problemas. —Se va.

La nube gris que tenía encima se aclara con el cachorro. Es hermoso y, después de días de lágrimas, me estampa una sonrisa de oreja a oreja en la cara cuando me lame.

—Mira sus patitas —le digo a Cedric—. Parecen de peluche.

Como es la mascota del *Boss*, le dan grandes cortes de filete para comer.

Al mediodía, el *sovetnik* me entrega un maletín lleno de objetos de cuidado y una lista de indicaciones. El cachorro no deja de moverse y el moreno inhala hondo cuando se me enreda en el pelo.

—Ese animal no es un juguete —advierte—. No debieron encargártelo a ti.

—Estará bien. En Phoenix cuidé durante dos semanas el gato de una vecina.

Le mandan a adecuar el sitio donde dormirá; también le consiguen leche y un biberón de veterinaria. No me quiero encariñar con él porque me arrancarán un pie si le pasa algo, pero es tan curioso que no puedo dejar de alzarlo. Tiene los ojos dorados y parece que lo sacaron de una película de fantasía.

A mi alrededor, la gente afila armas, traza planos y atiende sus asuntos, mientras yo me ocupo del cachorro. Los esclavos hacen una limpieza general de la caravana.

Kira da indicaciones junto a Zulima. Más allá, una motorista deja que Maksim le agarre el culo, y Kira, en lugar de inmutarse, se ríe con ambos, como si fuera lo más normal del mundo.

¿Cuántas mujeres pueden permitirse para cada hombre? En todos los sitios que he visitado siempre se comparten las parejas.

La novia de Maksim se pone a cortar tela con la ayuda de Cedric y, con disimulo, me acerco.

—¿Hay fiesta esta noche? —Finjo que busco recortes para una jaula.

—Hoy no, mañana —contesta Kira, cortando sin levantar la vista—. Se rinde tributo a Sonya Lazareva. Los que la apreciaban harán un banquete en su honor. Habrá música, historias sobre sus hazañas... y ni una gota de sangre. La absoluta atención estará en su memoria.

—Te han echado encima más responsabilidades con ese animal. —Cedric se limpia el sudor con el brazo vendado—. A mí me tienen de un lado a otro con sus heridos. No sé cuánto más aguante.

—Corta y deja de quejarte. Si te oyen, te castigarán.

Vladímir llega en una moto. Mira hacia atrás como si alguien lo estuviera siguiendo. Se apresura a la tienda y, con el león en los brazos, me levanto a ver qué sucede.

Lo hallo bañado en sudor. Comienza a quitarse la ropa y a limpiarse los brazos con una toalla.

—Necesito jabón y no hay —comenta, y le doy el frasco que reposa sobre la mesa—. Apesto a sangre, ¡trae más!

—No hueles a nada, Vlad.

—Sí, huelo, ¿tú no tienes olfato? ¡Trae más jabón! Necesito que me ayudes a limpiarme.

Dejo al felino en el suelo, empapo la toalla y lo ayudo a lavarse los brazos. Mi olfato está bien. La persona con trastorno psicótico es él, que tiene las pupilas dilatadas. Le tallo los brazos. No le es suficiente e insiste en que lo haga con más fuerza.

—Llama a Sasha. La necesito aquí. —Me quita la toalla—. Búscala, debe estar afuera.

No me atrevo a decirle que su tía murió.

—Sasha no puede venir ahora. Yo te puedo acompañar —digo—. ¿Quieres que nos acostemos?

En la mañana estaba bien y de repente empieza a alucinar. Va de un lado a otro.

—*Nochz prizark.* —Se pone las manos en la cabeza—. *Prizraki nochi.*

Lo siento en la cama. Busca el contacto de su tía en el teléfono, pero lo persuado y, en su lugar, empieza a deslizar compulsivamente por la galería. Fotografías en museos y casas de historia se suceden una tras otra. En todas está la tía a su lado, abrazándolo. Ha guardado capturas con mensajes en ruso de ella y del *Boss*.

Salgo a dejar el león en la jaula para poder encargarme de él como se debe. Pelea conmigo, me lanza ofensas como si con eso pudiera ahogar lo que realmente le molesta.

No lo interrumpo. Lo dejo desahogarse mientras tiembla y le resulta imposible quedarse. Está atrapado en su propia mente, enredado en su propio infierno. Me insulta hasta que se cansa y le rodeo el torso con el brazo. Más que a un hombre, siento que abrazo a un niño arrinconado en un cuadro de pánico.

—La maté. Maté a mi madre —susurra—. Su sangre está en mis manos.

Un frío intenso me recorre todos los huesos de la espalda.

—Ya pasó. —Lo abrazo—. Vas a reponerte y todo estará bien.

Vigilo su sueño. Por extraño que sea, no lo puedo odiar. Siempre que lo intento, a mi cabeza acuden momentos como estos, donde pide ayuda a gritos.

Pasa cinco horas en la misma posición. Se duerme e intento hacer lo mismo, pero el león no sale de mi cabeza. ¿Y si dejé mal cerrada la jaula? Podría escaparse y, con lo bonito que es, cualquiera querría robarlo.

«La cerré bien», me digo, ¿y si no?

Me deslizo fuera de la cama. Por mi paz mental, necesito asegurarme de que la jaula esté bien cerrada. Troto hasta ella y encuentro al león dormido entre los barrotes. Ya se devoró su trozo de filete.

Los guardias silban y mueven linternas desde la distancia. Quien crea que esta gente se dedica solo a matar y timar, se equivoca: viven bajo códigos y patrones estrictos que son tan difíciles de entender como sus tatuajes.

Las banderas rojas hondean en distintas áreas como una especie de culto. El león se despierta y lo saco para consentirlo porque se pone a maullar.

—¿Qué pasa, gatito?

Es más de medianoche. Me siento con el cachorro en una de las mesas y, a los pocos minutos, Zulima sale de su tienda con un coqueto enterizo puesto. Echo de menos tener mis cosas, elegir qué ponerme según mi antojo. Aquí, me conformo con las pocas prendas que se salvaron de la isla.

La sumisa enfundada en cuero va directo a la tienda del *Boss*. El genio se me descompone. De seguro al gran soberano lo espera una larga noche de pasión. El mundo es injusto: mientras uno hace lo que puede por sobrevivir, él se da los gustos que desea solo por ser quien es.

Zulima desaparece dentro del *glamping* y me devuelvo por la jaula del león para guardarlo en la tienda. Vladímir duerme. Entro al animal y el mal genio no me deja acostar.

Agarro el cuchillo sobre la mesa. Es asqueroso observar lo fácil que algunos lo tienen, mientras otros estamos hundidos en la miseria.

No me contengo y asomo la cabeza por la tienda. Los dos guardias más cercanos están con dos motociclistas a una distancia considerable.

El *Boss* mete las narices en lo mío con Vladímir todo el tiempo. Por él acabé en la granja, por él me llevaron a la cabaña de los castigos, por él no pude comer bien el día que estaba en la isla. Por su culpa, el *Underboss* es esquivo conmigo la mayoría del tiempo.

Salgo. Con sigilo, me aseguro de que nadie esté cerca y corro a la tienda de lujo del hijo de perra ruso. Agachada, rodeo el área y paso las manos por la estructura en busca de ensambles. Algunos sobresalen en la tela, así que los corto uno por uno, moviéndome de punto en punto.

Corto para que apenas se sostengan; el peso de la lona terminará con la tarea.

Si él ha arruinado mis planes, yo tengo derecho a hacer lo mismo con los suyos. Corro de vuelta a mi tienda con el trabajo hecho y, al asomar la cabeza, una sonrisa me curva los labios cuando la brisa derrumba el toldo del máximo cabecilla de la Bratva. Con tanta mierda que me hacen aquí, es lo mínimo que se me merecen.

Me baño para dormir fresca como una flor de invierno y retomo mi puesto junto al *Underboss,* quien a primera hora de la mañana comienza a drogarse. Se despierta más neurótico que ayer.

—¿Por qué no te acuestas un par de horas más? A lo mejor te hace falta descansar.

—No. —Inhala la línea blanca sobre la mesa—. Hoy debo estar despierto.

Abandona la tienda. Me cambio de ropa y salgo con el león. Grandes nubarrones oscurecen el cielo. La brisa cargada de arena arrasa con todo lo que está mal puesto y sacude las casas hechas de tela.

Huele a lluvia.

Un grupo de motociclistas se ocupa de alzar la tienda de Ilenko Romanov, que desayuna al aire libre con Maksim. El *Boss* dirige la mirada hacia mi lugar. Apenas me ve, me muevo de sitio.

—Niña —me llama Zulima—, ven y sírveles néctar de naranja a los amos de la mesa.

Obedezco de mala gana. No hay papel que me harte más que el de servidumbre.

—Otra vez comenta la gente que Zulima ocupará el puesto de madre. —Oigo el alegato de Maksim—. Y, como te dije la última vez, no me agrada la idea de verte comprometido así con alguien más.

—¿Quién te dijo que me quiero comprometer?

—Es el sueño de todas tus sumisas. Ellas quieren que las veas como veías a madre.

Me dan ganas de romperle la boca con el codo para que se calle. El *Boss* me mira de soslayo, clava el cuchillo de mesa en la madera y siento que es una indirecta. ¿Y si se dio cuenta de que fui quien dañó su toldo?

Uno de sus hombres se acerca a decirle algo al oído. El sujeto me mira mientras le habla y me alejo en un parpadeo. Mi trabajo es cuidar al león y conseguir que Vladímir se enamore de una vez por todas de mí.

—¿Sabes dónde está el *Underboss*? —le pregunto al *sovetnik*.

—Lo mandé a subir a mi auto. Parte conmigo en dos minutos. ¿Para qué lo necesitas?

—¿Se va? —Se me enfría la sangre—. No me avisaron. Voy por mi mochila.

—Ni se te ocurra. Tú te quedarás aquí. —Me detiene—. No es un buen día para él. Lo que sea que requieras debe esperar hasta que regrese.

El *sovetnik* se mueve a su vehículo. ¿Voy a quedarme sola aquí? Miro al *Boss* que me observa desde la mesa. Ya sabe que fui yo, debo encerrarme y esconderme para preservar mi vida.

Recojo todo lo del cachorro y aprieto el paso hasta mi tienda. Guardo al león en la jaula después de darle de comer y le pongo un calcetín para que se entretenga. También lleno el recipiente con agua fresca y leche.

Reviso qué más hace falta. Hojas. Escasean y no alcanzarán hasta la noche. Necesita más para que pueda hacer sus necesidades.

Un trueno retumba afuera. Encima de todo, va a llover. Debo ir por más hojas para poder encerrarme tranquila. Aseguro la jaula del león antes de salir.

Los motociclistas colocan lonas impermeables sobre todo el campamento. Aprieto el paso hacia el tramo de bosque que está a dos kilómetros.

Iré y regresaré lo más rápido que pueda. Una gruesa gota me cae en el hombro, seguida de varias más. La caída del agua se intensifica y el aguacero me empapa en lo que corro hacia los árboles.

Atravieso la primera línea. Me agacho a recoger las ramas y estas se me caen al voltearme y encontrar a Ilenko Romanov recostado en uno de los árboles.

¿Me estaba siguiendo el maldito?
—¿Qué animal anda cortando toldos en plena madrugada? —dice—. Ah, sí. Emma malcriada James.
—No sé de qué hablas. —Me limpio las manos en la ropa—. Yo...
Emprendo la huida. Es mejor que me digan cobarde, a que me llamen cadáver.
Corro entre los árboles. Miro atrás, el ruso viene detrás de mí y acelero el paso. Vuelvo a poner la vista al frente y freno en seco cuando un salto de agua, de la nada, aparece frente a mí.
—¡Oh, mierda! —Me quedo en la orilla y pierdo el equilibrio.
El *Boss* me sujeta y retrocede conmigo, pero el barro nos derriba al suelo. La tierra se desmorona bajo nosotros y, por más rápida que quiera ser, no hay tiempo para nada, porque nos vamos abajo los dos.
Siento que pierdo el estómago con la caída libre. El vértigo me sacude y un dolor punzante me atraviesa las costillas al chocar con el agua que se me cuela en los pulmones. Saco la cabeza y veo que voy río abajo con el *Boss* de la mafia rusa.

24
SUCIO ODIO

BOSS

He lidiado con traidores, asesinos y soldados sin honor. Ninguno me ha irritado tanto como Emma James. Entre todos los asuntos que enfrento, nada me saca tanto de quicio como esta maldita cría.

El ímpetu de la corriente arrasa conmigo. La tormenta le resta visibilidad al caótico panorama. Las rocas se desprenden y los troncos flotan descontrolados entre el estruendo de la cascada.

Choco con la raíz de un árbol, me sujeto con una mano a este y estiro el brazo para sujetar a Emma James, quien se precipita hacia la siguiente caída de agua.

Sus brazos se envuelven alrededor de mi cuello y su cuerpo se ciñe a mi tórax con el corazón desbocado.

—Está muy hondo. —Respira por la boca—. ¡No siento nada bajo los pies!

—¡Quédate quieta! —Me impulso a la orilla.

El caudal es violento, la tempestad agrava todo. Es una odisea llegar a la orilla. Empujo con una mano y con la otra la sostengo hasta que consigo llegar a la línea de rocas al pie de la catarata.

Subo a la menor de las James en una roca y me impulso hacia afuera. La brisa nos golpea como un látigo, empapándonos hasta los huesos. Con este temporal, es imposible escalar arriba.

El agua sube y me desplazo con Emma James. Detrás del velo de la cascada, hay una cueva. Volver arriba es imposible. Alcanzar el punto intermedio, no. La guío por la orilla hasta la entrada de la gruta.

Tres paredes de piedra rugosa y una cortina de agua conforman el refugio.

—Eres una maldición andante —le digo a la mujer que me sigue.

—Debiste dejar que la corriente me arrastrara —refunfuña—. Me hubieses podido dejar, pero no. Preferiste recrear a *La bella y la bestia* en versión cueva. ¿Dónde está la rosa?

—*La bella y la bestia*. —Le hago frente—. Créeme, eres todo menos bella, niñata.

Me apuñala con los ojos. La aparto y reviso el sitio. Seguro, por ahora.

No pienso moverme de aquí hasta que deje de llover. Una piedra grande ocupa parte del espacio. El suelo está húmedo, irregular. No voy a sentarme como un mendigo. Me apoyo en el borde rocoso, la piedra me llega a la cadera.

Justo ahora debería estar al teléfono. Después de la noticia de Olimpia Muller, el Ejército anda como un perro rabioso, ansioso por hincar sus colmillos en todo. Ellos trabajan desde el Reino Unido y yo opero desde la arena con una de las pandillas más osadas del hampa.

Los Escorpiones Rojos son eficaces a la hora de llevar y traer información. A eso le sumo lo bien que manejan los disturbios y desestabilizan las fuerzas del orden cuando es necesario.

Emma James se pasea de aquí para allá, el pantalón corto le marca el culo. Las gotas de agua le corren por las piernas esbeltas. Está mojada y la tela elástica se le pega en la parte delantera.

No se le ocurre mejor cosa que empezar a estirarse. *Bite me*, dice en el letrero de la camiseta corta. Si la muerte no fuera tan simple, hace tiempo le habría disparado. Es malcriada, caprichosa e inmadura.

En lugar de dormir cuando puede, se dedica a sabotear carpas y a interrumpir polvos ajenos. Su sombra a cuatro patas no me trajo nada bueno a la cabeza, y lo que hace tampoco lo trae, ahora que se sacude el culo mientras camina.

—Siéntate —le ordeno—. Necesito que te sientes y no me hagas repetirlo.

Resopla, molesta, antes de sentarse a mi lado. El sonido de la lluvia redobla su intensidad.

—Siempre verás las cosas como menos o como malas si las mides solo con lo que te agrada —me dice de la nada—. Te atraen las mujeres despampanantes, pero a mí me gusta mi cuerpo así. Es el que necesito, el que me sirve para mi deporte. No soy menos bella solo porque no encajo con el tipo de mujeres que te rodean.

No le contesto.

—Entreno todos los días. Este cuerpo que ves requiere el mismo nivel de cuidado que el de tus sumisas, y no es fácil mantenerlo. El patinaje exige disciplina, concentración, rigor. —Sigue ofendida—. ¿Sabes siquiera qué es el patinaje artístico? Seguro que no...

—Emma James: concursante estadounidense en la pista de hielo de Los Ángeles. Participaste a las 20.05 de la noche por un cupo para un curso intensivo con la mejor patinadora de los Olímpicos —le suelto la información sin pausas—. Quedaste novena porque los jueces siete, cuatro y uno estaban demasiado ocupados charlando para ver tu salto triple. Tampoco vieron el *loop*. Pero a ti tampoco te importó mucho: estabas más atenta en el entrenador que te gustaba.

La dejo en silencio. Si no sé algo, lo averiguo... como qué diablos hacía antes de conocerme. Toma impulso para hablar y con la mirada le advierto que no toleraré insultos ni faltas de respeto.

—¿Los jueces no vieron mi salto?

—No.

—Con razón tuve un puntaje tan bajo. No me lo estás preguntando, ¿sabes? Pero ese día, estaba convencida de que iba a obtener al menos el segundo lugar. —Sacude la cabeza, indignada—. Me cuidé de no hacer nada contra las reglas. De hecho, hice la presentación algo sosa para que agradara.

—No tenías forma de quedar. Los tres primeros lugares ya estaban comprados. El concurso se hizo para recolectar dinero con el pago de taquilla —digo—. En Boston perdiste por saltos bruscos, en Filadelfia no quisieron arriesgarse con una novata.

—¿Cómo sabes todo eso?

Me reservo la respuesta. No le voy a decir que he pasado horas viéndola patinar.

—En Estados Unidos, al patinaje no se le ama tanto como en Europa —asegura y se lanza a hablar del concurso del salto triple.

Detalla el momento exacto en que despegó del hielo, cómo sintió la torsión en el aire y la manera en que aterrizó.

—Tengo un estilo propio. Acondiciono giros y piruetas a mi manera. No me limito a lo convencional —explica—. Siempre le añado mi toque para hacerlo único.

Encarama una pierna en la piedra. Muevo la mirada al frente al imaginar lo abierto que ha de estar su sexo en esa posición. No se calla, sino que habla como una muñeca cuando le dan cuerda.

Cuenta cómo empezó, el primer listón que ganó, a quién saludó.

—¿Me estás poniendo atención? —Me pega en el brazo—. Si te aburro, dime. A veces me explayo a hablar de más y no me doy cuenta.

—Te estoy escuchando.

Retoma la conversación. Desplazo la vista a sus labios, a los ojos azules que brillan mientras parlotea de lo mucho que adora patinar.

—¿Tú practicas algún deporte?

—Pesas, boxeo, riñas... y uno que otro más.

—Participé en un concurso de patinaje en Kansas. Hubo una rutina increíble inspirada en la danza sobre hielo —continúa—. Fue de lo mejor de la noche. Tuviste que haberla visto, salió justo antes que la mía.

—Sí, la vi.

—¿Te gustó?

—No.

—¿Por qué?

—Porque me gustó la tuya.

Me aparta la cara, apenas la miro.

—Tengo una duda sobre tu deporte.

—Pregunta. —Se hace la interesante—. Años patinando me dan dominio total del tema.

—Triple *axel* —le suelto—. ¿Quién lo inventó y cómo?

Frunce el ceño.

—¿Para qué quiere un criminal saber eso?

—No lo sabes.

—Sí, lo sé, pero no te lo voy a decir. Es un tema tedioso y requiere tiempo. Además, no lo entenderías sin haber patinado.

Prefiere dar excusas antes que perder.

—Bien, admites que se te olvidó. —Centro mi mirada en la suya—. Igual, esa no es mi duda.

—¿Cuál es?

—Quiero saber si la flexibilidad que muestras en la pista la puedes aplicar en otras actividades, como suspensión, sumisión —desplazo los ojos por sus piernas—, penetración.

Baja el pie de la roca.

—¿Eso tampoco lo sabes?

—Se nota que tienes una buena rutina de ejercicio —cambia de tema—. ¿Entrenas a diario?

Asiento. Me toma del brazo y lo extiende. Lo recorre con los dedos.

—Tus músculos están bien cuidados. —Desliza las yemas por la cara interna de mi antebrazo.

Frente a mí, detalla la vena que serpentea hasta la muñeca. Se toma su tiempo, recorriendo con los dedos los trazos del león tatuado en el dorso y el anillo del *Boss* en mi anular.

Compara su mano con la mía y apoyo la que tengo libre sobre su pecho.

—Deja de tocarme, que me estoy enojando. —La traigo hacia mí.

Deslizo la mano a su culo y la boca a su cuello. Ya me la he cogido; mas no se le desprende el olor a pureza que carga.

—Estás en una cueva con un hombre... No es muy difícil deducir lo que va a pasar si empiezas a toquetearlo.

—No te estoy toqueteando, solo te miro el brazo.

—No soy un crío. A mí las caricias inocentes no me van.

Le aprieto el culo, empujándola a mi entrepierna.

—¿La sientes?

—Sí —susurra sobre mis labios.

—Entonces, corre, porque tengo ganas de introducirla en este culo y, como estoy, no me la vas a aguantar.

Incremento la presión de mi palma y la sobo con brío. No me gustan las crías, pero esta me la pone tan dura que me nubla el juicio. Le pellizco el pezón erecto que sobresale por la tela de la blusa.

Abro los labios sobre los suyos y la hundo en un beso que la deja sin escapatoria. Se rinde, me recibe y me muerde con la misma hambre. No le concedo respiro. La someto a lamidas profundas, a un vaivén que solo busca empaparla más de lo que ya está.

—Corre.

—No puedo.

—¿No? —Le recorro el borde del pantalón corto.

—Me duele el pie y puedo tropezar.

—No me voy a aguantar. —Le muerdo el borde de la mandíbula—. Estoy que me derramo.

—Está bien, solo son castigos y ya.

—Y este nunca se te va a olvidar. —Con todo y bragas, le bajo el pantalón corto hasta las rodillas.

Saca las piernas, la volteo y le pongo el culo desnudo contra mi ingle. Presiono mis labios sobre el pulso que le late detrás de la oreja.

—No me gustas. —Ondea las caderas sobre mí.

—Tú a mí tampoco. —Le saco la blusa holgada.

Puedo tener a la mujer que se me antoje y siempre me pregunto qué diablos hago toqueteando a esta que tiene la mitad de mi edad.

—Alza ese culo, *Ved'ma*.

Levanta la pelvis. Extraigo el miembro húmedo. Late, untado de *precum*. Agito la mano sobre el tronco para aliviar la presión, parece que lo hubiese puesto contra el fuego. El esperma caliente me hincha las bolas y enrosco el brazo alrededor de la cintura de Emma James.

Recuesta el muslo sobre una de mis piernas. El olor de su excitación impregna el aire que respiro mientras deslizo dos dedos por la línea de su sexo desnudo. Está empapado. Su clítoris es una piedra dura que acaricio con las yemas.

—Tu vagina se derrite por el hombre que giró la ruleta y lanzó el disparo que te señaló. —Desplazo los dedos hacia su entrada—. La bala atravesó tu foto y tú dejas que yo te atraviese, sabiendo lo mal que está eso.

—No me toques así. —Me agarra la mano—. No puedo respirar.

—Esa es la intención —la penetro con los dedos—: que no puedas.

Devuelvo los dedos a la parte superior y la toco con el miembro anidado entre sus glúteos. Se me contonea, urgida porque la penetre. La pondría a sufrir, pero la punta se me quiere desbordar ya.

La arrincono contra la pared, donde apoya las manos sobre la roca oscura. Me bajo el vaquero, necesito darles más espacio a mis bolas. Agarro el borde de la camiseta con los dientes para que no me estorbe. Tengo la cabeza del miembro húmeda y la sitúo entre sus glúteos.

—Eleva. —La pongo en puntillas.

Bajo hasta el orificio de su sexo y se me dificulta penetrarla de lo resbaladiza que está.

—Oh, Dios —chilla apenas consigo ensartarla. Suelto el borde de la camiseta.

Engancho una de sus piernas en mi antebrazo.

—Duele —dice, y deslizo la punta. Dejo que mi saco se balancee y que mi falo se zambulla en el agujero estrecho. Me lo aprieta con una fuerza que no tiene maldita comparación.

Los quejidos que exhala se cortan y no se oyen como los de una ramera ni como los de una mujer madura: son los gritos de una chiquilla que está siendo atravesada por un criminal que le duplica la edad. Un mafioso que se la folla como un depravado. Un sádico al que no le importa lo pequeña que es y lo maldito que se ve al cogérsela con ímpetu.

Hundo los dedos en la carne de sus caderas y no suelta la roca en lo que la encajo.

El agua de la cascada se precipita a un par de metros y su ropa está en el suelo. Se la empujo con estrellones duros para que me deteste y tenga claro cómo es hacerlo con alguien de mi tipo. Se lamenta, desesperada, y no mermo al ritmo. Es mi víctima, no tengo por qué darle la compasión que no le doy ni a mis sumisas. Cojo como los bárbaros. Soy un amo, no el novio de nadie. Nunca he tenido que ser paciente ni suave. La primera eyaculación que tuve fue en la boca de una puta. Esa vez se la hundí hasta las amígdalas.

Le araño el muslo y, maldita sea, la flexibilidad, cargada de equilibrio, la mantiene en la misma posición para mí. Le estampo la cara contra la roca. Si se lo meto hasta la coyuntura, de seguro sangrará y ahora no voy a lidiar con eso; además, no tengo que clavarla toda para obtener el placer necesario.

—¿Tu familia sabe lo mucho que te gusta coger así? —Bajo la pierna—. ¿Saben que la aprietas como si no la quisieras soltar?

Paseo el miembro por la línea de las nalgas redondas. Se tensa al sentirme sobre su culo.

—No...

—¿No qué? —Pongo un mínimo de distancia para escupir sobre mi punta—. No mentía al decir que lo quería.

Abro uno de los glúteos. Le voy a abrir el culo a la niñita de papá, a la hermanita menor de Rachel James, quien ha de estar tranquila sin saber que estoy perforando a su hermana favorita.

—¿La flexibilidad que cargas también aplica aquí? —Punteo. Nadie lo sabrá, pero es un hecho que nadie podrá borrar.

Hace el intento de alejarse y la inmovilizo del pelo. No me iré sin desvirgarle esto. Retrocedo con ella a la orilla de la roca. La mera cabeza de mi miembro la asusta.

—Siente cómo te abro. —Traslado las manos a su cintura, sentándola sobre mí—. Apuesto a que ni en tus más sucias fantasías estaba que te desvirgara el culo el hombre más poderoso de la Bratva.

Apoya las manos sobre mis muslos, tensa como la cuerda de un arco. Le estimulo la vagina. Está demasiado cerrada y, si no se relaja, tanta estrechez me va a maltratar.

—Duele. —Se queja con las manos empuñadas sobre mis piernas—. Mucho...

—Ahora... —un delgado hilo carmesí me recorre el falo al introducirle la cabeza completa— afloja.

Sus músculos se expanden, se traga un par de pulgadas más y la pongo a soportar la agonía de tener un tronco tan recio atrás. Si su vagina me nubla la vista, su culo me vuelve ciego al tenerlo sobre mi miembro.

Grita despacio mientras sus dedos escarban en mi pantalón en medio de la dura acometida. Le agarro las caderas en lo que persigo mi derrame. Tiene un culo tan perfecto y ceñido... Enciende el frenesí con el quejido de niñata. No sabe ni cómo sentarse para aguantármelo, mas lo hace.

El sudor me cubre las sienes. La inserto cinco veces más hasta que chilla y me ordeña con su lamento. Paro los sentones en el momento en que le lleno el culo con mi derrame.

Se incorpora y se asusta al ver la sangre en mi punta. Recoge las bragas para limpiarme, me ha malogrado la cabeza y ni siquiera lo sentí hasta ahora.

—Lo siento… Yo...

—No importa. —Me limpio con las bragas—. Vamos al agua, hay que lavarte.

Alza la ropa, le devuelvo las bragas y la guío bajo uno de los chorros de la cascada. Meto los dedos entre sus glúteos en mitad del baño. Debo limpiarla. Para algunas cosas es lo bastante atrevida, para otras no tanto. No está acostumbrada a que la toquen y el pudor se le sube a la piel cada vez que lo hago.

Me mira la entrepierna. No lo dice, pero la vergüenza le pesa en la mirada. Le levanto el mentón con un dedo. Sería hipócrita decir que no me gustó; merece que la compense. Bajo el agua, atrapo su boca y la beso. La destreza con la que mueve la lengua me empalma y el beso se prolonga, desafiando la necesidad de oxígeno.

Se me pega al cuerpo, me lo restriega con la misma desesperación que la hizo correrse en mi boca.

La suelto para no estamparla y abrirla de piernas otra vez.

—Cada vez que se te cruce una mala idea por la cabeza, recuerda cuánto te dolió esto. —Le estrujo los glúteos—. No más jugarretas.

Ha dejado de llover. La erección no me baja y quedarme entre estas rocas no va a ayudar. Emma James se viste y, una vez lista, la apuro para salir. La tormenta que antes rugía ahora es solo un eco distante.

Escalo la pendiente de rocas hacia la cima. La hija de Rick James sigue mi paso durante la hora y media de ascenso.

Llego a lo alto con el barro adherido a las botas. La mujer de atrás se me adelanta. No pregunta por el camino, se sumerge en su trayecto y yo en el mío.

Desvío mi camino hacia el sendero que conduce a la autovía. Cambio de rumbo, no llegaré por el bosque, sino por la carretera. Aunque no le deba explicaciones a nadie, tengo una imagen que mantener.

Los *kryshas* desmontan los cobertores que los protegieron del temporal. Un grupo de mujeres organiza la mesa del banquete. El príncipe de Gehena, con un balde en la mano, se aparta en cuanto me ve. No he visto su repugnante herida. Si aún respira, debe ser porque sanó.

—Padre, tu puesto está listo. —Maksim viene a mi sitio—. ¿Te encuentras bien? Parece que acabas de salir de un tornado.

—Salí a caminar y la tormenta me atrapó a mitad de camino.

—No detengo la marcha—. ¿Alguna novedad importante?

—Por el momento, ninguna. —Me acompaña a la carpa—. Mandé a traer tu vodka favorito.

—En un instante salgo.

Los *byki* despliegan las puertas del toldo. Zulima aguarda adentro, ocupándose de mis pertenencias personales. Ha preparado una bañera con agua tibia, el vapor asciende en hilos perezosos desde el recipiente metálico.

—Mi amo. —Agacha la cabeza—. Adiviné que estaba por llegar.

Se arrodilla a quitarme los zapatos.

—¿Qué tal su caminata? ¿Lo alcanzó la tormenta?

—Encontré un refugio. —Entro al agua.

Se ocupa de mis hombros y tiro de la caja con caramelos de cacao sobre la mesa que está a menos de un metro. Arrojo cuatro en mi boca. Esto, junto con la nicotina, es lo único que alivia mis niveles de desespero.

—¿Se sabe algo del *Underboss*?

—Salamaro lo perdió por un momento. Ya está con él otra vez. —Usa los nudillos en los omóplatos—. ¿Desea que entre al agua, mi amo?

—*Nyet*.

A Vladímir, la culpa lo vuelve violento en estas fechas. La única que lograba calmarlo era Sasha. Fue quien lo consoló la noche en que murió su madre. Este es el primer año sin ella. El *sovetnik* lo aisló para distraerlo y evitar que alguien lo vea perder el control.

Me pongo al teléfono con el *vory* de Novosibirsk, que procede a informarme sobre la última batida con las autoridades de Siberia. Escucho atento y respondo preguntas con el sabor de Emma James aún impregnado en la boca.

Finalizo la llamada tras treinta minutos de instrucciones. Hay cosas que atender afuera. Salgo de la tina y mi sumisa me envuelve una toalla en la cintura mientras reviso los mensajes de Minina.

Zulima trae las prendas que usaré esta noche. Se mueve, complacida, por servirle a su amo. Cierro los puños de la camisa blanca. Afuera se encienden las antorchas apenas empieza a oscurecer y las sombras danzan sobre los toldos.

Salgo. Lo primero que me recibe es una foto de Sonya frente a una de las fogatas.

La contemplo desde mi sitio. Dicen que nunca se olvida a la primera mujer que te hizo hombre. Tienen razón.

—*Boss*. —Uriel me llama desde su asiento en una de las mesas—. Bebamos un trago, que la noche lo amerita.

Camino hacia su sitio. Compartimos a la madre de Vladímir más de una vez. La conocía bien, convivió con ella.

—Por Sonya. —Me extiende el licor cuando me siento.

El cristal de los vasos tintinea al momento del brindis.

—Por Sonya. —Bebo.

—¿Está todo bien, padre? Este día es difícil para ti. —Maksim se sienta a mi izquierda—. Si lo deseas, podemos dar una vuelta por los alrededores y hablar.

—Estoy bien. —Le palmeo la mano—. Gracias por preocuparte.

—Es porque te quiero.

El banquete se sirve tras el brindis. Me dirijo a mi lugar en la plataforma, frente a la fogata. El *mir vorov* siempre tiene el mejor asiento para mí.

—¿Cómo va Vladímir con su esclava? —Uriel se sienta en el banquillo a mi lado—. ¿Ya la domó?

—¿No hay un mejor tema del que hablar?

—Antoni Mascherano quiere que vayas a verlo a Londres. ¿Ves? —Se carcajea—. Era mejor el otro asunto.

—No tengo nada que hacer en Londres.

—Es el verdadero líder, según él. Cuando retome la pirámide, serán socios otra vez. —Pide más licor—. Nos guste o no, tendremos que soportarlo de nuevo en el poder.

—No puedo ir. —Recibo mi vodka—. Sería un insulto para el «líder» de turno.

Los músicos arrancan los primeros acordes bajo la luz de las antorchas. Las voces se elevan con respeto mientras algunos se ponen de pie para hablar de Sonya. A mi izquierda, mi sumisa sostiene mi trago en silencio.

—La Bratva no olvida, *Boss*. —Los reunidos se acercan a darme las condolencias—. La difunta Sonya siempre tendrá su lugar en nuestras memorias.

Emma James emerge de su tienda con mi león. El vestido blanco que la cubre le tapa las rodillas y, distraída, observa la celebración. Le cuesta caminar y me río para mí mismo. Sé bien por qué.

El león albino se viene a mi puesto y le permito subir a mis pies. Las garras juguetean con los cordones de las botas. Su cuidadora se sienta sobre una de las rocas de la fogata a ver a los músicos y la celebración continúa entre licor y el rugido de las Harley.

Zulima me entrega la bebida que no pruebo. Una algarabía estalla metros adelante y la banda motera se pone alerta.

—Los soviéticos. —Uriel se levanta con el arma lista—. La muerte del último Escorpión los tiene molesto.

Todo el desecho de la Bratva va a parar al mismo rincón, al grupo de carroñeros que viven peleando por territorio que no les pertenece. Los escorpiones sacan las armas y alzo la mano para que nadie dispare.

El cabecilla de la cuadrilla soviética se abre camino con quince hombres respaldándolo. Patea la lata que se le atraviesa antes de agarrar a Emma James, quien permanece cerca de la hoguera.

—¡Matas a mi hermano por una esclava que no está siendo violada todos los días como se lo merece! —vocifera—. ¡Parece que ya no eres tan despiadado, Ilenko Romanov!

—Armas abajo —les ordeno a los que alzan los rifles.

Los insultos hacia mí están prohibidos. Miro a la mujer que el *sobaka* sujeta del pelo mientras batalla para que la libere.

—¡Ese puesto donde estás necesita un nuevo *Boss*, y lo reclamo en pelea! —Arrastra y me tira a Emma James a los pies de la tarima—. A menos que me des a esta puta para darle su merecido y olvidarme de la ofensa.

—¡Llévate a esa malnacida! —Se alza Maksim.

—Cállate. —Me levanto a soltar los botones de la camisa.

—Padre, no vas a arriesgar tu vida. —Se atraviesa—. Tu puesto está ganado hace mucho. Vladímir lo entenderá y hoy no se derramará sangre por respeto a madre.

—De la calle venimos y en la calle morimos. —Dejo caer la camisa—. Ser líder no es ganar, es mantenerse.

Bajo a la arena y Emma James se arrastra fuera de la pelea.

—¡No te vayas lejos, ramera! —La señala el soviético—. ¡Haré que hasta mis perros te penetren!

Un círculo de gente nos rodea. Él saca un cuchillo y yo no saco nada. Ataca primero y evado la puñalada que me lanza al pecho. Le sujeto su antebrazo y le arrojo un cabezazo directo a la cara. El impacto lo hace retroceder con la nariz partida en dos. La furia lo enloquece y comienza a lanzar los puños que no dejo llegar a mi rostro.

Me entrenaron en las cloacas y he comido mierda desde niño. Crecí entre barrotes y el puesto no lo heredé, me lo gané.

Lo dejo actuar. El perro apunta a mi cuello, pero mi fuerza supera la suya. Con una mano, aprieto la muñeca y le suelto la patada que lo derriba de espaldas en la arena. Mi bota presiona su abdomen y le aplasta los órganos con la suela. Escucho el crujir de las costillas con cada colisión: cuatro, cinco golpes secos en el estómago le inundan la boca de sangre. La presión lo hace gritar y es cuando llega mi momento. Le entierro la rodilla en el pecho, le agarro la mandíbula con ambas manos y hago fuerza para desencajarla.

Ya está muerto. No sería yo si lo dejo vivo después de desafiarme. Sus perros retroceden al ver cómo me levanto a clavarle el talón en la mandíbula. Con tres arremetidas, le desprendo la quijada de la parte inferior. Con el cuchillo con el que quiso degollarme, corto la carne de un tajo y me quedo con el hueso que alberga los molares.

Los gritos no se hacen esperar cuando alzo la quijada como un trofeo.

—¡Sigo siendo el amo! —Me devuelvo a mi silla, invicto, como todas las veces que me han retado—. ¡Sigo siendo el Pakhan, sigo siendo el *Boss*!

Le arrojo el hueso a mi león. En lo alto, recibo mi vaso de licor con las manos ensangrentadas y la mirada de Emma James encima.

No me quitan el puesto y tampoco me quitan la presa.

25
Placeres culposos

EMMA

Me pregunto cuántos golpes puede recibir una persona antes de romperse. Cuántos traumas puede cargar un cuerpo, una mente, antes de apagarse por completo. «Depende del individuo», dijo un capitán una vez. «A algunos, un solo hecho puede arruinarles la cordura. Otros tienen mentes de acero».

¿Es un evento el que lo cambia todo en un instante? ¿O es la acumulación, el peso de cada herida, lo que termina quebrándote sin que te des cuenta?

En el comando me generaba nostalgia ver fotos de los combatientes de guerra; algunos cargaban una tristeza descomunal que ahora comprendo. Temo terminar así: con la mirada vacía, la piel pálida, los hombros vencidos.

Temo perder la cordura, o tal vez ya la perdí, porque no puedo apartar los ojos del hombre que rebana un cadáver en la mesa a un par de metros. Sus vaqueros están salpicados de sangre. Mete la mano en la carne abierta, extrae el corazón, lo corta en trozos y se los sirve al león en una bandeja.

El cadáver es el residuo de la pelea; la celebración terminó. El cachorro devora su ración mientras su dueño le acaricia el pelaje. Cuando acaba, se quita la camisa, lo carga y lo lleva al depósito de agua junto a la mesa.

Sujeta la manguera conectada al tanque. Lava al león y luego se lava él.

Inhalo profundo desde la distancia. El agua resbala por los surcos de su abdomen, empapa el pantalón y baja sucia de sangre. Por la poca cordura que me queda, me obligo a apartar la mirada y voy por la toalla del león.

Me duelen las caderas y me duele aún más el trasero, me siento como si me hubiesen empujado un bate por atrás. Son las dos de la mañana, las fogatas se han extinguido y los ebrios se han dispersado hacia la orilla de la carretera.

Encuentro la toalla en la tienda y regreso por el cachorro. El *Boss* le revisa los colmillos.

No me canso de decir lo precioso que es. Es un gatito grande y, de tenerlo en Phoenix, le hubiese comprado un lazo, lo hubiese metido en la canasta de mi bicicleta y lo hubiese paseado por todas las calles.

—No más comida para Koldun hoy. —Me lo entrega.

—¿Se llama Koldun? Pensé que se llamaría Pelusín. —Lo seco—. O Copo de Nieve.

—¿Crees que me vería bien llamando a mi mascota Pelusín?

—No sería raro. Es blanco, como las pelusas. La mayoría son blancas porque están hechas de algodón y el algodón es blanco. También los copos de nieve. —Lo abrazo para que deje de temblar—. ¿Qué significa Koldun?

—Brujo.

—¿Y qué significa *Ved'ma*?
—Bruja.
—¿Estás obsesionado con la hechicería?
—Desde que tú apareciste, sí. —Recoge su camisa—. Eres una maldita bruja.
Me mira con desdén antes de marcharse. Además de imbécil, es un engreído de porquería. Zulima llega y lo espera unos pasos más adelante. Él le aprieta un pecho y ella lo sigue con las manos detrás de la espalda. ¿Está prohibido caminar a la par con él? Con todo lo que se cree, de seguro que sí. La sumisa lo alcanza para cubrirle los hombros con una toalla. Apuesto todo a que la atará en algún lado y luego se la follará toda la noche.
Niego. ¿Qué demonios me importa a mí lo que hagan?
Regreso a mi tienda con el león, adentro lo dejo en la cama para limpiarme la piel abierta del codo. Se me abrió cuando me arrastraron del pelo. La hostilidad constante es parte de la vida diaria en este infierno.
Con la herida limpia, me acuesto al lado del león. Tiene frío y me dedico a hacerlo entrar en calor. Es un cachorro y puede enfermarse. Cierra los ojos mientras lo acaricio.
Conforme pasan los días, me es más difícil estar a solas con mis propios pensamientos. Mi mente se empeña en rememorar toda nimiedad: la ingenua ilusión de que el operativo era por mí, el desespero que me llevó a colgarme de un árbol, el frío implacable de la pesadilla en el tiempo que dejé de respirar.
No tener nada seguro es otra preocupación. Necesito que Vladímir vuelva mañana o envíe a alguien por mí. Es mi único tronco salvavidas y no puedo dejarlo escapar. El tiempo separados no me ayuda.
Voces susurran detrás de mi toldo. Tres sombras masculinas se mueven, pasándose cuchillos entre ellos. Me incorporo. Agarro al león y salgo disparada, saltando las piedras del suelo. Corro sin mirar atrás, atravieso el toldo del *Boss* y me topo con Zulima abierta de piernas sobre una mesa.

—¡Perdón! —me volteo y un guardia entra a sacarme—. Hay hombres fuera de mi carpa y sacaron cuchillos.

El *Boss* arranca la camisa colgada y se la pone de camino, apresurándose a mirar, pero no hay nadie

—Estaban ahí... —Señalo—. Y tenían cuchillos.

Tres sujetos les sacan punta a las estacas de sus carpas y el ruso se vuelve hacia mí.

—Lo siento, pensé que...

No me deja hablar, me toma del brazo y me adentra en mi tienda.

—No vuelvas a pisar mis espacios sin mi permiso —me regaña—. No soy tu maldito guardaespaldas.

—Fui porque...

—Al *Boss* no se le contesta —me corta antes de irse, y me dan ganas de desfigurarle la espalda a mordiscos.

Me meto bajo las sábanas con el león, que se enrosca como una bola de pelo caliente contra mis costillas. El dolor en la parte baja de la espalda me impide encontrar una posición cómoda. Cada vez que cierro los ojos, mi mente me traiciona con imágenes: mi rostro estampado contra la piedra de la cascada, mi cuerpo cediendo a lo que no debería.

Tengo que borrar todo de mi cabeza. Aunque sean solo formas de descargar el odio, recordarlo solo impregna más manchas en mi consciencia, más deshonra a mi familia.

Un James nunca jadearía con un criminal como estos. Yo lo he hecho y ya fue suficiente. «Enamora al *Underboss* y haz que mate al *Boss*», me lo repito hasta quedarme dormida.

Abrazo al león y, cuando el sol asoma, me levanto a sacarlo y darle de comer.

—¡Tú! —Una de las motociclistas me intercepta—. Se requieren manos, sígueme.

El día empieza a dañarme los planes. Pensaba ir a exfoliarme con arena, necesito la piel suave para cuando Vladímir vuelva.

—Se compraron cuatro camiones. Hay que dejarlos limpios —ordena—. Ve por los baldes.

Regreso a dejar al cachorro en su jaula. Estas tareas son una molestia, pero discutir no vale la pena; solo conseguiría un ojo hinchado y no me sirve andar con la cara desfigurada. Es lo que más le gusta a Vladímir.

Recojo los implementos. Cedric desayuna avena en una de las mesas. Lo saludo al pasar y me sonríe. Debe ser cruel nacer como príncipe y acabar como un esclavo. Si yo extraño mis comodidades, las suyas deben hacerle aún más falta.

Voy a los camiones. Un motociclista revisa los documentos junto al dueño.

—Hasta que no los vea impecables, no soltaré un solo dirham —advierte—. Necesito asegurarme de que están en perfecto estado.

—Eran de *The Mortal Cage* —alega el dueño—. Están como nuevos.

Subo a limpiarlos. La parte trasera está repleta de compartimentos tipo jaula. Entre los restos de cuero, saco cajas de comida descompuesta y grilletes oxidados.

El vigilante de la pandilla no me quita los ojos de encima. Una mujer de mechones claros acompaña al vendedor. Se planta en la puerta y sigue cada uno de mis movimientos. Si avanzo, ella también.

La carrocería del camión irradia calor igual a una parrilla recién apagada y me dan ganas de preguntarle cómo no se ha desmayado con la gorra y pañoleta que usa alrededor de la cara. Agilizo la tarea para volver a lo mío.

Apesto a sudor cuando termino. La motociclista que me trajo me escolta de vuelta a mi tienda. El sol de la mañana es tan intenso que bien podría ser mediodía.

Me dejan a solas. Saco ropa limpia de la mochila, me doy la vuelta y el corazón se me detiene al encontrarme de frente a la mujer del camión. Antes de que pueda moverme, me entierra el cañón de un arma bajo el mentón.

—Vengo de parte del coronel —dice—. Desea saber qué avances tienes, su paciencia se está agotando. Han pasado semanas y el *Boss* sigue vivo.

—Tenía a Vladímir, pero las cosas se han complicado.

—Entonces no lo tenías realmente.

—¿Crees que es fácil? Quédate un día aquí e intenta no morir. —La empujo—. Dile a Christopher que necesito más tiempo.

—No lo hay, te ha dado una forma de salir y no la has aprovechado.

—Hago lo que puedo.

—Morir es lo mejor, simplifica todo.

—No. —La cabeza me duele—. Dile al coronel que puedo hacerlo, que me dé más tiempo.

—Te engañas. —Sacude la cabeza—. Resígnate, niña...

—¿A qué? —pregunta el *Boss* en la puerta—. ¿A qué tiene que resignarse?

Entra y agarro mi mochila. La sostengo frente a mi pecho como si fuera un chaleco antibalas.

—A morir. —La mujer que envió el coronel guarda su arma—. Perdí un fajo de billetes en el camión que limpió y parece que no lo quiere devolver. Le pedí a una de las mujeres que me dejara revisar. ¡Dame lo que robaste, niña!

—¿Y para qué necesitaría dinero?

—Para huir.

—Eso no es posible aquí. Lárgate a molestar a otro lado —ordena el *Boss*—. Y llévate tus camiones.

—Sus hombres estaban interesados.

—Ya no. —Se impone—. *Vne moyey territorii!*

—Como ordene, señor.

Se retira. El ruso me mira y el corazón no deja de martillarme contra las costillas.

—No robé ningún dinero. —Me aclaro la voz—. Debió perderlo en otro lado porque no vi a nadie llevándoselo.

—Seguramente. —Se encamina a la salida con la misma calma que llegó y el aire regresa a mis pulmones cuando desaparece.

Danzo sobre hielo fino, y si no tengo cuidado, me hundiré en el fondo del océano. El coronel quiso matarme en cuanto se enteró. Para él, mi muerte es lo más sencillo, porque si Rachel sabe la verdad, no se quedará de brazos cruzados y se agrandará el problema si mi familia se involucra. Sería más fácil para todos si solo reciben mi cadáver.

Le rogué que me dejara intentarlo. Ahora supongo que ya está cansado de esperar resultados.

Revuelvo entre mis cosas en busca de algo decente. No hay nada. ¡Y debo verme hermosa para Vladímir! Un guardia entra con un bolso de viaje para el león y avisa que partimos en una hora. La noticia me ilumina el día; seguro veré al *Underboss*. Me apresuro a bañarme, peinarme y recoger las pocas prendas que tengo.

—Vamos, Koldun. —Aseguro al león en el bolso, después de alimentarlo y ponerle su pañal—. Deséame suerte con Vlad, que la necesito.

Necesito que se enamore, que pierda la cabeza por mí.

Debo liberarme de esta maldición. Ponerme una soga al cuello no apagó, sino que empeoró mi miedo a morir.

«No puedo morir porque el más allá es más cruel y aterrador».

Veinte minutos antes de que se cumpla la hora, salgo rumbo al auto que espera en la carretera con Kira adentro.

BOSS

En remotos confines del mundo, culturas preservan creencias sobre los pensamientos hacia los difuntos. Creen que, si se les evoca con suficiente fervor, dondequiera que estén, sentirán la presencia de quien los recuerda.

La madre de Vladímir ha de estar sintiéndome ahora, que contemplo su antigua chaqueta.

Sonya Lazareva forjó su reputación en las calles donde creció, apuñalaba para sobrevivir. Su prestigio se elevó al ingresar a la Bratva: irrumpía en los motines a reclamar lo que le correspondía. Luchaba como cualquier hombre; así ganó respeto y honra para su familia, los Lazarev.

Toco la manga de cuero. Tuvimos un periodo de tiempo aquí, en la pandilla de carretera. Doblo la chaqueta y se la entrego al escorpión que espera a un costado. La trajo porque supuso que quería verla y no se equivocó. Me agrada recordar lo que era. Guarda la prenda antes de irse y recojo mi móvil.

Mis días en la carretera terminaron. Es hora de volver a Alaska. Aquí ya hice todo lo que necesitaba. Tengo un único asunto pendiente y lo resolveré en unas horas.

—Mi amo. —Entra Zulima—. ¿Tiene unos minutos para su sumisa antes de partir?

—Puede que sí.

Se aproxima con pasos medidos. La tomo del moño y deslizo la mano enguantada por la cola de caballo.

—Quiero que hagas algo por mí.

—Lo que quiera, mi amo.

—Averigua quién es la mujer que estaba con Emma James en la tienda.

No me genera confianza. Tampoco la cara de terror de la esclava. Rodeo a la sumisa, que asiente sin cuestionar.

—Siempre tan obediente. —Le sujeto las caderas—. Quiero todos los detalles que puedas conseguir y que me los traigas en el menor tiempo posible.

—Sí, mi señor.

La empujo hacia la mesa. Apoya las manos en la madera mientras bajo el cierre de su pantalón de vinilo.

—¿*Fisting* anal o vaginal? —Introduzco cuatro dedos en su vagina—. ¿Cuál me complacerá más hoy?

—Los dos, si lo desea. —Me ofrece el culo—. Estoy lista, mi señor. Mis orificios han sido preparados para usted.

—*Ya znayu*.

Deslizo la mano completa entre sus piernas. He moldeado su cuerpo para que lo tolere, para que se abra sin resistencia. Se contorsiona al sentirme, ahogada en su propio placer.

—Mi señor... —Se aferra a la mesa, presa del toque prolongado—. ¡Tendrá todo lo que necesite, mi amo!

La hago gritar. Su voz se ahoga en un gemido atragantado cuando el clímax la atraviesa. La muevo de posición, la tomo del moño y mantengo la otra sumergida en su interior. El peso de sus senos marca el ritmo de una respiración que ya no controla.

Modificó su cuerpo por mí. Desde el principio, supo qué tipo de mujer buscaba. Sabe lo que espero de una *seks-rabynya*: buena carne para agarrar. No me interesa la fragilidad. Mi vigor necesita carne, volumen, formas que aguanten sin desmoronarse. No follo con delicadeza, no poseo con cuidado. La que se someta a mí tiene que estar preparada para ello.

—Llego en buen momento —saluda Uriel en la puerta.

Se acerca a presenciar la próxima corrida de la sumisa. Sus alaridos se esparcen en el espacio mientras la trabajo. La carne cede al último empuje, su cuerpo se rinde. Le separo los labios con la yema de los dedos y se rinde por completo. Grita y la abofeteo dos veces, dejándole claro quién la maneja.

—Soy admirador de tus formas, querido primo —dice Uriel.

Se dirige al arsenal que vino a buscar. Retiro mi mano de la sumisa, arrojo los guantes a la basura, me lavo y elijo un nuevo par.

—Gracias, mi amo. —Se viste Zulima—. ¿Desea que me encargue de su erección?

—Después. —Miro el reloj.

Estoy fastidiado. Algo quiero y no sé qué diablos es. Tampoco es que tenga tiempo de sobra para averiguarlo; debo partir ya.

Los Escorpiones de la carretera aguardan afuera, alineados en filas. Tienen claras sus órdenes para cuando me marche. Uriel parte a Moscú y mi destino es Sodom, pero antes haré una parada en Temara. Atenderé mi último pendiente y recogeré al *Underboss*.

Maksim partió por la mañana y dejó a su sumisa. Esta espera junto a Emma James en la camioneta blindada de ocho pasajeros. Me ubico en el asiento de en medio con Zulima a mi lado.

—¿A qué hora veremos a Vladímir? —pregunta Emma James atrás—. Será hoy, ¿cierto?

A quien la escuche podría parecerle que le emociona verlo. Pura farsa, es una mentirosa descarada. No lo desea ni lo quiere. Solo busca el cobijo que le da.

La camioneta arranca. Dejo atrás el campamento y me interno en la carretera. Marruecos, como tantos otros países, es un tablero donde los que mandan juegan con las piezas a su antojo. Los más listos reparten las cartas, los demás se conforman con lo que caiga de la mesa.

El área urbana me recibe con calles angostas, saturadas de ruido y tránsito. Edificios blancos se alinean entre puestos de vendedores ambulantes. Voy directo al centro comercial de siete pisos al norte de la ciudad.

—El *Underboss* ya está en la pista área —indica Zulima—. El *sovetnik* lo espera aquí.

Me abren la puerta y abandono el vehículo. Salamaro aguarda bajo el sol con un maletín en la mano. Zulima me sigue con los *byki*, la esclava y la sumisa de Maksim.

—Mi amo, ¿desea que me una a la reunión? —pregunta la búlgara a mi espalda—. Kira y yo planeamos recorrer el comercio local y no hemos tenido tiempo.

Se aproxima por mi izquierda con una sonrisa.

—También quiero comprar nuevas prendas. Me gustaría lucir espléndida para mi señor —dice, retirando la mota de pelusa en mi hombro—. Lo merece, mi amo.

—No te necesito, puedes irte —continúo—. Parto en dos horas.

—Sí, señor.

—Kira, hazte cargo de la esclava —le ordena Salamaro.

—Koldun necesita un par de cosas. —Emma James trota detrás del consejero—. ¿Puedo decirle a Kira que las compre?

Apuro el paso a la puerta. Su voz me pone más tenso de lo que ya estoy.

—Es importante. Marruecos le favorece porque hace calor, pero en Alaska puede enfermarse —insiste—. Necesita acondicionador, cobertores, una correa, galletas…

—Ten y ve. —Exasperado, Salamaro le da el efectivo de su bolsillo.

El *sovetnik* sigue mi paso al interior del edificio.

—Qué mujer más agotadora, por Dios. —Se seca la frente con un pañuelo.

Seguido por mis hombres, subo al último piso. Hay documentos que requieren mi firma. Las puertas dobles se abren y el *vory v zakone* de la zona me cede el paso. Con el libro de cuentas en mano, me informa lo esencial.

Suelo operar desde Rusia o Alaska, mas una que otra vez, superviso que el trabajo de los demás se realice como se asegura.

—Un presidente del consejo municipal bloqueó la compra del terreno que teníamos en la mira. Lo quería para sí y negó todas las licencias —informa—. No tenía idea de con quién trataba.

—¿Y ahora sí lo sabe?

—Sí. De hecho, está aquí. Frente a usted. Quise que firmara todo en persona.

Traen al obeso de patas cortas y se tropieza con sus propios pies a la hora de caminar. Los hombres no dejan que me mire. El miedo paraliza al incompetente y no le da pie para tal cosa.

El sudor cae sobre los documentos en lo que estampa la firma.

—Observa su firma e imítala si se necesita algo más.

—De igual manera, habrá que traerlo. En este país exigen su huella para todo.

—Eso también tiene solución. —Me levanto—. Quedémonos con el dedo.

Saco el cortapuros grabado con mi nombre. Los ruegos empiezan en cuanto ajusto la argolla sobre su anular.

—Ya no hace falta contar con su presencia, cuando él necesite su huella dactilar, que acuda a ti.

Hago presión. Mis hombres lo sujetan y le embuten un pañuelo en la boca.

—Una alimaña menor no le niega nada a una mayor.

Aprieto. Las cuchillas del cortapuros muerden la carne. El hueso cede y el dedo cae.

Lo echo en la bolsa que sostiene el *vory*.

—Sáquenlo. —Deja un rastro de sangre en el camino hasta la salida.

Me quedo una hora más para revisar el inventario. El *sovetnik* confirma que todo está listo, cada uno recoge lo suyo y regreso a mi auto veinte minutos antes.

Salamaro espera a las mujeres en la entrada del centro comercial y Zulima no tarda en salir. Como toda mujer de la Bratva, se viste para destacar y agradar a la vista. Es una de mis favoritas y se esfuerza por mantener su posición. Otras no han logrado quitarle la atención que se ha ganado.

El cuero negro se ciñe a su cuerpo, delineando cada curva. El escote apenas contiene sus pechos y las botas altas le alargan la figura. Se aplana el moño con una mano, el peinado afila sus pómulos y la mirada oscura. Se da cuenta de que la miro y mete las manos en el gabán.

Hoy quiere que su atuendo sea solo para su amo, y no está mal.

—¡Niña, apúrate, no tengo todo el día! —grita Salamaro al pie de la camioneta.

La atención que estaba en Zulima se desvanece en cuanto Emma James cruza la puerta del centro comercial.

La minifalda corta de pliegues rosados me endurece hasta el último músculo y me enciende la jaqueca. ¿De dónde diablos sacó esa ropa? Sus dedos juguetean con las tiras del top blanco cuando se lo acomoda, y me muevo en el asiento. La tela le abraza el pecho, dejando al descubierto el abdomen plano. Trae el pelo suelto y encima tiene un ridículo gorro con dos pompones del mismo color de la blusa.

En lugar de tacones, volvió a las tonterías con medias hasta los muslos y, como si eso no fuera suficiente, carga un bolso transparente que muestra revistas, labial y todas las cosas inútiles que lleva adentro.

Sostiene la correa de mi león con una mano, mientras con la otra se lleva una chupeta de colores a la boca.

Un escalofrío eléctrico me recorre la columna. Una parte de mi ser queda en penumbras al tiempo que pierdo la noción de lo que soy, de lo que creo y de lo que me gusta.

Soy de mujeres hechas y derechas, pero esta... esta ni siquiera lleva sostén. Lo sé porque los pezones se le marcan a través de la tela. Se apresura a la camioneta y me veo arrebatándole el dulce para que lama otra cosa.

Mi pecho golpea y no soy más que un depredador con hambre.

Hambre de cría.

26
En vilo

BOSS

Antes de nacer, ya estaba dañado. El ser humano llega al mundo con un destino escrito, y el mío era comandar la mafia rusa. En el camino, me volví exactamente lo que se esperaba de mí: un bastardo sin remordimientos. Y sí que lo he disfrutado.

Los borregos siguen reglas. Los depredadores las imponen. Siempre supe a cuál grupo pertenecía, y nunca he tenido intención de cambiarlo.

Aunque a algunos les convendría que lo hiciera. A Emma James, por ejemplo.

Nada bueno se me cruza por la cabeza mientras la veo subir a la parte trasera de mi vehículo, seguida de la sumisa de Maksim.

—¿De dónde sacaste esa ropa? —La escudriña Salamaro—. Se suponía que el dinero era para el león.

—Lo gasté en él. Esto lo traía en mi mochila.

Ni ella se cree la mentira.

—¿Ya vamos a ver a Vladímir? —pregunta, y nadie le contesta.

La fragancia dulce de su loción impregna el interior de la camioneta. El vehículo arranca y me pongo los lentes de sol. Zulima desliza las fotos de las sumisas que me esperan, tengo subordinadas por todo el mundo y un círculo dorado de predilectas.

Exijo ciertos requisitos para estar a mi lado: exámenes médicos actualizados y protección adecuada. Soy precavido, me cuido de no contraer enfermedad alguna. Deben ser mayores de treinta y dos, sin hijos, altas, maduras, con buenas tetas donde pueda meter bien el miembro y un buen culo para azotar.

No compro mujeres. Están aquí porque lo desean. Porque fantasean con servirme y vivir bajo las reglas de mi mundo.

No me es posible concentrarme en la pantalla de mi sumisa. Subo la mirada al retrovisor. Emma James se mueve impaciente en el último asiento. ¿Por qué tanta prisa? Mueve las piernas, está inquieta.

Desliza brillo labial sobre su boca. La peste dulce me alcanza y el bulto en mis pantalones se endurece.

El auto frena en la pista abrasada por el sol del mediodía. El jet espera con las puertas abiertas y Vladímir baja. El *sovetnik* sale antes que yo para devolverlo, pero no logra su cometido.

—¡*Boss*! —Alza un brazo y con solo verlo sé que está drogado.

Empuja a Salamaro y viene directo hacia mí, desquiciado, con los ojos inyectados en sangre.

—Padre.

Le entierro los dedos en la mandíbula. El sudor le escurre por la frente, tiene las pupilas dilatadas y la mirada perdida. Se ha metido algo nuevo.

—¿Qué es y dónde lo conseguiste?

—Sus hombres dicen que mezcló un nuevo tipo de éxtasis con hongos. Lleva dos días sin dormir —informa Salamaro—. No debí dejarlo solo. Lo lamento, señor.

La disculpa sobra. Vladímir ya es mayor y no necesita una maldita niñera.

—Voy a dejarlo. —Besa mi mano—. Lo juro. Solo que hoy... recordé a madre. Y el daño que te hice.

—No me has hecho ningún daño. Te lo he dicho más de una vez. —Lo obligo a mirarme—. Deja de vivir en el pasado.

—¡Vlad! —Emma James lo llama desde la camioneta.

—Pequeña puta. —Ríe, tambaleante, y va tras ella—. ¡Ven con tu amo!

Le pasa un brazo por el cuello. Ella sostiene al león en una mano y le rodea la espalda con la otra.

—Tengo una pregunta para ti. —Caminan juntos—. ¿Crees que los monstruos tienen redención?

—Si te obligaron a serlo, por supuesto que sí. —Se van al jet—. Si deseas redimirte, puedes empezar con obras que te hagan una mejor persona, como servicio social, adopción de gatos tuertos, no matarme, espantar aves en el aeropuerto...

—Eres tan idiota... Ya me esperaba una respuesta así. —La sube a la aeronave.

—¿Qué tal mi ropa? ¿Te gusta? Me la puse para ti.

—La bata de esclava te queda mejor.

La agarra de la cintura y parece que me pellizcaran el saco de las pelotas con un cortaúñas.

—Debemos tener paciencia, señor. —Me ataja Salamaro—. Hasta que no pase el efecto de la droga, no será consciente de lo que hace.

Zulima se ocupa de mis pertenencias. Soy el último en subir y, una vez arriba, considero la idea de irme caminando hasta Alaska. Vladímir besa a la esclava contra una de las paredes.

—Eres el *Underboss*. —Lo agarro del cuello de la chaqueta—. Compórtate como tal.

Lo arrojo contra el mueble.

—Estás dando un espectáculo.

—Necesito a una prostituta y, como no la tengo, haré uso de mi puta. —Regresa arriba—. Su boca me entretiene.

Que no sea cauteloso, sabiendo cuánto me molesta, me da un indicio de lo drogado que está. El *sovetnik* se hace cargo junto con Zulima y yo me voy a mi puesto.

Verlo drogado se ha vuelto una rutina. Y lo detesto.

—¿Quieres comer algo? —pregunta Emma James atrás—. ¿O quieres que veamos algo juntos durante el vuelo?

La aeronave se alista para despegar. Zulima me sirve coñac y pregunta si deseo algo más, mientras Vladímir se adueña de la boca de Emma James en los asientos traseros.

—Es cosa de la edad. El *Underboss* sigue siendo un joven —comenta la sumisa—. Quiere desahogar sus pasiones y no sabe controlarse.

—Retírate.

A su edad, yo me controlaba sin problema. Tengo treinta y seis años y aún lo hago igual. El autocontrol es la diferencia entre ser el titiritero o el títere en el tablero de juego.

El vidrio del minibar refleja la imagen del *Underboss* con Emma James en el mueble. Ella insiste en que se hidrate, volcada en atenderlo. ¿Tanto le preocupa su cazador? En la carretera hacía falta apenas un motivo para que se mataran y ahora actúa como una novia universitaria.

Se ajusta el top blanco y sus pequeñas tetas prácticamente se derraman fuera de la tela.

La aeronave despega y mi buen genio se queda en Marruecos. En las horas siguientes debo tolerar el manoseo de las personas en la cola del avión. Besos ruidosos, susurros e insinuaciones.

—Zulima, ven aquí —ordena Vladímir—. Siéntate junto a mi esclava, está tensa. Ayúdala a relajarse.

Vladímir le aparta el león de las piernas mientras la sumisa le frota los brazos con ambas manos.

—Bésala.

Fijo la mirada en el vidrio. La esclava, incómoda, deja que la búlgara le toque los pechos y le meta la lengua en la boca.

Aprieto el vaso de coñac.

—Tócala.

La cara de Emma James me endurece la mandíbula, se deja tocar sin protestar, como si fuera la mujer de la sumisa.

Aparto la vista y me concentro en el trabajo. Debí hacerlo desde el primer minuto.

La espalda me arde, como si me la hubieran restregado con lija. Pongo la cabeza en otra cosa, pero el viaje se me hace eterno.

Respondo lo que ya no puede esperar. Tengo depósitos de arsenal que deben ser trasladados a sus respectivas cuadrillas. Los contratos privados con políticos han vencido y requieren de una renovación. Mi dominio se extiende más allá de operaciones y asesinatos: abarca la manipulación estratégica empresarial y el control económico.

No soy el único. La Yakuza juega a lo mismo en gran parte de Asia y Europa. Leo y analizo todo lo necesario. El clan ha consolidado su imperio durante generaciones, con un alcance que pocos pueden igualar, según ellos.

Vladímir sigue con la idiotez, me echo a la garganta tragos enteros de coñac, la cólera no me deja trabajar. El avión parece no avanzar y, para cuando llego a Sodom, no me soporto ni a mí mismo.

El avión aterriza a medianoche. El *Underboss* se lleva a Emma James y yo me tomo mi tiempo antes de bajar.

—¿Todo en orden, mi amo? —pregunta Zulima con mi abrigo en el brazo.

—Vuelves a tocar a esa esclava y sales de mi servicio. —Me levanto—. ¿Está claro?

—Sí, mi señor. —Agacha la cabeza.

Empieza a hartarme con el jueguito.

Me bebo el último sorbo del coñac antes de descender. La ventisca de Sodom me envuelve crudo, helado. El cielo negro se cierne sobre los edificios plagados de luces en movimiento. Son un opuesto a la vastedad gélida de la pista de aterrizaje.

El olor del libertinaje es una sombra omnipresente que nunca falta aquí y la siento en cada respiro.

Salamaro ya está abajo. Habla en la orilla de la pista con Gregory Petrov, el líder de la mafia búlgara, y con Pavel, uno de mis *vory*.

Algo pasó. Salamaro se deshace del nudo de su corbata mientras me acerco.

—Christopher Morgan sabe que fuiste tú quien derribó el helicóptero de la teniente James en el atentado de la isla —dice Gregory—. Está furioso.

—Qué mal por él. —Avanzo. Cada vez que se le toca un pelo a la perra, se enloquece—. Dile que lamento haber fallado con el proyectil.

—Díselo tú, porque te manda a decir que sabe que tienes a Emma James. —Detengo el paso—. Desea hablar contigo.

Se apresura a entregarme el dispositivo de comunicación.

—¡Señor! —Zulima baja del avión—. Tengo lo que me pidió.

Llega con la información que solicité. Mis sospechas sí que tenían sentido: la rubia del *The Mortal Cage* tiene lazos con los Morgan. Verifico la hora en el dispositivo: faltan treinta minutos para la reunión programada.

Cara a cara nos matamos. Una reunión entre él y yo solo puede darse si está en su territorio y yo en el mío.

—¿Dónde está Emma James?

—El *Underboss* se la llevó al club del coliseo.

Me encamino al establecimiento. Los hombres se quedan atrás, conscientes de que ahora lo mejor es no interponerse en mi camino.

Avanzo entre el bullicio. Vladímir emerge de una de las puertas con su pandilla, pero la esclava no está con él. Ordeno que la localicen. Un *byki* me conduce a la oficina donde la han encerrado.

Abro la puerta de un empujón. La encuentro sentada en el suelo con el león en las piernas. Se levanta y huelo su miedo a la hora de estrellarla contra la pared.

—¿Cómo lo sabe? —Le apreso el cuello y el cachorro se aleja corriendo al rincón—. ¿Cómo sabe Christopher Morgan que te tengo aquí?

—No sé de qué hablas. —Forcejea y atenazo el agarre.

—¿No sabes que tu cuñado está enterado de tu secuestro y quiere hablar conmigo? —El color le abandona el rostro—. Habla o te corto la lengua.

—Es un coronel, algo debió levantar sus sospechas.

—¡No te creo! —La arrincono—. Me parece que esa boca solo sabe soltar mentiras.

La suelto para sacar el teléfono.

—Una tortura a tus padres, seguro te pone a cantar verdades.

—¡Dije que no sé! —exclama con el rostro encendido—. ¡Y no te atrevas a tocar a mi familia, porque te pesará!

—¿Cómo que me pesará? ¡Una vez más me desafías, a pesar de saber quién tiene el poder aquí!

Sigue desafiante, como si no conociera el significado de la palabra ceder. Eso podría estar bien frente a un cualquiera, pero está frente a alguien que ha aplastado fieras mucho más grandes que ella.

—No sé nada.

—Mientes y no importa. Ahora tenemos todo el tiempo del mundo para matarnos. James contra Romanov. Tu familia querría venir por ti y yo responderé ante cualquier intento de rescate —la confronto—. Estoy listo para lo que sea, pero antes de que empiece esto, voy a hacer que te lamentes, hija de puta.

Le agarro un puñado del pelo y su cuerpo colisiona contra los músculos de mi pecho.

Basta con verla para que mi hambre se encienda; el mínimo contacto convierte el ansia en una bomba de tiempo.

Amo y odio la maldita falda. Me gusta porque puedo deslizar mi mano entre sus piernas y llegar rápido a su vagina, aunque odio que alguien más pueda hacer lo mismo. Solo un rasgón a su ropa interior y podría estar dentro de su estrecho orificio.

No la libero. Con su cabello en mi puño, reviso los cajones. Uriel trabaja en estas cuatro paredes, rodeado de lo que un amo necesita. Entre documentos encuentro la funda empaquetada que busco y la rasgo con los dientes. Arranco el collar medieval de cadena colgado en la pared y se lo coloco a mi presa en el cuello.

—En el diálogo se muestra a la víctima —digo—. No sería una buena reunión si no muestro a la mía.

Empujo su cuerpo contra la mesa. Estoy listo, saco mi miembro del vaquero y coloco la funda de látex. De todos los instrumentos de tortura bajo este techo, solo necesito el que me acabo de poner. Dejo caer su cuerpo en la silla de escritorio y la traigo a mi regazo.

Faltan tres minutos para la llamada y lanzo el dispositivo de comunicación al piso. El disco de metal cae al otro lado de la mesa.

—Quítate las bragas —le ordeno a la mujer que sostengo. Intenta levantarse y la devuelvo a mi regazo—. Te las quitas sobre mí.

Me roza los nudillos contra el vaquero al bajarlas. El tormento al que me sometió toda la tarde con Vladímir lo pagará ahora con creces por malnacida. Algo ha tenido escondido todo este tiempo y lo voy a averiguar.

—Disimula esos pezones erectos —saco el arma—, porque no voy a responder si al otro lado se dan cuenta de que te tengo atravesada.

Dejo la Makarov sobre el escritorio. Le elevo las caderas y alineo mi pene en la entrada de su vagina. La bajo con un solo sentón. Sus glúteos me golpean la ingle y la saliva me brota de los molares, desesperado por moverla. Respira entre dientes sin saber en qué posición quedarse.

—Atenderé a tu cuñado mientras reluzco a mi esclava. —Activo el vibrato de la funda que me recubre el falo—. Por primera vez, la FEMF hablará con un apellido de la mafia mientras este se folla a un apellido de la ley.

El círculo plateado se ilumina en el suelo. Deslizo la silla hacia el borde de la mesa y enrollo la cadena del collar en mi mano. Un holograma surge del dispositivo y se eleva ante los dos.

—Contacto en 6, 5, 4, 3, 2...

EMMA

Un soldado tiene prohibido perder la calma. Puede estar al borde del abismo, con el suelo cediendo bajo sus pies, y, aun así, debe respirar. Inhalar, exhalar. Dejar que el oxígeno fluya, aquietar la mente y no permitir que el miedo le nuble los sentidos.

Los muslos se me agitan solos y me esmero por contener el movimiento compulsivo. Si les dejo oler mi pánico, van a sospechar. Death no habló de este tipo de llamadas. En los planes, en las instrucciones, jamás mencionó que habría comunicación directa con la mafia rusa.

El león se ha quedado quieto en una de las esquinas y sospecho que mi corazón también.

—Contacto en 6, 5, 4, 3, 2…

El collar pesado me maltrata el cuello y el holograma en el piso parpadea antes de desplegar la imagen del marido de mi hermana.

El *Boss* se acomoda bajo mis muslos, obligándome a hundirme más en él. Me tiene anclada con los labios forzados alrededor de su grosor y la carne estirada hasta el límite. No me dejó descender despacio, me hundió de golpe en lo que hoy siento como el miembro de un felino. Las espinas alrededor del látex se clavan en mi carne húmeda, sujetándome desde dentro.

Respiro con la boca cerrada y la imagen de Christopher Morgan cobra movimiento, nítida como si estuviera en la misma habitación y no a miles de kilómetros de distancia. Un mechón de pelo negro cae sobre una de sus cejas y viste de civil.

El *Boss* tira del collar y hago un esfuerzo por olvidarme de lo que tengo entre las piernas. Si alguien del Ejército se entera de como estoy, no podría volver a mirarlos a la cara.

—Coronel —me aferro a mi mentira—, dígame, por favor, que vendrán por mí y me sacarán de aquí.

No me contesta y presiento que está enojado conmigo. Una de las primeras cosas que me dijo el día que se enteró de todo fue que lo aceptara.

—Descubierta la noticia, doy por hecho que viene la persecución. —La voz profunda del *Boss* me tensa las piernas—. Hazle saber a la teniente James que su hermanita es muy resistente... Demasiado, diría.

Sus manos me afianzan las caderas y me empujan más contra él. Un ajuste mínimo, pero suficiente para que las púas del látex rocen la piel hinchada que me mantiene empalada en su castigo.

—No soy una contestadora que ha venido aquí a escuchar tus mensajes.

Contesta el coronel al otro lado. La luz azul del holograma cubre las paredes del despacho, proyectando su silueta en el suelo. Por lo poco que distingo a su alrededor, sé que no está en su casa ni en el comando.

—¿Enviarán a alguien a buscarme?

—Estoy aquí porque quiero que mates a Emma James y no le des más vueltas a este asunto —le dice al *Boss*, y su voz se metamorfosea en mis oídos—. Sé que la ruleta la fichó. Acábala ya y pégale un tiro.

Creo que de tantos golpes se me estropeó el oído. Le pedí más tiempo. ¿No le llegó mi mensaje? La frialdad estampada en su cara me frunce el entrecejo.

—Quiero que la mates —reitera— y que dejes a Rachel en paz, porque si la sigues jodiendo, no voy a responder.

—¿En qué tipo de juego estamos? —El *Boss* me agarra del pelo—. ¿Ese es tu cuñado?

Mantengo la boca cerrada, quiero creer que es una broma de mal gusto, un método de distracción; aunque su seriedad me diga que no es así, quiero creerlo.

—Te ha quedado grande lo que te encomendé —me dice—. Y ya me lo esperaba.

—Si no me explican el juego, no podré participar —le dice el ruso al coronel.

El holograma se ríe.

—¡Está contigo porque así lo decidí! Ese es el juego. Lo sé hace meses y no moveré un dedo más por ella, así que sáciate, cómetela...

—Que me la... ¿qué?

—Cómetela, deléitate como lo haces con todas tus víctimas —espeta—. Desquítate con ella y no vuelvas a meterte con lo mío, o te juro que...

—¿Me juras qué? —El *Boss* sonríe, sus dedos siguen clavados en mis caderas, reteniéndome en su miembro—. Si esto es una trampa para uno de tus heroicos rescates, pierdes el tiempo porque yo no soy Antoni Mascherano.

—No voy a rescatar a nadie —contesta, firme—. De querer hacerlo, lo hubiese hecho ya, cojones no faltan, pero no voy a lidiar con otro dolor de cabeza. Por eso, le entrego el borrego al león para que se sacie su sed de venganza y no moleste a mi mujer...

—¿Tu mujer? —río para no llorar—. ¡Va a matarte en cuanto se entere de lo que estás haciendo!

Arraso con todo lo que hay en la mesa. No es nadie para venir a disponer de mi vida así. Solo le he pedido tiempo y es un maldito egoísta al negármelo.

El *Boss* jala la cadena hacia él y me clava el cañón de su arma en la garganta. Las púas en la entrepierna se incrustan con saña, se abren dentro, atrapándome más hondo en su eje caliente. Un espasmo me retuerce, me cierra la garganta y revienta contra los dientes

—¡Eres un hijo de puta! —le digo al coronel.

—Alguien tiene que morir y serás tú —dice—. Tu vida no vale más que la de Rachel...

—¿Quién te crees tú para decidir cuál vale más o vale menos? ¿El más sabio? —increpa el *Boss*—. Siento que estás definiendo precios y cuidado, Christopher, que a mí me encanta cerrar bocas a la hora demostrar lo mucho que se equivoca la gente.

—No vengas con tonterías, a contradecirme lo que todo el mundo sabe y es que Emma James no vale nada —replica el coronel—.

Tu ruleta la marcó y las culpas de Rachel se eximen con ella, así que ten palabra, confórmate y procede. Son códigos que, aunque no nos gusten, deben ser suficientes. Mátala y envíale la cabeza a los James para que lloren a su muerto y continúen con su vida.

Me mira.

—Ódiame —dice erguido—, pero ellos son tres y tú una. Y no voy a perder a ninguno de los míos.

El tiempo de la llamada se agota.

—Es tuya —culmina—. Tu presa, tu venganza.

La conexión se rompe, el dispositivo se apaga y el despacho queda inmerso en la luz grisácea. El silencio es absoluto.

Mi pecho sube y baja en sacudidas cortas. Acaban de dar la orden de mi ejecución, como si yo fuera un perro de la calle.

—El «gran» Christopher Morgan —dice el hombre detrás de mí—. No me sorprende. Siempre ha sido una escoria, y ahora lo acaba de demostrar, entregándote como un borrego para que lo sacrifique y así proteger a su «amada» mujer.

Cierro los dedos sobre la mesa. Le pedí un par de semanas, no toda la vida, y es tan miserable que ni un par de días pudo darme.

—Tu presa, tu venganza —repite las últimas palabras del coronel—. Te regaló al león.

El ruso suelta el collar, recoge con los dedos las gotas de humedad que caen de mi sexo y me limito a fijar la vista en la puerta, mientras su miembro se desliza fuera de mí con una succión húmeda y sucia. Ya no sé quién es más maldito: el que me exhibe sin darme derecho a nada o el que me engancha a él y quién sabe ahora cómo me irá a matar.

—¿Qué te pidió hacer? —Sube las manos por mis muslos—. ¿Qué otro secreto guardan esos labios?

Cierra los puños en mi falda, estrujándola como si quisiera destrozarla. No dudo de que quiera hacerlo, probablemente desea hacer lo mismo con mi cuello también.

—Habla, *Ved'ma*. Conozco al coronel y puedo asegurarte de que cualquier plan trazado se ha ido a la mierda —insiste—. Te desechó al darse cuenta de que eres un problema más para tu hermana.

Niego.

—¿No vas a delatar al hombre que quiere eliminarte para que no seas un estorbo? —se burla.

Me jala hacia él, me arrastra contra su cuerpo como si me ajustara a su medida. La tela sube, el borde se enrosca en sus nudillos y sé que, si quisiera, podría volverla pedazos con los dientes.

—Qué buen corazón. ¿Los James siempre deben ser los héroes? ¿Ninguno puede ser un villano?

Uso los codos para soltarme y correr, pero en cuestión de segundos se levanta y me acorrala contra la mesa. Me empuja hacia delante y mi cadera golpea el filo de la madera. Antes de que pueda enderezarme, su mano se hunde en un cajón y extrae la cola negra que rasga y me pone atrás.

Mis labios tiemblan al contacto con el metal gélido que me penetra.

—Pobre niñata, pobre oveja lanzada a la jaula del león que no perdona. —Acaricia la cola—. ¿Tienes idea de todo lo que te espera? Este juego no va ni a la mitad de su partida.

Su cuerpo se acomoda detrás de mí. La dureza de su erección se ajusta a la curva de mi espalda baja y se desliza con una presión que me hace aferrarme a la mesa.

Contengo la respiración.

—Podría acabarte ya, *Ved'ma*, a menos que…

Me toca los muslos con los nudillos y busco sus ojos, ansiosa por que termine la frase.

—A menos que… ¿qué?

Sus labios se curvan en una sonrisa cínica que deja expuesta la dentadura perfecta. Me hunde los dedos en el cuero cabelludo con un agarre que me hace doler todo el cráneo. No dice nada, no apresura la respuesta. Solo deja que el silencio se extienda, que pese sobre mi pecho hasta volverse insoportable. Mi propio aliento suena demasiado fuerte en mis oídos y no puedo apartar la vista de su boca, esperando, queriendo que diga algo.

—A menos que… ¿qué?

—Que dejes de ser la esposa del *Underboss* y te conviertas en lo que tanto desea el *Boss* —contesta—. Deja su cama y entra en la mía.

La respuesta se escurre por los oídos y me aprieta desde dentro. Un calor sucio me sube por las piernas, ardiendo en mi vientre. Mi sexo le dice que sí, pero mi cerebro me grita: ¡no!

—¿Te comió la lengua el gato? —Me baja las tiras del top—. ¿O quieres que te la coma yo?

El agarre que ejerce en mis caderas duele cuando me empuja hacia él y me acapara la garganta. Sus dientes me rastrillan la carne. Me aturde los sentidos cuando succiona con la mano entre los muslos, orillándome a un deseo que me hace sentir vergüenza de mí misma.

—Basta.

Las manos inquietas me tocan los glúteos y me siento enferma, anormal con sus caricias.

—Deja de ser la esposa del *Underboss* —repite—, y sé solo mía. Ya lo eres, mas quiero que lo aceptes y te entregues, dispuesta a hacer lo que me apetezca.

Sacudo la cabeza. Es una barbarie cargada de depravación. Me saca del escritorio para llevarme contra el escaparate de acero. Se comporta como un animal que no puede dejar de sobar sus partes contra mí.

—Tengo dieciocho años.

—Y yo treinta y seis. —Sube mi minifalda—. Tengo a la Bratva.

Ataca con nalgadas que me hacen doblar los dedos en el hierro.

—Tengo el poder. —Perpetúa el calor en mi carne con una palmada sonora—. Tengo la admiración y el respeto porque lo que quiero, lo consigo.

El acento áspero y la voz grave crean una escena en mi cabeza. Me veo moviéndome sobre él, y el miedo se aviva: el terror a que esto se me salga de las manos.

Descarga toda su furia en mi carne con bofetones en el trasero. Sus brazos me acorralan. El contraste entre el frío del metal y la temperatura de su cuerpo me marea. La mezcla de cuero, coñac y perfume masculino. Respiro, pero no es suficiente.

—Tengo todo lo que necesito, pero ahora quiero a la cría James a mi merced, que me ansíe —confiesa—. Quiero que ni tú misma te reconozcas cuando veas el alcance que tiene el león sobre la presa, porque te juro, Emma James, que el mundo nunca olvidará lo que haré contigo.

Tengo que salir de aquí. Si me quedo un segundo más, me voy a deshacer.

—¿Vladímir o yo? —No me deja—. ¿*Boss* o *Underboss*?

Me voltea, cambia los papeles y me hace retroceder tres pasos atrás. El pulgar de su mano izquierda me roza la barbilla. No sé si estoy en Alaska o ardiendo en el centro de un volcán.

—Hasta al dueño hay que saberlo escoger, *Ved'ma*. —Me pone de rodillas.

Estoy ebria, drogada, loca, aturdida. No tengo idea de qué me pasa. La humedad de mis muslos es vergonzosa. Se saca el miembro para separarme los labios, lo pasea por mis dientes y me incita a que abra la boca. Una parte de mí quiere correr y la otra seguir de rodillas.

—Buena chica. —Me acaricia las mejillas—. Buena chica, *ved'ma*.

Se me aflojan los músculos cuando me mueve a su antojo. Mi apodo sale de su boca y parece que abriera la puerta a un planeta rojo donde no sé quién soy. Los segundos se estiran mientras me obliga a resistir su erección en la garganta. No tiene tacto, está ciego y dicha ceguera me contagia que hasta se lo sujeto para lamer. Cada envite altera la percepción de mi realidad y disuelve mi voluntad como azúcar en agua caliente. Soy otra persona, una versión corrupta de mí misma, libre de inhibiciones y moral, e Ilenko Romanov es quien gobierna este mundo.

Soy consciente, en algún rincón lejano de mi mente, de que estoy cayendo, perdiéndome. Pero la caída es tan dulce que no puedo detenerla...

—¿*Boss*? —Oigo en alguna parte de mi cabeza y mis latidos se congelan.

Una mano helada se me cierra en la nuca y tira de mí hacia atrás. Me caigo en el suelo. Desde el piso, veo a Vladímir con el entrecejo fruncido y la mirada asesina. ¿En qué momento llegó? Saca el *haladie* de la manga de la chaqueta y me arrastro lejos del *Boss*.

Mi cerebro despierta y caigo en cuenta de lo que hacía. Tengo la blusa abajo y la ropa interior en el suelo.

—¡Él me obligó, Vlad! —El llanto me revienta el pecho mientras suelto la primera mentira que acude a mi cabeza—. ¡Él me obligó! ¡No quería hacerlo y él me obligó!

Baja el arma y la mirada oscura que iba dirigida a mí se posa en su padre. Si sabe la verdad, me va a matar. Me pego a su pierna y me repito que soy la esposa del *Underboss*.

Lo elijo a él.

27
Boss - underboss

VLADÍMIR

L as luces incandescentes me apuñalan los ojos. Parpadeo. No desaparecen, vibran, zumban, perforan. Me siento sucio, pegajoso, repugnante. Querría bañarme, arrancarme la piel, pero no lo hago. Todavía huelo a ella. A mi puta.

Su cara no se borra. Se instala en mi mente. Nítida. Inmensa. Ineludible. Aunque intento apartarla, su imagen no se va. Es un resplandor que ciega más que estas luces de mierda.

Sonrío, flotando en los efectos del alucinógeno. A veces me tienta abrirla y ver qué hay dentro. Supongo que encontraré cientos de mariposas plateadas. Si hicieran lo mismo conmigo, el resultado sería otro. Solo hallarían polillas y cucarachas.

Camino mareado. Mi esclava acapara mis pensamientos. En ocasiones la imagino como un reno de Navidad; tal vez lo fue en otra vida. Debería convertirla en uno. Así, cuando muera, al menos podría verla de vez en cuando.

Dejo a mi gente atrás, perdida entre la multitud. La música de los altavoces retumba más de lo habitual. Es hora de llevarla a casa e irme yo también. Recojo unos mechones de pelo tras las orejas, pido un trago en la barra para despejar la cabeza y subo a buscar a mi esclava al despacho donde sigue prisionera.

Aspiro lo que queda en mi nariz. El club hierve de gente que paga por olvidar su existencia miserable. Subo los escalones de acero. Arriba, el pasillo parece más angosto de lo normal. Mi cuerpo se tambalea en el corredor de arriba, ubico la puerta del despacho e introduzco la llave.

La manija de la puerta cede y parpadeo. La droga me empaña la vista, las formas dentro se disuelven en manchas difusas de luz y sombra. Entorno los ojos, fuerzo la mirada y la imagen se define de golpe, como si alguien apartara un velo espeso.

—¿*Boss*?

Mi esclava está de rodillas frente a él y me abalanzo sobre ella. Se la chupa a mi papá en mis propias narices. La arrastro del cuello y empuño el *haladie*. «¡Mátala! —exclaman las voces de mi cabeza—. ¡Mátala!».

—¡Él me obligó, Vlad! —grita en el suelo—. ¡Él me obligó! ¡No quería hacerlo y él me obligó!

Los músculos se me petrifican. «Él me obligó». Las tres palabras disparan la serie de imágenes que me tambalean y todo el efecto de la droga se desvanece. Ella se aferra a mi pierna y mi padre sella su boca.

—Sácame de aquí —ruega mi esclava en el suelo—. Quiero irme, vámonos.

—Ya la oíste, sácala. —El *Boss* se ajusta la vestimenta—. Llévatela.

—¿Miente? ¿Es verdad que la obligaste?

Quiero que me diga que no la obligó, que ella se ofreció, así la mataré de una vez y no lo odiaré a él. Es mi padre, mi ídolo, mi todo. Estoy dispuesto a poner el pecho por él, sin miedo, sin dudarlo.

He forjado una reputación para enaltecerlo, para compensar la falla que le arrebató a Sonya por mi culpa.

—Contéstame. —Empuño el *haladie*—. ¿La obligaste?

—Sí.

No le creo. No puede ser cierto. ¿Qué mierda le sucede? Ella no es nadie. Y él... él es la cabeza más grande de la Bratva. No hay forma de que pueda gustarle, no es su tipo de mujer. Él está a cientos de escalones por encima.

—¡Mientes! —La hago a un lado—. ¡Mienten los dos!

—Sí, lo hice, Vladímir. —Recoge su arma—. Vuelve a lo tuyo y yo vuelvo a lo mío.

Se abre paso y me atravieso.

—No voy a pelear contigo por una mujer, si eso es lo que buscas. —Me enfrenta—. Me preguntaste. No la soporto, tuvimos un altercado y me dieron ganas de destrozarla. ¿Contento? Ahora, muévete.

—¡Ella es mi esclava!

—Pues, ¡no lo acepto y no me gusta que lo sea!

—¡Lo es y lo seguirá siendo! —La furia arde en mi garganta—. Discúlpate.

—*Nyet*.

Se va y me sale fuego puro de las fosas nasales. Entiendo su asco por el apellido, el rencor que lleva dentro, pero no puede meterse así con algo que adquirí para mí.

Ella es mi esclava, no la suya. Yo jamás me atrevería a mirar a una de sus mujeres sin su permiso. Mucho menos a obligarlas.

Emma James se repliega en un rincón, abrazada al león. El despacho apesta a sexo. Un moretón ennegrece su cuello y su ropa está hecha un desastre. Ultrajada. Marcada.

—¿Te folló? —pregunto y no me responde—. Contesta. ¿Te folló?

El que evada mi mirada es un sí.

Salgo con el arma en la mano. Pensé que después de tanta insistencia respetaría mis decisiones. Creí que confiaba en mí. Que me dejaría hacer las cosas a mi manera. Pero no. Actuó como le dio la gana, me pasó por encima y me ha faltado el respeto. No sé en qué momento se le olvidó que soy su sucesor y empezó a verme como un payaso.

Me detengo junto a la baranda de hierro. Abajo, el *Boss* avanza hacia la salida, escoltado por sus hombres y Zulima.

Bajo las escaleras de dos en dos para alcanzarlo. Necesito que se disculpe. Soy su hijo, nunca he profanado nada suyo. Al contrario, lo protejo en todo.

—¡*Boss*! —lo llamo en el estacionamiento vacío—. ¡Quiero hablar!

—Dije que no voy a discutir contigo, Vladímir.

—¡Sí lo harás! —aprieto el paso tras él y Zulima se gira, alerta—. ¡*Boss*!

—El amo no quiere...

La sumisa se interpone para detenerme y le disparo directo al pecho. El retroceso del arma me sacude el brazo y la sangre me salpica la cara. Su cuerpo se sacude con los impactos antes de desplomarse en el suelo.

Su sumisa más servil. La que dejó todo en Bulgaria para seguirlo. Como yo, lo idolatra... Bueno, lo idolatraba.

—Que esto te sirva para aprender a considerarme. ¡Soy el próximo *Boss*! —Me planto frente a él, cara a cara—. Quiero una disculpa. Por forzarla. Por faltarme...

—No. Y vete a dormir.

El arma me tiembla en la mano mientras él se da la vuelta para irse. Podría apretar el gatillo, pero quito el dedo. Soy incapaz de derramar una gota de su sangre. El amor que le tengo me ata, aunque sé que va a lamentar lo que hizo.

—No fuiste un buen *Boss* —suelto, la voz cargada de veneno—. ¿Por qué tendría que ser un buen hijo? No lo mereces.

Él se gira y le señalo a su sumisa.

—Esto es poco comparado con lo que puedo hacer. Y lo sabes.

—Anda con cuidado, Vladímir. No me amenaces ni intentes imponerte, porque, ofendido o no, sigo siendo tu Pakhan.

—Si no me respetas como hijo, yo no tengo por qué respetarte como *Boss*.

Tomo mi camino.

—Y antes de que se me olvide... —Volteo a verlo—. Ella me gusta. Me gusta mucho. Y ahora no pienso dejarla, aunque te moleste. Al *Boss* que quería impresionar, le habría hecho caso. Eso se acabó. A partir de hoy, haré lo que me apetezca.

Toda mi vida me ha dado lecciones. Ahora es mi turno de enseñarle una a él. Debe aprender a valorar a quienes lo siguen, en especial si ese alguien es su hijo.

Regreso al club. Salamaro está en la puerta, pregunta qué pasó. No le respondo. Solo me concentro en sacar a mi esclava, quien no quiere abandonar al cachorro.

No tengo tiempo para discusiones y, con lo testaruda que es, sé que prefiere amarrárselo al cuello para no dejarlo. Me la llevo con todo y animal. Gregory Petrov me intercepta en la segunda salida.

—¿Qué ha pasado con Zulima? Me acaban de avisar que le disparaste.

—Habló de más y me encargué. —Sigo mi camino.

—¿Zulima? —Se extraña.

—Sí, Zulima. Hice mi trabajo. Si tienes dudas, pregúntale cuando la veas en el infierno.

Me abstengo de dar más explicaciones. Nadie necesita saber de los problemas que tengo con mi padre. Maksim ronda por la zona. Si abro la boca, será el primero en sacarle provecho.

Ordeno que busquen mis pertenencias y subo a mi esclava a una de las avionetas privadas en la pista de aterrizaje. Llamo a un piloto y, ya con ella adentro, la llevo a la ducha para que se quite el olor a él.

Los dientes me rechinan y hago que se bañe tres veces. Agarro una esponja para pasársela y la froto con tanta fuerza que la piel se le enrojece. Al final, uso ungüento de las gavetas para borrarle las marcas del cuello y el culo.

En tiempo récord, un miembro de la pandilla consigue lo que necesito. Aún cargo la mochila del viaje a la isla; tendrá que bastar unos días más. Traen ropa de la fortaleza y la meto sin doblar.

El avión levanta el vuelo antes de que el sol despunte. Lanzo el equipaje sobre los asientos. Mi esclava no sale del cuarto y la encuentro sentada en la cama envuelta en una bata de baño. El león descansa en su regazo y, absorta, le acaricia el pelaje albino.

Aunque sigue entera, no es la misma que llegó aquí. El cansancio le pesa en la mirada. Antes solía ocultar sus penas, ahora parece que poco a poco ha dejado de preocuparse por esconderlas.

—¿Te gusta mi padre? —le pregunto.

El lúgubre silencio se prolonga.

—Contéstame.

—Me obligó, ya te lo dije.

—Eso no responde mi pregunta.

—No me gusta, pero decírtelo no cambia nada, porque quieres que sea mi culpa. —Suspira desganada—. Quieres seguir idolatrándolo, así que castígame, tenme asco y regresa a su lado.

La voz se le quiebra y se encoge en la orilla de la cama. El llanto la sacude. Se aferra al león mientras las lágrimas le corren por la cara.

No podría sentir repulsión hacia ella ni aunque quisiera.

Me acerco con pasos lentos y me siento a su lado. Su tristeza es una nube que nos cubre a ambos y no me alejo. Me gusta contemplar las lágrimas ajenas, el sufrimiento de otros. He llorado toda mi vida y, en los momentos en que veo a alguien más derrumbarse, dejo de sentirme como un cobarde.

Se limpia el rostro y me acuesto de espalda sobre la cama.

—Ven aquí, pequeña puta.

La acuesto sobre mi pecho. Ella es una mariposa gigante; yo, un cadáver. Paso los dedos por su pelo, recorro las líneas de su cara y le beso la boca una y otra vez.

Cuando muera, debería encerrarla en un ataúd de cristal, así podría besarla todos los días.

—¿A dónde vamos?

No respondo, simplemente la pego a mi boca.

Envío los mensajes necesarios, hago una escala de veinte minutos para recargar combustible y retomo el vuelo.

Mi esclava sigue en la cama, con bolsas oscuras bajo los ojos y sin intención de moverse. Parece como si la hubieran dejado en medio de una estampida. Y, de alguna forma, así fue.

El *Boss* tiene una reputación que lo precede, un legado de brutalidad que lo mantiene en la cima del submundo criminal. En el sexo, es una fuerza primaria, un alfa que arrasa con todo a su paso. Se lo conoce por ser despiadado, rudo; un monstruo de impudicia desatada que no entiende de límites ni compasión.

—Te gusto todavía, ¿cierto? —Mi esclava se sienta en la cama.

—Sí. —La beso.

No tiene su ánimo habitual.

Media hora antes de aterrizar, le ordeno que se vista. Pedí que trajeran algunas de sus cosas desde la fortaleza y las metí en su mochila.

Cubro la incisión donde una vez le quité el dispositivo. Recojo lo que no puede quedarse y la llevo hasta la puerta cuando la avioneta toca tierra.

—Una forma de tortura en el infierno es repetir una y otra vez en la mente los momentos que nos rompieron. —Le tiendo la mochila. Ella levanta al león antes de recibirla—. Para soportarlo, nos dan una gota de los buenos tiempos. Solo lo justo para recargarnos y así seguir sufriendo.

No contengo la sonrisa irónica. Yo tendría poco de qué recargarme. Mi vida carece de capítulos felices.

—Una buena venganza no se limita a dar un solo golpe doloroso —continúo—. Una venganza magistral perpetúa y extiende la agonía el mayor tiempo posible. Por eso te daré otro momento que atesorar, para que en el más allá tengas suficiente néctar con que recargarte.

—Siempre hablas del infierno. ¿Qué hay del cielo? Hay quienes deseamos llegar ahí.

—El cielo no existe. El Dios que conoces es una mentira, porque si existiera, yo no tendría lo que tengo.

Le alzo el mentón y la beso. Huele demasiado bien. Su corazón late con tanta fuerza que casi puedo oírlo. A veces creo que tiene dos en vez de uno.

Me subo la capucha de la cazadora, ordeno que abran las puertas y la luz del día entra, insuflándole vida a todo lo de adentro, menos a mí.

La boca de mi esclava se abre en un círculo de asombro y sus ojos se agrandan al reconocer el letrero blanco de la frontera, que resplandece con el sol incandescente.

—Phoenix. —Abraza al león—. ¿Me vas a liberar?

—Tendrás tres días —digo—. Tres días te daré con ellos. Y en tres días te quiero de nuevo en North Pole o vendré por ti y los mataré a todos como castigo.

—¿Tres días? —repite, perdida—. Tres días con mi familia.

—No se te ocurra abrir la boca. Hablar no borrará la marca invisible de tu frente ni volverá más amena tu condena. —La hago bajar—. Y si no mueres tú, será otro James.

—Tres días —no deja de decir—. Estaré tres días en casa.

—Ya hablé con la casera. A tus padres les dirás que dejaste el rastreador en Alaska.

No quita la vista del paisaje. Le agarro la cara, cerciorándome de que me oiga bien.

—Aunque este sea el territorio del coronel, sabré de cada maldita cosa que hagas, y si traicionas mi confianza, sabré que no puedo fiarme de ti —advierto—. Nos volveremos a ver. De ti depende cómo te reciba.

—Gracias. —Me abraza. Retrocedo y le señalo la carretera—. ¡Estaré tres días en casa!

Empieza a correr con el león en los brazos y la mochila a la espalda.

Se siente bien pegar algo solo para luego estrellarlo contra el piso. Y eso sucederá: ella volverá a reconstruirse, pero yo la destruiré de nuevo, y esta vez será para siempre.

EMMA

Phoenix es Phoenix.

Meses atrás, renegaba del calor diario, del sol inclemente, de las fachadas ambiguas y de las pocas cosas divertidas que tiene, pero ahora lo amo con cada fibra de mi ser.

Mis pies apenas tocan el pavimento mientras corro como si la gravedad hubiera perdido su efecto sobre mí. Una sonrisa se me extiende por el rostro, tan amplia que mis mejillas me duelen. Alzo la mano hacia el primer camionero que encuentro. Se detiene y con Koldun salto a la parte trasera.

Tres días. Setenta y dos horas en casa con mis padres. El mundo a mi alrededor parece más brillante, más vivo. Voy a ver a mamá, a papá y a Sam.

El tiempo vuela, o al menos eso creo.

Me dejan en el centro y corro por las calles. La ciudad brilla bajo el resplandor dorado del sol que se filtra entre los edificios. Huele a tarta, pastel de carne y café recién hecho, mezclados con el aroma de las flores que llenan los escaparates.

El león corre a mi lado y abordo el taxi rumbo a mi vecindario. Estoy cerca. Las lágrimas me nublan la vista cuando distingo mi casa a lo lejos. Desde que me fui, soñé con este momento.

El vehículo frena y corro a la puerta.

—¡¿Adónde va?! —alega el dueño del taxi—. ¡Son treinta dólares!

—¡Señorita! —grita el guardia cuando irrumpo en la zona privada sin anunciarme.

—Soy Emma James —le digo—, vivo aquí. Págale al conductor. Mi papá devolverá el dinero en un momento.

Me doy la vuelta para que la cámara identifique mi cara y sigo corriendo cuando me dan el visto bueno. Los arbustos bien cuidados, los niños jugando en los jardines… Todo se ve como un sueño hecho realidad.

—¡Señor Banner! —saludo al vecino que lee su periódico frente al pórtico—. ¡He vuelto a casa!

Levanta la mano para saludarme. Se fija en el león y no me detengo. Me apresuro a casa y los escoltas en la entrada se ponen en alerta.

—Señorita Emma —me hablan—, ¿qué hace aquí?

—He vuelto a Phoenix. —Troto a la puerta—. ¿Pueden creerlo?

—No hay nadie de su familia en casa, señorita —me informa uno de los uniformados—. Sus padres, su hermana y sus tías asistieron al evento universitario de la señorita Sam. Hace una hora los escolté al salón gubernamental.

«Salón gubernamental», repite mi cabeza. Con el león, me devuelvo con la misma prisa; no están lejos. Los soldados intentan detenerme e ignoro a todo el mundo. Yo necesito ver a mis padres, abrazarlos, tenerlos de frente. «Solo tengo tres días». Pensé que no saldría nunca de ese maldito foso y corro con los soldados atrás.

Salgo del vecindario y bajo dos calles hasta encontrar la avenida. Al otro lado, se halla el centro de eventos junto al cuartel. Entre cámaras y micrófonos, alcaldes, senadores y sus familias saludan a la multitud.

—No puede pasar. —Me detienen en la entrada.

—Solo será un segundo.

El escolta de mi papá interviene, siento que el tiempo se me escapa y paso por debajo del cordón de seguridad.

—¿Qué hace? —me regañan—. ¡Espere un momento!

No acato la orden. Los saludaré y luego me iré. Recorro el salón con la mirada hasta que los encuentro junto al bufé de bocadillos. Rick, Sam y Luciana.

—¡Papá! —grito—. ¡Mamá!

Todos se voltean a mirarme cuando corro hacia ellos. El cúmulo de emociones me asfixia a la hora de arrojarme sobre los brazos de mi papá, quien deja su plato de lado para recibirme.

—¡Papá!

El impacto de mi cuerpo contra el suyo lo tambalea. Su aroma me llena de vida y me vuelvo un mar de llanto sobre su hombro.

Los murmullos se alzan. La gente me saca fotos y me niego a soltar la chaqueta del traje del general.

—Cariño —me sujeta la cara—, ¿qué haces aquí? ¿Quién te trajo? ¿Rompiste el protocolo de seguridad?

—Los eché mucho de menos. Abrázame mucho, por favor.

—No dejo que me aparte—. Abrázame y no me sueltes...

«Son tres días», repite mi cabeza en medio de las luces. Mi madre intenta calmarme y paso a sus brazos. Solo quiero que me abracen, que se aferren a mí como yo me he aferrado a ellos y que me digan que todo está bien, que estoy a salvo, que estoy en casa.

28

JAMES

EMMA

Si pudiera hablar con mi yo del pasado, le diría que no desperdicie ni un segundo. Que ame sin reservas, que abrace cada instante de felicidad, porque nunca sabemos en qué momento la vida nos romperá. Y es ahí, en la oscuridad, donde entendemos cuán despiadado puede ser el mundo.

Renegaba de las cosas malas de mi día a día y en la Bratva me di cuenta de que lloré por nada.

Me niego a soltar a mi madre. Los sollozos no quieren parar y ella me acuna la cara mientras no paro de decirle lo mucho que la amo y eché de menos.

—Cálmate. —Me sujeta los hombros—. ¿Qué te sucede?

—Emma —dice Sam, y me doy la vuelta para abrazarla.

Huele a su perfume de siempre y le lleno la cara de besos. Se ve espléndida: el vestido largo azul zafiro le llega a los tobillos, se ha hecho un moño de medio lado y sostiene una copa en la mano.

—Te ves increíble. —Doy un paso atrás—. ¿Cómo están todos? ¿Los potros? ¿Los empleados? ¿Los vecinos? ¿Mis tíos?

Mi hermana se acomoda el moño y caigo en la cuenta de lo mal que debo verme con el short corto, la camiseta sudada, el pelo desordenado y la correa del león en la mano. Las hermanas de mi madre se acercan sacudiendo la cabeza. Soy el centro de atención en un evento lleno de extranjeros. Los escoltas de mi padre discuten con los guardias, que exigen que me saquen.

Las voces se elevan entre los *flashes*. Me aclaro la garganta, lista para explicar por qué llegué así, pero el felino no me ayuda. Se lanza sobre el vestido de Sam, lo muerde y rasga la tela con los colmillos.

—Koldun, no. —Lo alejo. La gente no deja de tomarle fotos. Los guardias intentan quitármelo y lo alzo antes de que puedan tocarlo.

—Baja a ese animal, Emma —mascula mi madre—. Estás siendo el centro de atención y esta es la presentación universitaria de Sam.

Mis tías sonríen para disimular. He provocado un escándalo y Sam es la más molesta de todas.

—Lo siento. —Encajo la camiseta en el short en un fallido intento de verme presentable—. Quería verlos y no estaban en casa.

—Está bien. —Papá me pone una mano sobre los hombros en un gesto de apoyo.

Los de seguridad insisten en que mi papá firme documentos y mi hermana le extiende la mano a los japoneses que se acercan. Nadie parece cómodo con mi llegada y no lo disimulan.

Los decanos comparten miradas en medio de los murmullos.

—Papá, lo siento... me dejé llevar por la emoción y no debí entrar así.

—No pasa nada, cariño. —Se enfoca en los japoneses—. Más tarde lo hablamos.

Mis tías discuten entre ellas, evalúan mi ropa y le susurran algo a mi madre. Son estrictas, no toleran comportamientos impulsivos, tontos o que nos hagan ver poco inteligentes. Para ellas, el mundo ya nos juzga por nuestra apariencia, y detestan cargar con más estereotipos.

—Pórtate bien, por favor. —Bajo al león—. Dentro de poco nos iremos a casa y te daré un enorme filete.

Me recojo el pelo, me limpio la punta de las zapatillas y me sacudo el short. Las personas que conversan con Sam buscan una presentación familiar. Arreglo las correas de la mochila... Debí dejarla en casa. Está sucia y solo refuerza mi aspecto de nómada recién salida de la jungla.

—Es un placer conocerlo, señor James, y a usted también, señora —les dicen a mis padres.

—El placer es nuestro.

—¿Y la teniente James? —Me pasan por alto. Lo de siempre.

—En Londres y en los diarios. —A mi papá se le ilumina la cara—. Ella es mi hija, Emma James. Disculpen su llegada inesperada; estaba afuera y quiso sorprendernos.

—Algo hemos oído de ella. Mi esposa es sargento del comando de cadetes. —Me mira los zapatos—. La conoce bien, señorita James.

Por su tono, queda claro que no es por nada bueno.

—Sam tiene el puntaje más alto de su carrera y de toda la universidad —interviene una de mis tías—. Su currículo habla por sí solo. Si Hong Kong la acepta en su programa, estarán sumando a una de las mejores médicas de su generación.

Se fijan en el vestido rasgado que arruina la pulcritud del atuendo. Mi hermana no es de hablar mucho, es tímida cuando no se siente segura con algo. Koldun le dañó su vestimenta y eso le ha restado a la confianza que probablemente traía.

El león no deja de dar saltos.

—Recógelo —dice mi madre entre dientes.

Lo alzo. Sam habla de las prácticas que ha culminado. Pone todo su empeño en generar una buena impresión. Pese a eso, todos están más pendientes de los murmullos que circulan sobre mí y la mascota que ahora sostengo entre los brazos.

—Ella es la mejor —digo. Lo arruiné todo y debo arreglarlo—. Esté en el área que esté, va a dar lo mejor de sí porque es inteligente, capaz y buena. Yo daría lo que fuera por ser como ella, pero se robó todas las neuronas inteligentes al nacer y no me dejó nada, ¿cierto, Sam?

Mis tías desvían la mirada, avergonzadas. Por sus gestos, sé que empeoré la situación. «Qué idiota eres, Emma», me digo. ¿Por qué no puedo mantener la boca cerrada? Debería cosérmela con hilo y aguja.

—Gracias por su tiempo —se despiden los japoneses.

—«Se robó todas las neuronas inteligentes cuando nació», ¿es en serio? —Se ofusca mi tía—. ¿Qué clase de educación le estás dando, Luciana? ¿Siempre es así de estúpida?

—Era una broma.

—Estamos en algo serio. Sam apuesta por su ingreso al hospital de Hong Kong y tú sueltas la tontería más grande que se te ha podido ocurrir.

—No lo sabía —dice mi padre, firme—. Y no es necesario hablarle así.

Mis tías se van con mi hermana y me quedo a solas con mis padres.

—¿De dónde sacaste ese león? —pregunta mamá—. Hay que entregarlo a protección animal.

—Me lo encontré. —Le acaricio la cabeza—. Hubo una feria en North Pole, lo abandonaron y ha sido mi amigo desde entonces.

—Entrégalo.

—No, quiero cuidarlo. Si lo dejo, puede morir. Es un cachorro y los de su tipo se deprimen cuando los separan de sus cuidadores.

—No estás capacitada para eso.

—Claro que sí. Hasta ahora lo he hecho bien.

Se enfocan en lo suyo en los minutos siguientes. No me dicen nada más con respecto al animal; si bien, por dentro han de estar ideando la manera de quitármelo. Uno que otro invitado se acerca a saludarlos.

Media hora antes de que acabe el evento, se despiden de los presentes.

—¿Quién te trajo hasta acá? —indaga mi papá de camino al auto.

—Ahorré mi mesada —miento—. Quería darles una sorpresa, así que le pagué a un tipo que venía a Scottsdale.

—Si te enviamos allá es por un motivo. —Se enoja mi madre—. Las reglas impuestas son para cumplirlas, Emma.

—Solo me quedaré tres días; no habrá clases por una semana.

—Más mentiras—. No desperdiciemos el tiempo con explicaciones y peleas.

Sam sube al vehículo de mis tías. Mi madre arranca con su repertorio de regaños y mi padre la secunda, recordándome que ya tuvo suficiente con el operativo en el que Rachel emboscó a la mafia y no quiere más.

Su mención me da pie para saber cómo está. Sigue en Londres y su embarazo va bien, lo que son buenas noticias. Mi madre se queja de que siga en Europa. Según ella, Rachel debería pasar su embarazo en Phoenix.

Hablan de mi hermana durante todo el camino a casa. De eso y del dispositivo de rastreo sobre el que miento también. Digo que tuve que quitármelo anoche porque ya no lo soportaba. Saben que he tenido problemas con los anteriores.

—¿Y me extrañaron? —Le doy un beso a mi mamá en la mejilla—. No contesten, yo sé que sí.

—No podías quitarte el dispositivo. —Se enfada mi papá—. Debiste haberme avisado antes. Llamaré de inmediato por uno nuevo; no puedes ir por ahí sin uno.

—Explícame esos moretones en los brazos. —Mamá ajusta el espejo retrovisor—. ¿Te has visto? Tienes cicatrices por todos lados.

—Enseño defensa personal en la academia y me he llevado un par de golpes. —Pienso rápido—. También me uní al club de juegos extremos.

Mi mamá sigue con las quejas e ignoro los alegatos del porqué no puedo tener a un león conmigo y de por qué no debí quedármelo. La sala de mi hogar nos da la bienvenida de regreso. La casa está impecable e inhalo el delicioso olor de la madera.

Mamá no deja de hablar y me apresuro a mi alcoba. La brisa veraniega se escabulle entre las cortinas púrpuras. No ha tocado ninguna de las cosas que dejé. El escritorio aún está en una esquina habitual y le hace compañía al televisor frente a la cama. Arrojo mi cuerpo sobre las sábanas.

—Aquí duermo, Koldun. —Beso a mi león—. Es la cama más cómoda del mundo.

—Me dejaste hablando sola. —Entra mi mamá—. Sabes que no me gusta eso, señorita.

—Perdona, pero quería subir. Por favor —junto las manos—, hagamos todo lo posible para no discutir. Solo estaré tres días.

Me levanto a llenarla de besos.

—Luego hablamos. Ahora debo hacer las paces con Sam.

Seguro ya se ha encerrado y tendré que rogarle que me perdone por lo de hoy.

Llamo varias veces a su puerta, pero no responde. Es complicada y ama la ley del hielo, un rasgo heredado del apellido Mitchels. De niña, cuando se enfadaba, no volvía a hablarme hasta que la exasperaba con mis súplicas.

El truco ya no funciona. Ni siquiera después de media hora de golpes suaves en la puerta. A los cuarenta minutos, me doy por vencida.

Regreso por mi mascota y corro hacia la piscina del patio. Ignoro las advertencias de mi madre, que discute con mis tías cerca de la orilla. Me quito los zapatos antes de llegar al borde y me lanzo de cabeza.

El sol brilla con todo su esplendor, el agua está fresca y nado feliz con el león. No quiero que las horas avancen, quiero que el tiempo se detenga y este día se repita por toda la eternidad.

—¿Qué les parece si hacemos una parrillada de bienvenida?

—Nado hasta la orilla, donde está mi madre—. Se supone que el recién llegado no debería proponerlo, pero como nadie más lo dice, no me da pena hacerlo.

—Ya almorzamos —se quejan mis tías antes de irse.

No dejo que me arruinen el día. «Seriedad» es su segundo nombre. Sumerjo la cabeza en lo más profundo de la piscina. Debo descansar, comer bien, recargarme y recuperar la energía drenada.

Lo ocurrido en el despacho antes de que llegara Vladímir me martillea la cabeza. La traición del coronel fue un puñetazo ruin que me orilló a una esquina, desarmada y sin defensas. El imbécil se encargó de recordarme mi posición y poca importancia en este juego lleno de miserables.

Las palabras de Ilenko Romanov se niegan a desvanecerse y la duda sobre sus intenciones es una espina clavada en mi psique. ¿Era verdad lo que dijo o solo pretendía alejarme de Vladímir? Ha de ser lo segundo.

Me echo agua en la cara. He estado enceguecida por un momento y no puede volver a pasar. Debo estar alerta. Expuse al *Boss* con su hijo para salvarme y cuando regrese no me esperará nada bueno.

Salgo a enjabonar al león. Mi mente me reprocha las mentiras y encierro todo. Necesito vaciar la cabeza. Ya veré qué hacer después. Ahora estoy en casa, y estas horas deben ser solo para mi familia.

Koldun se sacude el exceso de agua. Envuelto en una toalla, me lo llevo a mi cuarto. El pelo le queda esponjoso después de secarlo con la secadora. Le doy de comer dos pechugas de pollo y en el jardín lo dejo con una pelota de piscina para que se entretenga.

Con ropa seca y más decente, me reúno con mi familia en la sala. Mi madre tiene cuatro hermanas. Todas viven en Washington. De vez en cuando les gusta dar un paseo por Phoenix. En esta ocasión, vino mi tía Mildred que es una matemática solterona de cincuenta y ocho años. También nos visita la tía Clarissa, una ingeniera aeroespacial que se divorció hace cinco años.

Mis otras dos tías han de estar absortas en sus trabajos, al igual que el resto de la familia. No niegan las raíces. Aunque su pelo es más corto, lo tienen del mismo tono azabache que mi madre y los ojos azules. Son mujeres de personalidad firme y seria. No les gusta depender de ningún hombre. Para ellas, eso es un insulto. Mi madre estuvo al borde de un ataque cuando mi hermana mayor se casó con el coronel.

No es el tipo de hombre que quería en la familia.

—¿Qué lees? —Abrazo a papá por detrás.

Tiene un periódico en la mano y me siento en el brazo del mueble donde reposa. Me comenta sobre lo que lee y las hermanas de mi madre intervienen para hablar sobre los reconocimientos que tenía cada una de ellas a mi edad.

—A Emma se le está pagando una escuela de patinaje —dice mamá—. Háblales de tus avances.

La siento tensa e invento un resumen rápido.

—El patinaje no es una carrera duradera. Su relevancia se limita a unos pocos años —dice la tía Mildred—. Además, se presta para que te vean como carne para machos.

—Lo sabemos y por eso entrará a la universidad —interviene mamá.

—Volverá a la FEMF en cuanto todo esto pase —añade mi papá—. ¿Cierto, cariño?

Asiento, y mis tías mueven la cabeza en desacuerdo. No aprueban las armas; tampoco nada relacionado con guerras o conflictos. Mamá siempre intenta convencer a Rachel de que pida la baja del comando. Rodeo el cuello de papá con un brazo y apoyo el mentón en su hombro. La discusión no termina. Debaten sobre mi futuro, convencidas de que entrar a la FEMF será una pérdida de tiempo.

Ya es costumbre, siempre hay disputas entre la inclinación militar de la familia de papá y la aversión de la familia de mamá. Mis tías sugieren carreras universitarias.

—Haré la cena para comer en familia. —Me levanto—. Empezaré ahora y así estará lista a tiempo.

Sobre la mesa, reúno los ingredientes. Saco a la empleada cuando empieza a mirar todo lo que voy a usar.

—Deja, yo me encargo. Quiero echarle bastante queso a la lasaña de Sam y tú no me vas a dejar.

Koldun juega a mis pies mientras pongo *El último verano en París* en la tele. El móvil vibra con mensajes de Ashley y lo silencio. Hoy no quiero distracciones.

En tres horas, tengo listas las bandejas de lasaña. Las meto al horno después de calibrar la temperatura. Luego le doy de comer al león y limpio la cocina.

Me seco las manos con una toalla una vez acabada la tarea y voy al comedor a arreglar la mesa. La tarea queda a medias al encontrarme con papá, que busca las llaves de su auto.

—Cámbiate, vamos a salir —dice—. El coronel nos quiere en North Central en una hora.

—Pero la lasaña está en el horno.

—Si nos citaron, debe ser para algo importante. Lo conoces, pocas veces nos tiene en cuenta para algo.

Insiste en que me cambie y, por muy tentador que suene, no me fío. Podría ser una trampa. El marido de Rachel ya me entregó sin pensarlo, así que no puedo confiar en él ni en nadie.

El *Boss* no necesita ensuciarse las manos. Le basta con mandar a uno de los suyos para pegarme un tiro.

—Mejor espero aquí. —Me seco las manos en el short—. No quiero que se arruine la comida.

Mi hermana baja junto a mamá y mis tías.

—¿Segura que deseas quedarte? —pregunta mamá.

—Sí, no tarden. —Los acompaño a la puerta—. Deben aprovecharme porque solo estaré tres días aquí y este privilegio no lo tiene cualquiera.

Mis padres me dan un beso en la frente. Mis tías se despiden, antes de irse con ellos, y Sam se detiene bajo el umbral de la salida.

—¿Le agregaste orégano a la lasaña?

—No, sé que no te gusta.

—Bien.

Sale y me conformo con la pequeña interacción. Cierro la puerta y, mientras la lasaña termina de cocinarse, peino a Koldun, le hago la manicura y le rocío perfume para que ambos tengamos la misma fragancia. Es un gato esponjoso. Le doy besos por toda la cabeza. Tras la ducha, saco un vestido del armario y me hago un moño bonito, del tipo que siempre adoró mi mamá.

Bella, como un lirio, bajo a arreglar la mesa. Cambio los manteles, coloco los cubiertos de plata y decoro con velas. Organizo todo según las normas de etiqueta. Por último, saco la lasaña del horno.

Mis padres no llegan aún y al llamarlos no contestan. Quemo el tiempo cortando las porciones para cada uno. Sirvo todo. Ya deben estar por regresar. Se fueron a las seis y faltan cinco minutos para las nueve. Los espero sentada en el comedor, pero no hay señales de nadie. A las diez, empiezo a preocuparme, preguntándome si les habrá sucedido algo.

Pasadas las once, los escucho en la puerta y me levanto a recibirlos. Papá entra con una alegría contagiosa.

—¡Ya sabemos el sexo de los bebés! —celebra—. ¡Tendré dos nietos varones!

—¿De verdad? —Festejo con él—. ¿Dos niños? ¿Cuándo lo supieron?

—El amigo del coronel iluminó North Central para dar la noticia —contesta Sam—. Fue hermoso.

—Y me lo perdí. —Se me bajan los ánimos—. ¿Alguien lo grabó?

—Debe haber alguna grabación por parte del amigo del coronel —dice mamá—. Mañana le preguntamos.

Con más razón me alegro de haber hecho la cena; ahora hay un motivo para celebrar.

—Sigan a la mesa…

—Ya comimos, cariño. —Se encaminan a la escalera—. Tus tías querían compensar a Sam por lo de hoy e insistieron en pagarle una cena en un restaurante bonito.

La sonrisa se me desvanece y vuelvo a extenderla. No les voy a robar protagonismo a mis sobrinos ni a opacar la felicidad familiar con reclamos. Me uno al momento de festejo y pregunto los detalles. Surge la necesidad de hablar con Rachel y le digo a mi madre que me preste su móvil. Si la llamo del mío, el coronel puede ponerse a la defensiva.

—Hoy no la llames, que ha de estar cansada. Su obstetra le recomendó guardar reposo —interviene mamá—. Sabes lo especial que es su embarazo.

Asiento, dándole la razón. Mis sobrinos son un milagro médico y se deben tener los cuidados necesarios para que nazcan bien.

—Les daré la comida a los hambrientos del refugio de las afueras del vecindario —propongo, y no se opone—. ¿O alguno quiere comer? Puedo calentar todo.

—No creo, cariño. Es mejor regalarla y no desperdiciarla.

Recojo todo en los recipientes de plástico. Apilo la comida en una caja y dos escoltas me acompañan a entregarla.

La iglesia construyó un refugio en un terreno baldío a pocos kilómetros del complejo de retirados. Todas las noches recibe personas en estado vulnerable, y cuando no consiguen camas, se quedan a los alrededores. Mamá suele donar comida junto a otros vecinos. Reparto la lasaña a los que no pudieron entrar.

Seré tía de dos niños. Sonrío sola, imaginándome a papá y al suegro de Rachel peleando por la atención de los bebés. Sam no dejará de dar consejos médicos y recomendar pediatras. Mi mamá, por su parte, tendrá como reto terminar de aceptar a los Morgan, que nunca han sido de agrado.

Todavía recuerdo cuando Rachel nos dio la noticia; estaba dichosa e igual yo, porque ser mamá siempre fue uno de sus anhelos. De niña me perseguía por toda la casa para meterme a una carriola.

—Gracias, linda —me dice un anciano al recibir el plato.

Continúo. Me queda una cena y, cuando estoy por acabar, los escoltas me apartan al ver al hombre que corre hacia nosotros. La luz de la lámpara callejera resalta la pañoleta en su cabeza.

—¡Death!

Suelto la caja y corro hacia el grandulón que me abre los brazos.

—Deja de hacer tanto ejercicio, que acabaré con las costillas rotas por tu culpa —le digo tan pronto como me alza.

—Estás viva —susurra sin soltarme—. Te echo mucho de menos, pequeñuela.

Sonríe con los ojos llorosos y lo abrazo. Tiene un apodo que infunde miedo, mata en peleas a muerte para sobrevivir, pero es una de las personas más dulces que conozco.

Le doy dos besos en la mejilla, al estilo francés.

—Mis noches no son las mismas sin ti —dice—. No tengo con quién hacer videollamadas ni con quién hablar de la basura que pasan en la televisión.

Lo conocí por el coronel, que lo llevó a casa un día. Días después, le di mi teléfono al volvernos a encontrar, y desde entonces comenzamos a hablar todos los días. Me deja en el suelo y caminamos juntos hacia uno de los asientos del parque.

—Rezo por ti todas las mañanas, voy a la parroquia y pido por tu regreso. —Me rodea con sus brazos, cubiertos de tatuajes y cicatrices—. Es un alivio saber que mis oraciones han servido.

En mi teléfono hay mensajes de él y de Tyler. Son los únicos que me escriben con frecuencia. Mis colegas del comando apenas se han acordado de mí. Era de esperarse. La vida de nadie se detendría por mi ausencia.

—Dime todo. —Death me besa las manos—. No omitas detalles.

Los escoltas esperan, impacientes, unos pasos adelante. Rápido, le doy un resumen, omitiendo todo lo relacionado con el *Boss*. No quiero que nadie sepa lo que ha pasado con él. Le hablo de los primeros días en el calabozo, el trato de Vladímir, el día en la granja...

—¿Sabes cuánto es lo máximo que ha durado una víctima de la mafia rusa? —No me suelta las manos—. Una semana. Y tú llevas más de siete. Si has sobrevivido a eso, puedes con mucho más. Aprovecha estas horas aquí para recargar fuerzas. No puedes rendirte, pequeñuela.

Lo envuelvo en mis brazos. Es el tipo de persona que, al conocerla, te hace pensar: «¿Dónde has estado toda mi vida?». Compartimos el amor por los gatos y la debilidad por los hombres que se declaran en las películas.

—Señorita Emma, ya debe retornar a casa —avisa el guardaespaldas—. Su padre asignó una hora para la tarea y ya se ha completado.

—Vamos —le pido a Death.

En voz baja, me da un breve resumen de la situación actual. El coronel sigue en la carrera por el puesto de ministro junto a mi hermana. Tienen algunos detractores en el Ejército, pero eso no ha sido un obstáculo para avanzar hacia su meta: ser los altos mandatarios.

—Haz que el *Underboss* acabe con el *Boss* —me dice Death—. Tenemos la ventaja de que Vladímir ya te ha hecho caso. Sé cautelosa, inteligente e intenta mantener siempre distancia con Ilenko Romanov.

Detiene el paso.

—Si se presenta, huye. —Recalca lo que me dijo antes de partir—. El miedo en los ojos de quienes hablan del *Boss* dice más que mil historias de terror y sé por qué te insisto con esto.

Me siento mal por no contarle todo, pero hay ciertas cosas que es mejor guardar para uno mismo. Llegamos al sendero de mi casa y sujeto la mano de Death en lo que caminamos hacia la puerta. Entreabren la cortina de la sala y, a los pocos segundos, mi mamá abre la puerta.

—¡Entra! —Viene por mí.

—Luciana, ¿cómo estás? —Se alegra Death—. Em y yo...

—Váyase y no me haga pasar vergüenza.

—Mamá, solo te ha saludado.

—Retírese. —Le muestra el camino antes de llevarme con ella—. Ya le he dicho que no me gusta verlo en mi casa.

—Te quiero —le digo a Death, y mi madre cierra la puerta.

Arma un escándalo con los argumentos de por qué Death debería estar en la cárcel. Mis tías se unen a la disputa para ahondar de quién se trata y me dispongo a buscar las escaleras. Ya he oído el regaño sobre el mal aspecto que doy con él y ya cientos de veces les he explicado que mi amigo no es una mala persona.

—Por favor, no discutamos. Es tarde.

Subo al despacho de papá. No hemos podido hablar y me asomo en la puerta de su oficina. Está en una llamada con el suegro de Rachel. Fueron colegas por años y desde el embarazo de mi hermana hablan casi todos los días.

—¿Tienes tiempo? —le pregunto con señas.

—Estamos en un debate sobre los cuidados de tu hermana. —Tapa la bocina—. Presiento que va para largo.

—Entiendo.

Koldun espera en el patio y lo llevo a mi alcoba. Ya ha pasado un día y siento que lo desperdicié. Mañana debe ser más productivo. Enciendo el televisor y el león se enrosca a mis pies. Quiero mantenerme despierta para ver una película; sin embargo, me quedo dormida a los pocos minutos. El aroma de mis sábanas es excepcional y las abrazo cada vez que me despierto entre sueños.

—¡Emma! —Tiran de mis pies—. Saca a ese animal de la casa.

Me incorporo, adormilada.

—¿Qué animal? ¡¿El coronel está aquí?!

—¡Al león!

Busco a Koldun en la cama, no lo hallo. Sam sale, furiosa, y me hace seguirla a su habitación, donde señala al león que mordisquea uno de sus zapatos de fiesta.

—Asumo la culpa. Debe tener hambre. —Lo recojo—. Le diré a papá que te compre otros.

—Los traje de Londres. En Phoenix no se encuentran estos zapatos, y él acaba de arruinarlos.

—Él no lo sabe, Sam, es un animal.

—Animal que debe estar en su hábitat y no aquí.

—Hablaré con Rachel para que te envíe un par de zapatos nuevos.

—¡A Rachel no la puedes estresar con idioteces! —Arroja el zapato a la basura—. Ese animal debería estar bajo el cuidado de otros, no aquí, dañando cosas.

—Em, Sam tiene razón. —Aparece papá—. Hay que llevarlo al zoológico.

—Lo entregaré al resguardo animal de North Pole —miento—. Está acostumbrado a ese clima y allá es donde debe estar.

Corto la discusión para que se acaben los alegatos. Le rebano un filete a Koldun y lo llevo al patio para que no incomode a nadie.

—No me den mesada este mes. —En la cocina, me adelanto al regaño—. Usen el dinero para los zapatos de Sam.

—Y también para el vestido —dice mamá—. Sam tardó días eligiendo ese atuendo y ahora debemos hacer uno igual.

—Como digas.

Tiro de la silla del comedor, donde mis tías beben café y discuten sus proyectos científicos. Intercambian detalles técnicos mientras mi madre las escucha con sus lentes de lectura sobre la cabeza. Aporta sugerencias que mis tías toman en cuenta.

—Queremos ver lo que aprendiste en Alaska —comenta mi madre—. La entrenadora local aceptó que des una presentación en el concurso de esta noche. Te reservó un espacio para el show intermedio. Me lo acaba de confirmar.

El hambre desaparece cuando me muestra el anuncio del concurso. Estarán todos mis antiguos compañeros de pista.

—Practicas seis veces por semana, debes estar bastante avanzada.

—Prefiero quedarme en casa.

—¿Por qué? —protesta una de mis tías—. ¿Estás segura de que asiste a todas las clases, Luciana? En el comando evadía varias.

—Vine a pasar tiempo con ustedes; en el hielo estoy todos los días.

—Son dos horas, Emma, no toda la noche. Ya confirmé tu asistencia.

Pensar en patinar convierte en piedra los huevos del desayuno. Estoy oxidada y fuera de práctica. Hace semanas que no uso mis patines y no he aprendido nada nuevo. Le digo a mi mamá que no me siento bien e insiste en que no vamos a cancelar.

Mi papá no interviene en el asunto. Está ocupado en la parrillada que hace con sus amigos para festejar la noticia de sus nietos. No le insisto. Es un hombre ocupado. Desde la recaída de Rachel, vive estresado y a la defensiva con todo lo que la involucra. Decir algo ahora sería arruinar su momento de calma.

Mamá no se separa de mis tías, cuyas visitas se asemejan a una inspectoría. Cuando estaba en el comando, pedían ver mis notas y las comparaban con las de mi hermana mayor para saber en dónde estaban mis fallas.

Salgo a montar al mediodía, ayudo en las caballerizas, le muestro los caballos a Koldun y me encierro en mi habitación, apenas el sol se oculta.

—¿Aún no te has cambiado? —Mi madre entra y apaga el televisor—. Te estamos esperando. Luego te quejas de que no mostramos interés en tus cosas.

Más que interés, quiere demostrarles a mis tías que no estoy perdiendo el tiempo.

—Mamá, no vine aquí a patinar. Vine a pasar tiempo con ustedes.

—Cámbiate y baja. Partimos en veinte minutos.

Me paso las manos por la cara.

—¡No tardes, Emma!

Arranco un vestido del armario, saco los patines que dejé aquí y el maquillaje. Mi madre no admite objeciones al dar órdenes e insiste hasta cumplir su cometido, y si no lo logra, deja de dirigirte la palabra. Me duele la cabeza. No tengo ganas de presentarme en ningún lado ni de ver la cara de nadie en la ciudad.

Toda la familia me acompaña a la pista de hielo. En silencio, ruego por cualquier intervención: una alerta de huracán, una invasión alienígena, una alerta de peste negra, cualquier cosa que evite ir al concurso. El auto avanza y mi mamá no deja de hablarles a mis tías sobre las clases en la academia en North Pole.

Nos acercamos a la pista de la ciudad y mis intestinos comienzan a retorcerse.

Phoenix es una ciudad pequeña y, al no tener muchas opciones de entretenimiento, las personas acuden a cualquier evento por improvisado que sea. Mi antigua entrenadora me saluda y mis compañeros hacen preguntas que no sé cómo responder. ¡No he aprendido nada! Quiero gritar y quitarme el vestido.

Las tribunas están llenas. La pista es pequeña, y siempre reservan asientos para los familiares de los concursantes. El primer grupo entra en escena. Cuanto más los miro, más claro tengo que mi nivel está por los suelos.

Mi madre elogia la academia de Alaska. No quiero decepcionarla, así que me obligo a dar la mejor presentación de la noche.

—¡Emma James! —Llega mi momento—. Emma James a la pista de hielo.

Las inseguridades se anidan en mis entrañas al pararme en el borde de la pista. Llevo años patinando y hoy no me siento capaz de dar un paso. Tantos sucesos me han reducido a un manojo de nervios, a un cúmulo de incertidumbres.

—Emma James.

Abro y cierro las manos a los costados en busca de algo a lo que aferrarme. Respiro por la boca y doy una vuelta alrededor de la pista. Los ojos del público se posan en mí. Los movimientos básicos no me salen bien. La falta de entrenamiento me hace doler los huesos, en especial los tobillos. No sincronizo, no me hallo y tampoco me siento cómoda.

Los murmullos me distraen; las personas susurran entre sí. Mis tías le hablan al oído a mi madre, papá está absorto en su teléfono y Sam mueve la cabeza con desaprobación.

Fallo en el primer intento de salto. Los recuerdos del calabozo ensombrecen el escenario cuando siento el *taser* que me sacudía el cuerpo al querer practicar. El cuello me pica, las palmas me sudan. Los gritos de «¡vete al rincón!» en la celda me orillan al borde de la pista. Me indican que vuelva al centro y regreso más nerviosa de lo que estaba.

No dejo de mirar al público, me tropiezo con mis propios pies y me caigo con una pirueta simple. Me levanto rápido a seguir con la rutina, pero el público entra al silencio odiado por todo concursante: el silencio del juicio, ese donde nadie habla porque lo haces tan mal que no hay nada por decir. No consigo ejecutar el salto planeado y mi cabeza se desvía a donde no debe.

El eco de las palabras de Vladímir, «eres una cirquera», resuena en mi mente. «No tienes talento para esto». Mi cerebro se sumerge en las memorias de concursos pasados, en las críticas y en los regaños por no hacer las cosas como se me exige. No logro el próximo intento de *loop* y me estrello en una aparatosa caída en el corazón de la pista.

«Pierdes el tiempo». «Déjalo ya». Las voces de mi cabeza atacan con todo. El público no habla. Cientos de frentes se arrugan en mi dirección entre risas discretas que se transforman en burlas.

El hielo me quema. La decepción la siento como un baño de lodo y, agitada, me quito los patines. No los soporto en los pies. Son los zapatos de una cirquera, de una payasa que nunca ha logrado nada e insiste en aferrarse a algo en lo que ha fallado una y otra vez.

En medias, corro al pasillo, saco mis cosas del casillero y escapo por la puerta trasera.

El dolor de estómago me hace vomitar, la picazón en el cuello no cesa, se extiende hasta mi espalda. Las voces de mi cabeza no se callan y rompo el frente de mi vestido después de arrojar los patines en el primer cesto de basura que encuentro. No los quiero volver a ver, me han convertido en el hazmerreír.

Por su culpa, he hecho quedar en vergüenza a mi familia y esto no me lo van a perdonar. Me cubro con una sudadera. No soporto el olor de los pasillos y huyo lo más lejos que puedo. El pavimento de los callejones vacíos me desgasta las medias mientras deambulo sin rumbo.

—Señorita Emma. —Me alcanza uno de los escoltas de mi papá—. Debe regresar a casa.

Niego con la cabeza, pero él insiste en que suba al auto. Me guía con una mano en la espalda. No puedo oponerme. Su deber es obedecer órdenes, y desafiarlas solo los enfurecería más.

Viajo sola de regreso a casa y aprieto la falda de mi vestido. Lo que amaba ahora es una fobia más, un recuerdo de burla.

—No quiero bajar —le digo al escolta—. Ellos me van a regañar.

—Tranquilícese y hable con ellos. —Abre la puerta del auto—. No llore, que mañana ya lo habrán olvidado.

Él, más que nadie, sabe que no es así, que mamá todos los días va a recordarme esto. El guardaespaldas me sigue a la puerta y, como era de esperarse, hallo al tribunal familiar, ese que los reúne a todos en el mismo sitio.

Mis padres aguardan en la sala con Sam y mis dos tías.

—Esto no puede seguir pasando, Luciana —habla la tía Clarissa—. ¿Alguna vez se ha visto a una Mitchels en una situación tan vergonzosa? ¡Nunca!

Pongo los ojos en el suelo. He fallado en lo que amo, en lo único que creía que me hacía diferente a los demás.

—Rachel y Sam —dice mi madre— tienen futuros brillantes.

—Yo no soy Rachel y tampoco soy Sam.

—¡Ya lo sabemos! —espeta mi tía—. Arruinaste el evento de tu hermana llegando sin avisar, pusiste en riesgo la seguridad que con tanto esmero te brindan y, como si eso no fuera suficiente, ¡avergonzaste a tus padres ante toda la ciudad!

—Dieciocho años cumpliste —añade la otra hermana de mi madre—. ¿Y qué has hecho con tu vida todo este tiempo? Nada. Eres una inconsciente, una niña mimada que se siente con derecho a todo por tener un apellido de renombre. Lo usas como un pase libre para no esforzarte, para no construir nada por ti misma.

—No es así.

—¡Por supuesto que es así! En el comando siempre diste de qué hablar, ahora te envían a la academia y lo único que logras es hacer el ridículo.

—No tienes idea de lo que es Alaska, así que no hables...

—¡No protestes y admítelo! No mereces nada. Eres una privilegiada sin una sola neurona en ese cerebro. —La tía Clarissa se clava los dedos en la sien—. ¿Sabes cómo te imagino? Sin futuro, sin estudios y siendo la esposa de algún perdedor.

—Ojalá sea así y termine siendo la pareja de algún perdedor. Prefiero eso a ser una reprimida desdichada como tú —me río entre lágrimas—. ¡Vives de divorcio en divorcio porque nadie te soporta y ahora entiendo el porqué!

Me dirijo de vuelta a la escalera y mi madre cierra los dedos sobre mi brazo. Las uñas largas se me entierran en la carne. Su mirada azul me cala y me reduce a nada.

—¡Suéltala, Luciana! —le pide mi papá—. Ya fue suficiente por esta noche.

—Siempre me pregunto en qué me equivoqué contigo, Emma —comienza mi madre—. Estoy harta de tu falta de consideración, de esa altanería disfrazada de rebeldía.

—No quiero pelear contigo. —Le quito la mano—. No deseo ver cómo intentas imitar a mis tías para quedar bien.

—¡No me interesa lo que quieras! ¡A ti nunca te he importado yo! —Me encara—. ¡Año tras año es lo mismo! ¡No hay avance, no hay logros! ¡Eres una más entre tantos! ¡Pisas todo lo que hemos construido!

Le aparto la mano y ella persiste en no dejarme escapar. Sus gritos se intensifican a la hora de echarme en cara todo lo que ha hecho por mí. Me pone en la misma balanza con Sam y desempolva los argumentos que me recuerdan por qué prefiero la tortura física a oír sus alegatos. En cada discusión, insiste en destacar mi falta de madurez y cuán poco me parezco a ella.

—¡No te puedo presumir, no puedo hablar bien de mi propia hija!

—¡Para ya!

—¿Paro, con qué? ¿Con la verdad? ¿Con la realidad?

—¡No quiero pelear contigo, mamá! —Muevo el brazo—. ¡Me quiero ir, así que déjame!

—¡No! —Su saliva me salpica la cara—. ¡No te dejaré ir hasta que entiendas lo mucho que me repugna tu maldito olor a fracaso...!

La palabra me acelera los oídos y sin pensar le volteo la cara con un bofetón que enmudece la sala. Ella se lleva la mano a la cara, y yo miro mis propios dedos, aturdida. ¿La golpeé? Acabo de golpear a mi madre, a la mujer que me dio la vida.

¿Cómo se me ocurre?

—Mamá, lo siento. —Me tiembla la voz—. No quería, te lo juro...

Sam la aleja de mí. Mis tías arman un círculo alrededor de ambas. No me dejan acercarme y papá me agarra para llevarme a mi alcoba. No quería hacer eso... No lo calculé, ni siquiera lo vi venir.

—Perdóname, por favor —le ruego a mamá—. No fue mi intención, mamá...

A pesar de mis súplicas, no me permiten acercarme. Mamá no me determina, papá se cansa y me hace caminar a las malas. Sé que está enojado porque nunca había sido brusco conmigo y ahora lo es. No se preocupa si me tropiezo o no con los escalones.

—Te explicaré lo que pasa. —Lo detengo en el corredor de arriba—. En Alaska...

—Señor, el ministro Morgan quiere saber si asistirá a la charla de la teniente —le avisa uno de sus escoltas—. Está en línea.

—Va a hablar conmigo ahora —intervengo.

—El ministro dijo que era importante.

—Que llame más tarde —digo.

El escolta le reitera la importancia del asunto y mi padre recibe el teléfono.

—Papá...

Me da la espalda y de nuevo me desconozco a la hora de arrebatarle el teléfono y estrellarlo contra la pared.

—¡Mírame, joder! —Un dolor agudo me atraviesa el tórax y las palabras brotan desde lo más profundo de mi pecho—. ¡Mírame, que yo también soy tu hija!

Veo cómo otro pilar se derrumba. Ese muro sólido llamado familia se desmorona en fragmentos que me despedazan al sentir que no pertenezco aquí. Que soy un animal extraño.

—Déjame ser la protagonista de tu vida, aunque sea por una vez. —El cuerpo entero se me estremece—. ¡Deja a Rachel de lado un segundo y ponme atención a mí, que yo también te necesito!

Las lágrimas brotan sin control. Siempre está enfrascado en lo mismo y no se da cuenta de que me estoy desangrando por dentro.

—¡Nada te cuesta darme, aunque sea, un poco de ese amor que le tienes! Es tu hija, pero yo también tengo tu sangre, papá ¡Ella no debería ser lo único importante en tu vida y yo no te pido mucho!

Creí que verlos me llenaría de fuerza y no está pasando.

—Estoy frente a ti y no me ves. Para ti no hay mundo más que ella y lo entiendo... lo entiendo... —sollozo—. Pero, Rachel tiene un marido que la protege, un suegro que la adora, amigos que la cubren... ¿Y qué tengo yo, papá? ¡No tengo nada!

—No sé quién eres y no puedo creer que un alegato así salga de tu boca. —Me mira como si fuera una extraña—. A Rachel la atraparon, fue sometida a un tormento cuando la drogaron y tuvo que exiliarse por años. Salió de la adicción y luego tuvo una recaída que casi la mata... ¿Y tienes el descaro de reclamarme por estar al pendiente de ella? ¡Tú, que fuiste testigo de todo lo que sufrió y de lo mucho que nos dolió verla partir!

—Pero yo...

—¡Nada! —El grito me arde en los oídos—. ¡Nada de lo que digas se compara con lo que ella pasó y vivió! ¡Su vida todavía está en peligro! Para ti es fácil hablar, porque no sabes lo que duele ver a un hijo en el suelo. No sabes cuánto duele verlo partir, siendo consciente de que se marcha vuelto pedazos. Yo lo viví con tu hermana, con la mujer que ha dado siempre lo mejor de sí para preservar el bienestar de esta familia.

Las palabras mueren en mi boca al no tener argumento que valga, porque tiene razón. Rachel ha dado y daría todo por nosotros, se ha ganado el amor que le tiene y no es culpa de nadie que mi peso no sea equiparable al suyo.

En la vida algunos están destinados a volar alto y otros estamos destinados a mantenernos en el suelo.

—No quiero perderla ni verla herida otra vez —sigue—. Ya la han golpeado demasiadas veces. Pensé que lo entendías y deseabas lo mismo, porque es tu hermana y somos una familia.

Las lágrimas me salpican el pecho. Esto es una pelea perdida, no puedo competir con Sam y tampoco con Rachel, y está bien, debo aceptarlo. Lidiamos con lo que labramos y yo no me esforcé por ser la que se merezca ser escuchada ni la hija favorita.

—Yo no, Rick. No tengo miedo de perder a nadie porque odio este apellido y odio ser tu hija, así como detesto ser parte de este círculo de injustos. —Termino con la poca consideración hacia mí de una vez por todas—. ¡Odio vivir en la maldita sombra de mis hermanas y que tú nada más veas a quien tiene más talento, porque es lo que has hecho toda tu vida!

No quiero que me extrañe, y si muero, no deseo que repita el dolor que sintió por su primogénita el día que tuvo que irse. Lo mejor es que me repudie desde ya y se olvide de mí porque no voy a regresar.

—¡Ella no debió volver de su exilio! ¡Su regreso fue una completa mierda! —miento—. ¡Debió quedarse en las sombras para que sienta lo que siento yo todos los días, perteneciendo a esta familia de porquería que no hace más que señalarme!

Ataco con su misma forma de lastimar y es con palabras.

—En tu vejez no me verás y no me sentirás porque me desligo de esta responsabilidad que nunca quise —sollozo—. Me desligo de tu falsedad y sonrisas fingidas, que intentan hacerme creer que me quieres sin ser así porque eres... ¡eres un hipócrita, Rick James!

Los labios se le tensan en una fina línea y tiene los ojos inundados por las lágrimas.

—¡Fuera de aquí! —exclama Luciana al pie de la escalera—. Has perdido la cabeza, maldita desconsiderada. ¡Empaca tus porquerías, tu animal, y lárgate de mi casa!

—No es necesario echarme. De todas formas, me iba a ir.

—Apresuro el paso a mi alcoba—. Sean felices con su honor y olvídense de mi existencia.

Papá se queda mudo en el corredor. Recojo mis cosas, meto los pies en las primeras zapatillas que encuentro y el llanto me impide ver bien, porque sé que esta vez me voy para siempre. Antes tenía una esperanza, ahora me largo sin nada. Es lo mejor para todos, porque no miento al decir que aquí me siento como un costal de estiércol.

El león viene a mí al verme en el patio.

—¡De ahora en adelante sobrevives tú sola! —me grita Luciana al atravesar la cocina—. Nada de llamadas y nada de ruegos porque nadie estará para ti. Olvídate de que volverás a pisar esta casa y olvídate de que soy tu madre.

—No me importa. —Camino a la salida—. Porque de todos, ¡a ti es a la que más detesto!

Disparo la última mentira antes de largarme. Ya no seré la mancha del perfecto retrato familiar. Se acabaron las quejas y los murmullos sobre su perfecto apellido. El mismo escolta que me trajo, se embarca conmigo al aeropuerto. Habla por teléfono, supongo que con mi papá, y aprovecho para enviarle un mensaje a Death. Necesito despedirme de él.

Llega, agitado, unos minutos después de que piso el aeropuerto.

—¡Em! —Corre a mi lugar.

—Yo no quería abofetear a mamá —le explico tan pronto estamos a solas—. Ella comenzó a insultarme y no supe reaccionar. Es difícil hacerle frente a la Bratva y ser la hija perfecta al mismo tiempo.

—Tú eres perfecta y hermosa también. —Me sostiene la cara entre las manos—. Nadie tiene derecho a exigirte más porque son pocos los que sobreviven a lo que has sobrevivido.

—No quiero volver.

—Toda familia tiene sus errores, pequeñuela. Entiende que ellos no tienen idea de esto.

Me besa la frente e intento contener el torbellino atorado en mi pecho.

—Prométeme que no te rendirás —insiste mi amigo—. Debes volver, porque yo sí espero por ti.

Busca mi mirada cuando no le contesto.

—Si no deseas regresar por ellos, hazlo por ti y por mí. Eres lo único que tengo, Em, y cuando regreses, aquí estaré para ti. —Me besa las mejillas—. Siempre lo estaré y no quiero que me dejes solo.

Lo abrazo.

—Se van a arrepentir de no haberte tratado como te mereces. —Me estrecha en sus brazos.

El escolta de papá me informa que el avión está por partir. Alzo al león y le doy un beso a mi amigo, quien se queda a la mitad de la sala.

—¡Te quiero, pequeñuela! —me grita a lo lejos—. No lo olvides.

En la aeronave, me instalan un nuevo dispositivo de rastreo en la nuca. El guardaespaldas me repite las instrucciones que debo seguir. El avión despega y, durante el vuelo, acaricio el pelaje de Koldun, quien permanece inmóvil sobre mis piernas y no se aparta de mi regazo en todo el trayecto, mientras no hago otra cosa que llorar.

No debí venir... Lo mejor era conservar la ilusión de que ellos me echaban de menos.

Tal vez papá tenga razón y sea una egoísta al pensar en mí en un momento como este. No odio a Rachel y jamás podré hacerlo, porque para mí siempre será la mejor; aun así, quererla no merma el sentimiento de impotencia que siento ahora y no me deja respirar.

Vladímir tenía razón al decir que mi vida es más miserable que la suya.

Aterrizo en North Pole. Entro al primer taxi y le pido que me lleve a la casa en donde se supone que vivo. La casera, al abrirme, se hace a un lado con la mirada en el suelo. Está amenazada por la Bratva y se limita a dejarme pasar sin decir una palabra. Busco la habitación que me asignaron aquella primera noche que ya parece tan lejana.

Mi compañera de alcoba ya no está y no hay rastro de ella.

Las sábanas *beige* se funden con el color de las paredes austeras; el lugar sigue sin vida, sin calor. Apoyo la espalda en la cama al sentarme en el suelo, el león se me sube encima y, con él en las piernas, me quedo mirando a la nada, dejando que las horas pasen.

«Tu maldito olor a fracaso». Los ojos se me nublan y el pecho se me estruja. En la pista de hielo, en el comando, en casa, incluso aquí, en el fin del mundo, la derrota parece perseguirme como un animal hambriento.

Un peso invisible me aplasta, se expande con cada respiro y el aire se vuelve concreto en mis pulmones. Las voces se acumulan, una sobre otra, apilándose como ladrillos en la muralla que me separa del mundo. «Incapaz». «Insuficiente». «Decepción».

No importa cuánto corra, cuánto luche, cuánto me esfuerce. Siempre termino aquí. En este mismo punto muerto y con la misma sensación de estar fuera de lugar.

Vladímir aparece en la tarde vestido de negro.

—Siento el amargo olor de la tristeza —dice desde la puerta.

—La hay. —Tengo los ojos hinchados de tanto llorar y él me mira hipar junto al león.

Pensé que lo de Bendi había sido lo más difícil y he aquí otro golpe contundente al pecho, otra herida que me está dejando sin lágrimas. El *Underboss* me ofrece la mano y le sujeto los dedos helados al momento de levantarme.

—Golpeé a mi... —intento decir, y me pone los dedos sobre los labios.

—No digas nada porque no me interesa, pequeña puta. Todo lo que te sucede es consecuencia de tu idiotez. ¿No te cansas? Por una vez en tu vida, toma una decisión inteligente.

Recoge mis lágrimas con el pulgar.

—Los espectros no sienten. Tú brillas todo el tiempo, pero tus luces se quiebran a cada momento y es entonces cuando las cosas duelen. En la oscuridad, no parpadeas, solo estás en la penumbra y ya. Juega con las hebras de mi melena.

—En la oscuridad, te acostumbras al dolor, lo abrazas y aprendes a vivir con él —prosigue—. Suelta todo lo que te hunde, pequeña puta, y ya deja de lamentarte.

La cabeza me duele tanto que la siento a punto de estallar. Debe ser porque estoy agotada de pensar, de esforzarme por algo que nunca seré.

—Seamos un par de seres desgraciados. Duerme esos sentimientos y ven conmigo —suspira—. Si me obedeces, nos largaremos de aquí. Haré que ese corazón deje de doler. Porque quieres que deje de doler, ¿no es así?

De nada sirve batallar con él, es quien tiene el control. Además, tiene razón en algo: en la oscuridad, los sentimientos no duelen tanto. He peleado hasta donde más he podido, pero cada esfuerzo me ha traído más agonía, más decepciones. La hija buena, la soldado con futuro, la patinadora prometedora... Todas esas versiones de mí yacen destrozadas a mis pies.

—¿Quieres o no?

Muevo la cabeza en un gesto afirmativo y él saca un frasco con píldoras. Las hace sonar antes de sacar la pastilla blanca que pone sobre su palma.

—Primero debo probar si somos o no almas gemelas. —La detalla—. Las mujeres de la Bratva no viven para brillar, viven para destruir, y los espectros pocas veces estamos sobrios.

El agotamiento se asienta en mis huesos. Hacerle caso significa dejar de ser yo, pero también dejar todo lo que me ha herido. Es lo que deseo.

Alza la píldora y abro la boca para que me la ponga sobre la lengua.

—En unos minutos ya no pensarás más.

29

ULICHNYYE SOBAKI

EMMA

En los días cálidos de Arizona, mi ignorancia rechazaba las verdades amargas de quienes veían el mundo en tonos hostiles. Me aferraba a la idea de que la vida era un lienzo que podía pintar a mi antojo, ignorando las voces que maldecían su crudeza.

Ahora los entiendo. La belleza del universo se marchita cuando el cansancio se apodera del alma, cuando cada brazada en el mar de problemas solo te arrastra más lejos de la orilla. Nunca creí que llegaría el tiempo de los vientos fríos, a esas etapas donde ya no sueñas ni te ilusionas, sino que simplemente te resignas a lo que quiera darte la corriente.

Nunca quise ser parte de ningún conflicto. Mis planes eran simples: encontrar a alguien que me amara con locura y construir la vida que siempre soñé. Pero a la vida no le importa lo que nosotros queramos.

No busqué problemas, pero los problemas me encontraron. Y porque amaba a los míos, callé. Callé para que mi hermana no volviera a hundirse, para que mis padres no perdieran lo más importante que tienen. Callé por mis sobrinos y por mi cuñado, para que no viera sufrir, una vez más, a la mujer que ama.

Y ahora, tengo que seguir callando. Mi dolor es solo una gota en el océano; el suyo sería un tsunami para todos.

No puedo enterrarme un tiro a la cabeza porque le temo a la boca profunda que quiso tragarme en el otro lado y tampoco podría hacerlo, pues ya me advirtieron lo que sucedería si me atrevía.

—El amor por algo no te garantiza ser bueno en ello. —La voz de Vladímir suena distante—. Aceptarlo duele más que abandonarlo, pero es necesario. Si no lo haces, seguirás siendo una inútil.

Descanso con la cabeza en sus piernas; el mareo me revuelve el estómago y las náuseas me hierven en la garganta.

—Nunca has sido útil, pequeña puta. Fuiste una pésima soldado, eres una lástima como patinadora y un desastre de hija.

Me coloca otra pastilla sobre la lengua y mi percepción del entorno se distorsiona.

—Me gusta verte así: rota igual que yo —murmura contra mis labios—. Las personas rotas somos expertas en causar desastres.

Acepto con un movimiento de cabeza.

—Serás mi letal mascota hasta que llegue tu hora. Entre mejor te comportes, más tiempo tardaré en ejecutarte. —Sus dedos recorren los mechones de mi cabello —. Mientras tanto, hay que divertirnos.

El gusto por mí nunca ha asegurado nada. Hizo una promesa, y si quiere convertirse en el próximo *Boss*, tendrá que cumplirla. Le sonrío. Va a deshacerse de mí a menos que consiga lo que una vez me propuse. Si se enamora, si se ata lo suficiente a mí, a lo mejor me deja a su lado, y en estos momentos hasta con eso me conformo.

—Y si me porto bien, si te hago feliz, ¿por qué no dejarme vivir? —hablo con la boca seca.

—Para hacerme feliz tendrías que complacerme en todo lo que quiera, pequeña puta, y no sé hasta dónde estás dispuesta a llegar. —Sella mis labios—. No pienses en eso ahora. Disfruta.

El león ronronea a mis pies. El mareo se intensifica con la influencia de la píldora, y termino con la cabeza contra la alfombra. No duermo, me elevo a una dimensión que no conozco. Mi estómago es un abismo sin fondo, un vacío que se expande y cierra cada dos segundos. El *Underboss* me quita el chip de rastreo y la habitación no deja de darme vueltas. Las náuseas me suben a la garganta y corro al váter, pero nada sale. No he comido en horas. No tengo nada que expulsar, salvo el vértigo que me carcome desde dentro.

Vladímir espera bajo el umbral.

—Novata. —Se cruza de brazos.

—No me siento bien...

—Ya te acostumbrarás. —Se limpia la punta de la nariz—. Luego no querrás parar.

Me sujeto la cabeza con ambas manos; no creo que esto sea para mí. Hago gárgaras con enjuague bucal antes de regresar a la habitación. Koldun no está y lo busco bajo la cama.

—Lo envié a la fortaleza —me avisa Vladímir.

—Tráelo. —Se ha llevado a mi única compañía—. Lo necesito, Vladímir.

Me quedaré con él después de que el *Boss* muera.

—No lo puedes llevar a donde iremos. —Me pone en pie—. Bebe, saldremos en veinte minutos.

Aprieto la botella de vodka, el pecho no me deja de doler, parece que tuviera una tonelada de ladrillos aplastándome. Bebo directo de la botella y, al quinto trago, dejo de pensar. Es mejor estar ebria que drogada. El *Underboss* se encarga de instalarme el rastreador de la Bratva.

Le da instrucciones a la casera, recoge mis cosas y nos marchamos. No tengo idea de hacia dónde vamos. Solo sé que el suelo se me mueve bajo los pies y que el frío me quema las mejillas.

—No me basta con verte ebria. —Vladímir me lleva de la mano—. Necesito más.

Lo detengo y sello nuestros labios en la noche helada. Mi chaqueta térmica se adhiere al cuero de la suya, pegándonos como si el frío quisiera fundirnos. El beso es firme, pero suave. No hay prisa ni necesidad, solo el gusto compartido. Cierro los ojos de forma involuntaria. Por un momento, olvido quiénes somos, dónde estamos.

—Falta más, pequeña puta. —Tira de mi mano.

Abordo una avioneta con él. Siento un constante impulso de llorar y trago más licor en las horas siguientes. El vodka se acaba y asalto el minibar. Inundo mi consciencia en el alcohol porque no quiero que hable más y tampoco necesito que me recuerde mi deprimente entorno.

Beber no es nuevo. En Phoenix, a veces me costaba parar cuando bebía con los soldados sin futuro del comando.

Descendemos a tierra horas después y bajo con una botella de whisky escocés en la mano. El *Underboss* está peor que yo porque nos hemos bebido toda la barra de licores de su avioneta.

—Bienvenida a Sochi —anuncia—. Turistas, bares, drogas y apuestas. Nuestro nuevo maldito paraíso.

Recibe las llaves de un Mustang color cobre. Lo sigo sin soltar la botella y en pocos minutos estamos en una calle iluminada por letreros luminosos. La gente se alcoholiza en las aceras y soy guiada porque no quiero darle pausa al whisky.

—Nadie me tomará en serio contigo así —dice mientras me arrastra hacia uno de los locales—. Mi chica debe verse ruda, temida y letal. Tú pareces una niña de papi que nunca ha visto la verdadera cara de la calle.

Golpea el espaldar de la silla de cuero donde me hace sentar.

—¡Deseo un cambio para mi chica! —exclama y la encargada del establecimiento se acerca—. ¿Qué opciones hay?

Me desenredan la melena.

—No quiero a Emma James, quiero a mi otra mitad, a alguien que haga temblar rodillas con solo estar a mi lado. —Vladímir pasa las hojas de la revista—. Hazle esto, que así podré camuflarla entre las mujeres de las pandillas.

Permito que me corten las puntas del pelo antes de decolorar los mechones hasta dejarlos blancos. El resultado me gusta y pido que me aclaren más la parte delantera. Desde que llegué a esta parte del mundo, no he dejado de desentonar. Cuando no es por mi físico, es por la ropa. Las miradas despectivas son cansinas y así seré una más.

Una vez acabo con mi pelo, elijo una perforación para la nariz. En Sodom abundan este tipo de accesorios. El aguijonazo duele y lo calmo con dos tragos. Paso al siguiente local con el *Underboss*. Elige ropa para los dos, me llena los brazos de *jeans*, chaquetas, enterizos, corsés, blusas de cuero, camisas con taches y botas de caña alta.

La ropa con estampado queda de lado y las manillas y los pendientes terminan en la basura. Ahora luzco muñequeras y aretes grandes que me hacen ver más adulta. Vladímir me ofrece más cocaína y alzo la botella para que entienda que con el licor me basta.

Prefiero estar ebria que drogada.

—Más para mí. —Se agacha en el mostrador del local a absorber la droga.

Nos retiramos del local con las manos llenas de bolsas y en una óptica escojo un par de lentes de contacto marrones. Son incómodos los primeros minutos; ya me acostumbraré.

—Es toda tuya. —Vladímir me entrega un arma—. La usarás cada vez que te lo diga.

Guardo la pistola en la cinturilla de atrás de mis pantalones. Espero que sea para asustar, porque no deseo jalar ningún gatillo. Lo único que quiero es seguir bebiendo.

Regresamos al Mustang descapotable, la discusión con mis padres me tortura los oídos y bebo más licor. Paso la noche embriagándome en cantinas de poca monta y salto, eufórica, junto al *Underboss* hasta que me duelen los pies. Recibo todo el alcohol que me ofrecen: coñac, ginebra, whisky. No importa si es perjudicial o no, lo único que importa es la fiesta.

Beso a Vladímir en una discoteca abarrotada de cuerpos sudorosos, envueltos en luces parpadeantes y humo. Entre la multitud encuentro a personas con mi mismo tipo de tristeza y nivel de decepción. El tiempo pierde su significado y mi cuerpo apenas procesa el alcohol que trago dentro y fuera de los bares.

Despertamos en un hotel barato, comemos en la calle y seguimos con la fiesta. No tengo necesidad de drogarme porque con el alcohol me basta y lo trago tanto que comienza a saberme a néctar de manzana.

Vladímir deja de ser un patán cuando le obedezco. Se relaja, se ríe, me besa. Nos dejamos llevar por la noche, saltando de un bar a otro, hundiéndonos en el caos de la ciudad. El alcohol nos pesa en la sangre, la música queda atrás y terminamos la celebración en la orilla de la playa.

Las olas golpean la orilla, ahogando a ratos las voces de los rusos que deambulan. Sentada en el capó del Mustang, brindo con él.

—¿Ves? —Bebe de su botella de whisky—. Te dije que ya no dolería.

Tiene razón. La niebla del alcohol cubre los recuerdos, los vuelve borrosos, menos nítidos, más fáciles de ignorar. Debe ser por esto que hay tantos alcohólicos. Cuando el peso en el pecho aprieta, el licor lo aligera.

Agarro la mano de Vladímir y juntos nos tomamos un trago a la orilla de la playa.

—¿Tienes algún recuerdo lindo aquí? —le pregunto—. Miras las olas con nostalgia.

—Mi madre me trajo. Vinimos una vez, meses antes de mi rapto.

Quisiera que mis neuronas estuvieran lo suficientemente despiertas como para darle la atención que merece.

—¿La amabas mucho?

—Demasiado. Era la mejor de todas y adoraba a mi padre.

Nos quedamos absortos en las olas durante minutos. Debió ser interesante conocer a la mujer que enamoró a Ilenko Romanov, verlo en esa faceta. Con Zulima no vi rastro de eso. Supongo que su difunta esposa lo convirtió en piedra.

—¿Entiendes que ya no formas parte de la ley y es momento de estar en su contra? —pregunta.

Afirmo con un gesto de cabeza y se coloca frente a mí, atrapando mi nuca entre sus manos.

—Cada acto criminal engendra una cucaracha. Se reproducen, se unen y crean una plaga que devora tu lado humano. Entonces dejas de lamentarte, de sufrir, te vuelves indiferente y, al no destacar, la gente deja de intentar apagarte.

El frío de su boca toca mis labios en un roce lento. Cierro los dedos en su chaqueta, mi respiración se acompasa con la suya y nuestras lenguas se unen con una delicadeza opuesta a la rudeza del entorno que nos ha rodeado en las últimas semanas.

Lo envuelvo en mis brazos. No siento su corazón, es como si no tuviera nada entre las costillas. Siempre hay un silencio inquietante, pero, a pesar de la quietud, suelo percibir el tumulto de sus emociones afligidas. Su alma me recuerda a las de las víctimas del Holocausto, desgarrada y despojada de todo lo que alguna vez fue esperanza.

Con el *Boss*, la experiencia es opuesta. Su corazón retumba con fuerza, como un tambor que anuncia su presencia mucho antes de que entre en una habitación. Aun así, detrás de ese ritmo fuerte y constante, no parece haber sentimiento alguno, solo el pulso inquebrantable de alguien que nunca titubea.

Las ganas se encienden con los besos dados y nos hacen irnos al hostal.

Desnudo a Vladímir al pie de la cama. Soy su chica y debo convencerlo de ello para que no dude. Mis manos exploran la piel manchada por los tatuajes. Nuestros cuerpos se unen y nuestras bocas no se separan al momento de caer en las sábanas. Lo dejo posicionarse sobre mí. No hay agarrones bruscos, rasguños ni palabras ásperas en ruso.

Su boca me recorre el mentón en cuanto su erección se levanta.

—No puedo hacerlo bien si no estás lo suficientemente lista —Se le dificulta al entrar en mí—. Y no lo estás. Te necesito más húmeda, pequeña puta.

—Sí, estoy lista —respondo, ebria—. No pares.

El preservativo me maltrata al deslizarse. No se siente igual que otras veces, pero, a mi manera, me gusta. Frunce el ceño, con los brazos tensos, el sudor brota de su frente y lo beso queriendo que se relaje.

—Ya hemos consumado el matrimonio —digo contra su boca—. Ahora no puedes retractarte.

—No intentes enamorarme con palabras baratas.

—Ya estás enamorado de mí, aunque digas que no.

—Aquí no hay lugar para eso.

Se mueve rápido, y yo ajusto mi ritmo para él. Los besos se vuelven torpes, nuestras respiraciones se entrelazan en el éxtasis. Sus caderas se aceleran, el dolor se le plasma en el rostro; aun así, no se detiene, sigue empujando, incapaz de frenar.

Esconde las manos bajo mi espalda, explorándome como si buscara algo entre mis omóplatos. Se contonea, se entrega a sus ganas. Sus besos recorren mi garganta, mi boca, mis mejillas. Y, al final, acaba, vencido por el deseo.

Lo dejo descansar, aunque deseo estar encima de él y hacerlo otra vez. Siento su tensión aún presente y me dedico a acariciarlo. En la madrugada sugiere una posición lateral. Con un nuevo preservativo, acomoda su cuerpo detrás del mío y eleva mi pierna izquierda para entrar.

—Creo que si alzas más... podré.

—Oh, sí... —Nos cuesta—. Si te bajas un poco, sería más...

—Sí. —Lo hace, y es cómodo sentir su aliento sobre mi espalda al entrar. Aunque se siente bien, no duramos mucho; la erección decae por tantos intentos fallidos.

Lo dejamos de lado y nos centramos en los besos.

Lástima que ser su compañera no se limite a embriagarnos y tener sexo en hoteles de mala muerte. Al amanecer, una parte de mí se queda atrás en la habitación que dejamos.

Vladímir convoca a su pandilla en un museo abandonado. Una mole de concreto y cristales rotos donde los muros devoran la luz del sol. Más de cincuenta pandilleros se apiñan en las escaleras. Sus gabardinas oscuras ondean y dejan entrever destellos de armas ocultas. Visten vaqueros desgastados y tienen los rostros adornados con múltiples perforaciones.

Podría escribir un libro sobre todos los símbolos que llevan. La tinta de los tatuajes les marca la cara, los cuellos y los brazos con cruces ortodoxas, telarañas, gatos y calaveras. El *Underboss* habla en su idioma natal, suelta órdenes y arranca las carcajadas. Se codean, señalan y bromean entre ellos.

—Bebe un trago, pequeña puta —me exige Vladímir—. Se avecina lo mejor y no toleraré flaquezas de tu parte.

Destapo la licorera de acero. A mi lado, se coloca la chica de cabeza rapada que nos acompañó en Sodom. Luce igual que el resto: vaqueros rotos, botas de cuero y tatuajes que se asoman por las mangas recortadas de su abrigo.

—Andando. —Sonríe Vladímir—. Tenemos mucho trabajo por delante.

Todos avanzan hacia la misma salida. Según el *Underboss*, esta es mi nueva familia, la calle es mi hogar y quienes me rodean son mis señores. Obedecer no es una opción, es una regla.

—Este es Zoren, mi mano derecha en la pandilla. —Le palmea el pecho con orgullo—. Si yo no estoy, él manda. Es uno de los asesinos más solicitados de nuestra hermandad. Se infiltra en cualquier sitio y regresa con la cabeza de quien necesitamos eliminar.

Es un bielorruso de pelo cenizo con corte punk, igual de alto que Vladímir. Por la curvatura de su nariz, diría que ha recibido más de un golpe ahí y nunca le ha puesto atención. La pandilla avanza por las calles como una secta. Entre risas y bromas, sacan a la gente de los andenes y con arrogancia hacen sentir su presencia.

En manada, llegamos al muelle repleto de turistas.

—Quiero que hagas algo por mí. —El *Underboss* me arrebata la licorera—. ¿Ves a la mujer que bebe té rodeada por sus escoltas?

Con disimulo, señala hacia un establecimiento dentro del centro comercial.

—En la mano derecha tiene un brazalete de miles de rublos. Róbaselo y tráemelo.

—Sus hombres están armados. —Mareada, echo un vistazo—. Y hay policías.

—No pregunté qué había, te dije lo que quería. —Me empuja—. No vuelvas sin esa joya.

—Ese conejito se va a ganar un tiro —dice uno de los líderes de la pandilla.

—¡Muévete! —grita el *Underboss*.

Me paso las manos por la cara. No tengo la vista nítida y la cabeza tampoco. Miro de norte a sur con las manos sudadas. El arma que tengo no me da ventaja, porque un escolta, casi siempre, también es francotirador, y estos se parecen a los que he visto en el SVR.

—¡¿Qué pasa, pequeña puta?! —presiona Vladímir—. ¿Debo ir a hacerlo yo?

Camino despacio para no levantar sospechas. La mujer de pelo oscuro almuerza con el móvil en la mano. El cuero cabelludo me pica. Debo acercarme con sigilo, porque si corro desde aquí, pondré en alerta a los custodios. Los dos se alejan a evaluar el perímetro y aprieto el paso hacia la mesa.

A pesar de mi apariencia desaliñada, nadie me detiene al entrar en el centro comercial.

Me rasco la tela de mis *jeans* con el brazalete en la mira. Miro atrás y Vladímir sigue en su mismo lugar. Calculo la distancia de la mesa a la salida y con el número aproximado en mente, doy siete pasos hacia mi objetivo. No puedo abordarla de frente, así que finjo ir hacia la mesa cercana. A medio camino, cambio de dirección y la ataco por sorpresa desde atrás.

—El brazalete. —Le pongo el arma bajo el mentón y en menos de cuatro segundos tengo las armas de sus escoltas contra mí—. No voy a hacerte daño, solo dame el brazalete. ¡Le voy a disparar si no bajan las armas!

Ella se pone a llorar, entra en pánico y no es capaz de soltar la pulsera. Sus hombres desactivan los seguros. Le arranco la joya de la mano y la arrastro con todo y silla hacia la salida. Los escoltas me gritan en ruso como si pudiera entenderlos.

—*Otpusti yeyo!*

La muñeca me tiembla; el arma se siente pesada en mi mano sudorosa y clavo el cañón del arma en el cuello de la mujer en mis brazos. «¡No bajes la guardia o nos matan!», grita una voz en mi cabeza.

—Dile que bajen las armas —le ordeno a la mujer, y no me entiende—. ¡Diles!

Mi mente grita «no bajes la guardia o nos matan», y fragmentos de imágenes se me cruzan una tras otra: el filo de mis patines cortando el hielo en giros, el peso del rifle durante el entrenamiento... El tiempo se estira, como esos segundos antes de un salto triple. La adrenalina me corre por las venas, agudizando cada sentido. Los gritos en ruso se mezclan con los ecos de las órdenes de mi sargento y las instrucciones de mis antiguos entrenadores en la pista. «Atenta», ordena mi cerebro, y no sé si se refiere a los guardias o a la salida. El alcohol no ayuda. Escaneo la sala en busca de una salida, calculando distancias, ángulos...

—Lo siento. —Empujo a mi rehén contra una de las mesas y emprendo la huida con el brazalete en la mano.

Uno de los escoltas sale y la persecución comienza. Me lanzo al suelo cuando me apunta, y la bala impacta en el ventanal. Llegar a la puerta se convierte en mi único objetivo. El guardia de la salida me ordena detenerme y activa el botón de emergencia, cerrando la puerta y forzándome a frenar cuando las láminas de acero se sellan justo delante de mí.

Cuatro policías me rodean y alzo las manos para que no disparen.

El mentón me duele cuando me ponen contra el suelo antes de quitarme el brazalete y esposarme. Me conducen al camión de la estación policial y pierdo lo que más necesito: el licor.

El *Underboss* tarda media hora en llegar por mí.

—Te lo dije, había muchos... —El golpe con la mano abierta en la cara me revienta el labio inferior y me deja el cuello adolorido.

—Mañana te equivocas y corto esa cara —me advierte antes de sacarme del pelo—. Embriágate, que, al parecer, así sirves más.

Regresa conmigo al grupo.

—El dinero es tuyo, Zoren —le dice Vladímir—. Hoy triunfó la ineptitud.

Me da las sobras de su almuerzo. Aunque preferiría otra cosa, sé que esto es todo lo que comeré en el día. Pasan la tarde drogándose en el muelle y, por la noche, se transforman como si fueran animales nocturnos. Corren por las calles, recogiendo dinero de los locales que les rinden tributo. Nadie llama a las autoridades ni se opone. La gente les permite actuar a su antojo.

El *Underboss* se despide a la medianoche, le arroja las llaves de su vehículo a Zoren y echa a andar conmigo.

—Se aproxima la ruta de medianoche. —Tira de mi mano—. Hora de correr.

—¿Para qué?

Por más de diez cuadras, me hace perseguirlo hasta que llegamos a un puente peatonal, donde se encarama.

—¿Qué haces?

—Sube.

—Estoy cansada ya, Vlad.

—¡Sube ya! —ordena y ubico un pie en el peldaño de cemento—. Los soldados de la FEMF deben saber aterrizar, ¿no? —dice una vez que estamos en el borde. Hay alrededor de diez metros de caída abajo y él no me suelta.

—No seas cobarde, pequeña puta. —Se aferra a mi brazo—. Ya viene la ruta que nos llevará a nuestro hotel.

Un autobús cruza el puente. Vladímir no me da tiempo de procesar nada y se arroja conmigo al vacío. El techo del vehículo amortigua nuestra caída. Él aterriza de pie y yo caigo de bruces.

—Despierta, pequeña puta. —Me patea las costillas—. Aprende rápido o acabarás con todos esos huesos fracturados.

Me arrodillo sobre el techo para recuperar el equilibrio, y el cabello suelto me tapa la vista.

—Puente. —Pone el cuerpo contra el metal y me golpeo la barbilla con la lata cuando el *Underboss* me presiona la cara contra esta.

El concreto del puente me lastima la espalda, y la piel se me irrita con los raspones. Salimos, Vladímir se levanta y la velocidad del vehículo no da tiempo para acostumbrarse a nada, se mueve de un lado para otro.

—Curva. —Vladímir se mantiene de pie mientras yo me aferro a la baranda de metal para no caerme.

Al bajar, siento el estómago en la garganta. El *Underboss* alquila una nueva habitación en un edificio deteriorado, con vistas a un callejón lleno de bares. El aire huele a rancio y las sábanas amarillentas desprenden un fuerte olor a nicotina.

—No me vuelvas a golpear en la cara —le digo a Vladímir cuando cierra la puerta.

—Te golpearé donde me plazca. Eres mi pequeña puta. —Me encara—. ¿Qué pensabas? ¿Que esto sería besos y revolcones? La vida de un pandillero es así y tienes que acostumbrarte si quieres encajar.

Enciende el estéreo y ya no tengo ánimos ni para discutir. Pasamos la noche bebiendo hasta el amanecer. A la mañana siguiente, llego ebria al museo, y, para mi suerte, mi estado me ayuda a soportar la golpiza que Zoren me da. Todos entrenan en un cuadrilátero de pelea y, obviamente, no soy la excepción.

—Sangre James —dice el *Underboss* con las gotas que le salpican la cara—. Antes tenía la teoría de que era azul. Me equivoqué.

Aunque crecí en la milicia, mi preparación no se compara con la suya. Cuando intento dar un golpe, ya me ha dado tres.

Permanezco con la cara hinchada por los puñetazos de Zoren y la verdad es que no les presto mucha atención. El alcohol hace soportable el dolor y las constantes burlas del *Underboss*, quien coge mis fotos a modo de chiste. Pasamos la noche en el museo y se dedica a exhibirle mi álbum a la pandilla.

—Mírate aquí. —Les muestra a sus amigos la imagen que me hice minutos antes de mi último concurso oficial en Tennessee—. Naciste con la palabra patética tatuada en la frente. ¿Qué lugar ocupaste esta noche?

No digo nada.

—Dinos, pequeña puta, todos tuvimos pasados vergonzosos. Ksenia antes era malabarista en una feria de Myshki. Cuéntanos, ¿qué lugar ocupaste esa noche? ¿Cuarto, quinto?

—Octavo.

Usa mi respuesta para las bromas de las horas siguientes y no alego, pues tiene infinitos motivos para reírse. El *Underboss* me hace ver el video de la presentación de Phoenix y trago más alcohol. No es grata la burla de la tribuna y tampoco la de la pandilla.

Los siguientes días tienen el mismo caos, sumergido en el submundo. El *Underboss* me hace visitar los bares donde hacen tratos, los callejones donde venden la mejor droga y las casas secretas que ocultan prostíbulos clandestinos.

Conozco a los grupos que organizan revueltas pagadas y las «cunas» donde paran los bastardos de la organización. Debo seguir a Vladímir para todo. Necesito dinero para mi licor, y si no hago lo que me pide, no lo obtendré.

—Nos apropiaremos de un T-90 —dice Vladímir en la reunión nocturna—. Ya lo tengo identificado: está en la estación ucraniana de Jersón.

—¿Para qué quieres un T-90? —le pregunta Zoren.

—Llevo días sin darle un motivo de preocupación a la FEMF. —Se limpia las uñas con su puñal de doble filo—. No deben olvidar al monstruo de Rusia.

Lo sigo en todo. Roban el tanque militar, lo desmantelan por partes, y debo ser copiloto de Zoren en el viaje de regreso. Al día siguiente, los acompaño a matar a un hombre con deudas pendientes, y Vladímir me obliga a conducir el Mustang durante la huida.

Me fuerzan a hacer todas las maniobras necesarias para evitar que la policía nos alcance.

—Se están acercando. —Me clava el gatillo de su arma en la garganta—. Si te dejas atrapar, no habrá licor por una semana. Piensa bien, porque sobria y deprimida no vas a durar mucho.

Para él, todo es un juego, porque más tardarán en capturarlo que en liberarlo. Giro el volante y los neumáticos rechinan en plena avenida. No instruye, exige, y Zoren es igual.

Apuestan entre los mismos miembros de la pandilla, y es a mí a quien pone al frente en la carrera a través de la ciudad. Nadie dice una palabra amable ni pide favores. Debo llevar y traer lo que me piden, robar lo que me ordenan o, de lo contrario, no me dan licor.

¿Cansa? Sí, pero al menos hago parte de algo y no estoy a la deriva.

Los días transcurren entre sangre y coñac. Imito, robo y conduzco como lo exige Vladímir. Me enseña a usar el cuchillo, la manera más fácil de enterrarlo y esconderlo. Después de cada reunión con la pandilla, me obliga a saltar del puente y a tomar la última ruta del autobús. Es uno de sus pasatiempos favoritos, y cuanto más lo obedezco, más se fortalecen los lazos entre ambos.

El hijo del *Boss* toma más confianza con mi cuerpo. Comienza a invitar a personas a la habitación del hotel, gente que conoce en los bares. Estoy ebria la mayor parte del tiempo, así que los recuerdos de la noche anterior son fragmentos borrosos que no me preocupo por recuperar.

Hay días donde solo tengo sexo con él y alguien más; cuando está muy drogado, deja entrar a uno o dos y les permite follarme mientras él observa desde su asiento. No me siento cómoda, aun así, prefiero callar para no pelear. Es mejor soportar un par de minutos a tenerlo enojado todo el día.

No pienso en nada y siento que debí hacer esto desde hace tiempo. En este estado no hay expectativas que cumplir ni familia que decepcionar.

Me acostumbro a los golpes de Zoren y Vladímir. Con el tiempo, se me hace más fácil evadirlos. Zoren es zurdo y siempre inicia con el mismo brazo. Aprendo a esquivarlo, no lo ataco; priorizo persuadir.

A ellos no les gusta perder, y rara vez lo hacen, pero cuando sucede, se empecinan con la revancha. Al conseguirla, dejan al contrincante moribundo. La Bratva entierra los dientes en la garganta de todo aquel que sea una amenaza.

Paso horas viendo peleas, el movimiento de los brazos que van y vienen en ángulos abiertos. Detallo cómo los deltoides se tensan antes de un golpe y cómo los tríceps explotan en acción cuando el puño se extiende. Observo la forma en la que golpean el saco de boxeo y ejercito mis piernas en la oxidada barra de acero.

Memorizo las maniobras de combate cuerpo a cuerpo porque a Vladímir le gusta que pelee y no puedo quedarme sin herramientas para defenderme. Es adaptarme o perder los dientes en medio de la contienda.

En el tiempo libre, el *Underboss* se droga y yo me ahogo en coñac. En los bares, no somos adversarios, somos una pareja de dieciocho y veinte años que se besa en la calle y tiene sexo todas las noches. Mareados, sudados, ninguno de los dos se acuerda bien de lo que sucedió la noche anterior. Los preservativos usados son el recordatorio de los acontecimientos.

Vladímir ofrece cocaína a los hombres que duermen con nosotros mientras yo desayuno *hotcakes* con whisky. La ruta de medianoche se ha vuelto una costumbre, y cuando no es el autobús, es un camión cualquiera o vehículo de carga pesada. De tanto hacerlo, ya se vuelve un ejercicio divertido.

No tengo noción del tiempo, ni me interesa, debo estar concentrada en no estrellarme mientras conduzco, en evadir a la policía, en recuperarme de los puñetazos, en aprender el uso del cuchillo y no hacer nada que moleste a la pandilla.

Tardo más tiempo en los cuadriláteros de pelea y en toda una semana no discuto con Vladímir.

La noche del viernes, me lleva al billar, a unas cuadras del hotel donde nos hospedamos. La pandilla lo acompaña, y yo voy por la cerveza del grupo. Lo peor de la cerveza son las constantes ganas de orinar. Voy al baño más de cinco veces y, a la sexta, sin querer, abro la puerta de una gaveta donde dos mujeres están cogiendo.

—Perdón. —Cierro rápido.

La pareja sale minutos después. La primera mujer que emerge se coloca la chaqueta sobre los hombros trigueños y se aplaca el pelo lleno de grasa. Tras ella eructa una que la dobla en tamaño y se pasea una peineta por el pelo corto al que le cuelga un *rat tail*.

Juego a los dardos con Vladímir. Mi nivel de ebriedad me hace tropezar y derramar la bandeja de bebidas de una de las mujeres del baño.

La novia se levanta a empujarme sobre la barra.

—¿De dónde salió esta torpe? —dice—. De aquí no es.

Todos dirigen su mirada hacia Vladímir. El tatuaje en el bíceps de la mujer salta a la vista al quitarse la cazadora: un cráneo de león con huesos cruzados y una cadena entre los colmillos. El mismo diseño que llevaba el sujeto que desafió al *Boss* en el campamento.

Mi mirada recorre las mesas, donde varias personas llevan el mismo corte de pelo *rat tail*.

—¿Con que la chica del *Underboss*? —Arroja la cazadora y Vladímir se carcajea desde su lugar—. ¿Ya te habló de nosotros, de los soviéticos?

—Te va a matar si no la acabas primero —dice Vladímir.

No quiero pelear. Busco el puesto del *Underboss* y ella me devuelve con un empellón seguido de un puño directo a la boca.

—Eso tuvo que doler —dice Zoren.

La hago retroceder con un golpe en el pecho.

—Mátala —pide Vladímir—. Es una asesina. Sé una también.

—Me quiero ir a dormir...
Ella se niega a dejarme salir y mi cuerpo choca con una mesa. Ruedo sobre la superficie y caigo al suelo con ella encima. Me encaja un golpe directo al rostro con el puño. No tengo tiempo para escupir la sangre y tampoco para tragármela. Me encesta dos puños más y le inmovilizo las muñecas.
Estrello la frente en su nariz y aprovecho el aturdimiento del golpe para sacármela de encima.
—Mátala, pequeña puta —se exaspera el *Underboss*—. No pareces una mujer de la pandilla.
La saliva teñida de sangre se me escapa de la boca y el suelo me recibe de nuevo cuando el golpe de la silla me lanza contra él.
La soviética me agarra del cuello de la chaqueta y me estampa contra la pared. Los rodillazos repetidos en el estómago me doblan. Sus uñas se clavan en mi nuca mientras me remolca hacia la mesa de billar, estrellándome la cabeza contra el borde. Intento zafarme, pero es inútil.
Las burlas a mi alrededor se intensifican y consigo soltarme antes del cuarto estrellón.
Ebria, tropiezo con una mesa y aterrizo en el suelo cubierto de cerveza. La soviética se prepara para retomar la pelea, pero saco la pistola en mi espalda y aprieto el gatillo. La bala se le entierra en el pecho y la desploma frente a mí.
A nadie le interesa socorrerla. El dueño de la cantina reniega y la mujer que la acompañaba se va. Miro el arma en mi mano, ya no duele tanto como con la viceministra.
—Aprende a matar sin dar tantas vueltas. —Vladímir me levanta.
Me besa en el centro del bar.
Ganar las peleas impuestas hace que me trate mejor. Consigo licor decente, no el más barato, y hasta logro que se ría conmigo mientras vamos de bar en bar, agarrados de la mano.
Sobre el techo de los autobuses, miramos las luces de la ciudad. En el cuarto del hotel, dejo que me toque, que me arroje a la cama y se suba sobre mí, entre besos descoordinados.

—Piensa, ¿cuánto tiempo perdiste queriendo ser una cirquera? —me dice en la madrugada—. En el hielo y el Ejército eras prescindible. Aquí al menos eres... útil.

Acariciar al león es lo único que extraño en medio de mis estados de ebriedad. A lo demás no le doy cabida.

Lo de robar, para Vladímir, se hace más sencillo. Peleo únicamente bajo su mandato y me cuido de no perder para tenerlo contento. Aprendo a enterrar el codo con más fuerza, a torcer la muñeca hasta que se fractura, a esconder los cuchillos con más destreza y memorizo los puntos más vulnerables a la hora de aturdir.

Llevo y traigo lo que me piden: cerveza, cigarros, abrigos, gasolina, todo para evitar sus malas caras. Que noten que en verdad quiero ser parte de ellos y no me hagan a un lado.

—Ella es mi pequeña puta. —Vladímir me presenta a la pandilla de Sudzal.

Las botellas se alzan a modo de brindis y él me lleva a su mesa.

—Lo has hecho bien, pequeña puta —me dice, drogado.

Me posa los labios fríos sobre la mejilla.

—Comienzas a convertirte en una sombra que ama la penumbra y, cuando lo seas por completo, nadie podrá detenernos. —Me atrae hacia él—. No hay ser más imparable que aquel que abraza su oscuridad.

Perdí la cuenta de las semanas que llevamos juntos. Estar llena de licor la mayoría del tiempo hace que todos los días se vean iguales. Me miro los nudillos reventados por las peleas y la chaqueta pringada de sangre. El olor a cuero, vodka y pólvora se ha convertido en mi perfume diario.

Llena de alcohol, salgo a tomar aire en la madrugada y, tambaleante, me alejo del bullicio.

—Hermosa, dame una moneda. —Se me pega un indigente—. No como nada desde ayer.

—Yo tampoco. —Meto las manos en la chaqueta—. Aléjese.

Hay un parque con columpios unos metros más adelante y quiero llegar allá.

—Una moneda, hermosa. —Me atrapa el brazo—. ¡Una moneda!

Insiste en que lo mire y mi mente se pierde en los cuadriláteros de pelea. En los juegos de escape donde me exigen aniquilar. Veo la cara de Zoren, los gritos de la pandilla. No me quiere soltar y le entierro el puñal en el abdomen. Cae a mis pies, y bajo la mirada, un peso frío se instala en mi pecho. Otra vida más sobre mis hombros.

Vladímir se acerca por detrás.

—Bien hecho, pequeña puta —dice.

Abraza mi cintura antes de besarme.

—Ya es hora de volver a Sodom. —Apoya los labios en mi cuello—. Es hora de volver a casa.

30
Confrontaciones

BOSS

Todo ser humano promedio presume de tener coraje, hasta que se encuentra frente al cañón de una pistola. Para algunos, hablar de valentía es fácil cuando nunca han enfrentado una amenaza real, pero ponles una adelante y se convierten en un saco de huesos tembloroso, una parodia de lo que dicen ser. Mildred Mitchels es un ejemplo perfecto de eso.

Matemática, defensora de mujeres poderosas. La mente brillante de la Administración Nacional de Aeronáutica y el Espacio, directora de su departamento. Se desmoronó de un infarto al ver a uno de mis hombres en su oficina. No hubo necesidad de dispararle; cayó por sí sola al ver el arma.

Han pasado semanas desde mi disputa con Vladímir, y ni la ausencia de una Mitchels aplaca la cólera que me consume por dentro. No he visto al *Underboss*, y no sé qué me tiene más ansioso: él, Emma James o la maldita pirámide.

Tuve que viajar a Albania horas después del enfrentamiento con mi sucesor, pasando más de veinte días fuera. Tiempo donde he tenido que hacer frente al Ejército y soportar a la *suka* de Dalila Mascherano, que no paraba de emitir órdenes como si mi clan fuera su sabueso.

No he tenido espacio para centrarme en lo que dejé aquí, mas ya estoy de vuelta.

El imbécil de Christopher Morgan se autodenomina el más audaz a la hora de querer proteger a su perra y hay una gran cantidad de cosas que pasa por alto.

—Te siento estresado.

—Lo estoy.

La hija menor de Akim cruza las piernas en la silla de mi escritorio. De la unión entre la mujer que me parió y el antiguo *Boss*, surgimos tres: yo, Sasha y Aleska. El *Boss* procreó más después de la separación. Ninguno de los nuevos vástagos sobrevivió: a todos los mataron.

—Vladímir es un líder competente y sabe lo que hace —dice Aleska en su asiento—. Si quiere tomar a Emma James de *igrushka* que lo haga. Dejémoslo ser. Ya tiene experiencia y criterio de sobra para decidir. No creo que nos decepcione; si algo sabe hacer, es dejar a la gente en ruinas.

Enciendo un puro.

—¿Qué es lo peor que podría pasar? ¿Que desarrolle sentimientos por ella y se enamore? —reflexiona, con el ceño fruncido—. ¿Te imaginas lo que sucederá si eso pasa? La Bratva...

—No me imagino nada. —Sacudo la ceniza de mi puro—. No lo quiero con esa cría.

—Los Morgan son astutos en sus movimientos. Sacrificar al débil por el más fuerte sin que este se dé cuenta, les ahorra varias jaquecas. —Se reclina en el asiento, exhalando lentamente—. La ruleta nos jugó sucio, dándonos tan poco.

Piensa igual que todo el mundo. Esa que llaman «poco» alzó las voces de los reos en los calabozos y tiene una determinación de cuidado. En su cabeza, cree que puede matarme y, para siquiera considerar eso, hay que tener una fe ciega en uno mismo.

Su mayor debilidad no es su falta de habilidad, sino su incapacidad para tomar decisiones acertadas.

—Vladímir no tardará en aparecer. No sería la primera vez que se pierde por ahí.

Las desapariciones son comunes en la vida del *Underboss*; se pierde con su pandilla para drogarse lejos. Pero esta vez es diferente. Su rabieta casi me hace tomar Phoenix. Si Emma James no hubiese regresado a Alaska, ya habría corrido sangre.

La hija menor del general es perseguida por el desastre, ocupó un titular en el diario deportivo local e hizo que Luciana Mitchels saliera a disculparse públicamente con la academia.

—En otras noticias, la Yakuza se prepara para su temporada de apuesta —dice Aleska alisándose la falda—. Su expansión en el negocio del espectáculo los tiene proclamándose como los emperadores del entretenimiento.

—Estoy al tanto.

La Yakuza es otro clan que se cree el mejor en todo.

—En los próximos días me pondré al corriente con todos los clubes. Una *pomoshchnitsa* no me vendría mal, hay bastante trabajo por hacer...

—Entonces, llegué justo a tiempo para ayudar a mi sobrino y cuñado —dicen desde la puerta y, por un segundo, el enojo se disipa al ver a Tonya Lazareva en la entrada de mi oficina.

La hermana mayor de Sonya. A sus cuarenta y nueve años, luce mejor que nunca con el cuerpo bien conservado, el busto prominente, la piel estirada y la melena cobriza cayendo por su espalda. El bronceado de su piel no ha cambiado, sigue siendo el mismo que la distingue entre las mujeres de su clan.

—Padre, disimula que te impresiona —dice Maksim.

No oculto la sonrisa ni contradigo su afirmación. Verla, aquí, es lo mejor que ha ocurrido en el mes. Guardo mis llaves y la silla de cuero emite un chirrido cuando me levanto para saludarla como corresponde. Ella permanece inmóvil, mientras la estudio con detenimiento.

—¿Te gusta la visita, padre? ¿No te parece una sorpresa estupenda?

—Una muy grata. —Con la mano enguantada, aprieto la de Tonya—. *Dobro pozhalovat*.

—Gracias, *Boss*.

Carne con olor a experiencia. He soñado con ella innumerables veces, y no puedo evitar atribuirlo al parecido que tiene con Sonya.

—No tiene compromisos, ni amo. Ya me dejó claro que estaría encantada de colaborar en la fortaleza y echar una mano a la tía Aleska, ahora que Zulima nos dejó y Minina se encuentra lejos.

—Es muy generoso de tu parte. —No le suelto la mano.

Imagino todo lo que podría hacerle. Mujeres como Tonya Lazareva me recuerdan quién soy y lo que me hace falta.

—Bienvenida, Tonya. ¿Te gustaría acompañarme a mi oficina? —Aleska se levanta—. Puedo mostrarte los clubes que mi hermano ha puesto bajo mi mando.

—Todos son centros de entretenimiento de lujo —le explica Maksim—. Por los bares bárbaros de las pandillas no tendrás que preocuparte. Son del *Underboss*, a quien no se le puede hablar ahora porque está ocupado con la perra que tiene como esclava. Justo ahora la besuquea en una cantina.

—Repite lo que dijiste. —Me hierve el tímpano.

—A eso venía también. —Se sienta Maksim—. Vladímir acaba de volver e impuso cambios en su zona. Se instaló en el bar de los bárbaros con su esclava, que, por lo visto, ya no es tan esclava, porque ahora la pasea por todos lados. ¡Se rebeló con esa puta!

—¿Por qué no está aquí? —le pregunto al *byki* de la puerta.

—Se le han hecho tres llamados y no ha respondido a ninguno...

No espero a que termine y apuro el paso hacia los malditos bares. Con grandes zancadas, bajo las escaleras. El *Underboss* es dueño del rincón más decadente de Sodom.

En la camioneta blindada, llego al callejón, un vertedero de drogadictos, ladrones, pandilleros, exconvictos y putas dispuestas a venderse por cualquier rublo.

Ubico el bar. Los que descansan en las calles y aceras se levantan al instante. Los mercaderes se pegan a la pared, con la mirada baja. El simple rumor de mi presencia es suficiente para poner a todo el mundo a limpiar los andenes.

—*Boss* —interviene Salamaro, pasos antes de la cantina—, esta zona le pertenece al *Underboss* y ha impuesto restricciones.

—La zona es de Vladímir —lo hago a un lado—, pero el pueblo es mío.

—No lo quiere cerca de su esclava —advierte, y me río.

Atravieso el umbral y lo primero que encuentro son unos patines en llamas colgados del techo.

La música retumba en las paredes, alta y estruendosa. En la tarima, un cadáver con el uniforme de la FEMF es pateado por un grupo de pandilleros. Las prostitutas que bailan sobre las mesas dejan de moverse al verme entrar. La canción se corta de golpe y el silencio inunda el lugar, reemplazando el ruido que lo saturaba.

—No eres bienvenido aquí —arrastran la lengua para hablar—. ¡Fuera!

Los hombres y mujeres se dispersan ante mí, abren fila dejando a la vista a la mujer que agiganta mi instinto asesino. Emma James avanza decidida, vestida en cuero, botas altas y muñequeras negras. Un calor me sube desde lo más profundo del pecho, como si un incendio interno me quemara por dentro. Los ojos azules han desaparecido, ahora son dos pozos marrones. Moratones deforman su rostro. El maquillaje de ramera barato la cubre, empeorando la máscara de decadencia que lleva. Se ha teñido el cabello de blanco, igual a todas las pandilleras de la zona.

Bebe de una botella de whisky y se limpia la boca con el dorso de la mano. Es el vivo retrato de una puta.

—Sal. —Se tambalea, ebria—. En mi negocio no hay espacio para el *Boss*.

—¿Tu negocio?

—Mi negocio —repite, y no sabe ni lo que dice—. Ahora soy una mujer de la Bratva y lo administraré. Vladímir me dejó.

Mujer de la Bratva. No sé qué me enfurece más de toda esta farsa: lo patética que se ve o las estupideces que está haciendo.

—¡Fuera de aquí! —Me señala la puerta.

«Fuera de aquí». Extiendo la mano hacia su cuello y el *Underboss* se atraviesa con el *haladie* en la mano. Se interpone entre nosotros cual muralla rusa.

—Ya la oíste —me confronta—. En este negocio no hay espacio para el *Boss* por muy dueño de Sodom que sea.

Se limpia la punta de la nariz. Miro a los rateros que me rodean y no contengo la risa.

—¿Es en serio esto?

—Te dije que se iba a dejar engatusar por esa perra. —Entra Maksim—. Ya ni se molesta en ocultarlo, le gusta y le da igual quien lo sepa.

—Vete, no quiero faltarte el respeto. —El *Underboss* ignora al hermano—. Mantente alejado de mi esclava y lárgate.

Tres pandilleros respaldan a Emma James y los hombres se asoman en las barandas de arriba. Las lacras hambrientas de las calles se han conglomerado.

—¡Que siga la fiesta! —brinda sola antes de poner el brazo alrededor de los hombros de Vladímir—. Cariño, saca al *Boss*. Si no quiere hacer caso a las buenas, tendrá que hacerlo a las malas.

—¿Con qué cara te atreves a mandar? —reclama Maksim.

—¡Fuera de aquí, *Boss*! —exige Vladímir.

Las lacras de arriba descienden.

—¡Saca a esa puta de Sodom! —alega Maksim.

—*Dvigaysya!* —Lo traigo conmigo.

Salamaro se erige en la entrada, con un pañuelo en la mano. Regreso al callejón. Emma James no tiene idea de lo que está haciendo, no es consciente del territorio en el que se encuentra y sigue sin saber contra quién se está enfrentando.

31
LEONES Y CORDEROS

NARRADOR OMNISCIENTE

La Bratva, coloso de sangre y acero, sociedad hermética forjada en el fuego de la lealtad inquebrantable. Sus miembros, unidos por lazos más fuertes que un parentesco, pelean de la misma forma que un Ejército imparable.

Cuando Alinoshka Mozorova sentó los primeros cimientos de esta hermandad, proclamó que la unión sería su fuerza inexpugnable sin saber que el destino, con su ironía cruel, pondría en su camino a un adversario dispuesto a desgarrar esa unión con uñas y dientes.

En las tierras inhóspitas de Alaska, el viento aúlla, arrancando las primeras hojas de los árboles y arrastrándolas sobre un manto de nieve impoluto. Hoy, el tiempo es cómplice silencioso del caos; susurra advertencias que solo los más astutos podrían descifrar.

En Alaska es complicado discernir las señales del destino, pues el mal clima es constante. El helaje, que echa raíces en los huesos, es parte del día a día. Los nubarrones oscuros que devoran el cielo al amanecer no sorprenden a nadie y son el telón perfecto para el drama sangriento que está a punto de desarrollarse.

Emma James acaricia los hombros entintados del *Underboss*. Los ojos «oscuros» miran a la nada en medio de la secuencia de recuerdos que tiñen su mente: los días como cadete, la pista de hielo, las discusiones familiares, la ruleta, el impacto de la sentencia de muerte, los días en la celda, las humillaciones, el bebé, la orden del coronel, los encuentros con el *Boss*, las advertencias de Death... Recuerdos y recuerdos que la hacen apoyar los labios sobre el cuello de Vladímir.

El mundo ve en Emma a un cordero para sacrificar, no obstante, se equivoca. El hampa rusa cree tener bajo su yugo a una oveja dócil, y de eso no tiene nada. El animal «inofensivo» que raptó está cansado, decepcionado de la vida, y eso es peligroso porque no hay mordida más letal que la de un animal con cadena en el cuello. Hoy no piensa morder, pero se ha propuesto destronar al león que una vez la sentenció.

Su misión: matar a Ilenko Romanov. Los motivos sobran y Emma, la hija caída de Rick James, sabe que, de no hacerlo, no podrá caminar al lado de Vladímir en el sangriento mundo de la Bratva.

El patinaje le propinó una patada directa, al igual que sus seres queridos. Ahora, el *Underboss* es su única esperanza. La desesperación, esa consejera traicionera, le susurra que actúe de inmediato, que no espere, que no permita que el tiempo cure las heridas entre padre e hijo.

Emma besa los hombros salpicados por pecas marrones, mientras él alcanza la botella de coñac sobre la mesa. Se la entrega a Emma y observa cómo bebe.

Para el *Underboss*, negarse al hecho de que le gusta su esclava ya es absurdo a estas alturas. Se siente orgulloso de lo que ha logrado. Ama ver a su esclava embriagarse, pelear cuando él lo exige. Disfruta viendo que ya no tiene objetivos. Le gusta verla gris en lugar de colorida, porque así puede hacer con ella lo que desee.

—En unas horas vendrán varios miembros de la hermandad —comenta—. Son importantes para mí, así que no lo jodas.

Se besan con descaro en la alcoba de la fortaleza negra. Podrían quedarse en otro lado, pero él no va a renunciar a su casa y su padre debe acostumbrarse a sus reglas. Emma James es su pareja ahora. Cae en la cama con ella entre sus brazos, le alza el vestido y se la folla despacio.

Emma necesita enredar al *Underboss* aún más en su telaraña. El coronel, en su arrogancia, pasó por alto un detalle crucial al lanzarla a las fauces de la Bratva: el amor inquebrantable de Vladímir hacia su padre. No es lo mismo la relación del *Boss* con Akim Romanov que la devoción que el *Underboss* le profesa a Ilenko. No se trata solo de la constante búsqueda de aprobación, sino de la mirada de adoración y preocupación que el hijo le dedica al padre. Hay muchas cosas falsas en la Bratva, excepto los sentimientos de Vladímir hacia su padre.

Emma le obedece en todo, lo complace y acepta sus insultos sin rechistar. Soporta para no ser apartada, como le ha sucedido con todos los demás. Tampoco quiere que le quite el licor; su adicción hace la vida más llevadera. En la pandilla, su existencia se reduce a pelear. Nadie le exige más de lo que puede dar.

—Si te pide sacarme de aquí, te negarás, ¿verdad? —Emma acaricia la cara del leoncillo—. La estamos pasando bien y no quiero que se acabe.

—Siempre dependerá de qué tan bien te comportes. —Se quita el preservativo—. Hazme feliz y te daré tu recompensa.

El *Underboss* no deja de sentirse orgulloso de los logros alcanzados en cuatro semanas. Con el pecho hinchado, se levanta de la cama y se dirige a la ducha. Emma lo sigue una vez que él sale.

Se calza las botas, mete los brazos en la chaqueta de cuero y, con un pequeño espejo de mano, se delinea los ojos de negro. Se pasea el labial color ciruela por sus labios y se peina los mechones blancos. Durmió una hora y el cansancio se nota en su mirada. Por más que se rocíe perfume, sigue apestando a licor. No le preocupa; a nadie en la pandilla le molesta el olor, y a ella menos. El leoncillo inhala su cocaína y, una vez listos, bajan agarrados de la mano. Vladímir sabe que aviva las llamas de la discordia con su padre, pero eso lo tiene sin cuidado, porque cuando era un hijo obediente, el *Boss* lo pasó por alto. No apreció esa parte de él y ahora debe pagarlo con creces.

—Buenos días, familia. —Entra al comedor con Emma James. El silencio cae sobre la mesa. Los comensales alzan la vista hacia él. Aleska Romanova deja su taza de café a medio camino. A Salamaro se le quita el apetito ante la pantomima del heredero. Maksim, incrédulo, observa el descaro de su hermano y Kira se refugia en un mutismo absoluto. El *Boss* mantiene una máscara de impasibilidad que oculta la tormenta que lo sacude por dentro.

Emma es consciente de las miradas. Siente el juicio, la desaprobación, pero no se detiene porque cada acto de rebelión, por pequeño que sea, es una victoria. En el ajedrez rojo, la capacidad de mostrarse indiferente es su mejor arma.

El desayuno está servido. El *Underboss* sienta a Emma a la mesa como quien coloca una bomba en medio de un campo minado. Emma no desaprovecha la oportunidad de comer como si fuera la única en la mesa. Devora los panes de trigo y engulle el jugo de naranja con grandes tragos. No recuerda cuándo fue la última vez que ingirió comida decente.

—Se pisotean las reglas y se traen zorras a la mesa —escupe Maksim—. ¿Acaso es el fin de los tiempos?

—No soy el único que se mea sobre las reglas en esta casa —replica su hermano mayor—. Sigo el ejemplo de los grandes.

La indirecta hacia el *Boss* es dura y contundente. Maksim busca en los ojos de su padre una chispa de ira, una orden para aplastar la insubordinación, pero no halla nada de su parte. Ilenko Romanov permanece inmutable.

Aleska Romanova observa a su sobrino mayor como si fuera un extraño, un impostor que ha usurpado el lugar del niño que adora a su hermano como a un dios. Para Vladímir, la palabra del padre ha sido el evangelio grabado en piedra; sin embargo, ahora lo desafía en su propia casa. Observa a Emma James lamerse la mermelada de los dedos. Nadie tiene claro el motivo real de la pelea. Desconocen que padre e hijo han entrado en conflicto por una mujer.

Emma, de soslayo, se percata de la mirada disimulada del *Boss*. Daría lo que fuera para que su pecho no se acelerase cada vez que pone los ojos sobre ella. Un sinnúmero de veces ha dialogado consigo misma sobre los murciélagos que revolotean en su vientre cuando lo tiene cerca.

Es una ironía cruel sentirse así con quien no se debe. Sentir atracción por el hombre que encarna el poder supremo es una sentencia en un mundo en donde la vulnerabilidad es explotada sin piedad. Acaricia la mano de Vladímir para sentirse mejor.

—Buen día. —Tonya Lazareva aparece con la correa del león en la mano. El pan le empieza a saber a mierda a Emma al ver que tiene a su león.

La mujer de cuerpo voluptuoso exhibe un enterizo borgoña de cuero, abierto en la parte del busto, y ha recogido su pelo en una cola de caballo alta. El distintivo de las sumisas del *Boss*. Tonya es el tipo de mujer que sabe a lo que vino. Pasó años viajando de un lado a otro con su antiguo propietario, un cirquero casado que la tenía a cargo de la logística de sus espectáculos. El hombre murió hace un par de semanas y, al quedarse sin nada, decidió aceptar la oferta de su sobrino.

—Leoncillo, es grato verte. —Se dirige a Vladímir, quien no alza la vista de su plato. Le recuerda a su madre y se abstiene de mirarla—. ¿Cómo has estado?

—Bien —contesta entre dientes.

Tonya concentra la atención en su cuñado después de la vana respuesta de su sobrino. Ilenko Romanov le sonríe desde su puesto y a Emma James le dan ganas de apuñarlo con el cuchillo de mesa.

—El león come en abundancia. Crecerá fuerte y sano —comenta Tonya, y el *Boss* le da la razón en medio de las miradas cómplices y llenas de auténtico coqueteo.

—Tía, ¿cómo dormiste? —pregunta Maksim—. Pido disculpas por tener que tolerar esclavos en la mesa.

—¿Es tu tía? —lo interrumpe Emma antes de morder su tostada—. Pensé que era tu abuela. Casi me levanto a ayudarla con la silla.

—¿Disculpa? —se ofende Tonya.

—Pensé que era su abuela. —Se embucha el pan, sin preocuparse por nada—. No se sienta mal, es error mío. Estoy ebria y no veo con claridad.

El león ronronea en el piso y la hermana de Sonya lo levanta sin mostrar ni un ápice de afecto. Lo alza para quedar bien, no porque le agrade el animal. La esclava de Vladímir corta trozos de fruta y se los da al *Underboss* directamente en la boca. El desayuno del *Boss* se convierte en balas difíciles de tragar. Kira Petrov no levanta la mirada de su plato, tampoco el *sovetnik* ni Aleska Romanova. El ambiente se ha tornado tan incómodo que ninguno quiere emitir palabra.

Maksim trama planes para Tonya y el *Boss:* cada asentimiento del líder de la Bratva incrementa el odio de Emma hacia él. Le suma brazas a su deseo de eliminarlo.

Los cubiertos resuenan, los platos se vacían rápido y la esclava de Vladímir es la primera en levantarse. Con pasos firmes, rodea la mesa. Los comensales la observan como si hubiese perdido la razón cuando, sin vacilar, le quita el león a Tonya Lazareva.

—Es mío.

—Es de mi padre.

—Era de tu padre. —Les da la espalda a todos—. No me da miedo robármelo en su propia cara.

Salamaro se masajea la sien con los ojos cerrados. Vladímir es el siguiente en levantarse; en otras circunstancias, habría apartado bruscamente a su esclava, pero ahora le importa poco que desafíe al hombre que le pasó por encima.

—Lindo Koldun, ¿extrañaste a mamá? —dice Emma—. Me imagino que sí, pero ya estoy aquí y no dejaré que te aburras con ese fósil.

Tonya devora a Emma con la mirada y el *Underboss* se retira con su esclava.

Emma se siente poderosa al ver al *Boss* con las manos atadas. El silencio que reina en el desayuno confirma que ahora no tiene más alternativa que callar ante su hijo, quien hoy mostró tener los colmillos bien afilados. Emma deduce que Ilenko Romanov no es tan poderoso sin Vladímir comiendo de su mano.

—Ve a Sodom y apoya a Aleska en lo que necesite —le dice el *Boss* a Maksim antes de ponerse en pie.

Su hijo menor se muerde su venenosa lengua para no contestar. Ilenko Romanov le deja pasar todo a Vladímir por el mero hecho de ser un hábil asesino. El *Boss* se vuelve ciego cuando de él se trata y su hermano nunca ha entendido por qué su padre siempre le da más atención. Le otorgó su primer *haladie* y lo entrenó. Facilitó su educación en casa. Incluso le perdonó la muerte de Sonya, un pecado que habría condenado a cualquier otro al olvido eterno. Mientras tanto, Maksim, siempre vigilante, siempre leal, se encuentra relegado a las sombras del imperio familiar.

Aleska viaja al pueblo en compañía de su sobrino y la novia de este, al tiempo que el *Boss* se va a su despacho con el *sovetnik* a discutir los últimos acontecimientos de los clanes. Tonya, por su cuenta, decide recorrer la fortaleza, un lugar que no pisaba desde que vio a su hermana con vida por última vez. La envidia por poseer a Ilenko Romanov siempre la corroía. Aun después de muerta, es una rival para Tonya, porque él nunca olvidó a Sonya. Es la hembra que más ha querido, y no es de extrañar, ya que fue su primera mujer.

Las cavilaciones de Tonya no le permiten percatarse del tono plomizo que adquiere el cielo con la llegada de los invitados de Vladímir, quien se adueña de la sala de la fortaleza. En la estancia, recibe a las cabezas más famosas de su pandilla sodomita. Inundan la sala con música ruidosa y el aroma acre del vodka recién descorchado.

—Mis grandes hermanos. —Vladímir los presenta ante su esclava—. Este grupo te instruirá en habilidades nuevas y en mi ausencia se ocuparán de ti.

El *Underboss* hace bajar al león para retirarle la chaqueta. La garganta de Emma se cierra. Su mente anticipa lo que está por venir. La camiseta blanca, ahora expuesta, revela la ausencia de sostén. Las miradas famélicas de los asesinos le erizan la piel. Son copias al carbón de la pandilla de Sochi, con los mismos cortes de pelo y tatuajes idénticos. La única distinción es que su piel es más pálida debido a la falta de exposición solar.

—Acérquense, ella no muerde... aún —les dice Vladímir.

—Apesta a miedo.

—Es novata en estos juegos, pero la entreno para que se acostumbre —replica—. Pronto se arrodillará sin que se lo ordene. ¿No es así, pequeña puta?

Los cinco hombres se yerguen sobre ella. Sus cráneos rapados y cubiertos de tinta brillan como cuchillas recién afiladas.

—Vamos a divertirnos —susurra Vladímir en el oído de Emma—. Remy, ven aquí —pide el *Underboss,* y el asesino más acuerpado se acerca a agarrarla de la cintura—. Bésala, te doy permiso.

El pandillero se abalanza sobre los labios de Emma, quien no se siente lo suficiente ebria todavía. No se acostumbra a ser compartida. Siempre le ha resultado incómodo, aunque sea algo que la pandilla hace y disfruta, en especial Vladímir, quien tiene una fijación por ver cómo se la cogen. Disfruta observar mientras otros la tocan. Con frecuencia participa, pero en otras ocasiones solo observa. El *swinging* es normal en el entorno de la mafia roja: lo practican los poderosos, los de escalafones bajos e intermedios.

—Tiene tetas de niña —dice Remy—, aunque ese culo y esa cara lo compensan. Si hace lo que se le dice, podría ser aceptada por todos.

Ella le pide la botella de licor al *Underboss*, pues el alcohol vuelve más llevadero todo y no puede renunciar a su objetivo. Satisfacer es lo que una mujer de la pandilla hace y ella tiene que convertirse en eso para no ser excluida. El pandillero a su izquierda le sube todo el volumen al estéreo, se suelta la correa del pantalón y se baja la cremallera, dispuesto a liberar su pene. Vladímir saca una bolsa llena de éxtasis.

Remy tira de la mano de Emma para sentarla en el brazo del mueble, se prepara para besarla, pero, cuando está por hacerlo, el *byki* del *Boss* irrumpe en la sala. Su presencia le pone fin abrupto a la fiesta que apenas comenzaba.

—Todos afuera —exige.

—Harías bien en desaparecer y no interrumpir. —Vladímir le muestra el camino—. Estoy celebrando con mis hermanos.

—Son órdenes del *Boss*. —Baja Salamaro—. ¿Tienes idea de toda la droga que estás ingiriendo? ¿De la imagen que das ante la hermandad?

Le arrebata la bolsa de éxtasis.

—Antes era porque estabas estresado, luego fue por diversión, después para rendir y ahora la consumes las veinticuatro horas del día. ¿Qué excusa tienes hoy?

—No te entrometas.

—Tu padre quiere que te vayas y saques a esta gente de aquí.

—Que baje a decírmelo en mi propia cara —lo reta Vladímir—. Seguro que la vergüenza no lo deja.

—Lo que haya pasado, olvídalo ya —le pide el *sovetnik*—. Es tu jefe, tu Pakhan y tu padre.

—Sí, lo es, pero esta también es mi casa —alega—. ¡Y no me voy a ir!

—No me obligues a sacarte por la fuerza.

Emma, viendo la oportunidad de ahondar la grieta, interviene:

—Vámonos. —Lo agarra de la chaqueta—. Si no te quiere bajo su mismo techo, no le ruegues.

—¡No! —Avanza hacia la escalera y Emma le cierra el paso—. No me puede tratar como si fuera un cualquiera. ¡Soy su hijo!

—A él no le importa eso, Vladímir. Entiéndelo ya.

Los ojos le arden por la herida al ego. Durante años, ha sido el favorito de su padre y ahora… ahora no sabe ni qué es.

—No iré a ningún lado. —Se sienta—. Estoy festejando con mis hermanos y nadie se largará. Voy a seguir bebiendo y cogiendo hasta que me canse.

La grieta abierta por Ilenko, en lugar de cerrarse, se expande sin cesar. El *Boss*, lejos de mostrar arrepentimiento por meterse con la esclava de su hijo, exhibe una indiferencia gélida que enerva a Vladímir.

El *byki*, una montaña de músculo y obediencia ciega, arranca al *Underboss* de su silla. Las órdenes del *Boss* son sentencias inapelables. Vladímir, con la rabia burbujeando en las venas, intenta ascender al despacho de su padre. Quiere confrontarlo, exigirle explicaciones, reclamarle el respeto que cree merecerse. Pero los hombres del ruso, leales solo a quien ostenta el verdadero poder, se convierten en un muro infranqueable y no lo dejan subir.

Lo sacan de la casa por la fuerza.

Las fosas nasales del *sovetnik* se ensanchan. El desorden es un lujo que la Bratva no puede permitirse. Salamaro sube al *Underboss* a una de las camionetas.

—¡No me iré sin mi esclava!

El *sovetnik* sube a Emma, quien no abandona al león.

—Reflexiona sobre lo que estás haciendo y para ya —le dice a Vladímir—. Cuando estés en tus cabales, vuelve.

Golpea el techo de la camioneta para que arranque. Vladímir patea la silla de la todoterreno. El *Boss* lo ha echado de su propia casa, sitio donde creció y lugar que se supone que sería suyo. Lo echa como si no fuera la persona que le ha cuidado la espalda toda su vida, ¿tan mal les paga a los que le sirven?

—No le des importancia. —Emma lo besa en la boca—. Puedes sobrevivir sin él, Vlad. Eres inteligente, capaz y buen líder.

La droga lo hace sudar. Una parte de él anhela ponerle fin a esta guerra fría con su padre, incluso cuando sabe que el precio sería dejar a Emma James. Y eso es algo que no está dispuesto a pagar. No puede ceder. Sería canalla de su parte dar el brazo a torcer, sabiendo que fue el *Boss* el que cruzó la línea. El orgullo y la adicción se entrelazan en su mente y le nublan el juicio.

—Dame un beso. —Emma toma sus labios. Cada vez que Vladímir la saborea, siente como si tocara el cielo por un segundo.

Es sábado en Sodom, el día favorito para las peleas. El callejón del *Underboss* está abarrotado de humanidad corrupta, todos sedientos de violencia. Si bien las peleas en el ring son fantásticas, las de la calle entretienen y satisfacen las ansias de sangre.

—Hazme feliz, pequeña puta. —Le sujeta los hombros de Emma—. Pelea y borra la ira que me pudre.

Ganar peleas para el *Underboss* significa alimentar su ego al demostrar que sus órdenes han dado frutos. Las apuestas son altas: locales, dinero, joyas y esclavos que cambian de manos con cada gota de sangre derramada.

Emma sopesa sus opciones. Una victoria significaría visibilidad ante las pandillas alaskeñas, la adoración de Vladímir y el respeto que nunca tuvo como cadete o patinadora. Sin protestar, se deja guiar al cuadrilátero callejero de los esclavos y besa la cabeza de su león antes de que Vladímir lo aparte.

Se convence a sí misma: un hombre contento con su mujer es un hombre que se dejará hablar y esa es una puerta para entrar a su cabeza. La oponente es más fornida; Emma es más ágil. Ambas se precipitan al charco en el centro de la calle, convertida en una arena improvisada. Los puños vuelan, la sangre salpica. Emma cansa a su rival con movimientos rápidos, pues recuerda las peleas de Vladímir. Sus patadas son precisas y le golpea con fuerza el estómago a la mujer.

Unos golpes certeros llueven sobre la espalda de su oponente. A pesar de que la otra esclava está entrenada, Emma desde los cuatro años marcha en la milicia, ya fue obligada a pelear en Sochi, así que, a la hora de sobrevivir, su cerebro abraza todo para evitar que le partan el cráneo. Debe hallar un equilibrio en cada batalla: vencer y al mismo tiempo no verse demasiado peligrosa, porque la gente podría ponerse más a la defensiva si la ven como una amenaza. Y lo es, pero no puede arriesgarse. Asesta un puño contundente. La potencia del impacto deja a su contrincante en el suelo, incapaz de levantarse, y ella se yergue, victoriosa, con la boca llena de sangre.

Las llaves de cuatro locales caen en las manos de Vladímir, como trofeos de metal que tintinean con la promesa de más poder. Emma, con la sangre aún caliente por la victoria, se prepara para la revancha. El doble o nada pende sobre ella.

Media botella de vodka desaparece en su garganta antes de la siguiente contienda. El alcohol silencia el débil murmullo del remordimiento y se transforma en combustible tóxico para su determinación. Es un veneno al que ella se aferra porque vuelve más ameno el miedo, y sin miedo tiene un pasaporte a la supervivencia en el infierno de asfalto que la rodea.

Ya no es la patinadora que daba saltos delante de su vieja cámara de video. Su cerebro vive tan embriagado que no extraña nada. Meses atrás, ansiaba un buen balde de helado; la hacía feliz sentarse con él entre las piernas y ver televisión. Ahora, su paraíso se reduce a una botella de cualquier licor barato y una mesa mugrienta en alguna cantina de mala muerte. Esto es lo que sucede cuando nos decepcionamos de la vida y la mente misma no nos deja de castigar. Desesperados, buscamos soluciones sin importar cuán dañinas sean.

Emma James se vale de todo eso para ganar las cuatro peleas siguientes. Sus victorias hacen que el *Underboss* se sienta invencible porque su esclava ahora es una marioneta que mueve a su antojo.

—¡Eso, pequeña puta! —le grita tan pronto como le alzan el brazo—. ¡Ya eres todo un miembro de la pandilla!

La besa delante de todos. Emma le proporciona la felicidad que antes solo obtenía siéndole fiel al padre. Después de otras tres peleas, el *Underboss* acaba con toda una calle de establecimientos para él, con dinero, respeto y más fama.

El alcohol fluye sin cesar, más gente llega y Vladímir se embriaga junto con su séquito. Su esclava no se le despega. Es la buena perra que siempre ha querido que sea. Ebria hace lo que sobria le repugna, de modo que el mejor collar de control es mantenerla alcoholizada. Las risas no faltan, tampoco los halagos hacia el *Underboss*. Recibe la cocaína que le atiza la rabia y el resentimiento por las diferencias con el padre. Bebe trago tras trago en la fiesta de la calle. No hay ley y nadie que le niegue hacer lo que le plazca. Observa a Emma James, que, pese a estar golpeada, consume su atención. Es una esfera brillante, mientras que él es un gato que no puede dejar de mirarla.

—Puedo seguir peleando —ella le acaricia la cara— para darte todo Sodom, si quieres. Te lo mereces porque el *Boss* ha sido un maldito contigo.

Sus palabras son dardos envenenados lanzados a la diana de la ira y el resentimiento de Vladímir.

—Estoy convencida de que serás el mejor *Boss* de esta hermandad —continúa ella—. ¿Quién cree que será el mejor *Boss*?

Emma orquesta un coro de halagos para él. El estruendo de botellas contra mesas de madera resuena como un himno barbárico a su liderazgo. Teje una red de adulación, recordándole las pandillas letales que tiene bajo su mando, las vidas que ha segado con un chasquido de sus dedos. Le lava tanto la cabeza que Vladímir se pregunta por qué no tiene más de lo que ya posee.

La esclava atiende a todos los hombres que le pide: baila, bebe y se deja besar. Vladímir, drogado, se siente el rey del mundo. La hija menor de Rick James se convierte en una serpiente maliciosa que no deja de susurrarle cumplidos al oído y le pone la soberbia a un nivel grotesco. Lo convence de que debe sentirse orgulloso por cada alma que se postra ante él.

Gana la pelea del callejón, donde se la apuesta a Remy por una semana. Esclava y contrincante vuelven a los puños. Emma, una vez más, no defrauda a su amo. Vladímir, embriagado de poder y drogas, baja de su trono improvisado sobre botes de basura, listo para recompensar a su juguete favorito.

—Ven a ver esto, pequeña puta. —La coge de la mano—. Te va a gustar.

Habla, negocia y moviliza a setenta pandilleros a lo largo de todo Sodom. Su objetivo: el club más grande del *Boss*. Marchan hacia él.

—¿Qué haces, leoncillo? —lo llama por teléfono el *sovetnik*—. ¿Qué clase de locura tienes?

—La gente te espera. —Emma le quita el teléfono—. Sigamos.

El tumulto ebrio se convierte en un huracán de caos. Destrozan, saquean y los *byki* se confunden ante la visión de que Vladímir, la mano derecha del *Boss*, es quien lidera la anarquía con Emma James bajo su brazo.

Las camionetas de su padre entran a la zona de lujo. Tonya Lazareva, con los ojos desorbitados, aprieta la mano enguantada del *Boss*. Ante ellos se despliega una horda de pandilleros.

—¿Qué sucede? —Posa la mano sobre su pecho—. ¿Ese es el *Underboss*?

El vehículo se detiene con lo que tiene enfrente: decenas de bandoleros ebrios, causando desmanes dentro y fuera del club más grande de los Romanov, en busca de licor. Están tan descontrolados que se van hasta en contra del vehículo del *Boss*. Emma James se aísla en una esquina, con una falsa cara de inocencia, contempla cómo el imperio Romanov se tambalea al borde del abismo. Ha jugado sus cartas con maestría y ahora debe esperar a que el castillo de naipes se derrumbe sobre sí mismo. Se ríe para sus adentros al ver cómo un pequeño gusano puede podrir toda una manzana.

—¡Baja, *Boss*! —Vladímir le patea la camioneta—. ¡Tengo algo que decirte!

Ilenko permanece inmóvil en el asiento trasero del vehículo.

—¿No vas a bajar?

Estrella los puños en el capó.

—¡Tú me sacas de la casa y yo te saco de tu pueblo! —Le da otra patada al vehículo—. ¡No quiero volver a verte y sé que tú tampoco quieres verme a mí, así que márchate!

Tonya lo mira. El *Underboss* no está en sus cabales. Su gente se está desplegando por toda la calle, y el problema de las pandillas es que se envalentonan con la más mínima provocación. Es fácil animarlas a hacer cualquier idiotez.

—¡Fuera de aquí!

—¿Qué hago, señor? —pregunta el *byki* al volante.

—Retrocede —demanda su jefe en el instante en que ve más gente sumarse—. ¡Da la vuelta, rápido!

El *byki* obedece. El vehículo gira en medio del caos y deja tras de sí una estela de humo. Lo que Emma se propuso antes de entrar a la mafia roja al fin da frutos. Después de semanas, al fin tiene la fractura entre padre e hijo. La devoción de Vladímir está extinta. Sin Ilenko Romanov en el medio, tendrá aún más libertad con él. Solo debe continuar inflando su ego y seguir siendo una mujer de la pandilla. El júbilo es tanto que le baja el nivel de ebriedad.

«No regresarás a Sodom hasta que yo lo decida», le advierte Vladímir al papá por medio de un mensaje. «Tienes prohibido asomarte por estos lares».

El *Boss*, sin decir nada, apaga la pantalla del móvil. El cielo se tiñe de negro con el anochecer. No hay palabras que definan la alegría que acapara el pecho de Emma con la victoria. Por primera vez, Dios o Satán, no tiene idea de quién, se acordó de ella y empezó a jugar a su favor.

—¡Vamos, pequeña puta! —Vladímir se lleva a su esclava.

Ella asiente con un ojo hinchado por las peleas. Ambos regresan al callejón. El olor a lluvia y el viento helado saturan el ambiente. El bar de los bárbaros rebosa de mercenarios, el ruido es abrumador. Emma, viendo a Koldun estresado, aprovecha la excusa perfecta para darse un descanso.

—Descansaré un poco —le dice a Vladímir con el labio roto—. Si duermo un par de horas, podré trabajar toda la noche.

El ruso asiente. Si no lo hace, no va a servir para nada y más tarde tiene planes con sus hermanos.

—Me haré cargo del pueblo —responde el rubio.

Emma, destrozada, arrastra su cuerpo maltratado hasta la cuarta planta. Encuentra refugio en el pequeño cuarto, donde se desploma en la cama con Koldun. El cachorro, ajeno al caos que lo rodea, se enrosca sobre su pecho cual guardián peludo. El dolor se apodera de ella. El rostro, las costillas, el cráneo, todo le late con un dolor sordo.

—Lo hicimos, Koldun —le susurra al animal con una sonrisa de medio lado.

Acaricia el pelaje albino hasta quedarse dormida.

En el nivel principal, Vladímir revisa su móvil. Salamaro le tiene el teléfono copado de llamadas, y llama a Remy para que lo supla.

—Si Maksim viene a crear problemas, apuñálalo para que no vuelva —advierte en la entrada de su bar—. Vigila a mi esclava y asegúrate de que nadie la saque de aquí.

Las primeras gotas de lluvia se despliegan a lo largo del pueblo. Las prostitutas del bar de los bárbaros sirven cerveza, la música de los altavoces llega a su más alto nivel y Vladímir se dirige al apartamento de Salamaro. Maksim, los primos del *Boss* y Aleska lo están esperando.

Emma James duerme en lo alto de la cantina, inconsciente de la tormenta que se despliega a lo largo de Alaska.

Ella, tan pequeña y valiente al mismo tiempo. De niña siempre fue la que desesperaba a papá, la que hacía quedar mal a mamá, la que se metía bajo la cama de su hermana mayor para luego salir a asustarla, la que se robaba los marcadores de Sam para rayar las paredes, la que se soltaba los moños, la que metía los pies en el charco de agua, aquella que daba vueltas y vueltas en su alcoba hasta marearse. Ha sido fuerte y es notorio su pequeño logro. Nunca nadie le había dado tanta pelea a la Bratva, y está bien querer sacar las garras, pero antes hay que analizar a quién se las vas a mostrar.

Las horas transcurren. Los hermanos Romanov entran en discordia en el despacho del *sovetnik*. Maksim le recrimina a Vladímir por sus acciones y Aleska Romanova interviene para evitar que lleguen a los golpes.

La tormenta se intensifica, el primer trueno retumba y los ojos de Emma se abren.

La lluvia azota Alaska y el reloj de pared le avisa que ha dormido dos horas. El olor a humo la hace reincorporarse en la cama. La luz incandescente que entra por la ventana la confunde. ¿Sol en Sodom? Una esperanza fugaz que se desvanece en un instante. No es el amanecer lo que ilumina la noche, sino las llamas voraces de un incendio que devora el callejón. El humo se escurre por las grietas de la rejilla, la temperatura asciende y convierte la alcoba en un infierno sofocante. Emma, con el corazón martilleando, agarra a Koldun y se lanza hacia la puerta.

El pasillo es un túnel de humo denso que le arranca toses desesperadas. Un individuo está recostado en la esquina con un encendedor en la mano y el aire se le escapa de los pulmones; no por el humo, sino por el hombre que se aproxima.

—Hola, *Ved'ma*. —La voz profunda le pone los pelos de punta—. ¿Para dónde vas? ¿Enciendes la hoguera y luego te da miedo arder en el incendio?

La trenza le cae a un lado y la camisa blanca le delinea cada músculo tenso y listo para atacar. Emma retrocede, aferrándose a Koldun.

—¿Te prohibió hablar la pandilla? —Da un paso más—. ¿O es que sola no eres tan valiente?

La mirada feroz de Ilenko Romanov habla por sí sola. Cada molécula de Emma vibra de pánico y escapa hacia las escaleras. Huye como si pudiera salvarse del hombre al que retó y ahora le está contestando. La cautela es el escudo del atacante; la confianza, su talón de Aquiles.

Es cuestión de minutos para que todo se venga abajo. Emma cree que correr es lo mejor que puede hacer ahora. Desciende por las escaleras sin soltar al león. El bar está en llamas y con el piso lleno de cadáveres. La puerta principal está cerrada y el único rayo de esperanza es Remy, el amigo de Vladímir, quien se incorpora en medio de jadeos.

Emma tropieza y el *Boss* baja, ajustándose los guantes.

—¡Mátalo! —le pide ella al pandillero, que mide más de dos metros—. ¡Mátalo, o nos matará a los dos!

Remy se lanza contra el *Boss*. Su tamaño promete una ventaja que nunca llega a materializarse. En un instante, el cuchillo de Ilenko lo atraviesa.

El intento de escape de Emma fracasa cuando el ruso la agarra del moño. El león salta de sus brazos en el momento en que ella lo libera para defenderse. Ilenko Romanov tiene una larga lista que clama por castigo, pero el desafío directo a su autoridad exige una respuesta inmediata.

—La niñita quería pelear. Pues bien, pelearemos. —El padre de Vladímir le hunde los dedos en la mandíbula, forzando una apertura—. Cada vez que quieras tapar esos ojos de *volshebnitsa*, te acordarás de haber masticado estos.

Le introduce el ojo de Remy en la boca, la obliga a mover la quijada y la primera arcada viene en el momento en que siente el líquido viscoso en la boca.

—Hoy trituras esto, pero la próxima vez mascarás los tuyos —sentencia, y Emma se da la vuelta.

Con un escupitajo, le arroja todo en la cara.

—¡Prueba tú también, hijo de puta! —se le burla—. ¿Te gusta?

Hace un segundo intento de huir, pero el *Boss* está decidido a enseñarle las consecuencias de desafiarlo. Le mostrará lo que significa enfrentarse a él en modo despiadado. Le desgarra la cazadora de cuero y arroja la prenda a las llamas antes de llevarla hasta el barril de cerveza al que le arranca la tapa.

—Alcohol para la ebria más grande de Sodom. —Le hunde la cabeza en el barril.

El maquillaje se disuelve entre las gotas de licor.

—Te gusta bastante ahora, ¿cierto? —La saca y la vuelve a sumergir—. Bébete todo como la mujer de la Bratva que eres.

La retira para arrancarle el pendiente de la nariz. No hay nada que le cause más repulsión que su nuevo aspecto, ni siquiera los cientos de cadáveres que ha visto despedazados. Dondequiera que va, el lugar queda oliendo a whisky barato.

—¡Suéltame! —Forcejea Emma—. ¡Maldito infeliz, suéltame!

—¿Qué más hacen las mujeres de la pandilla? —La arrastra con él—. Revolcarse en la sangre y en la mierda de todos sus hermanos.

La empuja hacia el charco de sangre, revolcándola y manchándola de rojo, antes de arrastrarla hacia el cuerpo de Remy. Sin soltarla, le baja los pantalones al cadáver.

—Te gusta chupar penes ahora, ¿verdad? —La obliga a inclinar la cabeza—. Prueba este y dime cómo sabe.

—¡Déjame! —La esclava le rasguña las manos.

Todo lo hecho en los últimos días se lo multiplica por mil, mostrándole sin rodeos la vida de una mujer de la pandilla. El hedor del cadáver la hace mover la cara en el momento en que el *Boss* la deja a milímetros del pene flácido.

—Cuando Vladímir te lo pide, no te da asco, entonces, ¿qué pasa ahora? —La hace llorar—. ¿Dónde están los cojones que tanto presumes?

La intensidad del agarre en su cuello amenaza con fracturarlo. Ilenko se lo arquea y coloca su otra mano sobre la garganta, aumentando la presión.

—Pasas de dar ganas a dar asco —dice, y Emma deja caer los brazos a ambos lados con la sangre quemándole las venas.

Los insultos son un veneno familiar en su día a día. Las palabras cortantes de Vladímir, los desprecios de la pandilla, todos pueden ser ignorados de alguna manera. Pero la sentencia de Ilenko Romanov la golpea como ácido sobre la piel. «Asco». Ahora le da asco. Se libera con un movimiento brusco, nacido de la ira. Alcanza el puñal que brilla a menos de medio metro y lo lanza hacia el dueño de la organización. La hoja corta el aire y el *Boss* echa el cuerpo hacia atrás cuando le silba a un centímetro de su garganta.

Ambos se ponen de pie al mismo tiempo. Emma se aferra al cuchillo, apuntándole a la máxima cabeza de la Bratva. Está salpicada de sangre y el licor le chorrea por las puntas del cabello a la vez que el fuego consume todo a su alrededor. Pedazos del techo de madera se desprenden, la barra de licores se desploma, los cimientos de la pared que da a la calle se fragmentan y la brisa helada entra a raudales.

—Se enojó la bruja. —El *Boss* se arremanga la camisa—. La que quería pelear.

Ella no puede acabarlo; quien tiene que matarlo es Vladímir. El *Boss* avanza hacia ella y Emma le arroja el cuchillo, seguido de botellas, bancos de madera y todo lo que encuentra a su paso. Aprovecha la caída de la pared para iniciar una retirada rápida. Recoge al león, debilitado por el humo, y corre entre los cimientos.

La tempestad no es impedimento para apresurarse entre los charcos de agua y sangre. Las cantinas del callejón se derrumban una a una por las llamas. Hay gente degollada en las aceras, cadáveres con tiros en la cabeza...

—¡Vlad! —lo llama al verlo bajarse de la camioneta al inicio del callejón—. Tu papá acabó con todo.

Vladímir mira el panorama devastado. El humo negro asciende y forma una torre oscura. Él causó desmanes en el club con daños que pueden repararse, pero su padre le ha respondido con un mensaje claro y contundente, dejando su zona en ruinas.

La Bratva admira a Vladímir aun cuando idolatra a Ilenko. Los pandilleros que se atrevieron a atacarlo ahora están siendo decapitados a lo largo de Sodom. El *Underboss* cae en la cuenta de que el silencio de su padre no era por miedo, sino que simplemente le estaba dando la opción de parar. No lo hizo y ahora hay que asumir las consecuencias.

—Detenlo —le pide Emma—. Puedes hacerlo.

—Entra. —Mete a Emma a la camioneta.

Se interna en la calle en busca del *Boss*. El bar de los bárbaros cae por completo. Entre el humo, avista la camioneta que se pone en marcha al extremo opuesto del callejón. Es la de su padre. Salamaro tenía razón: llegó lejos y el enfrentamiento acaba de determinar algo... Ilenko deja de ser el *Boss* o Vladímir pierde su posición de *Underboss*. La hermandad no pasará por alto este conflicto. Lo que comenzó como una disputa entre padre e hijo se ha convertido en un asunto grave para la mafia roja.

Regresa al auto. Emma sostiene al león en su regazo. La manipulación hacia Vladímir ha tenido un alto costo. El *Underboss* comienza la búsqueda de su padre por todo el pueblo. Al no encontrarlo en ninguna parte, la única opción es dirigirse a la fortaleza.

Con la furia de la tormenta azotando la carretera, Vladímir aprieta el volante, preparándose para el enfrentamiento cuerpo a cuerpo con su padre. Derrotar a Ilenko no será fácil y no puede permitirse matarlo. Deberá administrar sus golpes con cuidado durante la riña. Su objetivo es hacerlo caer y obligarlo a rendirse, así podrá salir victorioso y reclamar su posición.

Detiene el auto frente a la fortaleza. Con manos trémulas, saca el contenedor plateado que guarda la dosis de cocaína.

—No hay tiempo para eso. —Lo detiene Emma—. Debes estar lúcido para pensar.

—¡Lo necesito! —La aparta.

Inhala su droga antes de bajar.

—Espera aquí, no salgas —le advierte a su esclava.

Jamás creyó que llegaría a esto; no era así como había imaginado ocupar el puesto. Las lágrimas que se le escapan de los ojos son borradas rápido por el dorso de su mano. No puede permitirse dudar, no ahora. Asciende por los escalones. Las puertas regularmente abiertas lo esperan. Los guardias, acostumbrados a su presencia, no interfieren en su camino, aunque sus miradas están cargadas de recelo.

Vladímir ingresa a la fortaleza sumida en penumbras. La única luz es la lámpara que parpadea en el recibidor. Acelera los pasos, escalera arriba y el eco de sus pisadas se amplifica en los pasillos vacíos. Busca al padre en el despacho y no lo encuentra. Tampoco está en la alcoba principal. Lo busca en el patio, en el altillo... No hay rastro de él por ningún lado.

El desasosiego lo tiene al borde. Regresa al vestíbulo. Está a punto de abandonar la mansión cuando la puerta entreabierta de las mazmorras subterráneas capta su atención. La fortaleza, con sus siglos de antigüedad, carga a cuestas un pasado oscuro y opresivo. El *Underboss* recuerda una infancia amarga entre esas paredes, donde permanecía encerrado, sin explorar demasiado. Ahora lo hace: recorre las entrañas de la fortaleza en busca de su padre.

Desciende por las escaleras de caracol. La oscuridad envuelve cada peldaño. Sus pasos se vuelven mudos en el estrecho espiral. El aire está cargado de humedad con olor a moho. Las gruesas paredes de piedra pierden su color a medida que avanza. Seis pisos más abajo, la piedra desnuda es todo lo que queda. La oscuridad es absoluta; el frío, insoportable. Se asombra de haber llegado tan profundo y considera retroceder, pero una luz parpadea en uno de los corredores.

Un tintineo metálico rompe el silencio sepulcral. Vladímir avanza hasta quedar al pie de un corredor donde ve al padre frente a un par de puertas dobles con un manojo de llaves en la mano.

—No deberías estar aquí. Sube —le habla el *Boss* sin mirarlo.

Su hijo mete las manos en la chaqueta y avanza por el pasillo repleto de mazmorras. Cada puerta tiene un umbral ordinario, excepto la que está delante del *Boss*. Ilenko se voltea a mirarlo y el fulgor sombrío en sus ojos lo hace apretar el *haladie*.

—Sube, Vladímir —le vuelve a pedir y el *Underboss* niega con la cabeza.

—¿Qué guardas ahí?

—No es asunto tuyo. Te pedí que subieras.

—No hasta que resolvamos este problema. Voy a reclamar el puesto en pelea.

—¿Estás seguro? Esa es una decisión de la que no puedes retractarte.

—Lo sé —dice antes de lanzarse hacia su padre.

Con la euforia de la Bratva a su favor, tendrá la ventaja. El *Boss* esquiva el filo del *haladie*. Su hijo no es un oponente cualquiera e Ilenko no lo cree capaz de matarlo pese a que sí puede malherirlo.

—¡Ya basta! —Su padre atrapa la mano que se dirige a su brazo y su primogénito le entierra la rodilla en el abdomen.

El Pakhan le propina un fuerte empujón sin medir la fuerza. La espalda del *Underboss* impacta contra las puertas dobles que se abren y lo absorben. Vladímir cae cinco escalones abajo. Da vueltas en las escaleras antes de aterrizar en el suelo. Las ratas le pasan por encima de las manos y un olor nauseabundo lo marea. Las luces titilan antes de encenderse y lo que ve adentro lo deja de rodillas en el suelo.

Los roedores chillan como si sintieran el terror que lo petrifica, el pánico le corroe. Eso desencadena los temblores que le empañan los ojos. La macabra escena ante él le corta todo atisbo de habla y el miedo se convierte en un manto que lo arropa. Se le olvida cómo moverse, gritar y respirar. Una bola enorme le obstruye la garganta y el *haladie* se desliza de su mano. El material del arma hace ruido cuanto toca el suelo. Ha visto muchos horrores a lo largo de su vida, pero lo que captan sus ojos perfora barreras, sentidos, realismo, hombría, todo.

Abre y cierra los párpados, convenciéndose de que no es real, pero lo es... y no está en una de sus tantas pesadillas. El *Boss* baja a levantarlo y no sabe de dónde saca fuerzas para alejarse y gatear hacia los escalones. Un jadeo se le escapa de los labios resecos al regresar arriba. Sus ojos, abiertos desmesuradamente, escanean frenéticamente el pasillo en busca de una salida. Necesita huir de su padre.

Vomita en el suelo. El llanto estalla, incontrolable, en medio del colapso. Choca con la pared al revivir la escena una y otra vez. El *Boss* se acerca y su hijo se arrastra lejos.

—Es una pesadilla —le dice el padre.

Su hijo no puede hablar y se lleva las manos a la garganta sin dejar de llorar.

—Está en tu cabeza, Vladímir. —El *Boss* asegura las puertas—. ¿Cuánta coca inhalaste?

No es la cocaína. El *Underboss* sabe muy bien lo que vio ahí adentro.

—Eres...

—Lo imaginaste. —El papá lo agarra del cuello.

—No. —Su primogénito se suelta, aterrado con el toque. Sus piernas, entumecidas por el miedo, cobran vida de repente. Se precipita hacia delante en una carrera desesperada por abandonar la fortaleza.

Se cae varias veces en la subida, pues siente que la escena lo persigue. El hombre que ha amado siempre es un monstruo en toda la regla. Llega a la sala sin asimilar lo que acaba de ver. Necesita salir de la casa, de Sodom y de Alaska. Corre a la camioneta en la que llegó. La tormenta se apaciguó para retornar más intensa, y las gotas de agua han creado una cortina líquida casi impenetrable que desdibuja los contornos del vehículo.

El *Underboss* abre la puerta y Emma lo mira, preocupada, tan pronto como se pone al volante.

—¿Qué pasa? —le pregunta y él sacude la cabeza—. ¿Lo mataste?

Niega y Emma estira la mano para tocarlo. Él la golpea para que no lo toque. Parece que hubiese visto al mismo diablo. No enfoca la mirada en ningún lado, está blanco como el papel, sigue sin articular palabra y mira atrás como si lo estuvieran siguiendo.

—¿Qué pasó? —insiste su esclava al arrancar—. ¿Qué te hizo?

El *Underboss* aparta las lágrimas que le bañan la cara, mientras Emma trata de hacerlo razonar, tarea imposible después de presenciar aquello. Vladímir acelera, queriendo volar en el maldito vehículo. Los chillidos, el olor, la imagen, todo lo encierra en cuatro paredes, en un cuadro de pánico severo que le nubla todo.

—Vas muy rápido. —Emma abraza al león—. Cálmate.

—Tenemos que irnos —logra decir—. Lejos.

Acelera más.

—¡Has perdido la cabeza! —Emma pone la mano en el salpicadero—. ¡Detente!

El rugido del agua ahoga cualquier otro sonido. Ríos improvisados corren por la carretera, arrastrando hojas y desperdicios. Los relámpagos iluminan el cielo negro, seguidos por truenos que hacen vibrar los cristales de las ventanas y la cabeza de Vladímir, quien va ciego. Se niega a quitar el pie del acelerador.

—Me quiero bajar —dice ella—. ¡Para!

Emma James toma el control del volante y él la empuja contra la puerta. El velocímetro emite una alerta de máxima velocidad y Vladímir se niega a detenerse. Voltea la mirada hacia atrás para asegurarse de que no lo estén persiguiendo.

—¡Detente, Vladímir!

Fija la vista al frente con el grito de su acompañante y un alce se interpone en la carretera. El animal se atraviesa de forma abrupta y el *Underboss* reacciona por instinto, girando el volante con violencia. Los neumáticos rechinan, buscan el agarre en el asfalto mojado. El vehículo derrapa, imparable, hacia el borde de la carretera. La baranda protectora cede como papel ante el choque. Por un instante, el tiempo se congela. Luego la gravedad hace de las suyas con la camioneta, que rueda colina abajo en una serie de vueltas descontroladas.

Los vidrios estallan, el metal se retuerce. El cuerpo de Emma es expulsado fuera del vehículo y cae, inconsciente, en medio de la nada. La cabeza de Vladímir se estrella con la puerta en el instante en que el auto se detiene. El *Underboss* está lúcido, pero la sangre le baña la frente, y a pesar de no poder respirar, lo único que le preocupa es irse, escapar y correr lejos de su padre.

Los minutos transcurren lentos. Está atascado dentro de la estructura de metal y todo amago de salir se ve frustrado por el dolor en el cuerpo. Una hora después, entre gritos lejanos, oye la llegada de la ayuda. Las luces de las lámparas atraviesan lo poco que queda de los cristales. El desespero se apodera de él, las ansias de huir no se desvanecen y, en un momento de agotamiento extremo, sucumbe ante la conmoción.

Los ojos de Vladímir se cierran y los del *Boss* contemplan el tablero en su despacho. Sostiene las fotos de sus mayores oponentes, entre esos Christopher Morgan. Los engranajes de su cabeza maquinan y sonríe para sí mismo: donde otros ven ruinas, la Bratva ve oportunidades. Juega con el manojo de llaves en su mano, las cuales tiene hace más de una década.

Las imágenes se despliegan en la mente del *Underboss*, difusas y fragmentadas. *Flashes* de horror se entremezclan con la oscuridad, como un proyector descompuesto que no deja de reproducir una pesadilla. Las secuencias se repiten innumerables veces y el tiempo se dilata en un martirio constante. Las sombras se alargan, las luces de la madrugada lo cubren; para cuando quiere despertar, han pasado horas. Su cuerpo yace inmóvil, empapado en sudor.

Gira la cabeza, desorientado. Los objetos cotidianos de la fortaleza cobran forma: el armario de roble, la lámpara de bronce, el reloj en la mesa de noche. La luz del día atraviesa las ventanas abiertas. Los brazos y la espalda le arden por los fragmentos de los vidrios que le han cortado la piel. Tiene cinco puntos en la herida de la frente y siente que le han aplastado cada uno de los huesos.

El príncipe de Gehena se encuentra a su lado y le coloca una bolsa de suero en el brazo.

—No te muevas —le pide Cedric—. Necesito hacerte un nuevo chequeo general.

El cuerpo del médico acaba en el piso tras un empujón de Vladímir. La fortaleza es el último lugar donde quiere estar. Agarra la cazadora que cuelga de una silla y se la pone sobre el torso desnudo. Descalzo y en vaqueros, corre a la salida impulsado por la urgencia de largarse.

Al final del corredor se ve la escalera y Vladímir la baja a toda prisa. La puerta principal se abre con un chirrido y la imponente figura del *Boss* emerge, bloqueando la salida. Con movimientos pausados, se quita los guantes de cuero. Los músculos del *Underboss* se vuelven de piedra. Sus pies, antes ágiles, ahora parecen clavados al suelo.

—Apártate de la puerta —dice con un débil susurro—. No voy a quedarme aquí.

Las memorias de anoche lo hacen sujetarse la cabeza, pues el hedor pútrido no se va de su nariz.

—¡Cómo pudiste hacer eso!, ¿eh? —reclama, herido—. ¡¿Cómo?!

El miedo se convierte en una garra invencible que le aprieta el cerebro y desencadena visiones que difuminan la línea entre ficción y realidad. El dolor en el pecho no lo deja hablar y las lágrimas brotan, amargas y calientes. El papá lo sujeta de la chaqueta; evita su desplome. El *Underboss*, entre sollozos descontrolados, se resiste al contacto e Ilenko lo abraza, lo estrecha contra su pecho como años atrás, cuando se encargaba de recomponer todos sus pedazos rotos.

Él queda lánguido entre sus brazos.

—Hace mucho debí hacer esto. —El *Boss* le da un beso en la sien—. Necesito que lo tomes con calma, Vladímir.

Las puertas de la fortaleza se abren y Salamaro les permite la entrada a personas vestidas de blanco.

—¡No! —Vladímir empuja al papá—. ¡Prometiste que nunca me castigarías con esto!

—Pueden llevárselo —pide el *sovetnik,* y los médicos lo acorralan junto con los *byki*.

—¡Lo prometiste! —le reclama al *Boss*—. ¡Te lo he dicho mil veces! ¡Prefiero morir antes que encerrarme!

El *Boss* presencia la escena desde lejos. Entre todos sujetan a Vladímir, quien lanza patadas y lucha por defenderse con los brazos. Ilenko traga en seco al ver cómo el personal del centro de rehabilitación para drogadictos saca a su hijo de la fortaleza. Ser el jefe de la Bratva exige tener temple, incluso con tu propia sangre.

—¡No dejen que se acerque a ella! —suplica Vladímir, siendo arrastrado a la ambulancia—. ¡No dejen que se acerque a Emma James! ¡Es más peligroso de lo que creen! ¡Todos tienen que salir de aquí!

Se tira al suelo.

—¡Sal de aquí! —le dice a Salamaro—. ¡Salgan de aquí!

El *Underboss* concentra la mirada en el príncipe.

—¡Saquen a mi esclava de aquí!

Mira al *Boss*, quien observa, estoico, desde la puerta. Celia le informa al médico que Emma James ya está despertando y él se apresura hacia la alcoba donde la tienen.

Emma está tendida en la cama. Unas pequeñas gotas de sudor le adornan la frente. Los mechones blancos se le adhieren a las mejillas y le enmarcan el rostro demacrado. Su mirada vacía recorre la habitación. Tarda en reconocer el entorno que la rodea después del accidente.

—¿Cómo te sientes? —pregunta el médico sin dejar de acariciarle la mejilla.

—Mareada.

—Di mi nombre.

—Cedric Skagen —contesta, y él le sonríe a la espera de que diga algo más—, príncipe de Gehena.

—¿Puedes verme con claridad?

Asiente con dolor en el cuello. Reconoce su cara, pero lo que no comprende es por qué su movilidad está limitada.

—¿Qué le sucede a mi pierna? —La toca—. ¿Le pusieron anestesia?

—No.

Aparta la sábana y lo que ve la obliga a incorporarse en la cama. Su muslo izquierdo no parece una pierna: es un amasijo de carne morada, fría, hinchada e inerte. Lo toca, pero no siente absolutamente nada.

—¿Por qué no puedo moverla? —Le agarra la camisa al médico—. ¡¿Qué pasó?!

—La perdiste en el accidente. —El *Boss* cruza el umbral de la estancia—. Tenemos que amputar antes de que se pudra más.

La noticia del *Boss* se roba su aliento. La pierna no responde, Cedric enmudece y ella se golpea el muslo con ambas manos para que reaccione.

—No va a responder. —El ruso recibe la motosierra automática que le entrega su *byki*—. Hay que cortar.

A pesar de golpearse, arañarse y maldecirse a sí misma entre sollozos, no hay reacción alguna. El *Boss* sonríe sin apartar la vista de sus lamentos. No es culpa de él, pues fue ella la que se lo buscó. Fue ella la que quiso desafiarlo, y he aquí el resultado.

Tira de la cadena y enciende la herramienta de ruido infernal.

—Cómo me gusta ajustar cuentas —se burla el mafioso.

La puerta de la alcoba se cierra y los gritos de Emma se oyen en toda la casa. Aullidos de terror, de decepción y de miedo, porque la vida le acaba de demostrar que perder la vida no era lo peor que le podía pasar.

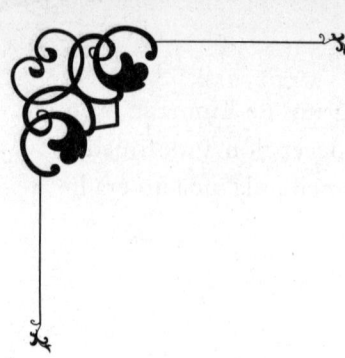

EN EL COLISEO GLACIAL
DE LA MAFIA, LA MUERTE
ES EL JUEZ IMPLACABLE
Y LA SUPERVIVENCIA,
EL ÚNICO ORO QUE IMPORTA.

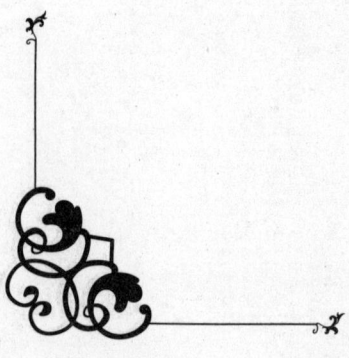

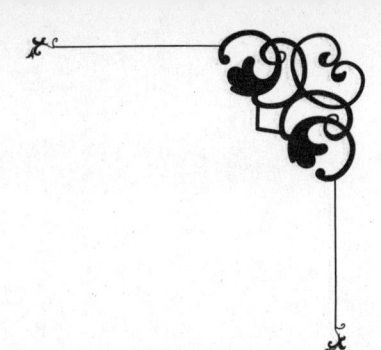

PARTE DOS
HIELO

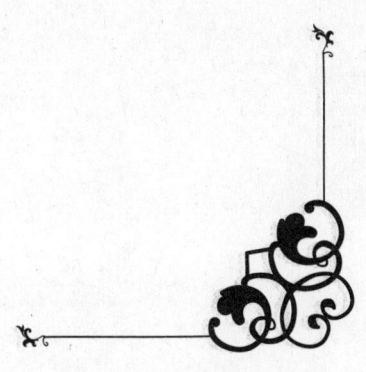

32
PURGA
EMMA

Mis cuerdas vocales se queman entre gritos. El estruendo de la motosierra me perfora las neuronas. Esto no es un golpe, es un mazazo directo a mis órganos vitales. Los puños me duelen al estrellarlos contra el muslo; necesito que mis nervios despierten, que mis músculos respondan. No consigo nada, y el *Boss*, lleno de sevicia, aproxima su aparato de mierda. Le arrojo la lámpara para que se aleje.

—¡Basta! —exclamo con las lágrimas cayendo por mi rostro—. ¡No te atrevas a acercarme esa porquería!

La motosierra barre los cojines a mi alrededor, las plumas vuelan y los trozos de tela se dispersan por el aire.

—¡Basta!

Grito más y él detiene la hoja a milímetros de mi carne.

—La has perdido, y aunque duela, debes deshacerte de ella o morirás.

—No quiero. —Me froto el muslo—. ¡No quiero que me quiten mi mierda!

—¿Cuál es el miedo? En las pandillas abundan los mutilados. No te discriminarán; te acogerán y te darán algún apodo digno. ¿No es eso lo que buscabas?

El ruido de la motosierra se reactiva y, débil, ruedo en la cama. Las sábanas se me enredan alrededor de las piernas. El colchón cede bajo mi peso inestable y me golpeo la mejilla contra el suelo frío de madera.

Uso los codos para arrastrarme hacia la esquina más oscura.

El sabor salado de las lágrimas me llena la boca mientras me sacudo en sollozos.

—Emma, la situación es grave. El color es un signo de alarma —dice Cedric, y cierro los ojos. Nadie me va a quitar nada.

—¡Fuera de aquí!

—Pero...

—Déjala que se pudra. —El *Boss* coloca la sierra sobre la mesa—. Ver cómo empieza a apestar será una tortura que ella misma se impondrá.

Les ordena a todos que se retiren. Los recuerdos son difusos: lo último que sentí fue el golpe de mi cabeza contra el asiento durante el accidente, que ahora quiere arrebatarme una de las cosas más indispensables para cualquier ser humano.

—Te encenderé el televisor, así no te aburres. —El ruso alcanza el mando y reconozco la imagen en la pantalla—. Mírate aquí, patinando con las dos piernas.

Lanza el control a la cama y no lo miro. La pantalla parpadea con los videos de todas mis presentaciones, y el llanto me baña la cara. No voy a poder enfrentar esto. Hace apenas unos meses, había planeado tantas cosas para mi vida, y ahora no puedo dar ni un paso.

Ahora no soy nada.

Mis sueños se deshacen entre mis dedos, convertidos en cenizas, porque esta condena, además de robarme la libertad, ha destrozado mi futuro.

Durante horas me masajeo los músculos con los nudillos, forzando la circulación, pero nada sirve. Me golpeo con los puños, no obtengo resultado y estrello la cabeza contra el rincón tapizado.

Cedric entra con un plato de avena. Lo lanzo lejos y la comida se estampa contra la pared.

—Intenta calmarte. —Se agacha delante de mí.

Quiero que se vaya y me deje sola con mi miserable vida.

—No es el fin del mundo, preciosa. —Me seca las lágrimas—. Mírame, perdí la mano y aquí estoy.

—¡Cállate! ¡No te atrevas a comparar lo tuyo con lo mío! —lo empujo—. ¡Tú estás aquí porque te lo buscaste! ¡Yo no! ¡Yo no le hice nada a nadie!

Se levanta cuando empiezo a gritarle. No quiero comentarios vacíos ni que me ponga en su misma línea porque no somos iguales.

El llanto se apodera de la poca energía que me queda al tocar mi pierna: hinchada, morada, inmóvil. La luz del televisor parpadea sobre ella mostrando imágenes de mi antiguo yo, la que soñaba con ser la mejor patinadora del mundo. La cara sonriente de quien nunca pudo, y ahora nunca podrá.

Permanezco en el rincón sin tener idea del tiempo que pasa. No pruebo bocado ni bebo nada, y conforme pasa el tiempo, mi pierna adquiere más peso. Lo morado se oscurece hasta volverse negro.

Cedric regresa a revisarme y no oculta su expresión de desagrado. Le pido que desaparezca y me encojo aún más en mi rincón. La hinchazón en los ojos me impide abrirlos.

—Yo te entiendo, Emma —insiste el príncipe—. Me gustaría hacer más, pero la situación se me escapa de las manos. Si no intervenimos, podrías desarrollar una infección.

Me tapo los oídos mientras sacudo la cabeza. Cedric suspira y decide marcharse. Un vacío se expande en mi pecho, arrasando con todo a su paso. La agonía cargada de soledad me destroza por dentro y, sin el consuelo del licor, todo se entrelaza de una manera horrorosa.

Mis últimos cuatro años se revelan ante mí y revivo los eventos que me han hecho llorar hasta vaciarme.

La bata me quema y me la arranco del cuerpo.

Me revuelco en la miseria hasta que mis fuerzas se agotan. Las voces de afuera se convierten en un murmullo distante y concentro la mirada en un punto invisible en la pared. El reloj de pared se mueve, lento, y los párpados se me cierran cuando no doy para más.

La mente se me vacía. Solo soy consciente de mi cuerpo: el peso de los huesos, el latido lejano de mi corazón. Mi respiración se hace superficial, casi inexistente, y los sonidos se desvanecen, como si estuviera sumergida bajo agua.

El chirrido de la puerta corta la bruma de mi sueño. Un aroma intenso invade mis sentidos: notas cítricas mezcladas con almizcle y madera. El *Boss*. Sus brazos me rodean, levantándome del suelo frío y mi cabeza cae sobre su pecho. Las ganas de pelear se han evaporado.

El torso me duele con cada respiro. La luz del baño se enciende cuando cruza el umbral conmigo en brazos. Deja mi cuerpo dentro de la bañera y ahogo un sollozo al ver mi reflejo en el espejo frente a la tina. El rostro que me devuelve la mirada es el de una extraña: hay una máscara violácea e hinchada donde solía estar mi cara. Los labios, antes suaves, ahora están grotescamente abultados, agrietados por los golpes recientes y partidos por el frío.

Mis brazos están plagados de cicatrices y hematomas, desde el púrpura intenso hasta el amarillo enfermizo. Llevaba días sin ver mi reflejo completo, y no sabía hasta qué punto había llegado.

Ya no tengo los lentes de contacto puestos. Lo único bonito de mi cara son mis ojos, el resto da asco.

La bañera se llena de agua tibia y la espuma empieza a cubrir la superficie. El *Boss* se sienta en el borde de mármol y alcanza la ducha con la que me empapa la cabeza. Mueve los dedos sobre mi cuero cabelludo, actuando como si fuera una persona y no un maldito saco de excremento.

Un cúmulo de emociones se me forma en la garganta.

—Cuando estuve en Phoenix, creí que todos estarían felices de verme —la voz me tiembla sin querer—, pero no fue así: Sam se enojó porque dañé su presentación. Mamá estaba estresada por mis tías y papá estaba tan inmerso en sus asuntos que no me puso atención.

Las lágrimas se me salen solas mientras él me escurre el agua sucia del pelo.

—Hice la cena y nadie quiso comer conmigo. Los entendí porque estaban emocionados por la noticia de mi hermana, pero me hubiese gustado que notaran cuánto necesitaba esa cena. Hace mucho que no como con nadie y pensé que compartir un momento con ellos me haría sentir como una persona porque ha pasado bastante tiempo desde que no me siento como una. Y no es desde que estoy aquí... antes de esto ya me sentía así.

Respiro y siento el pecho aplastado, como si estuviera bajo toneladas de piedras.

—No me siento como una persona cuando mamá habla más de Sam que de mí, ni cuando papá se interesa más por las noticias de Rachel que por mis relatos de los concursos.

Es absurdo contarle esto a alguien a quien no le importa en absoluto, aun así, no puedo mantener la boca cerrada.

—Tampoco me sentí como una persona cuando el coronel se enteró de la ruleta. Me trató mal, ¿sabes? Muy mal. —No controlo el vibrato de mi garganta—. Entiendo su manera de ser y sé que no es una persona amable; aun así, me dolió que me echara de su casa en la víspera de Navidad. Me gritó que no iba a perder a Rachel por mí. En mi cara me dijo que es más valiosa que yo. Sé que lo es, pero no debió tratarme de esa manera.

—¿Cómo?

—Como si mi vida no valiera nada y mi hermana fuera la única que mereciera vivir. Para él, yo no era digna de un intento siquiera. —La barbilla me tiembla con cada palabra—. Tuve que rogarle para que me ayudara.

—Fue cuando te dijo que te metieras con Vladímir y lo pusieras contra mí —responde—. Y no por ti, sino por tu hermana, porque, más que salvarte tú, la estarías salvando a ella si yo no estoy en el juego. Eliminas a un rival de su camino.

Ya lo sabe todo con detalles y me aterra, porque conocer la verdad solo complica aún más mi situación aquí.

—Al no obtener resultados, se hartó y ahora exige que se cumpla con los designios de la ruleta para que todo siga su curso.

—Me desenreda el pelo con los dedos—. La ficha débil muere, todos son felices y él se queda tranquilo con su mujer, que ya no tendría deudas que pagar.

»En medio de todo me queda el consuelo de que mi apellido no perderá a su ser más valioso. El coronel es un maldito, a pesar de eso, tiene razón en algo: mi hermana es lo mejor que tiene mi familia y nadie brilla más que la teniente James.

Un sonido áspero raspa el aire detrás de mí cuando se ríe, cargado de desdén. Usa la ducha de mano para enjuagarme el jabón, y al abrir el desagüe, la espuma se va, dejando expuesta mi pierna hinchada.

—El jabón no cubrirá el hedor —dice, serio—. Y pensar que había otras opciones... No quisiste y ahora no solo te has quedado sin pierna, sino que también estás obligada a pagarme todo por querer jugar a la *myatezhnik*.

El metal frío de su esclava brilla cuando me hunde los dedos en las mejillas.

—Los daños en el club, los callejones, los bares —continúa—. Tu maldito complot me ha causado pérdidas millonarias. Una vez amputada tu pierna, te enviaré a Sodom a pedir limosna. Cada moneda será para mí.

Se me contraen los labios con las ganas de llorar. Me devuelve a la cama y sube el volumen del televisor.

—Tenía una botella en la habitación de Vladímir, ¿me la puedo acabar?

—No habrá más alcohol. Tortúrate con lo que ves en la pantalla. Ya me suplicarás que te ampute la pierna cuando el león arañe la puerta, atraído por el olor. —Se encamina a la salida—. El contacto con el agua acelerará su descomposición.

Me arropo los hombros con la sábana en cuanto se va. El yunque pesado sobre mis omóplatos me recuerda por qué no quería estar sobria. No quería enfrentar el peso de este maldito vacío, el olor a fracaso del que habla mamá, ni esta maldita soledad de la que no puedo culpar a nadie.

Mis hermanas no tienen la culpa de que yo no sea la favorita de papá ni el orgullo de mamá. No tienen la culpa de que yo no tenga los méritos que se requieren para extrañarme.

Un olor fétido se esparce por el dormitorio a la medianoche. Celia se tapa la nariz con el brazo al traerme la avena. No duermo y lo único que anhelo es una máquina del tiempo.

En la madrugada, caigo en crisis y acabo en el suelo por segunda vez al imaginar mi vida incompleta. No podré caminar, correr ni hacer nada sola. Voy a arrastrarme por el resto de mis días.

El aullido de los lobos afuera me eriza la piel. Algo corre por el pasillo, araña la puerta, y, bañada en llanto, me aferro al borde de la mesa en el rincón, mientras las sombras de los guardias apartan los animales que rasguñan la madera.

—¡No los dejen entrar!

Las horas transcurren y el olor que desprendo es tan nauseabundo que ni yo lo tolero. Entre gemidos quebrados, no me queda más alternativa que conciliar conmigo misma. Vivo el duelo de la pérdida con los ojos cerrados y la cabeza apoyada en la pared. «Es solo una pierna», me repito las palabras huecas en mi mente. «Puedo vivir sin ella». Una parte de mí protesta, aferrada a la idea de no verme incompleta, pero el miedo a que pueda morir a causa de esto me pone peor.

—Córtala —le digo al *Boss* cuando llega en la mañana—. Ganaste. Llévate la victoria, porque has acabado conmigo de la forma más cruel y miserable, maldito canalla. ¡No hay nadie a quien odie más en la vida que a ti!

—Es mutuo —contesta bajo el umbral.

Dos hombres corpulentos entran y me arrastran al cuarto de tortura. Las lágrimas aumentan al ver la plancha de madera manchada de un marrón oscuro que prefiero no identificar. Gruesas cadenas de acero cuelgan de los bordes, y la luz fría resalta los cuchillos sobre las mesas.

Tiemblo al ser atada a la estructura como si fuera un animal. El *Boss* aparece a mi izquierda con una sierra en la mano. Con un movimiento, activa un mecanismo en el suelo. La mesa se inclina, elevándome lentamente hasta que quedo en un ángulo precario, expuesto y vulnerable. El latido de mi corazón es tan fuerte que temo que estalle en cualquier momento.

—No es el final —suspiro.

—No, no es el final —tira de la cadena del aparato—, es el comienzo.

Cierro los ojos ante el estruendo de la sierra. Aprieto los dientes, los puños y los brazos para amortiguar el impacto. Siento la proximidad del filo y grito como nunca lo he hecho en la vida. El ruido se acerca cada vez más. Miro al cielo y, de repente, todo queda en silencio.

El sonido desaparece y la risa de Ilenko Romanov se eleva, fuerte y cargada de altivez. No sé cuál es el chiste. Estoy amarrada, sudorosa, casi agonizando, y él se burla en mi cara.

—De ahora en adelante aprenderás a escoger mejor a tus contrincantes, *Ved'ma*.

Saca una jeringa metálica con la que me apuñala el muslo y vacía el contenido sin dejar de reírse.

—Después de esto, nunca más querrás llevarme la contraria —dice.

Un dolor se instala en mis huesos, recorriendo los músculos que antes no sentía. Mi entorno pierde claridad, y aunque lucho por mantenerme consciente, desfallezco sobre la mesa. Lo último que escucho es la voz de Ilenko Romanov pidiendo que me suelten.

33
SUDOR Y HIELO
EMMA

El hielo me quema la mejilla, y pinos oscuros bordean el lago congelado donde yazco bocabajo. Parpadeo, la silueta negra de la fortaleza se recorta a través de la neblina densa.

—¿Qué? —El *Boss* me arroja un par de patines a los pies—. ¿Te quedó gustando el suelo?

Me doy la vuelta. La pierna que me iban a mutilar está intacta. Con miles de preguntas, me alzo el pantalón deportivo. Las venas se marcan más de lo normal bajo una piel amarillenta; aun así, está ahí, completa. La muevo y responde sin problemas a las órdenes de mi cerebro.

«¿Estoy alucinando?». No hay hinchazón, ni mal olor, ni frialdad. Es real. En un arrebato de euforia, arrastro los patines y me los coloco con rapidez. Ignoro el mareo y el dolor que me atraviesan los músculos. Me incorporo y deslizo sobre el hielo.

Mis pies zigzaguean sobre la superficie helada. Me caigo una, dos, tres veces, pero no pierdo tiempo, me levanto. El viento frío corta mi rostro mientras las hojas susurran a mi alrededor. Intento saltar una vez, luego otra. Mis piruetas son torpes, vergonzosas, pero no me importa. El dolor me recuerda que aún tengo mi pierna.

—Ya fue suficiente espectáculo.

Ignoro las palabras del *Boss* y sigo con mi rutina improvisada hasta que su mano se cierra alrededor de mi brazo, deteniéndome en seco.

—¡No me despiertes! —Lucho para que me suelte—. ¡No quiero volver a mi vida de porquería!

—No es un sueño.

—Mi pierna no servía. —La toco con ambas manos—. Yo no debería tenerla.

Se acerca, invade mi espacio personal y concentra la mirada férrea en mi rostro.

—Tú tienes lo que yo quiero que tengas.

—Pero...

—¿Le entierro un puñal para que te convenzas?

Afloja el agarre.

—No la conservarás gratis, no soy tan benévolo. —Sube la mano al cuello de mi sudadera—. Hay deudas que pagar y me devolverás hasta el último rublo perdido.

—¿Dónde está Vladímir? —digo, y un gesto severo se le plasma en la cara.

—Ese no es tu problema, porque tú y él no son nada. —Me aproxima a su boca—. Pero tú y yo sí.

Me suelta y me lleva hacia la fortaleza. ¿Pagar? ¿De qué manera espera que pague? El agarre en el brazo me arde.

—¿Qué le hiciste a Vladímir? Estaba aterrado el día del accidente. —No olvido su rostro lleno de pavor—. ¿Dónde está?

Ilenko Romanov no responde. Mueve la cabeza y dos guardias vienen por mí. A pocos metros, una camioneta espera. Sin decir palabra, me empujan al asiento trasero y me lanzan los zapatos.

¿A dónde me llevarán? ¿A mendigar al pueblo?

El auto se pone en marcha y no dejo de examinarme la pierna. La tenía hinchada, no respondía y no me explico cómo puede estar bien si... «Sus torturas más crueles no dejan marcas visibles». «Te harán creer lo imposible y temer lo inexistente». Las advertencias de Death hacen eco en mi cabeza. «Aprende a respirar». Malditos. Me masajeo el muslo con los nudillos y los tendones responden.

Los hombres en los asientos delanteros podrían ser estatuas, pues no se molestan en dirigirme la palabra las veces que pregunto por Vladímir.

El paisaje de la ventana cambia: primero atraviesan las calles de Sodom, luego los edificios espaciados de North Pole. El asfalto da paso a un camino de tierra, flanqueado por abetos.

—¿Me llevarán con el *Underboss*? —pregunto. No responden.

La niebla se arrastra entre el follaje, empañando el mundo exterior. Poco a poco, los árboles se dispersan, y horas después el vehículo se detiene. Una mansión gótica se yergue en el paisaje nevado.

Las rejas rojas se abren de par en par para darle entrada a la camioneta. De un lugar aterrador a otro, porque la fachada negra, aunque esté bien cuidada, no emana ni un ápice de calidez.

—¿Está aquí Vladímir? —Desperdicio saliva en preguntas sin respuestas.

Un guardia me guía hasta la puerta, que se abre sin necesidad de golpear. En silencio absoluto, cruzo el umbral y entro en una suntuosa sala, adornada con pinturas antiguas y muebles pulidos que reflejan destellos de luz.

El hombre que me acompaña se va y me deja sola.

Los zapatos se me hunden en la alfombra gruesa, del mismo tono borgoña que las cortinas. La tela enmarca ventanas altas que dan a la carretera congelada. Sobre la chimenea de mármol cuelga el cuadro que me mueve a mirarlo. No puedo estar segura, pero juraría que contemplo un auténtico Claude Monet.

Un eco de pasos firmes y precisos resquebraja el silencio. Me giro, buscando el origen, y ante mí aparece una hermosa mujer esbelta, de facciones severas. Su cabello, rojo como el fuego, se recoge en una coleta alta y tensa.

Estrecha los ojos turquesa hacia mi dirección, y retrocedo un paso al presentir que en cualquier momento me va a asestar un bofetón. Lo que sea que ve en mí le disgusta, porque mueve la cabeza con una mueca de asco.

Un hombre se hace notar en los escalones. Parece salido de una revista de arte contemporáneo: pies descalzos, pantalones ceñidos que no dejan nada a la imaginación y un chaleco sin camisa que revela su torso desnudo. Bucles rubios le caen, descuidados, sobre su frente.

La pelirroja de tacones me examina como si fuera una yegua de cría. El pantalón negro se ciñe a sus piernas, sujetado por un cinturón ancho. La blusa encajada de cuello alto le cubre los brazos por completo.

No debe tener más de cuarenta años

—Chip. Esta es Emma James —dice—. Dieciocho años, patina en Phoenix, Arizona, desde que era una niña. Su familia forma parte de la afamada FEMF. Emma es considerada la vergüenza de su apellido y un completo fiasco. Fue señalada por la ruleta, y su cuñado quiere que el *Boss* la elimine para que no sea un problema para su hermana.

Sin esfuerzo alguno, me quita la chaqueta junto con la camiseta. Por suerte, llevo sostén; de lo contrario, estaría con los pechos al aire.

—Vladímir la tuvo en las celdas de la fortaleza, en la granja. La obligó a enfrentarse en una pelea a muerte con la viceministra y la ha hecho deambular entre las pandillas —continúa la pelirroja—. Mírala bien y dime qué ves.

Me aprisiona la cara para que el rubio me mire.

—Sé sincero, Chip. Dime qué ves. —Sus uñas me lastiman—. ¿Puedes ignorarla? ¿Hacer como si no existiera?

—No, mi ama.

—Nunca he estado cara a cara con su familia, pero ya los odio a todos. —No me suelta—. Odio a su hermana, a su cuñado, a su organización, ¡aborrezco Phoenix y a cada maldito que la ha rodeado durante años!

—Ama, calma.

—¡Los odio! ¿Y sabes a quién más odio? ¡A esta ignorante! —Me empuja hacia delante—. ¡Mira la cara que tiene! ¡Y permite que la destrocen como si fuera fácil conseguir un rostro así!

Su mano impacta contra mi mejilla y el dolor explota, agudo y ardiente. Me da una segunda cachetada y de repente se convierte en una arpía desquiciada que empieza a darme golpes en la cabeza. La opulencia de su casa no es más que un disfraz para ocultar la locura que la consume. Su sumiso, mascota, asistente... o quien sea ese sujeto en la escalera, se apresura a quitármela de encima.

—¿Quién eres tú, maldita demente?

—¿Quién soy? —Se endereza la vestimenta—. Soy una artista, una dominatrix, una estrella, ¡una celebridad en Polonia, en Rusia, en la Bratva y en el mundo entero!

Del brazo, me arrastra al espejo de cuerpo completo.

—Contempla el asco que das. —Me abre el ojo hinchado y le quito la mano.

¿Cree que soy de hule? ¿Le extirparon medio cerebro?

—Hay mucho trabajo que hacer contigo. —Me agarra del pescuezo—. Abrirás bien los ojos y pondrás en marcha esas neuronas. ¡Escucharás bien, porque si ese cuerpo no funciona como lo necesito, lo haré trizas!

Tropiezo y trastabillo cuando me remolca a la entrada. Una ráfaga de aire helado entra tan pronto como el rubio abre la puerta principal. La loca me lanza afuera, los patines vuelan en mi dirección y aterrizan en mi estómago junto a mi blusa.

Aquí la gente tiene serios problemas mentales. El frío me paraliza por un momento. La nieve bajo mi espalda es fuego líquido y los músculos me protestan al ponerme de pie. Con las manos entumecidas, aparto los copos de hielo.

—Estamos a siete grados bajo cero —habla la loca en la ventana—. Tú decides si corres o patinas para no congelarte.

—¡Déjame entrar! Casi pierdo la pierna, no he comido en días y, por pura suerte, consigo levantarme.

—La pista está atrás, es tuya. —Apaga las luces—. ¡Muévete, que quiero verte y entretenerme!

Mis dedos se entumecen. En el escalón de grava, me quito las zapatillas y me calzo los patines. La maldita me deja sin opción: si no me muevo, me congelaré.

Busco la pista trasera. A la cuarta vuelta, el calor regresa a mi cuerpo.

El mareo no tarda en aparecer.

Necesito a Vladímir. No tengo por qué estar en esta casa de dementes.

Las golpizas y la poca comida repercuten en mi nivel físico. A la décima vuelta me quedo sin energía. Cuido la velocidad porque, aunque la pierna me funcione, la siento algo inestable. No tengo del todo claro qué demonios me hizo el *Boss*, pero temo moverla demasiado.

El viento helado me empuja de un lado a otro. Harta de esta payasada, recojo piedras de las orillas y las lanzo a las ventanas de la mansión.

Son unos malnacidos, desconsiderados.

—¡Locos! —Le doy al cristal—. ¡Dementes!

Me da lo mismo si les molesta. Tengo hambre y frío.

—¡Desquiciados! —Arrojo otra piedra, me agacho por una más y, cuando estoy por arrojar la siguiente, abren la puerta.

La loca de adentro baja con un par de patines puestos y un látigo en la mano.

—Es más sencillo seguir órdenes y no malgastar el tiempo.

—Viene por mí y les huyo a los azotes—. ¡Por eso no consigues nada, porque no sabes seguir instrucciones!

Me sigue por toda la pista. El cuero azota mis brazos y la piel arde mientras los patines se deslizan entre tropezones. Las vueltas en círculo no la alejan, salgo al camino lleno de árboles, y ni así se me despega.

—¡Planta bien esos patines en el suelo! —ordena la lunática—. ¡Mira al frente!

El cuero sisea y un latigazo me arde en el hombro. Los pulmones se me queman con cada bocanada de aire y sudo en Alaska, incapaz de soportar el ritmo. El mundo se desvanece en un torbellino de niebla al desmayarme entre ramas.

Phoenix me persigue incluso en sueños. Mi mente me arrastra a la pista local, donde mis patines pesan como si fueran de hierro fundido. El público es una masa amorfa de rostros hambrientos que se deforman hasta convertirse en un monstruo de mil ojos, que persigue cada uno de mis movimientos.

La respiración se me acelera. Soy una extraña dentro de mi propio cuerpo y, a mitad de la rutina, me desplomo en el centro del escenario.

Las risas me taladran los oídos. No son simples carcajadas, son el estruendo ensordecedor de una ciudad entera burlándose al unísono.

—Esas cicatrices... Deshazte de ellas. No soporto verlas y así no estarás en mi casa.

Recobro el conocimiento en el suelo de la sala. Una toalla húmeda pesa sobre mi cabeza y una capa de cera endurecida aprisiona mi rostro. Un par de manos suaves me manipulan los tobillos.

El hombre del chaleco de cuero presiona, gira y estira mis articulaciones con movimientos mientras la loca de pelo rojo se pasea de un lado a otro.

—No te olvides de esa cosa espantosa que se hizo en el pelo —dice—. Parece una golfa.

—Ya se lo quité —contesta el rubio, y me arranco la toalla de la cabeza.

Mis mechones blancos ya no están.

—No pedí que me quitaran nada. —Me levanto—. Devuélveme mis mechones.

La demente me hunde la bota en el pecho y me devuelve al suelo. Me ha quitado lo que más le gustaba a Vladímir.

—Vamos a jugar… O no, a jugar no. Esto es la Bratva y a las únicas personas a las que se les pregunta si quieren participar en algo son aquellas que gozan de respeto y tú no lo tienes. No tienes el derecho de quejarte o exigir —habla—. Estableceremos reglas para que te sea más fácil entender: lo que Domi dice, se hace. Esa será la norma más importante de esta casa.

El tacón sigue clavado en mi tórax.

—Y Domi dice que tienes dieciocho años, no treinta. Dice que debes ser una esclava obediente y darme lo mejor de ti. —Se inclina hacia mí—. Desde hoy, deberás preocuparte por lucir radiante, hermosa y deseada. Acojo piedras preciosas, ¡no pandilleras!

—No te conozco y no eres nadie para darme órdenes. —Le retiro el pie—. ¿Dónde está Vladímir?

—Vladímir está donde siempre ha debido estar. Hice un acuerdo. Ahora, yo estoy a cargo de ti. Vas a entretenerme, vas a escucharme y, sobre todo, vas a obedecer.

Respiro para no sucumbir a la locura. Mi vida se resume en tener que soportar a todos los dementes de la mafia rusa.

La garganta me arde pidiendo alcohol; sobria, pienso en estupideces. No llevo ni cinco minutos despierta y mi cerebro ya está recordándome la porquería de vida que tengo.

El rubio se ocupa de quitarme la cera. Intento encontrar una forma de salir de aquí, pero no la hallo. No vi casas en el camino, no tengo idea de dónde estoy y tampoco sé dónde está Vladímir.

Me siento igual a un juguete cuando me llevan a la cocina. El hombre me planta en la silla del comedor y pone un plato de comida frente a mí.

Quisiera tener la voluntad de estrellarlo contra el suelo, sin embargo, llevo días sin comer. El olor de la comida me sacude el estómago.

Es puré de pollo y verduras. No mastico, solo trago. No recuerdo la última vez que comí algo decente.

La pelirroja llena un vaso con jugo de arándanos, y debo parecer una salvaje por la forma en que lo bebo. Eructo sin querer, y al otro lado de la mesa, los dos extraños me observan en silencio.

—¿Cuánto tiempo estaré aquí? —pregunto con la boca llena.
—El necesario. —La loca agarra un cepillo—. Por el momento, eres mía y yo sabré cuándo devolverte.

Se da la vuelta y empieza a peinarme. Refunfuña por los nudos y no se molesta en ser delicada al deshacerlos. No menciona por qué me trajeron aquí; en su lugar, habla en ruso con su sumiso, como si yo no existiera.

Después de comer y de quejarse una y otra vez sobre mi melena, me envían a dormir a una habitación en el piso superior.

Cuatro paredes tapizadas, una cómoda y una cama individual me esperan. El hombre del chaleco me indica donde está el baño. Antes de acostarme, cubre mis moretones con crema, me trenza el cabello y me hace ponerme una bata blanca. Se ocupa de mí como si fuera una muñeca.

Apaga las luces y no concilio el sueño.

Me descubro la pierna para verificar que no esté morada.

«Sus torturas más crueles no dejan marcas visibles. Te harán creer lo imposible y temer lo inexistente». Las palabras de Death se repiten en mis oídos: «El miedo en los ojos de quienes hablan del *Boss* dice más que mil historias de terror».

El rostro desencajado del *Underboss* me hunde la cabeza en la almohada. ¿Qué le hizo el papá para que se descompusiera así? Estaba furioso con él, algo nervioso después del incendio del callejón. Entró a la fortaleza, decidido, y salió completamente transformado: temblaba, estaba pálido, y parecía haber visto al mismo diablo.

Aprieto las sábanas al recordar la pelea en la cantina: el *Boss* le sacó un ojo a Remy y ahora me ha entregado a esta loca, que seguro me sacará los ojos a mí también.

La mañana me encuentra sentada en la cama. El sumiso entra, trae un conjunto deportivo y un par de patines.

—Mi ama quiere que te pongas esto —dice, y niego.

—¿Me trajeron para que fuera su payaso?

—Algo así —sonríe—. No la hagas subir.

Con una sudadera doble y leotardos térmicos, me saca a la pista de hielo después de desayunar hígado con verduras. La demente de cabello rojo espera en la orilla del lago y me confirma su locura al ordenar que me coloquen grilletes en los tobillos.

Los atan a una cadena de más de veinte metros.

—La velocidad es una de las cualidades más admiradas en el patinaje —dice, y bosteza—. No todos los deportistas poseen tal habilidad natural.

—Mira, patino solo por *hobby*.

—¡Ya no! —Me pega en la cabeza—. ¡Ya no será por *hobby*!

—No soy buena. No pierdas tu tiempo ni me hagas perder el mío.

Recibe un *taser* y me dan ganas de arrancarme la cara.

—Llega al final en menos de cincuenta segundos —alza el aparato—, o esto se incrustará en tu trasero.

Salto con el chispazo que surge al ponérmelo en la pierna.

—¡Ponte en posición! —Me obliga a ir a la línea de partida.

Hace sonar el silbato. No alcanzo a llegar al otro lado a tiempo y me caigo de cara al suelo cuando ella jala de las cadenas arrastrándome de vuelta.

—Otra vez. —Toma nota—. Lo harás hasta que lo consigas.

Conozco a un nuevo verdugo, apodado «Domi». Sus métodos de entretenimiento son una pesadilla y su voz es un látigo constante que no deja de dar azotes sobre el hielo.

La estabilidad de mi pierna vuelve a las malas porque no me dan descanso. El frío me adormece la piel y paso vergüenza porque mis movimientos son torpes, oxidados. A ella no le importa cuán mal lo hago; no está bien de la cabeza y me obliga a repetirlos una y otra vez.

Desde que amanece hasta que anochece, no conozco otra cosa que no sea el filo de las cuchillas.

Durante una semana, me somete a un tormento físico. Los músculos me arden y los pulmones permanecen en llamas porque me arroja al hielo igual que a un trapo sucio y me hace patinar para ella mientras me grita lo que quiere ver.

Además de soportar sus gritos, todas las mañanas debo pasar tres horas en su gimnasio privado.

—Levanta bien esas piernas y deja la pereza. Un artista brilla cuando se entrega por completo, y tú no lo estás haciendo.

—Sobrepaso el peso recomendado. —Señalo las tobilleras de hierro—. Si no las ajustas, acabaré con una lesión.

—¿Sabes más que yo? No lo creo. —Me coloca el *taser* en las costillas—. Para darme un buen espectáculo, necesitas fuerzas en esos músculos.

Es peor que Mary Shaw y su obsesión por los títeres.

—Tienes la pierna, úsala bien o esta vez la perderás de verdad.

—Me apoya la bota del tacón sobre los muslos.

Me fuerza a patinar por horas en el perímetro que rodea su mansión. El terreno es un laberinto de piedras y rocas caídas, cada paso es una trampa potencial y los saltos son una danza con la muerte.

Los movimientos, que alguna vez ejecuté en el hielo liso, ahora son acrobacias desesperadas para mantenerme con vida.

La demente, aparte de estar empecinada con el patinaje, también es una sádica que me envía de un extremo a otro sobre el hielo frágil. Debo ser ligera como el aire y más rápida que las grietas que me persiguen. Un paso en falso y acabaré bajo el agua helada.

El crujido del hielo es constante bajo mis cuchillas, pero el sonido que más me persigue es el incesante clic-clic-clic del cronómetro de la loca. Los ojos críticos no me pierden de vista y, hasta cuando parece estar distraída, tiene la atención en mí.

—¡Espalda recta! —Me obliga a erguirme—. Cada músculo y tendón deben gritar perfección.

Traza círculos en el lago y salirme de ellos es un pecado que castiga con un fervor religioso. Si me equivoco, añade más horas a la tortura física a la que llama ejercicio.

Remolcarme con las cadenas es su castigo favorito, al igual que obligarme a levantar pesas con los tobillos. Es una maldita que, al verme flaquear, no me deja descansar; al contrario, me pone más peso.

—Tengo dinero en mi cochinito de la fortaleza —le digo—. Te lo daré todo si me dejas en paz cinco minutos.

—No quiero tus monedas, ¡quiero un buen espectáculo!

La mujer necesita un psiquiatra con urgencia. Todos los días se sienta rodeada de cojines en un sillón en medio del lago y me obliga a ejecutar la misma coreografía. Mis imperfecciones parecen causarle dolor físico, pues niega una y otra vez.

Exige perfeccionismo en un espectáculo que solo ve ella y el alce que mastica hojas en los alrededores.

—Pasos finos y elegantes, ¿es tan difícil de entender? ¡Eres un cisne, no un potro salvaje! Una artista no puede moverse de una manera tan ordinaria.

Arroja su cuaderno de apuntes al suelo.

—Una artista se mueve con gracia y elegancia, es majestuosa en todo momento. —Se levanta a acomodarme los brazos—. No escuches la música; siéntela, saboréala. Es magia lo que hacemos.

—¡No soy una artista! —Me aparto—. ¡Ni tampoco tu jodido mono! Dame algo útil que hacer: mándame a limpiar la cocina o a cortar madera, pero ya basta con esto. Tengo el culo aporreado y me duelen las pantorrillas.

—Tengo gente para limpiar mi cocina. Y te traje a ti para que me entretengas. —Me empuja para que continúe—. Empieza de nuevo y esta vez hazlo tal cual te lo pedí.

La voz autoritaria se convierte en la banda sonora de mi vida.

—¡Más expresión! ¡Más fluidez! ¡Más intensidad! —No se cansa—. ¡El hielo es tu escenario, tu casa, tu universo entero!

Exige que sea patinadora, actriz, bailarina y acróbata al mismo tiempo. Si hago algo mal, me quita una comida o no me deja entrar a la casa hasta que domine la pirueta, el salto o el paso que quiere. Su sumiso es otro al que tengo encima las veinticuatro horas del día. Todas las noches, antes de dormir, me desenreda el pelo, me aplica una mascarilla en la cara y ungüento en el resto del cuerpo.

Duermo con un ojo abierto, porque temo que quieran devorarme igual que a Hansel y Gretel.

Los espío siempre que tengo la oportunidad. En una pantalla plana, analizan mis presentaciones; ella habla en ruso mientras su esclavo anota en una libreta, ¿qué hacen? ¿Escogen mis peores videos para saber cuál usar y hacer quedar mal a mi familia en mi funeral?

El rubio lleva siempre un collar con el nombre de Domi, la sigue a todas partes y ella le acaricia el pene, esté presente o no.

La pelirroja es un pez grande de la mafia. En la pared de su despacho cuelga una imagen de la pirámide criminal y en el cuadro de la Yakuza, cuelga un sobre negro sujeto con un alfiler.

A la tercera semana no puedo ni con mis propios pies, duermo poco porque siempre tengo pesadillas con Phoenix, y repetir lo mismo todos los días me tiene al borde del colapso.

Con Vladímir, mi mente permanecía en blanco la mayor parte del tiempo y ahora no.

Espero a que todos se duerman y, a medianoche, bajo en silencio a la licorera y saco una botella. En la cocina, agarro un juego de cuchillos y salgo al árbol del patio trasero.

Bajo la luz de la luna, entreno mi puntería mientras me lleno de coñac. El *Underboss*, en algún momento, volverá por mí. Debo estar preparada para pelear en la pandilla o me darán una paliza. Estaban por aceptarme; si me ven oxidada, podrían cambiar de opinión.

—¿Qué estás haciendo? ¿Y quién te dio permiso para agarrar esa botella? —Llega la loca—. ¡Deja de perder el tiempo y concéntrate en la rutina artística que te pedí aprender!

—Ya debiste haber notado que no soy buena patinando. —Arrojo los cuchillos—. Llévame con el *Underboss* y búscate otro mono que te entretenga.

—¡No vas a volver con ningún *Underboss*! —Me arrebata el coñac y me agarra de la oreja, devolviéndome a la casa—. Enfócate en darme...

—¡No me interesa nada de lo que quieres meterme a la fuerza! ¡No soy buena, entiéndelo, y déjame en paz!

—¡Por desobediente, no habrá comida durante tres días! El hambre inspira a cualquiera y hará que me des un buen espectáculo, uno que sea digno.

—Tengo buena resistencia. ¡No necesito tu comida!

Me encierra en la alcoba, duplica la rutina de ejercicios al día siguiente y, por la noche, me trago mis palabras debido al hambre. Sueño con comida y me duele tanto la cabeza que veo carne donde no la hay.

No protesto ni peleo cuando, en la tarde, me suben a su auto y me llevan a North Pole.

Las luces de los restaurantes me hablan y me invitan a entrar. Hamburguesas, *hot dogs*, fideos, filetes, tantas opciones... y mi estómago sin nada.

El auto ingresa al estacionamiento de la pista congelada de carreras. Hay mujeres esperando a Domi y tengo tanta hambre que no me molesto en saber quiénes son.

—Ellas quieren que las entrene. —La dominatrix señala a las nueve mujeres—. Me quedaré con la ganadora de la carrera.

El desespero no me deja pensar.

—Si alguna de ustedes gana, recibirá entrenamiento intensivo conmigo durante tres semanas —explica Domi—. Pero si tú ganas, Emma, te compraré el plato de comida que desees.

—¿El que yo desee? —Salivo.

—El que desees. Pero ten en cuenta algo: tus compañeras están dispuestas a todo por mí. No será fácil, algunas llevan más de un año escribiéndome.

Me recojo el pelo y las demás se ponen en posición. Aquí solo se practica patinaje extremo.

—Siete vueltas —dice Chip—. ¿Preparadas?

Siento el desespero de todas.

—¡Ya!

Arranco y ninguna de las patinadoras juega limpio; se empujan unas a otras. Codeo a la que intenta sacarme de la pista y me caigo a mitad de camino. No voy a perder mi plato de comida. Me levanto, impulso mi cuerpo con los brazos y arraso con las que se me atraviesan. Consigo agarrar ventaja en la primera vuelta.

Muero por comida y no pienso en otra cosa que no sea eso.

—Me comprarán lo que yo quiera —digo—. Lo que yo quiera.

Una me alcanza y voy por ella. La paso en la quinta vuelta y, a mitad de la séptima, me sujeta del pelo. La arrojo contra la baranda, se estrella y se queda atrás, mientras yo llego hasta donde Domi, que me recibe sonriente.

—Ya —jadeo—. ¿Qué me vas a comprar?

—Lo que tú quieras. —Echa a andar conmigo.

El hambre es tanta que no tengo idea de qué pedir. Quiero algo grande y a la vez que no se demore en prepararse, porque mi estómago aúlla por comida.

—¿Viste eso, Chip? —dice Domi—. Dime que pensaste lo mismo que yo.

Me compran un filete con patatas y me lo devoro sentada en el suelo de mi habitación. La dominatrix me observa de brazos cruzados en el umbral.

—¿Por qué crees que no eres buena en lo que haces? —pregunta, y me encojo de hombros.

—La gente lo repite todo el tiempo. Se burlan.

—Esa gente no sabe nada. —Entra y se agacha frente a mí—. Tú eres una chica preciosa, ¿me oyes? Las mujeres como tú no pueden ir por la vida dudando. Deben mentalizarse a que lo que pidan, se les dará.

—No tengo quien me dé nada. —Me hace reír—. Solo a mí misma.

—No tienes nada ahora, pero podrías tener mucho más de lo que te imaginas si así lo quieres. —Me eleva el mentón—. Lo único que tendrías que hacer es pensar.

Me da dos golpes en la sien antes de levantarse e irse.

A la mañana siguiente, retomo y me resigno con el papel de mono. Vladímir me obligaba a pelear, en la fortaleza me hacían servir y aquí soy un espectáculo viviente que danza al compás de los caprichos nocturnos de la dominatrix.

Con un *maillot* de gimnasia, me ejercito con danza contemporánea, ballet, jazz, danza teatral y *tap*. Durante tres horas, debo emular las coreografías hechas por Chip. Tienen preferencia por una específica, la practico en la mañana, al mediodía y en la tarde.

Me pregunto si el aburrimiento de la opulencia es tan abrumador que necesitan fabricar su propio circo humano.

—Saluda bien —me regaña la dominatrix—. Desde el momento en que cruzas ese umbral, debo sentir la promesa de un espectáculo que rivalice con las maravillas del mundo. ¡Al verte, no me transmites eso!

Inhalo y exhalo. Mantenerla contenta es mi trabajo aquí.

Con el pasar de los días, logro alcanzar la meta sin ser remolcada por las cadenas y también culmino la sesión completa de levantamiento de pesas con los tobillos. Los golpes disminuyen porque mis caídas son menos frecuentes, y aunque tenga las manos atadas atrás, acoplo mente y cuerpo para no perder el equilibrio. He practicado toda mi vida y conozco cada ejercicio, si bien aquí todo es diferente. Domi se divierte viendo a la gente al borde de la muerte y yo soy su función favorita.

La mañana del martes no es tan provechosa. Estoy exhausta: la nieve cae a raudales y lo único que deseo es dormir.

La dominatrix no pospone la práctica. Mis bucles no salen como ella los quiere y, como castigo, decide dejarme afuera.

—¡No puedo contigo hoy! Te has esmerado por aburrirme. Horrible espectáculo… y el ensayo fue aún peor. —Se sacude el abrigo lleno de nieve—. Dormirás con los lobos.

Las lágrimas me punzan los ojos.

Hace conmigo lo que quiere porque sabe que estoy encadenada aquí.

Desplazo los patines por el lago y el viento helado sopla sin clemencia, mientras corro por la pista.

Mi hastío se mezcla con la rabia y los recuerdos de mi academia en Phoenix. Allí no me ponían a trabajar de esta manera; sin embargo, tenía que soportar las malas caras y los comentarios venenosos a los que respondía con una sonrisa para no llorar.

—¡Me voy a fracturar los pies para que dejen de joder! —le grito a la casa—. ¡Y los brazos también!

Retrocedo y me deslizo a mi manera como lo hacía a solas, estando en Phoenix. La brisa me ruge en los oídos mientras me impulso por el hielo a toda velocidad. Despego con un *salchow* que da paso al *flip* y luego ejecuto un *toe loop*. Quiero caerme. Sería fácil si mi cuerpo no se negara.

Se mueve a su antojo con las rutinas que tardaba semanas en perfeccionar y las que no eran del agrado de mis entrenadores. Ejecuto el salto hacia atrás y aterrizo con un solo pie.

Enloquezco y recorro la pista deslizándome en reversa. Doy tres giros en el aire y aterrizo sobre el patín derecho. No me mido, repito cuatro veces el salto mortal hacia atrás, sin pausas, ni caídas.

—¿Qué diablos acabas de hacer? —pregunta la dominatrix a un par de pasos.

—¡Enloquecer! Vladímir dice que soy una cirquera y lo compruebo para no morir de hipotermia.

—¡Emma! —Se aferra a mi cara—. No puedes hacer esos saltos a tal velocidad, es…

—Del asco.

—¡Increíble! —Se ríe a la vez que me aplaude—. Hay que incorporarlos a la coreografía, ¡necesito verlos otra vez!

Presiona los labios en mi mejilla y me abraza como si hubiese ganado la lotería. No debí dejar que viera nada, porque su delirio aumenta y se torna más exigente.

Incorpora los movimientos a las rutinas y me hace repetirlos cuatro veces al día. Lo bueno es que, en medio de todo, empiezo a hablar más con su sumiso y no me aburro tanto.

—Me van a comer, ¿verdad? —pregunto mientras me aplica ungüento en los brazos—. ¿O me coserán botones en mis ojos?

—Puede ser. La segunda idea no la habíamos tenido en cuenta. La anotaré.

—¿Cómo conociste a la dominatrix? ¿Te compró o te secuestraron? Déjame de adivinar, ¿tu apellido es Petrov?

—Ninguna de las anteriores. Estoy aquí porque así lo quiero. —Revisa que toda la piel esté cubierta—. Aunque nací en Francia, me mudé de país y actuaba como bailarín de ballet sobre hielo en Nueva York. Conocí a Domi en un debut selecto.

—¿Y sus gritos te enamoraron?

—Es así contigo porque no le gustan los malos espectáculos, así sean privados. —Levanta las sábanas para que me acueste—. Estás lista ya. Ven a la cama, no quiero bolsas en tus ojos.

Domi comienza a asentir con aprobación ante los saltos que realizo la siguiente semana. La comunicación con Chip es provechosa y durante los descansos se despliega con indicaciones que valen oro. Conoce los gustos de su ama, esos pequeños detalles me ayudan a evitar reprimendas y a perfeccionar la coreografía que ama la pelirroja.

—Mantén la barbilla elevada en el saludo inicial —murmura Chip mientras ajusto los patines—. A Domi le gusta ver confianza desde el primer momento.

Doy todo en la sesión del viernes para evitar repeticiones, estoy muerta y mi cuerpo me suplica que evite torturarlo más. Siento el agotamiento hasta en los párpados. El esfuerzo vale la pena, porque Domi queda satisfecha con mi resultado.

—¡Hoy sí fuiste un cisne! —Me aplaude sonriente—. ¡Te has ganado una recompensa!

—¿Qué gané? —La sigo por la pista—. ¿Un día de reposo? ¿Comida?

—Chip te lo mostrará.

El reconocimiento es escaso, pero valioso. En bata, me envía a la cabaña ubicada al costado de la casa. Un monoambiente decorado con velas.

—Te has ganado que te consientan y masajeen ese cuerpo. —Chip me guía a la cama—. Domi quiere que te relajes para que mañana rindas el doble.

Me coloca una máscara de gel en los ojos para bloquear la luz.

—¿También eres masajista? —Me retiro la bata.

—No, Domi trajo a alguien para ti. —Me cubre el culo con una manta después de tumbarme sobre el vientre—. No te muevas de aquí.

El aroma a sándalo de las velas es delicioso y han elevado la calefacción a su punto. El dragón de pelo rojo, en ocasiones, me cae bien. Podría quedarme aquí toda la tarde sin que me toquen y, aun así, quedaría satisfecha.

Ajusto el cuerpo en la camilla al oír los pasos que se detienen en la puerta.

—No tienes idea del dolor que tengo en esta parte del cuello.

—De espaldas, le señalo el punto al masajista—. Agradecería que lo trates, si no es mucho pedir.

No dice nada. Arroja un abrigo pesado sobre la silla junto a la pared, y a los pocos segundos entra alguien que coloca un vaso con pajilla bajo el cabezal de la camilla. Lo ubica entre mis labios antes de irse. Es leche tibia.

Tarda un par de minutos en ponerme las manos encima y no me quejo, porque cuando se acerca, me derrito ante el primer toque. Las palmas grandes se apoderan de mis hombros después de aplicar el aceite. El calor de las palmas me recorre el cuerpo como una corriente eléctrica. Se detiene justo donde indiqué, y aunque no diga nada, sé que me pregunta si es ahí donde me duele.

—Sí, exactamente ahí —susurro—. Estoy muy tensa.

Su pulgar se mueve y mi mundo se reduce al lugar donde presiona. La firmeza de su toque me deshace, transformando la tensión en un placer casi doloroso. Desciende hacia mis omóplatos, y un gemido involuntario escapa.

Me recorre los muslos y se concentra en los lugares donde tuve los hematomas de las peleas.

—Amo tus manos —me quejo.

Me recorre la espalda y el cuello, sube hasta mis orejas. Los movimientos circulares despiertan nervios que no sabía que existían. Su caricia penetra más allá de lo físico y me pregunto si es posible alcanzar un orgasmo a través de las orejas.

El pulgar delinea el contorno de mi lóbulo y el gesto sutil aviva el fuego interno entre mis muslos. Las manos me exploran la espalda con una paciencia exquisita. Descienden lento. La toalla desaparece, y con ella, mis últimas defensas. Una voz en mi mente susurra que esto es solo un masaje, pero mi cuerpo responde a un llamado más carnal, más urgente.

Me introduce la mano entre las piernas y los dedos rozan los labios de mi sexo al encargarse de la cara interna de los muslos. Son manos masculinas las que me tocan... algo ásperas para ser las de un masajista; aun así, son una auténtica maravilla.

Por un momento temo que se percate de lo húmeda que estoy. Se aproxima a la zona prohibida, y aunque estas cosas son comunes aquí, no quiero decir «oye, mastúrbame un poco que necesito sexo». La necesidad me consume y me cuesta disimularlo. Separo un poco las piernas, y él lo entiende al instante.

Su mano se posa en mi hombro y la otra se desliza de arriba abajo sobre la línea de mi sexo. Mi clítoris se vuelve rehén de sus dedos, mi mente se va al espacio y mis poros se abren con la caricia. La tensión se acumula en una ola que crece y crece hasta que, finalmente, rompe. Estalla seguida de la sensación de adormecimiento que me deja tendida y sin ganas de nada.

—Gracias. —Mi voz es un susurro en la bruma postorgásmica—. Muchas gracias, señor masajeador.

Se ríe y el sonido ronco se oye lejos.

No tengo energía para quitarme la máscara. Me quedo fundida en la cama para masajes y al despertar ya estoy en mi dormitorio. Duermo como un bebé hasta la mañana siguiente. Está nevando y en días como hoy, desearía no estar en el culo del mundo y tener un novio de esos a los que les gusta quedarse horas en la cama contigo.

El inicio del día transcurre con la dominatrix absorta en su teléfono, mientras su sumiso redecora la casa. A diferencia de la fortaleza, aquí no me echan de cada rincón. Chip me pide ayuda con las flores e indaga sobre cómo es la moda en Phoenix.

La práctica de la tarde es diferente porque Domi abandona su habitual posición en el sofá y, para mi sorpresa, entra al hielo a mostrar lo que es ser una verdadera artista.

—Observa qué es lo que deseo ver —ordena.

La mujer implacable que conozco desaparece, sustituida por una figura que parece flotar sobre el hielo, transformando movimientos en un espectáculo visual. Las piruetas la elevan, y el destello de su cabello rojo se convierte en un remolino de fuego al girar con una armonía casi surreal. Cambia de dirección con una facilidad asombrosa. No patina; compone una sinfonía donde cada giro es una nota perfecta.

Aterriza con una gracia que hace que todo parezca sencillo, encarnando todo lo que a mí me hubiese gustado ser algún día. Se desliza hacia mí y, con la cabeza, me indica que vaya con ella.

Le hago una reverencia antes de ir, no por ser una dominatrix, sino por respeto a lo que acaba de hacer. Pocas personas en el mundo poseen tal nivel en una pista.

—Dos vueltas —dice a mi lado—. La pista hay que conocerla para poder dominarla.

El lago congelado acoge el reflejo del cielo pálido y las montañas nevadas en la distancia. El aire gélido me toca la piel expuesta en la práctica en pareja con la dominatrix.

Es severa conmigo durante todo el entrenamiento de la semana. Fuera de la pista no es tan odiosa: me muestra los trajes de su armario, tiene un santuario de seda y lentejuelas. También presume su colección de medallas. Debutó joven, ganó dos oros en los Olímpicos y ha sido estrella en grandes espectáculos bajo un seudónimo.

Entretenerla se vuelve más sencillo. Aunque los castigos persisten por errores mínimos, también hay recompensas. Me deja probarme sus vestidos y ver sus antiguas presentaciones.

El domingo por la tarde me lleva a North Pole para una revisión médica general en un consultorio privado. Solicita una radiografía de cuerpo completo para examinar cada uno de mis huesos.

—Está perfecta —indica el médico—. Es una muñeca lista para ser desenvuelta.

—Es lo que quería oír. —Domi revisa la radiografía.

La sonrisa que esboza es un recordatorio de que esto es la mafia y aquí nunca dejaré de ser una ficha. Mi pelo brilla mejor que nunca y las cicatrices de los golpes desaparecieron. Chip hizo que mi piel, en semanas, luciera tres veces mejor de lo que estaba en Phoenix.

Subí de peso, ya no tengo las uñas partidas ni ojeras bajo los ojos.

Volvemos a la casa en la noche y ceno en mi dormitorio. En la mañana, bajo a entrenar sin saber que mi poca paz está por llegar a su fin: dos de los hombres del *Boss* esperan en la sala con Domi y Chip a cada lado.

—¿Qué hice ahora? —pregunto al pie de la escalera—. ¿Te he enojado en algo, Domi?

He hecho todo lo que me ha pedido para entretenerla. No recibo respuesta de ella ni de Chip. Supongo que cumplí con mi papel de mono de feria, porque se van a la sala y actúan como si nunca hubiese estado aquí.

Los hombres del *Boss* me muestran el camino y me conducen a la camioneta negra en la que llegué. Aquí es costumbre no darme explicaciones de nada. Siempre me trasladan sin más, así que ya no le doy importancia, ¿para qué? Van a llevarme de todas formas.

El vehículo se aleja y la mansión de Domi desaparece en la distancia. ¿Les pagó ella para usarme como su muñeca de entretenimiento?

Los copos de nieve caen, lentos, sobre el parabrisas. Vuelvo a estar sola en medio de la nada, sin raíces que me anclen, sin alas que me eleven.

Solemos subestimar la importancia del nido, de tener un sitio a donde llegar. Cuando sabemos que en algún lado nos esperan con los brazos abiertos, las ganas de vivir son más. Aunque no quiera morir, mis ánimos ya no son los mismos de antes; siento que no soy bienvenida en ningún lado.

Me mueven de un lado a otro, solo para joderme o para no estorbar.

Respiro hondo. Del *Underboss* no he sabido nada desde el accidente y, por lo que veo, no hay esperanza de tener noticias próximas de él.

El viaje continúa y me mueven del auto a una avioneta. El cielo gris se aprecia a través de la ventanilla.

Los dos hombres que me escoltan se concentran en sus periódicos.

La aeronave alza el vuelo y lo único audible es el crujido ocasional del papel del periódico, el susurro del avión cortando el aire y el tintineo de los tragos que se sirven.

Temo que me lleven a ser la mascota de alguien más o a prostituirme en alguna vitrina en Ámsterdam. El pecho se me agita con cada turbulencia.

El avión desciende cuatro horas después, el aterrizaje es suave y mi ansiedad aumenta una vez que se abren las puertas.

Me han traído a Moscú.

34
QUEEN

EMMA

No hay recorrido ni visita guiada por la ciudad. Del avión paso a un enorme rascacielos con puertas automáticas. Me hacen subir al último piso después de atravesar un vestíbulo inmaculado.

Los hombres no se me separan ni un instante. Recorro un pasillo pulido hasta llegar a un ático lujoso, con vistas panorámicas que abarcan toda Moscú.

—¡Koldun! —Corro hacia el león que se asoma en la sala—. Creciste, cachorro precioso.

El día se me ilumina con mi bola de pelos favorita. Se deja alzar. Parece que me extrañó porque me ronronea mientras lo lleno de besos.

Mantiene el collar que le compré en Marruecos y nadie se ha dado cuenta de que tiene mi inicial colgada. Lo beso otra vez. Estoy rodeada de mierda; sin embargo, me carga de dopamina porque es la cosa más hermosa del mundo.

Quedo a solas con el león cuando la puerta se cierra a mis espaldas. Los ventanales de cristal de doble altura se extienden del suelo al techo, impecables y relucientes. El mármol pulido del suelo acoge mi reflejo.

Asomo la cabeza al corredor que conduce a los dormitorios y no hay nadie. Recorro el lugar con Koldun en brazos. La luz natural entra desde todos los ángulos e ilumina los muros y muebles blancos.

Pensé que aquí solo eran amantes de lo rústico y me equivoqué.

Los escoltas no regresan. Las puertas de adentro están abiertas, y ojeo el dormitorio principal. Todo huele tan bien que me doy cuenta de lo mucho que me hace falta un baño, apesto a sudor.

En la habitación de huéspedes, encuentro dos mudas femeninas en un cajón, dos pares de medias largas y una camiseta ancha doblada sobre la cama. Asumo que nadie vendrá por ahora, así que aprovecho para darme un baño. Me despojo de la ropa en la cocina, la meto en la lavadora y, en el baño, abro la regadera a su máxima potencia.

Permanezco bajo el agua todo el tiempo que puedo. Mi futuro aquí es una incógnita constante. No puedo desaprovechar las oportunidades que se me presentan.

Tomo prestada la camiseta, un par de medias y con el pelo húmedo regreso a la sala. La lavadora aún no acaba su ciclo; el panel está en ruso y no la programé bien. El aparato comienza de nuevo. Espero que el dueño de esto no llegue pronto o estaré en problemas por usar lo que no es mío.

Llevo a Koldun a la sala. En la alfombra acolchada del centro de la estancia me acuesto con él a esperar. Es un bebé que salta y se baja de mi espalda al piso.

Tira de la manga de la camiseta con los colmillos y se deja abrazar. Nadie aparece ni da señales de vida. Me atrevo a encender el televisor. Todos los canales hablan de economía, el sueño me funde por un momento y al despertar ya no hay luz diurna.

El sonido de la cerradura me sobresalta y me levanto rápido. Todavía no me he quitado la prenda que cogí e intento correr al dormitorio, pero apenas avanzo tres pasos. La puerta se abre de par en par y no hallo más alternativa que quedarme donde estoy cuando el *Boss* entra con un juego de llaves en la mano.

Su mirada se desliza por mi figura con absoluta libertad, una sensación de vértigo me recorre y aprieto el bajo de la camiseta.

Al oír la palabra «mafioso», es usual imaginarse a alguien con traje, gordo... Pero Ilenko Romanov no es nada de eso. Él está en forma y usa distintos atuendos que lo hacen ver muy sexy o peligroso.

¿Sexy? A mí misma me reprendo; no puede parecerme sexy porque un malnacido es lo que es. En Alaska, su apariencia es la de un tirano oscuro, en Marruecos lucía como todo un mercenario y hoy, parece un empresario acaudalado que llega a casa después de un largo día de oficina.

—Buenas noches —digo.

—Buenas noches, *Ved'ma*. —La voz profunda me empequeñece—. ¿Qué hay de cenar?

—¿De cenar? —Estiro la camiseta hacia abajo—. No sabía que debía hacer la cena.

Asiente mientras se quita el abrigo.

—No sabía, pero puedo hacer algo ya.

Apresuro el paso hacia la cocina. Después de la última contienda, lo último que quiero es otro conflicto. Mientras Vladímir esté fuera, debo evitar cualquier problema con el padre, especialmente ahora que sabe lo que intentaba hacer.

Saco la ropa de la lavadora, me pongo las bragas y agarro la blusa, pero la arrojo de vuelta al oír al *Boss* cerca. Lo mejor que puedo hacer es preparar la cena rápido y encerrarme.

En la cocina, escojo los ingredientes del refrigerador y rebano la zanahoria que usaré para el guisado. Le doy de comer a Koldun y organizo un puesto en la mesa del comedor.

Hago las bolitas de harina y las echo a freír a fuego lento. Preparo un aderezo de tomate para acompañarlas. Salteo verduras y corto trozos grandes de ternera a los que les esparzo queso fundido por encima.

El *Boss* regresa recién bañado, entra en la cocina y saca una botella de vino de la gaveta. Se recogió el cabello en un moño simple, lleva un pantalón de algodón y el torso descubierto. Dejó de verse como un empresario y ahora parece un modelo de comercial para amas de casa.

Organizo la mesa, no me pide que me sirva y me aplaudo el no haber organizado dos puestos.

Se sienta en la silla principal. Por educación, debería ponerse una camisa para comer. Se sirve vino mientras pongo el último plato que me falta. Me doy la vuelta, lista para irme, y su mano atrapa mi muñeca.

—¿Cómo sé que no lo envenenaste? —Me jala hacia su regazo y caigo en sus piernas.

Está enojado, y mis nervios se encienden en alerta roja cuando su brazo me rodea la cintura. La presión de su erección me hace doler los pezones; lo único que tengo abajo son las bragas y puedo sentirlo todo.

—¿De dónde iba a sacar un veneno?

—Contigo, nunca se sabe. —Agarra el tenedor. El queso fundido se estira al empapar la ternera—. Las brujas, como tú, siempre encuentran la manera de salirse con la suya.

El pecho desnudo sube y baja con su respiración. Enfría la comida antes de ponerla frente a mí, y abro la boca, sintiendo cómo su mirada me quema los labios. La carne se deshace en mi paladar.

La luz de la lámpara sobre el comedor nos baña a ambos mientras alterna bocados entre él y yo.

El licor oscuro resbala lento por el borde de la copa de cristal. Se humecta los labios con cada sorbo, y cierro las piernas al recordar el último beso que me dio. No lo hace a menudo, pero cuando lo hace, es como si conectaran una batería de nueve mil voltios a mi cuerpo.

La mirada severa recae sobre mi rostro al notar mi atención sobre él.

—No me mires a la cara. Está prohibido y me está cansando tener que repetir tanto la advertencia.

—¿Dónde está Vladímir? ¿Qué le hiciste?

—Olvídate de Vladímir. —Me agarra del mentón—. Preocúpate más por lo que me debes. Las pérdidas en Sodom fueron millonarias.

Acerca mi rostro al suyo. Sus labios son un arma cargada que apunta directo a los míos.

—¿Con qué se supone que te voy a pagar?

—Con tu cuerpo —contesta, y me levanto.

—¿Cómo que con mi cuerpo? —Me tapo los pechos.

—Lo que oíste. —Recoge su móvil al ponerse de pie—. Estoy seguro de que entiendes lo que eso significa.

—Dijiste que no te gustaban las crías.

—No me gustan las crías.

Se endereza airoso.

—Quiero mi dinero de vuelta, así que mañana por la noche empezarás a trabajar para mí. Prepárate.

—¿Trabajar cómo? ¿Prostituyéndome?

Sonríe malicioso y es la única confirmación que necesito.

—Buenas noches, *Ved'ma*.

Se larga a su cuarto y los pies se me quedan pegados al piso. Las lágrimas se me agolpan en los ojos. El terror asciende por mi espalda. Lo va a hacer. El maldito va a venderme. Imágenes me bombardean: subastada como ganado, entregada al mejor postor y manos desconocidas reclamándome. Un nuevo infierno, peor que este.

Recojo al león y me encierro en la habitación de huéspedes. Busco una vía de escape por la ventana. Estoy en el último piso del rascacielos, no hay manera de bajar y por la puerta más tardaré en asomarme que ellos en devolverme.

Camino de un extremo a otro con las rodillas temblorosas y el león acurrucado sobre el pecho. Mi mente se transforma en un carrusel macabro de imágenes: hombres desconocidos tocándome, billetes cambiando de manos, mi dignidad hecha jirones...

¿Cómo voy a impedirlo si todo el mundo me ve como un costal de mierda con el cual creen que pueden hacer lo que quieran?

Amanezco con los ojos secos de tanto mirar el umbral, esperando lo inevitable. Cada vez que veo sombras en el pasillo, pongo la espalda contra la puerta, sin saber si son los hombres del *Boss* o algún comprador que se adelantó y vino por mí.

La mañana se queda en silencio. Me asomo cautelosa, no veo a nadie, y corro a darle de comer a Koldun. Me han dejado sola otra vez, lo que no me da tranquilidad, porque sé que más tarde vendrán a arrastrarme a algún burdel.

Vuelvo a encerrarme con el león, echo el pestillo y trabo la puerta con la silla del escritorio. Busco un escondite en el clóset y ninguna de mis medidas da resultado, porque a las seis de la tarde irrumpen en el cuarto.

—¡No iré a ningún lado! —Batallo con todos los hombres—. ¡No te atrevas a tocarme!

Koldun salta y le clava las garras en la espalda a uno de los guardias. Lo hace caer y el otro saca el arma para soltar una bala que agujerea el mármol. Lo asustan para poder llevárselo. El carcelero se levanta con la camisa rasgada manchada de sangre y, en contra de mi voluntad, me suben a un auto.

Me arrojan al asiento trasero. No dejo de lanzar patadas durante el camino. Prefiero tirarme del auto en movimiento a ser una bolsa de carne humana a la que van a inundar de semen.

—Es aquí. —Se estacionan.

Me sacan cargada, igual que un costal de patatas. Entro por una puerta trasera, tres mujeres me reciben y, en una habitación atestada de gente, me despojan de mi ropa.

Hablan en ruso entre todos y cuatro individuos se suman al momento de bañarme con una esponja. Las voces se oyen en todas las direcciones. Hay más de veinte personas aquí. Luchar es inútil y mi cuerpo se paraliza al no tener ideas de escape.

Dos mujeres se encargan de peinarme mientras otra me maquilla. Aprietan el moño de bailarina y me deslizan un vestido dorado con lentejuelas sobre el torso. El escote me junta los pechos y me acentúa las curvas. Ajustan los hilos cruzados en la espalda, me esparcen fijador en el cabello y me colocan mitones largos del mismo color que el vestido.

En la pared, un conteo regresivo marca el tiempo.

Las voces en ruso se mezclan en un bullicio frenético, todos hablan a la vez. Me falta el aire, mi cerebro se niega a ceder y, con disimulo, agarro la secadora de pelo.

No pienso dejarme someter sin luchar. Alzo el aparato, y cuando estoy por golpear al primero, Chip entra en la sala con un maletín.

—¡Estás preciosa! —Viste un esmoquin negro de gala—. ¡Gran labor, equipo!

Me sienta en la silla del tocador.

—Te colocaré los patines y saldremos enseguida. El tiempo está en nuestra contra.

—¿Patines?

Abre el maletín, y dentro, sobre un lecho de terciopelo negro, descansan un par de botines con cuchilla. Mis labios se separan. El cuero está cubierto por un deslumbrante mosaico de piedras preciosas.

La luz centellea sobre ellas, proyectando destellos que bailan, como estrellas caídas.

—¿Esos son?

—Diamantes. —Saca el primer patín—. Puse tu misma cara cuando los vi; son hermosos.

El botín está completamente engastado con diamantes blancos. Mis neuronas arden, incapaces de procesar un solo pensamiento coherente.

¿Van a ofrecerme con los patines puestos? El sumiso me introduce los pies en el cuero y tira de los cordones, apretándolos. Son demasiado hermosos para ser reales.

El personal da los últimos toques a mi atuendo cuando Domi entra con un auricular discreto en el oído. El vestido borgoña de cola se ciñe a su figura y complementa el rubí que cuelga de su cuello.

—Hay más de tres mil personas allá afuera. —Me sujeta el brazo al momento de sacarme y avanzar conmigo, pasillo arriba—. Apreciadores del arte, amos, dominatrices, barones del crimen, magnates de Polonia, Serbia, Tokio, Alemania y Ucrania. He convocado a una multitud para el gran espectáculo.

—¿Espectáculo? —Detengo el paso.

—Vas a salir a la pista de hielo y demostrarás todo el oro que vales. Pobre de ti si lo arruinas o te equivocas, porque cualquiera puede sacar un arma y dispararte si el show les aburre. —Me encara—. Esto no es Phoenix, y las personas aquí no son los espectadores comunes a los que estás acostumbrada. ¡A estos quiero que los dejes con la boca abierta!

Se me revuelven las tripas. ¿Bromea? No soy apta para un espectáculo público; entretenerla es una cosa, pero intentar a asombrar a cientos de personas es otra. Chip trae un antifaz de media cara que combina con el vestido dorado que me han puesto.

—Ustedes viven de juegos. Les resulta gracioso, pero a mí no. —Alejo las manos de Chip—. ¡A la primera caída me van a matar!

—Desde luego que lo harán, por eso ofrecerás el mejor espectáculo de tu vida, porque si ellos no te matan, seré yo quien lo haga por hacerme quedar mal. —Me coloca el antifaz antes de hacerme entrar a la antesala—. ¡Ajusten las luces y la banda sonora!

Un grupo de patinadores se alinea en el pasillo y siento que el nudo en el estómago se me aprieta.

El retorcijón en el vientre se intensifica. La última vez que enfrenté a un público, fui objeto de burla y escarnio. Aún tengo pesadillas con eso.

Las voces del exterior las oigo como el rugido de un monstruo hambriento y me entierro las uñas en la palma de las manos.

—Cinco segundos para salir —avisan, y pugno para no llorar.

Voy a otro duelo con la muerte. Aquí no solo serán burlas, estaré expuesta a un tiro. Las puertas se abren despacio y no hay músculo del cuerpo que no me tiemble. La tribuna abarrotada no tiene ni un solo asiento libre.

El fuego se alza en las esquinas. Los primeros patinadores salen y a mí me hacen a avanzar al umbral. En las gradas, individuos ataviados con ropa de gala conversan entre sí. Es la pista de hielo más grande en la que he estado.

Me piden entrar al escenario y miro hacia atrás, donde los hombres de la Bratva han formado una barrera en la puerta.

—Sal —indica el más grande.

Los tobillos me vacilan al deslizar los pies sobre el hielo. Las risas contenidas y los murmullos de la multitud me retuercen las entrañas. Llego al centro del *rink* y, con los ojos cerrados, ubico el cuerpo en la posición enseñada.

El escenario se oscurece y los diamantes brillan en mis pies. El haz de luz cae sobre mí y me transforma en el centro de todas las miradas.

—La gran Emperatriz le da la bienvenida al espectáculo: The Queen —anuncian.

La orquesta arranca con el *cover* de *Chandelier*. Las notas me entran en el pecho y les pido a mis pies que no me fallen ahora. He practicado esta rutina incontables veces; era la primera y la última que debía ejecutar a diario en Alaska. Con o sin patines, la conozco tanto como a mi cuerpo.

El hielo cruje bajo mis cuchillas al retroceder y evado a los patinadores enmascarados que simulan querer capturarme. Interpreto la obra musical, que encarna un viejo mito alaskeño centrado en la eterna lucha entre sobrevivir o sucumbir. Me impulso hacia el primer obstáculo, el cuerpo se me tensa y salto con un doble *lutz* que se sincroniza con el coro.

«Sacarán un arma y te enterrarán un tiro si te equivocas». Escucho la advertencia en la cabeza.

Apenas tengo tiempo de respirar cuando caigo en los brazos de un bailarín. Dos más se acercan y me jalan las muñecas en direcciones opuestas. Giro en los brazos de la persona que me sujeta. Lo fuerzo a que me suelte y continúo con la coreografía. Domi no me daba pausa y no me la permito ahora.

Copos de nieve artificial caen sobre el escenario. Las luces vacilan y un rugido creciente inunda el aire. El estrépito de la tempestad simulada se mezcla con la melodía de la canción. Los bailarines son animales hambrientos que no dejan de seguirme. Percibo sus manos acercándose y, con un impulso, me elevo sobre el hielo. El mundo se transforma en un borrón en medio del triple *axel*. Tres rotaciones y media; mi cuerpo es una línea perfecta que desafía la gravedad. Por un instante, soy pura libertad, suspendida entre la Tierra y el cielo, entre la vida y la muerte.

Aterrizo en un solo patín. Sonriendo, insto a los de atrás a venir por mí y se aproximan, veloces. Cuando están por llegar, me alejo con el *salchow* doble. Es un suspiro congelado en el espacio. Dos rotaciones perfectas; mi cuerpo gira sobre sí mismo en un acto de pura poesía física. Mis patines vuelven a besar el hielo.

«Sacarán un arma y te enterrarán un tiro si te equivocas».

Dejo el alma en cada uno de los pasos. La orquesta adquiere vigor y una ola de adrenalina se expande en el instante en que mi cuerpo se abre y comienza a moverse solo. Es como si todas las piezas de un rompecabezas invisible encajaran en su lugar. Extiendo los brazos con la gracia y la fuerza de las alas de un fénix recién nacido.

Los saltos, que antes eran cortos, alcanzan alturas que parecían imposibles al recordar los hoyos que debía saltar. Mis tobillos son pilares de acero y las rodillas, que solían temblar, permanecen firmes por el peso de las mancuernas levantadas.

Los giros no me marean, las innumerables vueltas en el lago congelado hacen que lo de ahora se sienta natural. La música fluye a través de mí. Sé que un error significaría mi fin, pero el miedo, en lugar de paralizarme, me impulsa a no detenerme. Saboreo la sensación de libertad y recorro el escenario. Me considero la dueña absoluta.

Ejecuto el salto mortal hacia atrás.

Esto no es Phoenix y la pista no es gris. El *rink* sobre el que patino está lleno de luces que me hacen creer que soy la estrella más brillante de la noche. Muevo las caderas con gracia.

Unos riachuelos fríos de sudor me bajan por la espalda y me arriesgo con otro mortal hacia atrás. Las cuchillas se estabilizan en el hielo y me lanzo hacia el *camel spin* que me hicieron repetir con y sin patines. Todo se difumina en un remolino de tonalidades mientras giro sobre mi propio eje. Los patinadores me rodean y las siluetas oscuras descienden, similares a súbditos hincándose ante su reina.

Arqueo el cuerpo en una curva y con una mano sujeto el patín por encima de la cabeza. Los músculos se me tensan con el esfuerzo al momento de mantener la posición, pero no cedo, la sostengo.

La melodía que se desvanece de manera progresiva reduce la celeridad de mi giro. Recupero el equilibrio antes de la posición final, la música desciende más y culmino con la mirada en el hielo.

Los artistas que entraron conmigo están inmóviles en el suelo; parecen guerreros caídos en una batalla en la que los he derrotado a todos. La orquesta deja de sonar y todas las luces se encienden al mismo tiempo.

Creo que tengo un potro salvaje corriendo dentro.

El silencio es absoluto, así que elevo la mirada hacia la multitud con los ojos ardiendo. Nadie articula palabra y me preparo para el tiro que no llega. El impacto sordo de las palmas hace que mire hacia la izquierda y, a mis dieciocho años, a mis malditos dieciocho años, vivo el mejor momento de mi vida cuando una horda de personas acompaña el primer aplauso. Se ponen de pie, chocando las palmas con fuerza, con brío.

La pista vibra con la ovación, el suceso me quiebra el pecho y me deshace en llanto. ¡Me aplauden a mí! A mí, porque los demás se fueron y soy la única en el escenario. Doy la vuelta en mi puesto sin asimilar que acabo de hacer una rutina tan exigente sin cometer ninguna falla. Mi niña interior da saltos porque un aplauso como este siempre ha sido nuestro sueño.

—¡Más fuerte esa ovación! —Domi entra con un micrófono en la mano—. ¡Más fuerte!

Los gritos se alzan, las adulaciones no cesan y el estruendo del aplauso amenaza con reventar la tribuna.

—¡Ella es nuestra reina del hielo! —aviva Domi—. ¡La mejor patinadora del mundo está aquí y la va a pulir la gran Emperatriz! Siento el hambre de todos en medio de los gritos. «¡Que brille! ¡Es una estrella! ¡Es una joya!».

—¡Va a brillar, las pistas temblarán y todo el mundo la recordará porque será una maldita leyenda! —Me muestra—. ¡Queen va a marcar un antes y un después en esto! ¡Hoy lo declaro ante ustedes, quienes saben que no me equivoco, señores!

—¡Queen! —se alza una sola voz—. ¡Queen!

Siento que estoy en un sueño. Domi entrega el micrófono y me alza la mano al momento de exhibirme. Las personas no me tiran flores; me arrojan billetes.

—Vas a brillar, Emma, vas a ganar los Nacionales y vas a ir por los Olímpicos y por el maldito universo del patinaje, que ahora te pertenece —me dice—. Todos fueron unos ciegos al no ver y formar el talento que fluye por tus venas.

Me muestra cual artista recién descubierta. La sonrisa que se apodera de sus labios es la que múltiples veces anhelé ver en el rostro de mis padres, una sonrisa de auténtico orgullo. Se hace a un lado para que pueda despedirme, me apoya la mano en la espalda y me escolta de regreso al camerino.

Dentro, el equipo me aplaude con la misma euforia.

—¡Cerraré bocas, señores! —Domi no me suelta—. ¡Y demostraré que las grandes joyas las pare la Bratva!

El corredor se llena de personas y una multitud se agolpa en torno a mí. Domi me presenta con una reverencia teatral, llamándome «Queen». Las personas no dejan de elogiar la presentación, los giros y la puesta en escena.

—Brillante, deslumbrante... Espero que esto sea solo el primer acto de una larga función.

—Por supuesto —asegura Domi.

—Esto no fue solo técnica, fue magia. —Me besan las mejillas—. Es realmente hermosa y esos patines son el complemento perfecto. Le hacen honra.

—Quien la descubrió y me la presentó los mandó a hacer —contesta Domi—. En el instante en que la vi en pantalla, supe que estaba frente a un diamante en bruto.

No revela mi nombre verdadero; se limita a llamarme «Queen». Las pantallas internas proyectan el espectáculo y sigo sin poder creer que la persona de la pantalla sea yo. Los saltos y movimientos se ven surreales.

En una silla, me saco los patines con la ayuda de los auxiliares y me cambio a un par de zapatillas. Domi me exhibe durante una hora más. Me pellizco los muslos varias veces para corroborar que esto es real y que acabo de vivir la mejor noche de mi existencia, después de semanas sintiéndome basura.

Intento sonreír, pero la imagen de Vladímir invade mi cabeza. Aún no sé dónde se encuentra, y debería estar a su lado ahora.

—¿Qué pasa? —pregunta la dominatrix en cuanto nos dejan solas—. ¿Los elogios te dejaron sin palabras?

—Yo ya había desistido de esto...

—No vas a desistir de nada porque fuiste hecha para el hielo. Lo tuyo es brillar, no ser la sombra de ningún miembro de tu familia. —Me golpea con el índice en la sien—. Fue el mismísimo *Boss* de la mafia rusa quien te trajo ante mí. Se presentó en mi casa y deslizó un disco compacto sobre mi escritorio. Hubiese podido traer a cualquier otra, pero te trajo a ti porque sabe que eres una apuesta segura.

—Todos quieren conocer a la reina del antifaz. —Chip se acerca por detrás a taparme los hombros—. Tu apoteosis artística fue increíble.

El león albino se abre paso entre el público. Lo levanto y lo sostengo en mis brazos. Un nuevo grupo de personas se acerca para los saludos finales.

—Un placer verte en escena. Hasta la próxima.

La dominatrix se despide y comienza a caminar hacia la salida conmigo. Le dicta indicaciones a su sumiso sobre lo que se debe mejorar, pero sus palabras se vuelven un murmullo al percatarme del hombre que habla con dos más al final del corredor: el *Boss*.

La camisa oscura se le arremanga en los brazos y los sermones de Death zumban en mi cabeza, como un enjambre de murmullos.

Ilenko Romanov se fija en el animal que sostengo y mira su reloj. Sus hombres abren los paneles de acero y sale primero que yo. Las camionetas blindadas aguardan en la orilla de la acera. Cruzo el umbral rumbo a los vehículos y el aire helado de la noche hace que el león se encoja.

—Pequeña puta —me llaman a un par de metros.

Domi arruga las cejas cuando Zoren se acerca acompañado por diez miembros de la pandilla de Vladímir. Cadenas cuelgan de sus pantalones ajustados. Los expansores metálicos centellean en sus orejas, algunos tan grandes que podrían pasar un dedo a través de ellos. Un distintivo de todos son los aros, taches y *piercings* que cargan en el rostro. También los gabanes y las botas militares desgastadas.

El *Boss* se queda al pie de su vehículo.

—Me pidieron venir por ti —dice el hombre del *Underboss*.

—Lárgate de aquí con tu maldito olor a alcantarilla, Zoren. —Se endereza la dominatrix—. ¿Quién diablos te dijo que podían venir?

—Recibí la orden de venir a buscarla. —Avanzan a mi puesto y Domi se atraviesa—. Le pertenece al *Underboss* y él tiene libertad para hacer con su esclava lo que le plazca.

—No van a untarla de su mierda. Ve y dile a Vladímir que vaya a hundir a otro en su mundo de porquería.

El pandillero mete ambas manos en el interior de su abrigo. Sé que dentro está empuñando el arma con la que piensa defenderse. Hay más gente al otro lado de la calle y esta podría ser mi oportunidad para escapar. Son ágiles y expertos a la hora de desaparecer.

Uno de los miembros de la cuadrilla extiende un puñal hacia mí para que lo reciba.

—Tómalo y larguémonos —insiste Zoren—. ¿Quieres o no ser una mujer de la pandilla?

¿Lo quiero? Es la forma más fácil de hacer feliz a Vladímir. Estar al nivel de los suyos lo mantiene contento. A mis planes iniciales les va bien la pandilla; no obstante... a la Emma que siempre ha querido ser alguien, no, y me ruega que pruebe suerte con un camino diferente.

No quiero alcohol ni peleas; quiero destacar en lo que amo: mi deporte. Lo de hoy me hizo darme cuenta de que sí soy buena, más de lo que pensé alguna vez.

Le doy la espalda al puñal y camino a la camioneta del *Boss*. Es un hijo de perra; sin embargo, ahora me favorece mantener las cosas en orden y sin conflictos con él hasta que regrese Vladímir. Tal vez no puedo conseguir que mate al padre, pero sí que se apiade de mí, abogue o desista de la idea de matarme.

Tengo que buscar las alternativas que me sirvan ahora y en un futuro. Ya me enfrenté a Ilenko Romanov y me dejó claro que, cuando se trata de pelear, es una completa mierda. Debo evitarlo.

—El *Underboss* dice que el *Boss* es más peligroso de lo que crees —dice Zoren—. ¿Estás segura de lo que haces?

—Es la decisión correcta. —Domi me deja un beso en la sien.

acera. El *Boss* me deja entrar primero al auto y me acomodo en el asiento de cuero. Su fragancia se despliega en el interior en cuanto sube.

—*Domoy* —ordena, y la camioneta arranca con los dos en el interior.

35

Fuego bajo hielo

BOSS

El castigo más cruel para un arrogante es su propia lengua. Los militares, con sus uniformes impecables y sus medallas relucientes, se jactan de saberlo todo, pero no siempre aciertan. En este mundo de fieras y presas, los necios se dejan engañar por las apariencias. Ven a un lobo y tiemblan, mas ignoran a la serpiente que se desliza en silencio entre la hierba, al cachorro que no sabe rugir y al que aún no le salen las garras.

Muevo el cuello rígido de un lado a otro. El hambre contenida comienza a hacer de las suyas en el vehículo en movimiento. Siempre he devorado todo lo que me apetece. A esta altura de mi vida, puedo decir con orgullo que me he dado gusto hasta saciarme y nunca nada me ha nublado el juicio porque he sabido manejar todo lo que exige cautela.

¿Qué me pasa ahora?

Salivo por la mujer que viaja a mi lado con el león sobre las piernas. La situación entre ambos es un martirio porque ya la tuve, ya me la follé, mas el hambre no se apaga, sino que crece.

El asunto está plagado de prejuicios porque aparte de ser el enemigo, es una cría y un dolor de cabeza.

Las personas como Emma James deben tratarse con pinzas y sin las ansias de ponerle las manos encima. La aprovecharé al máximo mientras la tengo.

Después del caos en Sodom, no va a volver a desafiarme; ya me encargué de quitarle las ganas. El suplicio de la pierna tenía tres propósitos: demostrarle lo que es tenerme como adversario, aquietarla y sacarle verdades.

La mente humana es maleable; aprendí a torturarla en el gulag del hampa rusa escuchando a los viejos médicos de la KGB.

Hacerle creer a otro que se está pudriendo no le sale bien a todo el mundo y el truco es sencillo. Radica en combinar elementos de manera precisa. Primero, un vasoconstrictor potente hincha la extremidad como un globo, bloqueando el flujo sanguíneo. Luego, un agente oxidante ennegrece la piel y da la apariencia de necrosis. Por último, un anestésico local de acción prolongada adormece por completo la zona.

Tres inyecciones simples y de repente tienes una pierna «muerta». El cerebro, el cobarde traidor, hace el resto. Entre más luchan contra el pánico, más convincente se vuelve la ilusión.

No puede faltar el toque maestro: el hedor a putrefacción. Unos cuantos compuestos sulfurados colocados de manera estratégica, un cadáver de un animal muerto bajo la cama, y la mente llena los vacíos con sus peores temores.

He visto a veteranos de guerra derramar lágrimas con la desesperación de un niño al imaginarse desprovistos de una parte esencial de sí mismos.

La reversión nunca me ha costado nada: la consigo con un cóctel simple de sustancias opuestas: vasodilatadores, antiinflamatorios y un antagonista del anestésico. En cuestión de minutos, la «muerte» retrocede. El color vuelve, la hinchazón disminuye y la sensibilidad regresa. Rara vez la llevo a cabo; prefiero amputar al que lo pide y luego decirle que era una trampa.

La culpa de no haber pensado con más calma los martiriza de por vida.

¿Por qué hacerlo? Porque la tortura no se trata solo de dolor, sino de control. Llevas a alguien al límite de su cordura, lo haces bailar al borde del abismo, y en ese momento de vulnerabilidad absoluta ves su verdadera esencia.

La agonía del manco se utilizó en los años sesenta y yo perfeccioné la maniobra para mi mandato. Nadie tortura como yo y por eso soy la mejor cabeza de la Bratva.

El conductor de la camioneta abre la puerta tras aparcarse junto al rascacielos. Me abstengo de mirar a Emma James. Con pasos largos, me adelanto al elevador. La mujer detrás de mí no espera el siguiente, se sube conmigo en la misma cabina de cristal.

No me habla y yo no le dirijo la palabra. Se quitó el antifaz. Debería cosérselo a la cara para no tener que verla del todo.

Hacerlo aliviaría la sobrecarga que me produce.

—¿Quién tiene las patitas más lindas del mundo? —agasaja al león—. Dame un beso.

Respondo los mensajes de las personas a cargo de Vladímir. Es un caso complicado que requiere vigilancia las veinticuatro horas del día.

Los paneles metálicos del ascensor se deslizan. Apuro el paso al salir. Atravieso el pasillo y entro en el ático. Necesito un trago, y lo necesito ahora. Frente a la licorera, sirvo un vaso de coñac. Siento la ropa como un lastre sobre los hombros y el licor baja por mi garganta, proporcionando un alivio momentáneo.

Emma James sigue de largo hacia su habitación y exhalo hondo. Lo más prudente es encerrarme. He restablecido el orden después del caos desatado. Si vuelvo a probarla, me empecinaré aún más que antes.

Busco mi dormitorio con el vaso en la mano. La puerta de su habitación está abierta. De espaldas, se quita el vestido, y acelero el paso. Ella se desnuda en su cuarto, y yo hago lo mismo en el mío.

Acostado en la cama, bajo el elástico del bóxer. Mi erección se alza, dura como piedra, latiendo con fuerza, pulsando en mi palma. Es un cañón preparado para disparar, contrayéndose ansioso por liberarse.

La puesta en escena de hace unas horas se arraiga en mis pensamientos. La maldita perra lo hizo bien, aunque siempre lo ha hecho bien. Su círculo de ignorantes, con la atención dispersa, ha pasado por alto lo que tenían bajo su custodia. La llaman oveja negra, la descartan igual que la basura y me reiré cuando demuestre cuán equivocados estaban.

Christopher Morgan presume de tener a la mejor de las James. Se cree sabio para señalar lo que sirve y lo que no, pero no es más que otro payaso ciego. Me voy a mear en sus suposiciones y en su maldito plan.

Donde otros ven pérdidas, yo veo oportunidades.

La respiración comienza a pesarme. Entre las piernas, lo que debería ser carne y sangre es un hierro. Cierro los ojos, exhausto, y el descanso me elude cual pájaro arisco. Estoy demasiado duro. Mas no voy a rebajarme a darme alivio con mi propia mano. Ya lo he dicho: no soy un niño.

El reloj marca el tiempo, y el tictac apenas se escucha. Mi cuerpo rechaza el descanso, a pesar de que anoche solo conseguí dormir una hora. Doy vueltas en la cama, ya no tengo licor. El vaso vacío me obliga a levantarme, a buscar más. Avanzo por el pasillo oscuro; cada paso es un martirio, y mi mano, traicionera, busca consuelo donde no debería.

Qué maldita mierda con esto.

Me saco el falo y le doy un par de caricias bruscas mientras avanzo. Sin soltarlo, llego al final del corredor. Las luces se encienden de repente en la sala, y de frente me encuentro con Emma James, quien, al verme, se atraganta y expulsa leche por la nariz. Aparto la mano de donde la tengo. El vaso que sostiene se hace pedazos en el suelo. Inmediatamente, se agacha a recoger el cristal roto, pero es más importante mirarme el miembro.

—¡Lárgate a tu habitación!

No acata la orden, mantiene los ojos fijos en lo que no debería ver. Lleva puesta la misma camiseta de ayer. Retengo el impulso de cogerla del pelo, abrirle las piernas en la mesa y clavársela hasta hacerla chillar.

—Yo... tenía hambre y...

—¡Desaparece de aquí! —No me interesa oírla—. ¿Cuántas veces debo repetir la orden?

Sus ojos me taladran, impregnados de furia. No le gusta que se le impongan y me atropella el brazo con el hombro al pasar por mi lado. El calor del estrellón me recorre el antebrazo.

La maldita ya me dañó la noche y la semana entera. Sirvo el trago y, en el dormitorio, cierro los ojos, buscando apagar el desosiego en mi cabeza.

Amanezco con los músculos rígidos, algunos más tensos que otros. El agua helada no apaga la fiebre interna que me consume. Me preparo para el día. Apunto los botones de la camisa azul marino y me cierro el pantalón oscuro. Guardo armas, el móvil y las llaves.

Una jaqueca martillea mi sien, los latidos intensifican el mal humor. En la sala, la servidumbre recoge los restos de la noche anterior.

—*Boss*, buenos días —saluda la dominatrix en el recibidor.

El sumiso que carga a todos lados se ocupa de Emma James en la sala. Los ojos azules me escrutan con rabia; nunca pierde la insolente costumbre de mirarme como le place.

Sigo al comedor.

—Emma entrenará conmigo hoy. La tendré ocupada todo el día, tenemos mucho que hacer. —Me sigue—. En la mañana, un experto de las grandes ligas la evaluará, y luego ultimaré los detalles de su vestuario.

—Está secuestrada, no en un concurso de belleza.

—¿Quién dice lo contrario? El vestuario es clave en todo esto. —Se sienta—. Esta profesión exige disciplina constante. Una estrella que no se esfuerza en todos los aspectos esenciales está destinada a caer como un meteorito.

La servidumbre sirve el desayuno.

—El resultado será grandioso. Si el espectáculo de anoche impresionó, lo que tengo preparado dejará a todos boquiabiertos. —Recibe su té—. Los patrocinadores se pelearán por ella, pero nadie podrá arrebatárnosla porque es nuestra. Apuesto toda mi fortuna a que Naoko Wang ya está preguntándose quién es.

Entre todas las aves rapaces del hampa rusa, Ekaterina Romanova ocupa un lugar preeminente. Su influencia y poder tienen un vasto peso en el *mir razvlecheniy*. Es la arquitecta de espectáculos magistrales que congregan a los poderosos. Crea fusiones perfectas entre la oligarquía y el mundo criminal. No hay ventaja que se le escape ni joya que pierda.

—Quiero resultados rápidos —digo.

—¿El *Boss* con prisas? Eso no se ve todos los días.

—Necesito que genere dinero, estoy cansado de las pérdidas.

—Déjalo en mis manos, hace tiempo que algo no me entusiasmaba tanto. —Le da un sorbo a su bebida—. Me encanta presumir las joyas de la Bratva, y me encantará aún más cerrar la boca del coronel que asesinó a mi amado marido.

—A ti nunca te importó Dante. No me mientas en la cara. —Alzo el periódico de la mesa—. Celebraste su muerte.

Se hace la ofendida. Es la viuda de uno de los tantos sobrinos de Akim. Dante Romanov desafió a Antoni Mascherano por el liderazgo de la pirámide. En medio de la pelea, tomó a Rachel James y la hundió nuevamente en las drogas. Christopher Morgan le disparó en la cabeza durante el enfrentamiento para rescatarla. No me importó; ya se lo había advertido a Dante. No escuchó y yo no me lamento por lo que veía venir.

—Lo haya celebrado o no, era mi marido y durante años nos vimos las caras. Dolió, igual que debió dolerte lo de Zulima.

Ni siquiera recordaba a Zulima; he estado demasiado ocupado con la pirámide, la rabieta de Vladímir y mis negocios. Tengo poco tiempo para preocuparme por mujeres, y mis sumisas lo saben.

Emma James se ríe en la sala. El sumiso de la dominatrix le muestra su teléfono y ella, sonriendo, le pone la mano en el hombro. La visión me repugna. El apetito se me desaparece por completo.

—Mírala. Toda dulzura e inocencia. —La dominatrix chasquea la lengua—. Apenas un cachorro empezando a vivir. No merece el destino que le tocó.

—Apégate a las normas y ahórrate el sentimentalismo. —Abandono la mesa—. No quiero que la pierdas de vista.

—Como desees, mi *Boss*. —Se pone en pie—. Recuerda que, si surge algún cambio de planes y decides venderla, yo estoy dispuesta a comprarla. No la ofrezcas a nadie más.

—¿A qué hora estarás aquí? Dame la hora de salida y la de regreso. —Recojo mi abrigo.

—Partimos en media hora y a las seis en punto la tendrás aquí.

—Cada dos horas quiero un reporte de lo que hace. Fotos, videos, lo que sea necesario para asegurarme de que la tienes trabajando en lo que quiero.

—Cuenta con ello.

Deslizo las manos en los guantes de cuero antes de partir a trabajar.

El frío moscovita me embiste de frente al cruzar la salida del edificio. Pido las llaves de mi camioneta; hoy conduciré. Si no encuentro algo en qué ocupar la mente, terminaré ahogado por mi propio enojo. Tomo el control del volante. Los *byki* se alinean a mi ritmo, a ambos lados y detrás del vehículo blindado.

La bruma matutina se disipa lenta, revelando el rostro de una ciudad que es imperio y prisión. Los edificios soviéticos coexisten con los rascacielos modernos. El río Moscova ondea a la distancia.

Me dirijo al oeste, hacia el corazón del poder económico. El Centro Internacional de Negocios emerge en el horizonte, una constelación de torres que se alzan, desafiantes en el tercer anillo de la ciudad. El tráfico se intensifica. Es un mar de metal y humo en el que mis vehículos se abren paso como tiburones entre peces pequeños.

Estaciono en el frente de la torre madre. Los paneles de cristal capturan la luz temprana del sol. Asciendo al último piso, donde mi despacho me espera.

Los documentos que aguardan mi firma se extienden sobre el escritorio. Comienzo con la lectura de los informes numéricos. Tengo fábricas de armamento de primer nivel esparcidas por todo el mundo. Las pandillas y grupos que operan en el territorio de la mafia roja deben rendirme tributo y pagarle a la hermandad. Mi patrimonio no se limita solo a esto: poseo acciones que abarcan más del 70 % del conglomerado empresarial ruso. Cuento con una participación significativa en la rama gubernamental y bajo mi puño están las adquisiciones Romanov. Soy dueño de las petroleras más grandes de Asia, Europa y América. Además, tengo cuatro navieras en cuatro continentes, utilizadas tanto para mis negocios personales como para la mafia roja. A la larga lista se suman mis inversiones internacionales y los activos del hampa rusa: clubes, casinos, rings de pelea, bares y centros de entretenimiento distribuidos a lo largo del globo terráqueo.

Utilizo algunas de mis compañías como cortinas de humo para blanquear las exorbitantes sumas que mueve la Bratva. Me gustan los números tanto como matar. Nunca me he limitado al dinero de la mafia, he forjado un imperio que va más allá.

Dedico la mañana a ponerme al día con lo pendiente. A diario, me divido entre mis negocios personales y los de la organización. Todo lo ligado con las armas consume la mayor parte de mi tiempo. Soy quien las diseña y las crea desde cero.

Las horas se mueven entre montañas de carpetas y pantallas llenas de cifras. Autorizo las transacciones internacionales de navieras y petroleras. A las diez de la mañana, me conecto a una videoconferencia. Mis subordinados en Vladivostok informan sobre la odisea del último cargamento. El Ejército continúa a la defensiva, obliga a aumentar las medidas para evadirlo. Escucho en silencio y solo interrumpo para dar las órdenes necesarias.

Los reportes mensuales de mis representantes financieros llegan puntuales. No necesito estar en todos lados a la vez, tengo gente que se encarga de mantener todo en su lugar.

Almuerzo en el despacho acristalado. El trabajo avanza rápido y, una hora después, cierro la última carpeta.

Estiro los músculos rígidos. La ciudad se despliega impoluta al otro lado de los cristales; el bullicio del distrito comercial nunca cesa. La gente se mueve en un flujo constante, en un río interminable de actividad.

Mis pensamientos se desvían hacia Vladímir. No tenía que haber bajado a esas mazmorras.

Recuesto la espalda en el asiento de cuero. Tengo sus pertenencias, entre esas, el móvil de Emma James que me saco del bolsillo.

Basta con ver la cubierta para entender su nivel de inmadurez: las lentejuelas refulgen en todo el protector. Tiene una foto familiar de salvapantallas y un diseño de corazones rosas para las notificaciones.

Desbloqueo la pantalla. Pensé que recibía llamadas constantes, mas no ha recibido ni una desde que tengo el aparato. Solo hay uno que otro mensaje de Rick James con un texto de: «Cuota pagada a la casera».

Reviso los mensajes y encuentro varios de un tal Tyler. La saluda por las mañanas. Vladímir le ha explicado que la recepción no es buena, pero él insiste. Ya es hora de enviar al menos un mensaje. Busco en la lista de contactos el número de la madre, reviso los mensajes que suele enviarle y tecleo: «Hola, mamá».

Espero unos minutos a que conteste. El aviso de lectura aparece y no hay respuesta. Intento contactar a la segunda hermana, tampoco tengo éxito. ¿Ley del silencio?

Reviso sus redes y encuentro videos en los que no hay comentarios de los padres por ningún lado. Antes, en los videos más antiguos, los mencionaba, pero parece que dejó de hacerlo al no recibir interacción de ninguno. Solo hay reacciones irónicas de amigos que se toman todo a modo de broma.

Ahondo más en la familia maravilla y el genio se me termina de pudrir.

Cierro el portátil y recojo las llaves. El personal del edificio despeja el camino. Salgo de las instalaciones y enciendo el motor de la camioneta todoterreno mientras trazo la ruta hacia Presnya.

Los vendedores ambulantes se aglomeran en distintos sectores, ofertando *shashliks*. El olor de la carne asada se fusiona con el humo de los escapes. Los *byki* me siguen en formación cerrada y el tráfico se convierte en un obstáculo que le suma peso a mi impaciencia.

Llamo a la dominatrix cuando estoy a un par de minutos de mi destino.

—Saca a Emma James a la puerta, me la voy a llevar. —Me abro paso—. Ahora.

El accidente, a un par de kilómetros, le suma minutos al trayecto. El edificio que busco está al final de la calle, y a unos metros, diviso a Emma James en la acera. Está sola, con una mochila colgada al hombro y un gorro blanco en la cabeza. La blusa corta con un gato estampado deja al descubierto su vientre plano.

Mira a todos lados antes de empezar a caminar e inicia los actos que me sacan de mis cabales. Oprimo el claxon del vehículo cuando un camión de mensajería se me atraviesa.

Emma James trota hasta el semáforo. El desasosiego me tensa la mandíbula, aunque no hay razón para alarmarme, tiene un localizador. Puedo rastrearla en segundos. Lo que me irrita es desgastarme en persecuciones que llaman la atención.

Estrello la mano contra la bocina, el camión se aparta y doy la vuelta en la esquina por donde se fue. En vez de encontrarla corriendo, la hallo caminando por el borde empedrado del parque. Contempla el entorno como cualquier turista despreocupada.

Debería salir y arrastrarla a mi auto. Me tortura el miembro cada vez que la veo y se merece un castigo de semanas por maldita.

Cruza el umbral del parque natural. Aparco la camioneta al lado del arcén y bajo con los ojos ocultos tras los lentes oscuros. La sigo, los comerciantes venden comida a los peatones y ella se pierde en el bullicio, distraída por el entorno cargado de música.

El gorro blanco le resalta el pelo negro. Se detiene un par de minutos frente a un puesto de helados antes de avanzar. Sale del gentío y continúa con la caminata por el sendero más tranquilo de la arboleda.

De repente, empieza a correr hacia los botes. Típico de ella, siempre intentando escapar.

Una pareja de ancianos lucha por alejar su bote de la orilla y se ofrece a ayudarlos. Le advierten sobre mojarse, pero no le preocupa. Mete las piernas en el agua fría.

El agua le llega a las pantorrillas mientras empuja el bote. Los viejos consiguen alejarse con los remos, le agradecen y ella levanta la mano sin dejar de sonreír.

Sale escurriendo agua y, tranquila, se sienta en el banco de concreto con vistas al lago. No voy a quedarme lejos como un acosador frustrado. Me acerco y, sin mirarla, me siento a su lado.

No habla y, de reojo, detallo esa perfecta asimetría que, a veces, la hace parecer una figura sacada de un mito griego: labios rosados, pestañas largas y ojos del color del zafiro. Quiero ponerle las manos en el cuello, y no precisamente para ahorcarla.

—No me iba a escapar. —Se anticipa a mi regaño—. Vi tu camioneta, no es que pase desapercibida.

Quiere decir que me hace seguirla como un imbécil a propósito. Calla y miro sus labios.

—¿Quién es Tyler?

—Un amigo que conocí en Londres. No lo secuestres, que es una buena persona.

La confianza con la que le habla sugiere que es más que un amigo.

—¿Te gusta?

—No. —Frunce las cejas —. Somos buenos amigos. Intentamos ser algo más, pero... Olvídalo.

—Pero ¿qué?

—No importa.

—Si empiezas a decir algo, termínalo.

—Cuando nos conocimos, pensé que teníamos química y concretamos una cita. —Suspira—. Fue un desastre. Ambos estábamos incómodos porque papá le lanzó cinco mil amenazas antes de salir. Lo puso nervioso y eso apagó la magia.

No digo nada. Siento que no le creo y eso me molesta.

—¿Lo has besado?
—Sí.
—Entonces, sí te gusta.
—No, fue una sola vez. Tengo colegas con los que me lío y toqueteo de vez en cuando, pero Ty no es ese tipo de amistad. Él y yo nos estimamos de verdad.
—¿Colegas con los que te toqueteas? —Entiendo su idioma a la perfección, pero quiero que me explique lo que hace—. ¿A qué te refieres con toquetear?
—Gente con la que te tocas, besas y te manoseas en la oscuridad —dice—. No es nada serio ni va más allá de pasar un buen rato.
—¿Te gusta que te manoseen en la oscuridad? —pregunto y no me contesta—. ¿Sí o no?
—A todo el mundo le gusta y lo hace.
—Yo no.
—Te vi varias veces manoseando a Zulima.
—No es manosear, es estimular y someter. Son caricias específicas con un propósito determinado en la relación de amo y sumisa.
—¿Nunca te has acostado con una mujer solo para abrazarla, acariciarla y saborear sus besos?
—No soy un crío.
—No es cosa de críos. Es delicioso acostarse al lado de la persona que te gusta y darle besos largos, tocarse, mimarse, abrazarse y sentirse el uno al otro mientras se llenan de caricias bonitas.
—Se sacude las rodillas del pantalón—. El deleite de esos momentos no tiene comparación y menos cuando se está con buen besador.

Aún no sabe lo que es disfrutar de algo realmente bueno.
—¿Cuál ha sido el mejor? —Recuesto la espalda en la banca.
—¿El mejor qué?
—El mejor besador.
Me mira la boca antes de desviar la mirada al lago y el miembro se me engrosa.

—Un sujeto que ya no me acuerdo como se llamaba.

Se está buscando que le arranque la ropa y la haga morder la madera de la banca por mentirosa.

La erección que tengo me hace preguntarme cómo diablos voy a levantarme de aquí.

—¿Y a ti que te gusta? —me pregunta—. En toda la experiencia que has tenido, ¿qué es lo que más has disfrutado?

—En Nigeria —recuerdo—, me presentaron a una morena que…

—Que de seguro secuestraste porque su loro te caía mal y luego te diste cuenta de que eres un mafioso de mierda. —Se levanta—. Excelente historia, pero ya me aburrí.

—Educa esa boca, que no hablas con cualquiera. —Me levanto y miro el reloj—. Perdí casi una hora de mi vida aquí; ahora me debes más dinero porque mi tiempo vale oro.

—Eres un imbécil.

—Como digas. —Con los lentes puestos, emprendo la caminata de regreso—. Date prisa. No tengo todo el día.

Viene detrás de mí y respiro el aire fresco en un intento por mermar el dolor que tengo en la cabeza del miembro. La maldita de atrás ya me estropeó el día otra vez. No la siento a mi espalda. Me doy la vuelta y no me sigue. Se ha quedado parada frente al puesto de los helados.

Apuro el paso para que espabile y deje de perder el tiempo. Corre a alcanzarme y, sin preguntar, me sujeta del brazo. Miro las uñas pintadas y la cara con ojos grandes que me ponen más duro.

—Sé que te debo dinero, pero ¿me puedes prestar un billete para comprar un helado? Te lo devolveré en cuanto pueda.

—¿Quieres un helado? —Dios, qué maldita cara la de esta cría.

—Estoy salivando por uno.

Yo salivo por otra cosa. Ella regresa al puesto y ya no sé de qué manera pararme.

Señala la vitrina para pedir los sabores y saco la billetera. El vendedor le entrega un enorme cono rosado. El aire a mi alrededor sube diez grados cuando sus labios rozan la crema y desliza la lengua por la superficie helada. Gime al probarlo y el sonido me golpea directo en la entrepierna.

—Está muy grande y delicioso —dice, y me convence de que definitivamente tengo que irme.

El parque se desvanece y avanzo con paso firme hacia la salida. Abordo la camioneta, me apodero del volante y espero a que Emma James suba al asiento del copiloto. Tarda una eternidad, porque para ella es más importante lamer lo que trae en las manos.

Enciendo el motor en cuanto cierra la puerta. No para de quejarse y concentro la vista al frente. El hambre hacia ella ya me ha generado complicaciones: la última vez murió Zulima y se rebeló Vladímir.

Podría no darle importancia durante el viaje, mas ella no colabora al darle lametazos al maldito helado.

La mataré cuando recupere mi dinero. El intento por mantener la atención en la carretera es un esfuerzo sin resultado, los ojos se me desvían continuamente hacia su boca. Mi cuerpo es una bomba de tiempo, la excitación gotea de mí, como ácido corrosivo, la sangre se me calienta y mi cabeza advierte lo que pasará si cruzo el umbral de mi casa con ella.

La crema se derrama por los bordes y ella la recoge con los dedos para después comenzar a chupárselos. Es demasiado. La ropa me aprieta. Se vuelve a quejar y le arrebato el helado que arrojo por la ventana.

No sé para qué lo compré.

Aplasto el pedal del acelerador. Que se quede con la dominatrix, ella y yo en un mismo sitio es algo demasiado peligroso. Ya lo dije antes: si la tomo, no la suelto.

36
Luces, cámara, acción

EMMA

Sentada en el sillón de terciopelo, finjo no tener interés en la conversación de las dos personas delante de mí. Aunque quisiera interesarme, no podría. El *Boss* habla con Domi en su lengua materna y me sería más fácil entender la biblia en latín que lo que dicen.

El ruso que escucho aquí es distinto al que acostumbraba oír y no alucino. He estado frente a generales rusos y su forma de hablar también era diferente. Aquí, las palabras tienen un tono completamente distinto.

Me centro en el movimiento de los labios del *Boss* y hago un recorrido por el porte erguido, la espalda ancha y el cuerpo bien definido. Mi mayor problema con él es la poca información que se me dio: nunca me dijeron cómo era. Death habla de lo hijo de puta que es, nunca de su físico.

No me advirtieron lo que exudaba, y verlo por primera vez me desubicó. En el comando, los hombres uniformados no carecen de atractivo. Estoy acostumbrada a ver hombres guapos en revistas, en la televisión o en internet, pero hombres como Ilenko Romanov no son comunes. Nunca había visto a alguien así, mucho menos en el papel de un criminal.

Recibe una llamada y habla un minuto. Domi le pide a Chip que traiga algo de su chaquetón, se va con el dueño de la Bratva y el ruso deja a dos guardias en la sala.

—Tendremos la noche solo para nosotros. —Chip me entrega un plato de ensalada—. Ven a mi habitación.

Me termino el plato en cinco bocados y me tumbo en la cama del sumiso, que pone a Britney Spears a volumen bajo. Es dos años mayor que yo y una de las pocas personas que me cae bien aquí.

—Quítate ese vaquero mojado, te vas a resfriar. —Me lo saca por los pies—. Te traeré un par de pantalones de yoga para que duermas cómoda.

Me doy vuelta en la cama y la mirada se me queda fija en el techo. Estoy mal otra vez; anoche no dormí nada por culpa de los pensamientos vergonzosos que me mantuvieron despierta toda la madrugada. Me masturbé dos veces seguidas.

—¿En qué piensa esa pequeña cabeza? —Chip me entrega el pantalón—. Tienes cara de estar fantaseando.

Se tumba bocabajo a mi lado.

—¿Dejaste algún enamorado allá afuera? ¿Te gusta alguien de aquí? ¿Un guardia, quizá?

—Me gusta Vladímir. —Me levanto a rebuscar en los cajones algo dulce para comer.

—Eres mucho para Vladímir. Tú te mereces un felino más grande en la cama. —Boca abajo, balancea los pies en el aire—. Alguien como Uriel, Pavel u Octavio. Son amos con muy buena fama.

—¿No incluyes al *Boss*? —digo, y sus cejas se disparan hacia arriba con la pregunta—. Me refiero al tema de la fama y eso.

—*Chéri,* hablo de personas que pueden ser alcanzadas. Ninguno de los mencionados iguala al *Boss* y la magnificencia que lleva consigo. —Se carcajea—. Es la fantasía de todas las mujeres en la Bratva. Hasta yo he soñado con él y somos del mismo sexo.

—Tiene un aura pesada. —Cierro la cómoda.

—Y un carácter igual. Hasta ahora nunca he escuchado que se deje cabalgar.

—¿Y qué tiene que ver eso?

—Que ni en la cama cede el poder. Aquí, cuando una mujer cabalga encima y de frente, mirando a los ojos, es porque tiene dominado al dominante. Los más grandes se abstienen de hacerlo y eso los hace aún más inalcanzables.

Vuelvo a la cama al no hallar nada para tragar.

—¿Te gusta el *Boss*?

—No —bufo—. Detesta a mi familia y es un maldito.

—Uno bastante grande. —Me sube a horcajadas sobre él—. ¿Quieres un par de trucos para volver loco al *Underboss*?

—Te escucho.

—Úsalos solo si quieres tener a un hombre comiendo de tu mano.

Me cuenta todo lo que sabe y, después de hablar de los «prometedores», conversamos sobre el patinaje y todo lo que tiene planeado.

—Haré que todo tu vestuario sea único. Quiero que todos te envidien. —Juega con mi pelo—. Ya se lo propuse a Domi; solo debo esperar que acepten mi propuesta. ¿Quieres ver lo que tengo en mente?

—¡Sí!

Me muestra todo lo que tiene en el teléfono y, en medio de la charla, me avisa que viajaremos mañana. ¿Adónde? No me lo dice, se reserva el destino.

—Duérmete, o mañana tendrás ojeras por el cansancio y Domi nos matará a ambos si te ve así. —Me lleva a la habitación de invitados.

No quiero estar sola, ya me conozco. Mi cabeza se ha vuelto mi peor enemiga y siento que me desvío de mis propósitos cada vez que pienso en Ilenko Romanov. El único hombre que debo tener en la cabeza es a Vladímir; debo simplificar mi vida, no complicarla.

Cuento ovejas para que mi mente no se distraiga con otras cosas y, por fortuna, concilio el sueño después de dos noches en vela. Mi cuerpo lo agradece, porque Domi me arranca las sábanas a primera hora de la mañana.

—De pie. —Chasquea los dedos—. Te necesito bañada, arreglada y preparada en doce minutos. Si no estás lista en dicho tiempo, olvídate del desayuno.

Corro al baño. Ayer me entregaron tres conjuntos de sudadera y los guardo en mi mochila.

Salgo a la sala con el pelo recogido y ropa limpia. A la dominatrix no le gusta que nadie se vea mal. Desayuno en cinco minutos.

Con la pandilla, me trasladaba de un lado a otro para ir a peleas, asaltar, amenazar o conocer un nuevo bar. El *Underboss* exigía aprender rápido y Domi hace lo mismo en el avión en el que nos embarcamos junto con Chip.

El vuelo tarda media hora y al salir me entregan mis pertenencias.

Domi es la primera en bajar, envuelta en una falda tubo azul oscuro y una chaqueta Loro Piana del mismo color. La melena roja brilla bajo el sol y los tacones de aguja resuenan en la pista aérea, como si anunciaran la llegada de la realeza del hampa.

—Sarátov —anuncia—. De aquí han salido algunos de los mejores patinadores del mundo. Grandes nacieron en esta ciudad y tú la vas a aprovechar. Te quiero despierta y atenta. ¡Muévete!

Se pone al teléfono. En el auto, reviso el equipaje: toallas, patines de entrenamiento y una sudadera con una corona estampada en la espalda.

Llegamos a nuestro destino final y Chip sostiene la puerta para que baje. Coloco los pies sobre el asfalto y elevo la vista hacia la reluciente edificación circular de nueve pisos, cuyos ventanales reflejan el ajetreo de la ciudad. A su alrededor, se estacionan diversos tipos de autos: furgones y camionetas, de los que descienden personas con uniformes de letras estampadas.

—El Gigantomachy —comenta Domi.

Me da un antifaz de media cara, hecho de cuero. No es una pieza artística, sino más bien una prótesis facial, diseñada para ocultar lesiones o cicatrices en el rostro.

—¿Gigantomachy? —le pregunto a Chip cuando Domi se adelanta—. ¿Un concurso local?

El sumiso suelta una carcajada, me quita el antifaz para ponérmelo y libera mi cabello.

—¿Concurso local? Es el programa que selecciona a las próximas estrellas del patinaje. Le cambiaron el nombre hace dos meses; antes se llamaba Titanomaquia. —Sigue a Domi.

¿Qué? ¿En serio está hablando de las ligas estelares? Corro a alcanzarlo y no me da tiempo de hablar, porque se adentran en las puertas giratorias.

—Eres una novata. Lo único que conoces son las ligas menores y no hay tiempo para un lento ascenso desde el subsuelo al cielo. Hay que volar, así que vas a conseguir un cupo entre los futuros titanes del hielo —dice, y arrugo la cara—. De doscientos treinta concursantes, elegirán a diez. Tienes dos opciones: ganas un puesto o te quedas sin cara.

—Se realizan cursos intensivos solo para participar en este tipo de competiciones. ¡Es un programa de alto nivel! —Rara vez piensan de manera objetiva—. ¡Yo ni siquiera he estado en un concurso relevante!

—¡Aquí viene todo aquel que quiera ser alguien y tenga talento, no el que más cursos tenga! —Me empuja a caminar—. Eres un caballo de carrera. Patea, corre y destaca, porque no bromeo al decir que te arrancaré la cara si fallas. Nunca he decepcionado en mi oficio, y no permitiré que seas la primera en romper mi racha de éxito.

Recibe la carpeta que le entrega Chip, revisa los documentos y se va a la ventanilla de registro.

—Eres la última patinadora que se inscribió. No figuras en ninguna de las páginas y nadie tiene idea de quién eres. —Vuelve Domi—. No le dirás a nadie tu verdadero nombre. Te esconderás detrás de tu nombre artístico. Las cámaras de televisión están prohibidas aquí adentro. Para las competiciones abiertas al público, usaremos máscaras y alternaremos entre antifaces que combinen con tus vestidos. Nadie debe saber que Emma James está detrás de esa careta.

Me mueve con ella.

—Son diez noches a partir de mañana. En cada presentación, hay una ronda de eliminación —dice, colgándome el pase de identificación en el cuello—. Hoy se eligen los setenta participantes que se quedan.

—Ya tengo la sala de calentamiento que le corresponde —le avisa el sumiso.

—Llévala. Las pruebas inician en tres horas.

Chip se cubre los bucles con una gorra y se pone un par de lentes. Junto a un carcelero vestido de manera informal, me conducen a una sala de entrenamiento decorada con banderas de varios países. Los patinadores se desplazan por el área, acompañados de sus entrenadores.

El ambiente no es nada parecido al compañerismo de mis antiguos concursos locales. Nadie sonríe ni habla; los patinadores se lanzan miradas de desdén y cuchichean con sus entrenadores codeándolos cada vez que pasa alguien frente a ellos.

Relajo los músculos.

En la pandilla, cualquier error solía terminar en una golpiza. Aquí, la consecuencia es equivalente a que me rompan los huesos a punta de ejercicio. Domi no se detiene cuando se trata de castigos. En Alaska, me exprimía hasta el límite.

—Olvida todos esos ideales que tenías sobre el deporte. En este nivel, los concursantes se codean, empujan y sabotean —dice Chip—. Desde niños se han preparado para venir aquí. Es su gran oportunidad para brillar.

Me hacen volar antes de caminar.

—Los diez que queden serán la obsesión del mundo del patinaje, los que todos querrán fichar. —El sumiso me quita la sudadera—. Serán los próximos grandes del deporte. Así que empieza a calentar, porque Domi no bromea cuando dice que te quedarás sin rostro si no consigues un cupo.

La advertencia me da comezón. Todos aquí se toman demasiado en serio su trabajo.

El periodo de calentamiento se acaba y mi nombre suena en los altavoces para las pruebas de velocidad, resistencia y equilibrio.

—«No puedes caerte, Emma —me digo antes de salir—. No puedes caerte».

Subo a la cinta de correr cuando me lo indican y corro como si me persiguiera el mismo diablo, que, en mi caso, no está lejos de la realidad. El sudor me empapa mi camiseta. Apenas termino, voy a la prueba de la cuerda y muevo los brazos como si fueran pistones, con el ritmo marcado por el golpeteo de la soga contra el suelo.

Cumplo con todo al pie de la letra y continúo a la barra de equilibrio. Los pies me gritan en protesta dentro de los zapatos especiales.

Son tres horas y media de un lado para otro. Doblo y estiro el cuerpo en una demostración de gimnasia porque un patinador verdadero no se limita a deslizarse sobre hielo. Son artistas completos, atletas totales y repiten una y otra vez durante las pruebas.

La última prueba es la de velocidad. Mi memoria repite, una y otra vez, los entrenamientos pasados: los pasos ensayados, los ejercicios de respiración, la alineación de los brazos para mantener el equilibrio, las cadenas en los tobillos, el zumbido del *taser* y el doloroso impacto contra el hielo cada vez que me equivocaba.

La pista de hielo se me hace corta al momento de recorrerla.

—Terminaste con tres minutos de sobra —indica el hombre de gorra que evalúa con un cronómetro.

—Oh, lo siento. —Me limpio el sudor de la frente—. ¿Quiere que lo haga de nuevo?

—No es necesario —asegura y llama al próximo.

Empiezo con el pie izquierdo. Si estipuló cierto tiempo, tuvo que ser por algo. El dolor en la espalda me está matando. Al final de la tarde llega la hora de la verdad y, con los tres últimos grupos, espero en la fila diagonal que va de extremo a extremo en la pista.

Dos jueces inician la entrega de fichas y me pellizco los muslos. Mis antecedentes no me ayudan a traer la calma, pocas veces he quedado seleccionada para algo. El juez de complexión delgada, ojos saltones y entradas pronunciadas se queda parado frente a mí con su tabla de apuntes en la mano.

—Bienvenida. —Extiende la ficha y siento que me quitan una guillotina de encima—. Muy buena prueba.

—Gracias, señor.

Aunque estoy entre los setenta, no me dan tiempo para celebrar. ¿Cena de recompensa? Tampoco. Domi ha reservado una pista privada y me somete a practicar durante toda la noche. Intensifica el rigor de Alaska.

—Se espera un rendimiento excepcional de alguien con un nombre artístico como el tuyo —dice Domi durante el ensayo—. Por esto te lo puse, porque sabía que podrías hacerle justicia, pero ahora empiezo a dudarlo. ¡Dales vida a esos pies!

Se me pega a la espalda.

—Ya tenemos la tabla de clasificación. Hay setenta patinadores aquí, los mejores se encuentran arriba y tú no estás entre los diez primeros. —No se calla—. Nadie sabe quién eres, mientras que de ellos ya se sabe todo.

—Soy nueva, Domi, es obvio que...

—¡No me des excusas, dame soluciones! ¿Qué vas a hacer para que te noten? ¿Cómo piensas desplazar a los favoritos? ¿A los que ya estaban en la cima antes de empezar?

La regla de las ocho horas de sueño pasa a ser un privilegio del pasado; ahora solo tengo cuatro horas para recuperar energías. A las ocho de la mañana debo estar lista y en camino al concurso, donde paso toda la mañana entrenando en el gimnasio.

No desayuné bien y me duele la cabeza.

—Tengo información crucial para ti: Elodie Girard, Mykola Hryhorovych y Darío Matijašević son tus rivales esta noche en las sesiones dobles. Si logras superarlos, avanzarás siete puestos —dice Chip, preocupado—. Si no consigues pasar...

—¿Podríamos hablar de otra cosa? —Detengo los saltos con cuerda—. Ya sé que me arrancará la cara, los dedos y un brazo. Domi pasó toda la noche recordándomelo.

Me pregunto cómo he logrado mantener la cordura bajo tanta presión. Les encanta ponerme contra las cuerdas. Vladímir era igual, me escupía todo el tiempo lo que iba a pasar si no mataba a las personas que él quería o si no peleaba según sus exigencias.

—No te enojes conmigo. Te mantengo informada de todo para que no cometas errores y acabes castigada. —El sumiso me sigue al dispensador de agua—. Esto es crucial, Queen.

—Sí. El hielo de Alaska se derretirá si no estoy entre los diez.

—¿Crees que esto es cualquier cosa? ¿Que te presiono solo para molestarte?

Se cruza de brazos.

—Tómate un minuto y observa a tu alrededor —susurra—. Disimuladamente, mira hacia atrás, a la esquina izquierda.

Hago lo que dice y tras el vidrio del corredor hay tres hombres con traje gris.

—Esos son los sabuesos del *oyabun* de la Yakuza. Tiene una extraña obsesión con el mundo artístico. Sus tentáculos se mueven entre *idols,* bailarines, músicos y deportistas. Controla casi todo el ámbito deportivo en Asia y Europa —dice en voz baja—. Aquí lo veneran por las supuestas oportunidades que ofrece. Todos los años, en secreto, organiza apuestas millonarias. Junta a gente de la mafia e inicia lo que llaman los juegos de gala. La Bratva aceptó la invitación a participar este año.

—¿Apuestas con gente cuyo único anhelo es ganar medallas?

—No son simples patinadores, son futuras estrellas. Los ven igual a caballos de carrera, como un medio de entretenimiento lleno de ventajas. Se deleitan con la necesidad y el desespero ajeno —continúa—. La Yakuza nunca pierde en este ámbito. El *oyabun* está detrás de siete de los favoritos y es quien le ha dado cinco medallas olímpicas seguidas a Japón en los últimos años.

—¿La Federación sabe de esto?

—No, el presidente es firme y correcto en ese aspecto. Naoko es quien mueve los hilos tras bambalinas. No te imaginas todo lo que hay detrás de estos espectáculos. El hombre tiene distintos métodos para jugar con las grandes figuras —susurra mientras simula acomodarme el cuello de la sudadera—. Los titanes que emergen de aquí son la imagen de toda la industria del hielo. Grandes empresas se involucran con ellos y conocen gente en todo el mundo, incluidos políticos. Se convierten en el cebo perfecto para todo tipo de negocios.

El cuerpo se me enfría, pensaba que me habían traído aquí porque Domi quería verme en más presentaciones.

—No hay lugar en el mundo donde la mafia no haya plantado una semilla. La Yakuza es uno de los clanes más grandes de esta pirámide. Hoy se reunirán por primera vez. A la Bratva no le gusta la derrota, y si les haces perder dinero, estarás en serios problemas.

La cabeza comienza a dolerme. Sé bien lo que es la pirámide, ya la vi de frente en la isla. Cada clan es un depredador distinto.

Empiezo a saltar de nuevo y la comida la siento como piedras a la hora de almorzar. Por la tarde ensayo las rutinas cinco veces. No intercambio palabra con nadie, me concentro en lo que debo hacer para no equivocarme.

A las seis menos cuarto, Chip comienza a prepararme.

Llega con los patines recubiertos de diamantes, saca un vestido violeta de lentejuelas de una funda y me lo ayuda a cerrar atrás. Ajusta las mangas de encaje, me maquilla, coloca el antifaz que completa el conjunto y, por último, me aplica el labial.

Mantiene un perfil bajo, sin quitarse la gorra ni la chaqueta negra con capucha.

—El *Boss* te quiere en la enfermería. —Me avisa y un horrible aleteo se me forma en el vientre.

Termina con los últimos detalles y un guardia me lleva al cuarto de enfermería. Los hombres del *Boss* caminan por los pasillos. El guardia me hace seguir a la habitación blanca y dejan la puerta abierta para el ruso, que entra con su presencia imponente de siempre, ropa oscura y el cabello recogido.

Se desabrocha y se quita los guantes de cuero, guardándolos en el bolsillo del abrigo gris ceniza. Su mirada se detiene en mis patines y sube lentamente por mis medias de malla. Hace un recorrido minucioso y examina cada detalle de mi atuendo hasta detenerse en mi cara.

Uno de sus hombres se acerca con un maletín lleno de billetes de alta denominación.

—Todo lo que ves ahí es lo que apostaré por ti esta noche —dice el *Boss*—. Tres contrincantes, tres maletines que se multiplicarán, ¿cierto?

Es demasiado dinero para apostar en una novata.

—En mi opinión, lo más prudente es apostar uno o dos billetes. Sería más inteligente de tu parte comprobar primero la fuerza de la corriente.

Con un leve gesto de la cabeza, hace que sus hombres cierren el maletín y salgan de la sala. El clic de la cerradura resuena, el sudor se me acumula en las manos y un calor súbito me recorre la columna cuando el *Boss* se planta ante mí.

—Yo no ensayo ni pruebo. Confío en mi instinto para elegir. —Me entierra los dedos en la cara—. Los otros tienen sus propios competidores, pero ninguno ha perturbado mi descanso. Yo tengo lo mejor y vas a demostrarlo esta noche. ¿Está claro?

El espacio entre nuestras bocas se reduce a una pulgada y no sé quién tiene fiebre, si él o yo.

—Entiendo. —Cierro la mano sobre su muñeca—. ¿Puedo irme ya?

Sus ojos vagan por mi rostro y disminuye la firmeza del agarre hasta soltarme. Siento que he quedado marcada con la huella abrasadora de sus dedos. Se ajusta la erección que se le enmarca y el gesto me crea una laguna en la entrepierna.

Aligero el paso a la salida.

—No soy el único que va a apostar por ti —dice a mi espalda—. Les he dicho a mis *vory* que hagan lo mismo. Ahora tienes más razones para traerme la victoria.

No contesto, continúo con mi camino al área de precalentamiento.

Los concursantes se fijan en mis patines mientras me ajusto los cordones. «Voy a hacerlo bien», repito en mi mente. Sería una vergüenza desplomarme con la belleza que llevo en los pies. Los participantes que están por delante de mí abandonan la pista: uno celebra, eufórico, y el otro se aleja, ahogado en lágrimas.

En la pantalla aparece mi nombre para el próximo duelo de eliminación: enfrento a una patinadora francesa. Ella patina por medallas; yo patino por mi supervivencia

Crystallize domina la presentación doble. Me deslizo sobre el hielo junto a la concursante de vestido negro. Los saltos y giros se entrelazan, ambos cuerpos ejecutan la misma coreografía impuesta por el concurso. Mi respiración forma nubes de vapor; el corazón me martillea al ritmo exacto de la música. No competimos contra el jurado, competimos una contra otra en este duelo donde se define quién se queda.

Domi me observa desde la tribuna con los brazos cruzados sobre el pecho. El cuerpo se me tensa cual conejo atemorizado por el halcón que podría descender en cualquier momento a arrancarme los ojos. Las cámaras me enfocan, capturan a mi oponente y a mí, justo después de completar y culminar el triple *flip*.

Los números aparecen en la parte inferior de la pantalla, marcando la puntuación final. La cámara se centra en mi rostro y aprieto el puño con fuerza al ver que mi puntaje supera al de mi adversaria.

—¡Bien, Queen! —Me aplaude Chip—. ¡Lo hiciste excelente!

El triunfo aviva la adrenalina con la que gano la segunda ronda.

Los vítores estallan con la última presentación. El nivel del patinador croata me obliga a ejecutar un mortal hacia atrás para asegurar la victoria. No es usual y, como Surya Bonaly en su tiempo, dejo al público sin palabras. Mi miedo a perder elimina a tres concursantes, asegurando que, por esta noche, mi rostro siga intacto.

—¿Escuchaste las ovaciones? —Domi entra al salón vacío donde espero—. ¡Te amaron! ¡Arrasaste en esa pista!

—¿Sí? —Mis labios se estiran en una sonrisa—. Ellos tienen un muy buen nivel.

—Sí, y tú fuiste una reina. Les gritaste que has venido a aplastarlos.

Tiemblo con las manos aún en la cintura. Estuve a punto de orinarme ahí mismo; por un momento temí que el último patinador me dejara afuera.

—Eres la joya que descubrí, así que créetelo. —Domi me alza el mentón—. Hoy, todos aquí se preguntan quién eres y de dónde has salido.

Guardo los patines a los que he empezado a considerar mi amuleto de la buena suerte. Cada presentación con ellos ha sido impecable.

—Mañana por la noche se celebrará una fiesta «selecta» de presentación en el Hotel Real —anuncia Domi de camino al auto—. Como era de esperarse, estás invitada. Solo los treinta concursantes más destacados de esta noche estarán allí. Prepárate para deslumbrar.

Sube conmigo al vehículo y, en el interior, recibe el maletín de dinero que cuenta sonriente.

—Hoy gané una fortuna gracias a ti. —Revisa cada fajo de billetes—. Te conseguiré algo especial. Te lo has ganado.

Chip me muestra el video con el resumen de los tres duelos. La actuación fue sensacional. Antes, mi cuerpo se veía algo rígido por el miedo a caerme; ahora, hay más soltura y precisión.

—Tienes una presencia fascinante en el escenario —dice Chip—. Mira la manera en la que los embelesas.

La sonrisa se me desvanece por un instante.

Parte de mí sabe que esto es efímero y no quiero que lo sea porque se siente realmente increíble.

El eco de los aplausos persiste en mis oídos como un himno triunfal. Duermo en una cama auxiliar en la habitación donde se hospeda Domi y, a lo largo de la noche, mi mente divaga en fantasías sobre todo lo que podría hacer si consigo labrarme una carrera en esto.

Podría tener mi propia vitrina de medallas, conocer las mejores pistas del mundo e ir a los concursos con los que siempre soñé de pequeña.

Abrazo la almohada y respiro hondo, ni siquiera sé si voy a salir viva de aquí y ya mi cabeza está en otro lado.

—¡Arriba, Queen! —me despierta Chip al día siguiente.

Desayunamos y me lleva al gimnasio. Después de cinco horas de entrenamiento y una ducha, me avisa que iremos al centro comercial.

El viaje en coche es breve. El lugar no es abierto para todo público, y al entrar entiendo el porqué.

La entrada principal es un pórtico de columnas corintias adornadas con intrincados diseños que evocan la grandeza de la antigua Roma. En lugar de un centro comercial, siento que entro a un museo de la época victoriana.

Cada tienda tiene su propio encanto distintivo: desde las famosas marcas de moda con sus elegantes vitrinas hasta las joyerías que deslumbran con diamantes y metales preciosos.

—Sasha Romanova era la antigua dueña de esta maravilla. —Comenta Chip mientras ojeo los techos—. Ahora es de Aleska y Uriel. El *Boss* suele almorzar en la azotea. Domi le pidió algunas cosas para ti y nos autorizó venir.

Se reúne con el *Boss* en la salida del restaurante.

—*Monsieur*, buenas tardes. —Chip se aclara la voz sin mirarlo a la cara—. Mi ama me envió. Dijo que usted ya está al tanto.

El ruso no contesta, se aleja y se aparta para responder la llamada que le suena en el teléfono. Le da indicaciones a uno de sus guardias y el sujeto nos acompaña a las tiendas. El sumiso de Domi se encarga de seleccionar lo necesario: labiales de tonos llamativos, bases para el rostro de marcas no agresivas para la piel, cremas humectantes, equipos deportivos y un par de mancuernas nuevas.

—Necesitamos más ropa. Usaremos el remanente del presupuesto que Domi solicitó para comprar más.

¡Al fin! Es molesto tener que lavar la ropa en el baño cada vez que me ducho, por no tener suficiente.

Vamos a la tienda vecina. Escojo blusas ombligueras, vaqueros, faldas y medias. Estoy escasa de ropa interior, así que voy a la sección. Agarro y alzo un par de pantis de encaje, pero las bajo rápido al notar al *Boss* en la entrada del establecimiento.

Posa la mirada en lo que hago y me muevo de lugar.

—Ven a ver esto. —Chip me jala hasta el maniquí de la vitrina—. Este vestido se te vería increíble en la fiesta de esta noche, ¿te gusta?

¿Gustar? No es un simple vestido, es una obra maestra de alta costura. El corpiño blanco, trabajado a mano, está cubierto con intrincados bordados y adornado con piedras plateadas. La falda de tul y encaje, aún más blanca que el corsé, cae con una elegancia que resalta su delicadeza.

El precio me abre los ojos: es un Valentino de temporada y por el valor parece que lo han hecho con la última túnica de Cleopatra.

—¿Alcanza con el presupuesto?

—¡Claro que no! El presupuesto es para lo indispensable. Pero pruébatelo, quizá pueda conseguir algo similar más adelante. —Llama a la dependienta—. Siento que te quedará increíble y quiero verlo.

Le dice a la vendedora que lo quite de la vitrina.

—Mejor no.

—Vamos, póntelo. Solo un minuto, una foto y te prometo que no te molesto más.

Me empuja hacia el probador, donde la dependienta me entrega el vestido. Es el tipo de prenda que solía ignorar en las tiendas cuando salía de compras con mis amigas, porque sabía que era demasiado para mi mesada.

Entro en el vestido y miro el techo, maravillada por lo bien que se ve. ¿Quién lo diseñó? Se me ajusta perfecto. Chip queda boquiabierto y dejo que me lo abotone en la espalda.

—¿Me creerías si te digo que fue hecho para mí? —digo frente al espejo—. Me queda a la medida.

—Es precioso, aunque algo corto.

—Es lo mejor, que sea tan corto es lo que más me gusta. —Toda mi vida he tenido una debilidad por las prendas minúsculas.

—Eres una descarada.

Las piernas se me ven increíbles. La falta de tirantes resalta mis hombros, dándoles un toque elegante, y ni hablar de lo bien que luce mi cuello.

Me pruebo diferentes peinados en el espejo. El sumiso de Domi se ríe mientras me toma fotos y yo poso para él.

—La palabra «tentación» es un sustantivo y tú eres su significado —dice—. Eres muy sexy.

—No tengo todo el día. —El pecho me da un vuelco con la voz del *Boss*—. ¿A qué hora acaba la sesión de fotos?

Se fija en lo que tengo puesto y me dan ganas de ponerme una bolsa en la cabeza. Regaña al sumiso de Domi con la mirada, y a él se le cae el móvil.

—Perdón, señor... a Emma... le gusta este vestido —dice Chip tembloroso— y se lo quiso probar.

¿Me lo quise probar?

—Quítatelo, Queen. Ya es hora de irnos y esa pieza está fuera del presupuesto autorizado.

El *Boss* respira con hastío antes de regresar a la entrada. Chip parece al borde del desmayo y no le digo nada por la mentira. Su única intención era verme con el vestido y tomarme un par de fotos. No hay nada de malo en eso, excepto que ahora no quiero irme sin el vestido.

Por eso suelo evitar probarme cosas como estas, porque si me quedan bien, no quiero soltarlas. Uno de mis peores defectos es que cuando me encapricho con algo, lo deseo a toda costa.

—¡Tienes que quitártelo! —Chip se asoma en el mostrador—. El *Boss* es un hombre ocupado. Si nos demoramos, vendrá con la pistola.

A regañadientes, me lo quito. ¿Por qué me lo probé? Me siento como una idiota, rabiosa, sin motivo aparente. Busco consuelo en el hecho de que Domi, seguramente, ya encontró algo para ponerme esta noche. Aun así, este vestido es el que quiero y no creo que otro me quede igual.

El subordinado de la dominatrix pasa las prendas por la caja registradora mientras el *Boss* espera dentro. Sus hombres desalojaron a todos los clientes. Me acerco a la dependienta que aguarda a pocos pasos del mafioso. Ella extiende la mano para recibir el vestido y yo aprieto los puños en el tul con encaje.

—¿Me lo compras? —Me vuelvo hacia el *Boss*.

—¿Disculpa? —Se hace el idiota.

—Me gusta y lo quiero.

Quedamos frente a frente.

—He patinado como me lo piden, estoy haciendo las cosas bien y puedo hacerlas aún mejor si me lo regalas. Es hermoso y no me imagino con otra cosa esta noche.

Se queda en silencio. La dependienta alterna su mirada entre ambos. Abrazo la prenda, consciente de que esto vale un millón de veces más que un helado, pero no quiero soltarlo.

—¿Sí? —insisto por última vez y me arrepiento de hacerlo con la sonrisa sombría que me dedica.

¿Cómo he de llamarme? ¿Emma Estúpida James? Es obvio que me va a…

Me da la espalda, sale de la tienda y su escolta me quita el vestido. Lo lleva a la caja y el sumiso de Domi abre la boca sin creerlo.

—¿Estás jugando?

—No. —Agarro la bolsa—. Es mío.

Lo celebro en el auto con Chip y por la noche estoy más animada que nunca para competir. Mis patines brillan en la pista de hielo que recorro con fervor. La brisa fría me refresca y el asombro del público me da cien años de vida.

Esto es lo mío, lo que amo y lo que me convierte en un ser de alas, capaz de elevarse y aterrizar en un solo pie. Mantengo el equilibrio. Sé que la velocidad es peligrosa y que los saltos altos también lo son, pero no me interesa, porque si no me ha matado la Bratva, no lo hará el patinaje.

—Se va a ejecutar el triple *axel*...

Hablan en los altavoces y me impulso con los brazos pegados al pecho. Giro una vez, dos veces, tres veces. El aire silba en mis oídos y...

—¡Aterrizaje perfecto! —exclaman al volver a la realidad.

El público aplaude y continúo con mi coreografía. Con tres triunfos, avanzo a un mejor puesto en el tablero y recibo el apoyo entusiasta de los asistentes. Las preguntas sobre mi verdadero nombre, mi origen y por qué no me habían visto antes comienzan a multiplicarse.

Entro a la sala de cambio y los patinadores enmudecen. Varias miradas retadoras se dirigen hacia mí, pero no me tomo el tiempo de analizar a ninguno. No me interesa otra cosa que no sea mi triple triunfo de esta noche. He vuelto a ganar por segunda noche consecutiva.

Suelto los patines en el asiento de concreto. Gané. Sonrío sola y lo hice mucho mejor que anoche. Me ajusto la mochila al hombro bajo la mirada de todos. Domi me manda a llamar y corro hacia ella en cuanto la veo en el estacionamiento.

—¿Viste mi *Biellmann spin*? Al público le encantó.

—Te lo perfeccioné yo, querida, no me sorprende. —Me sujeta los hombros—. Con la misma grandeza te quiero hoy en la fiesta.

Viaja conmigo al hotel. En la habitación aguarda el estilista que me arregla el pelo y a la noche perfecta se suma el vestido blanco. Chip consiguió un antifaz a juego. Me rocía perfume en el cuello y en la espalda. Preparados, partimos a la fiesta.

Una cascada de bucles largos me acaricia los hombros y con las sandalias de tacón alto desciendo del auto. Un hombre vestido con traje nos guía al salón. La luz suave ilumina el espacio, mientras acróbatas descienden desde unos toldos lilas. La música clásica en vivo llena el ambiente, y los invitados charlan alrededor de mesas con manteles bordados y centros de mesa decorados con calas blancas.

Leyendas del patinaje se mezclan con los grandes invitados, entre ellos representantes de marcas y miembros de la mafia. No llevan placas ni distintivos, pero en el tiempo que llevo aquí, he aprendido a identificarlos: trajes impecables, relojes de lujo y posturas erguidas como si mandaran más que cualquier presidente. Varios son padres y esposos.

Domi se adelanta a saludar.

—La asiática de pelo negro junto a la escultura de hielo —susurra Chip— es Sahori Wang. Su madre ganó el oro olímpico en el 96 y luego dos veces más. Sahori es nieta de Naoko Wang, el *oyabun* de la Yakuza, y una de las patinadoras más prometedoras del momento.

Un vestido oriental se adapta con estilo a su cintura y una delicada estola le envuelve los hombros.

—¿La mujer a su lado es la mamá?

—Sí.

Tienen el mismo peinado alto y los mismos rasgos finos. Domi me presenta con una amplia sonrisa y cuenta cómo me descubrió a través de un video que le llevaron a su oficina. Entiendo cuando me hablan en italiano, francés y español, para otros idiomas necesito traducción.

—Yo quiero a esta hermosa muñeca. —Un hombre asiático de pelo grisáceo y de una estatura similar a la mía extiende la copa de champán hacia mí. No alcanzo a sujetarla porque alguien más se la quita antes de que llegue a mis manos.

—Lástima. Ya tiene dueño y soy yo. —El *Boss* aparece por mi izquierda, ataviado en una camisa azul noche y un pantalón ébano.

—*Boss*, dale gusto a este viejo amigo y no seas un impedimento en lo que me gusta contemplar.

—En este mundo no hay amigos, Wang —responde el ruso y el anciano se ríe.
—¿Te atreverás a ponerme competencia?
—A lo mejor. —Se bebe el champán.
—Es una buena patinadora, aunque no se compara con mi nieta, por supuesto.

Deja un beso en el dorso de mi mano y el *Boss* lo devora con los ojos.

—Es un placer conocerte en persona, al fin. No tuve el honor de verte en la isla, pero ya debes haber oído hablar de mí. —Se endereza con una sonrisa estampada en sus labios delgados—. Naoko Wang, *oyabun* de la Yakuza.

Me toca el hombro con gentileza.
—Espero que disfruten de esta velada tanto como yo.

Se retira y el mafioso a mi lado hace a un lado la copa, apenas el otro se aleja.

Hay japoneses en todos los rincones: son los chefs y acróbatas de la noche. Los generales solían describir a la Yakuza como una piraña disfrazada de pez koi: se presentan de manera amigable, pero de gentiles no tienen nada.

El *Boss* se inclina el trago que le traen. No necesita un traje para verse elegante; de hecho, es el único que no lleva uno y, aun así, es el que más resalta entre los hombres presentes.

—Continuemos. —Domi me invita a acompañarla.

El ciclo de presentaciones sigue su ritmo. Por educación, debería centrarme en las caras de las personas que me hablan y no en el hombre que acaba de llegar. Conversa con una mujer de vestido negro, ella se dirige a él con gestos coquetos y las mejillas me arden como si me hubiesen abofeteado. Mi mirada se cruza con la de él y soy la primera en apartarla.

La dominatrix me hace recorrer todo el lugar. Un sujeto le pide unos minutos a solas y se aleja con Chip.

Quedo a solas junto a la tarima.

Las celebridades se ríen y saludan con soltura a Naoko Wang. La humanidad tiene una venda en los ojos frente a muchos asuntos. Afuera, la mayoría de la gente no tiene idea de que existen encuentros de esta categoría y desconocen lo que hay detrás de cada tablero de juego.

Contemplo la opulencia del espacio y lo bien que se desenvuelve la dominatrix. Con el *Underboss* nunca me acerqué a lugares de esta clase. En los niveles más bajos, las pandillas callejeras parecen querer aferrarse a la crudeza de la calle. Supongo que es su forma de sentirse poderosos. Domi es lo opuesto a ellos, aunque no dudo de que sea capaz de cortarle la garganta a cualquiera.

Acepto la copa de champán que me ofrece un camarero.

—Esto no es para crías. —El *Boss* me la arrebata—. Pide un té, va más con el recato Mitchels.

—Soy mayor de edad y puedo beber todo el alcohol que quiera.

—Inténtalo.

El tono me endereza la espalda. Es un macho dominante experto en usar sus recursos para intimidar.

La artista de la noche se presenta en la tarima y él no se percata de nada. Se limita a apropiarse de mi copa y a vaciarla de un trago. Bajo los ojos por su torso y noto el bulto prominente en su pantalón hecho a la medida.

Con una calma desafiante, enciende un puro junto a mí. El aroma del tabaco se apodera del aire, y se arrastra hacia mí, me golpea las fosas nasales y se desliza garganta abajo, llenándome los pulmones. Hay millones de fumadores en el mundo y el acto es común en cualquiera, pero en él se transforma en una demostración de masculinidad cruda.

—Lindo vestido —me dice.

—Gracias.

Desde la tarima, una voz aterciopelada se eleva sobre los instrumentos, melancólica y seductora a la vez. Las letras sobre amores tormentosos y belleza en la tragedia atraviesan la multitud hasta clavarse directamente en mi pecho. De todos los artistas del mundo, escogen precisamente a la única cuyas melodías parecen haber sido arrancadas de mi propio diario no escrito.

Domi regresa a presentarme un nuevo grupo de personas; ante todos soy su preciado diamante y habla de mí como si fuera alguna estrella aterrizada en la tierra.

Comienzo a sentirme mal. El *Boss,* que no deja de mirarme, se sienta a dialogar con un círculo de hombres y los pezones me arden, rozan incómodos contra el corset de mi vestido, porque él nunca me observa de buena manera.

Los amigos de Domi reparten besos en mi mano y hablan de manera simultánea a mi alrededor. Mi cuerpo está frente a ellos, pero mi cabeza no. El salón tiene más de cien hombres aquí y mi enfoque se limita al que menos debo mirar. Un hecho que resulta infame de mi parte.

Sirven la cena y cuatro periodistas se unen a nuestra mesa. Domi se ocupa de conversar con cada uno de ellos mientras yo me dedico a comer.

La temática de la fiesta es «Noche mágica». Para mí ha sido una noche incómoda. La presencia de Ilenko Romanov me ha tenido absorta, humedeciendo lugares que no debería mencionar en voz alta. Y la música de fondo, lejos de calmarme, me pone peor.

Domi despide a los periodistas que abandonan la mesa.

—¿Está todo en orden? —me pregunta—. No te siento aquí.

—Estoy algo cansada por la jornada de hoy.

Inclina la cabeza con fingida convicción.

—¿Quieres oír un consejo sabio? —dice, y asiento—. La duda es un ancla. Suéltala, o no vas a llegar a ningún lado.

Toma su copa de vino.

—A veces te miro y veo esos ojos cargados de culpa. Es curioso, porque si yo estuviera en tu posición, no me lamentaría por absolutamente nada —dice—. Si me pusieran un trozo de carne cruda al frente, lo devoraría sin titubear, sin preocuparme por la sangre que ensucia mis manos. En ocasiones, hay que revolcarse en el barro para que la jungla no te trague. Y si en medio de la lucha se encuentra un momento de placer, un respiro de aire fresco, ¿por qué negarlo? No estamos hablando de bien o mal, sino de sobrevivir y, si es posible, de sentir algo más que miedo en el proceso.

—¿A qué debo el comentario?

La idea de que haya descubierto algo sobre el *Boss* me cierra la mano en el vestido. Si alguien llega a enterarse, juro que me mandaré a poner una máscara permanente para no tener que mirar a nadie.

—Es un consejo que digo por lo que veo: sonríes en la pista de hielo y, en un instante, te encorvas al percatarte de dónde estás. ¿Por qué no disfrutas de tu momento de gloria y ya? —Termina el vino de su copa—. Una victoria es una victoria, ya sea aquí o en el infierno.

—¿La dama baila esta noche? —Un sujeto viene por ella.

—Encantada.

Se van juntos. Chip está en el baño. El aire escapa de mis pulmones al exhalar hondo y el cruce de miradas con el *Boss* no cesa ni cuando dialoga con las mujeres que se le aproximan.

Siento las bragas cada vez más empapadas, se me adhieren a la piel de una manera en que debo juntar las piernas por miedo a que la humedad baje por mis muslos.

Me arreglo el corpiño del vestido, que de unas horas para acá se ha vuelto apretado.

En los minutos siguientes, Chip se encarga de hablar sobre los Wang, mientras acompañamos a la dominatrix a sus charlas. El sumiso comenta detalles sobre la dinastía japonesa y el círculo que los rodea.

Retengo poco, porque el hombre al otro lado de la sala tiene enjauladas todas mis neuronas.

El deseo que he estado conteniendo durante días parece haberse acumulado; es una represa a punto de romperse. El *Boss* viene a mi lugar con el celular en la mano y me concentro en mi vaso de té helado.

—Quiero lo pendiente sobre mi mesa mañana a primera hora —le ordena a Domi—. Envíalo a la suite, estoy en la oriental.

La dominatrix inclina la cabeza mientras él se retira. Dos invitados lo abordan en la entrada. A Domi la llaman a otra charla privada e Ilenko Romanov me dirige una última mirada antes de desaparecer.

¿Me gusta?

Desde lo más recóndito de mi mente surge la respuesta que me acelera las pulsaciones.

Las personas que me acompañan no están a la vista y el hormigueo acumulado entre mis piernas me hace avanzar hacia la salida. Pregunto por el lugar a donde deseo ir. «No lo hagas, Emma». Una parte de mí grita que me detenga, que recuerde quién es él y quién soy yo. Y lo recuerdo. Sin embargo, ¿cómo le explicas la moral a un cuerpo hambriento?

Mis pies se gobiernan solos y suben por la escalera doble. Los guardias tatuados patrullan por el corredor de la sexta planta. Me oculto en una de las esquinas.

Nunca he entendido esto y me confunde demasiado. Cada encuentro ha sido una batalla entre ambos. Hemos follado con odio y me repito que no significaba nada, pero me miento a mí misma porque me gusta y las ganas de tenerlo sobre mí me están matando.

—¿Le puedo ayudar en algo? —pregunta el botones que sale de la habitación frente a mí.

—Estoy bien, gracias. —Me aliso el vestido con las manos.

Me encamino a las puertas dobles de la alcoba que vine a buscar, y los cuatro guardias apostados cerca de la puerta no intervienen cuando ubico la mano en la perilla, que cede al bajarla despacio.

El *Boss* está de espaldas, sirviéndose un trago delante del minibar. Se gira hacia mí y sus ojos hambrientos me atraviesan como dagas ardientes.

La camisa abierta y desencajada muestra el torso expuesto.

—Firmarás un pacto con el diablo si cruzas ese umbral —advierte, serio—. Como te dije una vez: huye, porque si te atrapo, no te suelto.

El peso de sus palabras me golpea como una ola. El corazón se me estrella contra el tórax y él sacude la cabeza en el momento en que cierro la puerta con pestillo. Las ventanas abiertas dejan entrar la música de la fiesta.

Quizá mañana me odie por esto. Tal vez, en unas horas, cuando la neblina del deseo se disipe, me aterrorice por lo que estoy a punto de hacer. Pero ahora sé que no tendré tranquilidad hasta que no tenga sus manos sobre mí.

Sigo con la mirada el contorno de los músculos que lo componen. De manera fácil, podría ser inspiración para crear un mito que le rinda homenaje a la hombría.

Sus ojos no se apartan de mí mientras camino, me quito y dejo caer el antifaz. Me planto frente a él. La erección presiona fuerte contra el vaquero y me atrevo a tocarla con descaro. Mi mirada se ancla a la suya en la habitación de lujo. Mantiene la expresión seria y alzo la mano para recorrerle el pecho marcado. Se siente como el terciopelo.

—Todavía hay tiempo para correr —me dice—. Decisiones como esta no tienen marcha atrás.

Ignoro todo lo demás y me lanzo hacia uno de sus pectorales. Le chupo la piel, lo araño con los dientes mientras me aferro a su cintura. Huele a loción viril. Se bebe el trago de un solo sorbo, coloca el vaso en la madera, cierra la mano en mi pelo y tira de él para despegarme.

Su rostro prende en llamas las mariposas, colibríes, murciélagos o lo que sea que se halle dentro de mi estómago.

—La bruja tiene hambre. —La yema de su pulgar tatuado raspa mi labio inferior, y el toque áspero me quema la piel, despertándome hasta el último nervio.

Captura mi boca con la suya, y el impacto de sus labios me roba el aliento. El sabor a whisky me arde en la boca y su fragancia me embriaga por completo cuando introduce la lengua en lo más profundo. Se hunde en mi boca, invadiéndome, exigiendo más. Mis dedos se cierran en su camisa, arrugando la tela. El beso es salvaje, húmedo, caliente. Siento cómo su cuerpo se pega al mío, cómo su dominio me toma entera.

Gruñe, y el sonido perverso reverbera a través de mí. Me enrosca los dedos en el pelo y los jala con la fuerza justa para inclinarme la cabeza hacia atrás. Sus labios abandonan mi boca para labrar un camino ardiente por mi mandíbula y siento que ya no tengo labial.

Me sujeta del cabello conforme me hace retroceder a la cama.

—¿Quieres esto? —Se soba la entrepierna—. ¿Qué te folle el *Boss*?

Asiento como una chica obediente.

La navaja emerge de su bolsillo y mi cordura se disuelve cuando el filo roza mi garganta. No tiemblo. No grito. La locura me consume mientras la punta helada me recorre la piel, dejando un sendero candente a su paso. Desciende, sin piedad, hacia mi escote. El metal se hunde en la tela, y con un siseo bruto, rasga el corpiño en un tajo limpio. La prenda cae, derrotada, a mis pies.

No llevo sostén, y mis pequeños pechos quedan expuestos ante él, que me empuja hacia la cama. Mis bragas de malla se ajustan a mi entrepierna; empapadas resaltan sobre las sábanas rojas. Daría todo para que no se notara lo mojada que estoy. Es imposible, porque sí lo estoy. Su cuerpo se cierne sobre mí, y me cubro los senos con ambas manos.

—¿A qué jugamos? —Me atrapa las muñecas—. ¿Me vienes a buscar y ahora me cohíbes de la vista?

Me aleja las palmas. Sin vacilar, se lanza a devorarme los pechos. No tengo mucho, pero eso no parece importarle: los agarra y avasalla como si fueran la cosa más grande del planeta. Su boca cubre cada centímetro mientras se regocija. Los dientes tiran, me maltratan. Las bragas se me empapan por completo al verlo, al ser consciente de que me está chupando los pechos, *él*, el *Boss* de la mafia rusa.

La idea de estar tan vulnerable ante un hombre tan grande me nubla la percepción de lo bueno. Sus labios acaparan, devoran, marcan. Agarra la derecha y luego pasa a la izquierda para darle el mismo trato. Va entre una y otra hasta dejarlas rojas, brillantes, con los pezones en punta y untados de su saliva.

—Son pequeñas. —Trato de apaciguar mi respiración agitada.

—Como tú. —Suelta un par de lametones más antes de subir a mi boca—. Abre.

Me separa los labios y deja que su lengua se despliegue en un beso que sepulta el anterior. Explora cada recoveco de mi boca mientras su miembro, aún envuelto en los vaqueros, presiona contra la delgada tela de mis bragas.

—¿Te gustan las caricias bonitas? —me susurra en el cuello, y asiento, incapaz de responder de otra forma.

Desciende suave y sus besos húmedos me recorren la garganta, dejando una senda abrasadora a lo largo de mi clavícula. Pasa por mi pecho y se desplaza por mi abdomen.

—Mira esta. —Llega a mi sexo y me incorporo cuando me aparta la ropa interior. Me separa los pliegues y deja caer un espeso hilo de saliva sobre mi sexo.

Se inclina con el ansia de un famélico y comienza a lamerme; su lengua reclama cada centímetro de mi piel expuesta.

Dios, mis terminaciones nerviosas se encienden en llamas y mis dedos se cierran sobre el edredón, doblegada por la forma en que devora mi intimidad. Sus labios duros succionan mi carne, atrapando el clítoris y frotándolo con la lengua que se desliza arriba y abajo. Se deleita en mi entrepierna, como si fuera un manjar que no quisiera soltar.

—Oh, mierda. —Siento que me tragará entera.

Mis paredes internas se convulsionan, apoyo los codos en la cama y él me envuelve los muslos con las manos, sin dejar de lamer. Su lengua golpea el clítoris y un relámpago me ilumina los ojos.

Gods and Monsters suena desde la fiesta y el bajo de la música encubre mis gemidos conforme su boca le prende fuego hasta el último resquicio de mi ser.

—¿Qué tienes aquí que sabe tan bien? —Lame más.

Desearía que las luces estuvieran apagadas para no ver cómo me devora de una manera tan obscena. Tengo ganas de llorar. No me quiere soltar y grito, atrapada en el martirio incesante de su lengua. El bochorno me quema las mejillas. Soy una vergüenza, abierta de piernas así, frente a un hombre que me arrastra entre el éxtasis y la condena. No sé si me lleva al cielo o al infierno; la línea entre ambos se desdibuja en medio de todo.

La fuerza de sus brazos en mis muslos me obliga a recostarme en la cama. Me cubro el rostro con las manos, tratando de contenerme. Mis músculos se tensan cuando, con un gruñido, aplana la lengua y la desliza por cada centímetro de mi abertura. Atrapa mi clítoris entre sus dientes y no resisto más. Mis ojos se ponen en blanco y el orgasmo me arrastra con tal fuerza que pierdo toda función.

—Pruébate. —Sube de nuevo y el sabor salado de mi humedad me impregna la boca. Sabe tan delicioso que le limpio los labios con la lengua, en tanto se quita la camisa y baja el pantalón.

Todo en él es tan abrumador que me cuesta no sentirme como una niña frente a un titán, y aunque debería estar alerta, mi vulnerabilidad se desvela, sucumbiendo al placer crudo que borra cualquier freno.

—Soy muy pequeña para ti —digo al sentir su miembro expuesto.

—¿Pequeña? —La palabra se oye sexy en su boca—. ¿Te sientes así con esto?

Su punta acaricia mi piel sensible.

Ubico mis manos sobre sus hombros y su torso aplasta el mío. No pierde tiempo, con una arremetida me penetra expandiéndome por completo.

—Eres tan angosta, maldita sea —dice sobre mis labios.

Es un macho, un delincuente que puede aplastar huesos con sus manos. Con todo, dejo que me folle duro. Lo quiero en lo más profundo, aunque sé que corro el riesgo de un daño permanente. El sonido de su entrada y salida es vulgar, al igual que los apretones que me da. Las luces no ayudan, porque cada vez que miro hacia abajo, lo veo hundirse en mí.

Las muñecas me arden mientras me penetra, su cuerpo se hunde en el mío con un ímpetu que me sacude. Las embestidas me desbordan, marcando mi carne, y siento cómo su virilidad se apodera de mí. Me empuja, me toma, y con cada arremetida me pierdo más.

—Duele.

—¿Sí?

Se apodera de mis labios con un beso cargado de su pasión voraz. Mis sentidos se ahogan en su respiración entrecortada. Me quejo bajo él, y su boca deja de embestir, suavizando el ritmo. Las manos que me apretaban recorren mi espalda, deslizándose con una calma que me empuja aún más hacia él.

—¿Duele ahora?

—No. —Le rodeo el cuello con los brazos.

Sus labios trazan un camino hasta mi oreja, y cierro los ojos, perdida en la sensación. Se adentra hasta lo más profundo, solo para retirarse y embestir de nuevo con la misma violencia. El sonido de nuestras pieles chocando se eleva en el dormitorio. Lo hace rápido, implacable; me penetra como un depravado que no conoce el control.

—Maldita seas, *Ved'ma* —exhala con la mano enroscada alrededor de mi cuello—. No tienes idea de lo que acabas de hacer.

Percibo sus ganas de matarme en el agarre de sus dedos. La ferocidad de sus embates se multiplica con cada minuto que pasa; es un torrente imparable de deseo. Recibo arremetida tras arremetida, cada una más intensa que la anterior. Sus manos se le transforman en garras que arañan mi piel y su boca se abalanza sobre mis hombros, mordisqueándolos con ansias. Es un guerrero en frenesí, decidido a marcar hasta la última curva de mi cuerpo. El sudor baña su piel con un rocío salado que lo hace ver como una deidad pagana bajo la luz.

—*Ya sobirayus' napolnit' etu kisku...*

Se yergue con los brazos rígidos.

—Voy a llenar este diminuto agujero.

Me muerde los labios y una detonación de ardor salpicada de gozo disipa toda lucidez. Su nombre brota de mi boca, mitad plegaria, mitad imprecación. Hilos de humedad bajan por la ranura de mis glúteos... no sé si es de él, si es mío o de los dos.

Los músculos de su cuerpo se marcan, y la piel le arde aún más. La llama dentro de mí crece cuando aprieta la mandíbula, entregándomelo todo. El golpe de su ingle me encorva en un arco, dos embestidas más, y un tsunami de éxtasis surge desde mis entrañas. Me corro con la espalda arqueada y las tetas temblando.

Su rostro se convierte en una mueca primitiva y un gruñido profundo emerge de su pecho. Sus embestidas se vuelven erráticas y siento cada pulsación de su miembro dentro de mí al momento de correrse. Pierdo la vista por una fracción de segundo y él se levanta con el miembro erguido en la mano. Me da la espalda y me deslizo a la orilla de la cama.

Me acomodo la tanga con la que me folló. Está empapada de él y saberlo me enciende más de lo que ya estaba. Me froto por encima de la tela, ansiosa por apagar las ganas que persisten. Se voltea a ver lo que hago y no quito la mano.

—Dejaste mucho. —No contengo las palabras y su erección crece.

—¿Qué voy a hacer contigo?

—No sé, pero fóllame otra vez. —Se inclina a empujarme a las sábanas y abro las piernas para recibirlo.

37
Helada contienda

EMMA

La tela suave de la sábana roza la curva de las caderas expuestas. Tengo el cuerpo estropeado y parece que hubiese estado diez horas seguidas en un gimnasio. No hay un músculo que no me duela.

Abro los párpados despacio e intento que mis ojos se acostumbren a la luz mañanera. Muevo la cara hundida en la almohada y dejo de respirar al reconocer el arma plateada sobre la mesilla de noche. Los recuerdos de anoche llegan como una tempestad a mi cabeza. Me acosté con el *Boss*. En las últimas horas, no hice más que gemir y correrme mientras follaba con uno de los hombres más peligrosos del planeta.

Me tomó como a una muñeca, cada vez que le dio la gana, y no ofrecí resistencia; al contrario, jadeé como una cualquiera. Gimoteé, hecha un río, y ahora me pregunto cómo se actúa después de eso, cómo se sigue adelante tras dar semejante espectáculo.

Las palabras que dije en medio de todo me martillean en los oídos y me encogen en la cama, muerta de vergüenza. «Me gusta mucho», «sí», «no pares», «no lo apartes». Le imploré eso y mil cosas más.

Cierro los ojos. Debo tener un letrero luminoso de desesperada en la frente. Ya habíamos estado juntos, pero en circunstancias diferentes, donde se hacía rápido y cada uno se largaba a odiarse sin repetir. Esta vez fue diferente porque me he quedado en sus sábanas. En sí, desfallecí.

Se mueve al otro lado de la cama. Me reviso el aliento y todo está bien. Permanezco inmóvil. Carecer de mal aliento no borra la vergüenza que pasé en mi estado de locura. ¿En qué demonios pensaba? Vengo de una familia respetable y fui criada para ser una dama.

«Es el Boss de la mafia rusa». Me recuerdo a mí misma quién es el hombre a mi lado, necesito recuperar la cordura. «Es un mafioso despiadado, el padre de Vladímir, el enemigo de mi hermana. Es mayor que yo...».

—Buenos días, *Ved'ma*. —Su voz profunda, aún cargada de sueño, me atraviesa. Es la usual voz de un hombre recién levantado.

Quiero que la sábana me trague. Me imagino cómo debo haberme visto: necesitada, descontrolada, lejos de la imagen de control que debía haber proyectado. Es la primera vez que me dejo llevar así con un hombre, y tenía que ser con él, que ha estado con cientos. Debe pensar que soy una niña inmadura, incapaz de controlarse.

Contengo el aire un instante. No lo puedo empeorar, soy una mujer seria, madura y debo actuar como tal.

Me giro hacia su dirección y mi corazón trastabilla. La luz del día entra a raudales por el visillo de la ventana. El *Boss* de la mafia rusa está a escasos centímetros de mí, con el torso a la vista, y las piernas desnudas extendidas por la cama. La sábana blanca apenas le cubre lo necesario y teclea absorto en su móvil.

—Buenos días —digo.

Mis ojos se desvían hacia lo que oculta bajo las sábanas y las ganas de levantarme se me quitan al ver lo dispuesto que está.

—Dame un minuto —dice.

Coloco la cabeza sobre la almohada sin dejar de mirarlo. El tatuaje de la estrella de ocho puntas en su pantorrilla destaca, nítido, y más arriba descansan las estrellas a un costado de sus rodillas. Su cuerpo muestra la dedicación de un hombre que se cuida: trapecios definidos, brazos firmes, y palmas que dejan claro que ha levantado más que simples mancuernas. Es evidente que le gusta tener fuerza y se ejercita para ello.

Después de todo lo de anoche, es para que no quiera más. Soy una bebé a su lado y, por muy grande que sea la cama, se nota la diferencia entre ambos.

La erección sobresale a través de la muselina, el contorno robusto de su falo y la punta rosada que ha estado dentro de mí innumerables veces.

Me acerco, está tan distraído en su teléfono que no se percata de la mano que deslizo por su muslo. Subo despacio hasta dejarla sobre su erección. No necesito moverme o mirar más detalles. Solo el hecho de tocarlo basta para que mi sexo se enloquezca por él.

Sigue en lo suyo y debo quitar la mano, pero no quiero. He de tener la cara al rojo vivo, así que sin soltarlo escondo la cabeza bajo la almohada.

—¿Qué pasa, *Ved'ma*? —Sitúa su mano sobre la mía—. ¿Tienes hambre?

Deja el móvil en la mesa antes de apartarme la almohada del rostro.

—¿Necesitas que llene esa boca? —Con el pulgar me acaricia los labios—. ¿Por qué tanto silencio? Anoche estos labios no querían callarse.

—No era yo.

—Entonces hoy no quieres que te alimente con esto.

Baja la sábana, y su miembro se erige en su mano, firme como una columna de piedra. Su palma lo recorre con destreza, subiendo desde la base hasta la punta enrojecida, marcando cada vena en el camino.

Hormigas invisibles me caminan sobre los labios.

—Ven y come.

Tapo mi desnudez cuando me la ofrece; consigue que deje de ser mujer y pase a ser una famélica desesperada por llenarse.

Me coloco entre sus piernas y rodeo su eje con los dedos. Es tan grande que la siento pesada en la mano, pero, aun así, quiero saborearlo. Le doy una serie de besos suaves a lo largo de su tronco antes de llevármelo a la boca.

Emite un suspiro ronco cuando paso la lengua por las gotas blancas sobre su corona. Me embarga el sabor. Lo cubro con mi saliva, y sabe tan bien que quiero más. Mis mejillas se hunden mientras balanceo la cabeza, deseosa de lo que sé que hay adentro.

—Qué golosa. —Se humedece los labios—. ¿Cómo esa pequeña boca maneja algo tan grande?

—No sé. —Paseo los labios por la piel sensible de su glande, disfrutando cada milímetro—. ¿Lo hago mal?

Las palabras abandonan mi boca y en el mismo instante noto el cambio en sus ojos. Me palmea la cara y sujeta mi mandíbula con fuerza. Arranca la sábana, y en un parpadeo, me encuentro de espaldas sobre él, desnuda y con las piernas abiertas en su cintura. Me inmoviliza las muñecas atrás con una sola mano.

—¿Sabes qué está realmente mal? —Me encarama sobre su miembro—. Follarme a una cría de dieciocho años. Eso sí que está mal.

La posición me estira, amoldándome por completo a él. Lo ha introducido hasta lo más hondo, y tengo que abrir la boca para respirar. Me empuja hacia delante y tira de mis caderas hacia atrás. Mis bragas blancas y su camisa oscura descansan enrolladas al pie de la cama.

—Que me guste este pequeño culo. —Estrella la palma sobre mis glúteos con tres bofetones sonoros—. Eso también está mal.

La mano cae sobre mi piel como un látigo, pesada y certera. La palmada dispara el ardor delicioso que me recorre el cuerpo, desde los glúteos hasta la punta de mis dedos.

—Querer partirte en dos con cada embestida —arremete otra vez—, también está mal.

No puedo mover las manos, y la necesidad me impulsa a trazar círculos sobre él con movimientos inquietos. Mis labios íntimos se abren, expuestos y vulnerables, mientras los pezones, rojos y erectos por el fervor de la noche anterior, se tensan con cada roce que hago.

Su erección ocupa hasta el último milímetro de mí. La sensación es tan apabullante que me sumerge de lleno y empiezo a saltar sobre él.

—Follarme al *Boss* de la mafia rusa —digo—, eso también está mal.

—Sí, ¿y en qué te convierte eso?

—En una niña mala.

—Sí, en mi niña mala. —Apoya la mano en mis glúteos—. Niña mala a la que le gusta saltar sobre mi miembro.

—Me gusta mucho.

Dejo que mis caderas giren en torno a su dureza, moviéndome sin control mientras subo y bajo sobre él. Mi interior se derrite como cera sobre una llama.

—Cómo he dejado ese culo. —Lo estruja a su antojo.

El placer se me acumula en el bajo del vientre y soy un maldito desastre. Mi humedad le empapan los testículos, se escurren entre nuestros cuerpos unidos y ni así me apetece bajarme. Quiero correrme antes, lo necesito con urgencia.

Mi reflejo se proyecta en la pantalla negra del televisor. El hombre a mi espalda no deja de manosearme el culo. Imagino la imagen que he de estar dando y el calor en las mejillas crece hasta volverse una llama. Traiciono el apellido de mi familia al hacer esto porque no estoy siendo la niña a la que le repetían que debía comportarse con decoro.

El *Boss* me suelta las muñecas y apoyo las palmas en la cama. No puedo irme con este hormigueo, y el sonido húmedo de mi sexo llena la habitación, ahogando mis palabras.

—Te estoy empapando —digo.

—Me empapas siempre, *Ved'ma*.

—Ya casi voy a acabar. —Me apuro tanto como puedo.

Sus dedos se cierran en mis caderas. La presión interna se convierte en un cosquilleo arrasador en el momento en que me hace brincar con más impulso, hundiéndose hasta la raíz. Mis gemidos se vuelven cada vez más altos y agarro el edredón revuelto a los pies de la cama para morderlo.

La habitación gira a mi alrededor. Somos una masa de carne y sudor. Cada rebote me acerca más al precipicio, al momento de disolución total donde ya no sé quién es él ni quién soy yo.

El clímax es un tornado que se acerca en el horizonte. Me aprieta con fuerza la carne y miro al techo al sentir el estallido de la ola demoledora que se estrella contra mi sexo. Clavo los dientes en la tela y silencio los aullidos de éxtasis que brotan de la garganta. Estrellas bailan frente a mis ojos mientras él me baja y sube cuatro veces más. Relaja las piernas y la erupción de su derrame aviva el olor a sexo mezclado con loción.

—Hace calor. —Me paso las manos por el torso pegajoso—. Necesito una ducha.

No lo miro. Envuelvo mi cuerpo en la sábana, bajo por un costado de la cama y camino rápido hacia el baño. La temperatura se regula al cruzar el umbral. Respiro tranquila después de cerrar la puerta.

Cuatro paredes de porcelanato me rodean.

¿Valió la pena subir? Sí. ¿Estuvo bien? No.

Me paro frente al espejo del lavabo, agitada como si hubiera corrido una maratón. Los rizos ya no están y tengo los labios rojos, al igual que la cara.

Arrojo la sábana a la esquina. Dentro de la cómoda, hallo un cepillo de dientes en su empaque. Esparzo una buena dosis de crema dental y la boca se me llena de espuma al lavarme los dientes.

Las escenas de anoche se repiten en mi mente como un caleidoscopio de imágenes atrevidas que hacen que me pique el cuello.

Escupo y, al incorporarme, tengo al *Boss* atrás.

Extiende su brazo y me roza el costado al alcanzar su cepillo de dientes. El contacto, aunque breve, deja el toque impregnado. Sabe que me intimida porque se queda atrás, sin darme espacio para moverme.

Me quedo en mi lugar, incapaz de ir hacia la ducha.

La sábana que me cubría yace olvidada en el suelo. Me arrepiento de haberla soltado. Él, al menos, tiene la decencia de llevar un bóxer. Yo, en cambio, no tengo nada.

Se lava los dientes conmigo. El pelo largo lo tiene recogido en un moño improvisado. Lavo el cepillo al acabar, y aunque quiero repetir, no le hago caso a mi cuerpo. Ya perdí la cuenta de las veces que me lo follé. Soy una persona adulta, no una yegua en temporada de monta. Puedo controlarme.

Me aparta la melena de los hombros y deja el cepillo en su sitio. Ubica la mano libre en mis caderas y la desliza hacia el monte de Venus. Tiene una forma poco decente de agarrarme cada vez que me toca.

—La próxima vez me encargo yo de esto —dice.

Entiendo lo que quiere decir, ya que no retira la mano de mi sexo sin vello.

—¿Te gusta así o la prefieres de otra manera?

Las palabras se me agazapan en la garganta. ¿Qué son esta clase de preguntas? Parece que no conoce el significado de la palabra pudor.

—Me siento más cómoda así. En Phoenix solía tenerlo igual.

—Me lavo las manos—. Aunque no hay nada de malo en el vello, ¿sabes? También es sexy. Es normal en la mujer, así no te guste.

—No he dicho que no me guste. —Me pega el pecho a la espalda—. He estado con mujeres que lo llevan y no me importa en lo absoluto.

Ruedo los ojos, aburrida. No me interesa a quién se cogió y cómo la tenían.

—Pero la tuya me gusta de esta forma, sin nada, porque se enrojece cuando la penetro, y el vello me privaría de deleitarme con eso. —Desliza los dedos a través de mi hendidura—. Me tienta de esta forma, pequeña y rosada, tragándose mi enorme miembro.

Su mano acapara mi sexo por completo. Lo aprieta a la vez que su lengua caliente se abre camino por el contorno de mi oreja. Sus dedos exploran mi pezón, pellizcando, retorciendo, hasta que gimo sin pudor.

Es perversa la imagen que se proyecta en el espejo; su estatura se ve macabra ante la mía. El talón de su mano encuentra ese punto sensible entre mis piernas, presiona y me lleva a otra galaxia.

—A la ducha —me susurra sobre el cuello.

Convenzo a mis neuronas de que obtuve lo que deseaba y debo continuar. No soy menos prisionera por estar con él y él no desprecia menos mi linaje por estar conmigo. Esto solo es un capricho que quería saciar, un sorbo de vino en medio del desierto.

Entra a la regadera y sus manos se pasean a lo largo de mi cuerpo al momento de extender el jabón. Me gira para enfrentarlo. Me lava entre los muslos y es el único sitio en el que se tarda más de lo debido.

Me alzo en puntillas para besarlo, pero él desvía la cara, dejándome rozar solo su mejilla.

—Puedes salir —dice.

Arranco una toalla del barandal. Él sí puede hacer lo que desea y otros no.

En la habitación no tengo nada que ponerme. El vestido está roto en el suelo y el hotel donde me hospedo se encuentra a tres calles de aquí. Envuelta en la toalla, entreabro la puerta. No hay hombres en el pasillo y asomo la cabeza con el pelo húmedo.

—Disculpe —llamo a la mucama que saca su carro de limpieza de la alcoba aledaña—. ¿Podría facilitarme hilo y aguja, por favor?

Me indica que sí. No tarda, la urgencia de irme me hace coser el vestido rápido. El *Boss* se viste. No hay charlas incómodas ni preguntas sobre nada. Mis bragas no están aptas para usar, así que las echo a la basura después de ponerme la ropa.

Dan dos golpes en la puerta y es uno de los hombres del ruso.

—Señor, abajo preguntan por la esclava.

—Mi nombre es Emma, no esclava.

—La busca el sumiso de la dominatrix.

—Llévasela. Hazle saber que quiero informes cada dos horas y que trabaje duro sin perder el tiempo. —Me mira—. Deseo más resultados, más dinero. Dile que, si no cumple, la encerraré y la torturaré como lo hice anoche.

Entiendo lo que hace, no soy tonta, se encargó de bañarme para asegurarse de que no oliera a él y ahora lanza amenazas para que nadie sospeche lo que hicimos. No me ofende, porque tampoco quiero que nadie sepa nada. Follar con una James es un acto infame en su mundo y una traición imperdonable en el mío.

—Puedo caminar sola. —No dejo que el guardia me agarre del brazo.

Salgo al pasillo entapetado con el gorila pasos atrás. Apreciaría lo bonito del hotel si no estuviera afanada por largarme. El guardia me sujeta de todas formas antes de llegar a la recepción. Son aficionados a querer infundir miedo las veinticuatro horas del día. Chip se levanta del mueble de la recepción con un abrigo entre las manos.

—¿Qué le hicieron? Mi ama pidió que no la golpearan en esta etapa; le baja el rendimiento y no podrá competir igual.

—A nadie le importa lo que quiera tu ama. —El guardia me entrega y le echa en cara a Chip todo lo que pidió el *Boss*—. Vuelves a opinar en lo que no te importa y me encargo de que el *Boss* te decapite.

Se devuelve. Chip me cubre los hombros con el abrigo.

—¿Qué pasó? —pregunta de camino a la salida.

—Lo usual, ya sabes cómo son —miento, deseosa por irme—. Discutió conmigo e hizo que uno de sus hombres me torturara.

—¿Con qué?

—No quiero hablar del tema... Ya sabes cómo son. —El viento de la mañana sopla fuerte.

Me entrega un par de barras nutritivas para comer en el trayecto hacia el edificio de entrenamiento, donde Domi espera. El sumiso se indigna por la falta de palabras.

—Va a ser complicado borrar pronto esta marca de tu antebrazo. —Se percata de los dedos marcados sobre mi piel.

Una sacudida me estremece el pecho al recordar el porqué de las marcas violáceas. No es un golpe, es un moretón ocasionado por la presión del *Boss* al inmovilizarme contra la cama.

—No es nada.

Desvío la vista hacia la ventana; el verano se aproxima y el cielo despejado lo confirma.

Vladímir se cuela en mis pensamientos, sigo sin saber de él y sin tener señales de su regreso.

—¿Conociste a Sonya Lazareva? —le pregunto a Chip.

—No, solo he oído de su fama —responde en voz baja—. La Bratva la idolatraba... aún lo hace.

—Vladímir la menciona en ocasiones, en especial cuando está drogado.

—Era una asesina de primera y una mujer de la organización en toda regla. Con el *Boss* formaban la pareja de oro de la Bratva. Dicen que ella peleaba como un hombre más y estuvo al lado de él durante toda su juventud.

—¿De qué manera murió?

—La mató el *Underboss*. Tengo entendido que fue un accidente, nadie tiene claro los hechos. —Se asegura de que el conductor no escuche—. Lo raptaron cuando era un niño y su madre fue tras él. En aquel entonces, el *Boss* era Akim Romanov y la disputa fue con los soviéticos. Sonya se volvió loca e intentó rescatar al *Underboss*. Falleció en el intento.

Con razón tanta culpa por parte de él. Murió intentando ser su heroína.

—Lo peor no fue su muerte, sino lo que vino después: nubes negras cayeron sobre toda la familia de ella. Los soviéticos empezaron a desaparecer a todos los Lazarev que vivían en Sodom.

—El sumiso me esparce pomada en el brazo—. Al no poder matar a Vladímir, decidieron irse contra uno de los apellidos más apreciados de la organización.

—¿Cómo se lo tomó el *Boss*?

—Es un cabecilla y lo consideran uno de los mejores por su sangre fría. Nunca ha sido una persona expresiva. Su gran amor es la Bratva. Sin embargo, algunos dicen que lo de Sonya sí fue un golpe abrupto. Ella lo amaba y fue su primera mujer. —Me masajea el brazo—. Después de su muerte, él apoyó en todo lo que pudo a los Lazarev; es la única familia por la que muestra estima. Dicen que lo hace por Sonya. Ella siempre estuvo muy unida a su familia, y él, a su manera reservada, no deja de honrarla haciendo lo que a ella le hubiese gustado en vida.

—Tuvo que quererla bastante, entonces.

—Siento que sí. Las mujeres como Sonya Lazareva son codiciadas aquí, conocidas por ser despiadadas, asesinas, peleadoras. —Guarda la pomada en la chaqueta—. Eso tiene un gran valor. Estamos entre gente de creencias profundas. Los apellidos, la sangre y el legado son importantes. Para ellos, los atributos se heredan. Al ser una sociedad cerrada, les gusta reproducirse con lo mejor de su estirpe. Si vienes de afuera y no eres alguien, te ven como esclavo, sumiso, mandadero o trapo.

—No siempre, el respeto también puede ganarse, según oí.

—No lo consigue cualquiera.

—Yo pensaba hacerlo, planeaba ser una mujer de la pandilla para Vladímir... e iba bien.

—Tú eres una estrella, una artista. —Ubica el brazo sobre mis hombros—. No naciste para estar entre rufianes que apestan a alcohol; son lo peor. Siempre hay que apuntar a lo mejor y lo mejor de la Bratva son los grandes eslabones, los que pueden sacudir el mundo si les place.

La camioneta se estaciona y Chip me coloca el antifaz antes de bajar. El recinto de entrenamiento está más lleno de lo habitual.

Hoy es el tercer día de competencia y hago el cambio de ropa en el vestidor vacío.

—Estás en el puesto cuarenta y cuatro; acaban de actualizar tableros —indica Chip.

—Es un buen número para solo dos días. —Reviso que no esté mal.

—No es suficiente para Domi ni para la Bratva. Tu lugar es entre los diez primeros y no van a aceptar menos.

—Les he hecho ganar dinero.

—Queen, aquí no es suficiente.

—Puesto cuarenta y cuatro. —Domi irrumpe con la lista en la mano—. Buenas presentaciones, pero la *mafiya* no acepta mediocres y te lo he dejado claro. Si no entras entre los diez primeros, ve eligiendo tu tumba.

Cierro la puerta del casillero.

—¿Eso es lo que quieres? ¿Cavar tu propia tumba? —La dominatrix estampa la hoja contra el hierro—. ¡Responde!

—No.

—Entonces ¿qué haces aquí? ¡Muévete a entrenar!

Nos dan fichas para comprar comida en las máquinas y uso tres para sacar un emparedado. Le quito la servilleta para morderlo y Domi me lo arrebata. Me remolca por el pasillo con las uñas enterradas en el brazo.

—¡Piensas en tragar y no en rendir! No te vas a confiar, así que olvídate de la comida hasta que me des un resultado decente.

—He ganado dos noches seguidas.

—¿Y qué debo hacer? ¿Conformarme con los pequeños logros? ¿Darte un listón? —Se pone cara a cara conmigo—. La mediocridad es el comodín de los perdedores. Consiguen un logro y sienten que con eso basta.

Me hace avanzar y las orejas se me prenden en fuego. No tengo nada en el estómago.

—Necesito un mejor puesto y hoy debes escalar en el tablero. Esa posición de porquería no me interesa ni a mí ni a la *mafiya* —advierte Domi antes de irse—. Chip, ocúpate de ella.

Me somete al mismo entrenamiento arduo de siempre: dos horas en el gimnasio y tres de danza contemporánea. Cada movimiento me recuerda lo que hice anoche y siento punzadas agudas en la pelvis al subir y bajar.

Mientras hago abdominales, noto a los japoneses vestidos de traje, que observan como búhos desde las barandas cerca del techo.

Tengo tiempo en la pista con otros competidores. La segunda etapa de eliminación ya pasó, y ahora todos están pendientes de los tableros a lo largo del recinto. El sumiso de Domi mantiene un perfil bajo; cuando está conmigo, nunca se quita la gorra ni la sudadera con capucha.

Caliento hasta que me dan luz verde para entrar al hielo. Doy las primeras vueltas, deslizándome con un *angel*. A pesar de los cinco grados bajo cero, siento calor.

Mi mente traiciona cualquier intento de concentración. Los recuerdos de anoche me sumergen en un abismo rojo lleno de palabras en ruso por parte de Ilenko Romanov. Susurra suave durante el sexo. Me froto el cuello al rememorar los jadeos detrás de mi oreja, la fuerza de sus manos en mis caderas. «Basta, Emma», me digo.

Hago y deshago la figura. Me preparo para girar, pero al hacerlo, choco con alguien detrás de mí. El impacto me desequilibra, me lanza a un lado y me quita el aire cuando me estrello contra una de las barandas de seguridad.

—¡¿Qué te pasa, novata?! —La patinadora me grita con una mano en el brazo—. ¿Tu mascarita no te deja ver?

—¿Ciega yo? Estoy en mi espacio. —Me levanto.

—La insolente, encima se queja. —Me empuja—. ¡Mantente en la orilla, que estamos practicando los primeros en la tabla!

—¡No me importa quién está practicando! ¡Estoy en mi espacio y se respeta! —Le devuelvo la arremetida.

—¡Linda! —me llaman en la tribuna—. No le sigas el juego, que te pueden descalificar.

La rubia de moño corto que invadió mi área resopla y empieza a reclamar. Un silbato suena a pocos metros. Chip interviene y el supervisor de turno no lo deja moverse de su sitio.

—Las dos, fuera de la pista. Sanción en tiempo de entrenamiento por conducta antideportiva.

Me muerdo la lengua para no contestar. Tienen que sancionarla a ella, no a mí.

—¡Salgan!

Acato la orden mientras Chip procura negociar. La patinadora imbécil me vuelve a tropezar en la salida del hielo.

—Ignórala, linda. Una pelea en la pista y será expulsión inmediata.

La señora que me habló desde la tribuna se acerca con un bolso colgado del brazo y saca una botella de agua para dármela. La acepto por cortesía. Es una mujer mayor que solo quiere ser amable; aun así, mantengo la boca cerrada. Se me exigió hablar lo menos posible.

—Grace Hoffmann —se presenta con una sonrisa cordial—. Te hemos visto desde las gradas, vaya sorpresa que has sido. ¿De qué academia vienes?

—Ya empezó a molestar la perra de Ava Clark, ¿viste, abuela? —Otra patinadora sale de la pista—. ¡No la soporto!

Se pone los salvacuchillas y la abuela le pide que se calme cuando empieza a alzar la voz.

—Camille Hoffmann, academia Kunstlauf Centros. —Extiende la mano hacia mí—. ¿De dónde vienes tú?

—Gracias por el agua. —Me alejo.

Chip me espera unos metros más adelante.

—No diré nada de la sanción a Domi, se pondría furiosa. La próxima vez, ten más cuidado. Empujaste a Ava Clark, y está en segundo lugar. Es una de las favoritas.

—Ella me empujó a mí.

—¿Qué te dijo Camille Hoffmann? —Se cruza de brazos.

—¿La conoces?

—Por supuesto, está en el octavo lugar y entrena en una de las academias más prestigiosas de Alemania.

Me volteo a verla. La abuela le alisa la sudadera con las manos mientras ella se suelta la melena de mechones claros. Se percatan de que las miro y ambas me sonríen.

—Tú, ven aquí —me llama uno de los guardias del *Boss*.
Se da la vuelta y vuelve por donde vino. Lo sigo, y se desvía hacia el corredor que lleva a la enfermería. Afuera, dos hombres más están de pie. El *Boss* espera dentro, acompañado de una mujer de cabello oscuro, enfundada en un ajustado vestido gris.
—Siéntate en la camilla —indica el *Boss* en un tono serio.
No hay atisbo del hombre que estuvo sobre mí toda la noche.
Tiene una gran variedad de camisas que le lucen y se le ajustan de manera impecable. La de hoy es marrón, y el color resalta el verde agresivo de sus ojos.
Subo a la camilla y las costillas me duelen por el reciente estrellón. Los guardias cierran la puerta y la mujer, con una libreta en mano, comienza a preguntarme sobre mi ciclo menstrual. Respondo a medias lo poco que me acuerdo; no he comido, estoy cansada y mi paciencia está al límite.
—Deja de hacer caras y responde bien —me regaña el *Boss*.
Se pone al teléfono y ella comienza a tomar nota de todo. Sin querer, mis ojos recorren el cuerpo del dueño de la Bratva, quien se pone aún más serio de lo que ya estaba al darse cuenta de lo que hago.
Me envían a hacer una prueba de embarazo y sale negativa.
—Tu cuerpo rechaza el parche. —Me retira lo que me había mandado a poner Vladímir.
Miro y tengo un hematoma pequeño del que no me había dado cuenta.
—Las píldoras que te recetaré aseguran un control de natalidad eficaz. Debes tomarlas todos los días, preferiblemente a la misma hora. —Me entrega la caja—. No olvides ninguna dosis. He tratado con el truco de quedarse embarazada para obtener amparo de los clientes. En la hermandad no toleramos ese tipo de manipulación. Los intereses de los clientes siempre están por encima de todo. Si llegas a quedar embarazada, deberás abortar.
¿De qué habla? ¿Cree que soy una puta nocturna? Miro al *Boss* y lo entiendo. El idiota le hace creer que me acuesto con otros para desviar las sospechas y que no lo relacionen conmigo.

—¿Entendiste? Todos los días, a la misma hora. Es crucial que sigas las instrucciones al pie de la letra.

—Ya lo oí, no tengo problemas de entendimiento.

Conserva su postura inquebrantable, y el olor de su loción me inquieta la entrepierna. Estoy algo susceptible hoy y lo único que me apetece es estar acostada sin hacer nada. Un par de besos lentos o alguna caricia suave no me caerían mal para levantar los ánimos.

La mujer de vestido gris me entrega una píldora del día después y me la bebo enseguida.

—¿Puedo hacer una consulta antes de que se marche? —Ubico la mano entre mis piernas—. Sin que me quiten la vida, la dignidad o lo que me quede de ella.

—¿Qué?

—Choqué con una patinadora, me golpeó el abdomen y ahora me duele. —Le señalo—. Antes de eso, cada vez que hacía flexiones, sentía una punzada justo aquí.

Me paso la mano por la ingle y el *Boss* se rasca la ceja, incómodo.

—Parece que me hubieran golpeado por dentro con algo grande y duro —suspiro, cansada—. Aquí me maltratan demasiado.

Me hago la mártir. Ella me levanta la sudadera para revisarme. Las mallas de entrenamiento se me ciñen a los pechos y la tela se tensa sobre la entrepierna.

—¿Has hecho algún mal movimiento?

—Defina mal movimiento, de qué tipo y en qué condiciones.

—Tengo un ungüento de acción inmediata para eso. Siempre estoy preparada para cualquier pretexto.

Se hace a un lado. Yo mantengo la sudadera levantada y la mirada del *Boss* se desliza hacia el punto donde convergen mis muslos. Sin mirarlo, me ajusto el elástico de la cinturilla.

—Yo te veo bien. —El *Boss* se acerca tan pronto su acompañante nos da la espalda.

—Me duele. No tengo por qué mentir.

—¿Y dónde más te duele?

Apoya una mano en mi cintura y algo se me aloja en la boca del estómago con la cercanía.

—¿Acá? —habla despacio mientras traslada la mano hacia la parte baja de mi espalda—. No es nuevo para ti ese tipo de dolor. No entiendo por qué la queja ahora.

—No me quejo, solo lo digo. Puedo competir si es lo que te preocupa. —Le sujeto las manos y mi mal humor se alivia al tocar lo que buscaba—. Un analgésico es suficiente para rendir hoy.

—Dáselo. No quiero excusas que puedan costarme dinero —ordena antes de alejarse—. ¿Siempre entrenas con eso que tienes puesto?

—¿Con qué otra cosa debería entrenar?

La doctora me lanza una mirada severa al oír mi respuesta.

—Hoy duplicaré mi apuesta. Ya sabes qué espero de tu parte.

—El *Boss* recoge su abrigo.

Lo mofo en cuanto se va... Siempre con sus malditas amenazas. La doctora me agarra la muñeca y aprieta, como si hubiera ofendido a su marido.

—Es el *Boss*, niña. Respeta.

—Para mí es un maldito. Ahora, suéltame, que sin la muñeca no puedo competir. —Salto de la camilla—. Tengo una deuda que pagar, así que adiós.

Le arrebato la tableta de analgésicos y abandono el cuarto de primeros auxilios con las píldoras anticonceptivas. Domi no ha regresado aún. Procuro compensar lo de la sanción con mi presentación nocturna.

Hay familiares en los túneles y los novios animan a las patinadoras. A unas les regalan flores, a otras las sorprenden con carteles de apoyo. Me recuerdan a mi adolescencia y mi sueño de ser el amor de la vida de alguien.

Sam decía que debía ser un amor a distancia, uno que no tuviera que soportar mi intensidad e incesantes muestras de afecto. Según ella, no duraría con nadie, porque la mujer que demuestra demasiado cuán enamorada está suele ser usada o aburrir al sexo opuesto.

Siempre he sido bastante afectuosa. Todas las mañanas me subía a la cama de mi hermana mayor a despertarla con besos, siempre recibía a papá con tres abrazos y no me iba a la cama sin darle dos besos de buenas noches a mi madre.

Para mí, el amor es hacer sentir especial a la otra persona. Aquí me di cuenta de que mi peor error fue ese: enfocarme en el cariño, en las muestras de afecto y creer que con ser yo era suficiente.

Respiro tres veces. A unos los inspira el amor, los sueños; a mí me inspiran las ganas de seguir en pie. ¿Lo lograré? No sé, todavía remo en aguas oscuras. Lo único claro en mi mundo es la voz que me pide no detenerme. No promete un final feliz, solo la posibilidad de un mañana. Y en este infierno eso es más de lo que muchos tienen.

Escucho la metodología de hoy. El patinador que pierda en la ronda se va. El patinador que vence gana puntos y, según el puntaje otorgado, subirá puestos en la tabla. Con las nuevas reglas y tras tres rutinas, consigo pasar del puesto cuarenta y cuatro al veinticuatro.

—¿El puesto veinticuatro hace parte de los diez primeros? —pregunta Domi en los vestidores vacíos.

—No.

—Entonces ¿qué celebramos? —Su actitud hosca es de lo peor.

Dentro de la competencia es un monstruo de tres cabezas. Se ocupa de recordarme todo lo que debo perfeccionar, cuáles fueron las fallas de esta noche y lo que desea volver a ver en un debut.

—Calma. —El sumiso me masajea los hombros apenas nos deja—. Estamos a horas del quinto día. Vamos a llegar.

No voy al hotel, paso la noche patinando con Chip en la pista reservada. Entreno giros, perfecciono el *cantilever* y la postura del *layback spin*. No descuido los saltos y procuro que sean más altos y con rotaciones más amplias.

En la mañana, duermo tres horas en una de las banquetas con una toalla en la cabeza. Parece que tuviera metal enterrado en los talones, pero sigo adelante. Debo avanzar, al menos, cinco casillas. El umbral de los veinte es complicado de pasar: hay patinadores con más nivel, personas que ya tenían buenas presentaciones antes de venir aquí.

En la noche, compito con un vestido borgoña de tutú, doble capa y hombros caídos.

—Hoy la Bratva triplicó las apuestas —dice Chip—. Relájate y mantén la calma, hemos practicado por horas y eso se notará en la pista.

Le doy la razón. Me aseguro de que los patines estén bien ajustados y salgo a la antesala llena de competidores. De nuevo me atropellan, pero esta vez el golpe es intencional.

—Otra vez la novata —reniega Ava Clark.

Me pongo las manos en la nuca para no desbaratarle el perfecto moño rubio que se hizo. En cuanto a estatura, estamos a la par, con la diferencia de que ella tiene un físico más atlético y un torso más plano.

Se pone a calentar al lado de Sahori Wang, que estira el cuello largo y los brazos delgados. Ambas encajan en el tipo de apariencia llamativa y solemne que suele verse en las grandes estrellas del hielo de las grandes ligas. Se ríen entre ellas y con los otros diez primeros.

En Phoenix, hablábamos de los titanes como el círculo de los prodigios del patinaje, los seres nacidos para deslizarse sobre la superficie helada con una gracia sobrenatural.

La sala está más concurrida que ayer, y los custodios merodean a la familia japonesa, que se ubica en los muebles del fondo.

Hoy hay prensa deportiva, expertos en la materia que harán análisis sobre las presentaciones. No me preocupa que alguien me reconozca, el antifaz cumple con su función. Mi familia no mira programas de este estilo y, con mis continuas derrotas, dudo que puedan imaginarme en un concurso de nivel. Además, el embarazo de mi hermana ya debe estar más avanzado y han de estar al pendiente de ello.

Los participantes de esta noche están alrededor de los diez. Elogian el peinado de Ava Clark y el vestido de Sahori Wang.

En una silla, retiro los cubrebotas de los patines y varios concursantes se voltean a mirarme. Algunos los detallan con disimulo. Papá, en todo momento, resaltaba la importancia de la modestia. Es una buena cualidad, pero no he de negar que me gusta la atención.

Faltan cinco minutos para mi turno. Por orden de Domi, mi alimentación se limita a agua y barras de granola, que es lo único que he comido en las últimas veinticuatro horas. El hambre no ayuda a mis nervios, las presentaciones dobles se acabaron y hoy cada concursante sale con una pista para sí solo. *Move your body* acompaña mi primera presentación, *Elements*, la segunda, y *Ohne dich*, la tercera.

Inicio con un paso cruzado y danzo sobre el hielo, mientras ejecuto los saltos y las piruetas obligatorias de esta noche: triple *axel*, doble *salchow, angel, toe loop*.

Chip me ha convertido en una auténtica bailarina. La música fluye a través de mí, no es para ambientar, es para sentirla e interpretarla. Despego con un *toe walley* y mi cuerpo gira como un trompo. El hielo susurra bajo las cuchillas, trazo patrones intrincados e imprimo mi firma en la pista helada.

Sincronizo cada giro con el *crescendo* de la canción. Me deslizo por el *rink* como una pluma en el viento: mis movimientos son fluidos y siento que floto sobre la superficie cristalina. Cada aterrizaje es una caricia al hielo, precisa y sin esfuerzo aparente.

Cuido que los giros no repercutan en mi equilibrio y acompaso la última vuelta a la pista con el coro. Elevo un patín y extiendo la pierna hacia atrás en un *arabesque*. Desciendo con la gracia de un cisne para emerger en un doble *flip*. Mi cuerpo es una flecha que se dispara hacia las estrellas.

Culmino en medio de un *layback* y mantengo los brazos arriba. Por un momento, soy una estatua viviente, una visión de belleza congelada en el tiempo. El hechizo se rompe con el rugido del público, su ovación es un tsunami de admiración que me envuelve y me eleva aún más alto.

Sonrío en medio de los elogios, inclino el cuerpo para dar las gracias con una casta reverencia y el aplauso se oye más alto. Las pantallas muestran los mejores momentos y comprendo el porqué de tanta emoción: me he vuelto tan expresiva con el cuerpo que parezco una criatura mágica danzando en un tétrico reino.

El público no deja de aplaudir y agradezco otra vez. Mi compañera entra, a la espera de los resultados. El sudor me cubre el pecho y aparezco en la pantalla junto a la patinadora anterior. Los puntajes salen a flote, los números aparecen en las casillas y todo va bien hasta que...

La ola de abucheos por parte del público es un disparo directo al estómago.

Las personas se levantan de los asientos y le gritan al jurado en el momento en que la imagen de mi compañera queda en la pantalla y se alza como la ganadora.

De forma automática, la tabla resalta mi nombre en rojo y la vista se me oscurece en medio del escándalo del gentío. El sonido del *taser* me zumba en el cerebro, las advertencias de Domi. Varias personas gritan mi seudónimo con el puño arriba. Lo festejaría si eso me salvara y devolviera el dinero que acaba de perder la Bratva.

Salgo de la pista con el llanto atrapado en la garganta. Chip me entrega los salvacuchillas y los coloco con las manos temblorosas. El público continúa con los abucheos. Los competidores, al ser la última presentación de la noche, comienzan a retirarse.

—Queen, tranquila —me dice Chip—. Vas a colapsar.

Muevo la cabeza de un lado para otro. Me niego a salir del túnel y enfrentar a la mafia.

—Vamos. —El sumiso me agarra de la mano.

—¡No puedo perder ni retroceder! —Me limpio las lágrimas—. ¡Domi me lo advirtió!

Vuelvo a revisar el puntaje: mi desempeño en la coreografía, tanto técnico como artístico, estuvo perfecto. El público no miente ni la pantalla tampoco.

Sé que lo hice bien; no suelo estar segura de estas cosas, pero hoy sí. Reviso de nuevo... El antepenúltimo juez fue quien me dio el puntaje más bajo, ¿por qué? Me calificó como si no hubiese completado un salto o los giros obligatorios en cada presentación. Es absurda su calificación, no perdí velocidad con ninguno ni aterricé con los dos pies. No tuve fallas y su puntaje me arruinó todo.

Alzo la vista hacia la pista: el jurado se levanta y me apresuro a buscar al juez. Aparto a todos los competidores en los corredores.

—Queen, los *byki* ya vienen. —Se me atraviesa Chip.

No le hago caso. Ese juez no puede equivocarse conmigo. Él no sabe lo que me cuesta perder. No sabe lo que es acostarse sin comer y partirse la espalda en prácticas de horas para no perder la cabeza. Los hombres de la Bratva vienen y le ruego al de seguridad que me deje ir a las oficinas. El sujeto me ve tan aturdida que me da paso y me advierte que no puedo demorar más de cinco minutos.

—¡Señor Antara! —llamo al juez que me presentaron antes de empezar—. ¡Señor Antara!

Me ignora y se adentra en una de las oficinas. Pongo la mano para evitar que cierre la puerta del despacho repleto de trofeos. Quiero tranquilizarme y no lo consigo: la garganta se me contrae, en lo que intento encontrar las palabras correctas para hablar.

—No puedes estar aquí. —Guarda los documentos sobre su mesa.

—Revise mi rutina otra vez, por favor. No fallé en nada. Créame cuando le digo que tengo prohibido equivocarme.

Al no irme, es él quien se dirige a la salida. No lo dejo avanzar.

—En una competencia se gana y se pierde todos los días. Haz el favor de retirarte.

—Para usted es fácil decirlo, pero...

Patean la puerta y el llanto me deja sin hablar. No hay necesidad de voltear para saber quiénes son.

—Ilenko, no me equivoqué. —Tengo tanta rabia que me arranco el antifaz y me vuelvo hacia el hombre que entra—. Hice lo mejor que pude, tal como me lo exigieron.

Se mantiene impasible junto a Domi. Entre lágrimas, le explico que el juez se equivocó, que su puntaje es absurdo. Sé que mi comportamiento debe parecer una pataleta. Los sollozos me interrumpen las palabras, señalo al culpable y la dominatrix me aparta.

—Guarda silencio. —Domi avanza hacia el juez.

—Quiero que me devuelvas el dinero que me has hecho perder —le exige el *Boss*.

—Venderse en las apuestas es de canallas. ¿Quién crees que somos? —secunda Domi—. ¿Bufones?

—No sé de qué hablas, Emperatriz —contesta el juez que se abre camino—. Ahora, si me disculpan, debo...

Pego la espalda en la vitrina cuando el dueño de la Bratva agarra al hombre del cuello y lo lanza contra la mesa. Su cuerpo obeso se estrella contra la madera y se convierte en una enorme pelota que no sabe ni cómo levantarse.

—No voy a venir aquí a perder mi tiempo si no estoy seguro de algo. —No tiene que gritar para imponer su autoridad—. Quiero que me devuelvas el dinero que me has hecho perder.

Lo agarra del cuello antes de sacar el arma.

—¡Me retracto! No tenía idea de que estaban apostando... ¡Lo juro! —dice con la voz temblorosa y las manos a la vista—. No sabía nada, de verdad. Les pido disculpas. No se preocupen, lo arreglo ahora mismo.

El *Boss* guarda el arma después de soltarlo.

—Mañana se esclarecerá la situación y tu patinadora tendrá su puntaje.

—Mañana no. Lo harás ahora mismo. —Domi lo empuja a la silla—. Incluirás una disculpa por tu incompetencia.

Asiente, pálido, mientras saca las hojas. Con la mano inestable, redacta los documentos, los firma, estampa los sellos pertinentes y se los entrega a la dominatrix.

—Gracias. —Ella se va—. Lo entregaré ya.

—Se les hará la devolución del dinero. Permítanme reiterar que no tenía conocimiento de que estaban apostando. Llegué a la competencia apenas esta tarde. —Saca un maletín—. De haber sabido que era tu patinadora, no hubiera aceptado. Te ofrezco mis más sinceras disculpas. Puedes llevarte lo que me pagaron.

El *Boss* inclina la cabeza en un gesto afirmativo y acepta el portafolio. Se lo entrega a los hombres que lo escoltan. En silencio lo reciben, se retiran y cierran la puerta.

—Asunto cerrado, ¿no? —dice el juez con una sonrisa nerviosa—. Ya tienes el puntaje y el dinero.

Ilenko Romanov se arremanga la chaqueta Tom Ford.

—No, no hay nada cerrado. Tu ineptitud me costó dos minutos de mi tiempo. Eso fue lo que me tardé en descubrir cuánto te habían pagado.

Con el codo, golpea la vitrina roja que guarda un hacha y un extintor.

—Dos minutos arruinados. ¿Tienes idea de lo mucho que es eso?

El cristal se fragmenta en pedazos con el siguiente golpe y esparce esquirlas brillantes por todo el suelo. Con una calma escalofriante, agarra el mango del hacha. El juez, desesperado, se apresura a encontrar la salida, pero el ruso lo sujeta por la nuca. El hombre se desploma cuando lo arroja al suelo y le clava la bota en el esternón.

—¡Cuando yo estoy adentro, las reglas se respetan!

—Señor, por favor...

Aparto la cara en el momento que lanza el hacha hacia la base del hombro izquierdo. La fuerza del golpe es tal que el brazo se desprende, igual que la mano de Cedric, y la sangre brota en un torrente.

Los gritos desgarradores mueren cuando le amputa el otro brazo a la altura del bíceps. El ruso deja el hacha en el suelo, se dirige al dispensador de agua situado en la esquina de la oficina, quita el bote y le tira el líquido en la cara para despertarlo.

Los alaridos comienzan de nuevo. El *Boss* no pierde tiempo, sujeta el hacha con ambas manos, la levanta y la deja caer con más saña. El filo metálico corta las piernas y la sangre empapa el suelo. Sigue, cercenando las extremidades hasta separarlas por completo. Clava el hacha en el abdomen y mete la mano en la abertura, sacando los intestinos como si fuera cualquier animal.

Un olor metálico se expande en el despacho y siento que la espalda se me ha pegado a la vitrina.

El dueño de la Bratva se endereza y la sangre le escurre por los guantes de cuero. Las gotas carmesíes corren por la empuñadura del hacha. El cuerpo desmembrado del juez yace en un charco. Lo que era una oficina, ahora es el cuarto de un carnicero, con trozos de carne y órganos esparcidos.

El *Boss* se despoja de los guantes, se limpia el mentón con el dorso de la mano antes de enterrar el hacha en el escritorio de madera. No sé a dónde correr en el momento en que posa la mirada diabólica sobre mí.

Se acerca y trago saliva mientras la barbilla no me deja de temblar.

—Ya, deja de hacerme esas caritas. —Me unta de sangre al ponerme las manos en la nuca.

—No son caritas, tengo miedo. —Contengo el gesto que amenaza con formarse en mis labios—. Perdí, y luego...

—Pobre mi bebé. —Apoya los labios sobre los míos—. Ten esto para que no llores mientras te follo con esos patines.

Me lame la boca y deja un rastro húmedo antes de abrirse paso. Su lengua se alisa sobre la mía y respira fuerte en medio de los azotes a mi lengua. La necesidad se me enciende en el pecho, y la siento bajar por el abdomen rumbo a mis bragas. Sus dedos atrapan la tela de mi falda, aprisionándola, y me deshago de la correa de sus vaqueros. Permite que saque su erección. Busco otro beso y, en vez dármelo, me pone de cara a la pared.

Percibo la dureza de su erección cuando la desliza contra mi columna. La humedad que me inunda es tan intensa que parece que una manguera de agua se ha vaciado sobre mí. El calor que brota de sus poros me envuelve y su estatura me tapa por completo al ceñirse contra mí. Me levanta la falda y el desespero que me consume es tan abrumador, que me dan ganas de llorar.

—¿Cuánto llevas así? —Se percata de lo empapada que está mi ropa interior.

—Todo el día.

—¿Todo el día deseando mi miembro?

Me estampa la cabeza en el concreto y su miembro se incrusta entre mis piernas. Su calma es nula al sumergirse con un empellón conciso. Miro al piso: la sangre empapa las fundas de mis patines y no me asquea en lo más mínimo ni me interesa en lo absoluto. Lo único que quiero es que no salga de mí.

«Es el Boss, Emma». Sí, lo es; aun así, mi sexo palpita por él pese a saber que acaba de matar a una persona y tiene la ropa impregnada de su sangre. En lugar de preocuparme por el hombre destrozado en el suelo, mis neuronas están absortas en el miembro recio que penetra mi pequeña vagina. Va y viene sin parar mientras sujeta mi sexo.

—Me va a arder. —Acaricio la mano que me estimula abajo.

—Y se va a enrojecer. —Me agarra la melena.

Su aliento tibio se derrama en mi oído, conforme su cuerpo se funde con el mío una y otra vez. Los minutos se disuelven, perdidos en la maraña de sensaciones. Es puro dominio, puro vigor.

Vuelve a ponerme de frente y en menos de nada estoy enganchada sobre sus brazos. Mis piernas lo abrazan y la pared es la que contiene la fuerza con la que me folla. La pose me permite abrazarlo y está tan extasiado con una mano en la pared y con el brazo rodeándome la espalda que frota mi mejilla contra la suya. Aprieto la tela de la chaqueta y busco su boca rozando sus labios.

—Uno más —pido bajito.

—¿La niñita quiere otro beso?

—Sí.

Le abro la boca con la mía y mi lengua incita a la suya a tocarse. Nuestras salivas se mezclan en un cóctel ardiente mientras recorro cada rincón. Capturo su labio inferior y tiro de él hasta el límite del dolor para luego lamerlo con lentitud.

Se aferra a la carne de mis glúteos con una nueva tanda de embates cargados de choques concisos. Me aferro a los hombros cuando un nudo se forma en mis partes. El orgasmo me arrolla y él eyacula como si el cadáver del juez no estuviera tirado en medio del despacho.

—Llévame contigo. —le digo —. Necesito un descanso para poder rendir bien mañana.

—Tú lo que quieres es que alimente esa boca.

Se prende de mi cuello y no hay manera de negar esta verdad.

Me gusta este ruso. Me gusta el *Boss*. Me gusta este mafioso de mierda.

38

PERVERSO

BOSS

No hay nada más placentero que la victoria, no solo por la gloria que otorga, sino por la satisfacción de observar cómo otros se enfurecen en silencio.

Los *byki* inspeccionan los portafolios que custodian el dinero. Desde el palco privado, contemplo el tablero sobre el campo de hielo, donde el nombre de Emma James figura en el decimosexto puesto.

Naoko Wang se reclina en un rincón de la sala, con la presunción de quien ha liderado la Yakuza durante más de treinta años. El *oyabun* ha tejido una red de influencia que se extiende desde Asia hasta las principales capitales europeas. Su mayor pasatiempo: seducir, cazar y manipular a las figuras más influyentes del arte, controlándolas a su antojo.

Lo siento inquieto; en este negocio los desafíos no son bien recibidos. No todos los años un patinador novel arrasa tanto como lo ha hecho la mía.

—¿Has hablado con Philippe Mascherano? —inquiere mientras me ajusto los guantes—. Ayer me contactó; está preocupado. El coronel Morgan no deja de atacar. Le dije al líder que mantuviera la calma, algo se te va a ocurrir para hacerle frente a la crisis.

—¿A mí?

—La Bratva es la muralla china en la pirámide.

Mantengo el silencio. La mafia italiana es una espina en mi costado, igual que la mayoría de los clanes en esta asociación. Mi trato con ellos es puro teatro, una fachada para mantener las apariencias, porque la palabra de Akim es un yugo que pesa sobre mi organización.

—Buenas noches a todos. —La dominatrix entra con su sumiso atrás.

Trae a Emma James pegada a su brazo y su nueva vestimenta no me pasa inadvertida. La minifalda ajustada atrae las miradas de los apostadores en la sala. Su blusa corta es una burla a la tranquilidad masculina. Los pezones pugnan contra la tela fina, erectos, provocadores.

—La hermosa estrella —canta uno de los apostadores desde su asiento—. ¿Desean ir a una fiesta privada?

—Su agenda está completa. Ya la reservó uno de mis socios, ella genera dinero por todos los medios.

Naoko Wang la evalúa desde su lugar. Despacho a mis hombres a la salida. Hoy he conseguido lo que deseaba y ahora puedo marcharme en paz. Los *byki* sacan a Emma James, termino de beber mi trago y acelero el paso hacia la salida.

El estrépito de los tacones de la dominatrix me sigue tan pronto como alcanzo el pasillo.

—¿Cuánto pagará ese socio? —Baja las escaleras conmigo—. Asumiré la suma para que se quede conmigo esta noche.

No le hago caso y mis hombres suben a Emma James a la camioneta.

—*Boss*, es una estrella...

—¿Cuestionas mis decisiones?

—No, no es eso. Es solo que arruinan su belleza. A ese socio le puedo conseguir otra.

—Se va conmigo, y en tu vida me vuelvas a alegar.

—No era mi intención enojarte.

—*Proch's glaz moikh*. —Abordo mi camioneta.

El *byki* arranca y Emma James se quita el antifaz en el interior del vehículo.

—No es verdad lo de tu socio, ¿o sí? —pregunta con un matiz de inquietud en su voz.

No le dije nada después de penetrarla. Terminé, me marché y la dejé sola con los restos del cadáver.

—¿Es verdad? —Palidece—. ¿Me vas a ofrecer también en callejones?

Miro su ropa; las prendas que se pone son un dolor constante en mi cuello.

—No es mala idea. Yo le saco provecho a todo y no está mal sacárselo a tus ganas de follar.

—Quiero follar contigo, no con otros. —Junta las piernas.

La respuesta me pone a babear el miembro.

—Pagas para que te aniquile. —Desvío la mirada a la ventana.

Aunque mis hombres tengan voto de silencio, debe aprender a controlar esa boca. Comentarios como el que hizo ponen a prueba mi autocontrol.

Dejo el vehículo una vez que abren la puerta y Emma James me sigue de cerca. En el camino, me quito los guantes, el arma y todo lo que me estorba.

La hago entrar a la suite y deja caer la mochila cuando me le abalanzo encima. La desnudo de la cintura para arriba y se saca los zapatos con un puntapié mientras me regodeo con su culo.

Las ganas de marcarla me están acribillando por dentro. Cada vez que se cierra una puerta con ella adentro, mi cordura salta por la ventana y la razón se desvanece.

—Bájate las bragas, quítatelas. —Cierro el puño en su pelo—. Quiero ver esa *pizda* expuesta.

Obedece y los dedos titubean con el dobladillo de la falda. La tela blanca se levanta. Atento, observo cómo desliza la prenda íntima por sus muslos y cómo el encaje le roza la piel cremosa en el descenso.

—Toca las bragas. Dime cómo están.

El olor de su orificio excitado me golpea en plena cara; una mezcla de candor y corrupción que me pone más erecto.

—Empapadas —susurra.

—¿Por qué estás empapada?

La garganta se le contrae y las pupilas se le dilatan.

—Hice una pregunta, *Ved'ma*. —Le enrosco la mano en el cuello—. ¿Por qué están empapadas?

—Porque tengo muchas ganas de follar.

—Permanece derretida esta *vlagalishche*. —Paso el dedo por la hendidura—. La maldita me ha tenido al borde todo el puto día. No me deja pensar con claridad

Murmuro con mi boca a escasas pulgadas de la suya.

—Merece ser castigada.

—No...

No le doy oportunidad a protestar y la arrojo hacia el borde de la cama.

—Súbete la falda y abre las piernas. —Saco la correa de cuero—. Dolerá más si me haces repetir la orden.

Con la falda arriba, sube, abre y dobla las piernas sobre la cama. Los labios vaginales se le separan: está limpia, húmeda y rosada. Los muslos dejan al descubierto el pequeño brote de su clítoris, erguido en la cima de su montículo, como un botón hinchado que me pone la boca a rebosar de saliva.

—Mira esa *vlagalishche* prohibida. —Doblo el cuero—. Un azote por atreverte a existir así, por caminar por ahí con esta trampa entre las piernas.

Lanzo el primer correazo directo a su vagina. El cinturón aterriza con un chasquido húmedo en la carne y ella se muerde el labio inferior para sofocar un gemido.

—¿Te gustó? —Huelo el cuerpo e inhalo su olor—. Tres azotes por mojarte con quien no debes.

Su torso sin ropa se curva y los pezones duros imploran por un par de dientes.

—Arde. —Entierra los codos en la cama.

—Dos más por endurecerme el miembro. —El cinturón zumba con el siguiente correazo—. Tres más por tu insolencia frente a otros.

Da respingos y llora mientras su sexo gotea sin vergüenza, castigado por los azotes. Las marcas rojas de la correa quedan grabadas en la piel marfil.

—Tres más por subir a buscar lo que no debes.

La flagelo por hacerme desear algo que no debería tocar.

—Vete a la mierda —lloriquea—. No eres mi papá como para que me castigues.

—No lo soy. Tu padre no haría esto. —Arrojo la correa al cabecero y le lamo la vagina de arriba a abajo.

La agarro de la cadera y arrastro su culo a la orilla. Del pelo, la saco de la cama para ponerla a cuatro patas sobre la alfombra china.

—Tu maldito culo me enoja tanto. —El trasero lechoso se sacude con el golpe de mi mano.

—Eres un hijo de perra.

—Y, a pesar de ello, quieres que te perfore.

Le arranco los gritos involuntarios que la hacen balancearse de adelante hacia atrás con quejidos de niñata. No contiene el lloriqueo cargado de sentimiento y se muere porque la toquen. Está desesperada por la caricia de alguien y yo quiero ser ese alguien.

Saco el animal que no deja de babear en mis pantalones. Lo posiciono entre sus pliegues, me aparto un instante y empujo, enterrándolo hasta el fondo. Su grito se propaga en la habitación cuando me retiro y me sumerjo con su crema bañándome las bolas.

La taladro sin piedad; cada estocada es un golpe seco y contundente. Sus manos arañan el tejido de la alfombra mientras mi miembro la somete. Siento cómo su cuerpo se ajusta con cada embestida, una prisión estrecha que me encierra en su orificio. La sensación de estar dentro de ella me sobrecoge y es como si tuviera una boca dentro que me atrapa sin quererme soltar.

Dejo de distinguir si sus lamentos son de placer o dolor, y lo único que veo es la manera en la que se traga mi falo. Los gritos se convierten en un eco que rebota en las paredes. Comienza a llorar con la dureza de las estocadas y su llanto no me deja concentrar. Sus sollozos se infiltran en mi mente absorta, y el ritmo frenético se vuelve errático.

—No seas mimada, *Ved'ma*. —Lamo la espalda—. Lloras, pero goteas acá atrás.

Lo saco un segundo para que respire; esto me pasa por meterme con crías.

—¿Te tomaste la píldora hoy? —Paseo el miembro entre sus glúteos y con la cabeza me indica que sí—. Bien, ahora puedo echártela toda, bebé.

Se relaja, se la encajo hasta la coyuntura y vuelve a quejarse. Pobre mi pequeña, pobre mi niña inocente, quien fue arrojada a la jaula del león que no perdona nada. Va a sufrir conmigo en el aspecto que más duele a su edad: una tortura que irá descubriendo poco a poco. Pero la descubrirá y ahí empezará su verdadero tormento.

Apoyo la mano en su hombro, la traigo a mi pelvis y, al cogerla más suave, se dilata más. Su mente aún no comprende del todo lo perverso de esta situación. Sabe que está follando con el enemigo de su hermana, el dueño de la organización criminal más sádica que existe. Mas eso no es lo peor de mí; es solo un disfraz, una capa superficial que oculta mi verdadera naturaleza.

La punta me sale cubierta de su excitación e introduzco el pulgar en su estrecho culo.

Acelero el movimiento en su interior y ella suelta el vómito verbal que pretende callar, pero que no puede contener. Ladeo los labios, viendo cómo se desata, y le palmeo el glúteo izquierdo para que se corra. Dice que no le gusta así, miente, porque es lo único que ha recibido de mí y le satisface. Su inglés americano es tan delicioso como su *vlagalishche*. Musita, extasiada, y extrae el derrame que le inyecto.

De pie, echo la trenza hacia atrás. No me dio tiempo ni de quitarme la ropa. Guardo el miembro en el vaquero, echo el cuerpo en el mueble de la pared y Emma James se incorpora con los brazos alrededor del pecho. La tela de la minifalda, rasgada y arrugada, se le recoge sobre las caderas. Quien la viera diría que acaba de pelear con un animal.

Las ganas de tocarla me secan la boca.

—Ven aquí. —Me palmeo la pierna.

Se acerca y la abro de piernas sobre mi regazo. La falda es lo único que la cubre. Le aparto las manos de los senos y su olor intensifica mis ganas de volver a atravesarla.

Le rozo su clavícula con la punta de la nariz.

—¿Qué quieres? —Me quito la rabia del resultado y sé la forma en que la dominatrix maneja sus entrenamientos.

—Comida estaría bien —dice y le beso el borde del cuello.

Extiendo la mano hacia el teléfono a mi derecha. La recepcionista contesta y le paso el auricular para que ordene a su gusto. No oculta la emoción mientras lo hace e introduzco los dedos en su interior para acariciarla. Se mece sobre mí. A pesar de que la azoté, sigue caliente.

Traen la comida y la mantengo pegada a mi pecho para que el *byki* no vea su desnudez. Deja el carro y se retira. Acerco la comida y ella se acomoda, ansiosa, a la espera del festín que ordenó: una pizza entera, una Coca-Cola y postre.

Coloco la caja en el brazo del mueble.

—Hace mucho que no comía pizza —dice cuando abro la caja—. Huele delicioso.

Saco una rebanada y se relame los labios con ansias.

—¿Sabes qué? Mejor no te doy nada. Te estoy mimando demasiado con esto. —Muerdo la porción.

—¡No seas miserable! —Me sujeta la muñeca.

—El miserable es el dueño de la pizza. —Le beso la mejilla—. ¿Así te atreves a tratarlo?

No me suelta al momento de comer. Le aparto el pelo de los hombros y sobre mí se devora tres rebanadas. Una vez que termina con la pizza, destapo la lata de Coca-Cola para ella. Se limpia las manos, satisfecha, antes de atacar el postre.

—¿Puedo saber cómo notaste lo del juez?

—Con ver la presentación, bastaba para deducir que no perdería.

Me mira a la cara.

—¿Ves todas mis presentaciones?

—¿Importa la respuesta?

—Es curiosidad. Sería bueno saber si alguien del público se ha percatado de las vueltas y saltos que he ido perfeccionando en cada presentación.

—Lo he notado.

—¿Sí? —Su rostro se ilumina al sonreír—. Como fanático del patinaje, ¿has visto algo en mí que te sorprenda? ¿Alguna vez has pensado «ese patinador no se atrevió a tal cosa, pero Emma James sí?»?

—No podría responder a esa pregunta porque no veo a otros patinadores, solo te veo a ti. —La acerco—. Y no soy fanático del patinaje, solo me gusta lo que haces tú.

Desvía la mirada por un segundo. No se esperaba el elogio y no me retracto, porque no miento. Las únicas presentaciones que me interesan son las suyas.

Empieza a hablar. Cada vez que saca a flote el tema del hielo, se extiende como si la gente tuviera todo el tiempo del mundo. Compara su estilo de antes con el actual y señala la manera en la que hacía las cosas antes y ahora.

Nada de lo que ha conseguido me sorprende. La he visto patinar tanto en concursos como en solitario y sé que solía soltarse más cuando estaba sola. El peso de las expectativas ajenas la limitaban en Arizona. Aquí, en la Bratva, ha tenido que aprender a ser ella misma y no lo que otros esperan.

El miedo se ha convertido en su mayor combustible, transformando el patinaje en una cuestión de vida o muerte. No es lo mismo deslizarse por un listón que hacerlo bajo la amenaza constante de consecuencias mucho peores que un simple disparo.

—Si consigo patinar cinco veces mejor que ahora —dice—, ¿me dejarías vivir? Porque si lo permites, si no me matas y me liberas, te juro que te dedicaría todas mis presentaciones. Incluso podría ofrecerte todas mis ganancias...

Poso el índice en sus labios para que se calle. Sus ojos me suplican y expresan más de lo que las palabras podrían decir.

—¿Recuerdas lo que te dije antes de entrar a esta habitación? Recuérdalo siempre, porque no mentía. —La aterrizo—. Solo dejarás de pertenecerme el día que mueras. No te voy a soltar. No te voy a liberar. Deja de engañarte y de pensar que puedes escapar porque no será así, ni cuando creas haberlo alcanzado, porque yo siempre estaré ahí, acechándote, lejos o cerca, pero acechándote.

La ilusión de sus ojos persiste y la acerco a mí, dejando que mis labios rocen los suyos. Sumerjo la lengua en su boca y ella aprovecha para acariciármela con la suya.

Es un acto corrupto, lo sé. Tocar así a quien tiene sangre James corriendo por sus venas... y, sin embargo, aquí la tengo sentada sobre mí. Es una ofrenda profana en las piernas de un felino cazador.

Mis yemas surcan su espalda y le dejo senderos rojos a mi paso. Sus senos sucumben bajo mi agarre implacable. Los amaso con saña, arrancándole quejidos que oscilan entre el suplicio y el éxtasis. Quiero que su carne memorice mi tacto, que su piel lleve el mapa de mi posesión, incluso cuando el odio la consuma al alba.

—¿Cuántos han probado esa boca? —Mis dientes acechan su yugular y presiono lo suficiente para que sienta el peligro.

Le doy una palmada en la cara al percatarme de lo húmeda que se pone.

—¿Así eres con todos?

—No.

—¿Y tengo que creer eso? —Desplazo los labios a su mejilla. Le aprieto uno de sus pezones y oprimo mientras le mordisqueo los hombros.

—No seas brusco. —Apoya su mano sobre la mía—. Soy menor que tú, debes tenerlo en cuenta a la hora de tocarme.

—Menor, pequeña, y mira todo lo que te metes. —La afirmo en mi ingle para que la sienta.

Es tan liviana que alimenta mi delirio de grandeza. Puedo moverla como me apetezca. La beso y penetro en el mueble antes de llevarla a la cama. Es un festín para mi miembro, uno con sabor especial, porque he probado de todo y ninguna sabe como esta.

Esparce una línea de besos por mi cuello cuando me levanto con sus piernas alrededor de la cintura. La acuesto sobre las sábanas, abre los muslos para mí y le apreso las muñecas sobre su cabeza, recordándole quién manda.

Me adentro en su carne por tercera vez en la noche. Cada arremetida es una proclamación de mi supremacía y cada sonido que escapa de su garganta es un tributo a mi dominio. No deja de estar dispuesta y me la follo con la cara enterrada en su cuello.

Acabo en su orificio. Los latidos del corazón me retumban en los oídos como un tambor de conquista y me dejo caer a su lado en el cabecero de la cama.

El pecho se le eleva y desciende con cada inhalación profunda. Apago las luces y, sin ropa, regreso a la almohada. Pongo el brazo para que se acomode y ella se ajusta a mí, con la cara encima de mi pecho.

Le acaricio la mejilla con los nudillos. Ella se encoge bajo mi toque. No es más que una cría a la que le gusta que la consientan. La abrazo y la malacostumbro aún más hasta que se queda dormida en mis brazos. Concilio el sueño hasta que la vibración insistente del teléfono sobre la mesa interrumpe mi descanso. Son las tres de la mañana y el nombre del *sovetnik* ilumina la pantalla.

Emma sigue sumida en su sueño a mi lado y me levanto de la cama sin hacer ruido.

—*Boss* —contesto la llamada.

—Señor, buenas noches —responde Salamaro al otro lado—. Lamento interrumpir su descanso, pero ha surgido una noticia que debo informarle de inmediato.

—¿Sucede algo con el *Underboss*?

—No, señor, es Maksim.

Me pone al tanto de todo. Empiezo a vestirme conforme avanza la conversación y él me envía todo lo que debo ver.

—Voy para allá. —Cuelgo.

Reviso las fotos enviadas. Elevo las cejas ante algunas y saco un suspiro al ver otras. Traslado la conversación al chat encriptado; este asunto no puede esperar. Debo partir de inmediato.

Despierto a Emma James y le ordeno que se vista. No hace preguntas. La dejo en la habitación, sabiendo que la recogerán en unos minutos, y parto hacia Alaska.

En el camino, contacto a Octavio, uno de los *vory v zakone*, sobrino de Akim. Un barco cargado de armamento zarpa hacia México mañana. Es una venta millonaria que necesita de mi aprobación final. El comprador es un cartel renombrado, cuyo nombre resuena con peso y respeto en su submundo.

La FEMF ha estado desmantelando operaciones en los últimos meses. No permitiré que este sea otro de sus trofeos. Seguiré el rastro del cargamento hasta su destino. El móvil vuelve a sonar. No atiendo. Dejo que la llamada de Philippe Mascherano se desvanezca en la indiferencia.

Desciendo en Sodom cuatro horas después. Voy al puerto para inspeccionar las cajas que zarparán. He invertido semanas en el diseño de este armamento que tiene mi sello distintivo.

—Rastréalo las veinticuatro horas del día —le ordeno al *vory*—. Se tomará la ruta marítima más extensa. No me importa cuánto tarde en llegar; lo esencial es que lo haga.

—Tengo todo trazado, déjalo en mis manos, primo.

Doy la orden de zarpar y, con los barcos en marcha, regreso a Sodom.

—Mi amo, bienvenido. —Una sumisa se inclina ante mí en la puerta del club.

La hago enderezarse. Sin quitarme los guantes, juego con el dije de su collar. Puedo sentir su pulso acelerado a través del metal frío. Desde la muerte de Zulima, la ansiedad por reemplazarla ha crecido. Aún no he decidido quién tomará su puesto... Hay tantas opciones que necesito tiempo para deliberar. La espera y la incertidumbre son parte del juego.

—Dile a Maksim que venga, quiero verlo.

—Enseguida, mi amo.

Atravieso el club abarrotado de la clientela. Los arquitectos de la moderación en la sociedad vienen aquí a demoler sus propios principios en un altar de excesos.

Aleska ya asumió el control total del conglomerado de entretenimiento y es a quien todo el mundo le está rindiendo cuentas. Subo a mi despacho y, poco después, la sumisa aparece con mi hijo menor.

—Padre, buen día. —Maksim rodea el escritorio en busca de mi mano para besarla—. Qué alegría tenerte de vuelta.

—Puedes retirarte, Freya —le digo a la sumisa.

Cierra la puerta. Maksim se sienta en la silla frente a mi escritorio.

—La mafia italiana te requiere. ¿No te han informado? Las emboscadas del Ejército están colapsando. Philippe y Dalila necesitan a los cabecillas en Italia.

—¿Has hablado con ellos?

—No. —Arruga el entrecejo—. Sabes que poco son de mi agrado. Solo te comento lo que todo el mundo dice.

Respondo con un asentimiento mudo.

—Quiero que te encargues de un asunto crucial ahora que Vladímir no está.

—Lo que te apetezca. Estoy para servirte.

De la cajonera saco la carpeta que le entrego.

—¿Grupos insurgentes sudamericanos? —Revisa—. ¿Te interesan?

—Me han llamado, quiero evaluar su rentabilidad. Necesito que vayas al tapón del Darién e investigues por mí. Ve solo. Son recelosos y debes ganarte su confianza. Sin ella, no obtendremos buena información.

—Esto es trabajo para un *vory*. —Lee con una sonrisa estampada en la cara—. Gracias por el voto de confianza, padre.

—Te lo mereces. Sé que harás un buen trabajo.
—Partiré después de hablar con Vladímir.
La conversación se descompone al instante.
—¿Con Vladímir?
—Su enfermera no ha dejado de llamarme, él quiere hablar conmigo. Al parecer, tiene a la mujer amenazada y a diario me ruega que vaya. —Guarda la carpeta—. Le avisé que iría hoy. No sabía que lo habías ingresado. Fue una buena decisión de tu parte.
Mantengo la compostura. Vladímir no tiene idea de lo que hace.
—Iré mañana a verlo. Podemos ir juntos, si te apetece.
—Perfecto. Tendré tiempo hoy para planear mi viaje. —Por encima del escritorio, se inclina a besarme la mano—. ¿Necesitas algo más?
—Que estudies bien lo que te di.
—Lo haré.
Lo sigo con los ojos hasta que desaparece.
Visito las cloacas, asegurándome de que todo funcione como se debe.
El hedor impregna el aire, como el perfume de la génesis del hampa. Las celdas son el útero que da vida a los verdaderos *vory*. Observo a los infantes entrenando, con los ojos ya muertos y las manos empuñando cuchillos con la destreza de asesinos veteranos.
La burguesía se pavonea con sus trajes caros y su falsa moral. Pretenden santidad mientras se ahogan en su propia corrupción. Aquí no nos tragamos su farsa. En la Bratva, abrazamos nuestra naturaleza, nos regodeamos en nuestra brutalidad. Somos el espejo que refleja la verdadera cara de la sociedad, despojada de sus máscaras de decencia, aunque a veces debamos usar una que otra.
Doy una vuelta por el gulag. Los muros de hormigón salvaguardan la crudeza que mantiene el orden. Las cloacas crean un arma, y el gulag las afila. Reviso los entrenamientos y superviso que los nuevos *rekruty* estén en el camino correcto.

La mafia italiana vuelve a llamar, no me molesto en atender y continúo en lo mío.

Desde el gulag, hago mi apuesta por Emma James. Horas después, veo la presentación en mi oficina, solo y con el miembro entre las manos.

Una hora más tarde, ceno con Maksim en la fortaleza. Kira Petrova lo acompaña, es quien está a cargo de los preparativos del viaje.

—Partiré mañana en la noche —dice Maksim—. Quiero que tengas la tarea lo antes posible.

—Siempre tan atento. —Lo miro por encima del borde de mi copa—. Nunca espero menos de ti.

—Gracias, padre.

—¿No sería mejor partir en la mañana? Llegarías a América en un horario propicio.

—Veremos a Vladímir, acuérdate. Con tanta insistencia, me intriga saber qué tiene para decirme.

—Cierto.

No se come mi evasiva. En la mañana, partimos juntos hacia el centro de rehabilitación.

Las murallas negras del hospital emergen. Es día de visitas y la mía no será en un espacio abierto: Vladímir se encuentra en aislamiento. La llamada a Maksim no debía suceder, mas ya no puedo hacer mucho con eso. El *Underboss* está entrenado para enfrentar todo tipo de obstáculos y, aunque se le impongan restricciones, de una forma u otra buscará la manera de sortearlas.

—Vladímir muestra un grado de perturbación elevado que está interfiriendo con su tratamiento —informa el psiquiatra en el pasillo—. No hay avances, solo retrocesos. Su estado mental es frágil. A pesar de estar despierto, sigue manifestando episodios vívidos de pesadillas.

—¿Lo perturbó un accidente automovilístico? —Maksim cruza los brazos sobre el pecho.

—Lo veré a solas primero. —intervengo—. Espera aquí.

—Sí, padre.

Continúo, acompañado por la enfermera. Él está confinado en la última habitación del corredor. Su trastorno lo clasifica como un paciente agresivo y peligroso. Desde lejos, escucho los gritos de amenazas que vociferan.

La enfermera se adelanta a quitar los seguros.

—*Ischezni!* —Le alejo la mano de la perilla.

Abro la puerta. La luz diurna entra a duras penas, filtrándose a través de las ventanas enrejadas, altas y estrechas. Las paredes, revestidas con acolchado blanco, previenen cualquier intento de autolesión en la habitación.

El *Underboss* cesa las patadas violentas contra la cama en cuanto escucha el chasquido del seguro a mi espalda. Se gira hacia mí con un movimiento brusco.

—Vamos a hablar.

Su cara adquiere el mismo color que las paredes. Su mirada me esquiva y pone las manos al frente, arañando el aire en un intento desesperado de protegerse de un peligro que solo él puede ver.

—Sal. —Da un paso atrás—. ¡Sáquenlo!

Los labios morados le tiemblan y las lágrimas se le resbalan por las mejillas. La palidez de su rostro acentúa el contraste con el rojo de sus ojos. Sobrio, experimenta el pánico peor que antes.

—No te me acerques —resuella—. ¡Vete!

Doy dos pasos hacia él y su reacción es inmediata. Se lanza hacia la puerta y derrapa sobre la cama, urgido por alcanzar los barrotes. Las manos temblorosas se aferran a ellos como si fueran su única salvación.

—¡Ayuda! —llora—. ¡Necesito ayuda!

Intenta abrir la puerta, pero lo aparto y el contacto de mis manos lo paraliza. Su mirada se desvanece, perdida en el vacío. Hace años que no presenciaba una crisis de esta magnitud en él.

—Suéltame.

—Hay que encontrarle una solución a esto. —Lo sujeto con firmeza—. ¡No puedes seguir así!

Lucha por soltarse y su entrenamiento me obliga a inmovilizarlo contra la pared. Aprieta los ojos sin querer mirarme.

—No lo imaginé, no lo imaginé. Fue real lo que vi. —Se estremece en sollozos—. ¿Cómo pudiste hacer algo así?

—Estabas drogado.

No razona, llora con la mirada perdida, incapaz de centrarse. El cuerpo le tiembla, apresado por el pánico, y lo atraigo contra mi pecho a pesar de su resistencia. Lo abrazo con una fuerza que no admite objeciones.

—Eres mi hijo, Vladímir, deja de tenerme miedo.

—¿Qué le hiciste a ella? No te acerques ni la toques.

Me empuja, descontrolado.

—¡Déjame! —Se cubre los oídos con las manos—. ¡Fuera de aquí!

Los gritos no cesan, por ende, no tengo otra opción más que irme. El *Underboss* se arrastra hasta el rincón y se enrosca en una esquina. Abro la puerta para salir y me encuentro de frente con Maksim.

—¿Hay algo que no sepa?

—No. —Me aparto para que entre—. Deja la puerta abierta; es peligroso y podría lastimarte.

Cruza el umbral y ajusto la puerta para que no se cierre. Aguardo recostado en la pared.

Vladímir no cesará en su insistencia hasta que no hable con el hermano. El *Underboss* se levanta del suelo y clava los ojos en Maksim. Le sonríe con una expresión vacía, mientras su hermano, imperturbable, permanece serio. No es una novedad: siempre he sabido que las disputas entre ambos son más por Maksim que por el propio *Underboss*.

—¿Qué sucede? Mi teléfono no para de sonar con tus llamadas.

El *Underboss* advierte mi presencia afuera.

—Quería verte —le dice al hermano sin apartar la vista de mí—. He dejado algunos asuntos pendientes afuera y ahora te toca a ti encargarte de ellos.

Tartamudea e, indeciso, le habla al hermano de lo poco que recuerda. La conversación se prolonga, Vladímir les da vueltas a las mismas ideas. Maksim se cansa y le dice que debe irse, pues tiene un viaje programado para esa noche.

Su hermano se da la vuelta, listo para salir.

—Maksim. —Lo detiene el *Underboss*.

Con cuatro pasos, se planta ante él, sus brazos se lanzan hacia su espalda y lo atrapan en un abrazo apretado. Maksim permanece inmóvil mientras veo cómo los labios de Vladímir se mueven en un susurro, hablándole al oído antes de retroceder.

—Es hora de irnos. —Salgo a la vista y el *Underboss* se aleja al rincón—. Ya fue mucho tiempo de visita.

Maksim nos mira a ambos con los labios apretados en una línea recta. Lo envío al auto, cierro la puerta de la habitación y me dirijo a la sala del psiquiatra. Según su recomendación, lo mejor sería sedar a Vladímir para permitir que su cuerpo descanse y aliviar las pesadillas que lo atormentan.

Ordeno duplicar la seguridad. Mis hombres se encargan de la mujer que tenía amenazada y, con todo en orden, regreso al vehículo, donde espera el hermano del *Underboss*.

Retornamos a la fortaleza. No dice una palabra durante el trayecto. El silencio reina mientras él no aparta la vista de la ventana.

—¿Una persona puede decir incoherencias a causa de la abstinencia? ¿Alucinar?

—Sí, ¿por qué la duda?

—Por nada. —le resta valor al asunto.

Entramos a la rotonda de la fortaleza y Maksim abre la puerta del vehículo en cuanto se detiene.

—¿Y ese afán? —Desciendo detrás de él.

—Perdón. —Se devuelve a besarme el dorso de la mano envuelta en los guantes de cuero—. Debo ver a Kira antes de partir. Viajo en unas horas.

—Suerte con todo.

—Gracias, padre.

Trota hacia la fortaleza y salta por encima del león que se le atraviesa. Lo trajeron en la mañana. El animal viene a mí. Lo recojo. Su peso se siente cada vez más y le reviso los colmillos de camino a mi despacho. Al nacer, son tan inofensivos como un simple gato, pero, a medida que crecen, se vuelven peligrosos. Sucede con los de su especie y, en ocasiones, también con las personas.

En el despacho, retomo el control de mis asuntos. Paso la tarde en el rastreo de la flota que zarpó. En unos días, volaré al país a culminar el trato.

—*Sbiten?* —pregunta Tonya en la puerta.

—Sí. —La hago pasar.

Entra con una bandeja en la mano. Me traslado al sofá, y ella, sumisa adiestrada, sabe lo que debe hacer: se arrodilla en el suelo. Ambiciona ser parte de mi séquito de subordinadas. Las capas de maquillaje esconden cualquier rastro de edad.

Sonya acude a mi cabeza cada vez que la miro. Son muy parecidas en algunos aspectos.

—¿Cómo ha sido el día del amo? —Me acaricia el borde de la botamanga de los pantalones—. Ya anhelaba tenerlo de vuelta.

Se inclina a besarme la punta del zapato.

—¿Cómo está la familia?

—He sabido poco de ellos. Mi último contacto fue con un primo lejano a quien usted no conoce. Desde muy joven se mudó a un apartado pueblo en la región de Nevada.

—¿Va todo bien con él?

—Tenía algunos problemas de dinero.

—Dile que me contacte. Si puedo ofrecerle ayuda, lo haré.

—Gracias, mi amo.

—Visítame esta noche en mi dormitorio, quiero tiempo a solas contigo.

—Sí, mi señor.

La lluvia arremete contra las ventanas y la bebida caliente me acaricia el paladar. Tonya mira en silencio. Ha preparado la bebida como lo hacía Sonya. El detalle me hace sonreír, satisfecho.

—Muy bien, Tonya. Ahora la espera hasta la noche se me hará incluso más larga. —No la voy a tocar, al menos no todavía.

Coloco el vaso en la bandeja al levantarme. Las sumisas que me rodean se conforman con una mirada, una palabra, con mi mera presencia. Saben que, con tenerme en sus vidas, han alcanzado un privilegio con el que pocas pueden siquiera soñar.

—¿Podría el amo recompensar a esta sumisa obediente con algo ahora? —pregunta la hermana de Sonya desde el suelo—. Solo si el amo lo desea.

La imagen de Sonya surge en mi mente al abrirme el pantalón y sacarme el miembro. La mujer frente a mí cierra los ojos, como si contemplara una divinidad. Avanzo un paso hacia ella y le doy rienda suelta al chorro que la baña. Ella empuña las manos sobre su blusa y se la abre para que el líquido caiga sobre sus pechos. Les apunto a ambas y subo hasta culminar en su cara.

—Gracias, mi amo —susurra con los ojos cerrados—. Gracias.

Es de la clase que encuentra satisfacción en la degradación.

Bajo a las mazmorras un par de minutos antes de irme a mi dormitorio. En la privacidad de mi habitación, dejo las llaves, el móvil y el arma sobre el mueble. Hago un cambio de ropa. Tras despedir a Maksim, salgo a trotar con el león.

Recorro los senderos del bosque con la capucha de la sudadera sobre la cabeza. El sabor de Emma James impregna mi paladar mientras me sumerjo en las entrañas de la floresta. La vegetación se espesa y el aroma terroso se introduce en mi respirar durante la marcha.

El reloj de pulsera vibra y me notifica que ya es hora de volver.

Enciendo la chimenea del dormitorio y el crepitar del fuego se suma al sabor de las dos cucharadas de crema de cacao que ingiero con calma. Cambio los guantes, saco la linterna de la mesa junto a la cama y ajusto el sistema de seguridad.

Los esclavos ya se fueron. Con la debida cautela, apago las luces de la fortaleza y la sumo en la oscuridad. Acompañado por el león, atravieso la puerta que conduce a los pasadizos subterráneos.

Las mentes simples son predecibles, obedecen a patrones iguales. Les dejas una carta abierta y confían ciegamente en su suerte sin analizar nada más.

Sigo al individuo situado varios pisos abajo, avanza con una linterna en la mano sin tener idea de que lo acecho junto al león desde las sombras. Se tambalea, busca sin éxito y deambula por corredores oscuros hasta que halla su objetivo.

Forcejea con el candado y la puerta, que había desbloqueado por la tarde. El intruso consigue entrar. Las luces se encienden en el interior y el estruendo de su linterna al caer se amalgama con los gritos agudos de las ratas y los alaridos de terror.

En mi sótano, los hombres se despojan de su coraje y la serpiente se reduce a un gusano. Evitar este lugar es lo más sensato. Si quieren preservar su estabilidad mental, es mejor no cruzar el umbral de mi calvario.

Entro acompañado del león cuando el volumen de sus gritos sube a un clamor desgarrador y se gira para escapar. Cierro la mano en torno a su garganta. Los ojos, desorbitados y aterrorizados, encuentran los míos. Por un instante, veo mi reflejo en ellos.

—Padre...

—Hijo —le contesto a Maksim.

No está drogado ni ebrio; no puedo engañarlo ni buscar una excusa mediocre. El miedo le borra todo rastro de color en el rostro. Las lágrimas nacen y su mirada refleja el pánico de estar ante una alimaña de mi clase. No es sorpresa su reacción, el terror se apodera de todos cuando muestro esta cara.

—Padre, suéltame, por favor. —Me ciñe las manos temblorosas a los brazos—. Por favor.

Sus gritos desgarran el aire, un lamento animal que conmovería a cualquiera, excepto a mí. Su agonía no altera en lo más mínimo lo que he querido hacer desde que pisé Sodom.

—¿Qué buscabas? ¿Comprobar lo que te dijo Vladímir? —Lo arrastro hasta las láminas de acero sobre la trituradora industrial—. ¿O buscabas más información para la mafia italiana?

—No, padre...

Mi bota se estrella contra la palanca de hierro. El mecanismo cede con un chasquido metálico y despierta a la bestia de acero. Los motores rugen; el sonido emula al de una motosierra que promete dolor y muerte. Los gritos se elevan, son inútiles; nadie los escuchará.

—¡Perdóname! ¡Perdóname, por favor!

Entre súplicas, se sujeta a mis mangas y se aferra a este lado para no morir. Sus alaridos me llegan vacíos, carentes de significado. ¿Podría dejarlo vivir? Sí, mas no quiero. Hoy tengo hambre de vísceras. Cada vez que pongo un pie aquí, surge dicha ansia. El miedo ajeno la pone a rugir y la rabia a devorar.

No veo a un hombre suplicante. Veo carne, huesos y sangre a la espera de ser destrozados. Las manos se me contraen, ansiosas por desgarrar, por sentir la vida escaparse de entre mis dedos.

—¡Tengo tu sangre! ¡Soy tu hijo!

El estrépito de las ratas aumenta. Mi rata favorita es la que más llora. Los alaridos de Maksim alcanzan su punto más álgido. El furor me ciega y lo acerco más a la bestia de acero cuyas aspas giran a un milímetro de su espalda.

—¡Te juro que callaré, me iré y no me volverás a ver!

—Claro que no te volveré a ver —lo confronto por última vez—. No te volveré a ver, porque de este viaje no vuelves, querido hijo.

Es imposible distinguir dónde termina el aullido humano y comienza el animal. Se lo suelto a la máquina. El filo voraz de las hélices lo desgajan parte por parte ante mis ojos. El clamor de ayuda se ahoga en las paredes insonoras, los fragmentos de carne mutilada vuelan en todas direcciones y mi león se alimenta de los restos.

Enciendo un puro; el chasquido de mi encendedor corta el silencio restante. Aspiro y el humo me inunda los pulmones mientras contemplo los restos licuados deslizarse por el tubo. Carne y hueso molidos, la papilla perfecta para las alcantarillas de Alaska.

Aplasto la colilla ardiente del habano en el suelo. El ser humano poco entiende de la relevancia de no husmear donde no se debe. La curiosidad puede ser el primer paso hacia una fosa común.

Las ratas se van a la sombra en el momento en que camino a la salida. Le dedico un último vistazo al sótano antes de abandonar una de mis mejores creaciones y uno de mis lugares predilectos.

39
CRÍA

BOSS

Cierro la puerta acorazada y el estrépito contra el umbral atruena en el pasillo. El metal pesado emite un sonido grave al encajar. El mecanismo de seguridad se activa y cada eslabón se acopla mientras deslizo la cadena a través del anclaje.

El terror de Vladímir está justificado. El ser humano es desalmado por naturaleza y él más que nadie lo sabe, aun cuando nunca se había enfrentado a alguien con mi pensar. Aunque ya había estado cara a cara con monstruos, no había conocido a uno como su padre.

Con un problema menos, regreso arriba, seguido del león. Pronto la familia recibirá la noticia de que Maksim ha muerto ahogado en Sudamérica. Habría vivido más de no haber decidido husmear donde no debía. A la jaula de un león no se entra sin previo aviso, ni siquiera con invitación previa. Es un animal, no estás excepto a que te mate.

Las camionetas de Akim se alinean en la rotonda de la propiedad. Sus hombres bajan y abren la puerta del vehículo donde se halla. Los *byki* conducen al médico manco para que se encargue de él.

Continúo a mi lecho, tras las puertas dobles espera Tonya Lazareva. Aguarda arrodillada en el piso con la cabeza gacha. Me quito la sudadera por encima de los hombros. De la cómoda de roble, saco la fusta más larga y severa de mi colección. La examino; el látigo flexible se retuerce en mis palmas.

—No tienes idea de cuánto he deseado este momento. —La rodeo, preparado para empezar, pero el amago del primer azote queda suspendido cuando el teléfono me vibra en el bolsillo.

Es la dominatrix.

—Estoy lista, mi amo —dice Tonya.

—¿Qué pasa, Emperatriz? —contesto la llamada.

—La pandilla de Vladímir ha vuelto a molestar —contesta al otro lado—. Tengo en mis manos una nota de amenaza. Quieren llevarse a Emma.

La furia me calcina los estribos, reduciendo mi paciencia a cenizas. Una pandilla no puede ignorar las órdenes de un *Boss*. Estos han de padecer algún tipo de estupidez.

—¿Todo está bien, señor?

Me pongo en contacto con los *byki* y dicto las órdenes a ejecutar en lo que llego. Cuelgo la llamada y acelero el proceso con la tía de Maksim, quien recibe el primer azote. La impaciencia me pone a trabajar rápido. La saco de mi lecho y, en un abrir y cerrar de ojos, estoy preparado para partir de nuevo.

Del aparador de armas, tomo el AR15. El asunto con las pandillas se resolverá hoy. El león me sigue y se sube conmigo al avión.

Es el octavo día de apuestas y la dominatrix sigue sin abandonar el recinto. Al llegar, no veo rastro de las pandillas. Mis hombres me informan que tienen a Emma James en el último piso del edificio.

La tranquilidad es tan absoluta que mantengo la guardia alta contra posibles sorpresas. Armado, atravieso la puerta del salón donde se encuentra la menor de las James.

—¿Y la pandilla?

—Esas escorias te temen y no se atreverán a enfrentarte cara a cara. —La dominatrix me entrega la nota de amenaza—. Dejaron esto y se largaron.

Leo la nota y me río de mí mismo en cuanto termino de leer.

—Afuera todos, excepto la víctima de la nota —ordeno.

Emma James aguarda sentada sobre una mesa. No se ha quitado el vestido de la presentación de hoy. El recogido de su pelo permite detallarle sin problema la cara; se ve hermosa, como siempre. Sus ojos me desnudan apenas se cierra la puerta.

—¿Te amenazaron, *Ved'ma*? —Cierro la distancia entre nosotros.

Dejo un beso casto en sus labios, pero ella me agarra la cara y lo profundiza.

—Has de estar asustada.

—Bastante. ¿Vas a llevarme contigo? —dice en un tono mimado—. Temo a que regresen.

—¿Sí? —Le niego el próximo beso—. ¿Y en medio de todo te pusieron a escribir la nota?

Cree que tengo cinco días de nacido. Le tiro el papel en la cara. Es su letra. Nadie de una pandilla escribe con un lenguaje así. La dominatrix los detesta tanto que no se percató antes de llamarme.

—Qué patético eres, ¿para qué voy a escribir una nota amenazándome? —Se baja de la mesa—. Déjalo, no importa. El que tenía que venir y resolver esto era Vladímir, no tú.

La sujeto del brazo cuando intenta irse. Tengo cientos de asuntos por resolver y ella tiene el descaro de jugar con mi tiempo.

—Déjate de juegos, niñata. —La hago colisionar contra mi pecho—. No soy uno de tus novios adolescentes para hacerme volar de Alaska a Rusia solo porque estás caliente.

Tengo más rabia conmigo mismo por haber caído en su juego. Podría haber enviado a cualquiera de mis hombres. No sé por qué demonios me molesté en venir personalmente.

—Compórtate como una verdadera mujer. No soy quién para darte la atención que no te dan tus padres. —Guardo el arma antes de soltarla—. ¡Madura y aterriza!

Vuelvo a la salida con paso firme. No suelo tomar decisiones apresuradas; es una de las cualidades que me hace quien soy. Hoy no me molesté en pensar antes de venir aquí. Las pandillas no se atreverán a aparecer después de la advertencia que lancé.

La dominatrix me sigue a la salida.

—¿Está en los primeros lugares ya?

—No tardará en conseguirlo. ¿Estarás en la presentación especial de mañana? Si ganamos, aseguraremos nuestro lugar entre los diez.

—No estaré en ninguna presentación. Encárgate tú de multiplicar mi dinero —ordeno al pie de mi camioneta, donde dejé al león—. ¿Qué sigue después de esto? No me sirve que solo esté en un *ranking*, necesito resultados más concretos.

—Esto no es un simple *ranking*; es la lista de las futuras promesas. Si todo sale como planeo, en unos meses se estará presentando oficialmente ante la Federación Internacional de Patinaje Artístico —dice con admiración contenida—. Con su debut reciente y la audición que se avecina, iniciará su carrera profesional por las medallas oficiales. ¿Por qué crees que Naoko sonríe, tenso? Sabe que el comité artístico no le va a quitar los ojos de encima a mi hermosa joya.

—¿Tu hermosa joya?

—Es solo una expresión —minimiza la relevancia de sus palabras—. Todo lo que has solicitado se está cumpliendo. Mi confiabilidad sigue siendo intachable.

—Por tu bien, continúa así.

Entro a mi auto. La puse al mando porque es la única capaz de entrenar a alguien que no solo compita con los mejores, sino que los desafíe y los supere en el mundo del entretenimiento.

—A Moscú —le indico al *byki*.

Ya estoy en Rusia, no voy a regresar a Alaska. La mafia italiana no para de dar órdenes: ha exigido la presencia de todos los cabecillas en Florencia. Un mensaje en los móviles de cada uno especifica el lugar y la hora.

Lo borro sin molestarme en contestar.

Viajo de una ciudad a otra y espero el amanecer para movilizar mis contactos y sondear a la milicia.

Mi cargamento avanza sin problemas, dado que el Ejército espía está ensimismado con la elección del próximo ministro. Rachel James está convaleciente y a unas semanas de dar a luz a los hijos de Christopher Morgan. Toda la familia maravilla tiene su enfoque en el embarazo. ¿Es una novedad? No. Para ellos, la teniente ha pasado por tanto que merece tener la mayor atención posible.

El coronel Morgan se alista para el nacimiento de sus hijos mientras la FEMF está sumergida en el caos por el infiltrado que Philippe Mascherano ha colocado entre sus filas. En el problema, Christopher Morgan no es un héroe, ni mucho menos. No busca el puesto por ser un buen cristiano, sino por el poder que le confiere. Se cree que la justicia es el bastión del bien, el refugio de la paz, pero nada está más lejos de la realidad. Durante años, han lidiado con conflictos internos cargados de intereses enfrentados.

Philippe Mascherano comienza a llamarme y silencio todas las notificaciones de su parte. El día lo dedico a supervisar las sedes principales de mis negocios. Al día siguiente, me dirijo a los clubes privados en Moscú.

Desde una de las salas exclusivas, y acompañado de dos de los *vory*, veo la última presentación de Emma James.

Para algunos, esto es tan solo otro espectáculo deportivo con el que la Yakuza se encarga de mover dinero bajo la mesa.

—Aseguraría dinero si lo apuesto a favor de cualquier concursante de Naoko, pero no lo haré. Hay que respaldar lo nuestro, a Queen. —Uriel toma un trago—. Además, nadie supera a Emperatriz cuando se trata de explotar el potencial.

Emma James hace su entrada en la pista de hielo, ataviada en un resplandeciente vestido celeste. Comienza la pieza musical y ella surca el hielo con su característica armonía de movimientos. El cristal del vaso cruje bajo la presión de mis dedos. Cada vez que se eleva, siento mi cuello tensarse.

No patina igual a los demás; su estilo es un espectáculo en sí mismo. Sus pasos y giros parecen surgir de un planeta distante. Si alguien llegara a decir que es un extraterrestre o alguna mierda parecida, no me sorprendería en lo absoluto.

La cámara la enfoca de cerca mientras gira, moviéndose con la precisión de una muñeca en una caja musical. Su puesta en escena es impecable, sin rastro de errores ni fallas. El público estalla en vítores y aplausos cuando finaliza. Los analistas deportivos no cesan de alabarla y la destacan como la gran revelación del programa. Las preguntas se acumulan sobre dónde ha estado todo este tiempo. No saben que estaba rodeada de gente imbécil.

Pido que me rellenen el vaso con vodka. Mis objetivos están una vez más en juego: si no entra en los diez, no tendré nada que presumir.

Llaman a los primeros lugares. La nieta de Naoko Wang es la primera en ser anunciada, seguida por el segundo y el tercero. El llanto supera a Emma James cuando se gana el cuarto lugar. La ovación del público es ensordecedora en lo que ella ocupa su puesto en la línea de competidores.

Imagino la cara de la Yakuza. Por primera vez hay un artista fuera de su dominio. Le exijo a Emperatriz que la traiga esta misma noche a Moscú.

Acepto el puro que enciende la sumisa de la sala y siento el peso familiar del tabaco selecto en mi mano. El humo denso y terroso se entrelaza con el de los otros *vory*. El momento de calma me dura hasta que Gregory Petrov aparece de manera imprevista.

Llega con una botella de *rakia* búlgara envuelta en una caja especial.

—Hecha para mi estimado amigo ausente.

Llevo más de una década en tratos con Gregory Petrov. La mafia búlgara ha sido una aliada constante del hampa rusa, se cimentó una relación sólida a través de los numerosos negocios conjuntos en rutas marítimas. La colaboración ha sido fluida con el caudillo.

—Dalila Mascherano dice que ahora eres el paria de la pirámide.

—Pueda que tenga razón.

—Antoni Mascherano, en cualquier momento, saldrá de la cárcel y no le va a agradar tu actitud.

—Es la única que tengo.

Menciona lo dicho en las reuniones y que hay dos más esta misma semana. La pirámide trabaja unida y necesita a todos los clanes funcionando en sincronía. Para aliviar la atmósfera tensa, el búlgaro cambia el tema. Indaga sobre el viaje de Maksim y, sin que nadie le pida nada, asegura que su sobrina esperará por él.

El caudillo se va por la mañana. Se marcha con una de las mujeres del club, tras insistir una vez más, como lo ha hecho innumerables veces, para que asista al próximo encuentro de la pirámide.

Regreso a mi ático para cambiarme y los *byki* abren la puerta. Emma James reposa en mi sofá con el león en los brazos, aún lleva puesto el listón del concurso. No me presta atención ni yo a ella. Se las da de digna y ofendida después de hacerme viajar de un continente a otro.

No me quedaré mucho tiempo, solo vine por una ducha y ropa limpia. En unos días, parto a México y dejaré cerrados los pendientes de la próxima semana. Los juegos de gala terminaron, y hasta que Emma James vuelva a presentarse, todo seguirá igual. Entrenará cuando sea necesario, a menos que agote mi paciencia y termine ahorcándola.

—Quiero todas mis comidas al día y calientes —le indico a la mujer que refunfuña en el sofá—. Platos dignos de mí. Como careces de madurez, demuestra que el cerebro sirve para algo más que hacer tonterías.

Finge que no hablo con ella y se concentra en consentir al león que no se cansa de besar. Me largo a mi oficina, lejos de las ganas de disciplinarla.

En el estudio, reviso el arsenal de cada bodega rusa. Al no responder las llamadas de Philippe, insiste mediante correos que el *sovetnik* me solicita revisar. No tengo tiempo para ello. Hay prospectos de armas sin finalizar y con eso me ocupo el resto del día.

El sol traspasa las paredes de cristal. Ajusto el ángulo del cuaderno de bocetos sobre las rodillas. Con los ojos fijos en el papel, defino el subfusil en el que he estado trabajando. Trazo las líneas del sistema de rieles y el gatillo de recorrido corto.

—Señor. —Un *byki* abre la puerta.

—¿Sí?

—Traje su almuerzo.

Levanto la vista hacia la puerta y encuentro a uno de mis hombres más temerarios con un bolsito de almuerzo colgado del hombro. Frunzo el entrecejo, parece que va para una excursión escolar.

—¿De dónde sacaste eso?

A mis treinta y seis años, nunca he usado un maldito guardacomida de esos, ni cuando estaba en la escuela.

—La esclava dijo que usted lo había pedido y en la mañana lo ordenó.

—¿Ordené comprar un bolso para el almuerzo?

—Dijo que quería sus comidas al día y la esclava le empacó su almuerzo aquí.

Me siento como un crío al verlo colocar la lonchera sobre la mesa; el amarillo canario del recipiente destaca con intensidad. Al hablar de comida, me refería a la cena, no al almuerzo. Suelo almorzar afuera.

—Vete —digo y él deja la ridiculez en la mesa.

Cada día me convenzo más de lo tonta e infantil que es esa maldita.

Abro el maletín térmico y examino los recipientes. En el más grande, encuentro puré con especias. Tonta. Otro contiene pollo al horno, mientras que en otro está la ensalada. En un recipiente pequeño, hallo un postre. Echó en un envase un batido natural y una maldita manzana.

Cría tiene que ser. Lo botaría, pero huele bien, además no he comido hoy. Desenvuelvo los cubiertos de la servilleta. Volteo la silla hacia la ventana panorámica, la comida sabe a lo que huele y los recipientes acaban vacíos.

Vuelvo a concentrarme en los bocetos hasta que cae la noche. Cierro carpetas y emito las últimas órdenes generales antes de prepararme para partir.

Mis hombres recogen lo que me llevaré. En el ático enlazaré la información con la *laptop*. Luego, iré al club del este a liberar el estrés acumulado.

La camioneta avanza por las calles arboladas de Rublyovka hasta aparcarse en el edificio. Paso de largo por la sala de mi ático y me dirijo al despacho. En la mesa del comedor, tengo documentos por revisar. El objetivo de evitar a Emma James se frustra al regresar a la sala; organiza la mesa para la cena.

—Pon dos platos. —No la tendré sobre mí hoy.

Termino el trabajo en el despacho y vuelvo a cenar. La camiseta suelta le cubre la mitad de los muslos y su moño deshecho apenas le mantiene el pelo en su sitio. Desalentada, sirve la comida. Tiene la nariz roja y los ojos apagados.

El filete de cerdo está en su punto, igual que la pasta. El silencio en la mesa es absoluto. Yo como y ella no prueba nada, solo mueve los alimentos de un lado para otro.

—¿Puedo irme a mi habitación?

—Tu plato está intacto, ¿te llenaron las mentiras?

—Sí, y no tengo hambre. ¿Puedo irme?

Le señalo el camino para que se retire y continúo con mi comida. Después de una ducha rápida, preparo lo necesario para salir.

A las diez menos cuarto, no oigo a Emma James. Cruzo el pasillo, su puerta está sin cerrar, ella yace acurrucada en la cama, hecha un ovillo bajo las sábanas.

Entro a revisarla, no me gusta su aspecto. Ni con todas las penurias de la mafia se la ve de esta manera. Pongo la mano sobre su frente. Arde en fiebre.

—¿Hace cuánto estás así?
—Estoy resfriada desde esta mañana. Quisiera dormir, si no es mucha molestia. —Se niega a mi contacto.

Está loca al pensar que puede dormir con tanta temperatura. Envío a uno de los *byki* por medicina. En diez minutos, tengo todo y rompo la bolsa de analgésicos, abro el frasco de jarabe y le preparo un té caliente.

—Si vas a envenenarme, lárgate de aquí.
—Bebe. —La siento—. ¿Traigo el arma a ver si así te animas?

Se mueve con la debilidad de un moribundo. Le abro la boca para darle los analgésicos y, sentado al borde de la cama, vigilo que tome la bebida. Es tan testaruda que, si me voy, es capaz de no hacerlo.

—¿Mejor?
—No te interesa y tampoco necesito que me des la atención que no me dan mis padres.

Acostada, se vuelve de espaldas a mí.

—Y, sí, me enviaron la nota. No tenías por qué decirme mentirosa solo por dañarte los planes con la anciana de tu amante.
—Se atreve a quejarse—. Vete, mis ganas de follar contigo son tema del pasado. No te necesito aquí.

Me divierte su fingida indignación. Enfurece cuando me acuesto a su lado para besarla en la mejilla. Voy a desmentir lo que acaba de decir. Arranco las sábanas en busca de su pantalón corto. Se rehúsa pese a que no puede superar mi fuerza.

Deslizo las manos dentro de sus bragas. Sus rabietas me ponen duro.

—¿Ya no te gusta esto? —Acaricio la línea entre sus piernas—. Qué lástima, pensaba besarte para que te sintieras mejor.

Las ganas la traicionan y en un parpadeo se vuelve hacia mí. Presiono mis labios contra los suyos y no puedo evitar sonreír en medio del beso. Ella no conoce el significado de la palabra seriedad.

—¡Vete! —Apoya las palmas en mi pecho para sacarme de la cama—. Búrlate de otra.

—Estás en mi casa, *Ved'ma*, y la víctima no echa al captor.

Subo su pierna, rodeando mi cuerpo, y capturo sus labios en un beso voraz. Sus labios son la cosa más dulce que existe. Se le escapa un sonido suave y sexual. Sé lo que añora más que mi boca.

En un ágil movimiento, me desabrocho el vaquero y nos giro en la cama. Su cuerpo queda atrapado bajo el mío y el soplo errático de su respiración me llega al pecho. Capturo sus muñecas y las inmovilizo en la almohada. Con la cabeza del miembro afuera, hago su pantalón corto a un lado.

—No quieres follar... entonces ¿qué es esto?

Deslizo la corona de mi miembro en su hendidura y se resbala por lo dispuesta que está.

—Eres una pésima mentirosa, *Ved'ma*.

La penetro y ella se desespera. Intenta liberarse cuando le clavo los dientes en los pezones a través de la blusa. A pesar de su debilidad por el resfriado, reacciona a mi estímulo. El sexo de esta cría es una droga imposible de resistir. Le doy un polvo rápido, directo, que alivia el hambre de ambos. La llevo al clímax mientras me aferro a sus muslos al hallar mi propia liberación.

—¿Bebiste la píldora hoy?

—Sí.

Mi cuerpo se hunde junto al suyo, me quito los zapatos y subo las piernas a la cama. Con el mando a distancia, enciendo la pantalla frente a ambos.

—Supervisaré que no te mueras. —Exploro los variados canales—. Un simple resfriado no me robará el placer de hacerlo yo.

El retraso ya me quitó las ganas de salir y, aparte, estoy exhausto.

—Veamos una película mientras supervisas. —Agarra el mando—. Mira esta, es de criminales. De seguro te da ideas.

—¿No te ibas a dormir? Solo estoy aquí para vigilar.

—Ya no tengo sueño. —Ubica la cabeza en la almohada.

Me despojo del reloj y me desencajo la camisa. Ella reproduce la película.

—¿Te molesta si nos abrazamos para disfrutarla más?
—¿Se disfruta más abrazados? No sabía. —La traigo sobre mi pecho.

Me rodea el torso con el brazo y entrelaza las piernas con las mías. Le deslizo los nudillos a lo largo del rostro y ella sube a besarme la comisura de los labios. Es osada. El abrazo no lo pregunta porque pida permiso; es una táctica para ocultar, por medio de excusas, lo mucho que desea hacerlo. Busca maneras para hacer que lo que le despierto se vea menos mal.

La dejo entrar a mi boca.

—¿Esto también es para disfrutarlo más?

—Sí. —Me chupa el labio inferior.

La película avanza en la pantalla y la mujer a mi lado comienza a debatir cada vez que me adelanto al curso de la trama y le presento la lógica de los sucesos.

Tendría más que decir si no estuvieran mis manos sobre ella, callando sus palabras cada vez que intenta alegar.

—Pésimo final. —Cambia la pantalla—. Apagó mi sueño de ser narcotraficante.

—El sueño no te lo va a apagar. —Me encaramo sobre ella, listo para follarla otra vez—. El sueño te lo arruinaré yo cuando veas con tus propios ojos al cartel más peligroso de México.

Me hundo en su interior por segunda vez en la noche y, sí, me apetece follarme su culo en América.

Viajaré a México, y no lo haré solo: Emma James vendrá conmigo.

NOTA PERIODÍSTICA

¡Revelación en las pistas de hielo rusas!

En la última edición del prestigioso concurso internacional de patinaje artístico sobre hielo, un nuevo talento emergió con un debut que ha causado impacto en la comunidad del patinaje.

Una patinadora, cuya identidad es un misterio, captó la atención tanto del público como de los expertos. Con un estilo único y una ejecución majestuosa, esta figura desconocida logró posicionarse entre los cinco primeros lugares del *ranking* mundial junto a Sahori Wang, Ava Clark, Erick Carlson y Camille Hoffmann.

Conocida con el nombre de Queen, la patinadora dejó una marca indeleble en el evento gracias a su presencia inigualable. Sus rutinas destacan por una combinación de elegancia y técnica. Los patines de la competidora, adornados con auténticos diamantes, han añadido un toque de ensueño a su maravilloso debut y le hacen honra en el escenario.

La Federación Internacional de Patinaje Artístico sobre Hielo tiene en la mira a este prometedor talento. La atención está centrada en su próxima audición y los aficionados de este deporte anticipan que la patinadora continuará ascendiendo en el ámbito del patinaje artístico, consolidando su lugar en la élite del deporte.

40

TE VOY A CONTAR UN CUENTO

BOSS

La madrugada es un tiempo peculiar, las horas en que el cerebro purga lo que guarda en lo más profundo. Hoy, trae a mi mente la primera vez que despedacé, y el día en que luché por el puesto de Akim.

Mientras el humo se disipa en el aire, repaso en silencio la lista de cosas que he hecho y callado. Hechos que me he negado a mostrar, no por vergüenza ni por miedo a las consecuencias, no le temo a nada. Son actos que guardo para mí porque tengo un proverbio, una creencia que me ha acompañado desde niño.

Apago el puro entre mis dedos y, acostado de medio lado, mis ojos se encuentran con la mujer que duerme frente a mí.

Tengo su cuerpo, me pertenece y eso no me sacia; siento que su cadena es demasiado liviana todavía.

Abre los ojos y el azul profundo de sus iris me sume. Es el tono único que solo cargan las Mitchels.

Coloco la mano sobre su cara. Sería un idiota si le suelto los grilletes, si no la ato de las tres formas en la que puedes atar a una persona. No soy un cualquiera y lo mío con ella debe marcarla más.

—Cuéntame un secreto. —Le aparto las hebras negras del rostro.

Necesito que me entregue una parte de ella y así podré entregarle una mía.

—¿Secreto de qué?

—Algo de ti que no le hayas revelado ni a tu sombra.

—¿Qué secreto puedo tener si todo lo malo lo he hecho aquí y ya lo sabes? —El azul resalta en la penumbra.

—Sabes que hay más. —Le acaricio el mentón con los nudillos—. Cuéntamelo. Nadie más lo sabrá y quedará entre tú y yo.

Necesito saberlo tanto como su cuñado necesita el cuerpo de su hermana para subsistir.

—Cuéntame.

Estudia mi rostro en un lapso breve que mi consciencia siente como una eternidad.

—Me gusta alguien y me gusta mucho. Me atrajo desde que lo vi a través de la ranura de una puerta y no tenía idea de quién era. Es una locura... aun así, lo deseo tanto que empiezo a pensar que hay algo mal en mí —suspira—. Es ilógico lo que me despierta porque es sádico, oscuro y peligroso. Sé que todos me odiarán por desearlo, pero no puedo controlarlo... no puedo evitar que mi pecho se acelere cada vez que lo veo.

Su hablar sereno envuelve mis oídos.

—Soy hija de un general y mi familia, por parte de mi madre, siempre ha defendido lo correcto. Aunque haga mil cosas buenas, si se enteran de esto, me juzgarán, porque es un acto sucio y desleal de mi parte.

Le toco los labios con la yema del pulgar. Es un secreto retorcido; si fuera ella, también lo guardaría. Algunos nunca comprenderán que hay quienes se sienten atraídos por lo malo.

El mundo nunca entenderá que el cielo está lleno de seres hermosos, pero en el infierno abundan los seres irresistibles.

—Maté a Maksim porque ya no lo soportaba —le digo, y el pánico se le estampa en la cara—. Lo maté y no me dolió, pese a que estuvo dieciocho años a mi lado.

Se aleja, intenta irse y la devuelvo a la cama.

—No contaré tus secretos. No huyas de los míos.

—Era tu hijo. Era una mierda, pero era tu hijo.

—Mi hijo está en rehabilitación. Maksim no era más que un gusano con suerte. La madre lo desechó apenas nació —digo—. Le di una oportunidad y me demostró por qué la Bratva tiene razón al repudiar a los bastardos.

—¿Qué hizo?

—Hablar con la mafia italiana, congeniar y confabular por el puesto de Underboss. Cuando las ratas intentan rebelarse en silencio, las matas y cortas el problema desde la raíz. Él era una rata.

—Lo criaste y él te quería, debías tener, aunque fuera, un poco de afecto por él.

—No.

—No mientas...

—Admiro a quien me ataca de frente, mas repudio a quien lo hace por la espalda. Mi paciencia con él se agotó con su traición. Si hubiera sentido algún afecto por él, lo habría dudado, y no sucedió.

—¿Eres de piedra? ¿Alguna vez has querido a alguien en tu vida? ¿Tienes la capacidad de amar? —dice, y la pregunta me arranca una risa—. Nómbrame a una persona que ames o realmente hayas amado, si es que alguna vez lo hiciste.

No le diré a quién, aunque el nombre esté en mi cabeza.

—¿Tu esposa? ¿Vladímir?

Jugueteo con la punta de su nariz. Su corazón late, desbocado, tiene miedo y eso que todavía no ha visto todo lo que soy. Me intriga saber qué sucederá cuando lo descubra, ¿enloquecerá?

—¿Qué tanto amaste a tu esposa?

—Se acabaron las preguntas.

—Si te molesta hablar del tema, es porque aún te duele y quiere decir que la quisiste.

—Duérmete, *Ved'ma*. Lo que guardamos en silencio a veces pesa más que todas las palabras pronunciadas y esto tenía que sacarlo con alguien, ya lo hice y ahora quiero que te duermas.

Contempla mi cara por última vez antes de taparse los hombros y la observo hasta que se duerme.

En este mundo de cuervos y lobos, mostrar el vientre es un riesgo que rara vez vale la pena.

Me acuesto sobre mi espalda y sitúo el brazo bajo mi cuello.

De niño, fui testigo del deterioro de Akim tras la muerte de sus hijos. Cada pérdida lo hacía más débil, su mente se volvía más lenta y vacilante. Cuando nació Vladímir, surgió la incertidumbre de que quisieran joderme a través de él y decidí darle una oportunidad a Maksim. Con dos hijos, la atención no recaería solo en mi primogénito. La rata le quitaba un 50 % del peso. Yo era el *Underboss* que la Bratva más añoraba en el trono, el poder conlleva riesgos y el rival siempre atacará lo más apreciado.

Es la ley universal del *kriminal'nyy mir*.

Hice una expedición de cinco meses junto a Sonya, quien halló a la rata de Maksim en el bote de basura de una taberna. A nuestro regreso a Sodom, todos asumieron que era nuestro y dejé que lo hicieran. Aproveché la percepción para mi beneficio. Sonya, aunque atendía a los hijos por igual, a veces le otorgaba más atención a Maksim porque venía de la calle igual que ella.

Mi hijo sería el dueño de la Bratva, pero el hermano nunca alcanzaría tal estatus. La madre lo compensaba para que le doliera menos. En ocasiones intenté ser justo y les ofrecí atención a ambos; sin embargo, me resultaba repugnante. Nunca lo demostré, fingía que lo quería para no levantar sospechas.

A la edad de ocho años, se convirtió para mí en un becerro destinado al sacrificio debido a la envidia exagerada que sentía hacia Vladímir. A pesar de estar rodeado por el afecto de los Romanov y el respeto de la mafia, codiciaba todo lo del hermano.

Entre más crecía, más me intrigaban sus rasgos físicos. Investigué su origen y descubrí que tenía sangre de rata. Fue entonces cuando comprendí el rechazo visceral que sentía hacia él.

Celebré la evidencia enviada por Salamaro: fotos donde departía junto a los italianos. No le iba a perdonar esa traición. Perdonar es de débiles, de aquellos que carecen de lo necesario para hacer pagar con creces.

Procedí a enviarlo al tapón del Darién, allá los grupos sudamericanos y la selva misma se encargarían de eliminarlo. Que el hijo de un *Boss* traicione es una vergüenza a la que no me iba a someter. Enviarlo lejos era la forma más conveniente de quitármelo de encima. Quizá pudo haber vivido unos días más de no haber bajado al sótano y descubierto mi secreto. Eso me dio un motivo más para aniquilarlo con mis propias manos, como imaginé cientos de veces.

El brazo de Emma James recae sobre mi abdomen, la miro dormir en las horas siguientes y el sol de la mañana ilumina gradualmente su figura.

—Muero de hambre. —Se despereza bajo las sábanas—. Haré el desayuno. Ayer le preparé galletas de atún a Koldun y se comió cuatro.

Una esquirla me corta el tórax, mi miembro se despierta y saco los pies de la cama. Necesito algo que me haga volver a la realidad; siempre hay una sombra oculta detrás de lo que parece bueno. Las mujeres, con su sangre, seducen y luego les ven la cara a otros. No seré uno más por muy hermosa que sea.

—¿Quieres desayunar?

—Sí. —Dejo el arma cargada sobre la mesa.

Un disparo será el recordatorio que necesito para despertar y no olvidar lo que somos: enemigos.

Me dirijo a la ducha y me volteo cada cinco segundos a ver si me apunta desde algún rincón y no hay nadie. Regreso vestido al pasillo. El arma ya no está en la mesa donde la dejé.

Emma James prepara el desayuno en la cocina con un moño mal hecho en la cabeza. Si fuera una sumisa, su apariencia habría sido la primera prioridad antes de comenzar cualquier tarea. Ninguna mujer de mi entorno se presenta de mala manera ante su amo... aunque la mujer de la cocina no es que necesite de arreglos para verse bien.

Parece estar mejor del resfriado.

Mi cuerpo llama al suyo y me acerco a agarrar las caderas cubiertas por la camiseta blanca.

—Lo de Maksim... ¿Lo sabe alguien más?

—No.

La siento en la barra de la cocina. La comida ya está servida, alcanzo su tazón de cereal y le doy de comer en la boca mientras me mira. Nunca nadie me ha mirado así en la forma que lo hace ella y siento que el magnetismo es por parte y parte. Aunque no debería ser así.

Debería temerme, temblar con solo escuchar mi nombre, porque el *Underboss* tiene razón: soy más peligroso de lo que ella piensa.

Hago que se coma todo el desayuno. Una vez culminamos con todos los platos, la conduzco hacia el dormitorio.

En el baño, le indico que se desvista y entre a la tina.

—Te voy a contar un cuento, solo lo conoceremos tú y yo. —Le suelto el pelo—. Guárdalo para ti. No quiero que nadie más lo sepa. ¿Está claro?

Afirma con la cabeza. El agua tibia llena la bañera y el mármol acoge mi peso al sentarme en la orilla.

—Hace tiempo, existió una colonia de ratas codiciosas, infames y enfermas. Portaban sangre putrefacta, vivían con un hambre insaciable. Se reproducían sin descanso y todas nacían defectuosas —empiezo—. Prostituían a sus crías, las vendían, las mataban y violaban a las más pequeñas. Entre ellos mismos se apareaban con seres de otras especies, todo de una manera repugnante.

Le paso la esponja por la piel nívea de los hombros.

—Una de esas ratas, harta de la decadencia que la rodeaba, decidió abandonar el nido. Combatió, sufrió y aguantó hasta que encontró su recompensa. Fue feliz, pero después de un tiempo, la rata extrañó su nido y regresó a perdonar a su antigua colonia que tuvo un cambio entre la civilización gracias a ella, que les sació el hambre —continúo—. Les ofreció algo que nunca habían conocido: honor y dignidad. Transformó el nido en una colonia de prestigio. Empezaron a codearse con criaturas poderosas y dejaron atrás su existencia miserable. Ella, la salvadora, les dio una nueva vida.

Le desenredo la melena azabache.

—Pero tenerlo todo no era suficiente para las ratas. Estaban tan dañadas que las malditas se fijaron en una criatura inocente, pequeña. Se inventaron un juego: consistía en ponerle vestidos, le hacían moños, le pintaban los labios… y luego se aparearon con ella. La criatura no sabía la gravedad de lo que le hacían, porque confiaba en ellos y confiaba en la rata que la llevaba a la colonia. —La rabia me bulle en las venas—. Cada rata que cogía a la criatura le hacía una marca. Con la herida, sabían en cuánto tiempo podían volver a aparearse con ella. Durante meses, esa criatura creyó que lo ocurrido era normal. Las ratas le hacían pensar que la querían y día a día le demostraban «su amor».

Emma James escucha sin moverse.

—Le lavaron el cerebro y le decían que estaba bien chupar los genitales de los integrantes de la colonia porque era parte del juego divertido. Ratas de otros lados se unían a lo que hacían. Para ellas, era entretenido introducirle objetos, verla padecer incontinencia fecal. Día y noche le repetían que estaba bien, que no había nada de malo en el juego. —El asco me crispa la mandíbula—. Se sentían plenas, disfrutando de quien no podía hacer nada para quitárselas de encima. Su dicha acabó cuando un sanguinario cazador apareció. Al enterarse de su existencia, se obsesionó con ellas y comenzó a cazarlas una por una con el único objetivo de exterminarlas.

Le escurro el agua del pelo.

—Se dedicó a buscarlas, aunque vivieran en otros continentes. Las trajo a su jaula sin importar si sabían o no de su existencia, si habían participado o no en los juegos. Las encerró y creó algo peor que un infierno en la Tierra para ellas. En ocasiones, las capturaba con trampas. A veces, ellas iban de forma voluntaria y otras las forzaba a moverse con él. Ninguna tuvo un final feliz, porque el cazador era uno de los seres más despiadados que jamás haya pisado la Tierra. Lo subestimaron sin saber que su juego les costaría la colonia, la vida y la especie.

Le quito la espuma con la regadera.

—Hay deudas que deben cobrarse por orgullo, ley o estatus, como la norma de ojo por ojo. Cada ofensa exige su justo castigo. —La cólera me oscurece el día—. Hay otras deudas que se cobran por dolor, decepción e impotencia. La primera no es nada comparada con la segunda.

La boca de ella permanece sellada y le beso la coronilla antes de levantarme.

—Vístete, nos vamos a Sodom.

La gangrena de la ira me consume desde adentro y trago. Preparo lo necesario para mi partida. Iré de Sodom a México.

Delante de la ventana panorámica, ajusto los puños de la camisa. La luz del alba inunda la sala, donde el león reposa en el mueble principal. Observar el horizonte es una costumbre de años, un ritual que aclara mis ideas.

Mi mente se queda en silencio por un momento, hasta que escucho lo que he estado esperando desde que salí de la cama.

El sonido de un cargador al entrar en su lugar, el inconfundible clic metálico que me paraliza por un segundo antes de voltear.

Nadie apunta atrás.

—No había visto un cargador con balas así. —Emma James me ofrece la culata de la Sig Sauer. Conserva un proyectil en su mano—. Dejaste el arma en mi cuarto.

Tonta. Recibo la pistola y ella retoma sus obligaciones colocándole la correa al león.

Se termina de cambiar y sale lista para viajar. No hablamos durante el camino a Alaska. Se limita a estar sentada frente a mí con el león en su regazo.

Sostengo el periódico en el trayecto y, por cada párrafo que leo, alzo la vista hacia ella. Mis ojos se mantienen atentos a lo que hace. Parece que desea decirme algo, mas cada vez que lo intenta, se arrepiente y, en vez de eso, me sostiene la mirada un par de veces a lo largo del viaje.

Todos somos el secreto de alguien. Yo soy el suyo, ella el mío, aun cuando intuyo que esto llegará pronto a su fin. No puedo continuar de esta manera.

En la hoja del periódico, dibujo un mapa con indicaciones claras.

—Necesito limpieza en esta mazmorra. —Le hago entrega de la hoja—. Déjala impecable. Bajaré a revisarla.

Dejo caer el juego de llaves sobre su palma.

—Ahí está la hora. Ve sola, no le digas a la matriarca ni a ninguno de los sirvientes.

Es mejor que pierda la cordura ella y no yo por una cría.

EMMA

De tener que resumir mi vida, la definiría como un laberinto donde vas de área en área sin saber lo que encontrarás. Acabo de salir de un tramo llamado hielo.

Mi temporada como caballo de carreras culminó, y aunque las aguas están tranquilas, la marca de la muerte persiste en mi frente. Quema y ahora más que nunca quiero arrancármela porque los diarios deportivos hablan del gran futuro que tengo en el deporte y jamás había querido patinar tanto como ahora.

Peino el pelaje de Koldun; la textura es tan densa y esponjosa que, al deslizar el cepillo, siento que acaricio una nube de algodón.

Sin el *Underboss*, me asignaron una de las austeras alcobas de la servidumbre. No se asemeja a las principales, pero igual sirve. Tengo una pequeña chimenea funcional, un baño decente, una gaveta de cajones y una ventana con vistas al patio de la fortaleza.

El reloj marca un cuarto para las doce y me preparo para la tarea que tengo pendiente. En la tarde, reuní los útiles de limpieza. Koldun se vuelve una bola de pelo en mi regazo y le doy un beso en la cabeza antes de acostarlo en la cama.

Recojo los baldes y los cepillos, aún incapaz de procesar lo de Maksim. La fortaleza insiste en recordármelo. Debe ser cruel que tu propio padre te mate. No es que me haga feliz, pero de algún modo me da paz por Kira. El hermano del *Underboss* era detestable, incluso con ella.

Me encojo al caminar por el pasillo, el frío entra por las ventanillas de arriba mientras avanzo rápido hasta llegar a la sala oscura. Retrocedo un paso al ver una sombra bajar por las escaleras. No quiero cruzarme con ningún Romanov.

Es Cedric. Baja con una bandeja en la mano, el collar de esclavo le envuelve la garganta. Desde que le cortaron la mano, acostumbra a tener el muñón sobre su pecho.

—¿Emma? —Se le arruga el ceño, apenas me reconoce—. Pensé que habías muerto. Tu pierna...

—No me preguntes que ni yo lo tengo claro.

La Bratva se deleita jugando con las mentes ajenas, y lo ocurrido lo catalogué como una prueba más.

—¿Cómo estás tú?

—Sobreviviendo. Me han encargado curar heridas y atender llagas. A pesar de que mi ayuda resulta valiosa, no cesa el trato cruel. —Suelta un suspiro pesado—. Dentro de todo, estoy bien.

Las luces de las camionetas iluminan la entrada desde afuera.

—Tengo que irme. —Recojo mis útiles.

—Emma —llama el príncipe a pocos pasos, y me vuelvo hacia él.

Se toma su tiempo a la hora de evaluarme.

—Me alegra saber que sigues viva.

—A mí también me alegra saber que tú lo estás. —Le sonrío antes de continuar.

Reviso el mapa y, debajo de las escaleras dobles, hallo la puerta que lleva a las mazmorras. El olor a moho húmedo me hace cosquillear la nariz. El frío se me instala en los huesos. Cierro la puerta a mis espaldas y enciendo la linterna. El castillo de *Gormenghast* se queda corto comparado con esto: hay telarañas por todas partes.

La tos rasga el silencio mientras bajo cuatro pisos. Miro atrás. Un grito no podría ser escuchado arriba, la vastedad de todo se lo tragaría. Bajo otro piso y aún no olvido la cara del *Underboss* después del accidente: el pánico en sus ojos, el miedo innato, los nervios y las lágrimas. Estaba drogado... Es la única explicación que se me viene a la cabeza para su estado.

Encuentro el piso señalado. Los pasillos se extienden a mi izquierda y derecha. Cruzo umbrales protegidos por rejas, una cada diez pasos. ¿Era esto una prisión?

Un fuerte golpe retumba a mi espalda y la reja del último umbral cae con un estruendo metálico, golpeando el suelo. Corro a abrirla, la empujo hacia arriba, pero no cede; está atascada.

El aire, saturado y mohoso, no entra de la forma correcta a mi nariz. Jadeo, el oxígeno parece escasear. Al final del corredor solo hay oscuridad; una negrura tan espesa que parece sólida.

—«Acaba rápido y no vaciles» —me digo. Revisarán mi trabajo, vendrán a abrir la reja o no podrán pasar.

Ubico la puerta en el mapa y un temblor involuntario se apodera de mis brazos al ver las argollas metálicas ancladas al panel. Cierro los ojos un segundo, el corazón golpea con fuerza en mi pecho. Mi sexto sentido me grita que me vaya, teme que al otro lado encuentre mi juicio final.

El candado se tambalea a medida que lo abro. Las cadenas se deslizan fuera de los aros. Trago saliva dos veces y el sonido sordo de mi deglución se une a los latidos agitados. Respiro una vez más y empujo las puertas hacia adentro.

Un olor pútrido me aporrea y alzo el brazo para taparme la nariz. Doy dos pasos adentro y un chillido desgarrador desmorona el silencio a la vez que un panel cae en el umbral, encerrándome adentro. La fetidez me envuelve, pegajosa y asfixiante.

El suelo parece palpitar bajo mis pies. Estrello los puños en el acero para abrir y no hay resultado.

El chillido se hace cada vez más horrendo. ¿Qué es eso? ¿Hay alguien aquí?

—¡Hola!

Las luces no funcionan. La comida se me sube al centro de la garganta. «Si culminas rápido, te dejarán salir, Emma», me consuelo. Avanzo al corazón del lugar. La negrura de la oscuridad no me deja ver nada y la linterna no quiere funcionar.

Un nuevo grito infernal estalla y golpeo el aparato.

—¿Hola? —Consigo encender la linterna.

Apunto hacia una de las paredes. Algo se arrastra lejos de la luz y retrocedo al instante. Oh, mierda, eso era una...

Tropiezo con mis propios pies y caigo de bruces sobre el concreto. Las luces se encienden de golpe, y decenas de voces gritan al unísono. Un alarido me aprieta el pecho hasta ahogarme.

El mundo conocido se distorsiona y colapsa frente a mis ojos. Las paredes parecen respirar, vivas, y mi cuerpo se sacude, temblando al ver a la serie de personas encadenadas en el suelo, desnudas, mutiladas, podridas, tuertas, deformadas, sin nariz, sin senos, hombres sin penes, mujeres con los pliegues cocidos. Todas envueltas en alambre de púas, cuáles criaturas ofrendadas en un ritual perturbador.

Sus voces se levantan en un coro demente, se muerden, se arrancan la piel quemada y mascan su propia carne. Artefactos de hierro brotan de sus cráneos y decenas de ratas se les suben encima devorando su piel. La pared es un mural macabro, con fotografías de vidas que alguna vez fueron normales; de personas felices y ahora destrozadas.

Los gritos son inhumanos, fieros, crueles. Me quedo atornillada al piso, los pulmones se me agarrotan y las extremidades se me pasman ante el ser deforme que se arrastra desesperado hacia mí.

Los gritos me perforan los tímpanos. No puedo huir. No puedo respirar. Las cadenas crujen y se tensan cuando llega hasta mí. Su rostro deformado queda a centímetros del mío. Y todo el movimiento a mi alrededor cesa...

En el rostro monstruoso, entre la carne corrupta y las cicatrices, un iris marrón me atraviesa.

Un estremecimiento me recorre al leer el nombre grabado en el metal de su cabeza. No puede ser. Alzo la vista hacia la pared. La foto sobre ella congela mi sangre.

—¿Sonya? —susurro.

Sus manos son muñones sin dedos y unas cuantas hebras de pelo cobrizo le cubren el cráneo devastado, atornillado con hierro. Un alambre de púas le rodea el rostro, lacera la carne. Abre la boca, llena de sangre del animal. Es un esqueleto con pellejo y los huesos se asoman bajo la piel marchita.

A un par de metros se halla Tonya Lazareva sin pechos, orejas ni pies. Los ojos, hundidos en órbitas oscuras, me miran con una mezcla de súplica y locura.

Clama perdón, la única carne fresca en este agujero que huele a infierno.

«Confiaba en la rata que la llevaba a la colonia». Mi cerebro encaja pieza por pieza y ata los cabos: el cuento de las ratas, la familia desaparecida por los soviéticos, la cara de Ilenko Romanov cada vez que le pregunto por ella, el terror de Vladímir en el día del accidente, sus cicatrices en la espalda...

Sacudo la cabeza. No sé por qué no lo capté desde un principio.

Los Lazarev son la colonia y el *Boss* es su cazador.

Chillan y percibo su penuria, las ganas de salir. Un frío antinatural me congela hasta la médula. Mi consciencia se tambalea al borde de un abismo de locura.

—Eres la rata que se escapó de la colonia y luego volvió a ella.

—La rabia se propaga hasta el último rincón de mi ser—. No eres ninguna leyenda; eres una asquerosa perra infeliz.

Su lamento se transforma en una risa macabra y el sonido tétrico contamina el espacio entre nosotras. Su boca se abre igual a una grieta en tierra árida y exhibe los molares negros mientras me levanto. La miro desde arriba y una avalancha helada me sepulta. El roce de sus muñones me sube la bilis a la garganta.

—¡No te atrevas a tocarme!

Su risa se quiebra bajo mi puño. Sus dientes podridos estallan y salpican el suelo con esquirlas de marfil ennegrecido. Hundo las rodillas en la carne de su abdomen marchito y le entierro cuatro puños más en la cara.

Sus chillidos me perforan los tímpanos. No me detengo. Las ratas se agitan y un coro de gruñidos y cadenas me rodea. Intentan alcanzarme, defenderla, quizá, pero están demasiado débiles, demasiado rotas.

La sangre de Sonya Lazareva me salpica. Se mezcla, se combina con mis lágrimas y con mi sudor. Mis puños no dejan de caer, aunque ella ya no se mueva. Estas, tal vez, sean mis últimas horas y merezco drenarme antes de partir. ¿Quién más que ella para recibir el lodo que me ha caído encima?

Me levanto con las manos adoloridas y el cuerpo empapado de sudor. El mundo cambia cuando descubres que la humanidad no se divide simplemente en buenos y malos. Hay zonas tan oscuras que ni siquiera las sombras se atreven a reclamarlas.

—Ahora vas a matarme, ¿cierto? —digo al percatarme del *Boss*, que aguarda al pie de los escalones.

—Aún hay ratas por cazar y las aniquilaré a todas, incluso a aquellas que ignoran mi existencia. No importa si nacieron antes o después —declara, serio—. Esto es un asunto personal que nunca acabará.

Las descripciones de su sadismo no le hacen justicia; no ha tenido piedad ni con la mujer que lo acompañó durante años.

Los Lazarev se agolpan contra las paredes a medida que avanza hacia mí. El terror los encoge en posición fetal. Me pregunto por qué no me aterra a mí también. Lo más sensato sería irme a llorar al rincón junto al resto. Si cualquiera viera esto, por valiente que sea, estarían inconscientes en el piso, pero yo, ¿yo? Debo aplaudirme por no ahogarme en lágrimas, porque se necesita coraje para no hacerlo.

—Moriré con la dicha de saber que no me traumó el *Boss* de la mafia rusa pese a estar frente a su peor barbarie —le digo—. Mi mente es tan fuerte como yo. No la han podido quebrar, y no creo que puedan hacerlo jamás, porque sé resistir a su mafia.

Aparto las lágrimas.

—Y no seré hipócrita, ¿sabes? No juzgaré esto, porque si alguien dañara algo mío de la manera en la que lo hicieron ellos, un infierno parecido a este se quedaría pequeño.

Admiro a los que son capaces de defender lo suyo. Consideré al coronel en su momento porque siempre ha hecho de todo por proteger a mi hermana y a mis sobrinos. Aunque señalaran sus mil y un defectos, siempre me sentí tranquila, porque sabía que se desvivía por ellos como todo padre debe desvivirse por su mujer y sus hijos.

El *Boss* avanza hacia mí. El verde de sus ojos se transforma, oscureciéndose con la mirada que precede siempre a la muerte.

Toda capacidad de reacción desaparece cuando lo tengo a centímetros de distancia y lo miro a la cara.

—No has podido conmigo...

Digo y su mano, envuelta en cuero negro, me inmoviliza la garganta. La otra se apodera de mi melena, tirando con tal fuerza que un dolor punzante recorre mi cuello.

—Y nunca podrás —siseo en un murmullo.

Sus ojos despellejan cada una de mis capas. Por un instante veo mi destino en sus pupilas dilatadas, imagino lo que hará, pero sacude la cabeza y tuerce los labios en una sonrisa que me agita el estómago.

—Me gustas, maldita hija de puta.

Su boca se estrella contra la mía en un choque violento de labios y dientes. Su lengua se abre paso, voraz y demandante. Me alzo en puntillas e inclino la cabeza hacia atrás en el momento en que mi cuerpo traiciona cualquier instinto de supervivencia.

Enloquezco con su sabor, y la euforia se duplica con la oscuridad, la perversión. El olor maligno del aura que me aprieta el pecho, como si todo en mí fuera a explotar.

Su lengua se pasea por toda mi boca de manera vulgar, brusca. No es un caballero ante una princesa: es un cazador ordinario que se quiere follar a una sucia doncella.

Le abrazo la cintura, apenas me alza, ambos rodeados por el holocausto de las ratas.

No quiero estar en este piso de porquería. Soporta mi peso mientras me saca y mi espalda se encuentra con las rejas de hierro que cayeron hace un rato. El vello de la barba bien cuidada me pica en la mejilla cuando frota su cara sobre la mía.

—¿Qué tanto te gusta esto? —En la penumbra del pasillo, presiona su erección sobre mí—. ¿Qué tanto te gusta el *Boss* de la mafia rusa, *Ved'ma*?

—Mucho —respondo, desesperada porque se descubra lo que tiene entre los pantalones.

Se deshace de mi short, desenfunda su miembro y frota la húmeda corona sobre mis bragas.

—Sé mi bebé, sé el gusto culposo que no me canso de saborear.
—Sí. —Nuestras bocas vuelven a unirse.
—Te follaré tantas veces que tendrás más secretos vergonzosos para guardar. —Entra en mí—. No podrás estar con nadie sin recordar que te entregaste al ser que debes odiar, pero que tú deseas.

Caigo de lleno en el lodo y me revuelca por completo en su suciedad. La brea se derrama y me baña de pies a cabeza. En momentos así, solo pienso en una cosa: no quiero ser su enemiga, no quiero ser su presa. Quiero ser suya.

41

CARTEL

EMMA

Sinaloa - Estados Unidos Mexicanos

Los paisajes nevados de Rusia ceden su lugar a los áridos parajes de México. Aunque he estado en el país antes, ha sido en circunstancias comunes, reuniones familiares, fiestas con amigos o recorridos turísticos. Esta vez es diferente: he venido con la mafia rusa y me han traído a uno de los estados más peligrosos de Norteamérica.

El sol incandescente se siente peor que una tonelada de brasas aplastándote. El viento, furioso, golpea y sofoca con la intensidad de un horno abierto. La cultura, los colores, el bullicio de la gente, todo es un mundo opuesto a la fría serenidad de Rusia y Alaska.

Avanzo al lado del *Boss* a través del sendero de grava. Dos puertas de madera maciza esperan al final, tan altas que rozan las copas de los árboles cercanos.

Me acaricio las muñecas. El cuerpo me duele y no es por ejercicio: la fuerza de Ilenko Romanov ha estado sobre mí en las últimas horas. No me ha dado descanso en la cama y tampoco lo he pedido.

Veinte guardias nos siguen e Ilenko se detiene metros antes de llegar a la puerta.

—¿Cuál es el destino de los traidores que hablan de más en mis filas? —Se gira hacia sus hombres.

—Mueren descuartizados en las máquinas industriales —contesta uno.

—Quiero ley del silencio absoluto en torno a todo lo que hago con Emma James. —Saca el arma—. Cualquiera que hable, opine o divulgue información, morirá tan rápido como este.

Apunta y le dispara en la cabeza al hombre de su izquierda. Se desploma como un saco de arena arrojado desde lo alto.

—Nadie le desobedece al gran Pakhan —contestan al unísono e ignoran al que acaba de morir—. Nacemos para cuidar su honor.

— No permitiré que se incluya a hombres nuevos en este tipo de viajes, ¿entendido?

—Sí, señor.

El *Boss* hunde los dedos en mi nuca y su lengua asalta la mía en un beso posesivo. Sus manos bajan por mi columna, dejando un rastro ardiente hasta apoderarse de mi trasero. Siento el roce abrasador de sus labios antes de liberarme. Sus labios queman contra los míos antes de apartarse, dejándome sin aliento.

Continuamos la marcha. Un escolta le da instrucciones a otro para deshacerse del cuerpo, y la orden se cumple sin palabras ni quejas. En mi tiempo aquí siempre he visto el mismo grupo de hombres a su lado, y ya reconozco sus rostros.

Todos llevan el mismo tatuaje, ya sea en el cráneo o en el cuello. Visten de negro y viven atentos a todo movimiento, como ahora que escanean el entorno en busca de amenazas.

El *Boss* se ajusta los lentes de sol. A unos pasos de la entrada, los *byki* preparan sus armas a medida que se acercan y las colocan sobre su pecho, tan pronto como las puertas inician su apertura.

Al otro lado, aparece un grupo de individuos armados: narcotraficantes. Reconozco sus rostros, he visto sus facciones retratadas en los despachos de la FEMF.

—El gran jefe de la Bratva. —Se acerca un capo—. Bienvenido a mi casa que, ahora, también es la tuya.

El sombrero abandona su cabeza, dejando a la vista un cabello negro que forma un conjunto perfecto con sus cejas tupidas y sus ojos penetrantes del mismo tono azabache. Su estatura no alcanza el hombro del Boss, pero su postura recta y los hombros erguidos le confieren un aire de mando.

A su alrededor, más de diez hombres permanecen en silencio. El único que se atreve a extender la mano es el que da la bienvenida.

—Los barcos acaban de llegar. Vamos a ver los juguetes. —Muestra el camino empedrado.

Desde la entrada se aprecia la abundancia: equinos de paso fino comen del césped verde bajo las palmeras, el resplandor del mar se ve más allá de los robustos muros de hormigón, mujeres entran y salen de una inmensa casa colonial. Dos se acercan a ofrecerle tequila al dueño de la Bratva.

—Qué gusto que esta vez sí aceptaras la venta. La decimoquinta solicitud fue la vencida, ¿eh? —le dice el capo y el resto se ríe—. Tengo a mis mejores hombres listos. Solo falta que los tuyos les enseñen a sacarle hasta la última gota a lo comprado.

Todo el mundo tiene armas, todo el mundo luce peligroso, si bien, los hombres de la Bratva se destacan no solo por su imponente tamaño, sino también por los tatuajes que cubren sus cráneos, manos y cuellos.

Descendemos hasta la orilla del puerto, donde varios hombres descargan los cargamentos de tres barcos. Las embarcaciones, equipadas con indumentaria táctica, se alinean a lo largo del muelle. Los cascos reforzados refulgen a la luz sobre las aguas, mientras la mercancía es arrastrada hacia los quioscos.

Los rusos fragmentan las cajas negras.

—Asombroso. —Los mexicanos silban cuando Ilenko saca las partes de un subfusil.

Lo ensambla delante de todos con la soltura de quien arma un juguete.

—El arma garantiza un alcance efectivo de hasta doscientos cincuenta metros, asegurando una eliminación precisa. —El *Boss* le instala un cargador—. Es ligera, manejable, de desmontaje rápido para ocultarla con facilidad. Utiliza municiones SP-10 y SP-11 de calibre 9 x 21 mm, capaces de destruir cualquier órgano en un parpadeo. El visor infrarrojo, de calidad profesional, da un aumento tres veces superior al de un visor estándar.

Traen un cerdo para probar el fusil. La primera ráfaga destroza su estómago en un estallido de carne. Las armas de la FEMF no son así. Aunque son avanzadas y de alta precisión, no tienen una violencia tan cruda.

Colocan una mesa de exhibición con el modelo de cada arma. Ilenko da una charla técnica y escucho la descripción de las piezas. Mientras se hacen preguntas, tomo con disimulo el rifle de asalto. Es liviano, mucho más que los del comando. Apunto a través del visor; las playas lejanas cobran vida y la nitidez es perfecta. Puedo contar las hojas de las palmeras y ver las gotas de sudor en la frente de un bañista desprevenido.

El pulso se me acelera. El poder fluye desde el arma hasta mis venas y siento la potencia correr por cada una de mis células. La sensación de magnificencia me sobrecoge y el recuerdo de mi primer juramento militar me hace bajar las manos: proteger y servir, no destruir y someter.

Devuelvo el arma a su lugar.

—Son únicas, jefe. —Los capos hacen sus pruebas—. ¡Nada iguala a las armas rusas!

Traen licor para todos, pero, antes de que pueda llevarme el vaso a los labios, Ilenko me lo arrebata de la mano y lo arroja al césped. Su mirada es una advertencia muda.

El dueño de la Bratva explica con detalle las municiones de cada lote: balas de alta perforación, proyectiles con puntas de acero y municiones especiales diseñadas para causar el máximo daño en el menor tiempo posible.

La lección de la primera descarga finaliza tres horas después con un brindis.

—¡Por el gran jefe y la Bratva! —chocan los vasos—. *Boss*, ahora nos toca a nosotros mostrarte nuestro negocio.

Nos dirigen a los establos techados. En lugar de animales, sobresale el olor acre de la cocaína. Las mesas, que alguna vez sirvieron para el heno, ahora están cubiertas de polvo blanco, apilado en montones ordenados.

—Nuestra coca.

Le entregan un plato al *Boss*, que mete el dedo en la sustancia y la prueba.

—Está buena —dice el capo orgulloso—. Te enviaremos unas muestras para que las distribuyas entre tus clientes.

Pasamos a la casa después del recorrido. En el patio, preparan la tarima con micrófonos e instrumentos musicales. En la sala, la comida abunda mientras las mujeres, en traje de baño y vestidos cortos, salen por doquier.

—Karen, échale un ojo a la morrita del *Boss,* vamos a contar su lana. —El capo llama a una de las mujeres—. Cuido lo suyo para que no se me vaya a estresar.

—No es necesario.

La mano del *Boss* se desliza por mi espalda hasta llegar a mi moño.

—Ella se sabe cuidar —me roza los labios— y mis hombres son quienes la supervisan. No quiero capos, sicarios ni hombres a su alrededor. No está a la venta, no es negociable y mucho menos manoseable.

—Como ordenes, jefe.

Un guardia se pega a mi espalda en cuanto su cabecilla se va. El aroma a barbacoa de afuera me da hambre y el estómago me ruge en respuesta. Un hombre mayor entra con el equipaje y aprovecho su entrada para sacar un par de prendas y examinar lo poco que empaqué en Alaska.

Saco mi biquini, pregunto por el baño y, adentro, paso un par de minutos entre las cuatro paredes frías. La rutina de las últimas horas me tiene agotada.

Quiero disfrutar, aunque sea un poco. Mis manos se apresuran mientras me cambio. No recuerdo cuándo fue la última vez que me divertí fuera del hielo. Suelto mi cabello y me aplico mi humectante de labios.

Empaco mis cosas en una bolsa de lona y le entrego todo al hombre de la sala.

—Lo que pidió tu patrón. —Una de las mujeres se acerca con una bebida fría de fruta y dos analgésicos.

Bebo todo de una vez y mi cuerpo reacciona con un hormigueo de satisfacción

Afuera, el calor está en su punto más fuerte. Me estiro y miro al cielo con las manos en la cintura. Siempre he creído que el sol es la mejor creación del universo; da vida a las plantas y recarga la energía de las personas.

Me acomodo las tiras rosas del traje de baño, ignorando las miradas de quienes me observan.

Enfoco la atención en la piscina, los guardias se adelantan y las personas empiezan a salir una por una tan pronto como me acerco el agua. Queda toda para mí y me lanzo de un clavado.

—¿Piensas demorarte ahí? —preguntan en la orilla.

—Un par de minutos —respondo antes de hundirme.

Siempre he amado el agua. En Phoenix, era de pasar horas en la piscina en los días más calurosos. Un guardia se pasea por los alrededores. Si mi madre me viera nadando en la casa de un narcotraficante, me quemaría viva.

Cierro los ojos, no quiero pensar en eso.

Tardo una hora en el agua y emerjo a sentarme en la orilla con la cara hacia el cielo. El calor derrite el frío que tenía arraigado en los huesos.

—*Ved'ma* —me llama el *Boss,* y saco los pies del agua.

Se toca los labios mientras me acerco y me arreglo el traje de baño. Es pequeño y debo cuidar de que no se me salga nada. Su camisa blanca tiene tres botones desabrochados sobre el pecho, y aún lleva puestos los lentes de sol.

Me agarra de la mano y con zancadas largas me lleva adentro.

—Tu fiesta de bienvenida está por empezar, jefe —le dice el capo. El *Boss* sigue de largo.

—Puede esperar, no se va a ir en lo que regreso.

Subimos juntos al segundo piso.

Un pasillo largo se abre ante nosotros, con habitaciones a ambos lados. Entramos al dormitorio que aguarda nuestro equipaje. No hace falta decir nada; sé por qué me ha traído aquí. Cierra la puerta con el pie y me quito las tiras del sostén mientras él se desviste. Ya está duro.

—A ver esto. —Desnudo, me suelta la parte inferior del biquini.

Las bragas se me caen. Estamos en México, es mediodía y mi desnudez resplandece más que bajo cualquier bombilla. El *Boss* estrella la mano en mi culo antes de acostarse en el centro de la cama.

No hay cosa más imponente que este hombre, eclipsa todo a su alrededor. El dije de su cadena brilla en el centro de su pecho. Me subo por un costado, abro las piernas sobre su pelvis, me acomodo sobre su miembro y no me deja estar.

—Ven aquí. —Me agarra las caderas y me empuja hacia arriba, sentándome sobre su cara. Sus labios abiertos esperan por mí.

Apoyo las rodillas a ambos lados de su cabeza y clavo mi peso en él.

Su lengua me perfora entre los muslos, como una daga caliente que hiende mi piel. Sus labios sellan mi hendidura y succionan con tal hambre que me falta el aire. Es un depredador alimentándose de la carne más sensible de su presa.

Balanceo las caderas sobre su rostro.

—Más, chupa más. —Agarro el cabecero de la cama frotándome en su boca—. No me sueltes.

Mi mente nada, sumergida en un remolino de depravación total. Quiero que me coma toda y me sujeto la cabeza con ambas manos cuando sus dientes rozan mi carne sensible. Una oleada de calor me tiñe la piel de un rojo intenso, juraría que una hoguera se me ha instalado adentro y se sacude con la brisa marina de la ventana.

Maldita sea, lo que hace con la boca no tiene perdón. Una de sus manos abandona mi cadera. Giro la cabeza hacia atrás y lo veo sacudirse el miembro con frenesí. Se encarga de él y de mí sin desconcentrarse.

—Tu carne es un festín. —Trata a su miembro con una brutalidad animal—. Y me la estoy comiendo toda, *Ved'ma*.

El tirón delicioso de sus labios me saca de órbita, alzo la vista hacia el ventilador de techo cuyas aspas giran en un baile que se acompasa con el huracán en mi cabeza. El clímax se acerca, imparable, y no tengo idea de si viene a destruirme o a reconstruirme. Lo único certero es que el momento cúspide me deja en trance.

Me derrumbo a un costado y su pene rezuma, empapado, a punto de hacer erupción, hilos blancos se le resbalan sobre el capullo y el abdomen.

—Límpiala y trágatela—ordena.

Hago caso sin titubear. Cual niña obediente, me voy a su entrepierna y mi lengua recoge hasta la última gota de su esencia salada.

—¿Así?

—No me hagas esa cara. —Me palmea el rostro.

—Solo es una pregunta.

—Mira cómo me ponen tus preguntas. —La erección adquiere la dureza de un hierro.

Arrastra mi cuerpo hasta que queda a su altura y me coloca boca abajo sobre la cama.

—Alza ese culo. —Estira el brazo hacia la lámpara de la mesa y le arranca el cable sin el más mínimo problema.

Envuelve la cuerda plástica alrededor de mi cuerpo. Mis brazos quedan inmovilizados, pegados a los costados. La frustración me carcome porque así no puedo tocarlo. La palma de su mano se mueve por mi espalda y elevo la pelvis.

—Qué cría tan caliente eres, *Ved'ma*. —Golpea el miembro contra mis glúteos—. ¿Andas empapada todo el día?

—No.

—Solo cuando aparezco —se ríe—. ¿O eso también lo vas a negar?

Sale de la cama, se va y viene rápido, desechando un estuche de plástico al piso. Se inserta un anillo vibrador hasta la base de su erección y verlo sin nada de ropa me pone la piel de gallina.

Me divide el pelo en dos coletas. El objeto se enciende y él se hunde en mí.

—Perdí la cuenta de las veces que te he penetrado en las últimas horas.

—Han sido muchas.

—Y sigo con la misma sed.

Ondulo las caderas. El tronco vibra en el interior y su peso encima de mí es un muro de carne y músculo que me aplasta mientras me folla, violento, bruto. Mi biquini yace reducido como un trapo en el suelo junto a las almohadas que han volado de la cama. El calor es asfixiante y el ventilador gira en vano, incapaz de enfriar nuestros cuerpos pegajosos de sudor.

Sus caderas chocan con mis glúteos con tanta fuerza que me estremece el cuerpo entero. Los brazos, inútiles y atados, no pueden hacer nada para amortiguar el impacto de su asalto. La cama cruje bajo nosotros, protesta ante la ferocidad de su golpeteo.

—Cómo se moja la niñita, cómo se moja la víctima con su captor. —Me pasea la barba por la mejilla, hablándome al oído—. Cómo te prende el *Boss* de la mafia rusa, Emma James.

Me estruja los pechos. Esto nunca estuvo en mis planes. No vine aquí con la intención de que él me incendiara de esta manera. Lo odiaba por su desprecio hacia mi apellido y heme aquí, recibiendo su miembro en la casa de un capo de la droga.

Heme aquí, aceptando los golpes que me lanza sobre el culo, los tirones bruscos en el pelo. Gimo por el anillo que choca con mi sexo.

—Báñame el miembro, Emma. —Me empuja con el brío de un macho alfa, tomo lo suyo y el calor se despliega en mi vientre—. Córrete, bebé. Nadie le dirá a tu mami ni a tus hermanitas.

La presión aumenta con cada nueva estocada y mis músculos se cierran en torno a él.

Sí, nadie lo sabrá.

Veo doble, el orgasmo me atropella y una avalancha de lava caliente se precipita por mis venas. El *Boss* reniega en ruso mientras desglosa todas las groserías habidas y por haber. Distintos acentos, misma hambre sucia.

Corta el cable y mis brazos caen, inertes, sobre las sábanas húmedas y arrugadas. El sudor refulge sobre la piel de ambos. Podríamos pasar por estatuas de bronce recién pulidas. No sé quién de los dos transpira más o quién respira más rápido. Permanecemos tendidos uno al lado del otro. El calor es infernal y el ventilador del techo no aligera ni un poco el bochorno.

Ilenko se mueve de una forma tan perezosa que me dan ganas de subirme sobre él y darle besos toda la tarde. Su mano se desliza por mi piel desnuda, y su dedo medio se abre paso entre mis labios más íntimos, explorando a su antojo.

—¿A solas te acaricias esto? —Dibuja círculos lentos, provocadores.

—A veces.

—A veces... ¿En qué momento?

—Al despertarme en el comando, o en las noches, cuando el estrés me sobrepasaba.

—¿Cómo lo haces? Muéstrame.

Le muestro, sin entrar en demasiados detalles. Procuro ser sutil. El sonido húmedo de mi intimidad bajo mis yemas ya es bastante embarazoso y su esencia aún está dentro de mí, haciendo que todo sea aún más sucio. Me aparta la mano y toma el control.

Separa mis muslos y se dedica a acariciarme durante los siguientes minutos.

—¿Y a ti? ¿Te gusta tocarte más en la mañana o en la noche?

—En ningún horario. Soy un *Boss,* no tengo necesidad de hacerlo.

El sonido del móvil lo impulsa a incorporarse. Sale de la cama y me hace seguirlo al lavabo.

Recojo mi biquini del suelo. En el baño, agarro unas toallitas desechables y él me las quita.

—Quiero hacerlo yo, es vergonzoso que lo hagas tú.

—Cuando te la lamo, no te da pena. —Me sube la pierna alrededor de su cintura—. No hay nada de vergonzoso en limpiar lo que he dejado.

Se encarga de limpiarme por completo.

—Mira lo roja que estás. —Pasea la toalla por la línea entre mis piernas.

Lo que intenta, no tiene caso, porque continúo igual. Nos damos una ducha rápida y me pongo un short corto sobre el biquini mientras él se viste con la misma ropa que traía.

Guarda el arma y se ajusta la esclava en su muñeca.

Con Ilenko Romanov descubro otro lado de la delincuencia, uno cargado de extravagancias y excesos.

La celebración, en su nombre, es un desfile interminable de derroches. El entorno cobra vida con las melodías de los mariachis y las modelos deleitan la vista de los invitados, en tanto la droga y el tequila se reparten sin medidas mientras todos le rinden pleitesía a la gran cabeza de la Bratva. Lo felicitan por sus armas y él saca el puro que le enciende el capo.

El *Boss* ocupa el lugar de honor en la mesa principal bajo un enorme parasol. Sus hombres se forman atrás y él me sienta en su regazo. Los capos más perseguidos de la DEA se sientan alrededor.

Le hablan de sus negocios mientras Ilenko acaricia las hebras sueltas de mi pelo. Entiende y responde en un español impecable, aunque su voz profunda traicione su origen.

—¡Las hembras más hermosas para los machos de la Bratva! —Se acerca un sujeto de pecho peludo y serios problemas de obesidad—. Usted escoja la que quiera, jefe. El invitado elige primero.

Me obligo a no torcer los ojos. Apuesto a que todos los hombres aquí están casados o tienen alguna relación oficial. Frente a la mesa se acomoda una hilera de mujeres. Me acomodo mejor sobre las piernas del *Boss*, escondo el rostro en su cuello y deslizo la mano por su abdomen en un vaivén perezoso. Él no elige y uno de los capos le envía a «la mejor la latina». Ella se sienta a su lado, aparta sus largas extensiones negras y le sirve licor.

—Tengo jaqueca —susurro, y él me da un beso en la frente.

—Qué hermosa tu muchacha, jefe. ¿De dónde es? —El capo lanza la pregunta con una sonrisa, pero el *Boss* no responde.

Traen la comida. Almuerzo en sus piernas mientras ellos discuten sus nuevas rutas de tráfico. Hablan de puntos ciegos, de los sobornos a los aduaneros, de los uniformados clave en cada estado y de los conflictos con la mafia estadounidense.

La conversación me plaga la cabeza de preguntas, pero las retengo. Nadie va a responderme y este no es mi asunto.

El sol se esconde horas después y dejan de hablar sobre trabajo para embriagarse y divertirse junto a sus mujeres. El ruso bebe tequila, y sus guardias no dejan de respaldarlo.

Desde la orilla de la piscina, miramos la fiesta. Los músicos cantan en la tarima, la multitud se duplicó, las luces bajan su intensidad. Permanezco sobre las piernas de Ilenko Romanov. Lo abrazo con aparente descuido cada vez que «su hembra escogida» se acerca a servirle licor.

Si otra se lleva su atención, sería servirle a ella.

—¿Este es otro de tus secretos? —Me recorre la barbilla con los labios—. ¿Sentir celos de las mujeres que se me acercan?

—No eres mi novio, ¿por qué habría de sentir celos?

—Sé guardar secretos, *Ved'ma*. Espero que tú también lo sepas. —Con un gesto de la cabeza, me pide mirar a los capos—. Para estos, hago lo común en este mundo: me acuesto con una cría y ya está. No saben quién eres, no se acordarán de tu cara porque tienen prohibido grabársela. Nadie al otro lado sabrá con quién vine aquí ni a quién me follé.

—Es bueno saberlo.

Recuesto la espalda en su pecho. Las estrellas iluminan el cielo, apreciaría la vista si no fuera por la nariz que va desde mis hombros hasta mi cuello. Las manos inquietas del hombre a mi espalda desaparecen dentro de mi short y me estimulan mientras exhala en mi garganta.

Huele a licor combinado con loción de hombre. La música tradicional suena en torno a ambos. Paso la noche en sus piernas, él se acaba tres botellas de tequila y horas después nos volvemos a encerrar.

Me folla, ebrio, hasta el amanecer.

No es sexo suave ni romántico; es sexo sucio, enfermizo, que lo hace susurrarme al oído todo lo oscuro que ha hecho. Cada palabra es lanzada para aterrorizar y hacerme saber el monstruo que tengo encima.

Quiere que le tenga miedo, pero le tengo ganas.

Al abrir los ojos, lo primero que veo es a Ilenko Romanov al pie de la cama, su falo erecto apunta hacia mí, exigiendo atención.

—Ven a comer, *Ved'ma*. —Su mano sube y baja a lo largo de su miembro.

Me ato el pelo y me lo meto en la boca, arrodillada en el suelo. Las manos se me mueven solas y despacio le acaricio las piernas rígidas. Las yemas de mis dedos siguen el trazado de las estrellas tatuadas en sus piernas.

—Está muy dura. —Despego la boca un segundo.

Vuelvo a ella y la lamo como si su sabor fuera lo único que pudiera mantenerme con vida.

—Cómo me gusta que te atragantes. —Deja que mi boca haga lo suyo y su esencia masculina es el primer alimento que recibo en el día.

Caigo en un delirio febril en los días siguientes. Aunque la faena de la cama me deje los músculos estropeados, busco más. Nos bañamos juntos y, bajo el agua tibia, me masajea el cuero cabelludo. Las manos grandes se deslizan por mis glúteos y el toque es tan adictivo que mi cuerpo empieza a exigir mil baños al día.

—Esto también es una tortura. —Posa la mano en mi pecho—. Estoy entrando aquí, y no como un síndrome; esos se curan, se tratan. Mas esto se quedará contigo para siempre, sin importar cuánto intentes olvidarlo.

El agua se derrama sobre ambos y no le contesto, porque no soy la única salpicada de lodo; él también lo está.

El momento del desayuno es un banquete donde cada uno se sirve lo que le place. Los músicos afinan sus instrumentos musicales al lado de un nuevo grupo de mujeres.

El *Boss* va a su mesa y yo evalúo qué comer.

—Bomboncito. —Se me acerca el hombre de pecho peludo que trajo al primer grupo de mujeres—. ¿Qué tipo de hembra le gusta a tu patrón? Quiero darle la que desea.

—No es mi «patrón» —respondo. No me agrada el término, ya lo han repetido dos veces.

—Tu jefe, tu amo, tu señor.

—No es mi jefe, mi amo ni mi señor.

El gordo estalla en carcajadas.

—¿Qué es para ti, bomboncito?

—Me lo cojo y ya.

—¿Tú a él?

—Sí, yo a él. —Me sirvo la bebida.

Están acostumbrados a que sean ellos quienes eligen a las mujeres, no al revés. Así no se acuerden de mi cara después, no quiero que me vean como ninguna dama de compañía. El *byki* se acerca cuando el hombre tarda en irse y permanece cerca mientras desayuno.

El ruso desayuna con el capo. Después de comer, aprovecho el tiempo libre para darme un baño en la piscina. Igual que la vez anterior, las personas abandonan el agua en cuanto me acerco a la orilla.

Nado durante una hora y me bronceo en un flotador en el centro de la piscina.

Es importante para mí aprovechar cualquier momento de calma; mi voluntad se alimenta de las pocas treguas que la vida me ofrece. Sin aliados a mi lado, tengo que valerme de mí misma para todo y necesito fuerzas. Ya me tambaleé una vez, y si vuelvo a perder el equilibrio, no habrá vuelta atrás: caeré directo al abismo.

Nado por una hora más, los demás esperan en la orilla y decido salir.

Ilenko se halla bajo una mesa con parasol, un cuaderno de dibujo descansa sobre sus piernas. Corrige y traza en el papel. A unos pasos, una mujer de pechos desnudos le sostiene su trago.

Me siento en la silla a la izquierda del *Boss* y miro de cerca lo que hace. Los dedos hábiles trazan las líneas nítidas de un misil multipropósito y, absorto, anota las especificaciones técnicas al margen del esquema.

Un hueco invisible se instala en mi pecho y suspiro queriendo que pase. Me da nostalgia tener un futuro tan incierto y no poder hacer planes en la carrera de mis sueños. Aunque ame patinar, nunca he descartado un título dentro o fuera de la FEMF. Un deportista debe pensar en una profesión y a mí me gusta todo lo relacionado con el entrenamiento físico de alto rendimiento, táctico y deportivo.

Siempre me ha gustado estar en forma, y con una buena rutina sé que cualquiera puede lograrlo. El ejercicio diario es combustible para el cuerpo, que siempre agradece la disciplina.

—¿Dónde aprendiste a hacer eso? —le pregunto al *Boss*—. Las armas y todo lo que fabricas.

—Lo aprendí en un curso intensivo de secuestro internacional, con énfasis en torturas y desmembramientos —responde sin apartar la vista del papel—. Lo imparten en la escuela para criminales.

—No me trates como una tonta. —No soporto que la gente haga eso.

—No te trato como una tonta; te trato como la cría de mierda que eres.

Lo dejo. Era una simple pregunta.

No llego muy lejos, porque a los pocos segundos me levanta desde atrás y me lanza sobre su hombro.

—¡Bájame!

Conmigo a cuestas, se encamina al yate que espera en el puerto, todo el mundo va hacia la misma dirección. Las mujeres suben whisky y comida mientras los músicos cruzan la pasarela. Peleo con el *Boss* para que me suelte.

—Dediqué quince años de mi vida al estudio de números, armamento avanzado, balística y explosivos. —Me da un beso en la mejilla al bajarme en la proa—. Soy un experto en artillería pesada y en tácticas de combate con armas.

¿Por qué les vende a narcotraficantes? Hace parte de la pirámide y, por lo que me dijo Vladímir, ellos son sus clientes, no estos.

Los capos lo tratan igual a un rey. Las celebraciones son por y para él. Le ofrecen mujeres cuya belleza complacería la vista de cualquiera, bebidas de todo tipo y protección constante porque el *Boss* es intocable. Si de diversión se trata, son expertos en darle la mejor.

No me suelta. Se lanza al mar abierto conmigo y juntos presenciamos los espectáculos exclusivos que le ofrecen. Me da de comer en la boca y, en las reuniones, no deja de hablar de números. Si una fuente de ingresos falla, tiene mil más para sostenerse.

No comprendo por qué me hace trabajar por dinero si lo tiene en exceso. Supongo que debe ser por lo que decía mi madre: según ella, los ambiciosos siempre quieren más, la riqueza es un pozo que nunca se llena.

Desde lo alto del yate, observo a los hombres de abajo bañar a las mujeres en cascadas de tequila. El dueño de la Bratva mantiene su distancia; hace negocios con ellos, pero no se mezcla demasiado. Si entro a un *jacuzzi*, el resto se sale. Solo los capos más influyentes se atreven a dirigirle la palabra.

Toma el sol en la cubierta y me acuesto a su lado.

—Ya que te la pasas acosándome y no me quitas los ojos de encima, ¿qué tan sexy crees que me vería si me aumento una o dos tallas el pecho?

No lo haría; aun así, es curioso imaginarlo. A las mujeres de abajo se les ven los pechos sexis.

—No sé. —Saca el filo de una navaja—. Hagamos la cirugía sin anestesia de una vez y salimos de dudas.

Se abalanza sobre mí y su brazo me atrapa por la parte baja de la espalda. La punta de la navaja dibuja un sendero helado por mi vientre.

—¿Por cuál quieres empezar?

—Es una mísera pregunta. —No puede estar un minuto sin amenazar.

—Que se quede en pregunta y no se convierta en un hecho.

La navaja se incrusta en la madera cerca de mi cabeza. Su cara desciende por mi cuello, gruñe bajito y usa el puente de la nariz para apartarme la tela del biquini.

—Aunque era una duda, soy libre de elegir qué hago con mis pequeños pechos.

—Ni eres libre —me deja los senos expuestos—, ni puedes decidir qué hacer con esto, porque nada de lo tuyo es tuyo: me pertenece a mí, desde tus pies...

Me chupa el pezón derecho a la vez que agarra y pellizca el izquierdo. La tela de la tanga se me pega a la piel, como si acabara de salir del agua.

—... hasta tus pequeños pechos.

Le quito los lentes y me los pongo. El resplandor naranja del atardecer cae sobre su rostro, el viento sopla fuerte. Su boca se aproxima a la mía y en México me da un beso de película.

Nuestros labios se encuentran en una caricia que comienza suave y se transforma en fuego. Su sabor impregna mi boca cuando su lengua encuentra la mía. Mis brazos se elevan instintivamente hacia su cuello mientras sus manos me recorren la espalda.

—Jefe —lo llaman y separa mis labios de los suyos—. Ya estamos todos.

Me tumbo bocabajo en el momento que se levanta a ponerse la camisa. El capo lo espera, y ambos desaparecen por la escalera de la cubierta.

★ ★ ★

Veracruz - Estados Unidos Mexicanos

Mis padres donan a obras sociales; cada mes entregan un cheque a la caridad.

Me habría gustado que, aunque fuera una mínima parte de ese dinero, llegara al niño que canta mientras barre el pasillo de la nueva hacienda. La fiesta por fin terminó y ahora visitamos la casa de otro capo.

Apoyada en la baranda de la segunda planta, recibo la brisa del patio. El sol cae sobre las tejas rojizas, y árboles centenarios dan sombra a los caminos de piedra. Hay flores por todas partes. A diferencia del capo anterior, aquí prefieren lo sencillo.

El *Boss* se encerró en una reunión privada hace dos horas, así que entro al dormitorio. No quiero estorbar en las tareas del niño.

Enciendo el televisor después de ducharme; pasé la mañana bajo el sol. Ilenko Romanov no descansa. Si no está ocupado en un asunto, está inmerso en otro. Así han transcurrido los últimos tres días.

Me dejo caer en la cama, y el sueño me pesa en los párpados en cuanto mi cabeza toca la almohada. El sonido del televisor se va apagando. Me estiro y un estruendo me sobresalta. Sin querer arrojé el maletín del *Boss* al suelo.

Bajo a recoger los objetos esparcidos. Por Vladímir sé que aquí la gente se enoja por cualquier cosa. Reviso que bajo la cama no se haya quedado nada y mi pulso se detiene por un instante al ver mi teléfono.

Estiro la mano para alcanzarlo.

La ventana de notificaciones está repleta con mensajes de Tyler y Death.

Corro a asegurar la puerta. Tengo una aplicación que me permite leer mensajes sin necesidad de abrirlos. Si me apresuro, puedo echar un vistazo antes de que alguien entre.

Hallo fotos de Tyler. El último mensaje de Death dice: «Te extraño». Al planear mi entrada, me prometió enviarme mensajes porque sabía que tarde o temprano los leería.

No hay ningún mensaje de mamá, quien recibió un «hola» de mi parte hace semanas. La bandeja de entrada de Sam está vacía y papá solo ha escrito para confirmar el pago mensual a la casera.

Me trago la bola que se me aloja en la tráquea.

En el correo, encuentro mensajes basura de tiendas departamentales y un boletín del periódico que informa el fallecimiento de Mildred Mitchels. Murió de un infarto hace semanas. El entrecejo se me arruga e indago todo lo que puedo. No tenía ni idea. Mi madre no ha de estar pasándola bien.

En la entrevista especial a mi tía Clarissa se menciona a todas las mujeres de la familia, menos a mí. Podría atribuirlo a que no hago parte de ninguna rama de la ciencia, sin embargo, eso sería engañarme porque mis hermanas sí están.

No hay mucho más que ver. Devuelvo el teléfono a su sitio, arreglo todo tal cual estaba y me voy a la silla del balcón.

La discusión en Phoenix se repite en mi cabeza. Me huelo los hombros y no siento nada extraño, solo el olor del jabón. El remolino de pensamientos me hace doler la cabeza al repetir lo mismo una y otra vez. La piedra en mi garganta agarra peso y decido salir.

El niño de afuera ahora barre la plazoleta de la casa campestre y bajo a hacerle compañía. El *byki* del *Boss* me sigue en cuanto pongo un pie afuera.

La hermana del niño desgrana maíz en la mesa del comedor y me ofrezco a ayudar. Necesito distraerme. Les pregunto sobre la escuela y lo que hacen en su tiempo libre.

El *Boss* recibe un recorrido por la casa tradicional. Avanzan por uno de los corredores y sus ojos se posan en lo que hago. Aunque le hablan, su mirada no se aparta de mí ni por un instante.

—¿Es tu novio? —pregunta la niña a mi lado.

—No, es un hombre muy malo que no se puede tener de novio ni de nada —contesto tan pronto como continúa su camino junto a los otros capos.

Los niños culminan sus tareas, y hago un recorrido pequeño por la casa antes de regresar al dormitorio.

Los narcos mexicanos poseen una apariencia distinta a la mafia. Visten camisas de seda y ostentosas cadenas de oro. Bajo las diferencias superficiales, hay algunos patrones y estructuras de poder que se repiten. Es como si el crimen tuviera su propio lenguaje universal.

Me canso de deambular. Al *Boss* le suben la comida y como mi parte en la mesa del balcón.

Ilenko entra diez minutos después y le esquivo la mirada. Rezo porque no se percate del maletín.

—¿Por que la mala cara?

—No tengo ninguna mala cara.

Prueba la comida de mi plato.

—No te lo comas así. —Le aparto las manos—. Son tacos y se comen todos los ingredientes juntos. Puedes combinar unos con otros.

Le preparo tres.

—¿Qué es esto? —Agarra mi bebida.

—Agua de Jamaica, es típica de aquí —digo y se lleva la pajilla a la boca—. La toman para refrescarse.

Le gusta y no le veo intenciones de soltarla, así que, antes de que se acabe, añado una segunda pajilla. Pego los labios y bebo junto a él, que se ríe.

—¿Es mucho problema pedir otra? —Sus palabras salen acompañadas de una mirada que me contrae el pecho.

—Pues pídela tú, esta es mía. A ti siempre te dan de todo, a mí no.

Se quita la camisa al regresar a la habitación y deja caer la prenda de camino a la cama. Se recuesta con la espalda apoyada en las almohadas y se da unas palmadas en el muslo. Quiere que vaya.

Pongo una película antes de subirme a comer sobre su regazo. Me hace suya en la madrugada, no de forma convencional, porque me ata las manos a la baranda del balcón para follarme por detrás. Ha estado tantas veces dentro de mí que a este punto se siente raro no tenerlo dentro.

Su erección es lo primero que me da de comer en la mañana. Es mi primera comida en los días llenos de armas, pruebas, tratos y negocios de la máxima cabeza de la Bratva.

Estoy en todas las charlas sobre armamento, municiones y explosivos. En ocasiones, sirvo de ejemplo para ensamblar y desensamblar; demostrar lo sencillo que es con la técnica de la Bratva. Estudié toda mi vida en el Ejército, conozco cada parte de un arma.

Hace un recorrido por distintas ciudades y en todas recoge grandes sumas de dinero. Trabajar no es a lo único que se dedica: en cada espacio libre se sumerge conmigo en las cascadas, donde solo estamos él y yo.

Recorremos Michoacán y me baño a medianoche con él en las playas de Tulum antes de volver a Moscú. Les temo a las sensaciones que me abruman al estar aferrada a él, con brazos y piernas dentro del mar, mientras lo beso. Las yemas de mis dedos memorizan el contorno de sus músculos y mis oídos no se olvidan de las palabras susurradas en ruso.

El anochecer nos toma en una hamaca paraguaya. Se mueve mientras ambos observamos las palmeras. Me preocupa la tranquilidad porque, en ocasiones, los seres humanos viven momentos de paz antes de morir, y no quiero eso. Recuesto el mentón en el centro de su pecho y me mira la cara.

Arderé en el infierno por la forma en que lo observo.

—Todo lo hecho siempre ha sido por la fuerza. Cada instante a mi lado ha sido suplicio y sufrimiento —me dice, y asiento—. Convence a tu cerebro de eso. Sella esos labios porque no querrás vivir el...

—El castigo por dañar el nombre del *Boss* —acabo la frase por él.

—Sí. —Me besa—. Este siempre será nuestro retorcido secreto.

Vuelvo a acomodar la cabeza sobre su pecho, nadie puede enterarse de lo que hemos hecho aquí.

Miro las estrellas, es nuestra última noche en México.

42

EL DIARIO DEL CAZADOR

EMMA

A los dieciséis, al planear mi futuro, me debatía entre Francia, Londres y Rusia. El último era uno de los destinos que más me atraía; es la cuna del patinaje artístico sobre hielo. Imaginaba todo lo que podría lograr aquí, aunque sabía que papá jamás lo permitiría. Para él, Londres era la mejor opción. Sirvió al Ejército inglés durante años e idolatraba todo lo relacionado con la central.

Francia me gustaba por la belleza y el romanticismo del país. De nada sirvió pensar tanto; al final, tuve que replantearme todas mis opciones cuando las tres centrales rechazaron mi solicitud. Se esperaba algo excepcional de mí y la vara estaba tan alta que siempre caía antes de saltar.

Había momentos en los que sentía el instinto militar correr por mis venas, pero los destellos se ahogaban bajo la avalancha de regaños. Todos esperaban que naciera siendo una soldado perfecto, y anhelé serlo.

De niña, me pasaba horas admirando las medallas de papá y soñaba con el día en que tendría las mías tanto en el patinaje como en la milicia. Pero con cada año que pasaba, las medallas parecían alejarse más y más. Ya no eran símbolos de honor y valentía, sino recordatorios constantes de lo que todos esperaban de mí y lo que yo no lograba ser.

Con mis primeros tropiezos en el Ejército, me gané la etiqueta que se convirtió en un segundo nombre: «la James que no parece James». No había muchas personas interesadas en ayudarme. Tras los primeros errores, para algunos, era más fácil mantenerme como el ejemplo de decepción, el recordatorio de que hasta de los apellidos ilustres nacen fiascos.

La llovizna empapa la ventana. Echo de menos al león, sus bolas de mimbre están por todo el sofá. Volví a Europa por la mañana y desde entonces Ilenko Romanov ha estado encerrado en su despacho.

—El *Boss* quiere un café, bien cargado —dice uno de los guardias—. Prepáralo y llévaselo.

Contengo las ganas de torcer la boca. No me ha hablado durante todo el día y ahora sin más desea que le sirva.

Presiono los botones de la cafetera con más fuerza de la necesaria, me da igual si se daña. Una vez que la bebida está lista, la llevo al despacho en una bandeja. El aire criminal nunca abandona a Ilenko Romanov; con o sin arma, siempre conserva ese porte amenazador que lo acompaña hasta cuando teclea absorto en una *laptop*.

Coloco la bebida a un lado de su escritorio. Hice galletas de chocolate al mediodía y las ubico junto al plato. El *Boss* no se molesta en mirarme, no agradece ni dice una palabra, así que me sacudo las manos y me retiro de la oficina en silencio.

El televisor de la sala no me entretiene, en la cocina intento planear la cena, pero no se me ocurre nada interesante. Harta del aburrimiento, me muevo a recoger los platos del despacho.

El ruso se ha terminado la comida y conserva la expresión adusta. Despacio, apilo los platos mientras echo un vistazo a lo que hace en pantalla. No solicita nada más, alzo la bandeja para llevarla a la cocina y mi hastío es tanto que la dejo caer en el centro de la sala.

—¡Maldita sea! —exclamo con el pie arriba y en tres segundos tengo al *Boss* a mi espalda—. ¡Duele!

Me carga en brazos alejándome de los vidrios, me sienta en el sofá y lo rodeo con los brazos, ansiosa por besarlo.

—De nuevo jugando con mi tiempo. —Agarra un puñado de mi melena—. Te encanta complicar aún más las cosas.

Me trepo sobre él y, conmigo encima, camina a la habitación. Quiero que me folle; mañana me espera una mierda de día en el entrenamiento de Domi, y hoy necesito distraerme.

Me desplomo en su cama y el cuerpo se me inquieta. Aunque sé que debo poner un límite, detenerme antes de perderme en este infierno, la realidad es que me está empezando a costar.

La ropa cae en el suelo del oscuro dormitorio.

—¿Ya te aterra lo que sucede aquí? —Me acaricia el pecho y la pregunta me enciende las ganas de llorar—. Estate tranquila, *Ved'ma*, nadie lo sabrá.

—¿Nadie sabrá que estuviste dentro de mí?

—No. —Se introduce entre mis muslos.

Somos piel contra piel, excepto por las medias bucaneras que no me quito. A él lo enciende mi inocencia, a mí me moja su poder, la forma en que me supera en tamaño y las caricias sucias.

Frota su mejilla contra la mía antes de atrapar mi mandíbula entre sus dedos. Se yergue sobre mí y me sujeta los brazos contra el vientre. Es sexo rápido. Mantengo las piernas abiertas para él mientras me embiste.

La humedad se propaga en el punto cúspide de ambos. El peso del *Boss* hunde la cama al caer a un costado. Se pasa la mano por el rostro; más que indiferente, parece estresado.

No fuerzo nada, me limito a recoger mi ropa e irme a mi habitación. No quiero molestarlo más y ya obtuve lo que necesitaba.

Entro a las sábanas con él presente en mi mente y su aroma entre las piernas. Las preguntas giran sin cesar en mi cabeza: ¿soy una maldita? La respuesta se dibuja en letras mayúsculas: SÍ.

Enrosco el cuerpo bajo las sábanas, el calor me elude y el frío me despierta cuatro veces en la noche.

En la mañana, estoy en pie antes del amanecer, no me hallo en la cama.

Salgo a la sala. El *Boss* no está por ningún lado; madrugó más que yo. Desayuno, trago la píldora anticonceptiva y me pongo dos suéteres antes de abandonar el ático. Ayer, cuando aterrizamos, me informaron sobre el entrenamiento de hoy.

Un guardia me escolta desde el ático hasta la pista cerrada.

—No te veo descansada. —Domi se cruza de brazos, apenas me ve—. Ese era el propósito del receso.

—Estoy secuestrada por si no lo sabes y aún no me dan vacaciones.

Me pega en la cabeza. Para ella, es un insulto contestarle.

—¡Las estrellas deben saber exigir lo que les corresponde! —Sus gritos me acribillan los oídos—. La audición ante la Federación no es una nimiedad; habrá patrocinadores en las gradas, representantes de países cazando talento, y solo los mejores conseguirán algo —dice mientras me cambio.

—Quiero que seas la…

—La mejor. —Ya me sé su discurso.

—Eres un futuro ícono de este deporte. Desde ya te prohíbo titubear y dejarte intimidar; el pez que duda no sobrevive entre tiburones. —Me lanza la sudadera a la cara—. ¡Al gimnasio, ahora!

El pin del triunfo aún sigue prendido a mi sudadera. Paso los dedos sobre él con cuidado. Es un mérito que merece celebrarse.

Entrar en la tabla de posiciones de las ligas estelares cambia por completo la vida de un patinador: es como obtener un pasaporte dorado en el mundo del patinaje sobre hielo. Te pone bajo la lupa de los medios deportivos y los comités.

La realidad me asesta un zurdazo, aún no me dicen cuánto tiempo estaré en esto. ¿Me dejarán participar en concursos oficiales? ¿O solo me tendrán de muñeca de entretenimiento?

—¡Te ordené ir al gimnasio! —Domi regresa.

Entreno toda la mañana. Empiezo con una hora de cardio intenso, seguida de *sprints intervals* en la cinta, sentadillas profundas y peso muerto.

—Tus presentaciones son de las más vistas en la página oficial del Gigantomachy —comenta Chip en la hora del almuerzo—. Los comentarios son una locura...

—¡Silencio! No va a confiarse —lo regaña Domi—. Trabajará como si su nombre no hubiera figurado entre los mejores.

Me concentro en mi reflejo mientras salto la cuerda tras la comida.

—Las leyendas se forjan en el esfuerzo constante y no se detienen hasta alcanzar la cima —dice Domi—. Tú serás una de ellas. No dormirás esta noche, vamos a aprovechar hasta el último minuto que tengamos juntas.

Chip pone en marcha su nueva rutina.

La cuchilla de mis patines se afloja en la noche y no es excusa para dejar de practicar. Domi me hace seguir con los patines con diamantes.

La noche da paso a la madrugada y Chip se da una pausa para beber café, mientras continúo en la pista.

—¡Así se hace! —Domi golpea la baranda de la tribuna—. Te veo más ágil, más firme en los giros. Eso es lo que quiero de ti.

Contesta el teléfono. Aprovecho para ponerme los auriculares de Chip y subir el volumen de la música.

Inspiro hondo. *Yes to Heaven* glorifica mis oídos, potente y clara. La melodía se desliza en mi mente como un coro celestial.

Cierro los ojos tres segundos. Un escalofrío me sube por la espalda, se desliza entre los huesos y me obliga a enderezarme. Hoy hace más frío de lo habitual.

Retomo la práctica en el corazón de la pista. El canto apesadumbrado en mis oídos reduce poco a poco el ritmo de mi aliento.

Imágenes de mi infancia aparecen en mi cabeza: la primera vuelta en los patines, mis días en el comando, los abrazos de mi hermana mayor, Sam feliz por su primer listón, papá riendo con mis tíos, las visitas de Harry, el mejor amigo de Rachel; la abuela Banner sentada en su mecedora y yo corriendo a lo largo de su bonito jardín.

Giro sobre mi propio eje, envuelta en una bruma de recuerdos. La música me comprime el pecho y la nariz me arde sin razón. La infancia es un sueño del que no deberíamos despertar tan pronto.

Entre las vueltas, algo interrumpe la armonía.

Domi está en las gradas, rígida, con la boca abierta en un grito que no me llega. Su rostro es una máscara de terror.

Me detengo, señala pálida, y me arranco los auriculares de los oídos.

—¡Vladímir! —chilla, y una ráfaga de balas se estrellan en el hierro de la tribuna.

La dominatrix desaparece tras las sillas de las gradas. Con las rodillas débiles, me giro en busca del origen de los disparos, y entonces veo al hombre que me paraliza las piernas: el *Underboss*.

Viene hacia mí. El pelo dorado cuelga en mechones húmedos alrededor del rostro cadavérico. La piel, de un blanco enfermizo, se vuelve casi translúcida bajo las luces fluorescentes de la pista. Los ojos, hundidos, desorbitados, no saben ni a dónde mirar.

El cuerpo se le sacude. Una ola de vómito se expande sobre la pista de hielo. Esparce un chorro espeso y nauseabundo.

—*Noch prizark*. —La ropa empapada gotea, deja un rastro negro en el hielo, como si la misma oscuridad lo siguiera—. Ven aquí, pequeña puta.

—Debes ir a un médico, Vlad…

Retrocedo y me cierra una mano helada alrededor del brazo. Las palabras se me quedan atrapadas en la garganta. Engancha el dedo en el gatillo de su arma y sé que en este estado no dudará en dispararme.

Me empuja fuera de la pista.

—¡Suéltala, Vladímir! —Domi lo sigue—. Necesitas ayuda. Puedo llamar a tu padre, si quieres...

—¡Lárgate! —Gira y apunta.

La dominatrix se refugia en una de las columnas de cemento. Chip aparece de repente con los ojos agrandados de par en par y con la mano libre le pido desaparecer.

Vladímir no está en sus cabales. Me arrastra por los pasillos, los cuerpos de los guardias yacen desparramados en el suelo y las ventanas hechas añicos cubren la superficie de cristales. Les dispara a los hombres que lo atacan y las balas atinan sin fallar.

Se mueve mientras limpia el camino de los individuos que intentan detenernos.

De una patada, abre la puerta trasera. El frío de la madrugada se abalanza sobre nosotros y me hace doler las pantorrillas.

La avenida principal en reparación se ensancha ante nosotros en un desorden de escombros y maquinarias. Las luces de los faroles parpadean de manera intermitente. No quiero ir a ningún lado con él.

—Vlad...

—¡Corre!

Me pone el arma en la cabeza cuando los patines no me permiten ir tan rápido como quiere. Me lleva hacia la alcantarilla más cercana y me fuerza a entrar. La boca negra del desagüe me traga al empujarme adentro.

—No te quiero terca, pequeña puta.

Aterriza detrás de mí y me estampa contra la pared empedrada. Sus dedos temblorosos me recorren la nuca en busca del rastreador. Me abre una incisión en la piel y lo arroja lejos.

Su mirada salta de un lado a otro, perdida. El sudor le empapa el rostro demacrado y las ojeras hunden aún más sus ojos.

Se limpia la punta de la nariz de manera continua.

—Escúchame un segundo.

—¿Volviste a ser la payasa? ¿Quién te autorizó? —Señala los patines con la pistola—. Das vergüenza con esos zapatos de circo. ¡Quítatelos!

Obedezco cuando me arroja al piso. El resplandor de los diamantes destella en la penumbra. Me quito la sudadera, suelto los patines y los envuelvo en la tela. No puedo perderlos. Mis mejores presentaciones han sido con ellos y es una de las pocas cosas hermosas que he recibido en esta pesadilla.

Además, desde que los tengo, no he conocido la derrota.

—¡Arriba! —Patea el agua sucia—. ¡Levántate y vámonos!

Una horda de pasos retumba cerca. El *Underboss* derriba a los hombres que se le acercan por uno de los conductos. Ya no distingue ni a su propia gente y le dispara a todo lo que se mueve. Me arrastra con él a través de desechos y aguas negras. El hedor a putrefacción me contrae los intestinos.

Me adentra en un laberinto de túneles sin luz alguna.

—No estás bien, Vladímir. —Me niego a seguir corriendo—. Hablemos un segundo.

—¡Cierra la boca!

El agua sucia me empapa las medias y el líquido podrido se filtra entre los hilos. Miro hacia atrás, esperanzada por ver a alguien que pueda detenernos, pero solo reina la oscuridad. El único sonido es el eco de nuestros pasos corriendo y el goteo constante de las tuberías.

—Maksim no responde... —Su voz se quiebra en la huida—. Me odia... Me odia porque maté a madre... No quiere hablar conmigo.

—Vlad...

—Tiene que contestar... —murmura entre jadeos y con los ojos desorbitados, aferrado al teléfono como a un salvavidas—. ¡Necesito hablar con él!

Cae de rodillas con las manos aferradas a los oídos y mis intentos por traerlo de vuelta son inútiles.

—El *Boss* es peligroso. —Tiembla—. No permitas que te toque ni que te atrape.

Seguimos huyendo y las medias se me desgastan de tanto andar sobre el terreno áspero. Entramos hace horas y, al salir de los túneles, ya es de día.

Vladímir corre sin rumbo fijo. Ignora las luces rojas de los semáforos, embiste a transeúntes desprevenidos que caen a un lado mientras él continúa con su carrera desenfrenada. La paranoia lo mantiene ciego a todo lo que no sea su propio terror. Oculta el arma bajo el abrigo y me arrastra, forzándome a seguirlo hacia los rincones más deteriorados de Moscú.

Desacelera el paso al ingresar en una red de calles estrechas pintadas con los símbolos de las pandillas. Calaveras estilizadas, cruces, vírgenes y estrellas de ocho puntas manchadas de sangre adornan las torres desgastadas.

Por más que le hablo, él parece no escucharme. Las rodillas no me dan para más, me ha hecho andar por más de seis horas. Mantengo los patines envueltos sobre el pecho y jadeo con la garganta reseca. El *Underboss* sigue adelante, ignorando mis súplicas y el creciente ardor en la planta de mis pies.

Empuja las puertas del último edificio de la calle y entra sin mirar los charcos de sangre en el piso. Avanzamos y él no se percata del panorama, solo se apresura.

—¡Zoren! —lanza un grito ahogado—. ¡Zoren!

Las columnas quedan atrás al avanzar.

—¡Zoren!

Frena en seco, metros más adelante, y el mundo se detiene con él. Una montaña macabra de cuerpos se alza frente a nosotros. Rostros que antes me eran familiares en la pandilla, ahora están congelados en muecas de horror eterno. Se apilan unos sobre otros.

La pila de cuerpos está al lado de una figura morena y delgada, cuya presencia resalta en el caos. Hombres de traje la respaldan: es la mafia italiana.

—¿Dalila? —El *Underboss* arruga la cara.

—Zoren no está aquí. Vine a preguntarle por ti y no lo he hallado. —La voz chillona de la italiana es igual a la de una niñita presuntuosa.

Enfoca la mirada en mí. Retrocedo, pero el frío cañón del arma presionado contra mi cráneo bloquea cualquier intento de fuga.

La mafia rusa no es la única que tiene problemas con mi familia y el Ejército. No quiero estar aquí.

Uno de los antiguos guardias de Maksim se posiciona al lado de la italiana.

—La fiel mano derecha de Maksim ha sido generoso trayéndome al escondite de la pandilla. —Ella le acaricia el brazo—. Nadie quiso decirme dónde encontrarte. Todos son demasiado leales, *piccolo leone*.

Se mueve con una lentitud que parece planeada, y abrazo los patines.

—La Bratva siempre tan orgullosa, pero hoy la suerte está de mi lado. Te encontré y no estás solo: una James te acompaña.

—Este no es tu territorio. —Se tambalea Vladímir.

—*Tuo padre è un traditore.*

Cuatro hombres avanzan hacia ambos. Vladímir no duda: dos disparos certeros derriban a los primeros, y antes de que el tercero reaccione, le abre la garganta con un destello de su *haladie*. Un grupo de cinco más lo atacan e intentan reducirlo mientras a mí me sujetan por detrás.

Entierro los dientes en el brazo del atacante. Arrojo un brazo hacia atrás, me zafo de su agarre, giro y la patada que le entierro en el abdomen lo desploma.

Corro hacia la salida como si eso fuera a detenerlos. Antes de que pueda escapar, una mano se cierra sobre mi tobillo. Tiran con fuerza y el impacto contra el concreto me quita el aliento. Me arrastran hasta su sitio y no suelto los patines.

—Ha llegado el momento de ver a los rusos arrodillados ante los italianos. —Obligan al *Underboss* a ponerse de rodillas y prefiere caerse antes que acceder.

El guardia de Maksim y otros dos más lo arrastran por el suelo.

—¡Diles que me suelten! —le ruego a Vladímir cuando nos separan—. ¡Yo no tengo nada que ver en esto! ¡Diles, Vlad! ¡Por favor, diles!

Me revuelco en el piso, lanzo patadas frenéticas e intento buscar la manera de liberarme.

—¡No dejes que me lleven!

Dalila Mascherano me agarra las piernas y me remolca consigo.

—¡Tengo a una James! —canta, saltando—. ¡Y un cazador ruso para divertirnos con los juegos de la Bratva!

Desciende por los escalones y me golpeo con el filo de los peldaños.

—¡Tengo a una James!

Empuja un par de puertas dobles. Trato de levantarme, pero el puñetazo del guardia de Maksim me oscurece la visión. Consigo incorporarme con los patines abrazados a mi pecho y un nuevo golpe me devuelve al suelo. Un rayo de agonía pura me recorre la columna cuando me estrellan la espalda contra el concreto.

—¡Aguanta, *stellina*! — aplaude Dalila—. ¡Se merecen esto y mucho más!

Arrojan los patines al rincón y una lluvia de patadas llueve sobre mi abdomen. El dolor es tan agudo que no puedo respirar. Me despojan del pantalón deportivo mientras no dejan de lanzarme golpes a la cara, el abdomen y las costillas. Lucho por defenderme en el suelo; aun así, mis brazos no son suficientes.

El rechinar del cerrojo amplifica mi pánico.

Dalila Mascherano se sube sobre mí y sus escoltas me sujetan las manos.

—¡Tengo a una James! —canturrea—. ¡Tengo a una James!

La bofetada con la mano abierta me voltea la cara a un lado.

—¡Zorras! *Dov'è adesso il papà generale?!*

La boca se me inunda de sangre con las cuatro cachetadas siguientes.

—¡Puta tú y tu hermana! —Me abofetea una vez más sin dejar de carcajearse— ¡*Cagnas* manipuladoras!

—¿El juego acaba cuando me duela? —Le escupo la sangre en la cara—. ¡Sigue, hija de puta! Porque sí, mi hermana es una perra manipuladora, pero yo soy una perra resistente.

La cara se le desfigura y ataca con más furia. Retuerzo los brazos para que me suelten. Libero el puño derecho y se lo entierro a la italiana en la nariz. Me la quito de encima, aprovecho el instante y me deslizo hacia un lado.

Los antonegras pelean conmigo, tratando de recuperar el control, y me revuelco con todas mis fuerzas hasta que me levanto con la puerta en la mira.

Doy dos pasos y me reducen una vez más. Dalila Mascherano golpea el costado de un rifle contra mi boca y el guardia de Maksim me aplasta la cabeza contra una mesa de metal. Los antonegras me sujetan los brazos atrás. Cada intento de movimiento es sofocado por el peso abrumador de sus cuerpos y el dolor agudo de los golpes.

—Tengo a una James —no deja de canturrear la maldita italiana—. Haré lo que quiera con ella y su culo.

Me baja las bragas, me introduce los dedos en el recto y colapso en llanto. El repugnante asco se me agolpa en la garganta cuando sus caderas se frotan contra mí. Me toca el sexo de una forma degradante.

—Me estoy follando a una James —canta—. ¿Te gustan mis dedos, *stellina*?

Me paralizo y obligo a mi mente a escapar de la realidad. Cierro los párpados e imagino que estoy a kilómetros de distancia, en un escenario de hielo, rodeada por un mar de admiradores y no con una alimaña que no para de cantar mi apellido.

Aprieto los puños atrás. Me niego a rogar, los ruegos me humillarán más y no me quiero despojar de mi dignidad. En el instante en que una súplica se me escape de los labios no seré más Emma James, sino una esclava más, otro espíritu roto en su colección.

Dalila Mascherano no se detiene. Se introduce los dedos en su vagina y luego me los pasa por el rostro.

—Ese hermoso rostro se ve mejor conmigo en su piel. —Estalla en carcajadas.

Me giran sobre la mesa y sus nudillos impactan con furia en mis ojos. Cada golpe me arrastra al borde del desmayo; el dolor se convierte en una marea que me borra la visión y me embota la mente. La sangre me brota a borbotones de mi nariz y la boca, tiñendo la camiseta de un rojo oscuro. Los puños no solo me golpean la piel; me drenan las fuerzas.

El canturreo se oye a kilómetros de distancia.

—Trae eso, lo de la pared. Vamos a usarlo. —Las voces se deforman—. ¿Sabes cuántos hombres de la mafia italiana han muerto por la FEMF?

Las figuras se desdibujan en sombras que se mueven en un mundo distante y ajeno.

—¿Tienes idea de cuántos hombres mataron los James en su ridícula y «heroica» carrera?

Un estruendo seco sacude el suelo. El guardia de Maksim me agarra del cuello y me arroja de espaldas contra una superficie de madera. Me estiran los brazos y la vista se me aclara de manera gradual conforme me envuelven y aseguran las extremidades con cadenas.

Los aros metálicos repican al ajustarse a los sólidos listones de la estructura.

—Tengo a una James —sigue cantando.

Me apoya la punta afilada de un clavo de hierro en la palma de la mano y el pecho se me agita. Los labios me tiemblan, atrapados entre el impulso de gritar y la necesidad de contenerme.

—¡Tengo a una James!

Le entregan un martillo y el metal frío refulge en los dedos de la italiana. Lo alza, lo lanza hacia el clavo y la voz se me quiebra en un grito que me rasga la garganta. El golpe retumba en mi cráneo. El clavo me perfora la palma y una explosión de agonía estalla desde mi mano hasta el último nervio.

La visión se me quiebra en pedazos dispersos y el entorno se vuelve una serie de manchas en movimiento.

Dios, por favor...

Cada martillazo me rebota en el cráneo. Sacudo el cuerpo y soy una marioneta descontrolada, cuyos hilos son nervios en llamas. Los músculos y los tendones se me retuercen bajo la piel en busca de una escapatoria inexistente.

—¡Tengo a una James! —Se mueve a mi otra mano.

Fijo la mirada en las grietas del techo. Las lágrimas ruedan por mis sienes, calientes y amargas. Imagino el estruendo de la puerta al romperse y una magnífica redada en mi nombre. Imagino a la maldita de Dalila cayendo, pero la fantasía se desvanece tan rápido como aparece.

—Tu apellido no es nada, querida.

El siguiente clavo se hunde con la misma tortura del primero y el metal me atraviesa la palma en una punzada que rivaliza con el dolor anterior. El martillo cae y el mundo estalla otra vez en un infierno de agonía.

El sabor ferroso de la sangre se propaga en mi boca. No distingo si es por haberme mordido la lengua o si es mi propia esencia vital brotando desde lo más profundo. El golpeteo del martillo no se detiene.

«Me están desmoronando, mamá», digo para mis adentros. La niña que salió de sus entrañas ahora está anclada a un trozo de madera.

Tiran de mis pies hacia abajo y las cadenas con espinas se me ciñen alrededor de las costillas. El apretón que me dan me exprime el aire de los pulmones. Los huesos me crujen al borde de ceder. Cada inhalación es una batalla y cada exhalación es un martirio.

La cruz se eleva y, con ella, mi cuerpo golpeado. La gravedad tira sin misericordia y amplifica el dolor hasta límites insoportables. Las heridas de los pulmones manan y un flujo constante de sangre traza senderos escarlatas por mis brazos.

Siento la cara pesada, el pelo empapado por el sudor y la sangre pegada a la piel.

—Oh, bellas criaturas, dignas de ser vanagloriadas —se burla la italiana frente a mí—. Eso haremos, vanagloriarte en esta linda cruz.

Las manos, atravesadas por los clavos, y las cadenas, me inmovilizan como una pieza de caza. Le cuestiono al cielo el darme tan pocas migajas de felicidad. Nada de lo dado compensa esto.

—¡Traigan al *Underboss*!

Los dientes me chocan unos con otros y los huesos se me duermen por el dolor. Traen a Vladímir, quien entra igual de golpeado que yo. Ahogado en gritos y lamentos, lo atan a una silla con cadenas. Cinco italianos custodian la habitación, entre ellos, Dalila Mascherano.

La mano derecha de Maksim señala los instrumentos de tortura dispuestos en la sala.

—Ante ustedes, el conocido diario del cazador. —Dalila alza un cuaderno forrado—. Para quienes no lo sepan, los rusos consignan el sufrimiento y las súplicas de sus víctimas en estas páginas... Las víctimas, en este caso, son...

Exhibe las hojas en blanco. Lucho por mantenerme consciente, pero los clavos me aprietan los nervios hasta el límite. Mi mente atormentada visualiza la anatomía interna de mi cuerpo e intenta calcular el alcance de las heridas.

—Emma James y Vladímir Romanov —no soporto su voz chillona—, dos miembros de familias ilustres que nos han escupido en la cara y no conocen el respeto. He tenido que venir hasta tierras rusas a darle una lección. ¡Vamos a empezar a llenar estas páginas!

El *Underboss* forcejea en la silla. Sus ojos inyectados de sangre saltan de un punto a otro y parecen buscar respuestas en las personas que lo rodean. Los dedos se le crispan, aferrados a los brazos de la silla, y, desahuciado, susurra el nombre de su padre.

—*Noch prizark*. —Mueve los hombros hacia atrás.

—Él ya está en medio de un infierno, así que déjalo —digo con la poca voz que me queda.

No necesita más tortura, su cabeza ya se encarga de maltratarlo lo suficiente. No es un hombre, sino un niño que no tiene idea de dónde está.

—*Boss* —llama al papá.

—Hoy, lunes del presente mes, a las 10.00, se inicia el tormento de las víctimas —escribe y dice en voz alta—: Vladímir Romanov luce perdido, desorientado y es absolutamente repugnante.

Abre el portafolio sobre la mesa y saca una jeringa llena de un líquido opaco. Se la entrega a uno de sus hombres y el sujeto se dirige al puesto de Vladímir. La aguja reluce, lista para ser usada.

—Paul Alberts será el encargado de administrar la primera dosis de HACOC, la droga de la tortura.

—¡Déjalo en paz! —Pasa por alto mis gritos—. Ya lo tienes, no hace falta drogarlo.

Quiero bajarme de esta porquería. Mi hermana ya fue víctima de la droga, estuve rodeada de gente sin cordura en la isla. Esa mierda no debería estar al alcance de nadie.

—Si tu padre hubiera respetado la jerarquía, las cosas serían diferentes, *piccolo leone* —le dice—. Además de faltarnos el respeto, se fue a Norteamérica a conspirar en nuestra contra.

El *Underboss* se aparta del hombre que lo sujeta del pelo. Con un tirón brusco hacia atrás, lo inmoviliza e introduce la jeringa en el cuello.

—Vlad, nada de lo que verás es real —le digo con un sabor amargo en la boca—. Si tienes miedo, pon los ojos en mí. No me voy a ir.

Es un dependiente y su estado lo hace aún más susceptible al impacto de la droga. La aguja se hunde en su cuello. La sustancia desaparece de la jeringa y él se tensa sobre el reposabrazos.

—Todo lo que verás es mentira. Es el alucinógeno en tu cabeza. ¿Me escuchas?

Dicen que debemos ser el apoyo que nos gustaría tener. Las lágrimas le surcan la cara y el rostro se le contorsiona en un gesto de puro pánico. La silla se tambalea apenas empieza a gritar.

—¡No quiero que me toquen! —Mira a todos lados—. ¡Alejen a esos espectros de mí!

El nombre de Sonya brota de sus labios, seguido por el de Tonya. Los murmullos se convierten en gritos incoherentes. Los alaridos no tienen sentido y emite nombres al azar. Dalila Mascherano, con una sonrisa, anota cada grito como si fuera un espectáculo.

—¿Quieres un masaje para relajarte? —Le abre el pantalón y le toca los genitales—. ¿Qué sucede, *piccolo leone*? ¿Son ciertos los rumores? ¿Es cierto que esto no te sirve?

—No quiero jugar. ¡Necesito a mi padre!

La carcajada de ella resuena en toda la sala.

—Ríete. —Me apoya un *taser* en las piernas—. ¡Ríete, que esta es mi fiesta y yo estoy a cargo! *Sono la signora della mafia!*

La descarga eléctrica me palpita en el cerebro. Los segundos se convierten en minutos y los minutos en horas de tormento.

Permanezco todo el día, la madrugada y el día siguiente, colgada en la cruz. Lo sé porque Dalila Mascherano registra la fecha y la hora de todo lo que realiza.

—Vlad, no es real lo que ves. —La voz me sale ronca.

Los labios agrietados y azulados tiemblan mientras balbucea palabras incoherentes. El caos interno hunde su postura encorvada y el cuerpo tiritante.

Me mira y, por un breve instante, el vacío en sus ojos desaparece.

—Nada de lo que sucede en tu cabeza es real.

—¿Cuándo vuelve mi papá? —suspira.

Me gustaría tener una respuesta que darle.

—Tu padre es un narcisista testarudo. El respeto a la mafia italiana no es negociable y tú permanecerás aquí hasta que aprendan la lección. —Dalila Mascherano se llena de comida frente a ambos.

A la hora, deja el plato a un lado, y le vuelve a inyectar más droga a Vladímir. Disfruta del poder que tiene sobre él. Se mofa de su llanto.

—Uno, dos —canta—, vienen por ti. Tres, cuatro, abren la puerta. Cinco, seis, te quitan la ropa. Siete, ocho…

El *Underboss* le grita que no lo toque.

—Chillas sin parar. Nueve, diez, te embisten sin piedad. Once, doce, los espectros de la noche nunca te dejarán en paz.

No puedo sostener la cabeza, pero no digo nada, porque cualquier atisbo de ruego lo va a anotar en su maldito diario.

Saca a flote las pérdidas a causa de la FEMF, lo sucedido en la isla y los actos realizados por mi familia a lo largo de los años.

De niña, creía que el destino de las personas lo dictaba un sabio viejo, barbudo, bonachón... y no es así. No hay plan divino ni destino esperanzador; solo una arena donde los James somos los guerreros favoritos para batallar.

—¿Deseas declarar algo? —pregunta con el bolígrafo en la mano—. ¿Algún mensaje para tu padre o tu madre?

Asiento con un leve movimiento de cabeza.

—Para mi hermana. —El dolor de las amígdalas se me agudiza al tragar saliva—. «Querida Rachel: heme aquí, apresada por tus enemigos».

Hago una pausa porque el dolor no me permite respirar bien.

—«Ignora mi estado y hazme un favor lo antes posible. —Concentro la mirada en ella—. Mata a esta italiana hija de puta de una forma muy dolorosa».

—¿Escucharon eso? El gorrión creyéndose superior al cuervo.

Su risa desquiciada satura cada rincón del recinto. Agarra una pinza y, sin perder el aire infantil, se deja caer al suelo. Imita ser una niña de cuatro años que juega a ser mala.

—Solo eres un nombre, un apellido lleno de belleza, la tonta oveja negra —dice—. No eres nadie y te atreves a amenazar a un Mascherano.

Aprieto los ojos cuando me pone la pinza cerca de los dedos. La maldita empieza a arrancarme las uñas de los pies.

—Como tú, también soy la *piccola* de la familia. La diferencia es que yo no carezco de coraje. Soy la prueba viviente de que el veneno más mortífero viene en frascos pequeños.

Los tejidos de mi carne se desgarran, la sangre tibia se acumula y se escurre por los bordes de las heridas. Mi voz se apaga de tanto llorar y forzar las cuerdas vocales. El lamento de Vladímir me hace doler el pecho, le inyectan dos nuevas dosis a lo largo de la noche.

Me quedo sin lágrimas, sin gritos. El ave que solía volar dentro de la jaula ahora está quieta, con la mirada vacía y perdida en la nada.

La sangre de mis dedos pringa el piso. Ella se levanta cuando la mano derecha de Maksim le hace entrega de un halo cubierto de cristales. Ponen una plataforma a mis pies y Dalila Mascherano se sube despacio. El rictus en sus labios es más una mueca de horror que una sonrisa.

—Paul, levántale el rostro—le ordena a uno de sus hombres.

El sujeto obedece y ella me pone en la cabeza la corona hecha de vidrio. Las esquirlas se me entierran en la frente.

—Una reverencia para Rachel James, «la dama de la mafia» —se mofa al bajarse—, y una para Emma James, la reina del hielo.

43
Bratva

EMMA

Los lunes, el centro comercial está casi vacío. Las tiendas departamentales aprovechan para pulir vitrinas y hacer inventarios.

Seguida por el escolta de papá, abrazo la bolsa de adornos navideños. Mandé a hacer esferas para el árbol con la cara de cada uno y, después de semanas de espera, al fin me las entregaron.

Hay fila en el restaurante del señor Benson, el único local lleno. Su pastel de carne es famoso en Phoenix, atrae a comensales de otras ciudades y ningún turista deja la ciudad sin probarlo. Con un gesto, saludo al dueño antes de seguir hacia la tienda de cosméticos.

No hay nada nuevo; los brillos labiales ya los tengo.

Me acerco al mostrador y pregunto por las novedades. Desde el exhibidor reconozco al hombre con pañuelo rojo en la cabeza que examina las vitrinas del otro lado. Lo conozco. Su mirada vaga por el lugar, desorientado.

El guardia de seguridad patrulla el pasillo contiguo con el radio en la mano. Aprieto las bolsas y acelero hacia el hombre del pañuelo rojo.

—¿Death? —lo llamo a un par de pasos—. Soy Emma, ¿te acuerdas de mí? Nos conocimos en mi casa. Visitaste al coronel hace unos días.

Una sonrisa se abre camino en sus labios. Un corte abierto cruza su brazo tatuado, me aprieta la mano y me alzo en puntillas para darle un beso en la mejilla.

—Linda camiseta. —Se ajusta la pañoleta roja sobre la cabeza.

—Gracias. ¿Estás perdido?

—Qué va. Solo buscaba un lugar donde comer y no quise ir muy rápido. El sujeto de seguridad está algo precavido.

—Los mejores restaurantes están por el otro lado, ¿te guío?

Duda, con la mano en los bolsillos.

—Te sigo, pero con una condición: almuerza conmigo. No quiero hacerte caminar por nada.

—No es molestia, vamos.

Se pasa las manos por el chaleco de cuero. Lo llevo a una de las hamburgueserías del centro comercial.

—Permíteme. —Como todo un caballero, me saca la silla y me siento.

Es agradable, se ríe conmigo al mostrarle los adornos que mandé a hacer y no lo dejo ir hasta que curo la herida de su brazo. Death... Las personas extraordinarias no siempre están en la iglesia o haciendo caridad. A veces les toca nacer y criarse entre cuatro rejas de metal...

El recuerdo se desvanece. Juraría que tengo mil espinas ardientes en las manos. El sudor me recorre la cara entre jadeos. No me han dado agua ni comida. Mi estómago es una antorcha encendida y la agonía se extiende por cada molécula de mi cuerpo.

Dalila Mascherano lee en voz alta las dosis que le han inyectado a Vladímir. Ha dejado de luchar y lleva horas sumido en un estado de estupor.

—Somos las familias más influyentes de la mafia. Unidos, seríamos invencibles. —La italiana no se calla—. Lástima que el *Boss* sea tan poco inteligente y no sepa seguir órdenes.

Pasea por la sala y daría lo que fuera porque el techo se le desplomara encima. Después de una hora de tormento con el *taser*, ordenó apretar las cadenas alrededor de mis piernas.

—Akim le prestó su servicio a la pirámide sin generar conflictos, ¿qué le impedía al *Boss* hacer lo mismo? Nada.

Se acerca a la cruz. Mi garganta es un desierto, seca hasta el dolor.

—Paul, ve a recibir al líder. —Mira al verdugo ruso—. Tú, prepara a las víctimas. Comeré algo fresco a ver si evito bostezar durante las explicaciones y disculpas del *Boss*.

Se marcha seguida de sus hombres.

El guardia ruso suelta las cadenas que anclan la cruz. El movimiento dispara punzadas en mis sienes. La estructura cae hacia atrás, y el golpe rebota en mi cráneo.

Las lágrimas se me salen solas.

Liberan las cadenas alrededor de mi cuerpo y el labio inferior me tiembla sin control. Intento prepararme para lo que sigue: arrancar los clavos. Las lágrimas se hacen más pesadas al ver la pinza en las manos del verdugo. Me la presiona en la palma y el tormento me turba la mente. Los chillidos escaldan las pocas cuerdas vocales que me quedan a la hora de extraer el metal.

—Ya, pequeña. —La sabandija me acaricia la cara—. Culminaron tus horas de crucifixión. ¿Cómo estuvo?

Mi cerebro se desespera por mover los dedos, que me titubean. Vladímir permanece absorto en la silla. El guardia ruso, con su vientre prominente, se sube sobre mí y, entre susurros, me mueve las piernas a un lado buscando espacio.

—No —murmuro mientras me toca la cadera y me roza el cuello con la boca—. No, por favor.

El hedor a mierda me revuelve el estómago. Sus manos callosas raspan mi piel como lija. Me repito que no es nada, que pasará rápido, pero mi cuerpo se resiste.

—No. —Las lágrimas me mojan el rostro—. No, por favor.

Desplaza las manos hacia mis muslos. El aliento fétido me llena la nariz mientras su panza sudorosa sube y baja sobre mi cuerpo maltrecho. Gruñe entrecortado, igual que un cerdo, y mis dedos tocan el clavo empapado en mi propia sangre.

—No, por favor.

Una baba ácida sube por mi garganta y lucho por no vomitar.

—No.

Las caricias rústicas son arañas que carcomen lo poco que me queda. Roen mis pedazos rotos. Cuando creía que no había más que arrebatar, vienen a reducir mis restos a cenizas.

—No. —Cierro los dedos adoloridos sobre el clavo y él no se detiene—. ¡Dije que no!

Mi mano se dispara como un resorte hacia su cabeza y le entierro el clavo de acero en el oído. El dolor me corroe las articulaciones, pero no lo suelto. Un chillido bestial se le escapa y me estrella el puño en la cara. Mi labio se parte y el sabor a cobre de la sangre me inunda la boca.

Una llamarada me incinera el pecho y no sé de dónde proviene la fuerza con la que lo empujo a un costado.

Me arrastro con los codos y el suelo me descarna la piel mientras él se tambalea de rodillas. Sus bramidos de agonía se transforman en rugidos de ira. Se impulsa hacia mí y comienzo a gatear. Si me atrapa, mi vida será suya.

Brama el doble de fuerte.

Agarro el patín tirado en la esquina. Los diamantes se tiñen con mi sangre justo cuando su mano me alcanza y tira de mí hacia abajo.

Es él o yo. Y no pienso ser yo.

—¡Puta! —Me voltea y lanzo el filo metálico del patín hacia su cráneo.

El chasquido de sus sesos lo congela y lo derriba a mi derecha. Arranco el filo y se lo hundo de nuevo en su putrefacto cerebro. El cráneo se fragmenta, su sangre me salpica y no dejo de enterrarle la punta en la cabeza. No sé si es adrenalina, frustración, ira, pero mi cerebro ignora la sangre de mis manos y el dolor que me atraviesa los huesos.

¡No soporto una tortura más! Apuñalo su cabeza una y otra vez.

Dalila Mascherano abre la puerta. Con el patín en la mano, me voy al rincón, recojo el otro botín, los envuelvo en la sudadera y los aprieto contra mi pecho.

La italiana agarra el bate recostado en la pared.

—¡Voy a fracturarte esa cabeza, *cagna*! —Alza el bate.

—¡Dalila! —exclaman en la entrada—. ¡¿Qué haces?!

Philippe Mascherano le arranca el bate de las manos. Su mirada salta a mi rincón antes de posarse en Vladímir, desmayado en la silla.

Blanco como el papel, cruza la sala, examina la mesa y las jeringas vacías esparcidas sobre el metal.

—¿Qué has hecho? —Revisa el pulso del *Underboss*—. Le has inyectado HACOC a un miembro de la pirámide. ¡¿En qué estabas pensando?!

—No me des un sermón de benevolencia; lo he hecho por la mafia italiana —lo encara—. Los rusos provocaron todo esto. Lo que reciben es solo una pequeñísima, minúscula parte de lo que se merecen por su insubordinación.

—Yo iba a hacerme cargo…

Discuten entre ellos y la desquiciada repite en tres ocasiones su monólogo en italiano.

—*Silenzio!* —Philippe Mascherano la desmiente con la cabeza.

Examina a Vladímir y camina de un lado para otro.

—Ya he empezado y no hay retorno. —Dalila viene a mi lugar—. ¡Demuestra tu liderazgo y prepárate para imponer disciplina en la Bratva!

Alza la mano y me estampa el puño que me desmaya.

BOSS

Treinta y siete minutos y veintidós segundos. Eso fue lo que Vladímir necesitó para escapar del centro de rehabilitación. En su camino, eliminó a todo aquel que se cruzó en su trayectoria. El director, acobardado por el temor a las represalias, guardó silencio. Una elección inútil, porque ahora se encuentra cautivo en Sodom, castigado por su ineptitud.

El *Underboss* huyó durante horas, ignorante de que Dalila lo estaba buscando, y el primer lugar por donde empezó fue en las pandillas.

—Lo que la mafia italiana exige, y siempre ha exigido, *è rispetto e obbedienza* —declara el *consigliere* de los Mascherano—. Ustedes han eludido sus obligaciones con la pirámide e ignoraron los llamados. Ese desacato no puede continuar. Es hora de aceptar que Philippe Mascherano es su líder. La mafia italiana comanda y dicta las reglas, *capisci?*

Los Romanov alternan el peso de un pie a otro. La mesa de la sala de reuniones es la única barrera física que separa a la familia rusa de los italianos de paño. En el otro lado, Angelo Conde, un anciano al que muchos consideran sabio, se mantiene firme. A lo largo de los años, ha ejercido como el guía y consejero de los Mascherano, un hombre de peso cuya influencia, construida con el tiempo, abarca fronteras y generaciones.

—Te has negado a entregarle una esclava *al tuo leader*. En las últimas semanas, tu gente ha fallado en su deber de proteger a los nuestros. No han cumplido los acuerdos —prosigue—, no te presentas a las reuniones, no contestas a los llamados, ni rindes las debidas cuentas.

Apoya la mano decrépita en el bastón de acero. El paso del tiempo lo ha desgastado, reduciéndolo a un vestigio del hombre que solía ser.

Dirige su mirada cansada hacia el puesto del antiguo *Boss*.

—Akim, aconseja a tu hijo. Al unirte a la pirámide, empeñaste tu palabra y le juraste respeto a la *associazione*.

—¿Aún está vivo Vladímir? —pregunta Akim.

—Sí, pero su tiempo se acaba. Si no llegamos a un acuerdo, pronto sufrirá consecuencias imborrables. Cada hora que pasa lo acerca más a una *morte* inminente por sobredosis.

—Da la orden de liberarlo. No importa qué exigencias tengan, la Bratva cumplirá. Lo único que importa es que el *Underboss* salga de esto con vida.

Permanezco en silencio. Lo único en lo que puedo pensar es en la cantidad de porquería que ha de tener en las venas. Angelo Conde entrega la lista de condiciones por escrito.

—Alza la mano y jura.

—Mi parte se cumple en el momento en que Vladímir esté conmigo.

—No seas testarudo.

—¡Quiero a mi hijo de vuelta! —La ira me prende en llamas la sangre. ¡No me pidas que piense en algo más que en eso!

—Angelo, el tozudo eres tú. Mi hermano tiene razones fundamentadas para estar inquieto por su hijo. —Aleska da un paso adelante—. Ya estamos aquí y hemos escuchado, ¿no demuestra esto nuestra voluntad de colaborar?

Medita un momento, aspira aire por la boca y se levanta con decisión, plantándose con firmeza ante la mesa.

—*Va bene*. Cerraremos este acuerdo siguiendo las normas de la *associazione*. Haz que los *kryshas* y los *vory v zakone* más destacados de tu organización estén presentes. El juramento se llevará a cabo en tu salón. Yo traeré a los diez líderes más importantes de la pirámide; serán los testigos.

—Hoy.

El reloj marca las siete de la mañana. El *consigliere* decide la hora y los Romanov asienten, mudos.

—Los veo al mediodía, señores. —Los antonegras abren la puerta, iniciando su retirada—. *Arrivederci*.

La sala se sume en silencio absoluto una vez que se cierra la puerta. Le ordeno a Pavel organizar el encuentro según las directrices de la mafia italiana. Los *kryshas* y *vory v zakone* arribaron a Moscú desde la mañana de ayer y aguardan a la espera de mis instrucciones.

En las horas siguientes, el *sovetnik* se ocupa de resolver los detalles pendientes. Subo a mi camioneta y me dirijo al terreno baldío donde se llevará a cabo la reunión. Los Romanov ya están en el depósito situado a un costado de la tarima. La familia se extiende a más de treinta miembros activos en la Bratva.

Una dinastía que ha perdurado a través de siglos.

Emperatriz es la última en llegar.

—¿Alguien sabe algo de Emma James? —Es la primera pregunta que hace.

—¡No importa esa *suka*! —la calla Akim mientras me ajusto los guantes.

—Domi. —La rodea Agatha—. ¿Desde cuándo te preocupan los corderos?

—No se trata de preocupación, sino de curiosidad, querida.

—Los *kryshas* y *vory* ya están —anuncia Salamaro—. Angelo y los miembros de la pirámide también han llegado. Los he ubicado en el segundo nivel del granero. Dalila estará aquí en cinco minutos con Philippe Mascherano.

La familia se abre paso y salgo antes que ellos. Quiero pasar esta página rápido.

A la mafia roja no le gusta doblegarse y se evidencia en la cara de los miembros presentes. Los diez cabecillas de la pirámide se encuentran en el área designada por el *sovetnik*. Se inclinan sobre las barandas oscuras que rodean el piso superior. La posición les da una magnífica vista de la tarima instalada y los hombres que me acompañan.

Me detengo ante la tarima. La bandera escarlata de la mafia rusa se despliega de lado a lado con la estrella dorada estampada en el centro. Bratva: la madre despiadada.

Oigo el rugido de los motores al estacionarse afuera y me siento en los escalones de madera. Más de cien hombres tatuados yacen callados frente a mí.

Se apartan para abrirle camino a los líderes de la mafia italiana junto a sus antonegras. Philippe Mascherano avanza al lado de su sobrina. Una daga se me entierra en el diafragma. La sonrisa triunfal de Dalila Mascherano se estira a lo ancho de su rostro, tira de la cadena en su mano y arrastra a Emma James con ella.

La hija de Rick James se tambalea cual animal personal. Golpeada y cubierta por una camiseta hecha jirones, abraza los patines.

—*Boss* —el líder se detiene, erguido, frente a mí—, aquí está tu hijo.

Los hombres se separan para mostrármelo y la tensión en mi mandíbula crece hasta el punto de hacerla crujir. El *Underboss* es un despojo de carne que apenas se sostiene en pie. El HACOC ha hecho de las suyas, dejando un cascarón marchito. Las venas hinchadas le serpentean bajo la piel amoratada y pulsan como gusanos grises reptando bajo la superficie. Los ojos hundidos se mueven, frenéticos, de un sitio a otro.

—Dije que me cobraría las ofensas, ruso —dice Dalila Mascherano—. Ten tu porquería.

Arroja a Vladímir a mis pies, como si su sangre no significara nada. Cae sin fuerzas para levantarse, y Aleska y Octavio se apresuran a ayudarlo.

Mi hijo ni siquiera sabe dónde está.

—Esto sucede cuando insistimos en decir que no, en vez de sí. —Lo señala—. ¡El *Underboss* es mierda igual que su padre!

Enfoco mi atención en el «líder» cuya boca se abre.

—Confío en que este será el final de la disputa. No fui quien inyectó a Vladímir y lamento verlo en tal estado; sin embargo, era una medida que debía tomarse.

Mi cabeza se inclina en asentimiento ante sus palabras.

—¡Discúlpate, ruso! —vocifera Dalila—. Habla fuerte y claro para que todos tus *cani randagi* te escuchen.

—Exijo perdón. —La miro a la cara—. Tus ojos no volverán a apreciar mi desacato.
—Júralo.
—Lo juro. —Me levanto—. Por mi apellido, por mi puesto, por mi honor y por la Bratva.
—Me llevo a tu esclava porque es mía desde el día de su rapto. —Me entierra el índice en el pecho—. Me la llevo porque puedo quitarte todo lo que quiero. Agradécele a Philippe la devolución de tu hijo. De ser por mí, hubieses recibido su cadáver.
Me arroja el diario del cazador a la cara.
—Despídete de tu ejecutor, *cagna*.
Un tirón brusco de la cadena y Emma trastabilla hacia delante. La menor de las James avanza con las piernas temblorosas. La hinchazón en su cara deforma sus ojos azules; moretones violáceos cubren cada centímetro de su rostro. La camiseta rasgada se le pega a la piel como una segunda capa de mugre y sangre.
Cada respiro de su parte es un silbido agónico. Quien la viera diría que ha sido metida en un molino. Permanezco inmóvil y mudo.
—Ella… me crucificó durante dos noches. —Palabras rotas se arrastran fuera de su boca en medio de la querella escuchada solo por los dos—. Mira…
Me muestra las manos agujereadas, que tiemblan sin control. La sangre seca se ha incrustado en la carne rota.
—Me colocaron una corona de vidrios en la cabeza… me dolió mucho… porque parecía un animal.
El temblor en sus labios delata el sollozo inminente que se avecina. Su boca se contrae, dibujando el gesto aniñado que siempre aparece cuando está a punto de llorar, y así lo hace. Se quiebra frente a mí. Las lágrimas se deslizan por su rostro magullado. Los hombros se le agitan, la falta de aire le dificulta hablar y mantengo la mirada en ella.
Con un asentimiento, le indico que he escuchado su queja.
—¿Puedo quedarme con los patines? —Las lágrimas se derraman sobre los diamantes—. Son importantes para mí…

Los patines se desploman en el suelo cuando la cadena tira de ella desde atrás.

—*Abbastanza!*

Dalila Mascherano la remolca, forzando su avance hacia las puertas.

—Tengo a una James —canta—. Tengo a una James.

—Fin de la reunión. —La sigue Philippe Mascherano.

No aparto la mirada de la puerta mientras Dalila, sin interrumpir su canto victorioso, ejecuta un giro elegante a medio camino. Se ríe de la pantomima y el polvo se levanta en el momento que vuelve a remolcar a Emma James.

A lo largo de la historia, han existido distintos tipos de bufones en los círculos de poder: los que se creen astutos, convencidos de que sus trucos y su labia les conceden una ventaja sobre los demás. Los bufones inteligentes, que, aunque juegan en el papel de payasos, poseen la astucia necesaria para ejecutar movidas magistrales. Y, por último, está el bufón que ni siquiera reconoce su rol: cree, en su ignorancia, que forma parte de la alta corte. Se pavonean como reyes sin darse cuenta de que su corona es de papel y su cetro es un hueso más.

Siempre he pensado que Dalila Mascherano forma parte de los últimos.

Mantiene el canto rumbo a la salida hasta que el *vory* apostado en la puerta deja caer el hierro que bloquea los portones dobles del granero. El estruendo ahoga la melodía de la italiana.

—¿Irse? ¿Tan pronto? —le dice Pavel—. Brindaste la obertura. Ahora nos toca el acto principal.

Los antonegras levantan sus armas al instante y mi gente responde con la misma agilidad. En un parpadeo encañonan a todos los cabecillas de arriba. Pueden tener los escoltas que quieran, mas basta uno de los míos para acabar con cinco de los suyos.

En la Bratva, no hay cargos de poder ni privilegios de cuna. Nuestras lecciones no se imparten en salones lujosos, con trajes y corbatas. Aquí aprendemos en las calles, entre las cloacas. Nuestro código se escribe con sangre y se sella con plomo.

—¡Apártate de la puerta! —se desgarra Dalila, gritando.
Philippe se voltea a verme y me arremango la camisa.
—¿Cómo se pagan las ofensas en la Bratva?
—¡Con sangre y tortura! —responden mis hombres.
Avanzo hacia la *shlyukha* italiana mientras los *vory* se yerguen sobre el líder y sus antonegras, obligándolos a arrodillarse. Dalila alza su arma hacia mí, pero no le da tiempo de hacer nada. Le atrapo la muñeca, se la quiebro y suelta un alarido que se corta en seco cuando aprieto fuerte. El arma cae al suelo, inútil, igual que ella. Con la otra mano le arranco la cadena de Emma James de sus dedos, ahora flácidos.
—Prometimos no matar al líder, prometimos no matar a la dama. —Miro a Philippe—. Pero, vamos, esta aberración nunca ha sido la dama de nada.
Cierro los dedos sobre el cabello de la escoria y la arrastro a la tarima como el animal que es. La remolco a través de los escalones de madera. Dos de mis hombres preparan la mesa mientras desnudo al bufón más grande que ha tenido la mafia italiana.
—¡Philippe! —clama por el tío—. ¡Philippe!
Se quema la garganta llamando a quien aquí no es nadie. Tampoco lo es ella.
—¡Basta, *Boss*! —exige Angelo Conde desde arriba—. ¡Son los líderes!
No me importa quienes sean; el cuervo puede ser muy inteligente, elegante y veloz, pero el león no se inclina ante nadie y mucho menos ante él.
Aleska no permite que Philippe Mascherano se levante del suelo.
—¡Te mataré! —Forcejea Dalila—. ¡Vas a pagar, *spazzatura*!
La arrojo al mesón de madera ya listo en el centro de la tarima. Uriel le extiende un brazo y Pavel el otro. Boris Korolev se acerca con clavos metálicos en una mano y un mazo de acero en la otra. Los planta sobre la mesa. La italiana queda boca abajo sobre la superficie.
—¡Sangre! —Se avivan los gritos de los otros—. ¡Sangre!

—Buena tortura. —Pavel apoya la punta de hierro sobre la muñeca de Dalila Mascherano—. Pero así es como se crucifica. Alza el mazo antes de estrellarlo en el acero. El clavo atraviesa la carne y desgarra los tejidos como un cuchillo caliente en las tripas de un cerdo. La muñeca se le revienta en una fuente carmesí. Los globos oculares de la italiana se voltean, blancos.

Entre alaridos, tiene la audacia de exigir su liberación.

—Reitero mi perdón. Me disculpo por no haber hecho esto antes. —Le pongo la bota en la espalda y afilo el cuchillo de pelar. La hoja no refulge más que mis ansias.

—¡Philippe!

Me paso la punta del cuchillo por el mentón y dibujo la figura de la cruz a la inversa. Esto no solo será una ejecución, será una ofrenda especial para el infierno. Aleska sube a Philippe, que no va a perderse de nada. Dalila Mascherano grita sin cesar y la mafia roja se forma frente a mí para el gran momento esperado.

—Señor nuestro, que estás bajo el subsuelo —recito la oración de la Bratva. Mi gente la repite a coro mientras trazo la herida que va desde la nuca hasta el ano—. Santificados sean todos tus hombres. A ti hoy te ofrezco esta maldita alimaña, la cual ha querido pararse sobre mi nombre.

El filo de mi cuchillo se hunde en su carne. Separo la epidermis de la dermis, pelándole la piel. La sangre brota en riachuelos escarlatas, empapa la mesa y gotea al suelo en un ritmo macabro.

—No perdones su ofensa, así como yo no perdono a los que me ofenden —las voces se alzan más fuertes—. Tortúrala en el más allá. No le permitas la salvación ni que se libre de todo mal.

—¡Amén!

—Tus ojos no volverán a apreciar mi desacato —declaro—. ¡Porque no volverás a abrirlos!

Con una sonrisa grabada en los labios, hundo los dedos en su carne y le separo las costillas una por una. Los huesos crujen al ceder bajo mi fuerza. No necesito alcohol ni drogas; la agonía de mis rivales siempre será mi mejor narcótico.

La sangre me gotea de los guantes al limpiarme la frente. Separo las costillas manchadas de rojo. Las abro, igual que las alas de un pájaro, y extraigo los pulmones, aún palpitantes. Uriel me acerca el cuenco lleno de sal, agarro un puñado y lo esparzo por la cavidad abierta con el fin de que sus heridas le ardan más en el maldito infierno.

—Al *Boss* no se le irrespeta ni se le somete —les hablo a todos los cabecillas—. ¡Ni a mí ni a lo mío, mucho menos a mi hijo!

Le ensarto ganchos de metal en la carne y le anclo uno por uno a las cadenas. Los *vory* tiran de la piel. No le quito los clavos de las muñecas, le arranco las manos al separarla de la mesa.

Dejo los garfios más grandes para los brazos. Mis hombres se ocupan de las columnas de madera y yo mismo me encargo de colgar a la escoria que elevo con las costillas abiertas y los pulmones por fuera. No hay águila de sangre más perfecta que esta.

—Paul Alberts. —Leo las hojas del diario del cazador—. ¿Cuántas dosis le suministraste?

Boris Korolev desnuda al «valiente» que inyectó a Vladímir, lo acuestan boca abajo sobre la mesa, un *byki* le sostiene los hombros pegados a la plancha de madera y el *kryshas* lo empala con una estaca de tres metros y medio de largo. La estaca penetra carne y hueso con un sonido húmedo y grotesco. Centímetro a centímetro, la madera se abre paso a través de sus entrañas. Sangre y otros fluidos brotan de la herida, creando un charco oscuro bajo la mesa.

Una vez la punta emerge por su hombro, dos *vory* lo levantan. El cuerpo se desliza por la madera al clavar la estaca frente a Dalila Mascherano.

—Aquí muere nuestro pacto. —Me vuelvo hacia Philippe Mascherano.

Lo sostienen de rodillas sobre la tarima.

—La Bratva no se arrodilla ni se humilla. No necesito a tu gente y tú nunca volverás a contar con la mía.

Aleska le rasga la camisa del traje y le expone el pecho. He soportado demasiado tiempo sus malditas exigencias, mas eso termina hoy. Pavel se acuclilla a marcarle el centro del pecho. Trazo el ojo que le cierra cualquier vínculo con esta organización.

—Soy un rey. —Con el pecho teñido de rojo, me observa desde el suelo.

—Selo. —Me quito los guantes—. Sé la realeza, que yo seré la revolución.

Lo levantan.

—Nos rebelamos contra los zares y el sistema —lo confronto—. Hoy me rebelo contra ti porque no eres quien para obligarme a seguirte. Quédate con tu asociación, que yo me quedo con mi gente.

—¡No tardarás en lamentarte por esta decisión! ¡Los clanes te van a aplastar!

La claridad del mediodía se derrama en el granero en cuanto se abren las puertas de par en par. La Bratva baja a los cabecillas uno por uno. Respeto al que me nace, no al que me quieran imponer. La dignidad italiana se ha perdido y ahora los arrastran en fila hacia la salida. Angelo Conde sacude la cabeza en señal de desacuerdo mientras avanza.

Emma James aguarda a un costado de la salida junto a la dominatrix.

—Y, por si no es obvio —digo, y Philippe Mascherano se gira hacia mi dirección—, la esclava se queda conmigo.

Sé bien lo que implica esta separación. Cada mafioso, asesino a sueldo, necesitado infeliz con un arma, querrá los intestinos de mis *muzhchina*. Los cabecillas que ayer eran «colegas» hoy afilarán sus cuchillos con nuestros nombres. Los criminales que antes nos temían, ahora verán en nosotros el boleto a la gloria y la fortuna.

Por años, la pirámide ha dictado quién vive, quién muere, quién prospera y quién cae. Se siente la dueña absoluta del crimen. Si bien es una fortaleza de control, no cederé ni un ápice ante su arrogancia. Desde la cuna hasta la fosa, la mafia rusa solo se arrodilla ante su propio poder. Con ese lema nacimos y con ese lema morimos.

Aquí, la lealtad no es una obligación; es un honor que solo se concede a los dignos.

Las puertas de madera se cierran y mis hombres forman filas frente a la tarima.

—¡Forjados en el fuego, bañados en sangre!

Las voces se alzan con golpes en el pecho.

—¡Nuestra sangre por el *Boss*, nuestras vidas por la Bratva!

—El clamor reverbera en las paredes—. ¡Nunca realeza, siempre revolución!

Tomo medidas inmediatas. Rompo negocios y ordeno recoger todo lo mío. La mafia italiana no busca solo mi respeto; ansían mi gente, a los cientos de asesinos entrenados y formados en las calles rusas. Quieren perros guardianes para proteger sus posiciones e intereses.

Reagrupo a los *vory* y cubro cada punto vulnerable. Octavio se cerciora de las armas dispuestas en cada brigada y se asegura de que cada uno esté bien provisto. Al mismo tiempo, Salamaro y el resto de los Romanov se ocupan de Vladímir.

—Estaremos bien, *Boss* —dice Uriel frente a la mesa—. Todos estamos de acuerdo con esta decisión.

Despliego los mapas. Mis hombres se ponen a trabajar. Los *vory* más experimentados analizan cada ruta de acceso, cada punto débil. Identifican zonas que deben ser reforzadas y establecen perímetros de seguridad. Los informáticos se sumergen en las redes a levantar *firewalls* y rastrean amenazas potenciales hacia las bases de datos. No se puede dejar nada al azar.

Las brigadas internacionales reciben instrucciones cifradas. Cada célula de la Bratva en el mundo se prepara para lo que se viene.

Pavel queda al mando en Moscú mientras yo parto hacia Sodom en el jet privado. Aleska ya se adelantó con Emperatriz y el resto de los Romanov.

Aterrizo en Alaska pasadas las nueve de la noche. Las medidas de seguridad se extienden hasta aquí. Los *muzhchina* del gulag están siendo evaluados y puestos en alerta en el exterior. Cruzo las imponentes rejas de la fortaleza y me encuentro a Akim esperándome en la entrada del vestíbulo.

—¿Estás realmente seguro de esto? —Con el bastón como soporte, se pone en pie—. Más de cuarenta clanes van a unirse contra nosotros. No te permitirán salirte con la tuya. A mí nunca me dejaron y no esperes que te traten diferente.

—No espero que me traten diferente. —Prosigo sin mirar atrás.

Agatha está en el pasillo de arriba junto a Aleska y el hermano de Akim. Mi hermana, con los brazos cruzados, se pasea a lo largo del pasillo. Estaba en Bélgica antes de que la llamara tras la muerte de Zulima.

—El *Underboss* se halla atrapado en un delirio y rechaza cualquier contacto —me dice—. En mi opinión, forzarlo a ingresar a un centro de rehabilitación ahora sería un error grave; podría acabar peor.

—Desaparezcan todos.

No es la primera vez que enfrento esta versión de Vladímir. Durante años, los malos periodos han estado presentes en distintas etapas de su vida.

Giro la perilla de la puerta y encuentro la habitación devastada: ropa, lámparas y mesas volcadas, las cortinas arrancadas. El *Underboss* recorre el dormitorio de extremo a extremo.

—No quería jugar. —Se sujeta la cabeza—. No quiero jugar...

Patea los objetos esparcidos en el suelo.

—Dile que no quiero.

—Nadie te va a obligar a nada, Vladímir...

—Necesito ver a mi madre —me exige— ¡Llévame con ella, sé que la tienes!

Doy cuatro pasos hacia él.

—¿Dónde está Maksim? —Me empuja—. ¡¿No huyó?! ¡¿Lo dañaste?! Lo llevaste al sótano donde está...

—Escúchame. —Le inmovilizo los brazos.

Murmura entre dientes palabras incomprensibles. Sus ojos no consiguen quedarse quietos, y no frena sus intentos por soltarse.

—*Poslushay menya!* —insisto, y niega con la cabeza.

Tiembla bajo mi agarre. Lucha contra mí y lo obligo a enfocarse. Por un instante, sus ojos se fijan en los míos, desbordados por un terror tan puro que casi puedo olerlo.

—Siempre has confiado en mí, Vladímir. —No lo suelto—. Pese a los años, pese a lo que hemos pasado, siempre he sido todo para ti, y si quieres dejar de sentir eso que te agobia, tienes que escucharme.

Mueve la cabeza con un gesto negativo.

—Mírame.

Insiste en apartarse.

—¿Eres o no el *Underboss*? Si el *Boss* exige que lo mires, lo miras.

Le sujeto el rostro con ambas manos, forzándolo a poner los ojos sobre mí.

—Lo imaginaste, Vladímir —le miento—. Estabas drogado, nada de lo que viste era real. Sonya era mi esposa, la quería. Murió cuando intentó rescatarte. En las mazmorras solo hay ratas.

Nunca ha podido con tantas cosas al mismo tiempo. Su mente, sobrecargada, reprime el trauma, los hechos, y solo conserva fragmentos distorsionados de esa última noche.

—Nadie ha jugado contigo, todo fue una pesadilla. —Le pongo las manos en la nuca—. Prometiste confiar siempre en mí porque juré estar siempre a tu lado.

Se derrumba en el suelo, incapaz de detener el llanto.

—Las pesadillas son reales. Los espectros de la noche me ponían las manos sobre los hombros y luego...

—Son solo pesadillas. —Me agacho frente a él—. Nada de eso pasó y necesito que lo olvides... o no podrás seguir a mi lado.

Lo agarro de los hombros.

—Ya me has decepcionado demasiado, Vladímir. —Lo manipulo para que lo deje de una vez—. No estás siendo un digno hijo del Pakhan.

Se deshace en lágrimas y el llanto le ahoga la voz. Detesta oír eso, lo atormenta saber que ha fallado en ser digno de seguirme. Desde niño, ese ha sido su único interés: estar a mi altura.

—Dame tu palabra —balancea el cuerpo de adelante hacia atrás— de padre, de *Boss* y de hombre. Júrame que no mientes y que, como dices, fue una pesadilla.

Su mirada vacía me perfora el pecho. El HACOC le envenena su mente, amplificando el miedo, el dolor y las fobias. Sé que, en este preciso instante, el infierno de su cabeza arde más que nunca.

—Madre me amaba, ¿cierto?

—Te amaba y nunca te hizo daño. —Las palabras arden en la lengua—. Tienes mi palabra, nada de lo que ves es real. Nunca pasó.

Baja la cara y empuña las manos contra los vaqueros.

—Perdóname —dice con un deje de desesperación en la voz—. Fue mi culpa que muriera. Nunca quise causarte daño ni quitártela. Perdóname y, a cambio, te perdono por lo que le hiciste a mi esclava. Así no peleamos más y lo olvidamos los dos.

—No tengo nada que perdonarte, Vladímir, pero, si te hace sentir bien, adelante. Te perdono y me perdonas.

Se lanza a mis brazos, hundiendo su rostro en mi hombro. Llora igual al niño que se arrojó a mis brazos años atrás.

—Te amo, padre. —Me aprieta contra él—. No quiero volver a pelear. Vivo para honrarte y cuidarte. Mi vida siempre será por y para ti.

—Lo sé.

De niño, busqué toda forma de tratarlo. Fue de clínica en clínica y en todas recibí la misma respuesta: «su daño es irreversible». Jugaron tanto con su mente que la destrozaron. Ningún tratamiento dio fruto, nunca ha estado listo para enfrentar lo que vivió y no es un cobarde por no poder hacerlo. Cada uno tiene su propia forma de ser fuerte.

Lo que sufrió consternaría a cualquiera y preferí callarlo.

Dejé que conservara la imagen que tiene de su madre. Si los hechos se sabían, la Bratva nunca lo volvería a ver igual. Para ellos, sería el niño que fue utilizado como un juguete. La debilidad mental no se le permite a un *Boss;* un Pakhan tiene prohibido desmoronarse y perder la compostura.

Hice las cosas a mi manera, por él y por mí. No me importa si soy un hipócrita de doble moral que debería dejar en paz a los Lazarev; al fin y al cabo, tengo un imperio criminal que también destruye vidas, mas me tiene sin cuidado. No me importan los demás, solo los míos. Vladímir es mi hijo, mi sangre, y por él, Lazarev que vea, Lazarev que mato o condeno a mi calvario.

No vivo para dar lecciones; vivo para demostrar por qué soy el *Boss* de la mafia rusa.

—Quiero quedarme en casa —dice—. No quiero hospitales, padre. Las pesadillas ahí no me dejan en paz...

—No iras a ningún lado. —Lo levanto y ayudo a entrar a la cama.

Aunque sea necesario desintoxicarlo, sé que debo ir paso a paso con él.

—¿Dónde está mi esclava? La necesito aquí. —Comienza a buscar.

—Descansarás y no pensarás en nada ahora.

Mando a llamar al médico manco, le ordeno que le dé un sedante.

—No quiero que vuelvas a escapar, Vladímir, es una orden.

A las buenas, sabe obedecer. El esclavo lo canaliza, espero a que el sedante surta efecto y dejo dos *byki* a cargo de él antes de marcharme.

En mi dormitorio, entro a la ducha; aún tengo el olor putrefacto de esa *shlyukha* italiana en la piel. La mafia rusa, desde ayer, supo la manera en que se iba a proceder, mas debía esperar. Si atacaba de inmediato, la malnacida de Dalila habría matado a mi hijo.

El aspecto de Emma James me taladra las sienes, los moretones, las manos, los labios... Cierro la caída del agua.

Me fumo un puro en el despacho. El humo del habano ondula en el aire mientras escaneo los planos desplegados con los que trato de distraer la cabeza. Ostento un título más ahora y es el de paria de la mafia. Cuarenta y un clanes conforman la pirámide y tienen sus garras metidas hasta en la FEMF. Si su candidato gana el cargo de ministro, será otro dolor de cabeza para la organización.

Sería un engaño minimizar al Ejército en este tablero.

Dedico dos horas a analizar el mapa con las rutas de cada clan. La rabia no me deja concentrar. El león araña la puerta, impaciente, y sale corriendo en cuanto abro.

La habitación de Vladímir está abierta.

—Bajó a buscar a la esclava —informa el *byki* a cargo—. Intenté detenerlo, pero estaba desesperado, señor.

Desciendo por la escalera, cruzo la cocina y sigo hasta las habitaciones de los sirvientes al fondo de la fortaleza. Las garras del león raspan la puerta con el candado roto. Abro y los veo: el *Underboss* y Emma James, ambos durmiendo bajo la misma sábana.

El desdén me recorre las venas como magma bajo la superficie de un volcán. Vladímir se aferra al torso de la mujer que yace inconsciente con las manos vendadas.

—Están sedados —dice el manco a mi espalda.

—Saca a Vladímir —le ordeno al vigilante del pasillo—. Su lugar es arriba, no aquí.

El *byki* se encarga del *Underboss* y el león se sube a la cama junto a Emma James.

La puerta se cierra con un estruendo, y golpeo el cerrojo externo al asegurarla. Debo sacarla de mi cabeza de una vez por todas y romper el maldito embrujo que me nubló aún más el juicio en cuanto vi cómo la tenía la perra de Dalila Mascherano.

44

NOCH PRIZRAK

VLADÍMIR

Catorce años atrás

La tía Sasha dice que soy un niño afortunado. Papá me adora, mamá me quiere mucho, y cuando sea grande, seré el heredero de la Bratva.

Según el abuelo, los Romanov venimos de un antiguo Dios muy fuerte, aguerrido y poderoso. De ahí viene nuestro cabello dorado y el respeto de las familias que conocen nuestro origen.

Hoy papá se va a estudiar otra vez. La tía Sasha me dijo que va a tardar en volver porque tiene que convertirse en un hombre de negocios. No sé qué significa eso exactamente, pero ella dice que lleva tiempo. No quiero que se vaya porque no podré ver cómo se prepara para ser el nuevo *Boss*.

Lo abrazo fuerte al momento de despedirlo y él se levanta. Mamá le da un beso en la mejilla y él acaricia la cabeza de Maksim antes de irse.

Madre está feliz debido a que su familia se ha mudado a nuestras tierras y dice que ya no se sentirá tan sola. Ella me consiente mucho a mí y a mi hermano, pero a mí me da más besos cuando papá no está.

—Mañana veremos a los nuevos abuelos y a los tíos —dice en la cena—. Iremos temprano a la granja.

Maksim dice que sí. En la mañana recojo mis juguetes y preparamos todo para ir a conocer a la nueva familia.

La familia de mamá es grande, igual a la de papá, y nos recibe con abrazos calurosos. No me gusta su olor, pero no digo nada. Mamá está contenta y nunca la había visto sonreír tanto.

—Vladímir, déjame verte. —El abuelo me da un beso en la boca y los demás tocan mi pelo.

—Es hermoso —dicen.

—Maksim también. —Señalo a mi hermano.

—No tanto como tú.

No me gusta su sonrisa. Se ven apagados, sucios, no se parecen a la familia de papá. Ellos llevan ropa con buen olor y sus dientes no son amarillos. No resplandecen como yo, ni como papá y la tía Sasha.

—Ve a las piernas del abuelo —me dice mamá. No quiero ir y su sonrisa desaparece.

—Ellos también son tu familia y te quieren tanto o más que los Romanov, Vladímir. —Se enoja.

El abuelo me recibe con un abrazo y me besa las mejillas.

—Este será mi nieto favorito —dice mientras mamá sonríe y bebe licor con sus hermanos.

—¿Viste, leoncillo? Serás el favorito aquí también.

Nos quedamos a dormir. Al día siguiente, todos quieren cargarme y acompañarme. Juego a la pelota, corro, me acerco a las vacas y recojo huevos.

Empieza a gustarme la familia de mamá; me dan golosinas, me abrazan y me elogian todo el tiempo.

Mamá me lleva a verlos todos los días. Juegan conmigo todo el tiempo porque soy el consentido y el preferido. Me preparan mi comida favorita, me tratan como un invitado especial y me recuerdan lo mucho que me quieren.

No dejo de extrañar a papá, me gustaría que estuviera aquí, así podría mostrarle la granja y lo mucho que se divierte mamá.

Me gusta más la granja que la fortaleza, porque aquí madre se ve más feliz. Se pasa el día con una botella en la mano. El líquido dorado la hace reír y brincar descalza mientras cuenta sus hazañas como mujer de la Bratva.

—Hoy te ves deslumbrante, Vladímir. Esa túnica dorada te queda impecable —dice el abuelo.

—Me la envió mi papá con la tía Sasha. —Se la muestro—. Es de un dios.

Me paro frente al espejo grande del dormitorio y empujo mi carrito de juguete por el cristal. Siento que brillo con el regalo de papá que conoce a mi Dios mitológico favorito después de él. Maksim llora porque no tiene una túnica y yo no me la quito en todo el día.

Mi hermano no deja de llorar en la otra habitación. Dice que quiere una túnica igual a la mía. No puede ponérsela, porque esta es solo mía. Doy vueltas frente al espejo y la tela baila a mi alrededor, me hace ver diferente a los niños que juegan afuera con ropa normal.

—Déjalo hoy, Sonya —dice el abuelo con una sonrisa. Mamá no dice nada y se va con sus hermanos a beber lo que siempre la pone feliz.

Maksim se duerme y yo termino de jugar. Me siento en la cama a quitarme las sandalias, no puedo y el abuelo entra, cierra la puerta y se acerca a ayudarme.

—¿Me quieres, Vladímir? —pregunta él, y yo asiento con la cabeza—. Yo también te quiero.

Me posa los labios en la boca y es incómodo porque se tarda. Mueve las manos por mis piernas mientras me sube la túnica. Me quito y vuelve a besarme de la misma forma en que el abuelo Akim besa a sus sumisas.

—Estoy cansado —le digo.

—El abuelo quiere jugar con su nieto favorito. Voy a mostrarte cuánto te quiero —dice—. A Sonya también le encantaba este juego. Le hará feliz saber que te lo enseñé.

Me voltea, me toca las piernas, me hace apoyar las manos en la cama, se baja su pantalón y me sube mi túnica dorada.

—Te quiero mucho, Vladímir. —Apoya algo duro tras mi espalda y lloro porque me duele mucho. Aprieta.

—No me gusta este juego. —Intento escaparme y él no me suelta.

—Luego te va a gustar. —Empuja y las lágrimas se me salen—. Solo sujeta tu hermosa túnica de dios.

Estrujo la tela contra el pecho y cierro los ojos fuertes. Quiero irme a casa porque duele mucho y no se detiene, aunque pido y pido que se aleje. Sus gruñidos me asustan. Siento algo raro dentro de mí que me lastima y no puedo dejar de llorar. El abuelo Akim no juega así; él me narra cuentos y cuando me sienta sobre las piernas, nunca me toca como lo hace el abuelo Lazarev.

Empuja más fuerte, una goma viscosa me baja por las piernas y mancha mi túnica dorada. El abuelo me corta la piel de las caderas, me arde y duele, pero no tanto como recién. Me da un beso en la cabeza, me acuesta en la cama y, antes de irse, me dice que le gustó jugar. Me siento sucio.

Mi túnica huele mal y no quiero levantarme por la mañana. El abuelo me prepara mi desayuno favorito y me consiente más que en los otros días.

—Ya es un hombre —le dice a mamá. Huele su bebida feliz—. También jugábamos así, ¿cierto, Sonya?

Mamá asiente, toma mi túnica para lavarla y me dice que no le cuente a nadie porque no entenderán nuestra manera de divertirnos y querernos. Mi túnica favorita se seca, pero ya no quiero ponérmela. Ni ella ni yo brillamos igual. Creo que estoy enfermo, porque no paro de vomitar.

Mamá me baña y me dice que nos mudaremos a la granja hasta que papá vuelva.

Todos cuidan de mí los días siguientes. Ya me siento mejor, salgo y, mientras recojo huevos de pato, el tío de mamá entra al granero y juega conmigo el mismo juego del abuelo. Vuelve a doler igual. Me cortan y vuelvo a enfermarme.

—Maksim no juega porque él no es el miembro favorito —dice el hermano mayor de mamá.

—Su belleza no se compara a la tuya —dice la tía Tonya y los primos de mamá cada vez que empieza el juego.

Ya no duele tanto... solo me arden los cortes en la piel.

—No le digas a nadie. Nos harán daño, porque otros no entenderán nuestra forma de amarnos y divertirnos —repite siempre mamá.

Papá me llama todos los días, pero no le cuento que el abuelo me compró un vestido de niña y jugó conmigo con la prenda puesta. No le digo que la tía Tonya me pintó los labios e hizo que le lamiera sus partes mientras ella besaba a su novio. Luego de jugar con la tía Tonya, él también jugó conmigo. Tampoco le hablo sobre los cortes que me hacen cada vez que termina el juego. No le digo a papá que ya no me gusta mirarme al espejo porque no veo mi brillo. Ya no me siento el dios que nombra el abuelo Akim.

Mamá no quiere que diga nada sobre los juegos de la familia. Sus gruñidos están en mi cabeza todas las noches y me siento sin fuerzas. Al dormirme, a veces mojo la cama. Me da vergüenza decirle a papá por teléfono que me hago sin querer en los pantalones. No quiero contarle que me duelen las heridas en la espalda. No me gusta cuando sanan porque, una vez que están secas, vuelven a jugar conmigo. Me revisan todos los días y se enojan si tardan mucho en curarse.

—Te quiero tanto, Vladímir —dice mamá, que huele a la bebida feliz—. Ven aquí y deja que mamá te cuide.

Me siento en sus piernas como si aún fuera un bebé. Ella se mete una mano bajo la falda mientras toca mis partes. Me hace lamerla de la misma forma que a la tía Tonya.

—Mañana iremos a la mejor juguetería. Te compraré el regalo que quieras —dice, y su promesa no me hace feliz.

Quiero dejar de jugar, no quiero mojar más mi pantalón, lamer las partes de nadie ni entrar a las habitaciones de noche. Sus sombras alargadas me tapan en la noche, el miedo me hace temblar y me quitan los bóxeres de superhéroe que le pedí a papá.

Arruinan mi ropa porque ya no se ve igual. La manchan y la ensucian.

—Vladímir, eres muy bello. —El hermano mayor de mamá puja mientras me susurra en los oídos. Me lastima tanto que empiezo a llorar—. Eso, juega conmigo, pequeño león.

—Te queremos —me dice mamá—. Nadie le hace daño a quien ama, por eso esto se llama jugar.

Los cortes duelen y mis carros de carrera quedan de lado. También mis disfraces, pelotas y juguetes. Ahora solo juego con adultos. Se reúnen y me hacen lucir los vestidos que me ponen. Mamá se une a ellos, bebe mientras sus primos, tíos y hermanos se divierten conmigo.

Introducen objetos dentro de mí.

—Es un juego —digo.

Es un juego que me enferma, que me hace caminar lento y que no me gusta recordar.

Regresamos a la fortaleza y paso muchos días en la cama. Estoy cansado, me duele todo, no quiero ver televisión, ni levantarme.

¡Papá volvió! Lo veo, y siento que el sol ha salido después de una noche muy muy larga. Mi corazón late tan rápido que parece que va a salirse. Abre los brazos y me lanzo a su pecho. Tiemblo mientras lloro y él se queda quieto. Mi llanto le ha apagado la alegría.

—¿Qué tienes? —me pregunta.

Busca mis ojos, me limpio las lágrimas y lo abrazo otra vez. Estos abrazos sí me gustan.

—Estoy muy feliz de verte. —Sonrío sin dejar de llorar—. No vuelvas a irte.

Se levanta conmigo en brazos y mamá lo recibe con una sonrisa. Papá me mira con una expresión seria e insiste en preguntarme durante el almuerzo qué he hecho en todo este tiempo y por qué ya no peso lo mismo.

Me miro los brazos, están más delgados que antes.

—Come poco y corre todo el día —contesta madre—. Son etapas de la niñez. Pronto volverá a engordar.

Papá vuelve a preguntarme sobre lo que he hecho y le cuento que he jugado mucho con la familia de mamá. En la noche, lo invito a mi cuarto, le muestro todos mis juguetes nuevos. Es nuestro momento especial, pero mamá entra y su sonrisa parece tensa.

—No le vas a decir a nadie del juego. —Me pone mi pijama cuando papá se va—. Promételo, Vladímir.

Asiento y ella me abraza. No sabe que, mientras me habla, yo siento la presencia de mi padre cerca, acechando, porque a él le gusta acechar en silencio sin que nadie lo vea.

Padre no es el mismo. Desde que volvió, parece no querer a mamá. Se pone incómodo. Siempre que ella quiere tocarlo, la aleja.

—Apestas a alcohol —le dice papá y ella llora.

Las sombras de la granja me visitan en la noche durante mis sueños. Cierro los ojos y los recuerdos vienen como monstruos que se esconden bajo la cama. De repente, estoy de vuelta en la casa del abuelo. La mesa fría me hace arder el estómago y las sombras en forma de espectros me bajan el overol. Lloro, grito y, sin querer, mojo las sábanas.

Salgo rápido a esconderlas, no quiero que la esclava le diga a papá.

—¿Qué haces? —Él entra mientras guardo todo bajo la cama y sollozo al sentir su enojo.

Se acerca a quitarme la ropa y me rehúso, como me lo advirtió mamá, pero él me saca la camiseta. Enojado, me revisa el cuerpo y halla las marcas del juego en mi espalda.

—Explícame cómo es ese juego, Vladímir. —Sujeta mis hombros.

—No lo recuerdo.

Viajamos juntos el mismo día mientras mamá atiende sus asuntos. En el camino, papá me dice que ya es hora de prepararme para ser un *Underboss* igual que él. Por eso, me lleva al doctor de la Bratva para que me revise. Le digo que sí a todo y entramos al consultorio. Papá responde varias preguntas y el doctor me examina.

El doctor es amable conmigo, tal vez porque soy hijo de papá. Al momento de querer tocarme la pretina del pantalón, me asusto. No quiero jugar. Las lágrimas se me escapan sin poder detenerlas.

—No quiero jugar —le digo.

Papá se acerca y es quien me quita el pantalón.

A él no le tengo miedo.

—No vas a jugar, solo te va a revisar. —Me acuna la cara.

Papá no deja de cuidarme mientras el doctor hace su trabajo. Con cada examen, su rostro se enoja más. El doctor me pide que espere detrás del separador, me escondo y lo veo hablar con papá.

—Lo violaron —dice, y mi padre se transforma.

Tira todos los objetos del escritorio. Escucho latir mi corazón y me cubro las orejas en el momento que saca su arma. Me encojo en el suelo hasta que papá viene por mí, me alza en sus brazos y, al salir, veo el cuerpo del doctor en el piso, inmóvil, rodeado de papeles y sangre.

Padre me sostiene fuerte. Su corazón no está bien porque galopa demasiado rápido. Me aprieta contra él y camina de un lado a otro sin rumbo. No me gusta verlo así, sus respiraciones son pesadas y su mirada parece la de otro.

Se ve más aterrador de lo habitual, con la sangre en la ropa, tenso, y sin saber qué hacer conmigo. No quiero que siga respirando así y tampoco que me mire cómo lo hace.

No es mi papá ahora; es el hombre que entrena para ser el *Boss*. Tiene esa mirada fría que saca cada vez que está a punto de pelear, la misma que usa al momento de defender a la Bratva y la que tiene al entrar a las prisiones del gulag.

—Necesito saber cómo era ese juego, Vladímir. Olvídate de tu madre y dímelo —me pide frente al volante de su auto.

Está tan alterado que no quiero enojarlo más y le cuento la manera en que jugamos. Me orino sin querer en su asiento. Siento que le fallé, pero no puedo contenerme y tampoco puedo dejar de temblar.

—Ellos me quieren, papá. Soy el miembro favorito.

Le cuento todo: de la tía Tonya y su novio, del abuelo que me manchó la túnica, de los primos de mamá y de su hermano mayor. Le digo que me duele durante el tiempo que juegan conmigo y que mamá bebe mucho de su bebida feliz. Papá no dice nada, solo mira por la ventana. Tomo su mano y le digo que lo quiero mucho. Él me abraza fuerte y me da un beso en la cabeza.

—Todo va a estar bien, no me volveré a ir. —Arranca y estoy más tranquilo al ver que poco a poco vuelve a ser él, antes de llegar a casa.

Saluda a mamá con un beso en la mejilla y ella lo recibe, alegre. Se tratan como antes de que papá se fuera a la universidad.

—No me has hablado de tu familia, Sonya —le menciona en la cena y ella le habla de todos y él pone atención a todo lo que dice.

Volvemos a ser una familia, pero ya no estoy tan feliz. Solo me siento bien cuando estoy con papá, que me lleva a todos lados con él. Ya no me deja con mamá. Ella le reclama, diciendo que le está robando su tiempo, pero él solo la ignora y sigue insistiendo en que estemos juntos.

—¡Leoncillo! —La tía Sasha me viene a visitar. Se pone a llorar al verme y no sé por qué—. No me voy a despegar de ti a partir de ahora. Te cuidaré, cariño, y juntos saldremos de esto, te lo prometo.

Me aprieta fuerte sin dejar de llorar.

—Te quiero. —Me besa la cara muchas veces.

Visitamos a los Lazarev, quienes adoran a papá. Él les da la mano a todos, les sonríe y elogia a sus hijos. Les ofrece empleo y les dice que siempre podrán contar con él. También pregunta por los Lazarev de fuera de Rusia, dispuesto a ayudarles. Mamá no deja de darle las gracias y habla sin parar de cuánto lo quiere y le agradece la ayuda a su familia.

Padre le sonríe siempre y me gusta, pero a la vez me da miedo, porque apenas mamá se da la vuelta, la mirada de papá cambia y temo que la lastime. Aún amo a mamá, aunque ya no paso mucho tiempo con ella. Papá ha decidido que la tía Sasha es la que me cuida ahora, así que, si no estoy con él, estoy con ella.

La tía Sasha no juega igual a los Lazarev. Ella quiere que recupere el amor por mis carros. Me compra una nueva colección de cochecitos, me lleva a los autos chocones, me prepara mi comida favorita y me compra un álbum de estampitas de dioses.

Me abraza durante horas y me cuenta sus aventuras con papá. De niña, lo acompañaba en las cloacas y en sus redadas. Lo quiere mucho porque es su hermano mayor y ha sido testigo de todo lo que ha tenido que hacer en su camino. Dice que, cuando yo nací, mi padre era solo un niño cargando a otro.

Me quedo a dormir en la casa de la tía Sasha, porque papá tuvo que salir con el abuelo Akim. Estoy por cerrar los ojos, pero los espectros entran a mi habitación, me sacan de la cama y me arrastran por el pasillo.

Llamo a mi tía, pero ella está en el suelo y lucha con varios hombres. Pelea para que no me lleven. Son muchos y yo acabo en una cabaña de la granja, rodeado de nieve.

Me siento muy solo y asustado.

—Mi bello sobrino —el hermano de mamá me acaricia la cara—, te echamos de menos en casa.

—No quiero jugar —digo al sentir sus yemas frías en mi cara.

Hay hombres que no conozco. Mi tío me grita y me dice que no debía contarle a papá sobre el juego. Me dice que no debí decirle nada. Me da miedo y empiezo a llorar. Mamá llega muy enojada y con cara preocupada.

—¿Le dijiste algo a tu papá? —Me sacude—. Dime, Vladímir, ¿le dijiste? ¿Por qué ya no te deja conmigo? Si tú y yo nos amamos.

Huele a su bebida feliz.

—Mira lo que tenemos que hacer para estar a solas —me regaña, y su hermano la aparta.

—¡Lo dañaste! ¡Debías vigilarlo para que mantuviera la boca cerrada!

La abofetea, ella se cae y la ataca con patadas.

—¡Suelta a mi mamá! —le grito mientras los desconocidos la amarran.

—Ven aquí, Vladímir.

Mi tío me arranca la ropa y me arroja a la mesa.

—No quiero jugar. —Pataleo—. Madre, no quiero jugar.

—Hazlo, Vlad, o me matarán. Déjalo jugar —dice mamá y las manos de mi tío me aprietan los hombros y puja mientras repite que me ama.

—¡No quiero! ¡Quiero que venga mi papá!

Me obliga a jugar un juego que no me gusta. Me orino en los pantalones al recordar los juegos anteriores, los vestidos, los moños, a mamá tocándome mientras me bañaba.

—No llores, Vladímir —me dice mamá. Nunca me ha gustado este juego.

La tía Sasha, el abuelo Akim y la familia de papá no juegan así. Las sombras me tapan. El hermano de mamá resopla fuerte; es un monstruo en la oscuridad. Siento la panza rara y quiero esconderme bajo la cama.

—Eso, Vladímir. —Me besa el cuello—. Haz feliz a tu tío.

—¡Madre, no quiero! —grito, la sueltan y ella se acerca a acariciarme el rostro.

—Me matarán si no dejas de llorar. No llores, luego cuidaré esas heridas.

Su hermano me pone de rodillas, me mete sus partes en mi boca y, a su vez, mamá me pasa la mano por la espalda y me besa las mejillas. El sonido de la tormenta y los quejidos se oyen muy fuerte en mi cabeza. El olor me hace querer vomitar. Las sombras que parecen espectros giran a mi alrededor igual que lo hacían en la granja.

Lloro y, entre el frío, siento la presencia de mi papá. La madera de la puerta se revienta y mi tío se aleja.

—Puedo explicarlo —dice el hermano de mamá y la tía Sasha lo derriba en el suelo.

Madre me cubre de los disparos y la alejan de mí.

—¡Ayúdame, Vladímir! Pídele que me suelte.

Me grita que la ayude, pero no puedo. Estoy orinado, sangrando y demasiado débil.

—¡Vladímir!

La sombra de mamá se levanta y alguien está detrás de ella. Con las manos temblorosas, agarro el arma del suelo sin dejar de llorar. Mamá corre hacia mí, alguien la persigue y yo alzo el arma. Sangre me salpica la cara y ella cae con la mano en el pecho.

—No le tenías que decir de nuestro juego, Vladímir. Él no me lo iba a perdonar —susurra mientras sujeta su herida—. Me has matado, Vladímir.

Se derrumba frente a mí. La sangre lo mancha todo. Me paso las manos por la cara, intentando borrar lo que veo. El reflejo de mi padre está sobre mi tío. La tía Sasha me agarra fuerte y su abrazo me hace llorar más.

—No fue tu culpa —dice. Su voz es suave y el olor de su pelo dorado merma el ardor en mi pecho—. No fue tu culpa, cariño.

Me aferro a ella, tembloroso. Tengo encima el mal olor de mi tío y sangre en las manos. Todo se siente frío y lejano.

La tía Sasha me saca de la cabaña y no puedo dejar de mirar la sangre de mamá en la madera.

Siento que todo está al revés, como si estuviera atrapado en una pesadilla de la que no puedo despertar. No quiero que nadie me toque ni me hable. Quiero estar solo. Los recuerdos no me dejan y se mezclan en mi cabeza: el sonido del disparo, las manos en mis hombros, el «juego».

Mamá no vuelve ni se levanta y es mi culpa por haber hablado sobre el juego.

Todo el mundo habla en voz baja y lamenta lo que pasó. Papá recibe las condolencias sin soltar mi mano. Los miembros de la hermandad se acercan a él y quiero irme. No quiero que me vean, porque me siento culpable. Mamá se murió por mi culpa.

No debí decir nada.

Un amigo de la tía Sasha dice que puede ayudarme, pero yo no quiero su ayuda. Solo quiero a mi mamá de vuelta y que las sombras en forma de espectros se vayan para siempre. Los brazos de papá y los de la tía Sasha son mantas cálidas que me rodean cuando empiezo a llorar.

Cada vez que la gente intenta ayudarme, me siento como un animalito acorralado. No me gustan sus preguntas ni sus miradas. Mis piernas se mueven solas y corro, sin saber a dónde. A veces mi cuerpo se olvida de funcionar y me hago pipi o popó en los pantalones sin darme cuenta.

El frío nunca se va y las lágrimas siempre están ahí, listas para salir. Extraño a mamá todos los días, pero los recuerdos de ella son confusos. A veces la veo sonriendo y dándome besos y otras veces es una sombra en forma de espectro que da miedo.

Papá me lleva a clínicas que me hacen temblar las rodillas. Odio que me hagan hablar, porque cada palabra que digo trae de vuelta las cosas feas que quiero olvidar. Solo quiero esconderme en los brazos de papá y no salir nunca.

Papá se desespera conmigo. Hace llamadas, trae médicos, viajamos juntos. Repite que no fue mi culpa, pero yo no quiero nada. Y cuando le confieso que ya no quiero despertar, me estrecha con fuerza contra él.

—No tenía que decirte sobre el juego. —Me miro los pies—. Ellos me lo advirtieron y te lo dije, te hablé de los espectros.

Se queda en silencio y no paro de llorar. Si no hubiera hablado, mamá estaría aquí. Los hombres malos le hicieron daño porque conté sobre nuestro juego.

—No me contaste nada, Vladímir. —Papá me sujeta los hombros—. Solo me hablaste de tus pesadillas.

Pesadilla. Esa palabra suena en mi cabeza igual que una campana.

—¿Fue una pesadilla?

—Sí. —Plancha mi camisa con las manos—. Fue una pesadilla, Vladímir.

Lo entiendo todo. Todo fue una pesadilla. Los recuerdos felices de la granja vienen a mí: me veo corriendo con mi balón y con mis carros. Sí, fueron pesadillas, porque era feliz en la granja con mamá y su familia.

—Vladímir quiso ayudarla y el arma se disparó —dice papá cuando preguntan por la noche en la que perdimos a mamá—. Fue un error.

—Quería defender a su sangre —contestan las personas a mi alrededor—. Será un buen *Underboss*.

Enrollo los brazos en la pierna de papá; él es un árbol fuerte en medio de una tempestad. Entierro la cara en su pantalón, oliendo el aroma familiar que siempre me hace sentir a salvo.

Me regala mi primera arma: un *haladie*. Siento su confianza en mí y lo abrazo.

—Te enseñaré a usarlo —me dice y sonrío feliz, aunque no logro mantener por mucho tiempo la sonrisa.

Las pesadillas vienen cada noche como monstruos hambrientos que devoran mi sueño. Cierro los ojos y estoy de vuelta en la cabaña, en ese lugar oscuro donde las sombras cobran vida.

El tío no es un tío, sino un espectro negro que se arrastra sobre mí. Su boca es un agujero sin fondo que quiere tragarse mis gritos. Mamá está ahí, pero no es mamá: es otra sombra más que mira sin ver.

El abuelo es un gigante gris que se roba los colores de mi ropa. Con cada color que se lleva, una parte de mí desaparece. La tía Tonya y su novio son figuras borrosas que me hacen jugar cosas que no entiendo, juegos que me hacen sentir sucio por dentro.

Al despertarme, siento cucarachas bajo la piel. Aunque me rasco y rasco, no se van. Son recuerdos que se arrastran dentro de mí, haciéndome unas cosquillas horribles que no puedo parar.

Papá acude a todos mis gritos. Me abraza fuerte, tan fuerte que a veces sospecho que, si me suelta, me desvaneceré en humo. Quiero ser fuerte, quiero ser capaz de luchar contra los monstruos. Por eso entreno, por eso quiero ser letal. Pero ¿cómo peleas contra los espectros que viven dentro de tu cabeza?

Mi cerebro es una cinta rota que repite lo mismo una y otra vez. La cabaña, los espectros, mamá que no es mamá, el ruido fuerte del arma, la sangre que parece pintura roja, el olor a metal. Y luego la granja, donde los vestidos bonitos esconden cortes feos y las sombras de la noche tienen manos que tocan y lastiman.

Me digo que no pasó, que son pesadillas. Pero, entonces, ¿por qué se siente tan real? ¿Por qué puedo olerlos, sentir el dolor, escuchar los susurros de los espectros incluso cuando estoy despierto?

La sensación maloliente persiste: la suciedad que ninguna ducha puede limpiar. El olor metálico de la sangre en el cuerpo, el cosquilleo enfermizo de las cucarachas imaginarias bajo la piel...

Abro los ojos. Mi padre está sentado en la orilla de la cama y sudo con una manguera de suero en el brazo. La mano que me pone en el hombro ilumina la habitación con su resplandor. El *Boss* emana poder. En mi mundo de grises perpetuos, él es una llamarada de color vivo. Solo conozco dos colores: el de él y el de la pequeña puta.

—¿Qué pasa? —pregunta, y me incorporo a abrazarlo al sentirme como el niño que dejó el día que se fue a la universidad.

—Tuve una pesadilla.

45
Amanecer

EMMA

Una caricia ligera me roza la mejilla magullada. El toque es gentil, suave, como el aleteo de una mariposa.
—¿Podrá volver a patinar? —La voz de Chip es un murmullo lejano y apagado.
—Tiene que volver, aún no llega a su cima. —La entonación de Domi se destaca, clara y conocida.
La inconsciencia me arropa, difumina los límites entre el dolor y el alivio. Floto en un limbo atemporal donde mis recuerdos se pierden en la bruma de los sedantes. Me veo a mí misma colgada en la cruz y me veo también hundiendo el patín en el cráneo del guardia.
Pelear contra la mafia es como luchar contra un océano embravecido: atraviesas una ola y te lanza una aún más grande que te arrastra a la orilla y te deja al borde del ahogo.
Caigo en la oscuridad y emerjo en breves momentos: siento mi pelo húmedo, las manos me hormiguean sin poder moverlas. La luz cambia, a veces es brillante, en ocasiones es un resplandor

mortecino. Alguien me limpia, me mueve. No sé si han pasado horas o días, pero cuando despierto, las heridas duelen menos.

Las cuatro paredes de la habitación de sirvientes me encierran. Una mesa de medicamentos ocupa la esquina mientras sábanas arrugadas me rodean.

—Koldun. —Hundo la mano vendada en el pelaje del león en mi regazo.

Los brazos me pesan como barras de metal.

—Hola, hermosa. —Cedric entra con una bolsa de suero—. ¿Cómo te sientes?

—¿Cuántos días llevo aquí?

—Cinco. —Evalúa mis signos vitales—. El descanso ha ayudado a que tu cuerpo asimile mejor el medicamento. Las heridas se están sanando bien.

Pregunta sobre lo que pasó, y le doy un resumen sin ahondar demasiado en detalles.

—No te has perdido de nada. Los rusos han endurecido el control, duplicaron el número de guardias; hasta hablarles es un problema, y mi trabajo se triplicó.

Mi equilibrio vacila y parece que estuviera en una barca golpeada por las olas.

—¿A ver esas manos?

Despacio, retira las vendas. Dos puntos de sutura marcan cada palma y tengo los dedos rígidos e inflamados.

—Malditos bastardos, fueron meticulosos. —Cedric examina las heridas—. Perforaron un punto crítico para infligir el máximo dolor. Aprieta la mano en un puño, por favor.

Contraigo la palma y el dolor es tolerable; se redujo de diez a cinco. En el centro de la mano izquierda no siento la presión, aunque mis dedos se mueven con libertad. El área dañada no tiene respuesta sensorial.

—Podría ser el efecto de la anestesia. —Aprieta mis dedos—. Debes ejercitar las manos. Te dejaré mi libreta y una pluma. Dibuja líneas, círculos y escribe tu nombre tantas veces como puedas.

Me acomoda ambos objetos en las piernas. No puede quedarse mucho porque los Romanov lo mandan a buscar.

—Volveré en cuanto termine mis obligaciones.

Trazo círculos y líneas, mis dedos están torpes y gordos.

Escribo mi nombre, el de cada miembro de mi familia y el de Koldun. A ratos, la nariz me escuece, los labios se me tuercen y lo ignoro; suprimo también el ardor en el pecho. En lugar de sollozar, garabateo mi apodo sobre el hielo en un intento de darme ánimo a mí misma.

El agua entró a mi balsa y soy yo quien debo sacarla.

Esbozo las líneas: «Queen». Es un buen apodo. Tiene un aire majestuoso.

—Excelente —dice Cedric al regresar—. ¿No quieres escribir nada sobre mí? Conseguí más hojas.

Me ofrece un vaso con antibióticos y un plato de avena. Solo consigo comer tres cucharadas antes de que el sabor empiece a volverse cada vez más desagradable.

—Te dejo las hojas. No escribas mi nombre demasiadas veces, en Gehena lo consideran magia negra para que alguien piense en ti —bromea antes de irse.

Sigo escribiendo. Poco a poco dejan de ser garabatos.

—Mira el nombre de tu papá. —Le muestro a Koldun—. Ilenko Romanov. Se ve algo rara la R, la volveré a hacer.

Repito el ejercicio hasta que la R me queda bien. No tengo nada más que hacer en las horas siguientes e intento dibujarle una credencial al león con su nombre.

Levantarme al baño es una batalla, hago un esfuerzo, me levanto y voy; el mareo me golpea fuerte al avanzar.

Cojeo, las uñas están envueltas en gasas y el ardor en mi estómago se siente como brasas en las tripas. El breve trayecto desde la cama hasta el sanitario me agota, y la escasa energía que me queda la empleo en lavarme la cara.

El dolor no me deja respirar y apoyo las manos en el mármol frío al momento de salir.

—Necesitamos leña, Koldun, y también...

Sello los labios en cuanto noto al dueño de la Bratva a tres pasos de la cama.

Serio, se agacha a colocar un plato de comida para el león. Los intestinos se me achican al percatarme de las hojas. ¿Las vio? Parece que no, están volteadas tal cual las dejé. Una cosa es haberle dicho que me gusta y otra es verme igual a una idiota que escribe su nombre en hojas.

Lo que acontece entre ambos es morbo, nada más. No es que esté enamorada ni nada parecido.

No me mira y paso por detrás de él hasta la cama. De manera disimulada, tapo las hojas con las sábanas y él se encamina a la puerta, envuelto en el rigor que tanto lo caracteriza.

Respiro, aliviada, apenas la puerta se cierra y rompo las hojas. No debí escribir ni una letra.

Me arropo los hombros, un *byki* trae la leña para el león y después de cenar no tardo en quedarme dormida.

VLADÍMIR

Tengo las manos manchadas de sangre, pero es mi alma la que se desangra lentamente al despertar.

Después de diez días en la penumbra, la lucidez total regresa a mi cabeza. Los sedantes se desvanecen de mi sistema, no obstante, el agotamiento se aferra a mis huesos como un parásito tenaz. ¿He estado librando alguna guerra invisible? Es probable. Mis verdaderas batallas no necesitan espectadores ni estruendo; se desatan en el silencio sepulcral de mi mente.

La carencia de cocaína convierte al mundo en un peso insoportable de llevar.

—Necesitas desintoxicarte —dice Salamaro, apoyado al borde de la cama—. Te inyectaron HACOC, y el compuesto deja residuos dañinos en la sangre. Son perjudiciales para tu cuerpo, leoncillo.

No digo nada.

Cedric Skagen me retira la manguera del brazo y la migraña se une al vacío que no deja de recordarme a Sasha. Solía estar aquí junto a mi padre en este tipo de momentos.

—Tu padre ha salido de la pirámide y su carga de trabajo ha aumentado. No le pongas más peso sobre los hombros. Ayúdalo. Hemos hecho todo lo que podemos aquí, pero no es suficiente. Necesitas ir a un lugar especializado.

—Retírate.

—Tarde o temprano tendrás que hacerlo, Vladímir. Sería más inteligente que lo hagas por tu cuenta, antes de que tu salud te obligue.

Se acerca a apretarme el hombro antes de marcharse.

El médico me asiste en el baño y, después de la ducha fría, me visto.

Cedric Skagen me examina mientras lo hago. Se pavonea, juzgando a otros como monstruos, pero en el fondo, somos dos caras de la misma moneda maldita: yo, esclavo de las drogas que recorren mis venas; él, prisionero de las fichas que danzan sobre el tapete verde.

No está aquí por azar. Durante años despilfarró el dinero de su familia hasta que la vida le presentó su factura y cayó en manos de Maksim.

—Distraer tu mente podría ayudarte —dice—. Mira algo que te guste, dibuja, lee... Algo aquí. No te recomiendo salir todavía.

Recojo el gabán térmico del perchero. Lo único que podría distraerme no está a la vista. Me apresuro a buscarlo.

A pesar de no haber comido en días, no tengo hambre. Los gusanos de mi interior parecen haberse multiplicado, cundido hasta mi estómago.

Bajo al corredor de los sirvientes. Un *byki* custodia la habitación de mi esclava.

—No puede ver a nadie.

—¿Pregunté? —Le meto las manos en el bolsillo.

—Leoncillo...

—Silencio. A los amos no se les refuta. —Saco las llaves.

Entro y encuentro a mi esclava sentada en la cama. El león reposa en su regazo. Su cabello azabache descansa sobre los hombros. El color de los moretones ha perdido intensidad; los recordaba más oscuros y desagradables.

—No deberías estar aquí.

—Quiero estar aquí.

Su aspecto demacrado no impide el hecho de que pueda pasar horas mirándola. Las manos vendadas acarician el animal, y le arrojo los zapatos a la cara.

—Vamos afuera. Necesito caminar. —Me limpio la nariz—. Levántate, ya. No tengo ganas de discutir.

La hago vestir. Los recuerdos de ella colgada en la cruz aún parpadean en mi mente. Su cuerpo todavía tiene los rastros de la paliza.

Se pone un gorro en la cabeza, me sigue en silencio y el león la acompaña.

Tras días enclaustrado, la realidad me impacta de lleno. Los *byki* trotan en formación, los exconvictos del gulag cortan árboles mientras que los taladros desgarran la tierra alrededor de la fortaleza.

Me alejo; el bullicio es un pájaro carpintero que me martillea el cráneo. Sé que romper vínculos con la pirámide no es un asunto menor, sin embargo, el letargo de mi cerebro me impide pensar de la manera correcta en este momento.

Camino hasta el lago bordeado de nieve, a minutos de la fortaleza. La imagen de mi madre se materializa en mi mente como un fantasma que me persigue incluso en la vigilia. Un malestar se apodera de mí. El pecho se me cierra como una cámara acorazada y aparto la cara para evitar que la mujer a mi lado vea las lágrimas que amenazan con caer.

—Una vez fui a la playa y una gaviota me picoteó la cabeza —dice de la nada—. Me había puesto un balde de metal sucio de camarones porque quería un casco espartano. Mamá me lo quitó y el pelo se me ensució. Al volver a la playa, el ave voló hacia mí, me atacó y empecé a gritar como una demente.

Una carcajada brota de sus labios, inesperada y ligera. Un destello fugaz de alegría que se abre paso entre la niebla de mi cabeza.

—Mi hermana mayor me tiró un puñado de arena para ayudar, pero me la echó toda en la cara y me atiborró la boca de tierra —continúa—. Aparte de ser atacada, también empecé a ahogarme y eso no es lo peor: también me cayó arena en los ojos. Rachel era una maldita loca que no paraba de echarme arena. Sam empezó a golpearme con una toalla mientras gritaba: ¡Quítenmelas! Ya no quería escapar de la gaviota, quería escapar de mis hermanas…

Su risa me contagia. Mueve las manos envueltas en vendas, mostrando la manera en que se defendió. Emma James no está bien de la cabeza. Nadie que haya sido golpeada y crucificada podría reír con la intensidad y la alegría tan insólita que tiene ella ahora.

—El mal momento tuvo su recompensa, ¿sabes? —Se recoloca el gorro—. Papá me compró una piña con helado, estaba llena de colores y chispitas que estallaban en la boca. Es el mejor helado que me he comido en la vida.

—¿Y con eso te conformaste? —Es tan tonta siempre—. ¿Un helado borró el hecho de que te atacara una gaviota y tuvieras un día de porquería? Las personas de tu tipo son unos imbéciles que siempre se contentan con lo mínimo.

—El helado no borró nada. —Se encoge de hombros—. Fui yo la que quise recordar esa fecha de una manera diferente y no como el día que me atacó una gaviota asesina. Lo perpetué en mi cabeza como el día en que probé el mejor helado del mundo. No era cualquier helado, ¡tenía chispas que estallaban en la boca! Ningún helado es igual sin chispas que truenan.

—Tu estupidez siempre está por delante. El ave te dañó el día y no quieres reconocerlo. Prefieres fijarte en las nimiedades que no borran los hechos.

Se agacha a recoger las piedras a la orilla del lago.

—Fue un mal momento, no un mal día. Cargar con lo que nos lastima nos hace oler mal y perdón, pero no me interesa ir por la vida oliendo a huevo podrido o algo parecido... Estábamos en la playa, el sol resplandecía, hermoso, y no iba a desperdiciarlo por un simple traspiés.

Arroja piedras al lago.

—No nos amarguemos. Escoge un par de rocas y apostemos quién llega más lejos.

No le presto atención.

—Si no quieres, está bien. De igual forma, no ibas a ganarme.

—Cualquiera te gana, pequeña puta. —Recojo las rocas.

La primera piedra que lanzo alcanza la suya.

—Suerte de novato. —Potencia su tiro, hago otros tres lanzamientos y continúo con la ventaja.

—Esta va a llegar mucho más lejos. —Se adelanta y pisa el barro de la orilla.

—Eso es trampa.

—Habló el *Underboss* de la mafia más tramposa de todas.

La sigo. No dejo de lanzar piedras y ella tampoco. Las pequeñas rocas trazan un arco sobre el lago. El agua helada se filtra a través de mis botas, ella se resbala en el lago y caigo en la cuenta de la estupidez que hago.

—Dañaste mis botas y ahora debes limpiármelas con la cara. Sal de ahí.

—Ven, el agua está deliciosa... aunque no siento los pies.

—No tengo tu mismo nivel de retraso.

—Ven. —Se devuelve por mí—. En el agua podrás lavarte los pies.

—No.

—No seas terco, Vladímir. No se te van a caer las extensiones. —Me abraza el torso y caemos los dos cuando intento levantarme.

Pelea conmigo en el barro en una contienda por ver quién logra levantarse primero. No puede y acabo sentando sobre ella.

—Pide perdón, pequeña puta. —Se retuerce bajo mi peso—. El juego se ha puesto interesante. Ahora debes lavar esta ropa también, ¿lo sabes?

Caigo de espalda al momento de darse la vuelta. El león, empapado de barro, se sacude cerca.

A unos metros, nos lavamos en el agua limpia. Mi esclava se desenvuelve las vendas y las suturas en sus palmas quedan expuestas. Aún están hinchadas.

—Me siento algo estafada. —Se mira las palmas—. Se supone que aquí es cuando deberías curarme las heridas con tu cabello mágico.

Una mueca, que podría pasar por una sonrisa, me tuerce los labios al captar la referencia. No puede estar tres segundos sin decir una idiotez. Me acerco, tomo su rostro entre las manos y la beso.

Busco en sus labios un oasis tibio para el desierto helado de mi existencia.

Ella retrocede, esquivando el contacto como si fuera veneno.

—Hace frío. Mejor vámonos.

Echa a andar con el león y la atrapo de nuevo. La giro hacia mí. Necesito que su presencia agite mi corazón muerto, que el órgano haga algo más que bombear ponzoña por mis venas.

La envuelvo en mis brazos y la uno a mi boca.

—De verdad quiero regresar. No deseo problemas ni causártelos, tampoco. —Me aparta.

—Tú no eliges lo que quieres. Tengo que divertirme con algo y ese algo serás tú. —Le rodeo los hombros.

Regresamos a la fortaleza al mismo tiempo que la camioneta de mi padre.

El vehículo ruge al dar la vuelta en la rotonda y frena con un estruendo que hace vibrar el pavimento. El *Boss* sale y estampa la puerta contra el marco antes de avanzar directo hacia mí. La mirada que lanza hacia el brazo que tengo sobre el hombro de mi esclava la hace retroceder, como si el simple contacto la quemara.

—¿Desde cuándo te atreves a desafiar las órdenes que di?

Se aproxima con los puños apretados, y trato de entender qué le molesta. Debería alegrarse de verme fuera de la cama.

—¿Bajo el permiso de quién sales? ¿Quieres que te recuerde cómo son las cosas? —Confronta a Emma James.

—Salió porque yo lo ordené. —Me interpongo entre los dos—. Es mi esclava, su deber es servirme y puedo moverla donde quiera.

—¿Servirte cómo? ¿Qué estabas haciendo y por qué estás mojado?

—Espérame en mi dormitorio —le ordeno a mi esclava.

—Y ahora te vas a revolcar con ella en mi casa, qué romántico.

No le demuestro bravura; no es momento para confrontaciones. El peso de la organización lo aplasta, los tiempos son una mierda y, por el amor que le tengo, bajo la guardia.

—Te respeto, pero déjame hacer mis cosas. Ya no soy un niño.

—Hace mucho que no te trato como un niño. —Se voltea para irse.

—Lo haces cada vez que te entrometes en mi relación con ella...

—Tú y ella no tienen ninguna relación. —Me enfrenta una vez más.

—La necesito ahora mientras todo esto pasa. ¡Necesito un respiro, dejar de pensar en la basura que me consume la cabeza, y ella es la única que me da pausas!

Me deslizo las manos por la cara.

—Me gusta, y lo sabes. —Lo encaro con la verdad—. Es algo mutuo, así que lo aprovecharé, pasaré el rato y ya. En cuanto me canse, la dejaré.

La impaciencia por la cocaína me martillea la cabeza. No estoy bien y necesito una salida urgente a este huracán de desespero.

—Dame tiempo, te prometo que todo volverá a ser como antes.

No responde.

En silencio, regresa a su vehículo. El cristal de la puerta estalla en pedazos por la fuerza con que la cierra. Su animadversión hacia los James lo ciega tanto que jamás comprenderá mi perspectiva. El rencor lo mantiene atrapado en una sombra de resentimiento.

Su único deseo hacia la familia es el sufrimiento eterno, y eso incluye a Emma James.

Mi esclava no está en mi habitación como le pedí. Encuentro las píldoras de éxtasis ocultas bajo el mármol del clóset. Me trago las dos pastillas y bajo a buscar a mi pequeña puta. De vuelta en mi alcoba, me tiendo a su lado. El mundo se desvanece en una neblina de alivio momentáneo y el peso en mi mente se aligera.

—Debes ponerle un alto a la droga, Vladímir —dice mi esclava. No me molesto en explicarle, al igual que mi padre, no lo va a entender.

Pegado a su espalda, contrarresto mi frío. Me paso el día abrazado a ella. El león, esa bestia mimada, viene a buscarla, ella lo acoge y se dedica a acariciarlo toda la tarde. Parte de mí quiere arrancarle ese consuelo peludo, obligarla a sumergirse en mi miseria, que pruebe el sabor amargo de mi realidad, pero la debilidad me ha dejado sin fuerzas.

Cedric Skagen llega en la noche a realizar sus tareas. Trae avena para mi puta y los sirvientes se ocupan de mi cena.

—El estado de las heridas ha mejorado —le dice a mi esclava.

—Duelen menos.

—El suero de Gehena ha sido beneficioso para ambos, es altamente valorado en medicina por su alta concentración de nutrientes —dice, limpiando las suturas—. Tienen suerte de que lo trajera conmigo en el equipaje. Mi intención era venderlo con el fin de...

—De apostar el dinero. —Arrojo el plato a la mesa y él prefiere no contestar—. No te avergüences de contar la historia completa; aquí todos cargamos con nuestras adicciones.

Mi esclava le ofrece una sonrisa agradecida, un pequeño gesto que aligera su incomodidad y provoca un cambio de color en su rostro.

El príncipe me conecta una bolsa de suero a las venas y, en cuanto se va, vuelvo a la cama con la pequeña puta. Mis labios recorren sus hombros mientras mi cabello se enreda con el suyo sobre la almohada. Hebras negras y doradas se entrelazan en una maraña sobre las sábanas blancas.

—Estarías más cómodo si me voy a mi habitación. Debes reposar.

—Reposaré contigo. ¿Quieres un trago? —Niega ante mi pregunta—. ¿Éxtasis?

Vuelve a negarse.

En mi bolsa de píldoras, guardo ketamina. La pastilla se desliza por la garganta, un veneno bienvenido en mi sistema. El cuerpo se me adormece, pero mi mente... mi mente es una prisión sin escape. Los pasillos de la granja se materializan, se retuercen, como entrañas putrefactas, y soy engullido por dientes de madera podrida y metal oxidado.

El rostro de mi abuelo materno surge de la negrura. Ya no es carne, sino un espectro de pesadilla. Libera mis terrores. Sus manos, garras espectrales, tiran de mí. El tacto gélido en los hombros es más real que cualquier caricia que haya conocido, y mi cuerpo se dispara hacia delante.

—No quiero jugar.

—Está bien, Vlad, no tienes que hacerlo, es un mal sueño y nada más. —Las manos de mi esclava me devuelven a la realidad.

Me envuelve en sus brazos.

—Ya va a pasar.

La suciedad se adhiere a mi alma en una capa de inmundicia que ninguna ducha puede lavar y busco refugio en sus labios.

Me mira con la cara apoyada en la almohada. El iris de sus ojos es distinto a cualquier otro azul que haya visto jamás. Son dos joyas malditas brillando en medio de este vertedero de estiércol llamado vida.

Me sonríe mientras me acaricia la cara.

—Quisiera robarme tus recuerdos bonitos para tapar mis sueños oscuros. —Respiro, adormecido por la droga.

—Descansa, ayudará a que te sientas mejor.

En la mañana salimos a caminar. Huyo del desayuno familiar, no tengo apetito ni ganas de interactuar con nadie.

El león nos sigue y Emma James le habla igual que a un bebé, piensa que tiene la capacidad de entender. Cada vez que se entierra en la nieve, lo saca con paciencia y le muestra copos de nieve.

Camina envuelta en tres chaquetas, un gorro y unas botas de lana.

—¡Un trineo! —Se va con el animal hacia el lago congelado—. Tenía años sin ver uno. Súbete, te daré un paseo.

—Un par de semanas sin mi presencia y ya vuelves a tus rarezas. ¿Te has dado cuenta de que tus ideas no son apropiadas para tu edad? No tienes diez años.

—¿Por qué siempre te quejas por todo? Sube. Será divertido.

No hago nada e insiste hasta que me subo. Me aseguro de que nadie me vea; nunca he montado en una porquería de estas. Ella me fuerza a sentarme, alegando que el león necesita un compañero. Se envuelve las sogas alrededor de los brazos, tira hacia delante y las patas de madera del trineo se deslizan solas sobre el lago sin necesidad de mucho esfuerzo.

—Si hubiera sabido, habría traído un látigo conmigo.

No le gusta que le digan esclava, aunque se comporta igual a una. Toma impulso y el viento frío se siente en mi rostro durante la primera vuelta. El león salta del trineo y ella se ríe al verme la cara.

—Es más divertido si alzas los brazos. —El chirrido metálico de las patas del trineo resuena al deslizarse sobre el agua congelada.

Me siento un idiota. El viento gélido arrastra mi cabello hacia la cara, y el pulso se me acelera a mil por hora.

—¡Sube los brazos, que viene la vuelta de la montaña rusa!

—¿La qué?

—¡Álzalos!

Aumenta la velocidad, levanto los brazos por instinto y aprieto los labios para no reírme. No sé qué resulta más ridículo: ella o su estúpido juego.

—¡Detente! —Dejo caer las manos cuando se le suelta una cuerda—. ¡Detente!

Da una vuelta sin pensar en las consecuencias. El trineo se desliza descontrolado y acabo enterrado en la nieve, con el cascarón de madera encima. La risa me impide moverme. ¿Por qué le hago caso? No muero en peleas, pero casi perezco en un maldito trineo.

—¿Estás bien? Háblame. —Emma James llega, agitada—. Dios, dime que no quedaste como tu abuelo. ¿Sientes tu ano?

De pie, me sacudo el vaquero.

—Te veo hacerlo otra vez. —Enderezo el trineo con una patada—. Tira, esclava.

Malgasto las horas en el lago. La última vez que estuve aquí fue con Sasha, días antes de que la muerte la reclamara. Me presentó a su nuevo sumiso. Aleska también estaba esa mañana; aunque Sasha pasaba más tiempo con mi padre, procuraba no descuidar a su otra hermana.

Regreso a la fortaleza en el momento que el hambre me ataca y el último rastro de las píldoras se disuelve en mi sangre. El *Boss* partió a Filadelfia. Agatha y Aleska son quienes tienen las riendas de Sodom; el resto de la familia está concentrada en las tareas que le competen a cada uno.

—¿Es mi percepción o hay demasiado apego a esa *suka,* Vladímir?
—En el recibidor de la fortaleza, me cruzo con mi abuelo paterno.

Cojea, apoyado en su bastón, y su sirviente personal espera atento con la silla de ruedas justo detrás.

—¿Por qué no está trabajando?
—Está a mi servicio. —La insto a desaparecer escalera arriba.
—¡Espero que no se te olvide cuál es su lugar en esta casa!

Hace sonar el bastón en el suelo.

—¡Vladímir! —me detiene a mitad de la escalera—, pierdes tiempo con esa *shlak* y no estás al tanto del mundo que te rodea. ¿Sabes que Tonya desapareció?

Los pies se me paralizan en los escalones, incapaces de avanzar.

—Parece que uno de esos soviéticos se la llevó. ¿Te mencionó algo sobre ellos durante su estancia aquí?

—No hablamos. —Me fuerzo a subir.

Mi madre amaba a Tonya, yo no. En segundos, la fortaleza cambia de casa a una cripta de cemento, donde el aire se agota. «Tonya, Tonya».

—¿Estás bien? —me pregunta Emma en la habitación.
—Iré a ver a mi pandilla. —Recojo todo lo que puedo en una maleta—. La mitad huyó de Dalila. Es momento de reunirme con ellos.

Salamaro entra a conciliar conmigo en el momento en que les exijo a los *byki* que preparen una avioneta. Necesito salir de esta casa por unos días.

—No puedes salir.
—¿Dónde está mi *haladie*?

Doy vueltas en círculos sin recordar dónde lo dejé. El *sovetnik* insiste en que me quede, pero me rehúso. Debo salir de aquí ya o voy a enloquecer.

—Si vas a irte, lo harás conmigo y con el médico —dice Salamaro—. Aún no te has desintoxicado, leoncillo, y el *Boss* evita tocar el tema porque espera que tomes la iniciativa. Todos estamos esperando lo mismo.

—Partiré en una hora, estés o no aquí.

Le ordeno a mi esclava que prepare lo necesario. Salamaro alista al príncipe de Gehena y, una hora después, estamos en un jet rumbo a Rusia. Cedric Skagen me clava una aguja y cuelga una bolsa de suero. Parlotea sobre mis defensas bajas, como si eso me preocupara. No hay nada que me saque del abismo más rápido que una línea de cocaína. Eso es lo que necesito.

Organizo una reunión con Zoren en una de las discotecas de San Petersburgo. Llega cargado con treinta sobres de cocaína de seis dosis cada uno. La muerte de nuestros hermanos pesa en su mirada. Hoy los recordaremos a nuestra manera: ahogando el dolor en un mar blanco.

—No puedes seguir drogándote. Es peligroso; tienes residuos de HACOC. —Salamaro no me deja en paz—. Dentro de poco son las elecciones de la FEMF, y si el candidato de Philippe gana, nos enfrentaremos a más problemas. La Bratva necesita que estés lúcido, leoncillo.

—Déjame llorar a mis hermanos. —Pido una botella para mi esclava—. Bebe, pequeña puta, y dale un trago a su majestad, el príncipe de Gehena.

—No tengo ganas de beber.

—¿Ya no quieres ser miserable conmigo? —Le pongo la navaja de Zoren en la garganta—. Bebe porque estamos honrando a la pandilla.

El descontento de Salamaro no se va. Le ofrezco un trago; sé que está aquí porque me aprecia. Me vio crecer. Para mí, es más que un miembro de la Bratva: es un amigo, es familia.

La noche se deshace en alcohol. Conduzco mi descapotable en la madrugada, y las luces de la ciudad se estiran en líneas fulgurantes.

Al amanecer, caigo en la cama con mi esclava y, horas después, salgo una vez más. La sensación de estar encerrado en algún espacio me agobia.

El *Boss* solía llevarme a sitios históricos. Aún recuerdo las palabras de la visita guiada y las repito a quienes me acompañan. Rusia tiene siglos de historia. Estados Unidos es solo un parpadeo en los relatos escritos a lo largo del tiempo. Se lo echo en cara a mi esclava.

—El día que haya una Selena rusa, hablamos. —Se sacude la chaqueta, orgullosa—. Puedes tener cientos de castillos, pero no hay ningún cantante ruso que supere a *Bidi bidi bom bom*.

—¿Qué?

—No finjas demencia. Todos saben quién es Selena.

Miro al esclavo y a Salamaro. Ninguno de los dos tiene idea de lo que habla.

—Por lo visto, ninguno de aquí sabe lo que es el buen gusto musical.

Continuamos con la caminata por el Hermitage.

—Hablemos de antepasados: se dice que los Romanov vienen de un dios con palacios magistrales y que nacieron en lagunas llenas de oro y sangre. —Le doy un sorbo a mi bebida energética—. ¿De dónde vienes tú?

—De una cuenca sagrada llamada «la vagina de mi madre».

Escupo el energizante. Salamaro levanta el mapa en un intento de ocultar su risa mientras el príncipe desvía la mirada, incapaz de mantenerse serio. Me pregunto de dónde saca tanta ocurrencia.

—No sé si es de oro. Lo que puedo asegurar es que, al nacer, sí hubo sangre. Me tuvo por parto natural y mi cabeza era grande.

—Deberías moderarte al hablar.

—Modérate tú a la hora de alardear.

Avanzamos por los pasillos adornados con arte.

Al mediodía, me pierdo en el bullicio del mercado. Conozco Rusia como la palma de mi mano. La cirquera que me acompaña me hace cruzar la calle tan pronto como ve a unos niños comiendo helado.

—Se están mirando la lengua, ¡deben tener chispas que truenan en la boca! —Se acerca a la tienda y halla los sobres.

Le pide a Salamaro que le compre unos conos de helado para probar las famosas chispas.

—No me gusta el helado.

—No sabes quién es Selena, no te gusta el helado... —Esparce el polvo de colores en el cono—. ¿Tu champú es antigrasa o antidiversión?

Lame la crema.

—Truenan. —Saca la lengua—. ¿Escuchas?

Pruebo cuando me lo pone frente a la nariz. No le veo lo especial, aunque sí deja una sensación agradable en la boca.

—Prueba más. —Me vacía el sobre en la lengua—. Debes saborearlo bien.

La segunda vez sabe mejor y podría decir que lo volvería a probar.

Visito el palacio de verano.

Mi esclava camina a mi lado, ajena al escrutinio constante del príncipe de Gehena. Su mirada la sigue durante todo el recorrido y cree que no me doy cuenta.

La beso en su presencia, y él prefiere desviar la mirada hacia los cuadros de la pared.

Por la noche, arreglo una cita con Zoren en el club más exclusivo de la ciudad. La cocaína y los labios de Emma James me brindan el alivio necesario para mis molestias.

—Leoncillo. —Zoren me muestra una jeringa llena de heroína, y le ofrezco un brazo.

Mi esclava se niega a consumir y me persuade por otros medios: recibe el alcohol repartido en la mesa. Baila conmigo toda la noche, y me molesta que no me obedezca; sin embargo, lo dejo pasar esta vez, pues la noche está alegre. La fiesta se desborda en una orgía de sonidos y risas. La pista de baile está llena de cuerpos, sumidos en un frenesí de ritmos descontrolados.

Los camareros se desplazan entre la multitud, ofreciendo bandejas de whisky que le brindo a todo el público.

San Petersburgo es mi terreno de juego durante los dos días siguientes, y no me importa nada más que beber y consumir en las mejores discotecas de la ciudad.

—Tu padre está regresando a Alaska. Estuvo a punto de devorarme por teléfono, y no pude argumentar nada porque tiene razón. —Salamaro me quita la botella de la mano—. Debemos regresar, fue imprudente de tu parte salir.

Apoyo la cabeza en el mueble. El *Boss* tiene motivos de sobra para estar enojado, y no tengo nada con qué refutarle, porque estoy aquí, consumido por las drogas y acompañado de la manzana de la discordia entre nosotros.

—Compréndelo. Te accidentaste, tuviste que ser internado y ahora te has empecinado con una James. Justo ahora, cuando él está bajo la lupa de todos los clanes y no necesita más problemas.

—¿Qué tan molesto está?

—Mañana, antes del mediodía, te quiere en Sodom.

Cuatro botellas de licor se apilan en la mesa a lo largo de la noche, el club cierra, me arrastro de regreso al hotel y mi esclava cae dormida en cuanto toca la cama.

Sentado en el mueble, reviso mi móvil y encuentro el buzón saturado de mensajes de Aleska, una avalancha de textos que me recriminan desde la pantalla. Su mensaje es claro: pide que, por un instante, me ponga en los zapatos de mi padre. No desean más disputas entre él y yo.

¿Cómo detengo las disputas si el problema que más le molesta comparte mi cama cada noche?

Inhalo dos líneas de cocaína; el polvo blanco me arde en las fosas nasales y se desplaza por mi sistema. Apoyo las manos en la pared y los pensamientos se me enredan en la neblina de la droga.

Frente al espejo, me replanteo si realmente quiero ser el nuevo *Boss* o si algún día estaré preparado para serlo.

Debo matar a Emma James o nunca podré sentarme en ese trono.

La miro. Nadie puede negar que ha sufrido, porque sí que lo ha hecho. Está sola, olvidada por el mundo. Yo la arrojé a las pandillas, la crucificaron y ha tenido que cargar sobre su espalda el odio implacable de mi padre.

«Hazlo ahora —entablo una conversación interna conmigo mismo—. Es el mejor momento para hacerlo».

Es sencillo: mi padre sonreirá si regreso con su cuerpo. No habría más contiendas ni diferencias.

Desenfundo el arma oculta tras mi espalda. En la hermandad, las vulnerabilidades son eliminadas sin detenerse a pensar.

La veo dormir de espaldas y avanzo hacia ella. Soy el cazador que nació para esto, es mi deber. Lo que quiere la Bratva.

Envuelvo el dedo en el gatillo y ella se voltea con los ojos cerrados.

Dentro de ella habitan luciérnagas; dentro de mí, cucarachas.

Duerme con la mano bajo la mejilla, ajena a su destino. Le apunto y el arma baila en mi mano mientras no dejo de preguntarme qué haré después, qué pasará en el momento en que las luces se apaguen. Las lágrimas me impregnan el cuero de la chaqueta. He segado vidas sin pestañear y por primera vez el pulso me traiciona. Hace meses no habría dudado. Ahora, el arma se desliza de mis dedos, es un peso que no puedo cargar.

No puedo hacerlo, al menos no ahora. Rodeo la cama y, tendido a su espalda, la contemplo. Su piel brilla como alabastro bajo la luna, resplandece tanto que paseo las yemas de los dedos por sus omóplatos y me pregunto dónde esconde las malditas alas.

Va a morir. Es un hecho tan seguro como la salida del sol en las mañanas. Tendré que hacerlo, y, ni bien llegue ese día, no habrá vuelta atrás. Pero hoy no lo es.

Vuelo temprano a Alaska; debo llegar antes del mediodía. La resaca psicótica me tortura durante todo el viaje de regreso, mientras el *sovetnik* trabaja en silencio y el príncipe de Gehena conversa con mi esclava.

Hombres bajan de los camiones estacionados frente a la fortaleza, los *byki* los empujan hacia las cloacas y descargan los lingotes de oro que adentran a la casa. Saco los lentes de sol; aunque estoy sobrio, mi resaca es evidente.

Salamaro se hace cargo de Emma James e ingreso al castillo.

El *Boss* aguarda de pie frente a la ventana de la sala, supervisando lo que ocurre afuera. Su trenza castaña reposa sobre su hombro. A pesar de estar en casa, no se ha quitado el arnés de armas del torso y los muslos. La camisa blanca resalta el cuero marrón del equipo.

—Fui a revisar los negocios en San Petersburgo —le digo—. Sé que no has tenido tiempo para hacerlo, así que pensé que sería útil darme una vuelta por allí.

—Lo supuse. —Finge creerme—. ¿Qué más hiciste?

—Nada más.

En la mesa de centro descansa su mezcla habitual para mantenerse alerta en los días en que no puede descansar: café cargado y una botella de vodka.

—¿Quiénes son? —Miro por la ventana—. No me mencionaste que estabas en busca de nuevos esclavos.

—Son el abono de una deuda. Los Skagen pagarán por la libertad del príncipe de Gehena.

No contengo la risa.

—En la Bratva no hay salida —le recuerdo las normas—. Ni para los miembros ni para los condenados por más oro o riquezas que se pongan sobre la mesa.

—Pero ellos no lo saben.

Mi padre es un maestro del engaño: ofrece su palabra de forma indirecta y los demás se lo creen sin saber que todo es parte de su juego. Les da esperanza, los deja correr, volar alto, sentir el sabor de la libertad y luego, en el momento en que creen haber ganado, tira de la cadena que los devuelve al suelo.

Entre más alto el vuelo, más dura es la caída.

—Estaba pensando en que San Petersburgo tiene potencial sin explotar. Vi buen movimiento en la ciudad. —Cambio el tema—.

Sería buena idea instalarme por un tiempo allá. Me haría cargo de los negocios medianos antes de asumir los grandes.

—¿Vas a hacerte cargo de los negocios o a drogarte sin que te vea? —Le echa licor al café—. Puedes irte, pero ambos sabemos que harás lo mismo de siempre. A estas alturas, me pregunto si realmente estoy dispuesto a poner mi imperio en tus manos, Vladímir.

Las discusiones más difíciles de enfrentar son aquellas en las que no se tienen argumentos sólidos para contraatacar. No puedo ofenderme, porque si mis dominios se extendieran por todo el planeta, si mi fortuna fuera tan vasta como la suya, también la cuidaría con recelo.

—Controlaré la adicción y la dejaré poco a poco.

—Llevas seis años diciéndome lo mismo. —Se acerca—. Seis años repitiendo promesas que no te molestas en intentar. Ya no te creo. Puedes ser mi hijo y uno de los mejores asesinos de esta organización, pero si insistes con esa porquería, las pandillas son lo único que tendrás bajo tu mando.

No lo miro a la cara. Lo ha dado todo a lo largo de su vida y se merece un hijo digno de su grandeza. La cocaína no me permite serlo.

—Me desintoxicaré y te demostraré que no miento. En un par de meses estaré limpio, como lo deseas.

—No tomarás el control de nada hasta que eso pase.

—Lo voy a dejar, pero una vez que esté bien, me iré a San Petersburgo. —Retrocedo hacia la salida—. Y me llevaré a mi esclava conmigo.

46

NINFA

EMMA

Si pudiera reforzar la habitación con una puerta de hierro, lo haría sin pensarlo.

El pecho no ha dejado de palpitarme descontrolado desde que me bajé del avión. Ilenko Romanov no tolera verme al lado de su hijo, y aunque su desdén sea evidente, no puedo desafiar a Vladímir sin enfrentar su descontrol. Se pone violento cuando se le desobedece. He vivido las repercusiones tanto aquí como en las pandillas.

Tampoco puedo darme el lujo de rechazarlo; si lo hago, se hartaría de mí y lo primero que hará será matarme. Tenerlo de mi parte es necesario; es el único que puede abogar por mí si alguien decide hacerme algo.

Limpio la cuchilla de los patines. Domi mencionó la audición ante la Federación y no quiero perder la oportunidad. Me aseguraré de que todo esté bien para cuando vuelva por mí... Si es que algún día lo hace.

—El *Underboss* solicita tu presencia en su dormitorio. —El *sovetnik* abre la puerta—. Lleva algo de comida; no ha probado nada en todo el día.

Guardo los patines. Koldun me sigue entre los esclavos ocupados en los mesones de la cocina. Celia recibe los gritos de la matriarca mientras la nazi come con el látigo en la mano. Una de las ventajas de estar lejos era no tener que soportarla.

En un abrir y cerrar de ojos, preparo la merienda para Vladímir. Corto pan blanco, coloco fruta en un plato, hago una jarra de té y organizo todo en una bandeja.

Con todo listo, subo las escaleras tan rápido como me lo permiten las fuerzas.

—Rápido, Koldun. —Alcanzo el pasillo que conduce a las habitaciones y, por más que intento evitar al *Boss*, me lo encuentro a mitad del corredor.

—Tan buena esclava, afanada por servir. —Avanza con grandes zancadas hacia mí.

La sombra de su figura se alarga en el pasillo. Sus ojos felinos no son los de un hombre, y me atraviesan de una forma tan macabra que doy un paso atrás. Giro hacia la escalera, pero su mano se cierra en mi nuca antes de que pueda escapar.

—¿A dónde vas, hija de puta?

La bandeja vuela de mis manos cuando me la arrebata y la estrella contra la pared. La comida ensucia todo alrededor. Hunde los dedos en mi mandíbula, forzándome el rostro hacia arriba. Los huesos me crujen en su agarre. El dolor es agudo; aun así, es su mirada lo que me paraliza. No necesita colmillos ni garras para parecer un depredador.

—Volvemos a los juegos y artimañas. ¿Ya te revolcaste con él para envolverlo con tus trucos?

—No me he acostado con nadie. Déjame, tengo que irme.

—Te atreves a exigir cosas en mi propia casa. Cuánta valentía llena de descaro.

Me remolca con él hacia el otro pasillo y las piernas me flaquean. No sé si va a flagelarme o a comerme viva. Le asesto un codazo en el abdomen y forcejeo para escapar de su agarre, pero el hijo de perra me empuja al cuarto de limpieza.

—Vamos a ajustar cuentas, maldita.

El rostro me queda a centímetros del aparador y el olor a productos de limpieza me abruma la nariz. La puerta se cierra con un estruendo. Hay apenas dos metros cuadrados de espacio; hace calor y el *Boss* llena el lugar.

—¿Cuántas veces te ha cogido ya? —Me hunde la erección en la espalda con una fuerza que roza lo violento—. Le abres las piernas a él igual que a mí, ¿no? Qué generosa.

—No he tocado a tu hijo en ninguno de los sentidos que te imaginas. Deja de alucinar.

—No te creo una mierda. —Me clava la cabeza sobre la madera—. Mereces que penetre ese culo. Así recuerdas quién te lo desvirgó y a quién le pertenece.

—Vladímir puede darse cuenta. —Hago todo lo posible por salir—. ¡Suéltame de una puta vez!

—*Nyet*. —Se presiona—. Aquí el que manda soy yo.

El tintineo metálico de la hebilla me hace pasar saliva. Sus yemas me rozan los muslos cuando me alza la falda sobre los glúteos. Engancha los dedos en las bragas y el algodón se desliza hasta las rodillas.

—Déjame, por favor. El *Underboss* me matará si se da cuenta.

—*Ya ne protiv.*

El olor a nicotina mezclado con colonia me deja sin aliento. Se ensaliva los dedos antes de pasarlos por donde me quiere penetrar. No veo su rostro, pero su agarre firme habla de su ceguera irracional. Razonar no está en su mente ahora.

— Suéltame, o grito hasta reventarme los pulmones. —Intento hacerlo y me tapa la boca, apenas separo los labios.

Lo muerdo y su agarre se vuelve más brutal. Estando enfurecido, no quiero que me folle por ahí porque sé que será más brusco de lo habitual. La punta se siente igual a una piedra cuando lo moja en mi entrepierna. Está demasiado rígido.

—Te vas a ir con él, aun sabiendo cómo son las cosas entre tú y yo. —Su cuerpo se inclina hacia el mío, con el miembro entre las manos—. Tientas a mi miembro y luego te largas con otro. ¿Cómo le llamas a tu juego?

Empuja entre mis glúteos, jadeo contra su mano y ataca con la rudeza que me veía venir. Duro, áspero, se entierra en mí. Un jadeo ronco se le sale de los labios y el sonido se me incrusta en el sexo, al igual que su pene entre los glúteos.

—Basta, por favor.

Es un puto asno, que me toma sin preparación ni caricias previas. Las embestidas me sacuden las entrañas, un impacto tras otro. Me aplasta la mano contra la boca, ahogando los gritos que se retuercen por salir. Su aliento ardiente me quema la nuca, acompañado de un gruñido antinatural que me eriza cada uno de los poros.

—Siente cómo te rompo otra vez. —La invasión me cierra los párpados. Lo que tengo atrás es un mazo de cedro que no deja de empujar.

Me sujeto a las placas de madera. Una de sus manos me masturba y mi capacidad de razonar se desvanece en el momento en que sus dedos me atenazan el clítoris. Mi punto sensible se abulta y convulsiona, víctima de su acoso despiadado. La sensación oscila entre un suplicio delirante y un deleite insoportable.

El cuerpo se me vuelve lánguido y las arremetidas dejan de doler incluso cuando se desboca detrás de mí.

—Por donde te doy, te gusta. —La rabia lo hace hundirse con más determinación—. De niña inocente ya no tienes nada, maldita.

Su fuerza repercute en mis antiguas lesiones; mi cuerpo no está del todo recuperado.

—¿Así te gusta? —me sisea en el oído—. Ten para que no te queden ganas de nada.

Sus dedos se transforman en grilletes sobre mis caderas. El sexo rudo con él es peor que una paliza. El cubículo se llena de sonidos animales, del choque rítmico de carne contra carne. La fuerza innata de su cuerpo se traduce en embestidas que sacuden el esqueleto; siento los huesos a nada de quebrarse ante su poderío desatado. Es un coloso de carne y músculo que intenta fundirse conmigo, borrando los límites entre nuestros cuerpos.

Estoy estirada, llena, al borde de la ruptura. Y, aun así, mi cuerpo enfermo lo anhela, se amolda a él. No puedo escapar, no puedo respirar; sus caderas son un martillo que no deja de golpear.

—Me entero de que te revuelcas con Vladímir y me lo pagas caro. —Me aprisiona contra la madera.

Los músculos de su abdomen se ondulan a mi espalda. La tibieza de su derrame me baja por los muslos y me lanza un último gruñido en el oído antes de alejarse. Sin una palabra, se guarda el miembro y se larga como si nada, dejándome vacía y llena de él al mismo tiempo.

Su colonia se adhiere a mi piel y su esencia se infiltra entre mis glúteos. No debí abandonar mi habitación; lo más inteligente era esconderme bajo la cama al llegar.

Las manos me titubean al subirme las bragas, arreglarme la falda y recogerme el pelo. Con tres nudos en el pecho, me apresuro de vuelta hacia la escalera.

—¡Emma! —me llama el *Underboss* desde atrás—. ¿Dónde estabas?

Viene por mí.

—Iba a buscar algo para limpiar, se me cayó la bandeja que traía. —Me devuelve a su dormitorio.

Se encierra conmigo. Corro al baño mientras él asegura los cerrojos. El temblor de las piernas es controlable; aun así, el dolor en las caderas me impide enderezarme del todo. Me limpio con la toalla y hago todo lo posible por eliminar el olor y reducir la presencia del *Boss* en mi piel.

—No saldrás de aquí —estipula en el momento que salgo—. Mi padre no está de buen humor.

No hace falta decirlo. Ya lo sé. Me posa la mano en la espalda al caminar a la cama. Me duelen el culo y la cabeza. El *Underboss* hace dos líneas de cocaína sobre la mesa.

—Tengo que dejar esta porquería... es una orden del *Boss*.
—Se viene a mi lugar—. Acuéstate. Quiero dormir un par de horas.

Tenerme entre sus brazos se ha convertido en su pasatiempo favorito. Se acurruca a mi lado. No recibe comida a lo largo del día y, por lo tanto, yo tampoco. Cedric entra a suministrarle líquidos mientras él, hecho un ovillo en la cama, no me suelta. Lidia con sus problemas y yo con los míos. Estoy entre dos leones que están más hambrientos que antes.

Duerme toda la tarde y se despierta en la noche; la frialdad de su cuerpo se ha vuelto más tangible. Acostado, mira el techo, parece que cargara el peso del mundo encima.

Hay una parte de mí que quisiera abrazar a su niño interior.

—¿Alguna vez quisiste estudiar o dedicarte a algo por fuera de la mafia?

—No hagas preguntas estúpidas. Mi única habilidad siempre ha sido matar.

—Difiero. Si yo me dedicara a la moda, te contrataría como modelo de alta costura. —La máscara fría se le quiebra al sonreír—. Págate un par de clases de pasarela. Alguien podría descubrirte y... ¡Sorpresa! Vladímir Romanov, modelando mientras presume de su hermoso cabello dorado.

Se ríe con más ganas y se ve bello. Es lindo, solo que tiene el interruptor abajo, y así todo tipo de belleza se opaca.

—Debes dejarlo, Vlad... las drogas y el alcohol. —Le peino la melena—. Será difícil, pero el esfuerzo tendrá su recompensa.

—¿Un helado de chispas como el que te dieron a ti como consuelo?

—La Bratva, esa es tu recompensa. —Le acaricio la mejilla—. Si a tu papá no le importaras, te dejaría así. Pero no lo hace, porque te quiere. No debe ser fácil verte en este estado.

Le froto los brazos una vez que se sienta al borde de la cama. Soy sincera al decir que debería intentar mejorar. Él cree que la droga es la solución a sus problemas y se equivoca: solo es una prisión más que lo empeora en vez de mejorarlo.

—¿Me quieres, pequeña puta? —Se gira hacia mí.

—Sí. —Apoya sus labios sobre los míos antes de levantarse.

Se marcha y dejo caer mi cuerpo adolorido en la cama. Aunque ya he tenido al *Boss* encima, no es lo mismo cuando está enojado: su fuerza se multiplica. Y ahora me siento como si un martillo eléctrico me hubiera recorrido la espalda.

El *Underboss* no regresa en horas y el cansancio me funde en la cama. Es poco lo que descanso con Vladímir, sus pesadillas constantes perturban cualquier intento de reposo. Abrazo la almohada hasta quedarme dormida.

Horas, después escucho voces distantes y no sé si estoy en un mal sueño, porque lo primero que veo es a Ilenko.

De brazos cruzados, me observa recostado en el umbral de la puerta y me apresuro a levantarme. Son las seis de la mañana, Vladímir empaca una maleta sobre el escritorio.

—No es un hospital psiquiátrico, ¿cierto? —le pregunta al papá.

—Es una clínica de desintoxicación, eliminarán los residuos del HACOC. —Mira el reloj—. En dos horas nos vamos.

—Ve por tus cosas —ordena el *Underboss*.

Me encamino a la salida. El *Boss* no se molesta en moverse del umbral y, sin querer, lo rozo al pasar.

Corro hacia mi cuarto en cuanto pongo un pie afuera y me froto las manos en la cara después de encerrarme. Con tanto estrés nunca voy a reponerme de un todo. No tengo claridad mental y me siento más a la deriva que nunca.

Tras una ducha, empaco mis pertenencias en una mochila. Me despido de Koldun en el comedor mientras los Romanov se agrupan alrededor del *Boss* y su hijo.

El dueño de la Bratva sostiene un plano en la mano y da instrucciones en su idioma natal. Los guardias sacan el equipaje y lleno al león de besos antes de bajarlo. Abrazo su cabeza dos veces, antes de darle más besos. Es lo único bonito de esta casa; me acompañó durante el tiempo que estuve en cama.

—Nos turnaremos para asegurarnos de que tengas el respaldo necesario —se despide uno de los rubios, primos del *Boss*.

Vladímir viene por mí. Con su padre adelante y nosotros detrás, nos dirigimos al jet privado.

—El piloto está listo. —El *sovetnik* es el último en subir con su equipaje.

Me alejo lo más que puedo de su hijo para evitar altercados. El mal humor de Ilenko Romanov llena el avión con su pesadez y, por suerte, el *Underboss* no me molesta, permanece en un asiento doble junto a su padre.

Comienzan a hablar en ruso, juntos parecen más hermanos que padre e hijo. Vlad se aferra al brazo del *Boss,* él lo deja recostar el mentón sobre su hombro y le palmea la cara.

El vuelo aterriza en Lituania horas después. Bajamos del avión directo a la clínica. Camino a unos metros de su hijo. El calor se eleva desde los adoquines, los edificios de tonos pastel dominan la calle y la brisa primaveral trae consigo el aroma de las flores.

Salamaro no se aparta el teléfono de la oreja y actualiza al *Boss* con datos cada quince minutos. En una de las conversaciones, le da números sobre las elecciones del comando.

«Las elecciones…». Los pensamientos me trastabillan por un momento. ¿Ya son las elecciones? Hago cuentas y las fechas coinciden. Me imagino lo angustiada que debe estar mi familia. El coronel es candidato y el asunto mantenía inquieto a mi papá.

—Muévete, pequeña puta —exige el *Underboss*.

La clínica se yergue en el horizonte con sus treinta niveles, cada uno revestido de paneles plateados. Espero en la sala de visitantes junto a Salamaro. Ilenko y Vladímir se van a uno de los consultorios.

El *sovetnik* continúa pegado al teléfono, me carcomen las ganas de preguntar, pero me contengo, sé que solo haré el ridículo porque no me dirá nada.

—Niña, ven —me llama el moreno.

Debido a lo delicado del HACOC, Vladímir comienza su tratamiento desde ya. Ilenko y el *sovetnik* lo acompañan a la habitación privada que le han asignado. El *Underboss* sale del baño en bata y lo trasladan a la camilla de sábanas blancas.

La estancia no carece de luz ni de espacio. Hay muebles por si prefiere no estar en la cama, una selección de libros, televisor y ventanales con vistas a un jardín. Nada luce barato ni deprimente.

Las visitas solo están permitidas durante el día; por la noche, la única compañía aceptada es la de los guardias.

—La clínica es una de las mejores del continente —le dice el *sovetnik* al *Underboss*—. Confía en los resultados, saben lo que hacen.

—Trae a mi esclava temprano. —Me aprieta la mano y tira de mí para darme un beso en la comisura de la boca.

Ilenko distribuye a los guardias, el *sovetnik* se queda a ultimar detalles y a mí me mueven en un auto junto al *Boss*. No me he bajado de la camioneta y ya presiento lo que se avecina al ver el edificio frente a nosotros. El hombre detrás de mí se desencaja y se desabrocha los puños de la camisa.

Abrazo mi mochila, Ilenko me agarra la muñeca y tira de mi brazo en la acera. Ni el día que lo vi por primera vez lo sentí tan rabioso como ahora. Me toma como si fuera una muñeca sin valor.

—¡Ya déjame en paz! —Le digo cuando entra conmigo a la habitación de lujo—. No he hecho nada para que me trates así.

—Existes. —Estrella la puerta de la habitación y me empuja a la cama—. ¡Ropa afuera, ya!

El tono me hace zumbar los oídos. La ferocidad de su comportamiento permanece igual que antes. Me arranca la chaqueta y el vestido antes de atarme las manos. Se desnuda. Arrodillada en el suelo, me hace chuparle el miembro erecto.

Su furia y su actuar son peores que estar en una jaula con un león hambriento y sin domesticar.

Me penetra la garganta mientras la saliva se me desliza por el pecho desnudo.

—Debería arruinar esta garganta para que a ningún otro le sirva. —Incrementa su control en mi melena—. ¿Qué tal suena? Te quitaría uno de tus malditos trucos.

Sus dedos me maltratan la quijada al encararme; se cree siempre la gran mierda. Le muerdo la boca y me lanza contra la alfombra. No lo soporto así. Me penetra cual animal que no merece que ni le acaricien el lomo antes de montarlo. Sus manos me aprisionan las caderas y sus garras me rasgan los muslos, marcándome la piel. Me inclina la cabeza en ángulos que apenas puedo soportar.

—Si aguantas a uno, bien puedes soportar al otro. —Aferra la mano a mi garganta a la hora de pegarme la espalda contra su torso.

Su bravura se entrelaza con mi rabia. Me libero las manos y le araño el cuello cuando me voltea.

El infeliz, como castigo, me pone en cuatro. Continúa con las arremetidas que me sacuden el estómago hasta que se corre en mi espalda y me esparce el derrame en la piel. Los músculos se contraen, no de placer, sino por la impotencia que me hincha las venas.

—*Boss*—dicen detrás de la puerta—. Señor, debe encender la pantalla del televisor. Es urgente.

Se incorpora. Su indiferencia es aún más cortante que la de la fortaleza.

Comienzo a vestirme, quiero largarme de aquí. El *Boss* enciende el televisor con el mando. El canal codificado de la fuerza especial aparece en pantalla y dejo el vestido a medias. La red de transmisión parpadea y muestra a Londres en llamas.

Mi hermana Rachel. Su nombre es el primer pensamiento que cruza mi cabeza.

«Se confirma la fuga del reo Antoni Mascherano de Irons Walls», anuncia el titular del noticiario.

—El incidente tuvo lugar a las dieciocho horas durante un traslado al comando central de Londres —informa la reportera desde la pantalla—. Agentes de la fuerza judicial fueron emboscados por el grupo criminal Halcones Negros, conocidos por ser la mayor pared de respaldo de Antoni Mascherano. Hasta el momento, no hay pistas sobre el paradero del reo. Seguiremos informando conforme avancen las investigaciones y surjan nuevos detalles.

Ilenko lanza el control del televisor contra la ventana, se viste y sale disparado hacia el pasillo. A mí, las ganas de irme se me desaparecen al ver el siguiente titular en la pantalla.

«Orden de captura contra Christopher Morgan minutos después de obtener el cargo de ministro».

El sonido ensordecedor de mi pulso ahoga las palabras del presentador mientras me termino de vestir.

—En un giro sin precedentes, el Consejo de la Fuerza Especial ha emitido una orden de arresto contra el recién nombrado ministro Christopher Morgan. La decisión surge tras revelaciones explosivas que han sacudido los cimientos del comando británico. La Fuerza Especial enfrenta uno de los mayores escándalos de corrupción y abuso de autoridad en su historia.

Un guardia apaga el televisor y me muevo a mi cuarto. Mi cerebro no procesa bien las noticias y las preguntas se me acumulan en la cabeza. El apartamento del noveno piso se llena con los hombres de la Bratva. Intento escuchar las conversaciones de la sala, pero un *byki* me devuelve a mi habitación.

Lo único que puedo oír son los murmullos distantes.

Paso la noche en vela y mantengo la puerta abierta con la vana esperanza de poder enterarme de algo más.

Esto pone en riesgo la estabilidad de mi familia y todo a nuestro alrededor. Christopher tenía que ganar las elecciones; era la única forma de frenar a la mafia.

Me imagino como debe estar Rachel de angustiada.

No me permiten ver nada, solo me sacan del dormitorio al día siguiente con el fin de trasladarme a la clínica donde está Vladímir. El *Underboss* espera tendido en la camilla de su habitación, la primera sesión de desintoxicación lo ha dejado pálido y sin fuerzas.

—¿Qué pasa, pequeña puta? —Desayuna—. Tu actitud termina de deprimirme la mañana.

—Antoni Mascherano se ha escapado y el coronel tiene orden de captura. En solo un día, el caos estalló afuera.

—Y eso te preocupa... ¿Por? Tu cuñado te mandó a morir aquí.

—Es el marido de mi hermana. El embarazo de Rachel es de alto riesgo y no debe estar pasándola bien.

—Entonces no te gustará lo que voy a decir.

—¿Les pasó algo a mis sobrinos? —El estómago se me sube a la garganta—. ¿A mis padres?

—A ellos no, pero a tu cuñado lo desenmascararon. Quedaron al descubierto todos sus vínculos ilegales, huyó antes de que lo arrestaran y dudo que pueda volver al Ejército por ahora. Todo su círculo ha sido salpicado —dice con desdén—. Sin embargo, tu hermana ha de estar bien. El coronel debe tenerla escondida para que Antoni Mascherano no le haga daño a la «mujer» por la que tanto pelean.

En eso tiene razón: Christopher siempre ha protegido a Rachel. Me limpio las lágrimas que se me escapan solas.

—Ahórrate el melodrama en mi presencia. Los problemitas de tu hermana heroína son un chiste comparado con la montaña de conflictos que tenemos nosotros encima.

Se queda en silencio un momento.

—Antoni Mascherano es uno de los mayores rivales del *Boss* y querrá que mi padre vuelva a la pirámide. —Sintoniza el noticiario local—. La Bratva está al borde de una guerra entre clanes que hará que tus dramas familiares parezcan un pícnic de domingo.

—¿Preparado para continuar con la segunda sesión? —Entra la enfermera.

—Muévete, pequeña puta. —Vladímir me hace acompañarlo.

El *Boss* no está y el *sovetnik* asume su lugar sin apartarse del teléfono. El estrés es una epidemia que se apodera hasta del último rincón. El consejero no descansa en ningún momento del día y tampoco los hombres a su lado.

—¿Está bien el *Boss*? —Se inquieta Vladímir durante los análisis del mediodía.

—Vendrá a verte en la tarde. Fue a asegurar las fronteras y a recuperar el armamento.

Sobrevivo con las escasas migajas de comida e información que me da Vladímir.

Ilenko llega en la noche con la camisa blanca cubierta de hollín y oliendo a gasolina. La enfermera se aparta, intimidada por las dos Sig Sauer plateadas que carga en el arnés táctico. Se nota que estaba en combate, porque manchas de pólvora le salpican el vaquero y el cuchillo de asalto enfundado en el muslo gotea sangre en el suelo.

Paso los cuatro días siguientes sin dormir. El *Boss* descarga su rabia en mí todas las noches. Sin diálogos ni caricias, me rompe la ropa y me folla como y donde quiere. Soy tratada como el objeto que se cogen y mandan de aquí para allá sin información verídica. El resumen de mi día es acompañar a Vladímir en el día y pelear con Ilenko Romanov en la noche.

Cada uno le da la espalda al otro en cuanto termina y siempre soy la primera en largarme. No soy una sumisa como para quedarme a la espera del «vete» al final. Es evidente que le estorbo y que solo soy una muñeca que usa para saciarse.

Ya ni siquiera creo que le gustara en realidad; lo que quiere es martirizarme.

El *Underboss* es otro insoportable; la abstinencia lo tiene más ofensivo de lo habitual. Insulta al personal y, frente a todos, me trata de estúpida cada cinco segundos.

El *sovetnik* va de un lado para otro transportando información.

A la sexta noche en Lituania, escucho desde el pasillo la primicia que me paraliza los latidos. Los guardias salieron y el *Boss* está de espaldas en su dormitorio; tiene la puerta abierta. Sigilosa, me acerco al umbral a escuchar las noticias que se despliegan en la pantalla.

«Emma James, en manos de la mafia rusa». El titular atraviesa la barrera del cristal y se clava en mi pecho como una estaca de hielo. La garganta se me contrae y las palabras se ahogan antes de formarse del todo cuando diviso a mi papá. Sus ojos, que solían ser vivaces, ahora son pozos de tristeza absoluta.

Los reporteros lo rodean. Su espalda encorvada está lejos de su postura habitual. Lo que no quería que pasara, pasó, y era verlo mal.

—Lo único que deseo es ver a mi hija de nuevo, a salvo y completa. No voy a decir nada más. —La voz se le rompe al hablar y se aparta, incapaz de continuar.

Rodean a mi madre en busca de declaraciones. Aprieto el marco de la puerta sin dejar de mirarla. Exhibe su postura digna y refinada. Mi madre siempre ha sido un diamante inquebrantable y sabe conservar el control frente al caos; por eso siempre ha sido la voz de la razón en la familia.

—Se informa que el secuestro es una represalia por una ofensa hacia la mafia rusa. ¿Qué piensa sobre la situación?

—Se hubiese evitado si Rachel no perteneciera a esta entidad. De oír mis consejos, no estaríamos en esta situación. Es un momento doloroso. Sin embargo, sus errores no quitan que sea una de las mejores soldados de este comando —dice—. Es inteligente y capaz. Confío en que encontrará una solución a este problema.

Se endereza y es la representación de un baluarte de dignidad en la tormenta mediática. No permite que la amedrenten.

—De Emma no hay mucho que decir. La decisión de enviarla a Alaska fue un intento de enderezar su camino y nunca nos imaginamos que esto ocurriría. —Hace una pausa—. Soy su madre y le he dado todo: oportunidades, educación, un nombre respetable. Nunca ha aprovechado nada de lo brindado. Ella ama su olor a fracaso, ama ir de derrota en derrota. Le cuesta razonar. La vimos hace unos meses y, en lugar de confiar en nosotros, de compartir lo que sabía, eligió callarse. ¿Qué logró con eso? Agregar más angustia a esta familia.

Se aleja de los micrófonos. El nudo en mi garganta crece de tal manera que no me deja respirar. El *Boss* se gira hacia mí y me escabullo rápido a mi cuarto.

Limpio las lágrimas que me resbalan por el mentón y, bajo las sábanas, sofoco la llama que arde dentro. Ahogo los sollozos con la almohada. No me voy a ilusionar con un rescate, eso solo me llevaría a otra decepción. Ya me ilusioné en la celda, en la isla y entendí que salvarme depende únicamente de mí.

Mis padres ahora no están en condiciones de sacarme de aquí y el Ejército está en crisis. ¿Cuál será su prioridad? ¿Rescatarme? Jamás.

La realidad es una píldora amarga que aprendí a tragarme: no todas las doncellas tienen la fortuna de contar con una horda de jinetes a su disposición. A algunas nos toca convertirnos en caballo, caballero, armadura y espada al mismo tiempo.

—«Duérmete, Emma —me digo—. No ha sido nada, duérmete».

Me falta aprender a retener. Ya maduré y las niñas maduras no lloran por tonterías.

47
Lobo, cuervo y presa
BOSS

En tiempos antiguos, los mamuts recorrían la Tierra, gigantescos y poderosos, capaces de aplastar cualquier obstáculo bajo sus colosales pisadas. Mas, a pesar de su tamaño y dureza, fueron cazados y domesticados por los pueblos nómadas. Estos, aunque menos imponentes, demostraron que el tamaño no es nada sin inteligencia. La historia nos enseña que la grandeza sin astucia está condenada a ser subyugada. Así lo dejó escrito Alinoshka Popova para aquellos bajo su amparo.

Mientras que la opresión bolchevique parecía imbatible y Rusia se hundía en la oscuridad, fue quien se negó a que todos los linajes asediados se extinguieran. En un acto de desafío contra el destino, recogió a cuarenta niños descendientes de la realeza y la nobleza, herederos de la sangre que alguna vez gobernó con puño de hierro. No capturó a los críos con promesas de un futuro pacífico, sino que los ofreció a los bárbaros a fin de transformarlos en la fuerza que les devolvería el poder a quienes lo habían perdido.

Se comenzaron a forjar guerreros en una cuna de concreto, donde la brutalidad era la única ley. Los autoproclamaron hijos escogidos del diablo que moldearon cuchillos como extensiones de su propia sed de sangre. Cada uno talló su destino en la carne de aquellos que se interponían en su camino. Desde el principio, entendieron que la sumisión ante los de afuera no era una opción, que agachar la cabeza significaba traicionarse no solo a ellos mismos, sino a la sangre de aquellos que los precedieron.

La Bratva se cimentó sobre sus propias leyes y juramentos. La estrella dorada nunca refulgió como símbolo de esperanza, sino como un recordatorio de que nuestro destino está escrito en oro y sangre: en la sangre que corre por las venas de quienes nacen para liderar y en la que derramamos con el propósito de mantenernos en lo alto.

Uno no se niega a doblar la rodilla por simple arrogancia, es una convicción arraigada en lo más profundo del ser, una certeza nacida de la miseria y la lucha. Porque, a diferencia de aquellos mamuts de antaño, la mafia rusa prefiere morir a dejarse domesticar.

En la sala, analizo la mesa de planos frente a mí. Los animales andan sueltos: Christopher Morgan huyó de Londres después de que se le desplomara la fachada. Aparte de rabioso, está ardido porque no he matado a Emma James y, mientras viva, su zorra nunca estará del todo segura. Un problema más de los tantos que tiene. Por años ha tenido una pelea con Antoni Mascherano; ambos proclaman estar «enamorados» de la misma perra, y desde entonces se volvieron payasos los dos.

La rivalidad entre ambos ha sido un circo de egos inflados y celos patéticos. Dos presuntos gigantes del submundo criminal reducidos a perros peleando por un hueso. Mientras ellos se desgastaban en su absurda contienda, mi atención estaba donde debía estar: en la Bratva. Aunque no niego que me resultaba divertido ver de lejos sus ridiculeces. La dicha se acabó en el momento en que Antoni fue apresado y se me exigió redoblar esfuerzos para apoyar a los italianos.

Mi desdén hacia Antoni Mascherano empezó desde el día en que nos presentaron, nunca me tragué su supuesta «camaradería». Sentía que hacía lo mismo que en su momento hizo su padre: tener a Akim contento para que nunca le volteara las cartas. No es ningún inepto, años atrás compró un grupo de mercenarios conocidos como los Halcones Negros, hombres nacidos en el Oriente que le cuidan la espalda. Sus técnicas de combate los convierten en asesinos de alto calibre, letales y eficientes.

En el corto tiempo que lleva en libertad, ya se reunió con sus súbditos y ha estado dando pasos agigantados. En cuestión de días, destronará a Philippe y asumirá el poder absoluto. Es la mente detrás del HACOC. En sus prostíbulos, las putas están encadenadas por algo más fuerte que el dinero: la adicción. La droga es su herramienta y con ella esclaviza, doblega y controla. Quien se atreve a desafiarlo termina en sus manos, dependiente de una dosis que nunca llega sin un precio.

Con su salida, una nueva ficha se suma al juego en donde todos quieren hacer un jaque mate. La mafia, como la jungla, está llena de depredadores alfa y ahora todos están unidos contra uno. Se mantendrán con el cuervo, y no porque sea el más noble, sino porque es el más sabio, el que conoce los caminos fáciles de andar. Lo adorarán, aunque el águila de la mafia búlgara tenga la mirada afilada, aunque la piraña de la Yakuza sea la más rápida en morder y aunque el zorro de los franceses sea el más astuto en los callejones de París. Lo harán porque la naturaleza humana es así: siempre busca la ruta más fácil. No son idiotas; solo siguen su instinto y apuestan por quien les ofrezca más sin exigirles demasiado.

Cada mafia es poderosa en solitario, pero al descubrir el potencial de trabajar juntas, se encariñaron con la dinámica. Sin embargo, sé que por dentro maquinan las razones por las que son mejores que los otros, pues el ego en los seres humanos nunca se va. Puede esconderse, pero siempre está ahí, a pesar de que en la pirámide es obligatorio guardarlo.

Detesto su mentalidad tanto como detesto a la escoria que parió a Emma James.

EMMA

Hoy daría lo que fuera por encerrarme en el clóset y quedarme una semana adentro. Me despierto con las arrugas de la almohada marcadas en el rostro y tardo más tiempo del usual bajo la regadera. Me echo perfume y esparzo una capa de maquillaje para que no se me vean tanto los círculos negros bajo los ojos.

—Llévale ropa de cambio al *Underboss* —pide el consejero en la sala colmada de hombres tatuados.

Se mueven alrededor de las mesas, inmersos en un mar de mapas y planos. El *Boss* se bebe su café en la cocina y no me determina. Anoche no entró a saciarse ni a romperme la ropa, supongo que ya se ha cansado de mí.

Reúno en la mochila lo que Salamaro ha solicitado. El *sovetnik* se queda en el apartamento y salgo hacia el hospital con Ilenko Romanov. No mueve la vista de la ventana y yo tampoco.

Las torres de colores pasan a través de la ventana y el yunque en mi pecho vuelve a pesar. Me pregunto qué tan cierta es esa afirmación de que los padres lo saben todo. Hay quienes en sus discursos dicen: «mi padre dijo que sería un doctor», «mi madre dijo que nací para enseñar», también hay afirmaciones de «mi padre dijo que nunca llegaría a nada y así fue». ¿Es instinto? ¿Existen excepciones? ¿O de verdad lo saben todo?

Mi abuela paterna decía que siempre hay que honrar a los padres porque son seres sabios y ahora también me pregunto qué tanta razón tenía.

Bajo de la camioneta. Vladímir hoy tiene análisis en el edificio aledaño. En bata, abraza al papá, quien observa la sangre que le extraen.

—Esta es la última sesión de depuración —informa el médico al *Boss*—. Lo que quede por eliminar, lo trataremos con medicación. Si todo sigue según lo previsto, en un par de días podrá comenzar con la rehabilitación convencional.

El proceso médico se extiende por una hora y media. En cuanto acaba, junto a los guardias, nos dirigimos a la siguiente torre. El sol candente se hace sentir. Los pacientes y el personal médico se desplazan por las zonas verdes.

En la recepción, el *Boss* firma una carpeta con documentos. El especialista lo conduce a una oficina privada y yo continúo con Vladímir hacia su alcoba. Los hombres del *Underboss* se anticipan a abrir la puerta. Los enfermeros lo acuestan en la camilla; está dormido. El medicamento y las grandes cantidades de sangre extraídas le agotan la energía.

—Falta una hoja en el historial —indica el médico de ronda—. Debió quedarse en la recepción. La necesito para administrar la dosis.

—Ve por ella —exige el guardia.

Regreso al pasillo con la carpeta en la mano. Arreglo las hojas mientras avanzo, y el silencio es roto por el zumbido irregular de las luces fluorescentes y el distante pitido de las máquinas en el piso.

La última vez que visité por más de tres días un hospital fue en el periodo agónico de uno de los tíos de papá. Fue abaleado en un rescate y adoraba a Rick. Recuerdo que nos reunió a todos y ese día pidió que hiciéramos una parrillada en su nombre después de su sepelio. Se iba feliz, confiado en lo bueno que había sido y convencido de que grandes cosas lo esperaban al otro lado.

Las luces vacilan, el pasillo se ensombrece en un instante y levanto la vista de la carpeta. Un hombre en un traje oscuro ajustado se cierne ante a mí. Un abismo se me abre en la boca del estómago, el cerebro se me pone alerta y dispara la alarma, esa que siempre me grita «corre». El pelo, oscuro y lacio, lo trae peinado hacia atrás.

—*Ciao* —me dice Antoni Mascherano.

La carpeta se me desliza de la mano, los disparos se desatan en los pasillos aledaños y me devuelvo con los oídos ardiéndome. Corro a la habitación de Vladímir. El guardia de adentro se asoma y, en vez de esperarme, me estrella la puerta en la cara al percatarse de la llegada repentina de los italianos.

—No tengas miedo, bella ninfa. —El mafioso extiende la mano hacia mí—. Vamos a ver a tu hermana. Debe echarte de menos.

Emprendo la huida al corredor del lado opuesto. ¿Llevarme con mi hermana? Lo que quiere es una carnada para tenerla. Los pasos de los mercenarios se mueven en el piso detrás de mí. El pasillo se estira, infinito, en una pesadilla de puertas cerradas y luces parpadeantes. Parece no acabarse y detengo el paso con el grupo de sujetos que emerge en la esquina del final.

Reconozco al coronel a la cabeza.

—¡Christopher! —Corro hacia él, pero la pistola que apunta hacia mí me detiene.

—¡No te vas a llevar nada, por ende, con nada vas a joder! —le grita al mafioso italiano.

El arma del coronel arroja una ráfaga de fuego en mi dirección, lanzo el cuerpo contra la puerta de metal a mi izquierda, un crujido me atraviesa los oídos y, de repente, el suelo desaparece bajo mis pies al caer por la salida de emergencia. Un dolor punzante me recorre los brazos, pero el estrépito de los pasos que se acercan silencia cualquier protesta.

—¡Si Ilenko no la mata, lo haré yo, porque ni tú ni él me van a coger las pelotas! —exclama el coronel afuera.

El malnacido me viene a aniquilar. Los hombres pelean en los niveles de abajo y huyo hacia los pisos de arriba.

—¡Retirada! —grita uno de los hombres de la Bratva—. ¡Retirada!

El cruce de balas estalla, Antoni Mascherano entra por mí y la escalera se transforma en un túnel vertical de supervivencia en donde lo único que importa es llegar a la cima.

—¡No huyas, bella! —me llama el italiano desde abajo—. ¡No voy a hacerte daño!

Es rápido. Quince, dieciséis, diecisiete… Cuento los escalones corriendo escalera arriba; aun así, no es suficiente. Un tirón violento en el pelo me devuelve hacia atrás al alcanzarme. Antoni

Mascherano se abalanza sobre mí y sus dedos forman un torniquete en mi garganta.

El sabor metálico de su arma se me entierra en la boca mientras los proyectiles no cesan abajo.

—Cómo no amar esta bella obra del creador. —Me besa los ojos—. Eres muy hermosa, doncella.

Me alza del cuello de la camisa e intenta arrastrarme con él.

—¡Suéltame!

—Es hora de irnos.

Tira de mí con la mano aferrada a mi camiseta. Llevo el codo hacia su rostro y se lo estrello directo en la mandíbula, rompiéndole la boca. No soy el cebo de nadie. Subo un escalón, pero él me agarra la melena y me jala hacia atrás antes de lanzarme una bofetada que me envía al suelo. La sien me impacta contra el borde del escalón y la sangre tibia se me desliza por el rostro.

Pierdo el aliento cuando me hunde el pie en el abdomen.

La sonrisa le llega a los ojos negros, pero a mí no me engañan su traje caro ni su perfume fino. Sus modales exquisitos solo son un telón que oculta otro escenario de terror. Se inclina hacia mí y un disparo chispea a milímetros de su brazo. Él se voltea para responder al ataque, aprovecho la distracción y lo empujo.

Cae tres escalones, en lo que avanzo, decidida, hacia la puerta superior.

—No hay escapatoria, bella. —Me sigue, veloz.

No me van a llevar. Dejarme atrapar es mi fin.

Antoni Mascherano no tiene otro propósito más que torturarme con drogas hasta convertirme en un montón de mierda. Lo hará para chantajear a mi familia. Y el único interés del coronel es enterrarme una bala entre las cejas, es su forma de no dejar armas sueltas que puedan perjudicarlo.

Con la sien ensangrentada, empujo la puerta de hierro. La azotea del edificio se extiende ante mí: es un campo de asfalto bajo un cielo que, de repente, se ha teñido de gris. Recorro las esquinas de la azotea, desesperada por una vía de escape. No hay escondite, no hay un ascensor ni una rampa que me hagan llegar abajo.

Mis piernas me llevan a toda velocidad hacia el borde, aunque mi mente grita que me detenga.

—*Vieni qui, cagna!*

Las lágrimas me eclipsan la vista y el borde del edificio se acerca cada vez más; es una línea final para mí. Mis pensamientos se vuelven oscuros e imagino lo inevitable: mi cuerpo volando por el aire solo para ser destrozado contra el pavimento. Veo mis huesos romperse como ramas secas. Los órganos se me comprimirán hasta explotar y liberarán una marea negra de sangre y vísceras que manchará la opaca baldosa. Sangre, orina y excremento se mezclarán bajo mi cadáver deformado.

Las balas silban cerca de mis pies y unas esquirlas de concreto vuelan a mi alrededor. Aunque cruel, prefiero lanzarme al vacío a dejar que vuelvan a torturarme. Antoni Mascherano levanta su arma una vez más, viene por mí a toda velocidad y...

Las aspas de un helicóptero surgen desde abajo. La brisa me golpea con una ola de fuerza pura y el viento ruge en mis oídos. El corazón me da un vuelco al identificar a quién le pertenece. La aeronave se acomoda de lado y el *Boss* aparece ante mis ojos. Sostiene una ametralladora y arremete contra Antoni Mascherano.

Un torbellino de emociones me colapsa el pecho. Rompo a llorar mientras corro y el alivio se desborda por mis células. Las balas centellean en el pavimento y no me detengo a pensar en nada a la hora de lanzarme hacia los brazos del hombre que suelta el arma para recibirme.

Mi pecho choca con el suyo.

—Ya está, bebé —dice.

Siento el golpeteo de sus latidos al abrazarme y las lágrimas no me dejan de brotar.

—Ya fue su turno y ahora es el mío. —Me suelta y desciende de la aeronave.

El helicóptero gira de vuelta. Desde mi lugar, alcanzo a ver al coronel que llega a la azotea y se enfrenta al *Boss*.

No se me permite presenciar más, la aeronave aterriza en plena calle y mi alrededor es un mar de caos descontrolado. La clínica se ahoga en un océano vertical de humo que la oculta del resto del mundo.

Me agacho a protegerme la cabeza al mismo tiempo que un estallido hace volar los vidrios de los vehículos cercanos. Uno de los hombres del *Boss* me lleva a la camioneta que frena a pocos metros. Las alarmas se disparan, la gente no deja de gritar y, dentro del vehículo, hallo al *Underboss* acompañado de Salamaro.

—¡Vámonos! —dispone el *sovetnik*.

Las sirenas se intensifican a lo lejos. Vladímir pierde el control, ya que se niega a irse sin el papá y comienza a buscar salidas.

—No, no, no —murmura con la voz quebrada por el pánico—. ¡Nadie se va a marchar sin el *Boss*!

Se abalanza sobre el seguro de la puerta.

—¡Vladímir, no! —grito, pero es demasiado tarde.

La puerta se abre de golpe, el sonido del tráfico inunda aún más la camioneta mientras el *Underboss* atropella a todo el mundo, dispuesto a salir. El asfalto pasa a toda velocidad. Los coches frenan con brusquedad y las bocinas explotan.

—¡Harás lo que te ordene! —Salamaro lo inmoviliza en el asiento de cuero y cierro la puerta—. ¡Aquí te quedarás!

El trayecto hacia la pista de aterrizaje es una odisea marcada por los altavoces de bomberos, ambulancias y policías. Un camión choca con un poste y los semáforos no son suficientes para el tráfico. La multitud se dispersa en medio del pánico, impulsada por el miedo que crece con cada voluta de humo.

—¡Esos malditos Halcones! —El *sovetnik* pasa por encima de mí y dispara a través de la ventanilla de adelante, consiguiendo abrirse paso con más prisa.

El jet que nos llevará está listo para despegar. El sol me entrecierra los ojos, las gotas se forman en mi frente. Las alarmas de disturbios no dejan de sonar, y entre más alto se oyen, más afana el *sovetnik* a sus hombres.

Dos guardias forcejean con Vladímir, que ha perdido toda coherencia. Se retuerce igual que una anguila que nadie puede controlar, y sus gritos desgarran el aire. Lo remolcan hacia la escalera del avión y, una vez adentro, el jet alza el vuelo a Alaska.

—¡No dejaré a mi padre! —El *Underboss* no se queda quieto—. ¡La mafia italiana lo va a matar!

—¡Viene en la avioneta de atrás! —El moreno hace todo lo posible por controlarlo. No sé si lo dicho es cierto o lo dice para que el *Underboss* no se suicide en pleno vuelo.

Vladímir no le cree y entra en crisis. Sujetarlo es una tarea imposible porque arroja puños, patadas y me alcanza las costillas.

Salamaro le entierra un sedante en el brazo. Su estado violento es agotador. Me dedico a limpiarle el sudor frío de la frente y debo sujetarlo las veces que despierta entre sueños. Su cuerpo se resiste a la tranquilidad y cada vez que parece calmarse, una nueva oleada lo sacude. Contenerlo es un reto a la paciencia porque se retuerce en busca de una rendija por donde escapar.

—¡Debo volver! —no deja de decir—. ¡Si mi padre muere, nunca me lo perdonaré!

El caos no para a mi alrededor, el zumbido monótono de los motores compite con los gritos e insultos desgarradores de Vladímir. Los *byki* hablan a través de la radio y el *sovetnik* no deja de dar órdenes por teléfono.

A Alaska llego con los tímpanos a punto de reventar.

Las turbinas se apagan en la pista aérea bañada por una borrasca de nieve. La silueta de la fortaleza se divisa en la niebla de la noche. La ventisca me azota los huesos y los gritos de Vladímir me avivan el dolor de cabeza.

El viento helado entra en mis poros, desde el instante en que salgo del jet hasta que entro en la casa. Los Romanov se ocupan del *Underboss* y lo suben a su dormitorio mientras yo cargo con las pocas cosas que trae.

—¡Traigan al médico! —exige el abuelo.

El brote psicótico del *Underboss* les impide acostarlo. No deja de agredir a todo el que intenta tocarlo. Dos de los primos del

Boss son quienes le hablan fuerte y lo obligan a quedarse en la cama. Varios de los miembros presentes trabajan en conjunto y tratan de hacerlo entrar en razón. Unos le quitan la ropa, otros los zapatos y otros se limitan a observarlo con desdén y a mirarse entre ellos en una esquina.

—¡Hermano! —Una de las rubias corre a abrazar a Ilenko, quien aparece dos horas después—. ¿Estás bien?

Inclina la cabeza en un gesto de asentimiento. Estará bien por dentro, porque por fuera no. El labio le sangra, tiene la ceja partida, la cara cubierta de moretones y la camisa empapada de sangre. Avanza con una mano apoyada en las costillas; la batalla le ha marcado hasta la forma de andar.

Se hace cargo del hijo mientras yo voy de un lado a otro en busca de los suministros que Cedric necesita. El jefe de la mafia se pone al teléfono y habla en serbio; por el tono, diría que da órdenes.

—Te enfrentaste a Christopher y Antoni al mismo tiempo —le dice uno de los primos—. Permite que te revise el médico.

—Las peleas son costumbre aquí, estoy bien. —Le da la espalda.

—Consideren esto el primer embate de una larga serie —dice el abuelo de Vladímir.

Ilenko permanece en el teléfono mientras el resto discute en su lengua materna. Las voces suenan imperiosas a la hora de hablar con el tono de quienes acostumbran a que sus palabras se conviertan en órdenes. Tres de los presentes señalan a Vladímir y un primo del *Boss* los manda a callar.

—¡Cada uno a su lugar! —alza la voz el abuelo—. Mañana, con la mente despejada, podrán ofrecer opiniones más sensatas.

La familia se retira y me paso la siguiente hora asistiendo a Cedric. La dosis del sedante administrado surte efecto al instante y, una hora más tarde, el *Underboss* se sumerge en un estado de completa inconsciencia.

Salamaro saca al médico y una calma muda satura la atmósfera de la estancia.

Me quedo al pie de la cama, viendo el pecho de Vlad que sube y baja, pausado. Lo que me mantuvo a flote se desvanece. Sin la adrenalina en lo alto, los acontecimientos comienzan a desfilar por mi conciencia, uno por uno, en una secuencia lenta.

Las últimas setenta y dos horas se condensan en mi pecho, se vuelven un cúmulo que me trepa por el tórax. Lo retengo para no explotar.

Me doy la vuelta para asegurar la puerta y me encuentro de frente con el pecho del *Boss*. El hijo duerme atrás, no hace el más mínimo intento por apartarse y yo tampoco. Me quedo clavada en el sitio. La hoguera que emana su ser disipa el helaje que se me ha instalado en los huesos.

La nariz me arde, parece que me hubiese tragado diez litros de agua salada.

—¿Dónde te duele? —Me pasea los nudillos por la cara. Los labios se me encogen al tocarme la frente.

Le lanza una última mirada a Vladímir, revisa en el corredor que no venga nadie y me hace avanzar hacia su despacho.

—Arriba. —Bloquea la puerta con el pestillo.

Subo los escalones y, al llegar a la cima, hallo un salón que parece sacado de un pasado remoto. Estantes de madera se alzan hasta el techo, repletos de libros antiguos con lomos de cuero desgastado. La alfombra persa cubre todo el espacio. Construyeron dos chimeneas y una de ellas yace cerca del ventanal.

Las luces tenues se derraman sobre los muebles caoba.

El *Boss* enciende el fuego mientras habla por teléfono. El aire huele a cuero, papel viejo y un leve aroma a humo de leña. Me siento en el rincón alfombrado al lado de la ventana. Los copos de nieve se deslizan a través del cristal. Nunca había estado aquí y es extraño encontrar un espacio tan acogedor en este castillo.

Ilenko Romanov se acuclilla frente a mí con un botiquín en la mano. No aparto la mirada de la ventana ni siquiera cuando me retira el pelo del rostro para limpiarme la herida de la sien.

Los sucesos me dan vueltas en la cabeza. En el mundo donde todos se sienten omnipotentes no hay espacio para pensar. Lanzan flechas sin medirse, porque Emma James es la pieza coja y, si se rompe, no importará. Hay quienes son más relevantes que ella y por eso da igual. Intento vivir con ese hecho, pero me cuesta porque, aunque me lo merezco, me afecta el maldito concepto que tienen de mí. Un concepto que se halla hasta en la cabeza de mi madre. Sé que es un error insistir en aquello que nos hiere; sin embargo, mi cerebro no lo entiende, porque hay cosas que duelen y duelen aún más si vienen de la persona que te tuvo nueve meses en su vientre.

Para Luciana, nunca he sido suficiente. Mis logros nunca la han llenado. En las fiestas, soy la hija a la que regaña todo el tiempo y nunca he alzado la voz con el fin de defenderme.

—¿Crees que huelo a fracaso? —Miro al *Boss* en cuanto termina.

—No.

—Entonces ¿por qué mamá lo cree?

Intento contener el llanto, pero no puedo. Un temblor comienza en mi pecho y se expande como una onda sísmica a través de mi ser. Los hombros se me estremecen y las lágrimas me corren por las mejillas sin poder detenerlas.

—Ya. —El ruso me sujeta la cara—. No te pongas así, *Ved'ma*, que me dan ganas de mimarte y estoy furioso contigo.

Pone una mano en la curva de mi cuello y el pulgar hace un lento recorrido a lo largo de mi mandíbula. No digo nada porque el pecho me arde menos con el peso de su palma en mi nuca, con el tacto de la yema que me acaricia debajo de la oreja.

El suave toque desmorona el peso de los hombros y las lágrimas cesan poco a poco en el instante en que nuestros ojos se encuentran después de noches evitando el contacto visual. Contempla cada centímetro de mi rostro y hago lo mismo con el suyo, en tanto le acaricio el labio roto. Siento la carne bajo mis dedos, viva, caliente.

—No me siento bien —digo.

—¿No? —Me arrastra las piernas hacia él—. ¿Qué quieres?

—A ti. —Le aprieto la tela de su camisa.

Nuestras bocas se tocan en un roce ligero y mi lengua se adentra en su boca, impaciente por saborear, sentir y fundirse con la suya. El sabor me hace galopar el pecho tanto o más que en aquel yate en México.

Tengo la cara empapada por las lágrimas. El estar bajo su calor me pone aún más vulnerable y nunca he entendido el porqué. Dejo que me saque la camiseta mientras busco los botones de su camisa.

No tengo sostén y mi torso queda desnudo para él.

—Eres una caprichosa, *Ved'ma* —me susurra en el cuello. Muevo la cabeza en un sí silencioso.

Me tumba sobre la alfombra y el peso de su cuerpo se presiona contra el mío con una firmeza que me hace moverme bajo él. La fricción de nuestras pieles a través de la ropa crea el desespero que me ahoga la respiración. Sus labios caen sobre los míos con una voracidad que borra los límites de la realidad y me catapulta a un mundo donde solo somos él y yo.

La lengua se pasea por cada rincón de mi boca en una cadencia lenta.

Sigo sin entender cómo una persona tan despiadada puede despertar tanto.

Sin camisa, le recorro los hombros. Siento la dureza de sus músculos y el contorno de las venas que marcan caminos bajo su piel. Su pecho se expande como un fuelle humano que aviva el fuego entre mis piernas.

—Esa boca, tan ávida y dulce. —Baja las manos a mi short.

Desliza la mano por la pretina, suelta el botón. Alzo la cadera y me los quita despacio. No hay prisa. O al menos así lo siento en medio de las caricias lentas.

—¿Chupo aquí? —Su palma atrapa uno de mis pechos.

—Sí.

Sus labios me cubren y lo dejo lamer mis pechos diminutos que no tienen nada de especial, pero me gusta que se los meta a la boca y los unte de él.

—Aquí también. —Me toco el pezón izquierdo y lo acapara sin dejar de tocar el otro.

Su erección se muele sobre mi pierna. Sospecho que mis pezones deben estar maltratándole el pecho por lo erguidos que están. Entre besos húmedos desciende por mis costillas hasta encontrar mi entrepierna.

—¿Acá también quieres? —pregunta y asiento.

Me arrastra las bragas blancas por las piernas, las deja a un lado y separo los muslos.

Quiero que lo haga libre, sin estorbos ni impedimentos. Su lengua se sumerge en mi interior una y otra vez. Me saborea como si fuera una fuente de elixir, como un hombre que lleva días en el desierto y por fin ha encontrado algo que comer. No tiene necesidad de decir nada; se nota que lo disfruta. Inquieto, se soba el bulto en sus vaqueros.

Me besa el sexo, la cara interna de los muslos, el vientre, el valle de los pechos. Su lengua se desplaza con una urgencia frenética que no deja un solo centímetro de piel sin tocar, alternando entre lamidas y mordiscos.

Es rudo a la hora de aferrarse a la piel de mis caderas y suave al pasear su miembro sobre mi entrepierna. Me estimula el sexo con el suyo y enlazo mis brazos alrededor de su cuello.

—Estoy tan duro, maldita sea.

—¿Por mí? —Escondo la cara en su cuello.

—Sí. —Se hunde despacio, encendiéndome todo adentro.

Trago saliva en el momento en que se sumerge por completo y deslizo las manos por la espalda, que se contrae. No sé si es por la frialdad que nos habíamos impuesto, por el caos del día, o si nos encontramos en un planeta distinto donde el desespero nos ciñe el uno al otro.

Le enredo las piernas alrededor de su cintura, acercándolo más y su boca se pasea por mi cuello con una devoción silenciosa. Delicioso. Ilenko Romanov es un malnacido, un sádico peligroso, un hijo de puta en el sentido más crudo de la palabra. Pero, a nivel sexual, puede darte todo lo que quieras, incluso lo que ni siquiera sabías que te hacía falta.

—Esa abertura estrecha me tiene ciego.

Hundo los dedos en la carne firme de sus omóplatos, anclándome a él.

La nieve se arremolina afuera y él permanece desnudo sobre mí, follándome por minutos eternos donde jadeamos, nos besamos y tocamos el uno al otro.

—Sí, bebé. —Me sujeta la cintura cuando me subo sobre él.

Abierta sobre sus caderas, acaricio la solidez de sus músculos mientras mi cuerpo se mece de adelante hacia atrás.

—¿Te gusta? —Me acerco a su boca—. A mí sí.

—A mí más. —Frota su mejilla contra la mía.

Le beso el pecho, la clavícula, el cuello. En definitiva, estoy mal de la cabeza. Esa es la única forma de justificar que disfrute tanto el sexo con un hombre de su tipo. Mi consuelo es que no importa, esto no lo va a saber nadie y la tumba se llevará este secreto.

Nunca nadie sabrá que experimenté orgasmos desmesurados con el *Boss* de la mafia rusa.

A nadie le diré que lo besé, que le saboreé su miembro y que disfruté de toda la potencia que emana. No diré que me encanta la forma en que me folla y tampoco diré que me atrajo a nivel sexual desde la primera vez que lo vi… y que me atrae aún más ahora, cuando estamos el uno sobre el otro, fingiendo ser personas normales sin ser así.

—*Malyénkaya volshébnitsa.* —Da la vuelta, dejando mi cuerpo bajo el suyo.

Su boca recorre mi mandíbula.

—Siente cómo te lleno.

Los músculos se le tensan, elevo la pelvis, lo recibo y, una vez que acaba, me fundo en sus brazos. Cierro los ojos en la alfombra. Me besa el hombro con la mano puesta en mi cintura. Sé que no debo recordar los momentos que tenemos juntos, pero dudo que mi cabeza se olvide de este.

48
LAMPÍRIDOS

EMMA

No quiero moverme. El calor que me envuelve es tan delicioso que temo perderlo si cambio de posición. Con los párpados cerrados, deslizo la mano hacia abajo y rozo un paquete de músculos firmes. ¿Morí y reencarné siendo la novia de un gladiador?

La figura a mi lado se mueve. Abro los ojos, tengo la camisa del *Boss* encima. Mi mejilla descansa sobre su pecho y rápido la quito.

No tenemos la confianza suficiente como para dormir así.

Se despierta cuando me incorporo, miro el reloj y, apresurada, empiezo a vestirme. He dormido por más de seis horas aquí. El sedante del *Underboss* de seguro ya perdió efecto y ha de estar preguntando por mí.

Me pongo el short y meto la cabeza en la camiseta blanca.

—¿Cuál es el afán? —pregunta el *Boss* que se abotona la camisa.

—No es afán, es que no quiero problemas con Vladímir.

Mi intento de escape se trunca cuando me acorrala contra los estantes. Me bloquea la salida, planta el brazo en la madera, me eleva el mentón y me hace mirarlo a los ojos.

—Voy a decir esto una sola vez y espero que no se te olvide nunca —me dice—: no le perteneces a él, ni al mundo, ni a tus padres. Ni siquiera a ti misma.

Su silueta se alza sobre mí sin soltarme el mentón.

—Me perteneces a mí y a nadie más que a mí. Tus problemas solo son conmigo, porque soy tu dueño, tu amo y tu captor. —Me besa la punta de la nariz—. Tú eres mi pequeña *Ved'ma*, mi presa y mi esclava ahora y para siempre. ¿Está claro?

—No soy una esclava.

—Eres y siempre serás esclava de lo que te hago sentir aquí.

Baja la mano por mi cuello y su cálida exhalación me aviva cada poro.

—Solo yo tengo el poder de hacer latir tu corazón de esta manera. —La palma desciende hacia mi esternón—. No te resistas a lo que ya es un hecho.

Quita el brazo del estante.

—Tu único rol con Vladímir es ofrecerle cuidados, compañía y nada más, ¿entendido?

Asiento, y me señala la salida.

Desciendo las escaleras, mientras me recojo el cabello en un moño. Le echo un vistazo al pasillo antes de salir y corro a la habitación. La intuición no me falló: el *Underboss* ha vuelto en sí. Lo encuentro en una discusión con Cedric. El médico le insiste en que vuelva a la cama, se resiste y prefiere encerrarse en el baño.

—Vete, yo me encargo —le digo al príncipe.

Entro a buscar a Vladímir que esta inmóvil bajo la regadera, el agua le golpea la cabeza en una cascada incesante.

—¿Dónde estabas?

—En la chimenea de la sala. —Preparo la toalla y lo recibo al salir.

Celia sube el desayuno, él ni siquiera lo prueba. Insisto en que se beba el zumo de naranja, pero, en un arranque, me lo quita y lanza el vaso contra la pared. Respiro hondo. La paciencia es una virtud y no puedo dejarla escapar.

—Acuéstate. No me moveré de aquí. —Lo arropo.

—Necesito la droga.

—La ansiedad va a pasar, resiste las primeras semanas y lo comprobarás.

Vigilo su sueño. No hay noticias sobre mi familia ni de la FEMF. El calmante de mi angustia es la certeza de que por el momento todos están vivos; de no ser así, aquí ya me lo hubieran restregado en la cara.

Me acuesto al lado de Vladímir. Una parte de mí suele susurrarme «nunca saldrás de aquí». Pero paso por alto la voz. No quiero arrojar la toalla aún, afuera me esperan las pistas de hielo, soy buena en algo y me gustaría demostrarlo así sea una vez más.

Me levanto a buscar al león, tengo días sin verlo y lo hallo cerca del despacho del *Boss*. Lo traigo al dormitorio, me dedico a peinarlo y consentirlo. Las cicatrices de las manos están mejor, y aunque me duelen en ciertos momentos, la molestia es tolerable.

La persecución del hospital se repite en mi cabeza. Me pregunto en qué diablos estaban pensando. ¿Entraron con la convicción de que sería tan fácil como respirar? De seguro, si quienes nacen poderosos a menudo ven a quienes no están a su altura como meros desechos fáciles de pisar.

El defecto se les quitará el día que alguien les demuestre cuán equivocados están.

Vladímir se despierta al mediodía sin apetito. Deja los platos sin tocar y en la tarde me hace arrojarlos a la basura. Mi mundo se reduce a dos lugares: el dormitorio y la cocina.

El patio de la fortaleza se llena de actividad. Un grupo de hombres tatuados entrena bajo la nieve, algunos practican tiro y los disparos se alargan toda la noche.

Los tres días siguientes ponen a prueba mi tolerancia: al *Underboss* nada le complace, todo lo irrita. La casa vive abarrotada de gente. Las pisadas y órdenes en ruso quiebran la calma que antes reinaba en los pasillos. En la cocina se preparan raciones enormes, mientras los sirvientes van y vienen bajo las órdenes de la matriarca.

El *Underboss* cada día se ve más demacrado.

—Después de tanto tiempo, volviste a encontrarte con alguien cercano: tu cuñado. —Usa el puñal de doble filo para limpiarse las uñas—. ¿A quién fue más grato ver? ¿A él o a Antoni Mascherano? ¿Cuál de los dos arrojó más balas en tu dirección?

Prefiero no contestar.

—Antoni Mascherano tenía planeado capturarte. Y, claro, tu cuñado, en su infinita sabiduría, decidió «arreglar» todo cortando el problema de raíz personalmente. Tienes una marca en la frente y él no pierde la oportunidad de recalcártela.

—El baño está listo. —Cambio el tema. No quiero recordar lo que ya sabía.

Lo ayudo a cambiarse. Siempre se queja de tener escalofríos. Sin sedantes, no concilia el sueño y pelea consigo mismo las veinticuatro horas del día. La Bratva está en la mira de los otros clanes y el hecho tampoco lo deja descansar.

Al quinto día, hace un esfuerzo por salir a caminar. No quiere alejarse demasiado, y desde la fuente vemos el convoy de camionetas que irrumpe frente a la fortaleza. Los hombres bajan, cubiertos por abrigos macizos, y en la nuca exhiben una constelación de cruces tatuadas.

—¿Quiénes son?

—La crema y nata de la Bratva: los *vory v zakone,* los más importantes guardianes del código criminal.

Un pelirrojo de pelo trenzado, corpulento y de barba vikinga sobresale entre todos. Sin los emblemas de la Bratva grabados en su cuerpo, bien podría ser un legendario guerrero nórdico. Le dedica a Vladímir un gesto que reconozco al instante. Es el mismo santo y seña que he visto antes en la pandilla, el mismo que Zoren usaba para comunicarse con los demás.

—Yura Oniani. —Vladímir sonríe sin ganas—. Se formó junto a mi padre. Ahora comanda Filadelfia.

Aleska Romanova sale a darles la bienvenida. Camina enfundada en un atuendo negro y erguida sobre tacones altos. La cabellera rubia le cae en ondas enmarcando su rostro. Hace seguir a los invitados. Una gargantilla de oro le adorna el cuello; tal cual está, podría caminar por una alfombra roja sin desentonar.

—El *Boss* no tardará en llegar. Ve adentro. —Se adelanta el *Underboss*.

Regresamos a la habitación. No le gusta encender el televisor ni escuchar música. Su único pasatiempo es leer libros de historia y a eso se dedica toda la tarde. Aunque entiendo su estado, me estresa no hacer nada diferente a observar.

—¿Sabes algo de Domi? —pregunto en la noche mientras le cepillo el pelaje a Koldun.

—En mi presencia, evita mencionar a esa serpiente. Quiero que te mantengas alejada de ella y de su perro faldero.

—Se llama Chip.

—No me interesa su nombre. El *Boss* trabajará seguido aquí, abstente de abrir la boca o de salir con una de tus magníficas hazañas. —Acomoda la cabeza en la almohada—. Su humor no es el mejor, evítame problemas.

Me hace acostarme a su lado hasta que se queda dormido. Horas después, Koldun se desespera por salir. Debe de tener hambre y bajo a darle su filete. Falta un cuarto para la medianoche, los esclavos ya no están y la única luz que entra a la cocina es la del recibidor.

—Sube una ronda de tragos para los v*ory* —me ordena la hermana del *Boss* en la puerta—. Cinco vasos de whisky escocés y cinco de Macallan, puros y sin hielo.

Pongo el plato del león en el suelo, abro la boca para refutar, decirle que solo estoy a cargo de Vladímir, pero ella no me da tiempo de hablar. Se devuelve con el mismo sigilo que llegó.

Aunque puedo volver al dormitorio e ignorarla, sería tentar a la suerte. Es la hermana del *Boss*, y podría ir a quejarse con su padre. El abuelo de Vladímir apenas me ve y ya parece querer arrancarme la cabeza. No tengo ánimos para discusiones ni reprimendas.

Subo los tragos en una bandeja. El olor a tabaco mezclado con cuero me hostiga al cruzar el umbral del despacho. Diez pares de ojos voraces se posan en mí; sus miradas son látigos en busca de sumisión.

Finjo indiferencia a pesar de que quiero soltar la bandeja y desaparecer.

Aleska Romanova es la única mujer al lado del *Boss* que ocupa su lugar en la silla frente al escritorio. La luz de la lámpara de la esquina le perfila el rostro, serio y enfocado.

Molesto, le habla en ruso a la hermana y ella se endereza al escucharlo.

Me abstengo de detallarlo. Las palabras, aunque incomprensibles, tienen un peso físico sobre mis hombros.

—Apúrate y desaparece —me dice Aleska Romanova con un tono tosco.

Dejo todos los tragos en la mesa, me retiro con la bandeja e intento que no se note lo rápido que me muevo. El umbral lo veo lejos e inhalo hondo. Apenas estoy afuera, el aire frío me llena los pulmones, pero no me calma el calor de la cara.

Ahora, verlo me abruma más que antes.

Dejo la bandeja en la barra de la cocina a oscuras y, frente al lavaplatos, me devoro las cuatro rodajas de jamón que me robo del refrigerador. El hambre me ataca de repente e intento llenar el vacío. El semblante adusto de Ilenko Romanov ralentiza mis mordiscos, ¿su enfado tiene mi nombre otra vez?

Me sirvo sidra de manzana y, sin encender las luces, lavo el vaso.

—Koldun, sube a...

Se me ahogan las palabras en la garganta cuando un par de manos me envuelven la cintura. El *Boss* exhala cerca de mi cuello y el vaso se me desliza de los dedos. El simple contacto desata la avalancha que sepulta mi lucidez. Me giro en sus brazos, su erección me presiona el estómago y me dejo llevar al lado más oscuro de la cocina.

Me alza sin problema y captura mi boca con la suya. Nuestros dientes chocan al mismo tiempo que me recorre la espalda de arriba abajo. Empuja sus caderas entre mis piernas en medio del beso hambriento que me da.

Me sube el vestido hasta la cintura. No hay tiempo para caricias y tampoco hacen falta; estamos listos. Sin dejar de arrastrar los labios por mi mandíbula, se suelta el cinturón y se baja la cremallera.

—Necesito esto. —Hace mis bragas a un lado.

Cada poro de mi cuerpo siente su invasión. Entre besos, se pega a mí con los músculos tensos. Las paredes de mi sexo acunan su tamaño y el hormigueo en mi entrepierna sube hasta el estómago. Me empuja contra el concreto y parece que quisiera fundirme en el yeso. Me rodea la cintura y mis manos se entrelazan detrás de su nuca.

Es sexo urgente, impregnado de desespero y de un deseo que no deja lugar a nada más. Me aplasta contra la pared de la cocina en tinieblas, y cada embestida envuelve un grito mudo de necesidad. Me hunde los dedos en los glúteos y su erección se ensaña en mi abertura. Cierro los puños en su ropa, perdida en el mismo desespero que lo consume a él.

Su peso me arrincona cuando acelera la acometida.

Las embestidas se descontrolan, el placer lo toma por completo y mi entrepierna se derrite sobre él. El golpe de sus caderas me empuja hasta el límite y mi cabeza aterriza sobre su hombro al detenerse.

Por un momento, todo mi mundo se reduce al toque de su palma deslizándose por mis costillas y al sonido de sus latidos.

Me devuelve al suelo. Limpia mi entrepierna en la penumbra de la cocina, me sienta en uno de los mesones y me da en la boca un trozo del jamón que me estaba comiendo.

—Márchate a dormir. —Me aprieta las caderas—. Hay demasiados hombres aquí.

Se ocupa de su camisa desarreglada.

—Mañana temprano te quiero en mi dormitorio.

—¿Para qué?

—Para alimentarte con esto. —Me pone la mano sobre su erección y lo beso en la boca.

Se aleja, pero no sin antes deslizar su lengua por mi boca en un gesto provocador. Me bajo el vestido apenas desaparece, mi pulso tarda en estabilizarse y me bebo dos vasos de agua. Trato de recuperar la compostura en lo que subo.

El *Underboss* no ha despertado. Me ducho antes de meterme en la cama y, en los días siguientes, la palabra descanso no tiene significado. El día despunta, y con él, la necesidad de dejar las sábanas para cumplir las órdenes del *Boss*

Me espera sentando en la orilla de la cama. Lubrica mi boca con la suya, le recorro el cuello y desciendo por el abdomen macizo. Se pone de pie cuando agarro el eje de su erección y lo introduzco en mi boca. En un par de minutos, se derrama en mi garganta y me lleva a la cama para follarme duro.

Cuantos más días pasan, más se prolongan nuestros besos en la cama.

Vladímir continúa hostil. La abstinencia es un parásito mental que tiene su estado de ánimo por el suelo. Se convierte en un ser tres veces más frustrado, un arma cargada con balas de palabras hirientes… y yo soy el blanco de todos sus impactos. Procuro ponerme en su lugar. Si vivir con dudas, miedos e inseguridades es complicado, me imagino la agonía de tener un calvario constante en tu cabeza.

—¡Deja de acariciar tanto a ese animal que no es tuyo y limpia la comida! —Señala el plato que tiró—. ¡Para eso eres mi esclava!

Permanece fatigado. Su estómago no digiere bien los alimentos, todos los días le da fiebre y la jaqueca lo atormenta las veinticuatro horas. En la madrugada, se incorpora sudado y le pongo la mano en el pecho con el fin de acostarlo.

—Estoy aquí —le digo.

Le abrazo la espalda. No importa cuánto eleve la calefacción, el frío de su piel es constante. El *Boss* lo manda a buscar cada vez que está en la casa y es el único lugar donde no llega malhumorado.

El miércoles, después de almorzar, decide ir a inspeccionar el trabajo de los demás. Aunque el día está lluvioso, la fortaleza no cesa sus tareas; camiones cargados hasta el tope de artillería entran en la propiedad. Ilenko se baja de un camión blindado, lo primero que hace es mover la mirada incisiva a mi lugar, que es al lado de Vladímir, y empiezo a caminar lejos.

—Las armas de los serbios ya han regresado a la Bratva. Hicimos la extracción anoche —le informan al *Underboss*—. Yura partió en la mañana por la artillería de Galway.

—¿Qué novedades hay? ¿Alguna noticia sobre Antoni Mascherano?

—Está al norte de Italia con sus mercenarios y se prepara para derrocar al hermano. Es un hecho que pronto retomará el control absoluto de la pirámide —responde el *vory*—. Hay varias noticias nuevas: se confirmó el nacimiento de dos lobos. Los hijos del coronel nacieron hace unas semanas.

—¿Mis sobrinos?

Vladímir me mira mal por interrumpir la conversación.

—¿Nacieron mis sobrinos?

Continúa su camino sin dignarse a responder y su silencio es toda la confirmación que necesito. Me quedo atrás para poder sonreír tranquila. El aire frío de las montañas se hace más cálido y el gris del concreto menos sombrío. La mañana se me alegra. Nacieron mis sobrinos. Ellos son parte de la razón por la que vine aquí y es un alivio saber que tanta angustia, al menos, ha valido la pena.

Corro tras Vladímir, que se ha detenido en la esquina que da la vuelta al patio. Un grupo de carceleros inhala cocaína a pocos pasos y comprendo la razón de su abrupta pausa. Se queda absorto por un par de segundos y, como si una cuerda invisible tirara de él, se gira y se devuelve a su cuarto.

—Mi deber es servir a la organización, y esta maldita agonía en mi cerebro me lo impide. No puedo pensar. —Patea el sofá—. La Bratva necesita de mí, y aquí estoy, incapaz. Me duelen la cabeza, los oídos, cada maldito hueso. ¡Nadie me dijo que esto me enfermaría tanto!

—No estás enfermo. Tu cuerpo te lo hace creer porque está acostumbrado a la droga.

—¡Eres una puta! ¡No pretendas verte inteligente hablando de lo que no sabes! —Se vuelve hacia mí—. ¡Eres una puta cirquera! ¡Una puta estúpida!

—Lo que digas. —Me acuesto a leer el diccionario de inglés a ruso que descansa sobre su mesa.

Se encierra por horas en el baño; su comportamiento es igual al de un niño malcriado. Pelea conmigo y luego, por la noche, viene a acostarse a mi lado como si nada.

—Soy la mujer de tus sueños, reconócelo.

—No. Si tuviera tiempo de buscar otra puta, lo haría. —Me arrebata el diccionario—. La conseguiré en San Petersburgo. No te creas especial.

Amanece indispuesto y malhumorado. El *sovetnik* regresa tras días de ausencia y le pide que lo acompañe a Huslia. A pesar de no estar del todo bien, le insiste. Necesitan que hable con las pandillas.

Invento un malestar estomacal. No quiero ir. Al lado de Zoren suele ser más arrogante y, además, tengo migraña. Necesito un par de horas sin gritos.

Aprovecho el tiempo a solas y pulo las cuchillas de los patines. Encerrada, dedico tres horas a practicar giros. Aún no sé nada de Domi, sin embargo, quiero estar preparada por si regresa.

Estiro los músculos de las piernas, debo mantener la flexibilidad; también hago ejercicios de brazos y tres series de abdominales. Haría más, pero la migraña no me deja.

Koldun se pierde en la mañana y durante una hora me hace buscarlo hasta que lo hallo en la biblioteca del *Boss*. Me arrepiento de subir porque, a los pocos minutos de estar arriba, Ilenko entra seguido de dos miembros de la familia. La manera en la que estrella el puño en la mesa me quita cualquier intención de bajar.

Tres *vory* se unen a la reunión, despliegan un mapa táctico con ubicaciones señaladas en rojo y un cuarto hombre entra a entregar un teléfono.

La reunión se alarga por dos horas. Para no dormirme, juego con el león. Tiene una bola de mimbre en el mueble y se la hago rodar hasta que los hombres de abajo se van y el *Boss* sube. La migraña que he tenido toda la mañana desaparece en el momento en que me desnuda y comienza a besarme la nuca.

Se despoja de las armas y de la ropa. No es que se modere ni sea suave a la hora de hacerme suya, el problema es que cuanto más lo hacemos, menos quieren separarse mis labios de los suyos.

—¿Puedo probar un poco de tu pastelito? —le pregunto y enarca la ceja partida—. Sentí un paquete en el bolsillo de tu abrigo.

—Es grasa sellada para camiones.

—Sí, claro.

Alcanzo el abrigo, busco en el bolsillo donde lo sentí y la emoción desaparece al notar que no miente. El paquete se oía igual al de un pastelito del supermercado. La desilusión me da ganas de llorar y prefiero levantarme a vestirme para que no me vea.

—Ya vas a ponerme caritas de niña mimada.

—Es la única que tengo.

Tira de mis caderas hacia atrás y sus labios encuentran el camino hacia los puntos más sensibles de mi cuello. Del cajón a su izquierda saca la tableta de chocolate que me da y disipa el mal humor.

—La añadiré a tu cuenta conmigo —me dice.

Almuerzo en sus piernas, me quedo un rato con la cara en su cuello y durante toda la tarde cuido a Koldun mientras el *Boss* trabaja frente a mí. Da órdenes en diversos idiomas, incluido al león que le hace caso.

Nuestros encuentros se vuelven un ritual durante una semana más: me arranca la ropa en su habitación, en lo alto del despacho, en las mazmorras, a oscuras en la cocina.

Mi mente se apaga en sus brazos y se despierta apenas me alejo. Culpo al instinto animal: los animales no piensan de manera correcta durante el celo... y ambos lo estamos.

El encuentro en la bodega se prolonga más de lo habitual y su estrés se manifiesta en su actuar. Sin tregua, me penetra tres veces y se aferra a mi cuerpo con la tenacidad de un león que no quiere soltar su comida.

Mis muslos están abiertos de par en par sobre un viejo mesón.

—Es hora de irme, Ilenko. —Le apoyo las manos en el pecho—. Sal, por favor.

—*Nyet*.

Vladímir se ausentó con el *sovetnik* hace horas y debe estar por regresar. Logro despegar sus manos de mis caderas, me bajo la falda y, apresurada, busco la salida, pero me devuelve para tomarme una vez más.

—*Ya eshchyo ne nasytilsya.*

Me roba más tiempo y a la fortaleza llego corriendo. Hallo el cuarto vacío. Me saco la ropa de camino a la ducha y, al salir, encuentro al *Underboss* sentado en la orilla de la cama.

—¿Por qué desapareces tanto? —pregunta, pálido.

—Necesitaba aire fresco porque estaba algo mareada.

Asiente en silencio, el rostro se le ve cada vez más cadavérico.

—Acuéstate. —Quita las sábanas—. Hoy no saldrás más de aquí.

Obedezco después de ponerme la ropa adecuada. Me abraza por detrás y solo me suelta cuando va a vomitar o cada vez que las pesadillas lo hacen retorcerse.

—Estoy aquí —le recuerdo cuando su cuerpo se dispara hacia delante, y a nuestra de lista de noches, sumamos una más en vela juntos.

49
LA MARCA DE LA PRESA

EMMA

La migraña no me permite abrir los ojos y el malestar se me propaga por todo el cuerpo. El ritmo de los últimos días me pasa factura y permanezco en la cama. No soporto mi propia cabeza, me duele el estómago y veo doble al despertar tarde al día siguiente.

Vladímir aguarda frente a su escritorio. Se bañó, vistió y, fresco, lee carpetas con una apariencia completamente renovada.

—Hoy luces bien. —Salgo de la cama—. ¿Ves que sí tenía razón? Las molestias, tarde o temprano, iban a pasar.

—Tenían que pasar. —Recoge los documentos de la mesa—. No iba a quedarme toda la vida entre las sábanas.

—¿Has vomitado?

—No. —Se va a trabajar.

Tras un baño de agua tibia, ordeno la habitación alfombrada. El *Boss* entró tres minutos ayer, pero no recuerdo bien lo que dijo, porque la jaqueca me tenía sorda y lo único que se me quedó fue el mordisco que me dio en el labio.

Cedric llega a recoger sus instrumentos.

Abro las cortinas, en el patio de la fortaleza, un grupo de nuevos esclavos trabaja sin descanso. Llegaron el día que regresé de San Petersburgo. Algunos talan árboles y otros mueven piedras, todo bajo la atenta vigilancia de los *byki*.

—En Gehena es fácil hallar hombres de gran fortaleza —comenta el príncipe—. Confío en que la cualidad les ayude a sobrellevar este infierno.

—¿Los conoces?

—Son gente de mis tierras. Los rusos los ponen a prueba. Quieren evaluar su utilidad y decidir si por ellos vale la pena o no liberarme. —Se acomoda a mi lado—. Hasta ahora, están satisfechos con los resultados.

—Te vas a ir. ¡Qué buena noticia! —Le froto el brazo—. Volverás a encontrarte con tu familia. Seguro ya están contando los días para verte.

—Hablaré de ti a mis padres. Si algún día quieres viajar a Gehena, serás bienvenida. —Su sonrisa se ensancha—. Sería un placer verte de nuevo, y mi país estaría feliz de recibirte.

—Genial, hablaré con el *Underboss*. No tengo esclavos que ofrecer, pero podría conseguir algunas cabras o esperar a que me den vacaciones.

La cara se le enrojece, avergonzado.

—Perdona, ha sido algo tonto mi comentario.

—Solo bromeaba. De verdad me alegra saber que pronto estarás afuera.

—El príncipe de Gehena. —Aleska Romanova se apoya en el marco de la puerta—. Baja, necesito que revises a un esclavo.

Cedric sale y la hermana del *Boss* se queda por un par de segundos más. Sus ojos, aunque no son idénticos a los del *Boss*, guardan un notable parecido.

Me evalúa de la cabeza a los pies antes de darse la vuelta para irse.

Vladímir no regresa en el resto de la tarde, aprovecho el tiempo a solas y entreno durante dos horas. Se me han ocurrido algunos pasos, y si no los pongo en práctica, corro el riesgo de olvidarlos.

El león es quien me hace compañía y, en cuanto acabo de practicar, jugamos con su bola de hilo. Tiene fuerza en la mandíbula y se pelea conmigo por uno de mis guantes.

La nevada cubre las ventanas. Enciendo el radio sobre el escritorio, pero la tormenta no permite sintonizar ninguna estación. Leo un rato el diccionario, el encierro hastía, y bajo a Koldun a la sala donde encendemos la chimenea.

En el bolsillo trasero encuentro un sobre de polvo con chispas de los que tomé en San Petersburgo. Lo abro y me vacío la mitad en la boca.

—Pequeña puta. —El *Underboss* entra chasqueando los dedos—. ¿De dónde sacaste esa porquería?

Me arrebata el sobre de la mano. Es molesto que siempre quiera estropearlo todo.

—No recuerdo haberte dado permiso para comer.

—Devuélvemelo, tengo hambre. —Me levanto a quitárselo—. No estoy de humor, Vladímir.

—Ah, te enojaste. ¿Desde cuándo eres tan seria?

Cierra los brazos a mi alrededor y evado el contacto de sus labios. En vez de soltarme, me sujeta la cara y me besa a la fuerza. Un quejido de protesta se me escapa y él lo aprovecha para introducirme la lengua en la boca.

Me ciño a su pecho y me lo arrancan de encima con un empujón.

—¡¿Qué mierda haces?!

El *Boss* se interpone entre nosotros. Intento dar un paso atrás, pero se vuelve hacia mí. En un parpadeo, me atrapa la garganta con la mano enguantada. Un verde macabro tiñe sus ojos y las vetas amarillas se aclaran en su iris.

—¡¿Qué te dije?!

Me reduce en el suelo y deja caer todo su peso sobre mis caderas al abrirse de piernas sobre mí.

—¡¿Que te pasa?! ¡Suéltame!

—¡Soy claro con lo que digo y, aun así, pareces no entenderlo!

—¡Déjala, papá!

El hijo se abalanza hacia él e Ilenko lo recibe con un empellón que lo arroja a un costado.

—¡Quédate donde estás! —le advierte antes de arrancarse la cadena que le cuelga del pecho.

Me retuerzo bajo su agarre cuando arroja el dije a las llamas. El círculo de metal brilla al rojo vivo entre las brasas.

—¿Se te olvidó lo que advertí? —Tira de la cadena hacia él—. Ahora lo recordarás siempre.

Me estira un brazo y su rodilla me presiona la muñeca. El dolor de su agarre es insignificante en comparación con lo que viene después: un alarido me quema la garganta, ya que el maldito hunde el dije en mi carne, marcándome cual animal de criadero. Siento cada milímetro de su diseño grabándose en mí, línea por línea, curva por curva.

—¡Hijo de puta! —Le lanzo las uñas a su cara.

El hijo arremete contra él, me lo quita de encima y las lágrimas me punzan en los ojos al verme el símbolo grabado en el brazo. La herida me quema sobre la piel en carne viva.

—¡Te he dicho que no te metas! —El *Underboss* lo empuja.

—¡No eres quién para decirme en qué me puedo o no meter!

Ilenko lo agarra del cuello, Vladímir contraataca y el forcejeo llega a su fin con el sobre de cocaína que cae de la chaqueta del *Underboss*.

El silencio se perpetúa en la sala.

Volvió a consumir, de ahí el repentino cambio de ánimo. El *Boss* no aparta los ojos del sobre blanco.

—Lo siento. —El hijo baja la cara.

El *Boss* no le responde, Vladímir no tiene la valentía de enfrentarle la mirada y su padre se larga. Las lámparas de techo se sacuden con el estrellón que le da a la puerta principal.

Los nudillos me pican, ansiosos por asestarle un puñetazo. Su familia no es la única que pierde el tiempo, yo también. Horas robadas de sueño, energía invertida en distraerlo, paciencia estirada hasta el límite. Todo para nada, porque lo único que quiere es estar en su hoyo negro.

El brazo me arde y siento que me han arrancado un pedazo de carne. No hay un día en el que no maldiga esta casa. Me encamino a mi habitación, necesito algo que alivie el dolor.

—¿A dónde crees que vas? —Se me interpone Vladímir—. Tenemos que celebrar; no ganamos nada lamentándonos.

—No celebraré nada, deja de joder.

—Y tú deja de engañarme. —Me encara.

Estira los labios sonrientes y el recelo de sus ojos acusadores me congela los pies en el piso.

—Dije que vamos a celebrar y eso haremos.

Recoge cuatro botellas de la licorera y me hace subir a su cuarto. No quiero licor ni estoy de festejos; lo único que quiero es calmar el ardor en mi brazo.

—Bebe. —Me entrega una botella de whisky.

Enciende la música del estéreo y llama a Cedric. Se sienta a mi lado. El príncipe me revisa la herida y luego prepara el ungüento.

—¿Por qué el *Boss* se comporta así contigo? —susurra para los dos—. ¿Hay algo que no sepa, pequeña puta?

Se inclina la botella de licor.

—¿Algo como qué?

—¿Te gusta el *Boss*? —pregunta, y me río en su cara.

Su seriedad se mantiene. Sé que no va a dudar en abrirme el abdomen con su *haladie* si se entera de lo que ha estado pasando.

—Me acaba de marcar como una vaca. ¿Y te atreves a hacer esa pregunta? Lo único que hago aquí es servirte. Te dije la verdad hace tiempo, y si pese a eso crees que podría gustarme tu maldito padre, estás peor de lo que pensaba.

Su mirada sostiene la mía y el destello malévolo en su cara me eriza los vellos de la nuca. Aunque le guste, la realidad no cambia: él sigue siendo el cazador y yo la presa. En cualquier momento, puede desenvainar el *haladie* y cortarme la garganta.

Cedric se acerca a ver la herida.

—¿Te gusto yo? —Vladímir me acaricia la cara.

—Sabes que sí.

Me sujeta las mejillas al momento de besarme, no me niego a su contacto. Una mala respuesta puede acabar con mi cuerpo en una pira. No es de besos sexuales, pero hoy sí. Se perpetúa en mis labios por tanto tiempo que el príncipe, incómodo, desvía la mirada.

—Cedric, ¿qué tal te parece mi esclava?

El médico se concentra en la herida.

—Es hermosa, ¿cierto?

El *Underboss* desliza los dedos por mi pelo y agradezco que el príncipe prefiera guardar silencio.

—¡Habla, esclavo! Que el miedo no te haga mentir. —Le pega con la punta del pie—. Es hermosa mi esclava, ¿no crees?

—Sin duda lo es. —Cedric alza la vista hacia mí—. Es una mujer preciosa.

—Ven y bésala.

Aparto el brazo de mis hombros. No estoy para sus juegos.

—¿Qué sucede? —musita cerca de mi mejilla—. Dices que te gusto, pero ahora te enfadas por lo que antes disfrutábamos. ¿Cambió algo en estos meses y yo no me enteré?

Arroja balas a quemarropa.

—Estoy indispuesta, Vlad.

—Eso nunca fue un problema —endurece el tono de voz—. No me estropees la noche con tus terquedades, que bastante fastidiado estoy.

Me vuelve a poner el brazo en los hombros.

—Bésala, Cedric. —Me huele el pelo—. Una vez que la pruebas, no puedes parar; sus labios son un manjar.

Cedric termina de curarme la herida.

—Puedes besarla tranquilo, lo que hagamos no saldrá de estas paredes.

El *Underboss* no deja de insistir, asegura la puerta y el príncipe se resigna a que no hay manera de evadirlo.

Me abstengo de mirarlo en el momento que se inclina a besarme en la boca. Los labios delgados se mueven suaves y sin prisa sobre los míos.

—Excitante. —Vladímir me besa el borde de la clavícula—. ¿No te parece, pequeña puta?

—Sí.

—Hagámoslo de nuevo. —Se levanta por una nueva botella—. Su majestad se va mañana y hay que darle una despedida memorable, así que bésala otra vez, Cedric.

Se gira hacia ambos.

—Bésala y fóllala, que hoy me apetece ver a dos esclavos cogiendo.

La orden escuece en mis ojos. El hijo del *Boss* saca el *haladie*. El simple hecho de ver mi cuerpo siendo un juguete ajeno lo hace feliz. En el mundo en el que se ha criado, prestar mujeres es un acto tan natural como respirar.

Le da instrucciones a Cedric quien, con dedos temblorosos, me suelta los botones de la blusa.

—Lo lamento. —Traga saliva.

—No importa, no es nada.

—Si algo no te gusta, dime y me detendré. —Se esfuerza por ser lindo conmigo.

Desnuda, me acuesto sobre las sábanas. Su hombría es perceptible sobre el vaquero. Huele a jabón de menta.

—Su majestad. —El *Underboss* le arroja un preservativo.

Respiro hondo una vez que el príncipe lo rasga con los dientes. Sus ojos no abandonan los míos al momento de desabrocharse el pantalón.

—Conocerte fue lo único bueno de haber estado aquí. —Me sonríe.

Abre el paquete de aluminio mientras el hijo del *Boss* continúa dando órdenes. Los besos que antes eran suaves se vuelven urgidos. Aun así, el príncipe es delicado a su manera.

Vladímir se quita la chaqueta, se acomoda a mi lado y apoya los labios sobre los míos. El príncipe, desnudo, me separa las rodillas, entra en mí y no hago nada.

Me repito en que esta es una de las cosas que pienso dejar en estas cuatro paredes.

50

Sublevación

BOSS

Un necio dijo una vez que el mundo no es redondo. Es un campo de batalla donde cada movimiento debe calcularse. El mito es la justificación que algunos les han dado a las guerras que, durante siglos, han apilado montañas de cadáveres.

La idea de un *Bog* misericordioso es una mentira para los débiles. Lo único que existe en las alturas es un ególatra que se alimenta de batallas. Libra contiendas contra el diablo en una partida en donde ninguno de los dos se da por vencido.

—Tu decisión es irracional —declara Gregory Petrov delante de mi escritorio—. Antoni está a punto de retomar su puesto. Es hora de zanjar las diferencias.

Sus palabras me taladran la cabeza con cada maldita sílaba.

—¿A esto se debe tu visita? ¿Vienes desde Budapest a convencerme de lo que no pienso hacer?

—Eres mi amigo, *Boss*, durante años hemos estado en la cima junto a él. Si apoyas a Antoni al momento de destronar a Philippe…

—No voy a apoyar a Antoni porque las únicas reglas que seguiré son las mías. Si no puedes aceptarlo, la puerta está abierta, eres libre de largarte.

—Lo único que deseo es que todo vuelva a la normalidad.

—No gastes tiempo en lo que sencillamente no me interesa.

—Le señalo la puerta.

Los *byki* se aproximan a guiarlo a la salida.

—No te insisto porque quiera molestarte, vengo porque te aprecio y me preocupo por el destino de tu organización —dice—. Antoni es misericordioso, pero su astucia le exigirá acabar con sus rivales.

Continúo indicándole el camino hacia la salida. Fui criado con el fin de encabezar una manada, no para ser muralla de nadie.

—¿Dañarás también tus lazos conmigo? ¿Con uno de los amigos que más te considera?

—El daño de nuestros lazos dependerá de qué tanto te demores en marcharte.

Exhala una larga bocanada de aire y enfila los pasos hacia la salida.

—Al próximo imbécil que venga aquí a insistir con el tema de la pirámide, mátenlo. —Abandono mi silla.

Estiércol es lo único que ha llovido en los últimos días.

Apuro la marcha por los peldaños de la escalera, que acaba en la cantina de los *vory*.

Las conversaciones se encierran en las paredes agrietadas, saturadas de tabaco, alcohol y el perfume de las prostitutas. Los problemas con Vladímir y Emma James me tienen la cabeza a punto de estallar. Mi genio estaba agrio y Gregory Petrov lo ha terminado de podrir.

—Un vodka —le pido al cantinero.

Los pensamientos no se me aquietan, son roedores mordisqueando las entrañas de mi cordura. El vodka se derrama sobre el hielo, lo bebo de un sorbo, ansioso por el alivio que promete.

—Tráeme la botella.

Un matón turco entabla una conversación a mi derecha, escupe por todos lados mientras revisa las armas que le acaban de vender.

—¡Antoni Mascherano apenas tiene un par de semanas afuera y ya tiene la mitad de la pirámide de vuelta! ¡El maldito cabrón es un genio! Está moviendo HACOC a lo bestia. —Agita su cerveza, derramando espuma sobre la barra desgastada.

Se limpia la boca con el dorso de la mano antes de seguir.

—Compró hombres, armas, equipos...

—Bien por él. —Me sirvo otro trago.

—Es el líder...

—Deja el dinero y lárgate.

—Antoni...

El disparo con el que le atravieso la cabeza retumba en la cantina. Su cráneo estalla en un río de sangre y el cuerpo se derrumba sin vida. Lo último que necesito ahora es alabanzas sobre mis enemigos.

—El pequeño Koldun ya tiene comida. —Yura Oniani pasa por encima del cadáver—. ¡Saquen esto de aquí!

El dueño de la cantina arrastra el cuerpo de los pies. El *vory* pide su trago. En la infancia compartimos la misma cloaca; el código de la mafia roja corre por la sangre de ambos.

—He asegurado las armas y también recuperé el cargamento de cuatro clanes...

—¡*Boss*! —Las puertas del bar se abren de par en par—. ¡Masacre en Marruecos! El Tragi, junto al Yme, le tendió una trampa a los Escorpiones.

—Prepara hombres. Marcharemos a las caravanas —le ordeno a Yura.

Cruzo continentes a medida que las noticias llegan en oleadas durante el trayecto, cada una peor que la anterior. Los presagios son aún peores. El satélite de los radios me bombardea con informes fragmentados: hombres aniquilados en las calles de Casablanca, incendios en los muelles de Tánger, tiroteos en los zocos de Fez.

Los Escorpiones han perdido el control de sus territorios en el sur. Tras una eternidad en el avión, piso suelo marroquí. El campamento de los moteros se erige en ruinas. El punto estratégico que regía la zona es escombro y cenizas.

El *vory* de la cuadrilla me espera en Mequinez. Este es el tercer enfrentamiento en un mes porque los clanes no quieren devolver las armas.

—Estos son simples golpes menores para amedrentarnos —dice Yura Oniani—. Los chinos, japoneses e italianos deben estar organizando ataques más devastadores.

—No son los únicos; los primeros veinte clanes están en el mismo plan. —Pavel entierra su cuchillo en la mesa—. Mientras sigamos vivos, su pellejo no estará a salvo. Que el *Boss* mande perturba aún más su paz.

—Necesito recuperar las malditas armas —ordeno antes de salir— ¡Afuera todos!

Preparo los camiones para el contraataque. No doy rodeos. Movilizo los vehículos hacia el sur. Los depósitos de los marroquíes esperan, llenos de municiones. En pocos segundos, enrosco las cadenas de titanio alrededor de los portones. El rugido del motor ahoga el chirrido de las puertas, que arranco de cuajo.

Mis hombres se despliegan dentro, soltando disparos directos al entrecejo. El aire se satura con el inconfundible olor a pólvora. Yura acuchilla a un guardia con cinco movimientos de su navaja. Más allá, otro de mis hombres descarga su ametralladora en el torso de un marroquí.

Lo que una vez fue mío regresará a mis manos.

Entre cuerpos sin vida, arrastro las cajas cargadas de artillería. El plomo silba por fuera y dentro de mí. Mis pensamientos son una ráfaga continua, tan letal como las balas que me rodean.

Dos semanas de enfrentamientos ininterrumpidos me llevan de las arenas de Marruecos a las calles empedradas de Alemania y a los páramos brumosos de Irlanda.

Los *vory* son mis ojos y oídos, que se extienden por todo el continente. Me mantienen informado, y a todo nuevo territorio entro listo para atacar.

La bienvenida de Dublín es una emboscada. Las mafias locales no cesan la persecución hacia los míos y las antiguas vías del subterráneo se convierten en la arena de batalla.

Uno de los *kryshas* cae en manos del *velikan* que lo apuñala en el pecho. Las vías férreas tiemblan cuando viene por mí y la contienda a cuchillo es inevitable.

Esquivo su primer envite por centímetros y el filo de su cuchillo me roza la mejilla. Contraataco, mi hoja busca puntos débiles en su armadura de músculo y grasa. Las fieras salvajes se alzan y pretenden extinguirnos como a la plaga, mala idea por parte de ellos, porque la pelea acaba con la cabeza del *velikan* en mi mano.

—Los Halcones Negros atacaron la bodega en Kiev —me informa Salamaro a través del teléfono—. Se llevaron cuatro baúles de municiones de alto calibre. Alí Mahala lideró el golpe y hemos perdido a cuarenta de los nuestros.

La lluvia me golpea la chaqueta de cuero a mitad de la calle desolada. Antoni Mascherano es un cuervo escoltado por Halcones. En la cúspide de los mercenarios se yergue Alí Mahala, su perro más temido y leal.

—Deshazte de los camiones que salen mañana en el oeste de la Toscana —le ordeno a Octavio—. Déjalos en cenizas.

—La pirámide no es lo único a lo que se le debe poner atención. —Yura me sigue los pasos—. La FEMF anda tras el rastro de Emma James.

—¿Han dado con ella ya?

—No.

—Entonces ¿qué te preocupa? —Continúo mi camino—. No la encontrarán, al menos no por ahora, porque no la están buscando con el suficiente ímpetu. El ejército tiene su orden de prioridades y ella no es la primera.

La captura de Christopher Morgan es lo que encabeza su lista. Pondría primero a Antoni Mascherano, mas es extraño que se haya escapado de una de las prisiones más rigurosas del sistema judicial. Hubo mano negra interna detrás de esa fuga, no me cabe la menor duda.

—Olvidas al padre. —Yura abre la puerta de la camioneta—. Rick James ha puesto en marcha a todos sus contactos. Un pajarito me contó que, desde que supo la noticia, no se lo ha visto descansar ni un solo segundo.

—Ha de ser por su adorada hija mayor.

No digo más. El resto de las palabras se me enroscan alrededor de la garganta, convertidas en un alambre de púas que elijo ignorar. No voy a pensar en Emma James.

Durante tres semanas, viajo con mi gente a los puntos que Antoni y sus sabuesos reducen a carbón y escombros. Atacan lugares pequeños y luego van por los grandes. Philippe Mascherano se suma a la presión. Revela los nombres de siete de mis cabecillas y los coloca bajo la mira de las autoridades locales. Truco fácil para trabas.

Pierdo a cuatro *vory* y seis empresarios ligados a la mafia rusa. Los elimina la Yakuza en un ataque sorpresa en Vancouver. No me quedo de brazos cruzados; arraso en Siena y acabo con cuatro miembros del clan turco, dos de las tríadas y un norteamericano.

Regreso a Sodom, donde duplico la producción de armas y refuerzo las fronteras. Mis hombres trabajan sin descanso, cubriendo todo punto vulnerable.

Vladímir se mueve con su pandilla. Se infiltra en una de las cuevas de los mercenarios de Antoni Mascherano en Siberia y, a sangre fría, ejecuta a veinticinco Halcones con el *haladie*. Reaparece siendo el monstruo de Rusia que aterroriza a todos los noticiarios.

Las cabezas caen en una bolsa a mis pies. En el recinto de reuniones, se presenta ante mí, agitado y sudando.

—Para el *Boss* —me dice—. Nadie se mete con los negocios de mi padre.

Eliminar a mis enemigos es su táctica para encubrir sus errores.

En silencio, me sigue. El cielo gris de Alaska llora sobre nosotros mientras avanza conmigo a la cabaña roja. Siento la tensión en sus hombros, la rigidez en su mandíbula.

La casa de la organización aparece en el horizonte. La estructura de madera, desgastada por la lluvia y el viento, es un tributo a aquellos que la alzaron. Los sucesores decidieron conservar su apariencia intacta por respeto a la historia.

Vladímir entra conmigo. Asesinos a sueldo, *byki* y *kryshas* se alinean frente a la bandera iluminada por antorchas. La estrella de la *mafiya* ondea en la tela carmesí.

Atravieso las instalaciones hasta encontrar el porche techado del patio.

El barro succiona las botas de los hombres y mujeres que descargan equipos bajo la lluvia. Emma James hace parte de la cuadrilla encabezada por la mano derecha de Vladímir. Sube al camión con los demás y parten.

Una serpiente se revuelca en mi estómago, arrastrando cada pensamiento hacia la oscuridad.

El *Underboss* se planta a mi lado, hombro con hombro, sin tocarnos, pero lo suficiente cerca. Lleva semanas sin verme. Nunca le han gustado las peleas entre ambos y tampoco a mí.

Se escurre los brazos y se seca las manos. A mi lado, mira el caer de la lluvia y el diluvio dispersa a la cuadrilla del patio.

—Salí en el periódico: «El monstruo de Rusia ataca de nuevo», decía el encabezado.

—Yura me hizo saber.

La tormenta erosiona el barro.

—¿Recuerdas el día en que me diste el *haladie*? —Mira el arma en su mano—. Esa misma noche me corté dos dedos.

—A los tres días, lo dejaste caer y la punta te dio justo en el pie.

—Al mes, lo hundí en la pared y no tenía idea de cómo sacarlo. Sasha fue quien me ayudó. —Se ríe.

Los ojos se le arrugan en las esquinas, el sonido que brota de él es ronco, genuino y, por un momento fugaz, veo al niño que fue. El que Sasha me llevaba al gulag.

—Un nuevo equipo está listo para salir. —Se acerca Yura—. Esperan órdenes finales.

La risa del *Underboss* desaparece y con las manos en el bolsillo del abrigo me devuelvo a la entrada.

—¿No vienes? —Giro la mirada hacia él, que asiente sin vacilar.

—Sí, *Boss*. —Vuelve a sonreír.

Los regalos materiales nunca le han dado dicha. Su verdadera satisfacción viene cada vez que le hago saber que necesito su respaldo. No pienso arrebatarle eso, ni hoy ni nunca.

Enfrento a los hombres que aguardan bajo la tormenta. Hay rumores entre callejones: dicen que ha llegado el ocaso de la Bratva, que el imperio que se levantó desde las cloacas de las calles está a punto de caer. Los enemigos se están agrupando, los aliados están flaqueando y las balas, que antes nos temían, ahora apuntan directo a nuestros corazones.

Este podría ser el fin... o el comienzo, aún no se sabe.

51

LAMPÍRIDOS II

VLADÍMIR

Se me prometió serenidad la primera vez que inhalé un pase de cocaína. Al inicio, debo admitirlo, la palabra se cumplió: al probarla, toqué límites imposibles de alcanzar estando sobrio. El placer se tornó en necesidad y pronto me vi atrapado en un juego diabólico donde cada movimiento exigía una nueva línea como tributo. No le di trascendencia, confié en mi poder para abandonarla en el momento que quisiera.

Adopté la mentira proclamada por todos los adictos.

Hace semanas, pude esperar, ser paciente y dar el gran lento paso, salvo que no puedo darme ese privilegio. No con una legión de clanes afilando sus zarpas contra mi padre, contra la Bratva.

El aire gélido me levanta el cuero de la cazadora. El autobús devora el asfalto bajo sus ruedas. Afianzo las piernas en el latón frío y, respaldado por mi pandilla, extiendo los brazos hacia el viento.

Respiraciones vacilantes se fusionan con el tintineo de las armas, listas para ser desenfundadas.

Somos un monstruo de múltiples cabezas, una fuerza unida por el hambre insaciable de justicia. Inhalo profundo, dejando que la noche me llene mis pulmones. Entonces, desde lo más profundo de mi ser, desde ese pozo oscuro donde habitan mis espectros, dejo escapar un aullido salvaje, un grito primitivo, una declaración de guerra contra el mundo.

Mi voz se eleva sobre el rugido del motor, sobre el caos de la ciudad. Es ira, es dolor, es éxtasis; no lo sé, pero se siente liberador.

—¡Han llegado los leones! —ruge Zoren en el centro de Bangkok.

Entre el bullicio, Emma James es la única muda, permanece en su lugar con las manos enterradas en los bolsillos de su chaqueta. Es una llama que baila en un mar de gasolina, una llama a la que aún no le he puesto fecha, pero que debo apagar.

—¡Puente, pequeña puta! —le digo.

No hace falta la advertencia, ya sabe qué hacer. Dobla las rodillas en sincronía con las mías y las de Zoren. La ciudad se desvanece durante noventa segundos y el golpe de viento azota una vez más.

Me he dividido con mi padre con el objetivo de abarcar más territorio. Él se encarga del frente oriental, mientras yo me ocupo del decimoquinto clan de la pirámide: Sam Cud es su nombre oficial. En la jerga de los menos instruidos, son simplemente «los tailandeses».

Me arrojo desde la plataforma rodante y me interno en su núcleo, en el laberinto de callejones y edificios abandonados. Tras los muros, se oculta una red de operaciones de trabajo forzado que, durante años, ha devanado las neuronas de la CIA.

Oficinas clandestinas, donde contables esclavizados lavan dinero a escala global. Talleres ocultos, donde ingenieros desaparecidos desarrollan el *software* que hace palidecer al FBI. En sus escondrijos se ocultan madrigueras que van desde lo más sencillo hasta lo más ruin.

Zoren se encarga del auto y de mi esclava; el resto de la pandilla me secunda en la recuperación del arsenal de mi padre, que acaba en una nueva masacre por parte de mi *haladie*. Una vez despachado lo de Sam Cud, me presento ante el territorio de los turcos.

Hago lo que está en mis manos para honrar a mi hermandad y, en el proceso, arrastro a Emma James conmigo.

La hago acordarse de sus conocimientos de cadete a la hora de desactivar alarmas, conducir, trazar rutas en las avionetas y calibrar motores. El mundo es un pantano, una prueba difícil para todo el que lo pisa; no veo el porqué de suavizarlo para ella, quien no me contradice ni me contesta ninguna de las veces que la confronto delante de los demás.

La marca le quemó la piel y también mis pupilas, porque, aunque esté cubierta bajo la ropa de cuero, sé muy bien lo que significa. Una fracción de mi ser persiste en creer que el *Boss* ha actuado movido por la ira, con la única intención de obligarme a arrancarle la carne más adelante.

Los pensamientos me rondan sin cesar. La conducta recelosa de un alfa parte de dos raíces: del desprecio visceral o... No menciono la segunda, pues ni siquiera en mi cabeza osaría deshonrar el nombre de mi padre.

Existen pensamientos que es preferible mantener encadenados en las sombras, porque su libertad podría desencadenar un desastre inimaginable.

Continúo mi recorrido.

Emma James apesta a soledad. En los festejos se hace a un lado a mirar al vacío. Pasa horas con la vista inmersa en la nada. En ciertas áreas de su vida, se hunde en una miseria mayor que la mía. Al menos yo tengo gente que se mueve por mí; por ella, ni el viento tuvo prisa.

Mira a la nada y yo la miro a ella porque silencia el estruendo en mi mente y repliega las sombras de mi cabeza. En la quietud de la noche, la estrecho entre mis brazos mientras duerme. ¿Está más tibia o yo tengo más frío? No lo sé, hay más calor entre nosotros.

Entre las calles llenas de basura y el murmullo de la pandilla, escuchamos al charlatán que vende historias por monedas. Habla de las personas que son estrellas mientras viven. De las que su fuego es tanto que alumbran hasta los caminos más sombríos del infierno. Me pregunto qué se sentirá poder alumbrar el camino de otro así.

—Estoy aquí —me susurra mi esclava al despertar de mis pesadillas—. No me iré, acuéstate.

Pasamos las horas juntos y no me canso de oler su piel, de sentir cómo su calor me calma. Es un alivio mejor que la droga. A su lado, no soy una cucaracha, ni un hombre perseguido por monstruos. Solo soy un ser normal que se aferra a ella, porque de alguna manera me hace sentir menos quebrado.

La hago seguirme a cada rincón que visito. En cualquier lugar, contempla el entorno que nos rodea. Apreciar la vida es un lujo de aquellos que romantizan la existencia, que suponen que el simple hecho de respirar es una bendición. Estamos muy lejos de eso. Coexistimos en una pesadilla disfrazada de realidad, en un infierno que no se detiene, que solo cambia de forma. Lo que ellos llaman vida, yo lo llamo condena.

Hacemos una parada en un motel de carretera. Emma James elige pasar la noche en el balcón viendo las estrellas. Ya no sé si es la heroína o la cordura que se me escapa, pero hay cierto destello dorado que parece irradiarle de los poros.

52

SANGRE DE LEÓN

BOSS

El fuego crepita bajo la helada noche de Noruega, las llamas oscilan ante mí, devorando los troncos de pino resinoso. El resplandor naranja alumbra un círculo estrecho, apenas lo suficientemente grande como para mantener a raya la negrura del bosque.

Contemplo la hoguera en absoluto silencio. Las lenguas de fuego azul me avivan los pensamientos que pugnan en mi cabeza; imágenes me plagan la mente cual maleficio.

—¿En qué piensa el gran *Boss*? —Yura Oniani roe un hueso frente a la pila de leña.

—En que es hora de marchar. —Yergo el cuerpo.

La sangre ha cesado entre líneas enemigas. Los clanes de la pirámide continúan aferrados a lo que me pertenece; buitres que no sueltan aquello que en algún momento se les prestó y ahora quiero de regreso conmigo.

No tenemos tratos, nadie tiene por qué seguir con lo del otro.

Los noruegos atacan como perros rabiosos y la Bratva responde con la misma ferocidad. Las balas vuelan y el infierno estalla en ambos frentes. Arraso sus refugios con fuego, eliminando a todo el que se cruza en mi ruta.

Mis hombres caen, mas ninguna cuadrilla se detiene.

En el puerto, el equipo se infiltra en los almacenes enemigos. No hay gritos, no hay caos, solo el susurro de cerraduras forzadas y el casi imperceptible sonido de cuerpos cayendo. En cuestión de minutos, toneladas de mercancía cambian de manos.

Vladímir avanza por su lado. No se limita a atacar; destruye el club de los *sir*, dejando a los dueños y clientes en ruinas. Las advertencias no se han acatado y él no duda a la hora de matar en mi nombre. Nadie está mendigando, lo que queremos es lo nuestro de vuelta.

En una semana, tengo mi arsenal casi completo. El *Underboss* se reencuentra conmigo en Budapest, el feudo de la mafia búlgara.

Emma James emerge del último vehículo, más delgada que la última vez.

—*Boss*.

Vladímir guarda su pistola antes de situarse a mi derecha.

—Estamos listos.

Por los tratos anteriores e intereses en común, Gregory Petrov cedió a liquidar sus negocios de manera pacífica. Cortaré todo lazo entre organizaciones; el ajuste de cuentas se hará de líder a líder.

Me presento en el bautizo celebrado al aire libre en la mansión de arenisca en las afueras de Budapest. Cuarenta hectáreas de tierra, manchadas por el rojo carmesí de las amapolas, rodean el terreno.

La suela de mis botas cruje contra la tierra pedregosa. Yura me sigue de cerca con el *Underboss* a su lado. Salamaro y Uriel cubren los laterales. Los *byki* se dispersan por el perímetro.

—Señor. —Kira Petrova baja la mirada al momento de mi entrada—. Es un placer verlo.

—Tengo sed. Tráeme una copa de vino, o lo que sea que beban aquí, *krasavitsa* —ordena Yura.

Avanzo hacia los jardines arreglados, el sol ardiente refulge en la superficie de las mesas. Los invitados se ponen de pie en cuanto se percatan de mi presencia. He compartido años de eventos y reuniones al lado de esta familia, mas no vengo a socializar. No tienen las agallas para ir a Rusia; en cambio, yo sí tengo lo que se necesita para venir a cobrar lo mío.

—*Boss*, bienvenido —menciona Gregory al acercarse—. ¿Les apetece almorzar? Les he reservado una mesa.

—Los documentos —le pido al *sovetnik*—. Hay pagos pendientes.

—Tengo a mi contador en la mesa.

Petrov hace un gesto discreto. Los ajenos se esfuman ante mi avance; permanecen solo los hombres de confianza de ambos bandos. Las risas distantes se disuelven y el contador, con la frente perlada de sudor, despliega su portafolio.

—Romper acuerdos es un error fatal, *Boss* —espeta Gregory—. Nos tomó años cimentar estos lazos. Juntos hemos logrado grandes victorias. Presenciar esta desunión me duele, porque mi aprecio sigue intacto, tanto contigo como con la mafia italiana.

—Son ellos o nosotros.

—¿Por qué no los dos? —dicen a un costado.

El acento distintivo de Antoni Mascherano es una patada directa en el hígado. Hace su entrada, respaldado por sus mercenarios. Enfoco mi atención en Gregory Petrov, quien por años se ha autoproclamado mi «amigo» y ahora, sin más, crea armisticios a mi espalda.

—Él quiere negociar, escúchalo. —Mira a mis hombres—. ¡Es una intermisión, bajen las armas! ¡Nadie vino a atacar a nadie!

El líder de la mafia italiana se aproxima, vestido de traje y corbata, e instruye a sus hombres para que permanezcan en su lugar. No lo masacro porque me vería como un cobarde si él está en modo pasivo. Sonríe, mostrándome los dientes. Años de negocios y verle la cara siempre me sabrá a estiércol.

—El *Boss*, la altivez y arrogancia hecha hombre.

—Me sorprende verte aquí. Te hacía en tu casa, pensando en tu bella mujer amada. ¿Qué pasó? ¿Llegaste a algún acuerdo con Christopher y decidieron al fin compartirla?

—He venido a dialogar. —Se introduce una mano en el bolsillo e ignora mi ironía—. Soy un buen líder, y este buen líder desea que el hijo descarriado vuelva a casa por su propio pie.

Prefiero tomarme el comentario con gracia. Me repudia, lo repudio. No voy a regresar a ningún lado.

—¿El mensaje que le di a Philippe no fue claro?

—Philippe jamás fue un verdadero líder, ambos lo sabemos. —Endereza su postura—. En esta vida siempre hay segundas oportunidades, incluso para nosotros, querido amigo. A pesar de tu rebeldía y de los golpes que has lanzado contra mí, te considero y te concederé mi perdón. No quiero verte caer. Te permitiré volver a tu lugar en la pirámide porque prefiero reintegrarte antes que destruirte.

—¿De dónde deduces que quiero tu perdón?

—Lo necesitas.

—Necesito que desaparezcas de mi vista —lo confronto—. Eres inteligente y sabes que mis hombres crecieron esquivando balas, no sorbiendo vino. Ya es momento de entender que nadie de este lado va a rendirte pleitesía.

Recojo lo poco que tengo sobre la mesa. Puede controlar todos los clanes que quiera, pero jamás volverá a poner sus manos sobre la Bratva.

—¿Es tu última palabra? —insiste. No respondo. Al darle la espalda, le dejo clara mi respuesta.

Yura mueve a los hombres hacia la salida y el *Underboss* me respalda. Debí volar esta porquería en vez de venir. Apuro el paso hacia las puertas.

—*Boss* —me llama Antoni Mascherano.

De soslayo, capto el destello del revólver que empuña en mi dirección. Vladímir se interpone, a la defensiva, y lo hago a un lado, evitando que lo toquen. La mira apunta a su pecho y desenfundo el arma, tenso el dedo en el gatillo, preparado para disparar...

—Que en paz descanse tu hijo, *Boss*. —Antoni Mascherano baja la pistola.

—Padre...

El *Underboss* se agarra de mi chaqueta con un dardo incrustado en la carótida. El mundo pierde nitidez, la sangre me ruge en los oídos y desvío el cañón hacia el francotirador en lo alto de la casa. Mi proyectil le atraviesa el entrecejo. El maldito se desploma con un rifle entre las manos.

Yura barre con las mesas y la ametralladora las transforma en una lluvia de esquirlas y gritos. Sin soltar a mi hijo, aniquilo todo lo que veo, lo que se mueve, lo que respira. Los mercenarios ocultos en las alturas caen, alcanzados por los disparos de Salamaro.

Los *byki* arman un muro a mi alrededor mientras los búlgaros se dan a la fuga con los Mascherano. Vladímir se desploma. La sangre, mi sangre, se le escurre por la boca y mis rodillas ceden junto a las suyas.

—Déjala brillar, papá... —Mira a Emma James, quien, a lo lejos, corre hacia él—. Por mí. Déjala brillar, porque, como es, seguiré viendo su luz desde el infierno.

Le saco el dardo de la garganta.

—Levántate.

Lo alzo y las piernas le flaquean, incapaces de soportar su propio peso.

—Arriba —le digo y niega—. Te di una orden, Vladímir, ¡levántate!

Cae conmigo una vez más, algo dentro de mí se fragmenta y el crujido es audible en mis oídos. La voz enterrada en lo más profundo de mi pecho ruge una verdad que me niego a aceptar: no se levantará. Jamás desobedecería una orden tan simple y un dardo de la mafia italiana nunca estaría dirigido hacia él con la simple intención de herirlo.

Le agarro el rostro con las manos, las manos que han quitado tantas vidas y que ahora no saben por dónde sujetarlo. Su piel se marchita ante mis ojos y la impotencia me empuja a rasgarle la camisa. Busco la manera de detener esto. Pero la sangre... su sangre es un río imparable que no conoce pausa. Brota de los tímpanos, de la boca, le mancha el mentón con una barba carmesí que se le desliza por el cuello.

—Mátame. —Cierra el puño en mi manga—. No lo soporto, mátame...

—¡Vlad! —Emma James atraviesa el tumulto, lanzándose hacia él—. Resiste un poco. ¿Me ves? Estoy aquí.

Se desprende de la camiseta y, temblando, le limpia la sangre del rostro.

El cuerpo del *Underboss* me pesa en los brazos. El desorden a mi alrededor se desacelera: los gritos se transforman en gemidos prolongados, y los pasos en un lento repiqueteo.

—¡El terreno está despejado! —grita Yura Oniani a unos pasos de mí—. ¡Ya viene el médico! ¡Salamaro fue por él!

—¿Oíste, Vlad? Ya va a venir.

Los ojos del *Underboss,* inundados de lágrimas, se clavan en los míos, y el agarre en mi brazo le blanquea los nudillos.

—El pecho... no lo soporto —murmurra, y sacudo la cabeza en negación.

No quiero oírlo. Solo quiero que deje de retorcerse, contener la sangre, la agonía que lo ahoga. El agarre en mi camisa me calcina las venas y lo aprieto contra mi pecho.

—No tengo miedo de irme, *Boss*... Sé que nos volveremos a ver en el Valhalla.

Una avalancha de magma me cae encima y la mancha oscura de orina que le empapa el vaquero me hace apretarlo con más fuerza al sentir que se me va, que se me escapa lo más importante que tengo.

—No le des el gusto... no le des el gusto de decir que fue su veneno. Hazlo tú, que ese italiano bastardo no merece tenerme en el más allá.

El blanco de sus ojos se cubre de rojo. La sangre que brota de su boca ya no es roja: es un líquido oscuro y espeso.

—Hazlo, por favor —gorgojea—. Mátame.

—Necesito que te levantes...

—¡Eres el *Boss* y quiero que me mates! ¡Que me quites este suplicio!

Su agonía me enceguece. Un abismo se me abre en el pecho con la súplica cargada del llanto que, para mí, tenga los años que tenga, siempre lo escucharé como el sollozo del bebé que cargué cuando apenas tenía dieciséis años.

—*Boss*, por favor... —Las venas abultadas le surcan el rostro y Emma James, desesperada, no cesa en su tarea de limpiarlo.

Pongo mi frente contra la suya e intento respirar, darle mi aliento, pero mis pulmones son piedras. El aire se niega a entrar y el poco que tengo se vuelve concreto. El universo se contrae, me aplasta, y su sufrimiento es una lanza directa a las costillas. Algo más difícil que verlo morir es verlo sufrir, porque durante catorce años lo he visto padecer desde que lo dañaron.

Emma James lo besa en la frente al darse cuenta de que intentar detener la sangre es inútil. Mis hombres forman un círculo a mi alrededor y, con la vista al frente, le saco el *haladie* de la chaqueta. Los jadeos agónicos son el martillo que me rompe todos los huesos.

Persiste en querer morir y detallo su rostro por última vez, grabo en mi cabeza la mirada oscura que no deja de implorarme...

—No quiero que te pese. —Débil, me dirige la mano a su esternón—. Te adoro y no quiero que te pese, porque no me has matado tú. Yo morí el día que el abuelo untó mi túnica dorada.

Lo estrecho una vez más, me inclino hacia su oído, susurrándole lo que es y siempre será para mí. Asiente, despacio. El agarre en mi camisa es un alarido, un grito de «acaba con esto». Usa la mano libre para sujetar el brazo de Emma James y se ancla a ella como si al hacerlo esto fuera a doler menos.

—Estoy preparado, *Boss*.

La sangre fluye sin cesar desde su boca y el rostro se le deforma. Me convierto en su verdugo al matarlo, pero sería un monstruo aún más despreciable si prolongara su agonía. El *haladie* me pesa en la mano y cierro los dedos alrededor del mango. Un parpadeo me ciega y... hundo la hoja. La carne y los músculos ceden ante el acero templado.

El mundo se empequeñece, nubes de humo y polvo apagan la luz del sol. Los ojos de Vladímir se explayan, fijos en los míos, y un último destello de vida los atraviesa antes del último suspiro.

Un precipicio se expande en mí en el instante en que su respiración se extingue por completo. La rabia, cruda y punzante, se infiltra en mis moléculas. El odio se enraíza en mi pecho y un animal furioso me araña el interior, despedazándome desde adentro, desgarrando cada parte de lo que soy.

Me incorporo con las manos manchadas de sangre. Vladímir yace a mis pies, siendo una sombra de lo que fue. La herida en su pecho me mira de la misma manera que un ojo acusador. Su mano reposa sobre el brazo de Emma James, quien le arregla la ropa, le tapa la mancha de su pantalón y sube el cadáver sobre su regazo.

—Estoy aquí —le dice.

El entorno a mi alrededor se tiñe de gris.

Mis hombres cargan el cuerpo de regreso a Alaska y de mi boca no sale una palabra en el regreso.

«Siempre seré tu sombra, padre».

Los recuerdos me asaltan: cuerpos en frenético movimiento, las rodillas del *Underboss* doblándose, el último gesto estampado en el rostro de Antoni Mascherano.

Mis hombres deambulan a mi alrededor y los capto, pero no los registro realmente.

—Hermano. —Aleska me espera llorando en la puerta de la fortaleza.

Sigo de largo, siendo un fantasma en mi propia casa.

Enfilo los pasos al sótano. No pienso, no decido. Es puro instinto animal.

Lo único nítido es el pulso de la sangre en los oídos. El león albino me sigue mientras las paredes de piedra son reemplazadas por fragmentos de memoria y voces del pasado: «el trauma es profundo», me decían como si no lo supiera. «En su cabeza se destruye a sí mismo».

Vladímir amaba a su madre; es mi deber darle la noticia.

Las puertas de la mazmorra ceden ante mí. El metal se estrella contra el concreto de las paredes. En la penumbra, los bultos que alguna vez fueron humanos se aíslan, temblando a las esquinas. El hedor a carne putrefacta mezclada con desespero me golpea, familiar y reconfortante.

Mis ojos se adaptan a la oscuridad y paseo la vista por el horror que he creado. Cadenas oxidadas, herramientas manchadas de sangre seca, paredes salpicadas de sustancias que prefiero no nombrar; todo aquí grita dolor y, de todas maneras, se queda pequeño.

Seguido por el león, agarro el soplete. En el rincón más alejado, Sonya se pega a la pared con el cuerpo hecho una masa deforme de cicatrices y huesos mal soldados. Los ojos son lo único reconocible en el rostro destrozado.

—¿Sabes quién murió hoy? —Enciendo el soplete—. Vladímir, el hijo que llevaste a la maldita granja.

Le asesto una patada y el fuego le retuerce los muñones de los muslos. Sus chillidos espantan a las ratas. He aquí a la gran Sonya Lazareva, la mujer que aseguró poder conquistar el corazón del *Boss*. Siempre me pregunté cuál corazón, si para ser quien soy tuve que sepultarlo. Sigo con el hermano y la llama le lame la carne. El olor a piel quemada inunda la mazmorra. Apago el fuego y vuelvo a encenderlo en un ciclo interminable de sufrimiento.

Mis botas encuentran sus heridas abiertas. Presiono, giro, desgarro. No les permito el alivio de la muerte ni el consuelo de la vida. Las piernas de Tonya se deshacen bajo el mazo con el que se las aplasto. Todas las súplicas caen en oídos sordos. Los pateo, los golpeo, permito que el león les desgarre la carne, les introduzco hierro en los orificios, les estrello los cráneos contra las paredes, pero no es suficiente, nada lo será...

Vladímir ha muerto y esto no va a devolvérmelo.

Mi cuerpo se va contra el muro, temblando como una represa de concreto a punto de ceder ante la presión de las aguas. El *Underboss* estaba en lo cierto: no lo perdí hoy, lo perdí hace catorce años.

Por primera vez en décadas, un sonido extraño se escapa de mis labios. No es un grito ni un sollozo; es un gruñido, un rugido bajo, contenido, hecho de pura furia. Las venas me arden bajo la piel, y mis puños se cierran con tanta fuerza, que siento la carne desgarrarse.

El pecho se me oprime, la rabia me consume, pero no estallo. Tenso los músculos, sí, cuando el fuego de mil infiernos me incinera las entrañas.

Me quemo lento, recordando cada paso de mi ascenso.

Estuve erguido en la cúspide, y ahora el suelo tiembla bajo mis pies, tambaleándolo todo. La impotencia es un veneno que me recorre las arterias, un peso en el estómago, un calor que sube desde el pecho y estalla en mi garganta con el amargo sabor de la caída.

Estrello la cabeza en la pared.

La hoguera en mi tórax se extingue y mis huesos no son más que brasas.

53

Cenizas

BOSS

Existen momentos en que el silencio es más elocuente que cualquier discurso. Nunca he sido de los que gastan palabras en vano; si no hay nada que decir, es preferible callar.

El despacho se extiende, inmenso y vacío, las paredes se alejan en el momento que las miro. No tengo un puro entre mis dedos esta vez, solo pensamientos que arden y se consumen en mi cabeza. A mi alrededor, las voces se entrelazan, flotan, pero poco me alcanzan.

La resignación en los ojos esquivos de mis subordinados grita más fuerte que cualquier informe. Nadie cruza su mirada conmigo; sus oraciones, cargadas de cautela y derrota, lo dicen todo.

Las lenguas, antes afiladas al maldecir, ahora se tropiezan entre reportes. La verdad no necesita palabras, se arrastra por el suelo, trepa por las paredes y vicia el aire. El imperio, forjado en acero y huesos, hoy es un coloso que se hunde en el barro.

No hay nada más desafiante que esos instantes en los que la cruda realidad te enfrenta sin piedad.

No importa cuánto lo intentes, hay cosas que no se pueden tapar. Las grandes cualidades no residen en un solo individuo: habitan en decenas de mentes astutas, calculadoras, sagaces. Lo he sabido siempre, sin embargo, la vida decidió que necesitaba rectificarlo.

Mantengo el voto de silencio durante las horas siguientes.

Las noticias van y vienen en mi despacho. El *sovetnik* me actualiza sobre lo más reciente. Mi única respuesta es un leve asentimiento. Le hago entrega del manojo de llaves, agarra la correa del león y se retira.

—Cremaremos al *Underboss* en el Rus de Kiev, no queremos saltarnos la tradición con él —me informa Pavel horas después—. Partimos mañana temprano.

Los reportes continúan durante la noche. Una vez culminado el último encuentro, pongo en orden lo que me queda: apilo los documentos, cierro cajones, recojo los planos y apago las pantallas.

A primera hora del día siguiente, me reúno con los Romanov en la sala de la fortaleza. El ruido habitual de la mansión se extinguió, reina la quietud absoluta. Ninguno pronuncia palabra, no es necesario. La noticia de la caída de Vladímir se ha extendido por toda Rusia y los detalles ya están en boca de todos.

Alaska queda atrás. Kiev se dibuja en el horizonte.

En el cementerio, el olor a musgo y humedad emana del suelo. No es el aroma de la vida, sino el hedor de lo que la tierra reclama. Los pájaros trinan lejos, ajenos a la atmósfera sepulcral que rodea a las figuras más temidas del hampa rusa.

A pasos lentos se hacen a un lado conforme avanzo. Sobre la cima de la colina, una tosca mesa de paja sostiene al *Underboss*. A un costado, su pandilla permanece en una fila recta.

El viento sacude los símbolos en las banderas ondeantes. Abajo, los hombres se colocan en formación cuando me acerco al cuerpo ataviado en un impoluto traje negro. El *haladie* descansa entre sus manos.

Memorizo la imagen de su cadáver. La bóveda en mi pecho sella las puertas y me trago las esquirlas incrustadas en la garganta.

Un destello se escapa de sus manos cerradas y, al abrírselas, encuentro un *pendrive* al lado de una perla.

La mirada se me eleva hacia Emma James, que espera, inmóvil, al lado del *sovetnik*.

Guardo el *haladie* en mi bolsillo. Es un préstamo, lo regresaré el día que nos volvamos a encontrar.

Cientos de botas golpean el suelo en armonía a mi alrededor. Los puños de la hermandad se alzan al tiempo y se golpean el pecho. El sonido sordo se propaga por el aire como una onda de choque, en el momento en que dibujo el símbolo sagrado de la Bratva en el mentón de Vladímir.

—*Vy nikogda ne budete zabyty!* —exclama la *mafiya*.
—*Boss.* —Octavio se acerca con la antorcha que recibo.

Me permito una pausa, un instante, antes de encender la pira. Las llamas se alzan, voraces, y el aire se vuelve irrespirable para mí. El humo se eleva en espirales; primero negro, luego gris acero.

Mido el tiempo mientras rememoro hecho a hecho, palabra por palabra. Retrocedo meses, y por mis oídos transitan las órdenes impartidas, las sentencias selladas.

La madera se fragmenta, el fuego se reduce y me dirijo al otro lado de la cúspide.

Finalizaré lo otro que he venido a hacer aquí. Bajo la colina, el lago plomizo es un espejo opaco de aguas inmóviles. El paisaje retiene mi mirada hasta que escucho los pasos de la persona que espero.

El *sovetnik* se aproxima escoltando a Emma James. Ambos se detienen frente a mí y un leve movimiento de mi cabeza es suficiente para que el consejero se vaya.

El vestido blanco de la mujer ante mí termina en sus rodillas y las mangas le rozan los codos.

Emma James, la prisionera que nunca ha dejado de pelear. Su apariencia grita cansancio.

Me concentro en el arco de sus labios rojos. Recorro cada ángulo y curva de su rostro mientras el azul intenso de sus ojos me atraviesa.

La marca grabada en su brazo ya cicatrizó. Cierro el espacio que nos separa y ninguno de los dos habla. Mi mano se acerca al collar de cuero, la hebilla cede con un suave clic bajo mis dedos y la correa cae al suelo sin más. Una sonrisa temblorosa se le escapa al agarrarse la garganta libre. Se toca el cuello sin entender lo que acabo de hacer.

—Vuela alto, Emma —digo—. Con la boca cerrada, con los secretos dentro. Lo único que recordarás es lo cruel y rencoroso que fue y puede ser Ilenko Romanov.

Los helicópteros emergen del este, oscureciendo el cielo despejado. El suelo vibra bajo mis pies y camionetas blindadas descienden por la ladera occidental.

La pirámide ha venido por mi cabeza.

—Puedes irte.

La dominatrix irrumpe en el camino del cementerio y el auto derrapa al detenerse. Sale y corre, desesperada, hacia Emma James.

—¡Vamos! —Le sujeta el brazo.

Los *byki* la escudan hasta la camioneta. Me quedo anclado al suelo, mis dedos trabajan solos, insertando cargadores mientras veo a la hija de Rick James escapar.

El aire se desgarra con el silbido distante de las balas. Emma James alcanza el pie de la camioneta y gira la cabeza hacia mí antes de subir. Sus ojos se enlazan a los míos en un choque de miradas que enmudece la batalla a mi alrededor.

Por segundos no hay balas, no hay guerra, solo dos seres con secretos compartidos mirándose.

Emperatriz la empuja al interior del auto. El motor inicia su marcha y una estampida derrumba las rejas de la tercera entrada. La camioneta avanza entre la lluvia de polvo.

Cuarenta y un clanes se lanzan al ataque, decididos a arrasar con lo que queda de la Bratva. Porque no es suficiente con ver al león en el piso, hay que aplastarlo también.

—*Detonatory!* —le ordeno a Uriel en el radio.

La primera tanda estalla, levantando el césped. El estruendo ensordecedor hace eco en todo el perímetro. Recibo la MG4 que me lanza uno de mis hombres y me coloco en posición.

Con el ojo en la mirilla, abro fuego y arraso con la primera línea de hombres. Las balas se incrustan en los cráneos. Los explosivos estallan en todos los rincones, dejando tras de sí un campo de sangre. Fragmentos de cuerpos saltan mientras la onda expansiva empuja hacia atrás a la segunda fila.

Los cadáveres son desechos de carne que pateo al avanzar y no le doy pausa a la ametralladora al momento de acribillar. Mato, ciego, con la herida punzando en lo más profundo.

El sudor me traza caminos fríos por la sien y la adrenalina rebosa en mis venas. Soy la piedra en el camino, el impedimento que bloquea el poder absoluto, y Antoni lo sabe. Puede comandar un océano de clanes, pero su trono en la pirámide siempre tendrá una grieta mientras la mafia roja respire libre.

Extinguirme es lo más eficaz. Tiene que eliminar la incertidumbre, asegurar su supremacía y dejar un mensaje claro: la disidencia no será tolerada.

Desde lo alto, los helicópteros lanzan los proyectiles que devastan el terreno. Un nuevo *konvoy* de camionetas desciende de las montañas, su fila interminable se alarga hasta donde alcanza la vista. En un parpadeo, Halcones, antonegras y *killers* toman el control absoluto del cementerio.

Los cañones de los rifles se dirigen hacia mis hombres.

—*Vykhod!*

Me superan veinte veces en número. Una avalancha humana se lanza al ataque y me abro paso a tiros hacia las cavernas subterráneas. Parte de mis hombres se quedan atrás, atrapados en el fuego cruzado; uno a uno son derribados.

Conduzco al resto de mi cuadrilla a los pasadizos de piedra. Los *vory* se apiñan a mi espalda, respirando el mismo aire espeso. Las siluetas de cada uno se proyectan sobre las rocas escarpadas al avanzar en una hilera de cuerpos tensos con armas en alto.

Los mercenarios de Antoni Mascherano ya están adentro.

—¡Arriba el líder, muerte al *Boss*! —Las voces suenan al unísono en los pasillos contiguos.

A mi espalda, los *vory* se dispersan al mismo tiempo que, por encima, los refuerzos descienden, sumándose a aquellos que emergen desde los pasadizos. Los túneles son una jungla donde todos atacan a los leones.

—¡Arriba el líder, muerte al *Boss*!

Las balas zumban y desgarran todo lo que se atraviesa. Las explosiones sacuden las cavernas y la sangre se derrama en el suelo resbaladizo y traicionero. Dos filas de mis hombres caen frente a mí, perforados por los disparos.

Junto a los que siguen en pie, forjo a balazos la ruta hacia el último corredor. Mis hombres caen, uno tras otro. Seguimos con la marcha, las municiones escasean. El sonido de los disparos es menos frecuente porque cada bala cuenta. Desactivo las granadas con los dientes y las lanzo, haciendo retroceder a los que nos pisan los talones. El tiempo se agota.

En la penumbra del pasillo, avisto la avalancha de Halcones que se aproxima. Un infierno invisible me calcina el torso. Esto va más allá de intereses generales: su objetivo es barrer con todo y ofrecer un banquete a su ego. No solo luchan por la supremacía, sino por la fama que vendrá con ella.

Mis hombres se dispersan e intentan contener lo inevitable, pero, a veces, no importa cuán fuerte te consideres, el mundo cierra todas las puertas y te orilla a una única salida.

Con una coordinación impecable, los mercenarios forman una red de ataque y mi mano baja hacia el anillo de la Bratva, el mismo que ha estado conmigo desde mi ascenso al mando. El metal frío se desliza fuera mi dedo anular.

—¡Yura! —El nombre explota de mi garganta antes de lanzarle la joya.

El anillo vuela hacia él, que lo atrapa sin vacilar. Asiente, con el puño coronado se golpea el pecho y se roza el mentón al comprender todo.

—*Snaruzhi!*

Los *vory* desaparecen por un pasillo. Elijo el opuesto, desenfundo las dos armas a mi costado y golpeo las culatas contra los muslos.

Los mercenarios me eligen, soy su objetivo imperdible. Alí Mahala, el sabueso más fiel de Antoni, lidera la cacería. Lo oigo acercarse entre los escombros.

Las balas chisporrotean contra la piedra y el polvo se eleva igual que un fantasma en la oscuridad. El túnel se desmorona, rocas caen desde arriba mientras esquivo, salto y me deslizo con la horda atrás.

El halcón vocifera órdenes y acabo con los que se cruzan en mi camino. Por cada corredor que cruzo, el número se duplica. Las rocas sueltas me golpean los hombros, me rasgan la piel y la sangre me desciende por el cuello.

Las balas se terminan. Encuentro el último detonador activo y lanzo hacia atrás sin mirar. El estruendo sacude los cimientos del túnel. El oxígeno se evapora y es reemplazado por una niebla densa de tierra. La luz al final del corredor apenas se vislumbra, un destello tenue entre la penumbra que parece más lejano con cada paso que doy.

Una de las piedras me impacta en el costado, arrancándome el aire de los pulmones. Tropiezo y el suelo parece desmoronarse bajo mis pies. Con un último impulso, me lanzo hacia el arco del pasadizo.

Caigo al vacío. El viento aúlla y me despoja del aliento. La realidad se desintegra en un remolino y el impacto contra el agua helada me deja aturdido.

Mancho de rojo carmesí las aguas cristalinas donde emerjo y salgo sin ser el *Boss* de la mafia rusa.

54
Inocencia, perversión y mafias

EMMA

Algunos animales muestran un fuerte interés por lo luminoso y el *Underboss* era uno de esos. Sin ser consciente, se distraía con cualquier destello por insignificante que se viera. Era como si las chispas intermitentes fuesen una ventana a un mundo diferente, a un universo que le estaba vedado, pero que se negaba a dejar de contemplar.

No me arrepiento de haber sido amable. Intenté serlo siempre, incluso cuando lanzaba flechas envenenadas. Cada uno dio lo que tenía adentro, y si pudiera devolver el tiempo, actuaría de la misma manera.

El mundo lo traicionó en la niñez, en el único momento donde la felicidad debió ser su derecho.

El *pendrive* de nuestro matrimonio se mueve entre mis dedos, Kira me lo depositó en el bolsillo durante la visita a Bulgaria. No delatarme fue un paraguas en esta tormenta.

—Pudieron haberla matado —murmura el *sovetnik* a mi izquierda—. Kira no era intocable. Lo sabías.

—Nada ocurrió y tampoco ocurrirá.

La brisa fría de la colina me roza las mejillas mientras camino hacia al altar de Vladímir. Las hojas que se arrastran acompañan el murmullo apagado de quienes se despiden.

El movimiento de la fila se hace lento.

Un *byki* de traje negro se hace a un lado y soy la siguiente en pasar. El *Underboss* yace sobre la pira funeraria; su cuerpo es el mismo, su rostro no.

No están las arrugas de preocupación que siempre le marcaban la frente. Las manos, que solían temblar con frenesí por la siguiente dosis, descansan ahora quietas sobre su pecho. A menudo, sus párpados se veían pesados, ya no. Hoy se ven serenos.

No murió; descansó del infierno en su cabeza, fue liberado de los espectros que lo tenían cautivo. Por noches lo oí gritar. En la mañana se despertaba con los ojos inyectados de sangre, sudando por sus pesadillas, y eso nunca fue una vida.

Respiro hondo. Con él entendí que no toda herida sana, porque algunas se infectan, crecen, se expanden y traen parásitos al alma. El «supéralo y continúa» tiene excepciones, porque hay cosas que sencillamente no se borran ni se van.

Sus heridas nunca sanaron y a menudo me preguntaba si alguna vez lograría curarlas. Estaba dolido con la vida y su forma de desquitarse era intentando que otros sintieran el mismo dolor que él. En sí, siento que era un niño intentando devolver un golpe que no iba a remediar el suyo.

—Ya ninguna pesadilla molestará.

De mi bolsillo, saco la perla que una vez me dio a la orilla de la carretera. La lucha terminó, y aunque no pudo encontrar paz en vida, espero que pueda tenerla en el más allá.

—Buen viaje, Vlad. —Escondo la perla y el *pendrive* en la palma de sus manos.

Regreso a mi lugar. Tengo los nudillos adoloridos por las últimas peleas; los días en la pandilla me han dejado agotada. Viajé de ciudad en ciudad junto a Vladímir, quien exprimió hasta la última gota de mi energía antes de irse.

Su pandilla le da el adiós. En mi cabeza, los llamo la encarnación del caos urbano. Hombres y mujeres tallados en la crudeza de la calle que relucen cicatrices como medallas y sangre ajena como perfume.

Al fondo, la figura de Ilenko Romanov se hace presente. Su caminar es lento, preciso, nadie lo mira, pero todos lo presienten. Los murmullos se apagan en el instante en que se mueve entre los suyos.

No hay lágrimas, lamentos ni temblores por parte suya, solo una quietud antinatural. Sus labios forman una línea recta de apatía y los ojos que se centran en la pira no miran a ningún otro lado.

El rostro altivo de ayer es hoy una máscara siniestra, desprovista de toda emoción. No es de extrañar: tuvo que arrebatarle la vida a su propio hijo, el mismo que agonizó en sus brazos.

Se acerca al altar. La Bratva se ordena igual a un ejército donde, en vez de condecoraciones, se premian con tatuajes. Los Romanov, majestuosos, se agrupan, cubiertos por sus largos gabanes. Todos miran hacia un mismo lugar.

Ilenko Romanov se queda al lado del hijo durante un par de minutos, la mafia rusa inicia su rito. Una antorcha se alza y el fuego rodea el cuerpo de Vladímir. La postura de todos es idéntica, rígida y solemne.

La leña de la pira arde y poso los ojos en las chispas amarillas que suben hacia el cielo grisáceo. Por un momento, me imagino siendo una de ellas, me pierdo en la inmensidad del cielo hasta que el latido en la sien me arrastra de vuelta.

No sé si es cansancio o si es un ruego de mi cerebro pidiéndome un reposo; en las últimas horas no he dejado de pensar. Al igual que otras veces, lo incierto juega conmigo. El *Underboss* ya no está. Me hallo rodeada de asesinos, todos vestidos de negro, siendo una marea oscura en la que parezco un ave maldita vestida de blanco.

El *Boss* se retira y la mano del *sovetnik* se cierra alrededor de mi brazo.

—Camina.

Sin afán ni hosquedad, guía mis pasos al otro extremo de la colina. El vaho gris de la pira se aleja. Se me empieza a reducir el estómago. Una prueba más podría ser la gota que colme el vaso de mi resistencia.

La presencia del *Boss* se distingue en la lejanía, parece un faro en la bruma y aguarda con la mirada en el lago. Han sido semanas sin dirigirnos la palabra y es mejor así: fingir que no existió lo que nunca debió comenzar.

Se gira hacia mí y un temblor me recorre la columna cuando coloca los ojos en mi cara. Salamaro nos deja a solas y desaparece entre los restos del antiguo cementerio.

La brisa me agita el vestido y un hormigueo súbito me recorre el vientre. Muevo el peso de un pie al otro, no sé si me mandó a traer aquí para sellar mi destino de una vez por todas.

Mis ojos se elevan hasta su rostro, su mandíbula se aprieta y, por un breve instante, veo más allá de su fachada impenetrable. El paisaje devastado por la tormenta, los rayos cayendo, su interior en llamas. El momento fugaz me retuerce todo por dentro.

El corazón se me detiene por un instante y la herida del brazo me arde en el momento que da un paso hacia mi lugar. Los órganos se me encogen, mi cerebro sabe que el roce íntimo de nuestras pieles no cambia el hecho de que somos rivales en este tablero.

Dirige las manos a mi cuello, y el calor de sus palmas se propaga por la piel antes de hacer contacto. Cierro los ojos, esperando el final. Mi pulso se acelera, y temo que explote antes de que termine lo que quiere hacer; sin embargo, ocurre lo que ni en cien años habría podido prever.

Desprende la hebilla del collar que me puso meses atrás. La carga familiar desaparece, una sonrisa involuntaria se me plasma en el rostro y me acaricio el cuello, palpando la sensación de libertad.

—Vuela alto, Emma. —Las sílabas me sacuden los cimientos—. Con la boca cerrada, con los secretos dentro. Lo único que recordarás es lo cruel y rencoroso que fue y puede ser Ilenko Romanov.

¿Lo hice? ¿Soy libre? La duda queda colgando, no tengo tiempo para resolverla, porque un grupo masivo de helicópteros cubre el cielo. El *Boss* no muestra ninguna reacción. «Ya sabía».

—Puedes irte.

Un coche hace una parada brusca unos metros atrás; es Domi, que corre a toda velocidad hacia mí.

—¡Vamos! —Me sujeta del brazo.

Impactos de bala salpican el césped, acabando con la paz del cementerio, y las piernas me reaccionan por inercia al mismo ritmo de la dominatrix. Autos invaden el terreno desde todas las direcciones, destrozando verjas, lápidas y mausoleos. El agarre de Domi es una garra que me arrastra a través del campo de fuego.

El coche espera con las puertas abiertas y el motor zumba, listo para arrancar. Antes de entrar, me volteo. El *Boss* no se ha movido de su lugar y me mira por una fracción de segundo que se siente como una eternidad.

La dominatrix me arroja al asiento trasero del auto y el *Boss* empieza a disparar. El conductor acelera y tres camionetas de la Bratva me siguen. Salir del cementerio no me aclara la cabeza.

¿Lo logré? La pregunta me da vueltas en el subconsciente, rebota contra las paredes de mi cráneo y no halla respuesta de mi parte. Ciño las manos al asiento de cuero mientras los árboles y las montañas pasan fuera de la ventana. Mis neuronas no contemplan nada. Hay tantos pensamientos que no tengo espacio para el paisaje ni para los gritos de Domi.

Hace unos meses entré aquí con todo en contra y, en vez de acumular esperanzas, acumulé decepciones. ¿Qué me garantiza que esto no será otra también? ¿Cómo sé que no estoy en un sueño? Hace apenas unos minutos, estaba delante del cuerpo de Vladímir, mi único salvavidas.

Los bruscos giros del auto me resultan tan familiares como las cabalgatas que hacía en Phoenix.

El bullicio de la confrontación se pierde atrás. Domi guarda su pistola y se dedica a buscar mi dispositivo de rastreo. Me pasea las uñas largas por la nunca hasta hallarlo. Me abre la piel con una hoja afilada y arroja el localizador por la ventana.

—¡A Moscú! —le indica al guardia después de cerciorarse de no tener peligro detrás.

El ritmo acelerado y el ir de un sitio a otro en un parpadeo, nunca ha sido sorpresa aquí: en la isla, en cuestión de minutos, pasé de una habitación de hotel al callejón donde le cortaron la mano a Cedric. A la mañana siguiente, corría en medio de la emboscada de la FEMF. ¿Y qué decir de las pandillas? Eran un juego de azar diario.

—Estamos a un paso, Queen.

Domi me frota los brazos y me traza senderos de consuelo en la espalda hasta que avista la improvisada pista aérea. Chip espera al lado de la avioneta y verlo me estampa una sonrisa.

—Dime que practicaste. —Me acuna la cara en su mano.

—Poco.

—Tendrá que bastar.

—¡Suban! —Domi trota a la escalera.

El interior de la Cessna se siente igual de surrealista que el resto del trayecto. Me asignan un asiento. La dominatrix no suelta el teléfono pegado a su oreja, mientras su sumiso compra boletos aéreos a distintas ciudades. Poco se puede caminar, los pasillos están colmados de maletas.

En la mesa, un periódico muestra un titular de semanas atrás: «Cedric Skagen, liberado por la mafia rusa».

Domi lanza gritos al teléfono durante todo el vuelo. «Rutas alternas», «despistar», «pirámide», son algunas de las palabras que escucho.

El zumbido constante de la aeronave me adentra aún más en mi somnolencia. Sigo sin comprender si estoy despierta o atrapada en un sueño del que soy incapaz de salir.

—¡No he terminado, me queda una tarea más! —La dominatrix lanza advertencias a sus hombres.

Las ruedas del avión golpean el asfalto de Moscú horas después. Chip se encarga de mí y me sujeta del codo mientras la dominatrix mira en todas las direcciones.

Subimos a un auto diferente. El trayecto al nuevo destino es una serie de imágenes borrosas entre cambio y cambio. El coche se detiene frente a un viejo hostal. En el desván del edificio se encuentra el bar arruinado que conduce a una habitación austera de pequeñas ventanas.

Domi no escatima en llamadas ni en órdenes cortantes. Chip se ocupa de conseguir la comida y el plato de sopa le cae de maravilla a mi estómago después de días sin comer nada decente.

El ir y venir de mis acompañantes me rodea. Las maletas aparecen y desaparecen. Susurros urgentes cargan los pasillos y las discusiones se acaloran en distintos rincones de la estancia.

La madrugada transcurre lenta. Domi merodea por la habitación mientras yo me esfuerzo por mantenerme despierta. Las agujas del reloj de pared señalan las cuatro de la mañana, me da miedo dejarme vencer por el cansancio y despertar con un nuevo tornado encima; sin embargo, llega un momento donde los párpados se me cierran solos.

—Emma. —Chip me toca el hombro—. Es hora.

El sol de la mañana entra a través de las persianas. Chip me entrega una mochila cargada de mis pertenencias y señala el baño para que me asee. Después de la ducha de dos minutos, me desenredo el pelo, me lavo los dientes y me cambio el vestido por un par de vaqueros y una sudadera.

Al salir, mis acompañantes ya están preparados para partir y camino tras Domi, que mantiene el mismo afán de ayer. ¿Planearán dejarme en Arizona? Presiento que, si pregunto, no obtendré respuesta.

Entramos al auto y pasan kilómetros sin que nadie diga nada. Chip y Domi se limitan a mirar la hora cada dos por tres. Tras cuarenta minutos de camino, diviso la estación de Policía. El corazón me tartamudea ante la posibilidad de que aquí acabará todo, pero el vehículo sigue de largo.

Mantenemos el curso recto y el coche se pierde entre museos y puentes hasta dar con el centro de convenciones deportivas.

—Justo a tiempo. —Domi mira el reloj—. Chip, los patines.

«La audición», recuerdo, y hago un repaso de los últimos días. Es hoy. Había desaparecido de mi mente después de haber estado semanas pensando en ella.

—La gran Emperatriz nunca deja trabajos inconclusos. —Se adelanta—. Las joyas no se entregan a la Policía.

Entra conmigo por la puerta trasera. El primer olor que recibo es el del hielo mezclado con el cuero. Los patinadores deambulan por los pasillos anchos. Chip verifica mi inscripción y, una vez confirmado el visto bueno, gestiona un salón privado.

Tras tantos naufragios, la ausencia de olas es tan rara que tu mente no se atreve a relajarse y tampoco a apreciar el paisaje. La dominatrix desliza un vestido rojo sobre los muslos y la tela aterciopelada se me adhiere a la cintura al tensar las cintas en la parte posterior.

Chip me arregla el cabello en una trenza tipo corona, me delinea los ojos, aplica rímel, me embellece los labios resecos, me sube los guantes hasta los codos y me da los últimos retoques antes de retroceder.

La dominatrix inclina la cabeza en señal de aprobación.

—Esta escalera en la que estás tiene grandes peldaños, algunos más traicioneros que otros. Debes saber cómo subirlos. —Cruza los brazos sobre el pecho—. Mucha gente te dirá que no puedes. No retrocedas; aprovecha esos momentos para demostrar cuán fuerte eres.

Intento disimular el temblor en mi boca, tiempo perdido, porque las lágrimas resbalan por las mejillas y me pringan el pecho. Ella no tiene idea de lo que significa para mí lo aprendido.

No me enseñó a patinar: me enseñó a dominar el hielo, a reclamarlo como mi reino.

—Si te asaltan las dudas, recuerda que estuviste ante la mafia rusa y demostraste que un «borrego» puede valer más que cualquier depredador. No hay espacio para la cobardía después de eso.

Chip organiza sus pertenencias y Domi se acerca a sujetarme la cara entre sus manos.

—Recuérdalo, eres una...

—Estrella.

—Y la máxima reina de este deporte.

Sus brazos me rodean, apoya mi cabeza en su pecho, un sollozo se me escapa y me estrecha con más fuerza.

—Puedes ser buena en lo que sea que te propongas, grábatelo en la cabeza. —Se aparta limpiándose la cara—. No arruines mi arte. ¡Y deja de llorar, que estropeas el maquillaje!

—Buena suerte, Queen. —Me abraza Chip—. Prométeme que no me olvidarás.

—Jamás.

—Los patines que te honrarán en cada giro. —Sonriente, me entrega el maletín—. Suerte.

Me da dos besos en las mejillas. La dominatrix aguarda en la puerta y levanto la mano en señal de despedida. Domi retrocede y se aleja, dejando a la patinadora que obligó a ganar.

Me habría gustado poder despedirme de Koldun también.

La mochila encima del aparador es lo único que me queda. Falta media hora para mi turno y, sentada en el banquillo, espero mi momento. Las nacionales han terminado y los eventos relevantes están previstos para el año siguiente.

A diez minutos de comenzar, me pongo los patines y el antifaz. Estoy algo oxidada otra vez. La poca energía que me queda debe irse en esto. Sacaré el último respiro, el último impulso, igual que el atleta que despliega su máxima fuerza antes de llegar a la meta.

Estiro los músculos cansados, inhalo hondo y retraigo hombros hacia atrás. Me ajusto el antifaz antes de salir al pasillo que conduce a la sala de concursantes. Los competidores flexionan las piernas, rotan los tobillos y extienden los brazos. Los pies golpean el suelo con precisión, ejercitándose en el ritual previo a la inminente batalla sobre el hielo.

Los patinadores en trajes vibrantes sacan a flote su esplendor en el *rink*. Rostros perfectamente maquillados se unen a las poses sublimes.

No intercambio palabras ni saludos con nadie, dirijo la atención a las pantallas de la pared. Las imágenes parpadean, mostrando rostros tensos y piruetas en cámara lenta. En las tribunas, los patrocinadores potenciales inclinan sus cabezas sobre tablets plateadas y deslizan sus dedos sobre ellas. Los ejecutivos de marcas deportivas murmuran entre sí sin apartar los ojos de la pista.

Las cámaras de alta definición zumban y giran, capturando ángulos, mientras los reporteros esperan en los bordes con los micrófonos en mano, listos para saber más de las próximas estrellas.

—Tu micrófono. —El equipo de logística ajusta el dispositivo en mi vestido—. Cuida de no cubrirlo, o el jurado no podrá oírte.

Me detalla el protocolo y asimilo la información por partes. Mi mente aún no aterriza.

—Una vez concluida la rutina, te posicionarás en el círculo rojo, dirigirás tu mirada hacia el jurado y te presentarás. ¿Preguntas?

Sacudo la cabeza.

—Desde Dawson City, Canadá, ante ustedes, ¡Ava Clark! —La patinadora en pista se presenta—. Segundo puesto en el *ranking* de próximos titanes. A los cinco años, encontré en la academia Giovanni Stell un segundo hogar, me forjó, y trece años puliendo el hielo a su lado, me han traído aquí. ¡No vine a participar, vine a redefinir lo que significa ser una campeona!

El jurado de la Federación mueve las manos sobre el papel. Aunque se acumulen trofeos de competencias externas, todo patinador anhela una cosa: la validación del comité oficial. Falta un concursante por salir y, mientras debuta, le entrego mi pista al equipo de logística.

Sitúo las manos en la cintura en lo que espero mi llamado. Anuncian mi nombre a través de los altavoces. Los nervios me aplastan los intestinos al entrar a la pista. Un competidor de alto nivel, de buen perfil, es lo que evaluarán.

Bird Set Free se adueña del escenario. Enderezo la postura al momento de deslizar los patines en el hielo. Los pies, que por meses han corrido conmigo, danzan a mi ritmo. Me impulso y, al despegar en un giro suave, las alas de mi alma se despliegan sin grilletes y es entonces cuando asimilo que lo hice.

Soy libre.

Asciendo en un giro de tres vueltas, elevándome igual a un ave en pleno vuelo.

—¡Triple *axel*! —Escucho.

Crucé la tormenta, atravesé el desierto, y tuve miedo; aun así, lo conseguí. He vuelto a ser la Emma que vivía en Phoenix, solo que ahora llevo conmigo la experiencia que demuestra cuán fuerte soy.

Las cuchillas repiquetean entre recuerdos: el zumbido del *taser*, las risas crueles de los *byki*, el hedor de los calabozos, el puñal de Maksim en mi palma, la cruz en mi espalda, la sangre en mi cara, Bendi, Koldun, Dalila Mascherano, Vladímir...

Rememoro las sonrisas forzadas, los gritos entre rejas, las ocasiones en que, estando en la mierda, sonreí, orgullosa de mí por no rogar.

«Lo hiciste, Emma».

«Saliste de la arena».

Me abrazo, no por consuelo, sino por respeto a la mujer que no se detuvo, aun sabiendo que lo más fácil era quedarse en el suelo.

Aunque los muslos me duelen, no paro. No puedo. Porque cada vuelta es una prueba de que sigo aquí. La batalla me ardió, sufrí, me lamenté, pero pude levantarme en cada caída y de ahora en adelante podré hacerlo las veces que sea.

Acerco los brazos al pecho y me elevo en un nuevo salto, convertida en una espiral de carne y hueso capaz de arrasar con todo.

—¡Doble *lutz*!

Me propulso hacia el aire en un triple salto. El universo gira a mi alrededor y, por un breve lapso, destellos de verde avellana relampaguean en mi mente. Los recuerdos fugaces me atraviesan: el roce brusco de piel contra piel, el agarrón áspero de las manos en mis glúteos, el susurro sofocado de respiraciones entrecortadas.

Rompo todo al aterrizar en un solo pie y sepulto las esquirlas de recuerdos en lo más recóndito de mi mente.

Me desplazo sobre el hielo, ejecuto saltos, cambio de dirección y doy todo como siempre. Las ovaciones son un cargador de energía; los aplausos, los gritos de las personas que se ponen de pie. La música circula en mis oídos, guiando mis pasos al ritmo de la melodía. Realizo un *salchow*, un *loop* y un *layback*. El murmullo del público se intensifica y el último giro seco de las cuchillas cierra la rutina.

Los aplausos estallan y mi pulso alcanza su clímax. En el epicentro de la pista, desplazo la vista por el público, el jurado y las cámaras. El parpadeo verde en el micrófono indica que ha cobrado vida.

Los hombros me suben y bajan. Abro la boca para hablar. No puedo. Las palabras desaparecen en mi garganta. No hallo la confianza suficiente, no me siento yo, así que desato el antifaz y expongo mi cara al público.

—Mi nombre es Emma James, soy oriunda de Phoenix, Arizona. —La voz me surge, firme y clara—. Ocupo el puesto número cuatro en el *ranking* de los mejores futuros patinadores. —Respiro hondo—. La Bratva me preparó con sudor y sangre. Me exigió ser una leyenda en lo que otros creen que soy un fracaso. He sido raptada, torturada, perseguida y asediada. Me he caído y me he levantado, pero sobreviví después de meses de cautiverio y he venido a demostrar por qué me dicen Queen.

El silencio es absoluto. El público calla, el pulidor se queda inmóvil y el camarógrafo me mira con la boca abierta. El jurado se queda sin palabras. Suelto el aire de los pulmones. No es un impulso lo que acabo de decir, es la verdad.

No recibo respuesta de nadie y presiento que arruiné mi carrera antes de empezar. Me río sola, da igual. Yo sé que soy buena y con eso basta.

—Gracias a todos. —Salgo de la pista.

Camino al pasillo, uso el par de billetes que me dejó Chip y hago una llamada en el teléfono del corredor.

—Señorita James, debe acompañarnos a la estación de Policía. —Me aborda un uniformado al colgar—. Tiene orden de búsqueda.

Me rodean, me cambio los patines por un par de zapatos cómodos y me dejo llevar. Era de esperarse. Tardo dos horas en la estación de Policía antes de ser trasladada al comando de la fuerza especial en Londres.

Mi vestido es reemplazado por un camuflado, botas tácticas y un chaleco antibalas. El emblema de la FEMF, sobrio y autoritario, me decora el pecho. El trayecto es sereno y, al arribar, me recibe el complejo de torres, las cámaras biométricas y los extensos campos de entrenamiento.

Atravieso los pasillos del comando al que de niña me moría por entrar. Las paredes grises están desnudas, excepto por algunos mapas estratégicos y el ocasional retrato de figuras militares históricas.

Las horas se hacen interminables entre salas de interrogatorio y oficinas austeras. Un psiquiatra me evalúa en busca de signos de trauma o inestabilidad. Ceno una comida básica y, al amanecer, se me declara apta para testificar.

Exhalo suave. Tengo la mente despejada y los recuerdos nítidos. Me preparo antes de entrar, no porque esté nerviosa, es porque sé bien lo que sigue.

—¿Alguien sabía de su cautiverio? —pregunta el capitán uniformado.

—No —miento.

—¿Segura?

—Sí.

—¿Sobrevivió a todo lo que enfrentó sin recibir ayuda de nadie?

—Sí.

La luz de la bombilla suspendida sobre la mesa me ilumina de lleno. Una y otra vez, me hacen repetir la historia.

—¿Cómo fue su relación con ellos?

—Mi apellido es odiado entre su gente. ¿Cómo cree usted que fue?

Apila los documentos sobre la mesa. Las cuatro estrellas de su uniforme brillan bajo la luz mortecina.

—¿Está al tanto de que su hermana ha traicionado al Ejército y que pesa sobre ella una orden de captura? —Abre una carpeta—. Ella apoya al excoronel Christopher Morgan, quien enfrenta cargos de homicidio, conspiración, deshonor militar y abuso de autoridad. La viceministra y el Consejo desean tener una reunión con usted.

Punzadas agudas me martillean los oídos. La nueva viceministra es Gema Lancaster, exnovia de Christopher Morgan. Aún no supera que el coronel se casara con Rachel, y se convirtió en una de sus oponentes.

—Em —se inclina a abrazarme—, bienvenida a la libertad. Iniciamos tu búsqueda en cuanto supimos de lo sucedido.

—¿Cuántos días me tendrán aquí?

—Los necesarios. ¿Sabes lo que pasó en las filas? Christopher Morgan resultó ser un criminal y tu hermana igual.

Se alisa el cuello de su traje color crema, la piel morena se acopla con las suaves ondas de su pelo y el sutil rosa pálido de sus labios. Tiene por costumbre proyectar la imagen de dama distinguida. En los entrenamientos, se esforzaba por ser la soldado querida por todos.

—Antes que nada, debes saber que puedes confiar en mí para lo que necesites. Siéntete libre de hablar. —Se sirve agua—. Es fundamental para nosotros saber si Christopher Morgan estuvo implicado en esto. Conocemos su actuar, descubrimos sus vínculos con *The Mortal Cage*. ¿Tienes alguna información al respecto?

Sacudo la cabeza.

—¿Algo que declarar en su contra?

—No.

—¿Segura?

—Sí.

El interrogatorio se repite una vez más y mis respuestas no cambian: son las mismas de la mañana, el mediodía y de la tarde. Insiste en las preguntas trampa y obtiene las mismas respuestas. Es fácil para ellos pretender ahondar y sacar información, porque sus altos cargos los respaldan. Yo no puedo fiarme de lo mismo.

Si algo pasa por mi culpa, no tendré los mismos batallones de respaldo que ellos.

—Me intriga saber de qué manera te mantuviste con vida.

—Me palmea la mano—. Quisiera entrar en esa mentecilla, pero entiendo las adversidades que has enfrentado y debes anhelar ver a alguien familiar. Antes de proseguir, te lo permitiré.

Se levanta.

—¡Hagan entrar al general James!

La mención del nombre hace que me tambalee en la silla. Me giro hacia la entrada. El chirrido de la puerta se oye alto en la sala de interrogatorios y cierro los dedos en el espaldar de madera.

Papá ingresa y el corazón me brinca en el pecho.

—¡Papá! —Corro a abrazarlo.

—Lo siento. —Se pone las manos en la cabeza—. Cariño, no tenía idea de…

Pierde el equilibrio al envolver los brazos alrededor de su torso. El pecho se le estremece contra el mío y me abraza con tanta fuerza que mis sollozos ahogan los suyos. Por un instante retrocedo a mi infancia, a los momentos donde saltaba de la mesa a su pecho, a las veces que llegaba y lo recibía dando vueltas a su alrededor.

—No te merezco. —Me aprieta—. No te merezco, Em, perdóname.

Pone distancia entre nosotros y evita mis ojos. Se disculpa una y otra vez, repitiendo que no me merece. Lo ignoro y lo abrazo de nuevo. No es el mismo. La barba crecida y el rostro demacrado empañan la imagen del hombre firme que solía ver a diario.

—Ya olvídalo. Cómprame el camello que quería a los seis y lo dejamos pasar.

Sonríe entre las lágrimas.

—No comprendo porque no...

—No importa, papá. —Lo siento en la silla—. Rachel te necesitaba, estabas ocupado y lo entiendo. No estoy enfadada contigo.

Nos conceden dos horas, tiempo en el que se asegura de que esté bien y completa. Me duele verlo tan cabizbajo y ojeroso. Se frota el rostro con las manos y deja escapar los suspiros que parecen robarse la poca energía que le queda.

Empieza a preguntarme sobre la Bratva y sacudo la cabeza; sé que saber detalles de mi boca lo pondrán peor.

—Ya pasó y estoy bien. —Acaricio su cara—. Es lo único que importa.

Me reparte besos en la frente, no deja de abrazarme y, aunque quisiéramos hablar del tema, no podríamos. Las lágrimas se le salen en cada intento de armar una oración. Lo acontecido es un cadáver que ninguno de los dos quiere mirar. Entre tantas equivocaciones por lado y lado, no se sabe ni a cuál ponerle atención.

—Te lo retribuiré y todo esto quedará atrás. Te lo prometo, Em.

El escaso tiempo que tenemos lo obliga a ponerme al tanto de la situación actual. Las batallas no acaban, solo cambian de escenario.

El coronel entró a la candidatura con el propósito de crear un Ejército más fuerte, pero sus tácticas cuestionables sembraron las semillas de su propia destrucción. Su actuar le costó la lealtad de quienes alguna vez fueron sus aliados y sus errores salpicaron a todos los que lo apoyaban.

Ahora, la FEMF está en modo de limpieza total, investigando a todos los que alguna vez tuvieron conexión con los Morgan:

amigos, colegas, soldados fieles. Mi familia, pese a su historial de servicio leal, está siendo tan asediada como los Morgan.

Rachel, dotada de una inteligencia aguda y una fuerza inquebrantable, ascendió como la soldado ejemplar. Sin embargo, su humanidad, la cualidad que la hace excepcional, también la ha vuelto vulnerable. Su amor por el coronel Morgan la ha llevado de un lado a otro; se enamoró de él sin conocer todo lo que ocultaba. Al mismo tiempo, la obsesión enfermiza de Antoni Mascherano la acecha. Ha librado batallas en todos los frentes: contra la Bratva, contra sus propios demonios y, ahora, enfrenta una nueva guerra contra el Ejército, que cuestiona sus decisiones pasadas.

—Se acabó el tiempo, general —avisa un sargento.

—Pondré en marcha todo lo necesario para que salgas cuanto antes. —Me abraza—. Tenerte de vuelta era una de las cosas que más quería y te prometo que no te quedarás aquí.

El sargento, en un tono respetuoso, le indica que debe retirarse. La trayectoria de mi padre en el Ejército le ha otorgado la admiración de un gran número de uniformados.

Cuatro besos en mi frente finalizan el reencuentro. El protocolo militar continúa. En los tres días siguientes, un nuevo capitán analiza mi testimonio y me pide relatar mi día a día en la Bratva, incluyendo la crucifixión de Dalila Mascherano y mi experiencia en las pandillas.

Callo la muerte de la viceministra, enfrascada en que hubo lapsos de tiempo de los que no tengo ningún recuerdo.

Nombran al *Boss* y mi respuesta es concisa:

—Enemigo.

No ofrezco más detalles de los necesarios. Mi tono es neutral y mi postura firme en todo lo relacionado con los Romanov.

En los comedores, entre bandejas de comida insípida y conversaciones a media voz, me empapo de las últimas noticias: las declaraciones de los Mitchels aparecen en las noticias, respaldando a mi madre. Escucho fragmentos sobre la nueva FEMF, la promesa de un Ejército más fuerte, limpio, que vuelva a llevar la bandera de la excelencia. Los altos mandatarios prometen un cambio y algunos soldados, condecorados en ceremonias recientes, son señalados como parte de ese futuro glorioso.

Los pasillos reviven mis días pasados, mi anhelo de estar a la altura y de cumplir con las expectativas de mi apellido. Deseaba ver mi nombre grabado en algún salón de honor junto a las fotos de mi padre, mi hermana y mis tíos.

Mi cara está por todas partes de los medios internos: «Emma James sobrevive a la mafia rusa». «Emma James, esclava de la mafia roja durante meses». Otras noticias muestran las caras de Rachel, Christopher Morgan y los soldados de la antigua élite que los respaldan con enunciados de «Se buscan»

Los nuevos mandatarios se encargan de coordinar mis interrogatorios.

Me preguntan qué pienso del escándalo actual, elijo no contestar. Gema Lancaster quiere que declare en contra de mi hermana y me niego las cuatro veces que lo pide.

—Ya lo he dicho cinco veces: no voy a culpar a mi hermana por nada, ¿Por qué me siguen trayendo estas malditas actas?

No puede obligarme y, ante mi postura, no le queda otra alternativa que parar de insistir.

Estoy tan casada que sueño con camas grandes y mullidas. El Ejército se asegura de que cualquier rastro de mi estancia en la Bratva quede documentado antes de darme la orden de salida definitiva y el lunes a primera hora, en el subcomando, me citan a una reunión con tres miembros del Consejo.

Me ingresan a la sala de juntas, donde una mesa de madera oscura ocupa el centro, rodeada de sillas vacías, salvo por los oficiales de alto rango que me esperan, vestidos de traje. Frente a mí, leen el informe final, indagan sobre mi estancia y formulan las preguntas de su interés.

—¿Cómo sobrevivió? —Concluyen con la misma pregunta de siempre.

—Suerte.

—Hemos discutido su caso —manifiesta el presidente del Consejo—. Sobrevivir a las entrañas de la Bratva es un logro que no queremos pasar por alto, su experiencia podría ser un activo valioso para la FEMF. Hay comandos interesados en usted, así que hemos decidido darle la posibilidad de reincorporarla a las filas del Ejército...

—Gracias —le sonrío—, pero no me interesa.

—¿Perdone?

—Que no me interesa. —Me levanto—. ¿Me puedo ir?

—¿Tiene idea de lo poco inteligente que es su decisión, soldado? Esperaba una mejor respuesta de su parte.

—Yo también esperé cosas de ustedes y no me las dieron, así que no es el único decepcionado.

Recibo mi boleta de salida. No tengo nada más que añadir y ellos no dicen nada; aun así, siento la mala mirada en la espalda cuando me doy la vuelta. Paso a recoger mis pertenencias de la mesa asignada. Firmo la salida y dejo consignado el sitio donde permaneceré.

Al abrir las puertas, hallo detectives y reporteros de los medios internos. Sostienen libretas y grabadoras mientras me preguntan cómo me siento, si sé algo de mi hermana, si quiero dar testimonio o si deseo enviarle algún mensaje. Gema Lancaster está dando una entrevista en el vestíbulo, la interrumpe para meterse a decir que ahora mi estado no es el mejor, pero que después de la debida ayuda estaré de regreso.

Papá es quien me saca, a él también lo rodean con preguntas: ¿qué sabe de la teniente James? ¿Está al tanto de esto? ¿Cuándo contribuirá a la justicia? Elude las grabadoras y las miradas inquisitivas. Se ofrece a llevar mi mochila, me aprieta contra él, me rodea los hombros y me guía hacia la salida.

Dejamos el recinto atrás. Aunque en el comando veía el sol entre los traslados, el de hoy se siente y huele diferente. Gorriones cantan cerca de las fuentes y mi mamá está junto a Sam en la plazoleta de afuera.

Mi hermana se apresura a mi lugar tan pronto como me ve y el sonido de sus tacones golpea la piedra. Trae una caja de helado en la mano.

Se detiene a unos pasos sin saber qué decir. El pastel de helado que sostiene no tiene un buen aspecto, como tampoco lo tuvo nuestro último encuentro en Phoenix.

—Yo... compré esto para ti. —Sam se rasca la cabeza—. Decía «Bienvenida», pero el tiempo de espera lo estropeó.

Lo recibo.

—No sé si puedes leer las letras —dice, y sonrío. No se ve nada—. Quizá debería ir a comprar otro.

—Está bien, ¿tiene chispas?

—Las compré por separado.

Saca un sobre de su chaqueta y la abrazo; es de pocas palabras. De las tres, es la más parecida a la familia de mi madre. Pese a todo nos queremos, pasamos toda nuestra infancia juntas.

Se seca las lágrimas que se le escapan, me vuelve a abrazar y continúo al lugar donde me espera mi madre.

Se pasa las manos por su falda de sastre. La coleta recogida en un moño cae a la mitad de su espalda y la blusa blanca con broches le tapa los brazos. Apoyo los labios en su mejilla antes de abrazarla y ella me estrecha contra su pecho.

Sin decir nada, baja las manos por mis brazos, me toma de la barbilla y me gira el rostro revisando que esté bien. Al no hallar nada extraño, asiente aliviada.

Sé que su seriedad no pasará por ahora y que nunca me perdonará la bofetada que le di sin querer. Tengo claro de que será una mancha de por vida en nuestra relación. La avergoncé delante de sus hermanas, cosa que ha odiado siempre.

Endereza su postura a la espera de la disculpa pendiente. Para ella, una madre que da todo por su familia espera lo mismo a cambio y no puede ser de otra manera.

—Nunca ha sido una pataleta, ¿sabes? —le digo—. No es una pataleta el que no siempre me vaya bien y tampoco lo es mi forma de ser. Lo ves de esa manera, porque crees que quiero llevarte la contraria y no es así.

Sacude la cabeza con las manos en la cintura.

—Pensé en ti en el cautiverio. Quise decirte que me estaba desmoronando el día que me clavaron las manos a una tabla, porque lo hicieron. —Baja la mirada a las cicatrices en mis palmas—. Me dolió, así como me duele la maldita indiferencia que me impones, aun sabiendo que te necesito.

Se ha preocupado por presionarme, nunca por entenderme. Las manchas en el mantel siempre le han importado más que las lágrimas en mi rostro.

—Me culparás a mí que...

—Antes me moría por parecerme a ti —no la dejo hablar, porque sé lo que me va a decir—, pero ahora eres el claro ejemplo de lo que nunca quiero ser en la vida.

La nariz se le enrojece, no llora, prefiere parpadear y desviar la mirada hacia otro lado.

Regreso a despedirme de mi hermana y papá. Los abrazo a ambos antes de deslizar la mochila fuera del hombro del general.

—¿Qué haces? —Frunce el ceño—. Iremos a casa.

—Londres no es lugar para mí en este momento. Los amo, pero necesito mi tiempo, papá. No quiero medios ni gente preguntándome lo que deseo olvidar.

—No vas a irte a ningún lado, Emma —interviene mi madre—. Nos iremos todos a casa.

—Estaré bien. Me iré a un lugar tranquilo a sanar —le explico a mi papá—. No intentes retenerme, porque me iré igual y no quiero que sea de mala manera.

El pecho se le hincha y la postura rígida es traicionada por el movimiento inquieto de sus manos. Los ojos que por años he visto imponer disciplina se desbordan en lágrimas. Aunque no es sencillo para él, en el fondo sabe que este no es el mejor lugar para mí en estos momentos.

Le beso la frente, lo envuelvo en mis brazos, hago lo mismo con Sam, quien me pide pensar bien las cosas, mientras mi madre mira a mi padre a la espera de la respuesta que no da. Me arreglo las correas de la mochila y, con el corazón vuelto un puño, me doy la vuelta para marcharme.

—¡Emma! —Me detiene papá.

Saca todo el dinero de su billetera y me lo guarda en el bolsillo de la sudadera, me sujeta de la muñeca y me empuja hacia él una vez más. El pecho se le sacude contra el mío entre sollozos. Más que un abrazo, es una forma de admitir que esta situación se le sale de las manos.

Me jura que hará todo lo posible para que las cosas vuelvan a ser como antes.

—Prométeme que te cuidarás.

Muevo la cabeza en un gesto afirmativo, si digo algo más, lloraré. Me libera y echo a andar antes de que sea tarde.

—Vuelve aquí, Emma —me llama mi madre—. ¡Emma!

El subcomando desaparece a mi espalda al mezclarme entre los transeúntes. La brisa fresca trae consigo el ruido del roce de telas de los apurados, el tintineo de monedas en los bolsillos y el zumbido eléctrico de los semáforos.

La FEMF no es un ente fácil de tratar, entre sus planes no está mi tranquilidad. Con el rabillo del ojo, detecto al agente encubierto que me sigue y troto a la estación de metro, aprovecho el mar de gente que entra y sale de los vagones. Me deslizo entre la multitud pegada al grupo de turistas que se ríen y utilizo los cuerpos como escudos, ocultando mi figura entre las risas y los *flashes* de sus cámaras.

En los reflejos distorsionados de los carteles publicitarios, diviso el traje gris del soldado. No me detengo. Giro rápido, aprovecho el punto ciego para quitarme la sudadera, soltarme el pelo y unirme a los universitarios.

Segundos después, estoy entre ejecutivos de corbata. Me coloco un gorro negro. La llegada del metro es mi señal para moverme y me escabullo entre los pasajeros que bajan, siendo una cara más en la masa de gente.

Me bajo en una estación al azar, localizo un teléfono público, marco el número que confirma mi próximo destino y abordo el taxi que me saca de la ciudad.

Desde lejos, veo el Chevelle SS bajo la luz del atardecer londinense. El taxi se devuelve luego de bajar, quien me espera desciende del auto y una sonrisa se extiende en mi cara.

—¡Death! —Alzo las manos—. ¡Lo hice!

Corro hacia él y él hacia mí, siendo dos locos que chocan a mitad de camino.

—¡Lo sabía! —Me alza en brazos—. ¡Lo sabía, pequeñuela! Estoy tan orgulloso de ti.

Gira conmigo, esparciéndome besos por toda la cara. El mejor lugar donde puedo estar ahora es con quien nunca dejó de desear mi regreso.

—Vamos, debo ponerte a salvo.

Sujeto su mano. Amo a mi familia, adoro de verdad a mi hermana, a mis sobrinos y sé que es egoísta de mi parte irme en estos momentos, pero debo hacerlo por mí. La Emma de hace unos meses no dudaría en quedarse, en permanecer al pie del cañón. La de ahora, la que ha sobrevivido al cautiverio, entiende que, si se quiere, aunque sea un poco, debe distanciarse o nunca se recuperará.

El Ejército tiene sus propios conflictos que enfrentar, y por más esperanza que quiera tener, el problema no se resolverá de la noche a la mañana. Lo que está por venir es un huracán que se desatará más y más antes de calmarse. No puedo quedarme atrapada en su centro.

Mi padre lo sabe, de otro modo no me habría permitido poner un pie fuera de la ciudad. Esta situación lo supera hasta a él, quien sabe que esta batalla apenas está comenzando.

Quedarme es volver a arriesgar mi libertad. Desde donde me halle, desearé con todas mis fuerzas que esto se solucione. De corazón, espero que mi hermana y mi familia encuentren la felicidad que tanto merecen.

No hablé de Christopher, no culpé ni señalé a nadie, tampoco ahondé en la Bratva. No quiero más conflictos con nadie. Conseguí lo que necesitaba, y ahora lo único que me importa es recuperarme.

Miro hacia el cielo, desde aquí le doy gracias a Vladímir por su última petición. Todo lo que pasé con él no fue en vano.

Death arranca el auto con el equipaje cargado en el maletero. Cualquier persona que haya trabajado con el coronel ahora enfrenta una orden de captura. Nos esconderemos el tiempo que haga falta.

Debo descansar antes de comenzar a planear mi futuro. No tengo miedo, confío en que podré salir adelante. Ya descubrí algunas de mis fortalezas: saber aprender en silencio es una de ellas, y no mostrar cuán afilados son tus cuchillos es otra.

Death baja la ventanilla del auto, cierro los ojos por un momento y el viento me recorre la cara mientras el sol se derrama por mis hombros.

Saboreo el aire, la libertad. Es más dulce de lo que pensaba. Todo lo que me rodea se ve más vivo, los colores más intensos y el mundo más grande.

La mirada de Death cae en la cicatriz de mi brazo, su sonrisa se apaga y un latigazo enciende el hormigueo que me recorre desde el pecho hasta la punta de los dedos.

Deslizo la manga, cubriendo la marca hecha por el dije del *Boss*.

—Está bella la tarde, ¿no?

—Sí. —Mi amigo respira y pone la vista hacia el frente.

Hay actos que trascienden el perdón, salir de la Bratva no me exime de lo que hice adentro.

Recuerdos en cadena intentan desplegarse en mi cabeza y parpadeo, inhalando hondo.

Nunca le hablaré a nadie de lo sucio e incorrecto. En mí todo se quedará como... mi oscuro secreto.

Peroración

«Diario de un cazador»

Última página

Existen mil y una formas de torturar a una persona. Queda demostrado en las páginas anteriores de este diario. La víctima fue forzada a experimentar múltiples facetas del sufrimiento.
Se le azotó, amarró, maltrató.
Como Boss, disfruté mi desquite; sin embargo, seré sincero al confesar que nunca me concentré en la agonía de su cuerpo. El sufrimiento físico es algo pasajero para quien ha hecho de todo y está cansado de lo mismo.
¿Sufrió? Sí. En celdas fétidas, en cuartos de tortura, en la cruz donde fue anclada. Siempre supe que cada herida sanaría. El dolor tarde o temprano desaparece, mas lo que Emma James nunca olvidará es lo que vivió y sintió estando a mi lado.
Ya no es la misma, jamás lo será. Las cicatrices en su alma nunca se borrarán y por siempre me tendrá en sus pesadillas. Al hombre que sacó

intestinos frente a ella, el que arrojó seres humanos a máquinas industriales sin ningún tipo de piedad, el dueño de la mafia que la obligó a matar por primera vez.

¿Se la imaginan matando? Supongo que no y, como conozco a la perra de Rachel James, diré que ha de ver a su hermana favorita en cualquier escenario menos en el campo de batalla. Para su lástima, rompí ese estereotipo.

La mafia roja creó la cicatriz que la priva de la salvación. En mi memoria, conservo su cara de miedo, los ruegos de «no quiero hacerlo». Pero lo hizo. Fue obligada y Emma James ya no irá al cielo. A las malas o no, mató, se condenó al infierno y ahí también la seguirá jodiendo la Bratva.

A mi esclava nunca se le olvidará que su propia hermana casi la mata en un operativo. En sus oídos están los suplicios de los seres cuyos cuerpos ardieron a su alrededor al prenderles fuego con ella adentro. Alegarán que fue un accidente, que no tenían intención, mas pasó.

Emma James vivirá con el recuerdo de las esperanzas rotas: dos veces creyó ser lo suficientemente importante como para que vinieran por ella, pero nunca sucedió.

Nunca se olvidará de la imagen del ser con el que se encariñó en la miseria y murió a su lado mientras dormía, hecho que la rompió en pedazos. El desespero fue tanto que intentó quitarse la vida. No le di el gusto, nos alimentaba su miedo, el pánico y la incertidumbre de vivir sin saber qué nuevo horror podría presentarse a la mañana siguiente.

Atravesó innumerables pruebas difíciles; sin embargo, la parte que más disfruté fue ese periodo de tiempo donde descubrió la miserable vida que tenía con su ejemplar familia. Se sentía tan sola que se alcoholizó y drogó, presa de la decepción. Aquí notó que tú, Rachel James, lo tenías todo y que ella no tenía nada.

Ese fue el golpe más duro que recibió. De no haberla raptado, seguiría con la imagen de «familia perfecta». Y de perfecta no tiene nada. Rompí eso, acabé con el retrato de la familia feliz y jamás verá a sus seres queridos de la misma manera.

Comprobó que no recibía el mismo amor y el hecho es una cicatriz más.

Si le preguntan sobre su mayor dolor, no hablará de nada físico: mencionará los acontecimientos escritos en estos últimos párrafos.

Los castigos físicos, los días en prisión, pensar que se pudría, el miedo constante a morir, todo fue un pasatiempo para mí. Lo que me enaltece y llena de orgullo es haber destruido la inocencia que tanto le cuidaban.

Pasó de trotar en las calles de Phoenix a correr por su vida. Las películas de terror fueron sustituidas por la brutalidad de la realidad. Presenció atrocidades capaces de destrozar la mente de cualquier combatiente.

Dormía con dudas; lloraba, sintiéndose menos. Vivió semanas con la firme creencia de que no significaba nada para nadie.

Porta una gran cantidad de marcas. Mi favorita es la que dejé yo, el Boss de la mafia rusa. Mi huella en ella es imborrable. Hagan lo que hagan, estaré en su cabeza siempre y jamás contemplará la vida de la misma manera.

A veces, la muerte es demasiado simple para la mafia. No hay como la agonía de saber que, mientras unos eran felices, otros cargaban con la cruz de su calvario.

Emma James se pringó, se sumergió, me divirtió, y si de algo estoy seguro es que a los James les pesará por siempre haberse metido conmigo. Yo no me sacio con nada y he aquí la primera prueba.

He aquí la primera cicatriz para la hermosa familia de porquería que siempre voy a detestar.

Entrego al cordero entero, mas no igual.

Que esta lectura les sea tan placentera como les fue creerse intocables.

Con todo mi odio,
Ilenko Romanov

Apartado de noticias

Fuente: BOLETÍN DE INTELIGENCIA OPERATIVA – FEMF.
Fuerza Especial Militar del FBI

El príncipe de Gehena se convierte en el primer sobreviviente de la temida mafia rusa.

Cedric Skagen, cuya captura había desatado una ola de indignación y preocupación entre la realeza, ha sido liberado por la *mafiya*.

Skagen sufrió la severa mutilación de su mano izquierda, un acto atroz perpetrado por el implacable *Boss* de la Bratva.

Fuentes cercanas a la familia real destacan la entereza y la resiliencia del joven príncipe, quien se mantuvo firme ante las presiones y los métodos de tortura empleados en su contra.

El príncipe se encuentra bajo estricta protección militar y recibiendo atención médica especializada. En los próximos días se anticipa que Skagen brinde una declaración sobre su experiencia y que arroje detalles sobre los oscuros métodos de la organización.

Fuente: BOLETÍN OFICIAL DE CIRCULACIÓN INTERNA
Fuerza Especial Militar del FBI

Inquietud por la desaparición y ausencia de Emma James, quien ostenta el título de segunda sobreviviente de la Bratva. La viceministra de la FEMF ofrece detalles del cautiverio.

La desaparición de Emma James continúa alimentando titulares. Desde su salida de la Bratva, no se la ha visto en público ni ha emitido declaración alguna. Miembros de las filas especulan con que su ausencia se debe a la profunda crisis interna que atraviesa la familia James.

En una reciente conferencia de prensa, la viceministra de la Fuerza Especial Militar del FBI, Gema Lancaster, reveló detalles sobre el diario del cazador y reafirmó el compromiso de la FEMF en brindar apoyo a la hermana menor de Rachel James.

Fuente: BOLETÍN OFICIAL DE CIRCULACIÓN INTERNA
Fuerza Especial Militar del FBI

CLASIFICACIÓN: CONFIDENCIAL - DIFUSIÓN LIMITADA

La Bratva nombra un nuevo líder: Yura Oniani.

Tras el inminente desplome de la hermandad en manos de la pirámide, se presume que la Bratva ha llegado a su fin. Con la mayoría de sus *vory* ausentes y una estructura interna desmoronada, ha quedado un nuevo *Boss* entre los escombros: Yura Oniani.

Miembros del Ejército describen la situación como «un capitán asumiendo el mando de un barco que ya se ha hundido».

Fuentes confiables confirman que una orden de exterminio pesa sobre los remanentes de la organización.

La desaparición de Ilenko Romanov, el antiguo *Boss*, deja abiertas interrogantes que aún tienen a las autoridades pensativas.

Fuente: BOLETÍN OFICIAL DE CIRCULACIÓN INTERNA
Fuerza Especial Militar del FBI

Antoni Mascherano afianza su control sobre la pirámide y elimina a su hermano.

Antoni Mascherano ha dado un paso decisivo para consolidar su control sobre la pirámide del crimen, asesinando a su propio hermano, Philippe Mascherano. Esta brutal acción ha fortalecido su posición en el mundo criminal, dejando claro que no hay lugar para la debilidad en su reino.

Mientras tanto, a pesar de los esfuerzos incansables de las autoridades, la búsqueda de Ilenko Romanov continúa sin éxito.

Fuente: BOLETÍN OFICIAL DE CIRCULACIÓN INTERNA
Fuerza Especial Militar del FBI

Christopher Morgan muere durante la persecución en Francia.

El excoronel y antiguo candidato a ministro ha muerto tras una intensa persecución en territorio francés. Las autoridades aún no recuperan el cuerpo; no obstante, la viceministra Gema Lancaster confirmó en la noche de hoy el fallecimiento que le pone fin a uno de los hombres más controvertidos de los últimos años.

Tras su deceso, múltiples arrestos han sido efectuados, incluyendo al exgeneral Rick James y miembros clave del Ejército Élite. La captura de estos individuos supone un golpe decisivo contra la red que Morgan lideraba, debilitando su influencia en las estructuras de poder militar.

Fuentes no oficiales sugieren que Rachel James, profundamente afectada por los últimos eventos, incluido el secuestro de su hermana Emma James, ha decidido alinearse con la mafia italiana.

Fuente: **BOLETÍN OFICIAL DE CIRCULACIÓN INTERNA**
Fuerza Especial Militar del FBI

La pirámide de la mafia establece un control absoluto sobre el mundo criminal.

La pirámide consolida su autoridad, reafirmando su posición como la fuerza más poderosa en el submundo criminal. Con una serie de movimientos estratégicos, la organización pone en jaque a sus competidores y restaura el orden en un territorio marcado por el caos.

Las autoridades respiran hondo ante la formidable coalición, cuya influencia se extiende a todos los rincones del mundo.

El desmoronamiento de la Bratva marca el inicio de una nueva era para la mafia italiana, que refuerza su hegemonía.

12 meses después

Fuente: **BOLETÍN OFICIAL DE CIRCULACIÓN INTERNA**
Fuerza Especial Militar del FBI

Emma James regresa.

Después de un año de silencio sobre su paradero, Emma James, excadete y segunda sobreviviente de la Bratva, reaparece en el ojo público.

Con su padre encarcelado y su hermana vinculada a la mafia italiana, James evitó hacer declaraciones sobre los motivos de su ausencia y sobre la actual situación de su familia. Se limitó a decir que su atención estará enfocada en su carrera profesional lejos de las filas.

EPÍLOGO
TRES AÑOS DESPUÉS DE SER LIBERADA

EMMA

Atletas de distintos continentes transitan el largo pasillo azul. Las manos, inquietas, alisan trajes impecables; los pies, enfundados en zapatillas deportivas, marcan ritmos nerviosos en el suelo al compás de la cuerda.

Mi entrenador discute con mi mánager mientras camino con las manos metidas en los bolsillos de la sudadera. Mantengo la vista al frente, la espalda recta y los hombros alineados. Avanzo con la seguridad de quien aprendió a confiar en sí misma.

La Emma que camina hoy tiene veintiún años y cursa el sexto semestre de la carrera que eligió estudiar: Entrenamiento Físico de Alto Rendimiento y Ciencias del Deporte.

Mi amor por el patinaje es tan grande como mi deseo de enseñar y formar desde cero. Por eso elegí una carrera que me permitiera unir ambas pasiones y sacarles el mayor provecho.

—Veinte minutos de calentamiento previo. —En la antesala de la pista de hielo, recibo la cuerda de salto.

Me quito la sudadera e inicio la rutina de ejercicios.

Semanas después de mi liberación, salió a la luz el diario del cazador. El Ejército divulgó fragmentos sin mi consentimiento y manipuló mi testimonio a su conveniencia, argumentando ante todos que exigía la captura de mi hermana. La Fuerza Especial, al momento de actuar en función de sus propios intereses, cruza líneas que jura proteger y manipula las verdades que promete defender.

No pude salir a contradecirlos, los acontecimientos posteriores a mi salida de la Bratva me forzaron a quedarme donde estaba. No tenía otra opción y tampoco podía dar la cara en ese entonces. Tenía mis propios asuntos, mi papá fue apresado días después de mi partida y Rachel estaba prófuga.

Nuestro contacto es nulo. Decidí permanecer al margen de todo.

Mi madre reside en Londres, acompañada de Sam, quien ejerce su profesión en el hospital militar. La última vez que hablé con mi madre fue hace dos años. Regresé, tuvimos una nueva discusión por mis decisiones y desde entonces no hablamos. Opté por alejarme de ella también.

La belleza sin inteligencia es solo decoración y tuve que ser inteligente a la hora de tomar decisiones y pensar en mi futuro.

Mi regreso no fue sencillo, tuve que afrontar el acoso de los medios, las preguntas y los interrogantes respecto a la mafia roja. Para el mundo, soy la mujer que sobrevivió a una de las organizaciones más peligrosas del planeta.

Me abstengo de hablar del tema, no me conviene ni me apetece hacerlo.

Mis cadenas están rotas, soy libre y es lo que importa. Enfrenté un cara a cara con la Fuerza Especial por las calumnias hechas.

No se dignaron a retractarse y mi corta estancia en Londres no me permitió hacer mucho al respecto.

El retorno al patinaje fue un reto más: mis inicios estaban teñidos y me vi orillada a tocar puertas, estudiar normas e involucrar a abogados para la evaluación de mi caso ante la federación. Estudiaron mis rutinas, comprobaron que en ningún momento hice trampa. Domi no compró jueces. Mi puesto en el *ranking* lo gané a pulso; aun así, para algunos no bastaba.

Para mí era una obligación volver a patinar e ingresar a las competencias oficiales.

Recibí tres «no» en respuesta. Las noticias sobre mi cautiverio me perseguían y los medios no me dejaban tranquila. El comité artístico me veía como un riesgo, y fueron días frente a escritorios, pidiendo apelaciones.

Los fanáticos del deporte clamaron por mi regreso, para muchos, me merecía una segunda oportunidad. Hicieron marchas, se reunieron a las afueras de las pistas y con el puño en alto exigieron justicia. Mi club de fans se encargó de mostrar mis videos. Algunos se organizaban para acompañarme a las reuniones. Insistimos tanto que, después de semanas, la Federación se dio por vencida y me permitió volver a concursar.

Gané los Regionales y los Nacionales; desde entonces, he sumado medallas mientras trabajo para pagarme la universidad. Trabajaba de día, estudiaba en horario nocturno y entrenaba de diez de la noche a una de la mañana.

Comencé sin instructor, mánager, ni patrocinador. Los vestidos se me desgastaron de tanto usarlos. Death hacía lo que podía para apoyarme; aun así, nunca le he pedido dinero. Sola aprendí a lidiar con mis responsabilidades.

Fue caótico, agotador y me he pasado noches sin dormir. También me he aporreado cientos de veces el culo contra el hielo. La universidad me hace correr, trasnochar; a pesar de todo, tengo buenas notas académicas y excelentes resultados en la pista.

Hace un año conseguí mi primer contrato. Una agencia apostó por mí y desde entonces mis ingresos no han parado de crecer.

Represento a dos marcas deportivas, y si destaco en esta competencia, se me abrirán muchas más puertas.

—¡Tres minutos! —informa mi entrenador. Me quito la sudadera y me preparo para el ingreso.

Me aliso la falda del vestido plateado, los diamantes de los patines destellan como la primera vez que me los puse. Preparada, patino al corazón de la pista y el público me recibe con una salva de aplausos.

Es mi primera vez en los Olímpicos.

Asumo la postura de reina que encarna la esencia de mi nombre: mentón arriba y mano en la espalda. Hoy, *Good and Monster* será mi himno de marcha real.

No tener entrenador ni coreógrafo me convirtió en mi propia maestra y musa. Mis rutinas nacen de la necesidad y florecen con mi imaginación. La dominatrix tatuó en la mente una norma innegociable. Sin excepción, cada presentación debe superar a la anterior. Los artistas legendarios no son los que actúan; son los que marcan la memoria del público.

Disfruto de esta rutina más que cualquier otra, la he guardado por meses para una ocasión especial.

La canción da inicio, trazo un círculo perfecto en la primera vuelta y catapulto el cuerpo hacia el cielo con un *axel*. Giro tres veces y la cuchilla cruje en el hielo al descender sobre mi pierna derecha.

La música se funde en mi sangre y las notas son un pulso eléctrico en mis venas. Me elevo una vez más y el viento se convierte en mi nuevo elemento. Cuatro rotaciones y la gravedad pierde sentido mientras floto, completando el *axel* cuádruple.

La melodía no me acompaña; somos un solo ser. Tarareo la canción, dando una nueva vuelta en el espejo helado. Soy un cisne, una joya, la rosa más hermosa del jardín, y la más talentosa también.

Flexiono las rodillas e inclino el cuerpo hacia atrás. El *cantilever* duele aprenderlo, pero su belleza vale el esfuerzo porque es poesía pura transformada en movimiento.

Enderezo la postura, acelero y el hielo se vuelve infinito bajo mis pies. Surco, salto, giro. Tres cuádruples se suceden, uno tras otro, limpios, hermosos, sin fallas.

In the land of gods and monsters, I was an angel...

Ejecuto un triple *lutz* - triple *loop* combinado. La pista canta mi triunfo y por minutos soy la gran artista de la pista.

—¡Queen! ¡Queen! —me vitorea el público—. ¡Queen! ¡Queen!

Mi respiración se aquieta al deslizarme en un último giro. Floto más allá del hielo y, por un instante, estoy en dos lugares a la vez. No escucho los aplausos, pero sé que están allí, como la confirmación distante de que los he conquistado.

—¡Queen! ¡Queen!

El sudor me humedece el cuello. La euforia del público me rebota en el pecho. Mi boca reseca anhela un sorbo de agua, pero los gritos mueven el cansancio a un segundo plano. Me gané un lugar hace años y lo he sabido conservar desde que regresé.

Se pone en marcha el protocolo de evaluación final. Los jueces discuten los detalles de mi actuación. Mi pulso no desciende, y si antes amaba esta coreografía, ahora mi devoción por ella no tiene nombre porque me da un oro en los Olímpicos.

Me elevo en el podio como ganadora, la número uno después de un año de incesante entrenamiento. Acepto las flores, sonriente. Me inclino para recibir la medalla, le doy un beso y alzo la mano en señal de victoria. Soy la campeona que huele a todo menos a fracaso. La fragancia que cargo ahora me reitera lo que soy: la reina de este deporte.

La euforia del público interrumpe la ceremonia. Tres veces intentan continuar, pero los gritos ensordecedores de miles de voces lo impiden. La directiva culmina rápido, desciendo del podio e inicio mi vuelta de honor, mostrando la medalla. El estadio vibra en aplausos y vítores. No dejan de repetir mi nombre.

Las felicitaciones internas le dan cierre al evento. Los espectadores se dispersan, la atmósfera alegre se calma y los concursantes salen de las salas. Aprovecho el espacio a solas para buscar a mis acompañantes en la tribuna. Me ven y a mi señal se mueven con sigilo al rincón del pasillo.

—No tengo voz. —Tyler sujeta mis flores—. La desgasté gritando «¡Queen!».

Se acomoda la camiseta con mi imagen, la gorra negra y las gafas de sol. Un atuendo discreto para no llamar la atención. Death viste igual. Se camuflaron entre los fans. Los antiguos colaboradores del coronel siguen en la mira de las autoridades y la discreción sigue siendo obligatoria.

Tyler se unió a Death y a mí en la isla que nos acogió durante un año entero. El soldado huía y no dudamos en extenderle la mano para que se uniera a nosotros, que estábamos en terreno seguro. Hemos estado juntos desde entonces. Se las apañaron para asistir al evento de hoy porque no querían dejarme sola.

Death se acerca, lo beso en la mejilla y me concentro en la persona que sostiene entre sus brazos.

Es el ser más hermoso del universo.

—¿Te gustó? —le pregunto y sonríe.

—¡Sí! —Los ojos azules, idénticos a los míos, brillan, emocionados—. ¡Te amo, Queen!

Se arroja a mis brazos.

—¿Quién ganó hoy?

—Mi mami —los bracitos se enlazan en mi cuello—, ¡es una campeona!

—Me gané una medalla y una princesa. —La colmo de besos en su carita.

Mi hija es el mejor regalo que me ha dado la vida y no hay persona que ame más en este mundo. Ilumina mis mañanas y mis noches. Somos un equipo: yo trabajo para ambas y, a cambio, ella me despierta con besos, me acoge en sus abrazos y me motiva a ser la mejor en todo.

Es la primera vez que me ve en vivo y no para de besarme.

—A Chispas también le gustó. —Señala la correa del perro que sostiene Tyler.

El pequeño Pomerania marrón no deja de ladrar ni de luchar con la minicamiseta que le han puesto.

—Abrázalo, mami. Quiere mimos.

La amo a ella, pero su perro me desespera. Nunca deja de saltar ni de gruñir. Sospecho que su ansiedad proviene de las extrañas costumbres de su dueña: el pobre animal debe soportar sus disparates.

Arreglo el gorro de Amelie y alzo la capota de su chaqueta.

—Esperaremos en la limusina. —Death la toma en brazos—. Ve tranquila a tus entrevistas.

Mi amigo se escabulle junto a Tyler mientras Amelie eleva los pulgares como le enseñé. Es mi mayor fan, adora mis rutinas y siempre me aplaude cuando ensayo en casa. Ha de ser porque me ha visto entrenar desde que era una bebé.

Me sacudo el pelo del perro antes de regresar a la sala de medios. Allí me esperan los representantes de mi agencia para la rueda de prensa. Bajo las luces brillantes de las cámaras, respondo preguntas, firmo autógrafos y poso en las fotos de los reporteros.

—Hoy fuiste imparable, Queen. ¡Gran actuación!

—¡Queen! Brutal lo de hoy. La pista fue tuya desde el primer segundo.

Las fotos no paran.

—El Gigantomachy no falló. Estos Titanes están deslumbrando a todo el mundo.

Me despido de todos. La limusina aguarda afuera y troto al vehículo seguido del personal de seguridad. Tyler continúa en su batalla con el perro y Amelie regresa a mis brazos a darme besos.

—Al hotel —le indico al conductor.

Mi hija me unta los labios con su labial de juguete.

—*Prekrasnaya*. —Me sonríe.

Aprendimos ruso juntas. Era necesario por mi trabajo. Trato con agentes de diversas nacionalidades y tengo contacto frecuente con jueces, patrocinadores y periodistas del país. No podía permitir que el idioma me cerrara puertas después de todo lo que me ha costado llegar hasta aquí.

Le quito el gorro de princesa y aparto las hebras rubias de su cara. Tenemos los mismos ojos, la misma nariz y una debilidad compartida por los abrazos de madre e hija

El perro no se calla; es como una sirena perruna que perturba la calma con sus ladridos. Tyler alza al alborotador; error, porque no lo sujeta bien y el perro salta hacia la ventana entreabierta.

—¡Chispas! —grita Amelie.

Tyler consigue sujetarlo, lucha contra el perro suicida y Amelie se ríe con el alboroto que arman.

—No soporto a ese animal —se queja Death—. Deberíamos buscarle un nuevo hogar.

—No lo escuches, Chispas. —Amelie le sujeta la cara al perro—. Dios te quiere.

—Ese pequeño bullicioso no es el tipo de criatura que Dios ama. —Death le pica la panza en un gesto juguetón.

—Te puede comer —le dice ella.

Apoyo los labios en su coronilla. Es mi recompensa y mi inspiración. El ser que pegó todos mis pedazos fracturados. Así como di todo por vivir, ahora doy todo por ella, que es mi pequeño mundo.

Sus pequeñas manos me sujetan el rostro.

La luz del atardecer resplandece en su melena dorada, cabellera que parece hilada por hadas. Se derrama por sus hombros, larga y sedosa. Tiene una belleza que suele dejar a la gente sin palabras. Es preciosa, sí, pero dicha belleza me acelera el pulso y me constriñe la garganta.

Hay momentos en los que me invade la sensación de que, a pesar de ser una niña, lleva más peso del que debería.

—Ven aquí. —Le recuesto su cabeza en mi pecho—. Mami siempre te va a cuidar.

No tengo nada que temer, soy libre. La Bratva quedó en cenizas y el *Boss* desapareció hace años.

Lo único que consigue el miedo es robarme energía porque vivo lejos de todo peligro.

Los canales mediáticos no saben de la existencia de mi hija y tampoco lo sabrán. De mi círculo íntimo, son pocas las personas que la conocen y eso no cambiará, porque protegerla siempre será mi prioridad.

Ambas estaremos bien. Me encargaré de que así sea; trabajo por ello todos los días.

El automóvil recorre las avenidas de Croacia.

—¡Llegamos! —Tyler agarra el perro.

—¡Con cuidado, tío Ty! —advierte mi hija—. Te comerá un dedo si se enoja.

Cree que el perro es un animal salvaje. La limusina se estaciona frente al hotel. Antes de que el motor se apague, el botones abre la puerta.

—La esperan, señorita James.

Bajo a Amelie de mis brazos tan pronto como veo al hombre que sonríe en la entrada del hotel.

—¡Hola, princesa! —Le abre los brazos a la niña y ella va a saludarlo.

Death y Tyler se sitúan a mi lado. La moral me golpea, respiro hondo, alzo al perro que no deja de ladrar y camino a saludar al padre de Amelie.

¿Fin?

«Entre más grande el secreto, más grande es la cadena con la que atas el alma».

Creencia de la Bratva

PIRÁMIDE DE LA MAFIA

Mafia italiana – Bratva
Búlgaros – Yakuza
Tríadas – Los polacos
Gangsters estadounidenses – Le bourgogne (franceses)
Alfas nigerianos – Pillos españoles
Agra (India) – Yeosu (coreanos)
Seixal (portugueses) – Zíngaros (gitanos)
Krah hekuri (albaneses) – Turcos
Los caballeros (ingleses) – Karachi (pakistaníes)
Somalí – Tragi (croatas)
TXE (serbios) – Nazarenos
Rumanos – Balcanes
Padrinos de la noche (griegos) – Gangsters mexicanos
444 (costarricenses) – Calgary (canadienses)
Coronos (filipinos) – Taibao (taiwaneses)
Sam Cud (tailandeses) – Galway (irlandeses)
Checos – Henrre (alemanes)
PSP (eslovenos) – YME (marroquíes)
Los sirios – Moss (noruegos)
Moros (tonganos) – Los sir (palestinos)
Bali (bangladesíes) – El Morant Bay (jamaiquinos)